NATASHA LESTER

DAS GEHEIMNIS DER DIOR-KLEIDER

atb aufbau taschenbuch

Natasha Lester war Marketingleiterin bei L'Oréal und verantwortlich für die Marke Maybelline, bevor sie sich entschloss, an die Uni zurückzukehren und Creative Writing zu studieren. Heute lebt sie als Autorin und Dozentin in Perth, Australien, und ist Mutter dreier Kinder. Ihre Romane, in denen es stets um spezifisch weibliche Aspekte der Geschichte geht, sind internationale Bestseller.
Im Aufbau Taschenbuch liegen ebenfalls ihre Romane »Die Kleider der Frauen«, »Die Bilder der Frauen« und »Die Kunst der Frauen« vor.
Mehr zur Autorin unter www.natashalester.com.au

Annette Hahn studierte Englische Literaturwissenschaft und Literarische Übersetzung in München und lebt heute in Münster. Sie übertrug Graeme Simsion, Anne Fortier, Zoe Fishman und Elise Hooper ins Deutsche.

Cornwall, 1928: Als die zehnjährige Skye dem nur wenig älteren Nicholas begegnet, ist es der Beginn einer großen Freundschaft voll sorgloser Tage am Meer und aufregender Flugstunden mit Skyes Mutter. Dann jedoch muss Nicholas in seine Heimatstadt New York zurückkehren, und es bricht Skye das Herz. Viele Jahre später, als der Zweite Weltkrieg durch Europa wütet, begegnen sich die beiden wieder. Doch das Grauen des Krieges droht, sie erneut auseinanderzureißen …
Sydney, 2012: Die Modekonservatorin Kat erfährt zu ihrer Verblüffung, dass ihre Großmutter ein altes Cottage in Cornwall besitzt. Dort stößt sie auf eine riesige Sammlung wertvoller und zum Teil völlig unbekannter Dior-Kleider, über deren Herkunft ihre Großmutter sich ausschweigt. Zusammen mit dem Journalisten Elliott macht Kat sich auf die Suche nach der Wahrheit über ihre Familiengeschichte.

»Legen Sie Taschentücher bereit, setzen Sie sich in eine ruhige Ecke, bis Sie dieses außergewöhnliche Buch beendet haben.« MARIE CLAIRE

NATASHA LESTER

Das GEHEIMNIS der DIOR-KLEIDER

Roman

Aus dem Englischen
von Annette Hahn

atb aufbau taschenbuch

Die Originalausgabe unter dem Titel
The Paris Secret
erschien 2020 bei Sphere, an imprint of
Little, Brown Book Group Ltd., London.

MIX
Papier | Fördert
gute Waldnutzung
FSC® C083411

ISBN 978-3-7466-3866-9

Aufbau Taschenbuch ist eine Marke
der Aufbau Verlage GmbH & Co. KG

1. Auflage 2023

www.aufbau-verlage.de
10969 Berlin, Prinzenstraße 85

First published in the United Kingdom in 2020 by Sphere,
an imprint of Little, Brown Book Group Ltd.
First published in Australia and New Zealand in the
English language in 2020 by Hachette Australia.

Umschlaggestaltung www.buerosued.de, München
unter Verwendung eines Bildes von © Nikaa / Trevillion Images
Satz Greiner & Reichel, Köln
Druck und Binden CPI books GmbH, Leck, Germany

Printed in Germany

Prolog

PARIS, 2. FEBRUAR 1947 | In einer imposanten Stadtvilla an der Avenue Montaigne 30 steht Margaux Jourdan in dem zur Umkleidekabine umfunktionierten Nebenraum des großen Salons und lässt sich in eine elfenbeinfarbene Jacke aus Shantung-Seide mit ausgestellten, gepolsterten Schößchen helfen. Der dazugehörige Faltenrock aus schwarzem Wollstoff ist wadenlang und fast schockierend weit – was für verschwenderische Stofffülle in einer rationierten Nachkriegswelt! Eine Perlenkette, ein breitkrempiger Hut und schwarze Handschuhe komplettieren das Ensemble. Trotz der Gräueltaten des Krieges sind die Hände einer Frau offenbar immer noch zu aufsehenerregend, um unbekleidet zu bleiben.

Wie die Ballerina in einer Spieldose wird Margaux von Madame Raymond einmal im Kreis herumgedreht, dann gestattet sich die ältere Frau ein kaum merkliches, zufriedenes Nicken. Wortlos weist sie Margaux den Weg durch den Vorhang in den Salon.

Und so präsentiert Margaux an diesem Abend einer noch ahnungslosen Welt das »Bar Jacket«, einen Entwurf, der bald legendär werden wird.

Im großen Salon sitzen elegante Pariser Schulter an Schulter – unter ihnen der Künstler und Filmregisseur Jean Cocteau sowie die Chefredakteure von *Vogue* und *Harper's Bazaar*, Michel de

Brunhoff und Marie-Louise Bousquet. Etliche Gäste stehen entlang der Wand, andere drängen sich auf der Treppe – die Nachfrage nach den Eintrittskarten für Diors erste Modenschau der Haute Couture war so groß, dass die Vermittler sie teurer verkaufen konnten als Schwarzmarktbutter.

Die gedämpfte Farbpalette des Salons bewegt sich zwischen Perlgrau und Weiß und ist so unaufdringlich wie ein verdeckter Reißverschluss. Louis-XVI-Medaillonstühle, vergoldete Barockbilderrahmen mit verschnörkelten Bogenaufsätzen und Belle-Époque-Kronleuchter – alles scheint zu verkünden, die Zeit sei stehengeblieben und man solle besser aufmerksam sein. Das Rascheln wedelnder Fächer klingt wie vorzeitiger Applaus, der Geruch von Parfüm, Zigaretten und gespannter Erwartung liegt in der Luft, kribbelnde Vorfreude macht sich breit.

Während Margaux durch den Raum schreitet, hört sie Seufzer des Erstaunens, sieht Köpfe, die sich einander zuneigen, und Hände, die begierig zucken, als wollten sie am liebsten über den Stoff ihres ausladenden Rockes streichen. Sie beendet ihren Rundgang und taucht erneut durch den grauen Satinvorhang, hinter dem Christian Dior persönlich steht – der Mann, der mit Zauberhänden wundervolle Entwürfe fertigt und dessen Kreationen der Mode neue Maßstäbe setzen. Wenn jemand achtzig Jahre später nach dem Namen eines Modeschöpfers fragt, wird man seinen Namen als ersten nennen. Doch das ist die Zukunft.

Christian lächelt Margaux zu. Die Modenschau geht weiter. Dass sie eine Sensation ist, muss niemand laut aussprechen, es ist auch so sonnenklar.

Als Finale wird – wie sollte es anders sein? – ein Brautkleid gezeigt. Reglos lässt Margaux es sich anziehen. Dann betritt sie erneut den Salon, und das kollektive Aufseufzen der Anwesenden scheint dem Raum allen noch verbliebenen Sauerstoff zu rauben. Margaux sieht aus, als sei sie in eine voll erblühte weiße Rose gehüllt, die exakt im Moment der Perfektion gepflückt wurde. Es ist vor allem der voluminöse Rock des Kleides, der diese Illusion erzeugt: Üppig, nein, verschwenderisch bauscht sich die Seide um sie herum zu grandiosem Optimismus auf, während sie sich nach oben hin in eine Taille von nur fünfzig Zentimetern verjüngt, dem geforderten Standardmaß für jedes Dior-Modell.

Keiner der Anwesenden weiß, dass Margaux diesen Taillenumfang nur aufgrund jahrelanger Entbehrungen besitzt; dass er in einer Zeit begründet liegt, in der ein solches Kleid ebenso schockierend gewesen wäre wie ein Sonnenaufgang um Mitternacht. Doch niemandem ist damit geholfen, sich an Dinge zu erinnern, die nicht ungeschehen gemacht werden können. Also konzentriert sich Margaux auf ihre Füße und schreitet in einem Tempo durch den Salon, das es dem Publikum erlaubt, die sensationellen Besonderheiten des Kleides zu erkennen, das Gewand aber gleichzeitig so schnell wieder aus dem Blickfeld verschwinden lässt, dass die Zuschauer augenblicklich Sehnsucht danach empfinden.

Zwischen all den Gästen ist kaum ausreichend Platz für dieses überwältigend voluminöse Kleid: Der Rock streift die weiße Säule eines Standaschenbechers. Niemand außer Margaux sieht, wie ein wenig Asche zu Boden rieselt. Auch dass es draußen minus vierzehn Grad sind und Paris sich durch einen Winter mit rationierter Elektrizität und knapper Kohle bibbert, nimmt in diesem Moment niemand wahr. Christians Kleid besitzt die Macht, die harte Realität vergessen zu machen.

Als Margaux den Raum verlässt, brandet ein Applaus auf, der Tote wecken könnte. Doch Margaux weiß, *ihre* Toten wird rein gar nichts wieder zum Leben erwecken.

Die Modelle kehren in den Salon zurück und stellen sich in einer Reihe auf. Christian – oder »Tian«, wie er von Margaux und einigen wenigen Auserwählten genannt wird – verbeugt sich und nimmt Lob und Gratulationen entgegen.

Er stellt sich neben Margaux, die immer noch das Brautkleid trägt, obwohl sie niemals eine Braut sein wird, nimmt ihre Hand und hebt sie zum Kuss an seine Lippen.

»*Magnifique*«, sagt er.

Christians Schwester Catherine küsst Margaux auf beide Wangen. »*Du* warst *magnifique, chérie.*«

Carmel Snow, Chefredakteurin der amerikanischen Ausgabe von *Harper's Bazaar*, tritt zu ihnen. Verzückt lässt sie ihre Fingerspitzen über Margaux' Rock gleiten. »Mein lieber Christian«, sagt sie, »Ihre Kleider haben wirklich einen außergewöhnlichen neuen Look.«

Als könnte sie plötzlich in die Zukunft sehen, weiß Margaux sofort, dass Christians neue Kollektion von nun an so genannt werden wird: der *New Look*.

Ein neuer Look für eine neue Welt. Eine Welt, in der man den Schmerz von Tod und Verlust und gebrochenen Herzen unterdrückt, weil er einem sonst mit groben Klauen die Haut in Stücke risse. Solche Gefühle werden das Leben nicht mehr bestimmen, so wie sie es in den letzten Jahren des Krieges getan haben. Der New Look wird das perfekte Betäubungsmittel werden für eine Generation, die den Krieg überlebt hat und sich an nichts aus dieser Zeit erinnern will.

Margaux ist die Einzige, die sich erinnert. Skye und Liberty und Nicholas und O'Farrell sind nicht mehr da. Nie mehr wird sie ihre Namen aussprechen, vor niemandem. Niemand will die Namen der Opfer hören. So wie niemand wissen will, dass Margaux nur deshalb eine schmale Taille hat, weil auch sie ein Opfer ist.

Catherine hakt sich bei ihr unter. »Komm, *chérie*, lass uns anstoßen – auf …« Sie zögert. »Die Zukunft?«

Das Wort wird von nun an immer mit einem Fragezeichen ausgesprochen werden. Also trinkt Margaux nicht auf die Zukunft. Sie hebt ihr Champagnerglas und prostet ihnen *allen* zu: Catherine, Skye, Liberty, Nicholas, O'Farrell und sich selbst. Dabei spürt sie, wie ihre Geister sich um sie herum versammeln und sie anflehen, so wie sie es jede Nacht in ihren Träumen tun. Aber so, wie sie damals nichts für irgendeinen von ihnen tun konnte, so kann sie auch jetzt nichts für sie tun. Außer: Champagner trinken, lächeln und in ihrem neuen Look in diese furchtbare neue Welt treten, die sie nicht begreifen kann.

Teil 1

… in einem einsamen Leben gibt es jene seltenen Momente, in denen eine Seele die andere berührt, so wie Sterne einmal im Jahr die Erde streifen. Die Begegnung mit [ihm] war ein solcher Moment für mich.

– Madeline Miller, *Ich bin Circe*

Kapitel 1

CORNWALL, AUGUST 1920 | »Ich kann dein Höschen sehen.«

Skye Penrose wusste, dass ein zehnjähriges Mädchen nach einer solchen Aussage sofort damit aufhören sollte, ein Rad nach dem anderen zu schlagen, als wäre sie ein trudelnder Stern. Sie sollte sich auf der Porthleven Pier ordentlich hinstellen und ihren Rock glatt streichen. Stattdessen hielt sie nur kurz inne, um die Richtung zu wechseln, und wirbelte dann mit zwei perfekten Radschlägen auf den Jungen zu, der sie angesprochen hatte. Beim letzten Aufrichten erwischte sie seine Hose und zog sie ein Stück nach unten, wobei mindestens ein Knopf abriss.

»Deines kann ich auch sehen.« Sie grinste. Eigentlich hatte sie gleich fortrennen wollen, um möglichem Ärger zu entgehen, aber der Junge sah sie derart überrascht an – mit großen Augen und den Mund zu einem perfekten O gerundet, durch das sie ein Bonbon hätte werfen können –, dass sie stehen blieb und »Hallo, ich bin Skye« sagte.

Er zog die Hose wieder hoch und stammelte: »Ich heiße Nicholas Crawford. Freut mich, dich kennenzulernen.« Er redete seltsam: die Wörter eher rund als scharf, manch eine Betonung auf der falschen Silbe, so dass die vertraute Sprache fremd klang.

»Ich finde es nur fair, dass wir beide, wenn wir Freunde werden wollen, gleich viel voneinander wissen«, sagte Skye. »Deshalb musste ich deine Unterhose auch sehen.«

Nicholas Crawford nickte, als sei das vollkommen einleuchtend. Er war größer als Skye, mit fast schwarzem Haar und Augen von einem auffallenden Blaugrau, wie das Meer an wechselhaften Tagen. Seine Kleidung sah sauber und frisch gebügelt aus, nicht schmutzig vom Spielen, wie die von Skye.

»Freunde«, wiederholte er.

»Nur, wenn du meine Geheimnisse für dich behalten kannst.«

Die Neugier ließ seine Augen in einem aquamarinblauen Schimmer aufblitzen. »Was für Geheimnisse sind das denn?«

»Die besten. Komm mit, ich zeig sie dir.«

Sie ergriff seine Hand und lief los. Er folgte ihr, ohne zu zögern. Weder protestierte er, er müsse erst seiner Mutter Bescheid geben, noch wandte er ein, dass er mit jemandem, der ihm die Knöpfe von der Hose gerissen hatte, nicht befreundet sein könne. Er rannte einfach los und konnte sogar mit ihr mithalten, auch wenn er seinem Akzent und seinem Verhalten nach aus einer Gegend weit entfernt von Cornwall stammen musste – einem Ort, an dem man wahrscheinlich kaum je frei und wild herumrannte. Sie liefen nebeneinanderher, bogen vor dem Rathaus zum Strand ab und flitzten über den Sand, bis ihnen eine scheinbar unüberwindliche Felsmauer den Weg versperrte.

»Hier durch«, sagte Skye und zeigte ihm eine Lücke, die gerade groß genug war, dass sie hindurchkriechen konnten.

Auf der anderen Seite staunte er wieder mit offenem Mund, und Skye freute sich, dass er genau so fasziniert war, wie sie es sich erhofft hatte.

»Du bist der erste Mensch, dem ich das hier zeige«, sagte sie.

»Warum mir?«

Sie überlegte, wie sie es ausdrücken sollte. *Du siehst aus wie jemand, der leicht zu beeindrucken ist*, klang irgendwie fies. »Weil ich dachte, es könnte dir gefallen.«

Beide Kinder drehten sich einmal um die eigene Achse, um alles in sich aufzunehmen: das wie mit weißer Spitze gesäumte Meer, das sich linker Hand immer wieder gegen die Felsen warf, die Rundung der Bucht, in der sich die Wellen bei der relativen Windstille nur minimal kräuselten, und hinter ihnen die Höhle, dunkel, zerklüftet und verheißungsvoll.

»Das alles ist meins«, erklärte Skye stolz. »Siehst du das Haus da oben?« Sie deutete zur Felskuppe des Kliffs, wo ein verwittertes Cottage die Fersen in den Boden zu stemmen schien, um sich an Ort und Stelle zu halten. »Da oben wohne ich mit meiner Mutter und meiner Schwester. Zu der Bucht kommt man nur durch den Spalt in der Felswand oder über den Weg, der vom Haus hierherführt. Also ist es *meine* Bucht. Und jetzt auch deine.«

Nicholas runzelte die Stirn. Dann griff er in seine Hosentasche und zog eine Taschenuhr hervor. »Wenn du deine Bucht mit mir teilst, dann teile ich das hier mit dir.« Er reichte ihr die Uhr. »Die hat meinem Vater gehört. Und davor seinem Vater.«

Skye fuhr mit dem Finger über die gravierte goldene Oberfläche, dann klappte sie den Deckel auf. Das Ziffernblatt zeigte elegante römische Zahlen und einen seltsam geformten Halbmond.

»Wo ist dein Vater denn?«, wollte sie wissen.

»Da oben.« Nicholas deutete zum Himmel.

»Aber … du musst die nicht mit mir teilen.« Sie gab die Taschenuhr zurück, weil sie erkannte, dass sie sein wohl kostbarster Besitz sein musste.

»Ich will es aber so. Du kannst sie jede Woche einen Tag lang haben.«

Er sagte es sehr entschieden. Dieser gut gekleidete Junge, der hier in Cornwall wahrscheinlich noch nie einen Strand betreten hatte, besaß Willensstärke. Und konnte rennen. Und mochte ihre Bucht.

»Das bedeutet, dass du morgen wiederkommen musst, um sie zurückzuholen«, sagte sie.

Er nickte.

»Magst du jetzt mit mir in die Höhle gehen?«

Er nickte wieder.

—

Skye stand am Rand der Klippe, hielt die sorgsam in ein Taschentuch eingeschlagene Uhr in der Hand und beobachtete, wie sich ihr neuer Freund durch die Lücke zwischen den Felsen zwängte und dahinter weiter über den Strand trabte. Kurz bevor er Richtung Dorf abbog, sah er sich noch einmal zu ihr um und winkte. Schnell legte Skye die Uhr beiseite und schlug ein paar Räder, weil sie dachte, darüber würde er sich bestimmt freuen. Dann ging sie zum Abendessen ins Haus.

Ihre Schwester Liberty, die ein Jahr jünger war als sie, stürmte ihr entgegen, sobald sie durch die Tür kam.

»Wo warst du?«, quengelte sie.

»Am Strand.«

»Immer bist du am Strand.« Liberty verzog das Gesicht.

»Dann hättest du mich ja leicht finden können.«

»Ich habe Hunger.«

Bevor Skye ihre Schwester daran erinnern konnte, dass sie sich jederzeit Essen aus der Küche holen konnte und Skye dafür überhaupt nicht brauchte, sah sie über Libertys Schulter hinweg das Spielbrett von *Schlangen und Leitern* auf dem Tisch liegen. Grüne und goldene Schlangen wanden sich auf Abbildungen unartiger Kinder zu, und Skye erkannte, dass sie wie eines dieser verdorbenen Kinder war: Sie hatte Liberty versprochen, heute Nachmittag ein paar Runden mit ihr zu spielen. Aber in der Aufregung, jemanden gefunden zu haben, der die Bucht und ihre Höhle ebenso liebte wie sie, hatte sie das ganz vergessen.

Liberty bemerkte ihren Blick, drehte sich um und schubste das Spielbrett vom Tisch. Laut klackernd fielen die Würfel zu Boden und übertönten kurz die gedämpften Stimmen aus dem Nebenzimmer, wo Mutter offenbar noch mit einer ihrer Kundinnen saß.

»Ich mache dir eine Tasse Tee«, schlug Skye vor, »und dann können wir spielen.«

Liberty schwieg. Skye dachte, sie würde vielleicht gleich nach oben in ihr Zimmer laufen und schmollen, so wie sie es häufig tat. Doch dann nickte sie, und der Frieden war wiederhergestellt. Sie tranken beim Spielen Tee, und Skye widersprach nicht, als Liberty ihre Figur eine falsche Anzahl von Feldern vorrückte, um über eine Leiter weiter nach oben zu gelangen. Sie ließ Liberty auch gewähren, als diese behauptete, Skye habe sich verzählt und müsse über eine Schlange hinunterrutschen. Liberty gewann.

Am nächsten Morgen stand Skye schon mit den ersten Sonnenstrahlen auf, zog ihren Badeanzug an und wartete – die Taschenuhr fest in der Hand – voller Ungeduld auf Nicholas. Sie saß auf dem Fenstersitz im Wohnzimmer, blickte auf ihr geliebtes Meer hinab und hoffte inständig, er werde sich über den gebotenen Anstand hinwegsetzen und jetzt schon kommen, auch wenn es selbst zum Frühstücken noch zu früh war. Als Liberty eine Stunde später die Treppe herunterkam, zog sie beim Anblick von Skyes Badeanzug einen Schmollmund und trat gehässig nach der Schwester. Doch Skye, die dieses Verhalten gewohnt war, konnte ausweichen. In diesem Moment klopfte es, und Skye begann zu strahlen. Auch Nicholas war ihre Bucht offensichtlich wichtiger als das Frühstück.

»Schau bitte nach, wer das ist, mein Schatz«, rief ihre Mutter aus der Küche, in der es immer nach Kaffee, Holzrauch und französischen Zigaretten roch. Vanessa Penrose stand an dem angeschlagenen blauen Windsor-Holzofen und rührte das Porridge um. »Vor zehn erwarte ich eigentlich niemanden.«

Skye war schon durch den Flur zur Tür gerannt und riss sie nun auf. Nicholas stand draußen und neben ihm eine Frau, die ihm besitzergreifend eine Hand auf die Schulter legte. Skyes Lächeln erstarb.

»Ist sie das?«, wollte die Frau wissen.

»Das ist Skye«, antwortete Nicholas.

»Ich möchte deine Mutter sprechen«, sagte die Frau forsch.

»Bitte treten Sie ein«, erwiderte Skye höflich. Während sie die Tür aufhielt, flackerten durch den Wind die Flammen in den gläsernen Öllampen auf – für Elektrizität wohnten sie zu weit vom Ort entfernt.

Ihre Mutter wandte den Kopf und begrüßte den Besuch. In ihrem langen, üppig berüschten und bestickten schwarzen Seidenmorgenrock mit den weiten Ärmeln und dem tiefen Ausschnitt hatte Vanessa Penrose etwas Königliches an sich. Die Frau neben Nicholas starrte sie jedoch an, als würde auch sie Rad schlagend durchs Haus wirbeln und dabei ihr Höschen zeigen.

»Sind Sie zum Frühstück gekommen?«, erkundigte sich Vanessa, so dass die fremde Frau ihren Blick von dem Morgenrock lösen und ihr ins Gesicht sehen musste. »Du bist sicher Nicholas«, fuhr Vanessa fort. »Skye hat mir schon viel von dir erzählt. Ich bin Vanessa … oder Mrs Penrose, wenn du willst. Magst du Porridge?«

Jetzt lächelte Nicholas. »Ja, sehr.«

»Nein, mag er nicht«, sagte die Frau.

»Doch, mag ich, und ich habe Hunger«, sagte Nicholas mit derselben ruhigen Bestimmtheit wie vorhin an der Tür, als er *Das ist Skye* gesagt hatte.

»Skyes Beine sind innen hohl«, erzählte ihm Vanessa nun, »was bedeutet, dass sie kaum richtig stehen kann, bevor sie etwas gegessen hat. Du musst dich also zu uns setzen.«

Skye kicherte, und Nicholas nahm Platz.

»Ich bin Finella Crawford, und Ihre Tochter muss sich bei meinem Neffen entschuldigen.« Nicholas' Tante hatte eine Stimme wie ein Angelhaken: scharf und schneidend. Sie sprach mit demselben Akzent wie Nicholas, aber bei ihr klang es eher aggressiv als interessant.

»Sie hat ein gutes Paar Hosen ruiniert und einen sehr wertvollen Gegenstand gestohlen«, fuhr die Tante fort.

Skye drückte Nicholas unter dem Tisch die Taschenuhr in die Hand.

»Danke«, flüsterte er.

Vanessa nahm eine Orange aus der Obstschale, schnitt sie durch und presste sie aus. Sie goss den Saft in ein Glas und gab es Nicholas. »Von der Hose hat Skye mir erzählt. Ich kann die Knöpfe wieder annähen. Aber stehlen tut meine Tochter auf keinen Fall.«

»Da irren Sie sich. Sie hat meinem Neffen die Taschenuhr gestohlen, die ihm sein Vater hinterlassen hat – mein lieber Bruder.« Nicholas' Tante tupfte sich mit einem Taschentuch die Augen, und Skye hatte den Eindruck, dass sie ihre Vorstellung genoss.

»Die Uhr ist hier«, sagte Nicholas und hielt sie hoch.

»Dann ist das Rätsel ja gelöst.« Mit geschickten Fingern presste Vanessa drei weitere Orangen aus, bevor auch sie sich setzte.

Skye sah Nicholas an. »Es tut mir leid, dass wegen mir ein Knopf an deiner Hose abgerissen ist«, sagte sie artig.

»Knöpfe und Skye passen zusammen wie Meereswind und glattes Haar«, sagte ihre Mutter und blickte auf Finellas windzerzauste Frisur.

Nicholas' Tante wechselte das Thema. »Ich habe gehört, dass Sie die Zukunft weissagen.«

»Das stimmt.«

»Meine Schwägerin würde sich gern ihre Zukunft vorhersagen lassen.« Sie presste die Worte hervor, als fände sie die Vorstellung so abstoßend wie Tierkot. »Sie hat einen schweren Verlust erlitten – ihr Ehemann, Nicholas' Vater, ist verstorben. Auf Anraten meines Arztes habe ich sie von New York in ihr Geburtsland zurückgebracht; sie braucht gute Seeluft und viel Ruhe. Aber in Anbetracht dessen, was sie erlitten hat, bin ich gewillt, ihr diese wunderliche Bitte zu gewähren.«

Skyes Mutter goss Honig auf Nicholas' Porridge. Liberty machte große Augen, als sie die Menge sah, und öffnete schon den Mund, um zu protestieren, aber Skye sah sie an und schüttelte stumm den

Kopf. Der Honig war Ausdruck einer Solidarität, die noch nicht ausgesprochen werden konnte. Genau wie Nicholas hatten auch Skye und Liberty keinen Vater.

»Ich werde Ihrer Schwester die Zukunft lesen, wenn Sie Nicholas weiterhin mit Skye spielen lassen«, sagte Vanessa. »Ich glaube, die beiden tun einander gut.«

Die Tante nickte stumm und wandte sich zum Gehen, als hätte sie ihren Neffen schon vergessen. Skye versuchte, die Lieblosigkeit zu überspielem und rief: »Nicholas wird rechtzeitig zum Abendessen wieder zu Hause sein.«

Im Verlauf des nächsten Monats zeigte Skye ihrem neuen Freund, der ein Jahr älter war als sie und aus einer fernen Stadt mit Wolkenkratzern stammte, ihre Welt. Eine Welt, in der man in Felsenpfützen nach Einsiedlerkrebsen und Borstenkrabben suchte und dann ausprobierte, was auf dem Trockenen schneller davonkrabbelte. Eine Welt, in der man unter den forschen Blicken rotschnäbliger Austernfischer Napfschnecken und Miesmuscheln von den Felsen abkratzte. In der man nach Kaurimuscheln suchte, diesen pfirsichfarbenen, lustig geformten kleinen Muschelschalen, die man leicht übersah und die deshalb umso kostbarer für Skyes Sammlung waren.

Am Anfang kam Liberty noch mit und trabte über den Weg zur Bucht hinter ihnen her. Irgendwann versuchte sie, mit Skye zu verhandeln. »Ich verspreche, dass ich dich nie mehr trete, wenn ihr zu Hause bleibt und mit mir spielt.«

»Komm lieber mit und spiel mit uns hier draußen«, sagte Skye, für die Libertys Tritte keine Bedrohung waren. Der Sommer war für sie nicht die Zeit, um im Haus zu sitzen.

Aber Felsenpfützen erkunden und Muscheln sammeln machte Liberty keinen Spaß. Schmollend setzte sie sich in den Sand, kehrte Skye den Rücken zu und funkelte Nicholas böse an, wenn er ihr die größte und schnellste Krabbe für ein Rennen anbot.

Nach einer Weile vergaß Skye dann ihre Schwester und merkte erst Stunden später, dass sie wieder ins Haus gegangen war, um mit ihren Puppen zu spielen, die artig mit ihr zum Tee zusammensaßen und keine Muscheln von Felsen kratzen wollten.

Eines Morgens auf dem Weg zum Strand war Liberty besonders weinerlich. »Lasst mich nicht allein«, quengelte sie immer wieder.

»Wenn du mitkommst, bis du nicht allein«, entgegnete Skye pragmatisch.

Sie blieb also bei ihnen, doch nach geraumer Zeit schob sie Skye heimlich einen Krebs in den Badeanzug, der dann vor lauter Angst in Skyes Bauch zwickte.

»Du Biest!«, fuhr Skye sie an.

Liberty warf ihrer Schwester eine Handvoll Sand ins Gesicht und brach in Tränen aus. Dann lief sie zum Haus zurück.

Skye sah ihr nach. Der Sand in ihren Augen brannte genauso wie die bösen Worte auf der Zunge. Heute Abend würde sie mit Liberty gleich zweimal *Schlangen und Leitern* spielen, schwor sie sich.

»Lass uns in die Höhle gehen«, sagte sie zu Nicholas.

Im tiefsten, dunkelsten Teil der Höhle, in dem man nichts sah außer Schwarz, legten sie sich nebeneinander auf den Boden. Nachdem sie eine Weile geschwiegen hatten, erzählten sie sich gegenseitig Dinge, die bei Licht nicht erzählt werden konnten.

Nicholas' Geschichten handelten von seinem Vater, der an »exzessivem Gefühl« gestorben war, was auch immer das bedeuten mochte. Seine Mutter war danach auch von exzessivem Gefühl befallen worden, allerdings hatte ihres sie zunächst ans Bett gefesselt und anschließend zurück in ihre Heimat in England gebracht, und nicht in den Himmel zu ihrem Ehemann.

»Deshalb sorgt jetzt meine Tante für mich. Meine Mutter geht nirgendwo mehr hin – nur zu deiner Mutter, um sich die Zukunft weissagen zu lassen.« In seiner Stimme hörte Skye, dass er unter alldem litt – dem Verlust seines Vaters, der Unnahbarkeit seiner Mutter und der strengen, lieblosen Art seiner Tante.

Wir Penroses werden uns um ihn kümmern, beschloss Skye. Doch zunächst musste sie ihm erklären, wer die Penroses waren.

»In der Schule will kein anderes Kind mit mir oder Liberty spielen«, sagte sie, »weil unsere Mutter als Wahrsagerin arbeitet.« Ein Windstoß fuhr durch die Höhle und entlockte ihr noch mehr Wahrheiten. »Und weil Liberty und ich keinen Vater haben. Aber nicht auf die Art, wie du keinen Vater hast. Wir hatten *noch nie* einen. Meine Mutter war nie verheiratet. Man soll aber verheiratet sein, wenn man ein Kind bekommt.«

Solange sie denken konnte, hatte Skye von höhnenden Erwachsenen und spöttelnden Kindern zu hören bekommen, es sei eine Sünde, auf die Weise vaterlos zu sein, wie sie und Liberty es waren. Zu sterben war heldenhaft – einfach nur abwesend zu sein, kam einer Gotteslästerung gleich.

»Ich finde es gut, dass deine Mutter Wahrsagerin ist«, sagte Nicholas. »Ich mag deine Mutter. Und du bist meine Freundin.«

Einige Tage später konnte Skye ihm ihre Lieblingsbeschäftigung vorführen. Am frühen Morgen nahm Vanessa die Kinder zu einer großen Wiese mit, die als Flugfeld diente, und zeigte auf eine De Havilland Gipsy Moth, ein Doppeldeckerflugzeug.

»Heute ist ein wunderbarer Tag zum Fliegen.«

»Zum Fliegen?«, wiederholte Nicholas ungläubig und starrte auf die mit Stoff bespannten Tragflächen.

»Du darfst als Erster«, bot Skye an.

»Ich will hier nicht allein sitzen«, jammerte Liberty, aber Skye hatte keine Lust, mit ihrer Schwester, die das Fliegen hasste, im Auto zu versauern. Lieber rannte sie neben der Moth her, die leicht holpernd Anlauf nahm und sich dann in die Lüfte erhob. Nicholas, der mit Lederhelm, Schal und dicker Jacke gegen die Kälte oben im Himmel gewappnet war, winkte ihr vom vorderen Cockpit aus zu, während Vanessa hinter ihm das Flugzeug steuerte.

Danach war Skye an der Reihe. Nach dem Abheben der Moth durfte sie die Steuerung übernehmen – ihre Mutter gab ihr seit sechs Monaten Flugunterricht. Über die Gosport-Röhren, deren Enden im Lederhelm über ihren Ohren lagen, hörte sie die Anweisungen, die Vanessa in die Röhrenöffnung hineinsprach, auch wenn Skye eigentlich gar keine Unterstützung mehr brauchte.

Skye flog einen Turn und tat dann, was sie bei ihrer Mutter schon Hunderte Male beobachtet hatte: Sie flog mit voller Geschwindigkeit gegen den Wind und lenkte steil nach oben, bis das Flugzeug in Rückenlage kam. Sie liebte es, Loopings zu fliegen, und genoss das aufregende Bauchkribbeln dabei.

»Sag Bescheid, wenn du Probleme hast«, sagte ihre Mutter belustigt. Doch das Flugzeug reagierte genau so, wie Skye es wollte. Im richtigen Moment drosselte sie die Benzinzufuhr, richtete die

Querruder so aus, dass sie parallel zum Boden blieb, und flog einen perfekten, gleichmäßigen Kreis.

Am liebsten hätte sie gleich noch seitliche Loopings vollführt, wie Radschlagen über die Tragflächen, aber sie wusste, sie hatte die Geduld ihrer Mutter schon genug strapaziert, und überließ ihr nun die Landung.

Sobald das Flugzeug stand, hob ihre Mutter sie aus dem Cockpit und sagte: »Ich weiß nicht, ob ich schimpfen oder lachen soll.«

»Lachen wäre mir lieber«, sagte Skye. »Hast du meinen Looping gesehen?«, rief sie Nicholas zu.

»Bist *du* den geflogen?« In seiner Stimme lag tiefe Bewunderung.

»O ja, das war meine Tochter, die mir wohl demonstrieren wollte, dass sie demnächst allein starten und landen kann. Wer weiß, vielleicht wirst du nächstes Jahr auch allein Loopings fliegen – was meinst du, Nicholas?«

Nicholas legte die Hände auf den Stoff der Tragflächen. »Meinen Sie wirklich, das könnte ich auch schaffen?«

»Ich bringe es dir gerne bei. Ich glaube, du besitzt genau die richtigen Voraussetzungen fürs Fliegen. Besonnenheit ist nämlich wichtiger als Wagemut – egal, wie Skye darüber denken mag. Was das betrifft, könntest du ihr gern noch das eine oder andere beibringen.«

»Ich glaube nicht, dass Skye sich von irgendjemandem irgendetwas beibringen lässt«, sagte Nicholas, woraufhin Vanessa lachte und ihm durchs Haar strubbelte. »Da könntest du leider recht haben, mein Junge.«

Viel zu schnell war der Sommer vorbei, und sie konnten ihre Zeit nicht mehr nur am Strand oder auf dem Flugplatz verbringen, sondern mussten wieder zur Schule. Doch selbst die war erträglicher, da Skye dort nun einen Freund hatte. Schon am Ende des ersten Tages wurde diese Tatsache deutlich, als alle durchs Schultor gingen und Skye die üblichen Gemeinheiten der anderen Kinder hörte: »Hexentochter, Teufelin.«

Sie zog ihre Schwester an sich, denn sie hatte gesehen, wie der größte von ihnen, der Sohn des Metzgers, einen Stein genommen hatte und damit auf Liberty zielte, die erfahrungsgemäß das schwächere Opfer war. Skye wehrte den Stein mit ihrem Arm ab und biss die Zähne zusammen, um ihren Schmerz nicht zu zeigen. Die Wunde blutete, und Liberty begann zu weinen.

Als Nicholas kehrtmachte und zu den anderen Kindern ging, wunderte Skye sich kaum. Sie hatte schon befürchtet, dass er sich andere Freunde suchen würde, sobald er mitbekam, wie unbeliebt sie war – Freunde, deren Leben nicht durch Unehelichkeit und Zauberei besudelt waren.

Doch dann baute Nicholas sich vor dem großen Jungen auf und sagte höflich: »Es ist ja bekannt, dass, wann immer man das Wort ›Teufelin‹ in Gegenwart einer solchen ausspricht, man graue Zähne kriegt, die dann bald ausfallen.«

Schnell hob der Metzgerssohn eine Hand vor den Mund, um seine Zahnlücke auf der einen und den grauen Zahn auf der anderen Seite zu verdecken.

Von da an galten Skye und Nicholas als unzertrennliche Freunde. Und weil Nicholas der klügste Schüler war, wagte es niemand, seine Aussage anzuzweifeln.

Nach der Schule gingen sie nun meist zu Skye nach Hause, wo

Nicholas in der Küche zusätzliche Schulaufgaben erledigte. Als Skye ihn das erste Mal dabei beobachtete, wunderte sie sich und sagte, sie mache sich noch nicht einmal die Mühe, ihre Buchstabierübungen zu überprüfen.

»Aber willst du denn nicht eines Tages von hier weg?«, hatte er gefragt und dann den Kopf geschüttelt. »Nein, ich schätze, für dich ist das anders. Aber ich muss dafür sorgen, dass ich später hingehen kann, wohin ich will.«

Von hier weg. Mit einem Schlag traf Skye die Erkenntnis, wie sehr er es hassen musste, bei einer Tante festzusitzen, die ihn nicht lieb hatte, und darauf zu warten, dass seine Mutter irgendwann wieder gesund würde. Von da an setzte sie sich immer zu ihm und übte nicht nur Buchstabieren, sondern nahm sich auch das kniffige Rechnen vor.

Schnell verging ein Jahr, es wurde wieder Sommer. Die beiden verkrochen sich in ihrer Höhle, bekamen von Vanessa Flugunterricht und stromerten durch die Heidemoorlandschaft hinter der Hütte. Hin und wieder veranstaltete Skyes Mutter Partys, zu denen interessante Leute nach Porthleven reisten. Einige übernachteten bei ihnen zu Hause, andere kamen im Ort unter. Obwohl Skye kaum jemanden der Gäste kannte, waren die Partys wie ein plötzliches Sommergewitter: aufwühlend, elektrisierend, belebend.

An solchen Wochenenden überredete Vanessa Nicholas' Tante, ihren Neffen auch bei ihnen übernachten zu lassen, und dann schliefen er und Skye und Liberty in einem Zelt im Garten, weil alle Betten im Haus von den Gästen belegt wurden. Sie badeten und zogen ihre besten Kleider an, und Skye kämmte zu diesem besonderen Anlass sogar die Kletten aus ihren dunkelbraunen Haaren. Dann machten sie und Nicholas es sich auf den Fenstersitz bequem, von dem aus sie alles gut beobachten konnten.

Liberty genoss die Partys auf ihre Weise: Sie spazierte durchs Wohnzimmer, beäugte die schönen Kleider der Frauen, lauschte den Gesprächen und sah mit großen Augen zu den Gästen hinüber, bis diese sie zu sich winkten. Mit strahlendem Gesicht lief sie dann hin und plauderte artig mit ihnen – niemand wäre auf die Idee gekommen, dass dieses brave Mädchen je anderen Leuten Krabben in den Badeanzug schieben würde –, bis es den Erwachsenen zu viel wurde und sie sich wieder ihren eigenen Gesprächen zuwandten. Später bekam Skye mit, wie Liberty die Szenen mit ihren Puppen nachspielte; die dunkelhaarige Puppe, die auch Liberty hieß, war dann immer die Hauptfigur, die im Zentrum der allgemeinen Aufmerksamkeit stand.

Etwa ein Jahr nachdem Skye und Nicholas sich kennengelernt hatten, kam Vanessa auf einer ihrer Partys sehr viel später ins Wohnzimmer als ihre Gäste und sah dabei für Skye ganz fremd aus: eine Frau mit fast schwarzem lockigem Haar und dunkelrot geschminkten Lippen. Sie trug ihr »französisches Kleid«, wie sie es nannte, mit einem eng anliegenden cremefarbenen Miederteil aus Seide und tiefem V-förmigen Dekolleté. Der Rock war über und über mit Straußenfedern in unterschiedlichsten Creme- und Goldtönen bedeckt. Die nackte Haut am Ausschnitt hätte eigentlich von dem dazugehörigen Tuch bedeckt sein sollen, doch Vanessa ließ es meistens weg. Es musste wohl an der Kombination aus den glänzenden vollen Haaren, den roten Lippen und den extravaganten goldenen Federn liegen, vermutete Skye, dass ihre Mutter die ganze Nacht über zum Tanzen aufgefordert wurde.

Es gab einen Mann, der zu jeder Party kam und öfter als die anderen mit Vanessa tanzen durfte. Skye fiel auf, dass ihre Mutter ihn ganz anders anlächelte als sie oder Liberty oder die anderen Gäste. Die zwei tanzten gut zusammen, wie Filmstars, und selbst Liberty saß immer still und verzaubert daneben und beobachtete ihre strahlende Mutter.

An diesem Abend kam der Mann Vanessa sehr nah und flüsterte ihr etwas ins Ohr. Skye wollte nicht mehr länger zusehen. Liberty, die den Kopf an die Wand gelehnt hatte, fielen immer wieder die Augen zu, so dass Skye eine Decke holte und sie ihr über die Beine legte. Dann ging sie mit Nicholas nach draußen.

»Ich wünschte, ich könnte auch so tanzen«, sagte sie seufzend.

»Soll ich es dir zeigen?«

»Du kannst tanzen?«

Er zuckte die Achseln. »Meine Eltern haben mich zum Tanzunterricht geschickt. Alle Gentlemen müssen tanzen können, haben sie gesagt.«

Skye lachte verlegen. »Als Gentleman brauchst du zum Tanzen eine Dame. Und wir wissen doch beide, dass den guten Bürgern von Porthleven zufolge die Penrose-Frauen keine Damen sind.«

»Du bist sehr wohl eine Dame, finde ich.«

Mit diesen Worten verbeugte er sich schwungvoll und lächelte sie so strahlend an, dass ihre Schüchternheit nachließ. Und als sie sich zunächst ziemlich unbeholfen bewegte, zog er sie nicht auf, sondern zeigte ihr wieder und wieder, was sie tun musste. Der volle Mond stand am Himmel. Unten im Meer glänzten die Wellenkämme wie silberne Bänder und tanzten in Richtung Strand.

»Das müssen wir später noch einmal machen, wenn wir älter sind«, sagte Skye, sobald sie die Grundschritte einigermaßen beherrschte. »Diese schöne Landschaft hat ein schöneres Kleid verdient.« Sie deutete auf ihr schlichtes weißes Gewand, das zwar sauber, aber ohne goldene Federn nicht sonderlich spektakulär war.

Nicholas blieb abrupt stehen. »Was, wenn wir dann keine Freunde mehr sind?«

Beinahe wäre Skye ihm auf die Füße getreten. »Wieso sollten wir keine Freunde mehr sein?« Sie stellten sich nebeneinander und starrten aufs Meer hinaus.

»Meine Tante sagt, wir fahren bald wieder nach New York zurück. Ich soll dort dieselbe Schule besuchen, auf der mein Vater war. Sobald es meiner Mutter besser geht, werden wir abreisen.«

»Wird es ihr denn wieder besser gehen?« Skye sah Nicholas' Mutter nur, wenn sie zu ihren Sitzungen ins Haus kam, und dabei wirkte sie immer sehr blass und zerbrechlich, wie ein Gespenst, das jederzeit in die glitzernden Wellen abtauchen und verschwinden könnte.

»Ich … ich weiß es nicht«, sagte Nicholas.

Es war das erste Mal, dass Skye ihn zögern sah. Sie nahm seine Hand und drückte sie. »Du wirst für immer hierbleiben«, versicherte sie ihm. Mit einer Wahrsagerin als Mutter konnte sie in dieser Hinsicht bestimmt auch eine gewisse Kompetenz für sich beanspruchen.

»Ja, das hoffe ich.«

Kapitel 2

Am darauffolgenden Wochenende streiften Skye und Nicholas lieber durch die hügelige Moorlandschaft, als zur Höhle zu gehen, denn der Wind war stürmischer geworden, und so dünn und schmal, wie Skye war, drohte er, sie einfach fortzuwehen. Die Moore reichten hinter dem Haus fast eine halbe Meile weit ins Land, und die zwei Kinder liefen länger und weiter als üblich und entdeckten am Ende des Penrose-Grundstücks eine verwitterte Mauer.

Skye kletterte hinauf und rezitierte aus *Ein Sommernachtstraum*, dem Stück, das sie gerade in der Schule lasen. Noch während sie Hermias Groll über Lysanders vermeintlichen Betrug mit Helena deklamierte – *Weh mir! – Du Gauklerin! du Blütenwurm! / Du Liebesdiebin! Was? Du kamst bei Nacht, / Stahlst meines Liebsten Herz?* – und sich wieder einmal an dem Wort »Blütenwurm« ergötzte, das sie beim nächsten Streit mit Liberty einsetzen wollte, verlor sie das Gleichgewicht und fiel auf die andere Seite der Mauer.

Zwar landete sie weich auf einem Dickicht aus verwilderten Büschen, dennoch verschlug ihr der Aufprall für einen Moment den Atem.

Oben an der Mauer erschien Nicholas' Gesicht. Er musste lachen. »Das ist das erste Mal, dass ich dich sprachlos erlebe.«

Sie lächelte gequält. »Kommst du bitte rüber?«

Behände kletterte er auf ihre Seite und ließ sich vorsichtig hinunter.

Vor ihnen lag ein verlassener Garten, ein Ort, den die Zeit und wucherndes Unkraut vor der Welt verborgen hatten. Falls er zu einem Haus gehörte, so war es nicht zu sehen, was bedeutete, dass auch sie niemand hier entdecken würde.

Neben ihnen auf dem Boden lag eine sehr große Statue. Sie war nicht umgefallen, sondern stellte eine schlafende Frau dar, eine Hand neben dem Gesicht. Ihr Körper war von Moos und Blättern bedeckt, und ein Gestrüpp aus Farnkräutern formte die Haare. Sie war das Schönste, was Skye je gesehen hatte.

»Sie sieht aus wie du, wenn du schläfst«, sagte Nicholas unvermittelt.

Skye schüttelte den Kopf. Nicholas hatte sie bei der Party schlafend gesehen, als sie mit Liberty zusammen im Zelt übernachtet hatten, aber Skye fühlte sich sehr unelegant im Vergleich zu dieser zauberhaften Steinfrau, die auf ewig in einem schönen Traum gefangen schien.

Plötzlich entdeckte sie hinter der Statue etwas: einen See, fast ein kleines Meer, mit einer Seilbrücke darüber. Die Zweige der Trauerweiden am Ufer hingen tief ins Wasser.

Skye lief zum See und stellte probeweise einen Fuß auf die Brücke. Das Seil knarzte, offenbar war es schon lange nicht mehr benutzt worden.

»Was, denkst du, ist da auf der anderen Seite?«, fragte sie und ignorierte dabei die viel wichtigere Frage: *Ist die Brücke sicher?*

»Die andere Seite des Himmels«, antwortete Nicholas, und Skye lächelte.

Sie hatten eine geheime Welt jenseits ihrer eigenen gefunden; eine Welt ohne kranke Mütter und tretende Schwestern und tuschelnde Dorfbewohner und Schulen im fernen New York.

Sie hatten etwa die Mitte der Brücke erreicht, als es passierte.

Skye hörte, wie hinter ihr etwas riss. Blitzschnell fuhr sie herum und sah, dass die Seilkonstruktion unter Nicholas' Füßen auseinanderklaffte. Er verlor den Halt, ergriff im Fallen noch ein Seil, und als der gesamte Boden der Brücke nachgab, tat Skye es ihm gleich. Zum Glück waren diese seitlichen Halteseile der Brücke intakt geblieben, so dass sie sich daran festhalten konnten und nur ihre Beine ins Wasser hingen.

»Wir werden wohl schwimmen müssen«, meinte Skye sachlich, als schlüge ihr Herz gerade nicht mindestens so schnell wie die Propellerflügel der Moth beim Abheben. »Wir können ja so tun, als wäre es das Meer und nicht dieser eklige Schleim.« Skeptisch beäugte sie die grüne Schicht auf dem Wasser, unter der womöglich gruselige Dinge lauerten.

Nicholas war blass geworden, und seine Fingerknöchel traten hervor, weißer als Kalk. Plötzlich sagte er: »Ich kann nicht schwimmen.«

Skye starrte ihn an. »Natürlich kannst du schwimmen. Ich habe dich doch gesehen.«

Aber noch während sie es sagte, fiel ihr ein, dass sie Nicholas tatsächlich noch nie hatte schwimmen sehen. Sie hatten zwar viel Zeit in der Bucht verbracht, aber während sie sich ins Meer gestürzt hatte, war er lieber bei den Felspfützen geblieben. Ein paarmal hatte er bis zu den Knien im Wasser gestanden, aber weiter war er nie gegangen.

»Ich falle gleich«, sagte er.

Skye hörte zum ersten Mal, seit sie ihn kannte, Angst in seiner Stimme. Also tat sie das Einzige, was sie tun konnte. Sie presste die Lippen fest aufeinander und ließ sich ins Wasser gleiten. Dann schwamm sie zu Nicholas.

»Du kannst dich an dem Seil entlanghangeln, bis du stehen kannst«, erklärte sie entschieden, als wäre sie fest davon überzeugt, dass es funktionieren würde. »Wahrscheinlich wird es wehtun, und du wirst Blasen kriegen, aber es ist die einzige Möglichkeit. Ich schwimme neben dir her.«

Nicholas nickte. Keiner von ihnen erwähnte die möglichen Gefahren.

Langsam setzte er sich in Bewegung, wie beim Klettergerüst auf dem Schulhof, an dem er sich immer gut entlanghangeln konnte. Also würde er das hier auch hinbekommen, folgerte Skye. Wie versprochen, schwamm sie neben ihm her und sah ihm fest in die blauen Augen, um ihm so zu versichern, dass er es schaffen würde. Und sein fester Blick in ihre braunen Augen bestätigte ihr, dass er ihr glaubte.

Sie waren noch ein gutes Stück vom Ufer entfernt, als er zu stöhnen begann; das Seil scheuerte ihm allmählich die Haut von den Händen. Skye ließ ihre Füße nach unten sinken, spürte aber noch keinen Grund.

»Es ist nicht mehr weit«, sagte sie trotzdem, und Nicholas hangelte sich weiter, ohne Pause, obwohl er bestimmt schon erschöpft war und offensichtlich Schmerzen hatte.

Wenn jemand das hier schaffen konnte, dann war es Nicholas. Liberty wäre zu schwach, und aus der Schule würde sich keiner so etwas trauen. Vielleicht nicht einmal Skye selbst. Aber Nicholas wachte jeden Morgen in einem Haus ohne Liebe auf und konnte trotzdem ihr allerbester Freund sein. Wenn er es schaffte, solchen Schmerz zu ertragen, dann würde er es auch bis ins flache Wasser schaffen, bevor ihn die Erschöpfung übermannte.

Kurz darauf spürte sie beim Nachtasten den sandigen Boden unter ihren Zehen. »Jetzt kannst du loslassen«, rief sie erleichtert, »und dann hüpfen und dich abstoßen, wie auf einem Springstock. So bleibt dein Mund über Wasser.«

Noch bevor sie ihren Satz beendet hatte, ließ Nicholas los. Da er größer war als sie, brauchte er nur wenige Male zu hüpfen, ehe er gehen konnte. Bald hatten sie es geschafft und ließen sich keuchend aufs Ufer fallen.

»Ich weiß gar nicht, warum *ich* so außer Atem bin«, sagte Skye nach einer Weile. »Was machen deine Hände?« Er hielt sie ihr entgegen, und sie verzog das Gesicht. »Das wird eine Menge Ärger geben.«

Nicholas lächelte nur. »Wenigstens kann ich dich jetzt fragen, was ich dich schon seit dem letzten Sommer fragen will: Bringst du mir schwimmen bei?«

»Gleich morgen fangen wir damit an«, erklärte Skye entschlossen. »Wer hat denn je davon gehört, dass jemand tanzen kann, aber nicht schwimmen?«

»In New York, da tanzt man eben«, sagte er mit aufgesetzt hochnäsiger Stimme, so dass sie lachen musste. »Und in Cornwall schwimmt man. Ich bin froh, dass ich in Cornwall bin.«

»Ich auch. Aber warum hast du mir es nicht schon früher gesagt?«

Er inspizierte seine wund gescheuerten Handflächen. »Ich dachte, du hältst mich dann für einen unfähigen Idioten.«

»Ein Idiot hätte so viel Angst gehabt, dass er ins Wasser gefallen und ertrunken wäre. Ich wusste, das würde dir nicht passieren.«

Nun strahlte er, und Skye spürte, wie ihr bei diesem seltenen Anblick das Herz aufging.

Sie stand auf. »Wir lassen dir jetzt am besten von meiner Mutter die Hände verbinden.«

Glücklicherweise konnte Skye sich darauf verlassen, dass ihre Mutter nicht mit ihr schimpfte, solange sie die Wahrheit sagte. Ihr einziger Kommentar lautete: »Du kannst Nicholas nicht beibringen, wie man schwimmt; das werde ich tun. Ich werde mit ihm jeden Morgen eine halbe Stunde an den Strand gehen, und in der Zeit bleibst du zu Hause und kümmerst dich um deine Schwester. Nicholas' Tante werde ich erzählen, dass er ritterlich für mich Holz gehackt und sich die Hände aufgeschürft hat – und nicht, dass er sich aus dem See eines verlassenen Grundstücks retten musste, das ihr gar nicht erst hättet betreten dürfen. Ich weiß, es wäre sinnlos, euch zu verbieten, wieder dorthin zu gehen, aber ich bitte euch, es nicht zu tun, bis Nicholas gut genug schwimmen kann, um sich aus dem See zu retten, falls er aus irgendeinem Grund wieder hineinfallen sollte.«

Den restlichen Nachmittag über blieben sie im Haus, damit Nicholas' Hände heilen konnten, und lauschten an der Wand, was Vanessa ihren Kundinnen erzählte.

Den letzten Termin an diesem Tag hatte Nicholas' Mutter, und als seine Tante mit ihr kam, stand Nicholas unvermittelt auf. »Lass uns eine Runde spazieren gehen«, sagte er.

»Willst du denn nichts über die Zukunft deiner Mutter hören?«

Er schüttelte den Kopf.

Skye runzelte die Stirn. Wenn sie blieben, erführen sie vielleicht, wann Nicholas' Mutter wieder gesund werden würde. Einerseits hoffte Skye, es werde nie geschehen, weil Nicholas dann nicht fortgehen müsste. Andererseits wünschte sie, Mrs Crawford würde noch an diesem Tag wieder genesen, denn seine Mutter war das Einzige, worüber Nicholas nie sprach. Ihr ureigenes kindliches Gespür sagte Skye, dass hinter diesem Schweigen ein tiefer Schmerz lag.

Sie gingen an der Bucht spazieren, bis Nicholas' Tante oben am Kliff erschien, die Hände in die Hüften stemmte und mit bösem Blick seine bandagierten Hände musterte. »Ich habe nie eingewilligt, auch noch deine Krankenschwester zu spielen.«

Als er mit den zwei Frauen davonging, sah Skye ihrem Freund hinterher. Seine Mutter hatte kein Wort gesprochen, um ihren Sohn zu verteidigen, sondern nur eigenartig beseelt gelächelt, als sei sie gerade gesegnet worden.

»Sagst du mir meine Zukunft auch voraus? Und die von Nicholas?«, wollte Skye von ihrer Mutter wissen, als sie wieder im Haus war.

Vanessa erschauerte leicht. »Nein, Skye, das werde ich niemals tun. Du brauchst also nicht noch einmal danach zu fragen.«

»Aber warum denn?«

»Ich kann dir nichts weissagen, das nicht schon in dir ist. Die Zukunft ist kein Versprechen, das noch eingehalten wird. Sie ist etwas, das nur darauf wartet, zu beginnen. Vielleicht hat sie schon begonnen.«

Nun erschauerte auch Skye. Noch nie hatte sie Angst vor der Gabe gehabt, die ihre Mutter angeblich besaß: zu sehen, was noch nicht geschehen war, und es denen zu offenbaren, die danach fragten – als würde einem eine fingernagelgroße Kaurimuschel mit den perlmuttfarbenen Lippen all ihre Geheimnisse zuraunen.

—

Ein weiteres Jahr verging. Skye wurde vierzehn und fing an, einmal im Monat zu bluten. Sie bekam längere Beine, ihre Brüste und Hüften rundeten sich, und die einzigen Orte, an denen sie sich geborgen fühlte, waren das Meer beim Schwimmen und der Himmel beim Fliegen.

Beim Schwimmen war Nicholas nun immer dabei. Und beim Fliegen ging sie oft schon allein mit der Moth in die Luft – was Nicholas auch bald tat. Es gab weitere Partys, und Skyes Mutter tanzte weiterhin mit dem Mann, der ihr so gern ins Ohr flüsterte.

Liberty teilte ihre Tritte gezielter und schmerzhafter aus, bis sie allmählich immer weniger Zeit mit Skye und Nicholas verbrachte und nur noch selten forderte, Skye möge sie nicht allein lassen. Nur, wenn sie den verborgenen Garten besuchten, ging sie mit, aber selbst dort überließ sie die beiden sich selbst und saß lieber allein und wie verzaubert vor dem schlafenden Mädchen aus Stein, das sie mit ähnlich verträumtem Blick betrachtete wie ihre Mutter beim Tanzen.

Als Skye einmal fragte, woran sie dann denke, zuckte Liberty die Achseln und sagte: »Ans Leben«, als sei das offensichtlich.

Und bevor sie riskierte, Liberty zu provozieren, indem sie sagte, was *sie* dachte – *Das Leben ist hier im Garten und in der Bucht, nicht in einer Statue* –, zuckte Skye lieber ebenfalls die Achseln und ging zurück zu Nicholas auf die Seilbrücke.

Nicholas war inzwischen fünfzehn. Obwohl sie erst vier Jahre befreundet waren, kam es ihr vor, als kenne sie ihn schon ewig. Skye konnte sich an keine Zeit erinnern, in der er nicht das Wichtigste in ihrem Leben gewesen war: ihr Ozean, ihr Himmel.

»Wenn ich an dich denke, sehe ich immer die Farbe Blau vor mir«, sagte er mit seltsam belegter Stimme, als sie am letzten Schultag zu ihr gingen und wiederum ein langer Sommer auf sie wartete. »Wasser und Luft.«

Sie empfand das als besonders schönes Kompliment und lächelte – bis sie sein Gesicht sah. Abrupt blieb sie stehen.

»Ich reise morgen nach New York«, sagte er bedrückt. »Meine Tante hat es mir heute beim Frühstück eröffnet. Aber nur für sechs Wochen. Ich muss einen Test für die Schule absolvieren.«

Sechs Wochen! Genauso gut hätte er »Ein Jahr« sagen können. Alles, was sie sich für den Sommer ausgemalt hatte, war nun zunichtegemacht, wie Spuren im Sand, die die Wellen auslöschten.

Skye trat mit der Schuhspitze gegen den Boden, so dass die schwarze Farbe abplatzte. Die Sonne verschwand hinter dem Horizont, und es entstanden dunkle Schatten, wie jene, die schon jetzt über dem morgigen Tag lagen.

»Komm zurück«, sagte sie, von plötzlicher Angst ergriffen.

»Ich verspreche es«, antwortete er.

Skye sah ihm nach, als er ging, so wie am ersten Tag, als sie sich kennengelernt hatten, und genau wie an jenem Tag drehte er sich noch einmal um und winkte, bevor er aus ihrem Blickfeld verschwand. Auch wenn sie schon zu alt dafür war, schlug sie ein Rad, als wollte sie sagen: Nichts wird sich dadurch ändern.

Im folgenden Monat ging sie nach Möglichkeit jeden Tag zum Fliegen. Sie war nie mit Nicholas zusammen in der Luft gewesen, deshalb nahm sie seine Abwesenheit dort oben nicht so stark wahr wie am Boden. Da ihre Mutter sie nicht jeden Tag zum Flugfeld bringen konnte, kaufte sie ihr ein Fahrrad. Obwohl sie inzwischen schon fast so gut flog wie Vanessa, waren die beiden nicht sicher, wie die anderen Piloten darauf reagieren würden, dass sie mit nur vierzehn Jahren allein fliegen durfte – auch wenn es kein offizielles Verbot gab. Skye, die jetzt beinahe so groß war wie ihre Mutter, setzte also deren Helm und Schutzbrille auf und gab sich für sie aus. Wie üblich vertraute Vanessa ihrer Tochter, dass sie ihre eigenen Grenzen kannte.

Doch als würde der Himmel über die Trennung der beiden Freunde weinen, war der Sommer neblig und feucht, und bei schlechter Sicht konnte Skye nicht fliegen. So lag sie viele Tage zusammengerollt auf dem Fenstersitz und schmollte das Wetter an.

Als Liberty einmal forderte, sie solle sich zu ihr auf den Boden setzen und durch die Wand Vanessas Vorhersagen belauschen, weigerte sich Skye. Warum sollte überhaupt jemand das Recht auf eine Zukunft haben, wo sie selbst doch nur diese verschwommene, verregnete Gegenwart hatte? Wie zu erwarten, kniff Liberty ihre Schwester daraufhin mit aller Kraft in den Arm, doch dann wechselte sie ihre Taktik und starrte Skye einfach nur an, ohne zu blinzeln, was noch viel irritierender war als körperliche Gewalt.

»Liberty, füll doch bitte mal den Korb mit Feuerholz«, sagte Vanessa, als sie dazukam.

»Warum muss *ich* das denn machen?«, quengelte Liberty.

»Skye hat es gestern gemacht.«

Liberty schlurfte los, und Vanessa kochte Skye einen süßen Tee mit Milch.

»Nicholas' Vater war ein sehr reicher Mann«, sagte sie, während sie Teeblätter in die Kanne gab. »Wenn Nicholas alt genug ist, wird er sein Unternehmen erben, und ich glaube, er soll bald schon dafür ausgebildet werden.«

»Was?«, fragte Skye erschrocken.

»Der Zustand seiner Mutter ist inzwischen als nicht behandelbar eingestuft worden, und seine Tante meint, es sei an der Zeit, sich um Nicholas' Zukunft zu kümmern. Sie will, dass er eine gute Ausbildung bekommt, und sie will wieder nach New York ziehen. Weil seine Mutter so krank ist, hat seine Tante nun ihre Rolle übernommen. Er muss also tun, was sie sagt.«

»Warum hast du mir das nicht schon früher erzählt?«

Ihre Mutter lächelte. »Ich habe versucht, die Zukunft hinauszuschieben. Aber Nicholas hat dieses Schicksal schon immer in sich getragen. Er ist jetzt fünfzehn – ein Alter, in dem Geburtsrecht und Traditionen wichtig werden.«

Skye spürte, wie ihr heiße Tränen in die Augen stiegen. Im selben Moment kam Liberty mit dem Holz zurück. Sie sah zu Skye, ließ den Korb fallen und sagte: »Ich werde dich nie mehr anstarren, versprochen.«

Skye wischte sich über die Augen. »Ich weine nicht wegen dir.«

Liberty kam zu ihr auf den Fenstersitz, und Skye wurde ganz warm ums Herz, weil ihre Schwester trotz ihrer aufbrausenden Übellaunigkeit auch sehr lieb sein konnte.

»Er hat gesagt, er kommt zurück«, erklärte Skye ihrer Mutter.

»Ich wüsste nicht, wie er das machen sollte, Skye.«

»Nicholas lügt mich nicht an!«

Da setzte Vanessa sich an den Tisch, und ihr sonst so vertrautes Gesicht nahm einen seltsam fremden Ausdruck an.

Skye griff nach Libertys Hand und hielt sie fest umklammert. Liberty legte ihre zweite Hand noch darüber.

Als Vanessa das sah, begann es um ihren Mund zu zucken. »Ich habe mir überlegt, euch zu eurer Tante nach Frankreich zu schicken, für etwa sechs Monate«, sagte sie unvermittelt. »Ihr könntet dort zur Schule gehen. Und all die Dinge lernen, die ich euch nicht beibringen kann, die sie aber ausgezeichnet beherrscht.« Sie lehnte sich vor und strich Skye über die ungekämmten Haare. »Ich habe mich nie um Frisuren oder gute Manieren geschert, aber wenn ich dich jetzt so ansehe, denke ich, dass ich das vielleicht tun sollte.«

»Ich will nicht nach Frankreich«, sagte Skye.

Liberty schmiegte sich an sie.

Sie hatten diese »Tante« nur zweimal gesehen, damals als kleine Kinder in Frankreich. Aber weil Vanessa ihren Bruder, den Vater von Skye und Liberty, nie geheiratet hatte, gehörte diese Frau nicht wirklich zur Familie.

»Und ich bin es allmählich auch leid, in jedermanns Zukunft zu sehen«, fuhr Vanessa fort, »aber nichts für meine eigene zu tun – die auch zu den wenigen gehört, die ich nie vorhersagen werde. Ich möchte gern das machen, was Amy Johnson gemacht hat: nach Australien fliegen. Einfach abheben und los … Ich will wissen, ob ich solche Herausforderungen auch bewältigen kann. Versteht ihr das?«

»Ich komme mit«, erklärte Skye sofort.

»Mein Wunsch wäre, dass du für mich auf Liberty aufpasst. Und sicher würde dir Frankreich guttun. Wenn du ohne Nicholas in Cornwall bleibst, wirst du ihn nur umso mehr vermissen.«

»Warum ausgerechnet Australien?«, fragte Skye.

»Es ist eine Herausforderung. Ich habe Amy gekannt, und von

uns beiden war ich die bessere Pilotin. Aber sie hat inzwischen Rekorde aufgestellt – in nur einem Tag nach Moskau und in Rekordzeit nach Kapstadt –, und was habe ich erreicht?«

Da begriff Skye, dass das Leben ihrer Mutter in Cornwall – trotz Partys, trotz ihrer beiden Töchter – auch seine Schattenseiten hatte. Dass sie offenbar eine Rastlosigkeit, eine Leere, ein Gefühl der Versäumnis empfand. Bei dieser Erkenntnis spürte Skye einen Schmerz, den sie kaum ertragen konnte.

»Aber …« Sie wusste nicht, wie sie sich ausdrücken sollte. »Ich dachte, alles würde immer so bleiben wie jetzt«, brachte sie schließlich hervor.

»Du kannst nicht immer und ewig nach Kaurimuscheln suchen, Skye.«

—

Sechs Wochen nachdem Nicholas abgereist war, sah Skye eines Morgens einen Mann über den Kliffweg zur Bucht herunterkommen. Erst als er den Strand erreicht hatte, erkannte sie, dass es Nicholas war.

Wie hatte er sich innerhalb von sechs Wochen so verändern können? Er war größer und breitschultriger geworden und sein Gesicht kantiger; alles Jungenhafte war verschwunden. Skye verharrte reglos, die Füße bis zu den Knöcheln im Wasser, und verschränkte abwartend die Arme.

»Lass uns in die Höhle gehen«, sagte sie, als Nicholas in Hörweite war.

Er nickte und folgte ihr ins Dunkel der Kliffhöhle, wo sie sich nebeneinander auf den Rücken legten.

»Ich werde nächste Woche in New York mit der Schule beginnen«, sagte er mit einer neuen, tieferen Stimme. »Meine Tante wollte jemanden damit beauftragen, unsere Sachen hier zusammenzupacken, aber ich habe einen Aufstand gemacht, der Liberty alle Ehre gemacht hätte, und meine Tante überzeugt, dass wir das selbst erledigen.«

»Na, wenn du Liberty nachgeahmt hast, brauche ich mich über deinen Erfolg nicht zu wundern.« Skye zwang sich zu lächeln, damit er es in ihrer Stimme hören konnte.

Die Geräusche ihrer gemeinsamen Kindheit erfüllten die Höhle: das unablässige Heranrollen der Wellen an den Strand, der kraftvolle Sog der Wassermassen, das dröhnende Schäumen beim Aufprall. Wie zum Protest rauschte eine Windbö durch die Höhle: Das hier durfte einfach nicht geschehen. Salzwasser lief Skye über die Wangen – so viele Tränen, es war ein Wunder, dass sie nicht darin ertrank.

Eine Weile sprach keiner von ihnen ein Wort. Sie lagen auf dem Rücken, Seite an Seite, die Hände so dicht beieinander, dass Nicholas' Wärme und Lebendigkeit durch seine Finger in ihre zu strömen schien. Sie hob ihre Hand aus dem Sand, formte mit Daumen und Zeigefinger einen Kreis, kniff ein Auge zusammen und spähte mit dem anderen durch den Ring.

»Als ich damals vor dir das Rad geschlagen habe, war das nur ein winziger Moment. Aber jetzt …« Zögernd breitete sie die Arme aus, so weit sie konnte. »Dieser Moment hier ist zu groß. Er ist so groß, dass ich ihn nicht in voller Größe erfassen kann, und ich will ihn auch nicht spüren. Er ist zu groß«, wiederholte sie.

Sie glaubten, das gedämpfte Geräusch eines Aufpralls wahrzunehmen, als wäre neben ihnen ein Rad schlagendes Mädchen im Sand gelandet. Gleichzeitig drehten beide die Köpfe, doch es war nichts als eine Erinnerung.

»Ich will nicht weggehen«, sagte Nicholas leise.

Skye setzte sich auf, beugte sich zu ihm hinüber und umarmte ihn so fest und stürmisch, dass es mit Sicherheit wehtat. Seine Wangen waren so nass wie ihre. Dann rappelte sie sich auf und rannte davon. Sie spürte einen schmerzvollen Schlag gegen die Brust und dachte, in ihrer Tränenblindheit müsse sie wohl gegen einen Felsvorsprung gelaufen sein.

So schnell sie konnte, rannte sie den Weg zum Haus hinauf und dann weiter in das dahinterliegende Moor. Auf der höchsten Hügelkuppe blieb sie stehen und ließ sich zu Boden sinken. Von hier aus konnte sie alles überblicken, nur Nicholas sah sie nicht, und so würde es von nun an immer sein.

Sie tastete sich ab, fand aber keine Beschädigung des Stoffes, keine Verletzung durch einen Felsvorsprung, und doch war da ein so starker Schmerz, wie sie ihn noch nie zuvor gespürt hatte.

—

Tante Sophie war so geschäftig und munter wie Vanessa, aber freigebiger mit Zärtlichkeiten: Wenn sie redete, beendete sie ihre Sätze eher mit Umarmungen und Küssen als mit Punkten. Sie war die eleganteste Person, die Skye je gesehen hatte, und trug stets Sachen von Schiaparelli oder Poiret. Liberty musterte sie meist ganz verzückt, und selbst Skye versuchte jeden Morgen vor dem Spiegel, das Haar in ähnlich schwungvolle glänzende Wellen zu frisieren wie das ihrer brünetten Tante. Verglichen mit allem anderen, das in Paris passierte, war das allerdings nur eine kleine Veränderung.

Liberty war die Erste, bei der sich eine erkennbare Wandlung vollzog. Sie hörte auf, Skye zu treten. Sie lächelte. Wenn sie morgens aufwachte, freute sie sich darauf, zur Schule zu gehen. Sie wollte nicht mehr das ganze Wochenende in der Wohnung in Passy – im 16. Arrondissement – hocken, sondern besuchte ihre neuen Freundinnen, ging mit ihnen Eis essen und flanierte durch den Jardin du Ranelagh. Sie wurde eine selbstbewusste, elegante Pariserin, fast so wie ihre Tante Sophie.

Skye konnte die Verwandlung nur staunend beobachten.

Die zweite große Veränderung betraf Nicholas. Fast jeden Tag schrieb Skye ihm einen Brief. Doch eine Antwort bekam sie nie.

Als sie nach ihrer letzten Begegnung gedacht hatte, der Schmerz in ihrer Brust sei der schlimmste, den sie je erleiden könnte, war das ein Irrtum gewesen. Jener Schmerz war ein bloßes Stechen gewesen. Denn wenn sie jetzt nach Post schaute und keine Nachricht von ihm vorfand, war es, als würde ihr das Herz brutal herausgerissen und aufgespießt.

Nun war sie diejenige, die lieber im Haus blieb.

Und dann, an Allerheiligen, lag da dieser schreckliche Brief.

Sie kamen gerade von einem Ausflug nach Deauville zurück, weil ihre Tante gehofft hatte, ein Besuch am Meer könnte Skye ein wenig aufmuntern. Doch in dem Moment, da sie den Strand betreten hatten, waren dichte Wolken aufgezogen. Der Wind wehte so stark, dass die Wellen sich wie Schreckgespenster aufbäumten und alle Spaziergänger vertrieben, bis Skye als Einzige zitternd ausharrte und Liberty und ihre Tante sie drängen mussten, wieder nach Hause zu fahren.

Schon auf dem Heimweg spürte sie instinktiv, dass etwas nicht stimmte. Der Brief, der dann in der Eingangshalle auf sie wartete, bestätigte ihre düstere Vorahnung. Eine dichte Wolkendecke hatte das Flugzeug samt Vanessa Penrose in sich aufgesogen und verschlungen. Ihre Mutter würde nie mehr zurückkehren.

Sobald Skye in den folgenden Nächten die Augen schloss, sah sie ihre Mutter aus dem Himmel ins erbarmungslose Nichts stürzen. Dann krabbelte sie zu Liberty ins Bett, wo sie mit offenen Augen nebeneinanderlagen, bis der Schlaf sie übermannte und in schreckliche Alpträume zog. Wenn sie davon weinend aufwachten, verbarg Skye die eigenen Tränen, um ihre Schwester zu trösten.

Die Dinge änderten sich jedoch, als Skye ihren Flugunterricht wieder aufnahm. Oben in der Luft spürte sie Vanessa überall um sich herum und hörte sogar ihre Stimme, die durch die Gosport-Röhre *Ich hab dich lieb, meine Skye* flüsterte.

Ganz aufgeregt legte sie sich am Abend zu Liberty ins Bett und erzählte von ihrem Erlebnis. Sie wollte ihre Schwester dazu bringen mitzufliegen, damit auch sie es hören könnte. Doch Liberty schubste Skye einfach von der Matratze.

»Wieso hast du das gemacht?« Skye rieb sich den Kopf an der Stelle, wo sie auf dem Holzfußboden aufgeschlagen war.

»Du darfst erst wieder in mein Bett, wenn du das Fliegen aufgegeben hast«, entgegnete Liberty wütend.

»Das Fliegen werde ich niemals aufgeben«, erklärte Skye mit Nachdruck. »Lass es mich dir doch einfach mal zeigen …«

»Geh weg!«

Von allem, was Liberty ihr jemals angetan hatte – Treten und Kneifen und Starren und Jammern –, taten diese Worte am meisten weh. Skye stand auf, verließ das Zimmer und legte sich wieder in ihr eigenes Bett.

Danach verbrachten sie die meiste Zeit wieder getrennt, Skye im Flugverein und Liberty mit Freundinnen, die sich für Klatsch und Tratsch interessierten statt für Flugzeuge. Kurz nach ihrem achtzehnten Geburtstag teilte Skye ihrer Schwester mit, sie werde Paris verlassen und nach Cornwall zurückkehren.

Wie eine Furie ging Liberty auf sie los.

»Aber das hier ist jetzt unser Zuhause!«, schrie sie mit rotem Kopf und geballten Fäusten.

»Liberty, das hier ist eine Wohnung in Paris – kein Zuhause«, erwiderte Skye leise und versuchte, ruhig zu bleiben. Sie zählte darauf, dass Liberty sich nach dem Wutanfall beruhigen und mit ihrer Ankündigung abfinden würde.

Doch Liberty stürmte durch den Flur in das Zimmer ihrer Tante und forderte lautstark, Sophie müsse Skye zwingen, in Paris zu bleiben, denn sie habe Vanessa doch versprochen, sich um die beiden Mädchen zu kümmern. Liberty tobte die ganze Nacht und schleuderte ihrer Schwester wüste Beschimpfungen und Beleidigungen an den Kopf, bis Skye vor lauter Angst, sie könne ihre Schwester in den Wahnsinn getrieben haben, kurz vor dem Morgengrauen nachgab und einwilligte, in Paris zu bleiben.

Daraufhin kehrte Liberty ohne ein weiteres Wort in ihr Zimmer zurück, legte sich ins Bett und schlief.

Skye dagegen lag wach und weinte, bis ihr die Augen zuschwollen und der Kragen ihres Kleides so sehr von Tränen durchweicht war, dass sie ihn hätte auswringen können. Die eine Sache, die ihr wichtiger war als alles andere im Leben – nach Cornwall zurückzukehren –, war ihr genommen worden.

Am folgenden Tag sprach Liberty kein Wort mit ihr. Als Skye abends in ihr Zimmer ging, war das Bett so nass, als hätte jemand einen Krug Wasser darüber ausgeleert. Also schlief sie auf dem Sofa.

Am nächsten Tag hatte ihr Fahrrad einen Platten, so dass sie nicht zum Flugfeld fahren konnte. Liberty saß am Frühstückstisch und lächelte sie nur an.

In der folgenden Woche verschwanden einen Tag vor der Abgabefrist zwei von Skyes Hausarbeiten für die Uni, an der sie Geschichte und Sprachen studierte, und sie musste die ganze Nacht aufbleiben, um sie ein weiteres Mal zu schreiben. Gleichzeitig hatte Liberty eine Freundin eingeladen, mit der sie lange aufblieb, sich laut unterhielt und lachte, so dass sich Skye in ihrem Zimmer nebenan kaum konzentrieren konnte.

Etwa einen Monat später fand Skye ihr Fahrrad, das sie mittlerweile repariert hatte, mit zerstochenen Reifen vor.

»Ach herrje, nicht schon wieder«, kommentierte Liberty, als Skye ihr den Schaden zeigte.

Das Verhältnis zwischen ihnen war wieder wie damals mit neun und zehn Jahren, nur dass die Streiche inzwischen weitaus grausamer waren als Krebse im Badeanzug.

An Libertys achtzehntem Geburtstag schrieb Skye einen kurzen Brief an ihre Tante, und als Liberty außer Haus war, packte sie ihren Koffer, ging zum Bahnhof und machte sich auf den Weg nach England.

Teil 2

KAT

Kapitel 3

CORNWALL, JUNI 2012 | Kats Leihwagen rumpelte über einen Weg, der aussah, als wäre er noch nie von einem motorisierten Fahrzeug benutzt worden. Das unbewohnte Cottage ihrer Großmutter lag auf der Kuppe eines Kliffs, als hätte man es an den Rand der Welt verbannt, Gischt und Möwen die einzige Gesellschaft. Trotzdem wirkte es in seiner Verlassenheit auf gewisse Weise erhaben. Die hügelige Moorlandschaft verbarg alle Hinweise auf mögliche Nachbarn, die aber ohnehin mindestens eine halbe Meile entfernt wohnen mussten.

Der Untergrund wurde immer schwieriger zu befahren, also stellte Kat den Motor ab und stieg aus. Sie schwankte, als eine Bö sie erfasste und zurückdrängte. Kurz war ihr, als flüsterte der Wind ihr zu, dass sie nicht hier sein sollte. Sie rieb sich die Arme und bereute sowohl ihre Reise hierher als auch das viel zu leichte Sommerkleid, das sie aus Australien mitgebracht hatte.

Schnell lief sie zur Eingangstreppe, deren Holzbalken unter ihren Füßen knarzten, steckte den Schlüssel ins Schloss und rüttelte an der Tür, bis sie aufschwang. Der Geruch jahrzehntelanger Vernachlässigung schlug ihr entgegen und raubte ihr den Atem. Was hatte sie hier gerade aus seinen Banden befreit?

Sei nicht albern, schalt sie sich, erst still in Gedanken, dann mit lauter Stimme in der Hoffnung, die aufgewühlte Vergangenheit möge sich zurückziehen und der Gegenwart wieder Luft zum Atmen geben.

Sie betrat die Küche, von der man auf das weite, wilde Meer blicken konnte. Der Fenstersitz im Wohnzimmer war verstaubt, wirkte aber einladend, und sie überlegte kurz, ob sie sich hinsetzen und eine Tasse Tee trinken sollte. Aber dann sah sie, dass es nur einen altmodischen Wasserkessel gab, den man auf den Herd stellen musste, und der Herd war genauso altmodisch und musste mit Holz befeuert werden. Also kümmerte sie sich lieber um das, womit ihre Großmutter Margaux sie so überraschend beauftragt hatte.

Kat reiste mehrmals im Jahr nach Europa, um sich mit ihren Modekonservatorenkollegen vom Londoner *Victoria and Albert Museum* zu treffen und – so wie letzte Woche – Vorträge auf Konferenzen und Symposien zu halten, doch in diesem Haus in Cornwall war sie noch nie gewesen. Bis vor drei Tagen hatte sie noch nicht einmal gewusst, dass es existierte.

Margaux hatte sie in London angerufen und gesagt, der Mann aus dem nahe gelegenen Porthleven, der sich offenbar regelmäßig um das Haus kümmerte, sei mittlerweile zu alt und krank und habe schon seit Monaten nicht mehr hingehen können. Ob Kat wohl einmal nach dem Rechten sehen würde?

Kat war so verblüfft über die plötzliche Existenz eines Hauses in Cornwall gewesen, dass sie nur ein paar überraschte Fragen stammeln und aus den Antworten wenig Information ziehen konnte. Sie wusste nur, dass Margaux das Haus schon vor Jahrzehnten gekauft hatte und wo der Schlüssel lag. Nun, vor Ort, war sie nicht minder verblüfft zu entdecken, dass das Haus voll möbliert war – und einem Museum glich.

Alles um sie herum stammte aus den 1920er und frühen 1930er Jahren, als wären die Bewohner zu einem Tagesausflug aufgebrochen und nie wiedergekehrt. Sie fand einen mit Strasssteinen besetzten Art-déco-Kamm aus Zelluloid, eine wunderschöne, seegrün emaillierte Kleiderbürste, Rheinsteinringe in einer glänzenden Lackschatulle und am Klavier einen Satz Notenblätter, die auf ihr Abspielen warteten. Liebevoll strich Kat über den Trichter eines Grammophons, bestaunte das filigrane Muster eines Cloisonné-Anhängers an einer Messingkette, blies die Staubschicht von einer Sammlung Petroleumlampen mit Glaskaminen in verschiedenen Grüntönen. Alles war hübsch hergerichtet, bereit für irgendjemanden, für den dieses Haus vielleicht große Bedeutung gehabt hatte.

Kurz stellte sie sich vor, wie sie die Lampen anzündete, eine Schallplatte auflegte, sich die Kette umband und dadurch in eine weit entfernte Zeit eintauchte, in der sie noch keine Fehler begangen hatte, um dann die letzten Jahre mit der Weisheit und Einsicht der Gegenwart noch mal neu zu durchleben. Doch dann lief ihr ein Schauer über den Rücken, als hätte der bloße Gedanke, die Dinge um sie herum zu benutzen, die Geister im Haus aufgescheucht. Sie fragte sich, was diese Geister umtrieb, und warum Margaux dieses Cottage gekauft hatte, das mehr Mausoleum als Zuhause war.

Kat ging in den nächsten Raum, öffnete und schloss ein paar Schranktüren und prüfte den Inhalt der Schubladen. Sie konnte keinen Hinweis auf tierische Bewohner finden, nur ein paar wenige und zumeist tote Spinnen. Bald fand sie sich wieder in den Strudel unbeantworteter Fragen hineingezogen. Wieso besaß Margaux ein Haus, das sie nie nutzte? War ihre Großmutter jemals hier gewesen? In Kats neununddreißig Lebensjahren konnte das zumindest nicht der Fall gewesen sein. Vielleicht sollte sie ihre Großmutter überreden, es zu verkaufen.

Während Kat über Makler und transkontinentale Umzugsunternehmen nachdachte, erreichte sie den letzten Raum, ein Schlafzimmer, in dem nur ein Bett und zwei Kleiderschränke standen. Sie öffnete die Tür des ersten Schranks, und sofort stach ihr ein leuchtendes Rot in die Augen, danach ein dezentes Rosé, gefolgt von einem Streifen Sonnenblumengelb. Andächtig streckte sie die Hand aus und berührte Stoffe – teure Stoffe: bauschigen Tüll, glitzernde Pailletten, fließenden Samt.

Sie nahm einen der Kleiderbügel von der Stange und erblickte eine unfassbar schöne Kreation: ein langes rotes Abendkleid, trägerlos, mit einem perfekt geformten Bustier als Oberteil und betont schmaler Taille, wie eine Hommage an den New Look. Der Rock schien ein Eigenleben zu führen – als warte er nur darauf, im Tanz herumgewirbelt zu werden, wild und romantisch, ein Rausch in Rot. Sie streichelte den seidigen Stoff, der sich so weich anfühlte wie die Haut eines neugeborenen Babys.

Spontan hielt sie sich das Kleid vor den Körper, wie um einen Kauf zu erwägen. Sie drehte sich zum Spiegel – und erstarrte. Obwohl sie das Kleid noch nicht einmal richtig angezogen hatte, war sie nicht mehr Kat. Sie war die Frau, die sie immer hatte sein wollen – die Frau, die sie zwischen all ihren beruflichen Herausforderungen, dem Großziehen zweier Kinder und dem Durchleben einer Scheidung vergessen hatte zu werden.

Sie suchte nach dem Etikett und las: *Printemps-Été 2012 Christian Dior Paris*, sowie eine Zahlenreihe. Kat hielt ein Kleidungsstück der Haute Couture in den Händen – genau, wie sie es auf Anhieb vermutet hatte. Aber wieso – und woher – hatte ihre Großmutter ein Dior-Kleid, und warum bewahrte sie es in einem bislang verheimlichten Haus in der hintersten Ecke von England auf?

Kat nahm weitere Kleider heraus, von denen jedes genauso bemerkenswert war wie das erste. Ein regenbogenbuntes bauschiges Seidenkleid – Kat wusste, dass es »Robe Hellébore« hieß – aus der Galliano-Kollektion für Dior von 1995. Ein kokettes Kleid in Pink, ebenfalls trägerlos, aber nur knielang, mit einer üppigen Schleife am Rücken.

Kat hängte die Kleider wieder zurück und begutachtete die nächsten Gewänder, indem sie einen Bügel nach dem anderen auf der Kleiderstange weiterschob. Das meiste waren Kleider, aber auch ein paar Kostüme, Röcke und Jacken waren dabei, quer durch alle Modeepochen: vom typischen »Fit-and-Flare-Look« der 1950er – oben eng und unten ausgestellt –, über das provozierende Mini der Sechziger, die weite Lässigkeit der Siebziger, die fast schrille Buntheit der Achtziger bis hin zum neuen Glamour der Neunziger und den eher klassisch ausgerichteten modernen Stilen, ähnlich dem roten Kleid am Anfang. In jedes Kleidungsstück war ein nummeriertes Etikett von Dior eingenäht.

Für das letzte Stück im zweiten Schrank musste sie sich strecken, um es von der Stange zu heben. Ein solches Kleid hatte sie noch nie gesehen: leuchtend azurblau und dem Meer draußen so ähnlich, wie etwas von Menschenhand Geschaffenes nur sein konnte – mit schillernden und geradezu Prisma-ähnlichen Reflexionen, so dass es aussah, als würde sogar hier im schummrigen Schlafzimmer die Sonne darauf scheinen. Wie die ausgefallene Farbe bewies auch der Überfluss an Seide und Tüll, dass dies eine außergewöhnliche Einzelanfertigung war – ein Prachtgewand, das ihre Großmutter sich niemals hätte leisten und bestimmt auch zu keiner Gelegenheit hatte tragen können. Es würde selbst an einer Prinzessin übermäßig feudal wirken.

Kat setzte sich aufs Bett und schloss für einen Moment die Augen. Als sie sie wieder öffnete, hingen die Kleider noch immer dort. Sie nahm ihr Handy und wählte Margaux' Nummer. Es klingelte und klingelte, doch niemand nahm ab. Sie versuchte es erneut, ohne Erfolg.

Also erhob sie sich wieder und legte – als die professionelle und gewissenhafte Modekonservatorin, die sie war – alle fünfundsechzig Kleidungsstücke nacheinander aufs Bett und fotografierte sie.

Es war schon spät, als sie mit allen fertig war. Kat schloss das Haus ab, kehrte zum Wagen zurück und atmete tief durch. Warum hingen die Kleider in diesem verlassenen Haus? Und hatte ihre Großmutter gewollt, dass sie sie fand?

Teil 3

Wenn sie darüber nachdachten, war ihnen durchaus bewusst, dass sie sich an der Grenze des gesellschaftlich Akzeptierten bewegten, selbst unter Kriegsbedingungen. Doch die Gesellschaft war ihnen herzlich egal, genau wie … ihr Platz darin, und sie hatten sich so sehr daran gewöhnt, etwas Besonderes zu sein, dass alles andere … stumpfsinnig und langweilig gewesen wäre.

– Giles Whittell, *Spitfire Women of WWII*

Kapitel 4

PARIS, SEPTEMBER 1939 | Das Mittagessen mit einem Haufen britischer und französischer Piloten ging nahtlos ins Abendessen über, mit viel zu viel Champagner.

»Wir werden über Nacht bleiben müssen«, sagte Skye, während sich die Sonne allmählich verkroch und der Himmel zu dunkel wurde, um noch darin zu fliegen.

»Das werden wir«, stimmte Rose ihr zu, stieß erst mit Skye an und dann mit allen anderen am Tisch.

Valentin aus Paris lieferte den Trinkspruch: »Auf Frieden. Und möge Monsieur Adolf vom allzu zackigen Grüßen einen Herzinfarkt bekommen!«

Alle lachten und tranken darauf so ausgiebig, dass Rose den Kellner um noch mehr Champagner bitten musste, damit sie ihre Angst vor der erbarmungslosen Unterwerfung Europas durch Hitler ertränken konnten. Valentin legte Skye einen Arm um die Schultern, während sie allerlei Geschichten über ihre Sommer im englischen Flugzirkus zum Besten gab. Mit diesen Kunststücken konnte sie einen Teil ihrer Rechnungen bezahlen.

»Was die Leute in den Zirkus lockt, ist die Erwartung, dass ein schrecklicher Unfall passieren könnte«, sagte sie. »Jedes Mal, wenn ich mich mit dem Flugzeug umdrehe, spüre ich, wie alle den Atem anhalten. Sie würden im Pub gern eine tolle Geschichte erzählen:

dass sie dabei waren, als eines der Flugzeuge vom Himmel stürzte und die Lady im Cockpit …«, sie ließ beide Hände gleichzeitig in die Luft schnellen und imitierte eine Explosion, »… auf tragische Weise ums Leben kam.« Nun legte sie sich theatralisch einen Handrücken auf die Stirn. »Diesen Gefallen tue ich ihnen natürlich nie.«

Alle lachten und prosteten symbolisch der Zuschauermenge zu, die Skye durch ihr Überleben enttäuscht hatte.

»Wie ich gehört habe, gehst du auch auf den Tragflächen spazieren«, sagte Valentin.

»O ja, das hat sie beim Magyar-Pilotenpicknick im letzten Jahr eindrucksvoll vorgeführt«, bestätigte Rose und bezog sich dabei auf das jährliche Pilotentreffen knapp außerhalb von Budapest, an dem sie und Skye regelmäßig teilnahmen und leckeres Essen in lustiger Gesellschaft genossen.

»Da konnte ich leider nicht dabei sein«, sagte Valentin bedauernd, »weil ich gerade meinen Militärdienst absolvierte. Für dieses Kunststück brauchst du aber eine außergewöhnlich gute Balance.«

»Und jede Menge Courage«, ergänzte Rose.

»Oder einen ›unverbesserlichen Hang zur Tollkühnheit‹ und eine ›gefährliche Gleichgültigkeit, ob ihr der Kopf auf den Schultern bleibt oder nicht‹. Letzteres ist mein Lieblingszitat«, erklärte Skye und nahm die Zigarette, die Valentin ihr anbot. »Das und noch einiges mehr haben die Langweiler der *Civil Air Guard* in einen Bericht über meine Lehrbefähigung geschrieben. Allerdings werden in England dringend Piloten gebraucht, um die Luftwaffe für den Kriegsfall aufzustocken, und es gibt zu wenig qualifizierte Fluglehrer, so dass sie mich trotz meiner Gleichgültigkeit gewissen Körperteilen gegenüber eingestellt haben.«

»Auf Skyes Köpfchen«, sagte Valentin und hob das Glas. »Möge es lange auf ihren Schultern bleiben.«

Skye lachte und stieß mit den anderen darauf an.

Niemanden am Tisch kümmerte es, dass Skye die Pilotin mit dem wenigsten Geld war – nicht nur hier, sondern vermutlich auch in ganz England. Ihre Fliegerfreunde gehörten zu den ersten ausgebildeten Piloten überhaupt. Sie flogen aus Leidenschaft und nicht, weil es gerade ein angesagtes, extravagantes Hobby war. Dank ihrer unkonventionellen, lebenslustigen Art sprachen sie nie über Geld und waren mehr als bereit, bei diesem von Rose erst gestern spontan organisierten Treffen den Champagner zu bezahlen. Skye war froh, dass sie das Flugzeug ihrer Mutter geerbt hatte und mit den anderen quer durch Europa fliegen konnte. Einige Male hatten sie es auch bis nach Kairo geschafft und einmal sogar bis nach Südafrika. Wenn sie jede Gelegenheit wahrnahm, als Kunstfliegerin im Zirkus oder als Fluglehrerin Geld zu verdienen (wobei sie Letzteres am Montag fortsetzen würde, sobald sie sich von der durchfeierten Pariser Nacht erholt hatte), konnte sie sich Kleidung und Essen kaufen und ihre Maschine einsatzbereit halten.

Um Mitternacht verabschiedeten sich die Piloten nach und nach.

»Meine Wohnung ist ganz in der Nähe«, flüsterte Valentin ihr ins Ohr.

Skye erwog die Einladung, aber sie hatte nicht genug Champagner getrunken, um zu glauben, dass ein Techtelmechtel mit diesem charmanten Pariser sie von der drohenden Kriegsgefahr ablenken könnte. Sie lehnte also ab, während Rose neben ihr eine ähnliche Einladung ausschlug, aber zum »Trost« boten sie den beiden Männern an, noch zum Tanzen in einen Jazzklub abseits der

Rue Pigalle zu gehen. Dort schlang Skye zur Musik von Django Reinhardt ihrem Verehrer die Arme um den Hals und ließ sich küssen, denn hin und wieder war es schön, solch eine zwanglose Intimität zu genießen, ohne Angst vor einem gebrochenen Herzen haben zu müssen.

Die bunte Nacht endete mit einer perfekten Pariser Morgendämmerung: Wie ein weicher Samtvorhang fiel feiner Regen vom Himmel, und gleichzeitig schien die Sonne, so dass über der Sacré-Cœur ein doppelter Regenbogen entstand. Skye las darin das hoffnungsvolle Versprechen auf eine Zukunft ohne Krieg – doch dann zeigte Valentin ihr die Schlagzeile der Morgenzeitung, die lautete: *Hitler fällt in Polen ein*. Der Regenbogen löste sich auf.

Auf der Fahrt zum Flugfeld schwiegen alle. Dort angekommen, sagte Rose zu Skye: »Ich glaube, heute ist ein guter Tag für große Gesten.«

»Da hast du recht«, meinte Skye und ließ Rose im Cockpit der Moth vorn sitzen. Nachdem sie gestartet und in stabilem Flug unterwegs waren, kletterte Skye auf eine der Tragflächen und führte das Kunststück vor, von dem sie am Vorabend gesprochen hatten.

Rose flog extra tief, damit alle sehen konnten, wie Skye auf dem Flugzeug herumspazierte. Skyes Haare und ihr himmelblaues Halstuch flatterten im Wind. Sie machte einen einfachen Handstand – sie hatte zwar immer schon mal auf den Tragflächen Rad schlagen wollen, aber dafür war selbst sie nicht wagemutig genug – und winkte dann ihren Freunden am Boden zu, die mit offenem Mund zu ihnen hinaufstarrten.

Sie landeten, und Valentin, der wirklich außergewöhnlich charmant und gut aussehend war, gab ihr zum Abschied einen Kuss.

Skye versprach nicht, dass sie schreiben würde – davon hatte Nicholas sie kuriert.

Wieder in der Luft, wackelte sie zum Gruß mit den Tragflächen, während Rose und die anderen ihre neueren und schnelleren Flugzeuge bestiegen, und flog davon.

Sie wünschte, sie könnte auch vor der Unheil verkündenden Schlagzeile davonfliegen, doch spätestens nach ihrer Landung knapp außerhalb von London löste sich diese Vorstellung in Luft auf, denn nun war sie sogar selbst davon betroffen. Sie stellte die Moth an ihrem üblichen Platz im Flugverein ab, stieg aus und sah, dass einer ihrer Schüler bereits auf sie wartete.

»Damit ist es jetzt vorbei«, sagte Ted.

»Womit?«

»Zivilflügen. Ab übermorgen sind sie verboten. Auch die *Civil Air Guard* wird aufgelöst. Man rechnet jeden Tag mit einer Kriegserklärung, und niemand darf mehr fliegen – außer Piloten der *Royal Air Force*. Der Himmel gehört jetzt ihnen.«

Skye war fassungslos. *Es darf niemand mehr fliegen außer Piloten der RAF.* Als Frau konnte sie niemals Pilotin der Luftwaffe werden, was bedeutete, dass das Fliegen für sie nun endgültig vorbei war.

—

Skye war jedoch entschlossen, dieses Schicksal abzuwenden. Zwei Tage später zog sie ihr schlichtes dunkelblaues Flugkostüm an und hoffte, dass sie mit den weiten Puffärmeln, der schmalen Taille und den ausgestellten Schößchen der Jacke nicht zu modisch wirkte, um als ernst zu nehmende Pilotin zu gelten. Sie lief durch ein aufgescheuchtes London, in dem alle den Himmel nach Anzeichen für jenen Krieg abzusuchen schienen, an dem sie angeblich seit heute beteiligt waren. Doch die einzigen Anzeichen, die Skye entdecken konnte, waren geschlossene Filmtheater, das Fehlen von Kindern – die größtenteils aufs Land verschickt worden waren – und die Streifen gelbgrüner Gaserkennungsfarbe auf roten Briefkästen, die bei einem Gasangriff durch Farbveränderung giftige Gase anzeigen sollten.

Im Flugministerium erklärte sie dem jungen Mann am Schalter, wie viel Flugerfahrung sie bereits besaß.

»Gehen Sie zur Frauenhilfsluftwaffe«, sagte er. »Der Women's Auxiliary Air Force, kurz *WAAF*.«

»Das klingt perfekt«, sagte Skye. »Werde ich dort unterrichten? Oder selbst flie…«

Der Mann unterbrach sie. »In der *WAAF* wird nicht geflogen. Die Frauen packen Fallschirme und überwachen die Bewegung von Flugzeugen. Oder sie chauffieren die Piloten. Darin wären Sie bestimmt gut.« Er zwinkerte vielsagend. »Im Auto natürlich«, fügte er noch hinzu, als müsse er betonen, dass sie auf jeden Fall am Boden bleiben würde.

»Auto fahren habe ich nie gelernt«, erwiderte Skye trocken.

Zwei Wochen lang marschierte sie täglich ins Flugministerium, und jedes Mal gab ihr der Mann am Schalter dieselbe Antwort. Am Ende der zwei Wochen musste sie zu dem schmerzhaften Schluss kommen, dass man ihr wohl tatsächlich niemals erlauben würde, zu fliegen.

Skye blieb im Foyer stehen. Ihr himmelblaues Halstuch hing schlaff herunter. Sie zwang sich, noch einmal umzukehren. »Könnte ich bitte das Anmeldeformular für die *WAAF* haben?«

Der Mann grinste. »Die suchen gerade dringend Schreibkräfte für den Schreibmaschinenpool.«

Skye stellte sich vor, wie sie in einem riesigen Saal zwischen hundert anderen Frauen hockte, die mit verkniffenem Lächeln auf den rot geschminkten Lippen ihren Frust in die Schreibmaschinentastaturen hämmerten. Anstatt sich auf diese Weise durch den Krieg zu tippsen, wollte sie London dann doch lieber verlassen.

War das die Zukunft, die ihre Mutter ihr nicht hatte vorhersagen wollen? Dass ein Krieg kommen und Menschen sterben würden? So wie Skye selbst innerlich sterben würde, wenn sie nicht mehr fliegen durfte.

—

Im ruhigen Cornwall wollte Skye darüber nachdenken, wie es für sie weiterginge. Sie fuhr mit dem Zug nach Helston, nahm von dort den Bus nach Porthleven und ging den restlichen Weg zum Cottage zu Fuß. Es war seltsam, wieder hier zu sein, ohne ihre Mutter und ohne Liberty, von der sie inzwischen so entfremdet war. Nach all den Jahren in Frankreich, vielleicht auch wegen des Anteils an französischem Blut in ihren Adern, fühlte sie sich mittlerweile fast als Französin. Selbst ihr Englisch hatte einen französischen Akzent.

Nachdem sie das Kliff erklommen hatte, starrte sie aufs Meer hinab. Heute sah es weiß aus, wie eine Braut: weißen Rüschenspitzen gleich rollten die Wellenkämme einer nach dem anderen vom Horizont heran. Plötzlich hörte sie Motorengeräusche und drehte sich um. Als sie die Fahrerin des herannahenden Automobils erkannte, ärgerte sie sich über sich selbst, dass sie nicht früher schon an Pauline Gower gedacht hatte. Natürlich würde Pauline wissen, ob und wie Skye oder irgendeine andere Frau in diesem seltsamen Krieg, in dem bisher kaum ein Schuss gefallen war, in ein Flugzeug steigen und fliegen könnte.

Sie kannte Pauline von ihrer ersten Saison in Tom Campbell Blacks Flugshow. Neben Amy Johnson und möglicherweise Skye selbst gehörte Pauline zu den erfahrensten Pilotinnen des Landes. Ihr Vater war Mitglied des Parlaments, was bedeutete, dass Pauline hochrangige Leute kannte und folglich auch über alle wichtigen Ereignisse informiert war. Und ähnlich wie Rose war sie eine Adlige, der völlig egal war, dass Skye keinen Tropfen blauen Blutes in sich hatte.

Pauline stieg aus dem Wagen und lächelte. »Ich nehme an, du bist die Nervensäge, die den Jungs im Flugministerium keine Ruhe gelassen hat.«

Skye schnitt eine Grimasse. »Ja, die bin ich.« Sie setzte sich mit Pauline in die alte Gartenschaukel auf der Veranda, von der aus man Richtung Frankreich blicken konnte. »Bei der *Civil Air Guard* im letzten Jahr habe ich den Männern immer wieder die Anzahl meiner geflogenen Stunden auflisten müssen – Männern, die ich unterrichten sollte, die sich aber weigerten, mit ›einem Mädchen‹ zu fliegen. Ich habe mich nicht davon beirren lassen, denn wichtig war ja, dass sie fliegen lernen. Alle, die sich darauf einließen, dachten dann wohl, die eine Stunde mit mir im Cockpit gebe ihnen die Erlaubnis, auch *meine* Flügel aus nächster Nähe zu inspizieren. Bisher habe ich mich nicht beschwert. Aber bald werde ich mir die Zunge abbeißen müssen, wenn ich weiterhin so tun soll, als wäre ich brav und fügsam.«

»Dann wird dich meine Einladung wohl kaum interessieren«, sagte Pauline. »Denn die erfordert durchaus brave Fügsamkeit.«

»Wie wäre es mit einem Drink? Vielleicht hilft das ja dabei, mich in den geforderten Zustand zu versetzen.«

Skye ging ins Haus, holte eine der Champagnerflaschen, die sie aus Paris mitgebracht hatte, und schenkte zwei Gläser ein. Pauline prostete ihr zu.

»Du wirkst ziemlich vergnügt.« Skye zog die Füße unter sich auf die Schaukel. »Du darfst doch sicher auch nicht fliegen.«

»Im Moment noch nicht, nein. Aber ich bin gerade dabei, Pilotinnen zu rekrutieren.« Das Lächeln ihrer Freundin war so strahlend, dass es Skye wie der Sonnendurchbruch nach einer Woche Nebel vorkam.

»Wofür denn? Will die *Royal Air Force* Frauen mit Federkostümchen ausstaffieren, damit sie die Piloten in ihrer Freizeit mit Kunststücken unterhalten?«

»Dir würden Federn auf jeden Fall besser stehen als mir.« Pauline lachte. »Nein, ich darf zwölf Frauen für die Lufttransportunterstützung rekrutieren. Das ist eine zivile Organisation, die Flugzeuge der *Royal Air Force* aus Fabriken und Wartungseinheiten zu den Luftstützpunkten bringt. Sie haben nämlich nicht genug Piloten. Du kannst dir nicht vorstellen, wie viele Flugzeuge gerade gebaut werden, die dann quer durchs Land transportiert werden müssen. Deshalb sollen auch Pilotinnen eingesetzt werden.«

Ted hatte also falsch gelegen: Skye würde doch fliegen! Und außerdem …

»Heißt das, ich kann bald in einer Spitfire sitzen?« Skye begann zu grinsen.

»Bevor du davon träumst, die erste Frau zu werden, die eine Spitfire fliegt, solltest du bedenken, dass alles ganz formell ablaufen muss. Erst ein Mittagessen mit zwanzig Frauen – also im Grunde alle Frauen in England, die je ein Flugzeug geflogen haben – und dann ein Testflug. Auch für dich«, fügte Pauline hinzu, bevor Skye protestieren konnte. »Allerdings nicht in der zentralen Flugschule der *Royal Air Force*. Die waren da wohl ziemlich pikiert, dass ihnen dieses anstößige Projekt aufgezwungen wird, und sie weigern sich, Frauen in die heiligen Hallen ihrer Eliteflugschule zu lassen.«

Skye grinste. »Für ihre Entrüstung bin ich ihnen sehr dankbar, denn meine Chancen stehen besser, wenn du diejenige bist, die die Auswahl trifft. Also gut, ich werde einen Testflug absolvieren. Und ich werde eine der zwölf Auserwählten sein. Ich muss es einfach.«

—

»Skye!« Rose war deutlich nüchterner als bei ihrer letzten Begegnung in Paris. Mit ausgebreiteten Armen begrüßte sie Skye auf dem Whitchurch Flugplatz bei Bristol.

Skye küsste sie auf beide Wangen. Ihre Freundin trug das Haar in ebenmäßige Locken frisiert und dazu ein seriöses grüngraues Kostüm. Auf einmal machte Skye sich Sorgen, dass sie sich nicht genug Gedanken um ihr eigenes Erscheinungsbild gemacht hatte. Schlimm genug, dass sie eine Hose trug, aber mit dem roten Pullover und dem üblichen himmelblauen Halstuch war sie insgesamt bestimmt viel zu bunt und auffällig gekleidet. Schnell strich sie sich übers Haar, das sie mit Lockenwicklern hatte bändigen wollen, das dadurch aber noch mehr einer wilden Mähne glich als sonst.

»Die *Royal Air Force* hat jemanden zum Zugucken geschickt«, flüsterte Rose. Sie deutete auf einen Air Marshall, der gerade eingetroffen war und der Skye vage bekannt vorkam.

»Ha, der wird sich wundern«, antwortete Skye kämpferisch.

Die meisten der zwanzig hier versammelten Frauen kannte sie, zumindest vom Sehen, und jede hatte mehr als fünfhundert Flugstunden absolviert. Es war lächerlich, dass die *RAF* von ihnen verlangte, ihre Tauglichkeit unter Beweis zu stellen.

Plötzlich wurde Skye klar, woher sie den Air Marshall kannte. Es war der Mann, der auf den Partys ihrer Mutter getanzt und Vanessa dabei vertraulich ins Ohr geflüstert hatte. Mit dem Verständnis einer erwachsenen Frau tippte Skye inzwischen darauf, dass sie ein Verhältnis gehabt hatten. Sie verspürte kurz den Impuls, hinzugehen und zu fragen, ob er Vanessa Penrose kenne, um mit jemandem über ihre Mutter reden zu können. Aber dann überlegte sie es sich anders. Sie drehte sich um, bevor er sie erkennen konnte, und setzte Helm und Schutzbrille auf. Vielleicht war es besser, nicht darauf hinzuweisen, dass sie Vanessa Penroses Tochter war. Sie fürchtete, man würde sie als uneheliches Kind nicht einmal zum Testflug zulassen.

Sie stellte sich so weit vom Air Marshall entfernt hin, wie es nur ging, und beobachtete, wie Rose nach ihrem hervorragenden Testflug sehr präzise und, ja, »gesittet« wieder landete. Plötzlich wurde sie nervös. Viele der Frauen gehörten genau wie Rose dem niederen Adel an und waren sogar bei Hofe eingeführt worden, womit sie nicht nur über das richtige Benehmen und Auftreten verfügten, sondern auch über die Verbindungen, die Pauline brauchte.

Marion Wilberforce war die Tochter eines schottischen Gutsbesitzers. Gabrielle Patterson war die erste Frau in England, die eine Lizenz als Fluglehrerin erworben hatte. Margaret Fairweathers Vater war Vicomte und ihr Bruder Hauptgeschäftsführer der Fluggesellschaft *British Overseas Airways Corporation*. Skye hingegen hatte eine tote Mutter und einen unbekannten Vater und kam aus dem Flugzirkus. Das Herz klopfte ihr bis zum Hals, und sie fragte sich, ob sie es überhaupt schaffen würde, in ein Flugzeug zu steigen, geschweige denn, zu fliegen.

Glücklicherweise erinnerte sich ihr Körper an das, was zu tun war, und sie absolvierte den Testflug mit Bravour. Ob Pauline aber ausgerechnet sie erwählen würde, blieb zweifelhaft. Zu den waghalsigen Tragflächenspaziergängen, für die Skye bekannt war, kam noch ihre Jugend hinzu: Mit einundzwanzig Jahren waren sie und Joan Hughes die mit Abstand jüngsten Anwärterinnen. Und die ursprünglich angedachten zwölf Frauen waren auf acht reduziert worden – Skyes Chance betrug also weniger als fünfzig Prozent.

Sie wartete bis zum letzten Testflug, dann konnte sie sich nicht mehr beherrschen. »Wie wirst du dich entscheiden, Pauline?«, platzte es aus ihr heraus.

»Ich habe keine Ahnung.« Pauline wirkte erschöpft, und Skye wurde klar, wie hart sie dafür gekämpft haben musste, das alles hier möglich zu machen. Und wie wichtig die richtige Auswahl der Pilotinnen war, um zu zeigen, dass die Bedenken der *RAF* gegenüber Frauen völlig unberechtigt waren.

Skye überlegte. Sie musste Pauline irgendwie zeigen, dass sie Vorzüge besaß, die denen einer Vicomte-Tochter in nichts nachstanden.

»Ich hätte zwar nie gedacht, dass ich das einmal als Vorteil erachten würde«, begann sie, während die Idee in ihrem Kopf Gestalt annahm, »aber wie du weißt, habe ich keine richtige Familie mehr. Beim Fliegen würde ich nicht durch Menschen beeinträchtigt werden, die ich liebe. Sich Sorgen um Väter oder Brüder oder Ehemänner zu machen, die im Krieg ihr Leben verlieren könnten, steht der Konzentration im Weg, die man als gute Pilotin braucht. Von so etwas würde ich nie abgelenkt werden.«

»Der Krieg ändert die Dinge, nicht wahr?« Pauline lächelte schwach, und es war das erste Mal an diesem Tag, dass ihr Gesicht sich entspannte. »Wenn ich eines über dich weiß, Skye, dann, dass du zwar wie eine Draufgängerin erscheinen magst, aber weil du deine Mutter an den Himmel verloren hast, ist alles einwandfrei, was du da oben treibst. In dich habe ich … Vertrauen«, fuhr sie fort, als wäre ihr gerade ein Licht aufgegangen. »Vielleicht entscheide ich danach. Letzten Endes kommt es darauf an, wem ich vertrauen kann.«

—

Am ersten Januar 1940, während der Krieg sich immer noch mehr durch Vorbereitungen bemerkbar machte als durch Kampfhandlungen, wurde Skye eine der ersten acht Frauen der zivilen Hilfsorganisation der Luftwaffe, der *Air Transport Auxiliary* oder *ATA*. Sie wurde auf dem Flugfeld Hatfield nördlich von London stationiert und begann mit dem Dienstgrad Flying Officer ganz unten. Die Uniformen der *ATA* wurden von dem Modehändler Austin Reed angefertigt: marineblaue Hosenanzüge, deren Jacken mit goldenen Streifen dekoriert waren. Allerdings sahen die Pilotinnen sich dazu gezwungen, die Jacken eigenhändig umzuändern, damit sie schnittiger aussahen. Die Schneider bei Austin Reed hatten noch nie etwas für Frauen hergestellt und waren beim Abmessen ihrer Brustweiten und Beinlängen übervorsichtig gewesen, um sie nicht unsittlich zu berühren. Als Resultat hing der Schritt der Hosen viel zu tief, und in die Blusen hätten bequem zwei Frauen hineingepasst. Skye hoffte, dass dies kein böses Omen dafür war, wie sie und die anderen Pilotinnen in Zukunft behandelt werden würden.

Anders als die Männer erhielten die Frauen kein eigenes Quartier auf der Flugbasis, sondern mussten sich selbst um eine Unterkunft bemühen. Rose, Skye und Joan Hughes, deren Gesicht mit den Grübchen und den Apfelbäckchen an das eines Kindes erinnerte, bezogen Zimmer im Stonehouse Hotel und konnten von dort aus zu Fuß zum Flugfeld laufen. Die separate Unterbringung war also noch einigermaßen erträglich, aber als die drei Frauen ihren ersten Arbeitstag antraten, wurde die skandalöse Ungleichbehandlung von Männern und Frauen offensichtlich.

Fassungslos standen sie an der Tür zu ihrem neuen Hauptquartier und starrten in die schmuddelige Hütte, die als Zentrale, Aufenthaltsraum, Umkleide und Kantine dienen sollte.

»Na, das sieht ja glamourös aus«, kommentierte Rose sarkastisch.

»Gibt es überhaupt genug Stühle, damit wir uns alle hinsetzen können?«, wollte Skye wissen.

»Nein«, hörten sie Paulines Stimme hinter sich. »Ihr müsst entweder früh da sein oder mit einer Armlehne vorliebnehmen.«

Sofort stürmten Rose, Joan und Skye in den Raum und belegten drei der Stühle, deren zerschlissene Polster und ungleich langen

Beine darauf schließen ließen, dass die *RAF* das Quartier der Frauen offenbar als Müllkippe ansah.

In den nächsten Tagen machten einige Schlagzeilen die Nation darauf aufmerksam, dass im Flugwesen etwas Ungewöhnliches vor sich ging. Bei der Überschrift *Acht Mädchen zeigen es der RAF* zuckte Skye zusammen. Jetzt wurde es kritisch, denn sie ahnte, dass dies der *Royal Air Force* nicht gefallen würde.

Clever, wie sie war, lud Pauline die Presse danach ausdrücklich nach Hatfield ein, um die acht »Mädchen« der Öffentlichkeit vorzustellen. Sie hoffte, schon im Vorfeld breite Zustimmung für ihre Sache zu gewinnen und so die *RAF*-Leute zu besänftigen.

Für den Pressebesuch platzierten sich die Frauen um einen gedeckten Tisch, als würden Häppchen, Tee und Kuchen sie konventioneller erscheinen lassen. Die Fotografen machten Aufnahmen von der schweigenden Gruppe, dann baten sie um etwas mehr Action.

Die Frauen legten ihre Fallschirme an und rannten zu den Flugzeugen, nur um dann um einen zweiten Durchlauf gebeten zu werden, weil die Fotografen es nicht gut ins Bild bekommen hatten. Skye ermahnte sich, ruhig zu bleiben, und lächelte mit zusammengebissenen Zähnen. Aber nach sechs solcher Sprints mit dem schweren Fallschirm auf dem Rücken – und zwar aus keinem anderen Grund, als dass die Fotografen offenkundig inkompetent waren – verließ sie allmählich die Geduld.

Als sie auf Paulines Kommando hin endlich mit einer Moth starten durfte, flog sie einen einwandfreien und bemüht sittsamen Looping, um den Journalisten zu zeigen, dass Frauen keine sechs Anläufe brauchten, um kompetent ihren Job zu machen. Während sie kopfüber in der Luft hing, überkam sie wieder die kribbelige Freude von früher, die sie seit dem Anblick des verwahrlosten Frauenquartiers nicht mehr empfunden hatte.

Rose schenkte ihr bei der Landung ein breites Lächeln.

Lachend stieg Skye aus, sprang von der Tragfläche, zog den Helm ab und fuhr sich durch das windzerzauste Haar, um es für die Zeitungsfotografen zu bändigen, wie es sich für eine anständige junge Frau gehörte.

Immer noch erfüllt von dem aufregenden Gefühl ihrer Luftpirouette, dachte sie sich nichts weiter dabei, als ein Dutzend Kamerablitze aufleuchteten. Sie war stolz, die Kompetenz der *ATA*-Frauen demonstriert zu haben ... bis die Fotos am nächsten Tag in den Zeitungen erschienen. In jeder einzelnen war ihr Flugzeug in Rückenlage zu sehen und daneben sie selbst, wie sie sich das Haar aus dem strahlenden Gesicht strich – wie ein Fotomodell, das für die *Vogue* posierte.

»O nein!«, war alles, was sie zu sagen vermochte, als Rose ihr den Artikel zeigte, und ein weiteres »O nein«, als Pauline sie in ihr Büro zitierte.

Mehrere aufgeschlagenen Zeitungen lagen auf dem Tisch und zeigten Skyes mannequinhafte Pose und ihr Flugkunststück, so dass es insgesamt nach der Launenhaftigkeit einer allzu unbekümmerten Frau aussah, die im einen Moment Flugzeuge auf den Kopf stellt und im nächsten für die Kameras posiert.

»Wie schlimm ist es?« Skye setzte sich, weil sie spürte, dass sie die Situation stehend nicht ertragen würde. »Ich wollte nicht, dass das dabei herauskommt, das musst du mir glauben. Nach ihren anfänglichen Stümpereien hätte ich nie gedacht, dass die Fotografen ein Flugzeug im Looping festhalten können.«

»Es ist offensichtlich, dass du nicht nachgedacht hast«, erwiderte Pauline eisig. »Hier ist ein Leserbrief, den das Magazin *Aeroplane* in der nächsten Ausgabe publizieren will. *Ich bin schockiert, dass weibliche Piloten herangezogen werden, wo es doch so viele qualifizierte Männer gibt. Das aufschneiderische Gehabe dieser Frauen ist verachtenswert.*«

Verachtenswert, dachte Skye missmutig. Hitler war verachtenswert. Nicht Frauen, die Flugzeuge flogen.

»Aber es gibt doch nun mal nicht genug Männer«, protestierte sie. »Und es ist auch nicht so, als würden wir ihnen die Arbeit wegnehmen. Wir helfen ihnen doch –« Sie brach ab, als Pauline weiter vorlas.

»*Das Problem ist doch, dass Frauen Arbeiten erledigen wollen, für die sie nicht geeignet sind. Frauen, die denken, sie müssten Hochgeschwindigkeitsbomber fliegen, während sie nicht einmal ordentlich Fußböden schrubben können, sind eine Plage.*«

Heiße Scham stieg in Skye auf. Sie klappte die Zeitung zu, weil sie ihr eigenes Bild nicht mehr ertragen konnte. Ihr wurde klar, dass ein Hang zum Einzelgängertum zwar nützlich sein konnte, wenn man flog, gleichzeitig aber dazu führen konnte, nur an sich selbst zu denken … was völlig indiskutabel war, wenn man zu einem Team gehörte.

»Werden sie unsere Arbeit beenden?«, fragte sie, bevor ihr ein Gedanke kam. Es war die einzig mögliche Lösung. Rose, Joan und die anderen fünf Frauen hatten schließlich nichts falsch gemacht.

»Ich werde austreten«, sagte Skye und versuchte, die Vorstellung einer Zukunft ohne Fliegen zu verdrängen, die sie sich durch egoistische Unbesonnenheit eingebrockt hatte.

Pauline seufzte. »Ich darf es dir eigentlich nicht sagen, aber die Öffentlichkeit ist von dir, deiner Waghalsigkeit und deinem guten Aussehen so entzückt, dass die *Royal Air Force* sich lieber selbst in den Hintern tritt als uns. Das Projekt jetzt abzubrechen, würde mehr öffentlichen Unmut hervorrufen, als uns weitermachen zu lassen. Die Presse ist fasziniert von uns. Alle Männer und Frauen in England sind fasziniert – vor allem die Männer«, fügte sie hinzu. »Du bist das Vorzeigemädchen der *ATA*, ob es dir gefällt oder nicht. Und die *RAF* ist klug genug zu erkennen, dass sie sich keine Freunde macht, wenn sie ihr Vorzeigemädchen entlässt. Trotzdem bekommst du hiermit eine offizielle Abmahnung. Bei der nächsten fliegst du raus.«

»Danke«, flüsterte Skye. »Ich werde mich bei allen entschuldigen. Ich habe meine Lektion gelernt.«

Und die lautete: Verhalte dich nicht wie Skye Penrose. Nie wieder.

»Gut«, antwortete Pauline. »Insgesamt sind wir noch mal glimpflich davongekommen. Aber ich bitte dich, von nun an jedes unnötige Manöver oder Kunststück zu unterlassen, bis Gras über die Sache gewachsen ist. Verdirb es uns nicht.«

Fest entschlossen, keine weitere Abmahnung zu erhalten, jegliches Draufgängertum zu unterdrücken und ganz allgemein zu vergessen, dass sie Kunstfliegen beherrschte, kehrte Skye zurück an ihre Arbeit.

Kapitel 5

An ihrem ersten offiziellen Flugtag verteilten sich die *ATA*-Frauen auf den wenigen Stühlen. Skye überließ Joan die gepolsterte Sitzfläche und schob sich auf die Lehne. Ihr fiel auf, dass Pauline sehr müde aussah, als hätte sie kaum geschlafen.

»Schieß los«, sagte Skye und spürte, wie Joan ihre Hand ergriff, als müsste sie sich vor den Ankündigungen wappnen.

»Ihr werdet ganz und gar anders fliegen müssen, als ihr es gewohnt seid«, begann Pauline vorsichtig. »Es wird keine direkten Routen geben, weil ihr Sperrballons, Flugabwehrkanonen, Küstenschutzanlagen und Sperrgebiete umfliegen müsst. Und zwar müsst ihr das ohne Navigationsinstrumente tun, sondern durch Koppelung, also nur mit Karte, Uhr und Kompass per Sichtflug. Das wird die einzige Möglichkeit sein, zu überprüfen, wo ihr seid. Ihr müsst Expertinnen werden im Erkennen von Eisenbahnstrecken, Römerstraßen und anderen Orientierungspunkten, denn das werden die Navigationshilfen sein, die ihr entlang eurer Route bekommt.«

Skye merkte, wie sie Joans Hand fester drückte und Roses Blick auswich, weil sie in ihren Augen nicht dieselbe Fassungslosigkeit sehen wollte, die sie selbst empfand. Immerhin: Wenn sie sich verfliegen sollten, könnten sie immer noch über Funk ihre Position und eventuelle Hindernisse erfragen – wie etwa eine deutsche Messerschmitt.

Pauline fuhr fort: »Das Funkgerät dürft ihr auch nicht benutzen. Unter keinen Umständen. Was bedeutet, dass ihr nicht fliegen könnt, sobald die Wolken zu tief hängen und die Wolkenuntergrenze weniger als achthundert Fuß vom Boden entfernt ist. An solchen Tagen könnt ihr das Fliegen vergessen. Ihr dürft auf keinen Fall in oder über die Wolken gehen – ohne Funk- und Navigationsgeräte wäre das Selbstmord.«

»Aber …« Skye wusste nicht, wie sie ihren Einwand formulieren sollte. Da konnten sie ja genauso gut mit verbundenen Augen fliegen!

»Aha, alles klar«, sagte nun Rose, hörbar bemüht um ihre übliche Fröhlichkeit. »Keine Messgeräte. Kein Funk. Aber ein bisschen Glück dürfen wir schon haben, oder?«

Niemand lachte. Was von ihnen verlangt wurde, war nicht nur riskant, sondern schlimmstenfalls tödlich. Man konnte an einem klaren Tag starten und fünfzig Meilen später in dichte Wolken geraten, so wie Skyes Mutter damals, ohne Sicht auf Eisenbahnstrecken oder Ähnliches. Dabei lief man Gefahr, blind auf einen Berg zuzufliegen, ohne die Möglichkeit, um Hilfe zu rufen. Oder man kam vollkommen von der Route ab und endete mit leerem Tank irgendwo über der Nordsee.

Pauline verteilte nun Landkarten, auf denen stand: *Gefährliche Flugzonen nicht gekennzeichnet.* »Ihr dürft Hindernisse wie Sperrballons nicht auf den Karten einzeichnen, denn falls ihr abstürzt, könnten sie in feindliche Hände geraten und Intelligence, also geheime Informationen, preisgeben.«

Jetzt konnte Skye sich nicht mehr zurückhalten. »Da man uns laut *Aeroplane* jegliche Intelligenz abspricht, ist es doch egal, was wir in unsere Karten einzeichnen.«

Rose lachte als Erste, dann Joan, dann Mona und schließlich alle anderen. Was sollten sie sonst auch tun?

»Die hier sind für dich.« Pauline reichte Skye einen Stapel Briefe.

»Für mich?« Skye riss einen Umschlag auf und las die Einladung eines Piloten, ihn zum Abendessen und zum Tanzen zu begleiten. Im nächsten Brief fand sie eine ähnliche Anfrage, diesmal von einem Ingenieur. Und so ging es weiter, den ganzen Stapel hindurch.

»Durch das Foto in den Zeitungen bist du ziemlich begehrt«, kommentierte Pauline trocken.

»Ich werde natürlich alle Einladungen ablehnen«, sagte Skye und verdrängte die Erinnerungen an ihre mit gut aussehenden Franzosen durchtanzten Nächte in Paris. Sie warf die Briefe in den nächsten Papierkorb.

»Genau«, bekräftigte Pauline. »Du musst mit deinen Kräften haushalten. Man lässt uns keine aktiven Einsatzflugzeuge fliegen, was bedeutet, dass die Frauen der *ATA* allesamt Tiger Moths fliegen werden. Und zwar nach Schottland.«

»Ach du Schande«, sprach Rose aus, was sicher alle dachten.

Tiger Moths hatten offene Cockpits, es war Winter, und die Luft über Schottland als eiskalt zu bezeichnen, war noch untertrieben.

Die Frauen erhielten jede einen »Sidcot Fluganzug«, dazu gefütterte Stiefel und einen Lederhelm. Aber wenn man vier Stunden lang bei gefühlten minus dreißig Grad fliegen musste, hätte man sich ebenso gut nackt in einen Schneesturm stellen können, befand Skye mit klappernden Zähnen auf ihrem ersten Flug. Sie konnte sich kaum aufs Fliegen konzentrieren, weil ihr Körper jegliche Funktionen abgeschaltet hatte, außer der, Blut durch ihren Körper zu pumpen.

Fast wäre sie über die Flugbasis der *Royal Air Force* hinweggeflogen und mit der Moth im Nichts über der Nordsee gelandet. Sie konnte ihre Hände nicht mehr spüren. Irgendwie schaffte sie es, die verinnerlichten Abläufe richtig auszuführen, und dankte ihrem Schutzengel für die sichere Landung.

Sie folgte dem Einweisungsfahrzeug zur Parkposition und hörte, wie die Bremsklötze unter die Räder geschoben wurden. Endlich durfte sie aussteigen! Doch ihre Beine gehorchten ihr nicht mehr.

Ein Ingenieur kletterte auf die Tragfläche und sah auf sie hinunter. »Das einzig Gute an den Frauen bei der *ATA* ist, dass sie leicht sind«, bemerkte er herablassend.

Dann hob er Skye aus dem Cockpit. Es war das Demütigendste, was ihr je widerfahren war.

Nachdem er sie auf den Boden gestellt hatte, musste sie sich an der Tragfläche festklammern, denn wenn sie jetzt zusammenbräche, würde sie sofort losheulen – nicht vor Schmerzen, sondern weil sie sich nie im Leben derart würdelos vorgekommen war.

»Ich glaube, ich gebe das Fliegen auf und werde Ingenieur«, hörte sie einen Piloten im Vorbeigehen rufen. »Ist das heute nicht schon die zweite?«

Der Ingenieur lachte, und Skye nahm an, dass Mona oder Joan oder eine der anderen vor ihr gelandet war und ebenfalls hatte herausgetragen werden müssen. Zu wissen, dass sie nicht die Einzige war, deren Körper derart versagt hatte, war kein Trost. Niemand, nicht einmal ein Mann, hätte sich nach diesem Flug durch die bittere Kälte noch normal bewegen können. Aber die Männer saßen in geschlossenen Cockpits und flogen Ziele an, die weiter südlich in milderem Klima lagen – deshalb wirkten nur die Frauen schwach und inkompetent.

Der Ingenieur warf ihr den Fallschirm zu. »Vergessen Sie den nicht.«

Er fiel ihr direkt durch die geöffneten Arme. Obwohl sie allmählich auftaute, war sie noch lange nicht wendig genug, um einen schweren Fallschirm aufzufangen. Ihre Reisetasche folgte.

»Danke«, murmelte sie fast tonlos, während sie sich nach den Sachen bückte. Dann zwang sie sich, einen Fuß vor den anderen zu setzen, um die Umkleide aufzusuchen, denn die lächerlichen Regeln für weibliche Piloten besagten, dass sie ihren warmen Fluganzug sofort nach der Landung gegen ihr Kostüm mit Rock und dünnen Baumwollstrümpfen eintauschen mussten.

Nach dem Umziehen musste sie den Nachtzug von Schottland nach St Pancras erwischen. Immer noch durchgefroren, entdeckte Skye auf dem Bahnsteig Joan, die bibbernd und mit blauen Lippen ebenfalls auf den Zug wartete. Skye war plötzlich dankbar, dass sie in ihrer Kindheit fast täglich schwimmen gegangen war, sogar im Winter, weshalb sie vermutlich abgehärteter war.

Im Zug half sie Joan, ins Gepäckfach zu klettern, wo sie sich wenigstens hinlegen konnte. Skye selbst setzte sich mit ausgestreckten Beinen auf den Boden und lehnte den Kopf gegen eine Haltestange. Immer wieder fielen ihr die Augen zu, doch jedes Geräusch und jede Bewegung um sie herum ließen sie wieder hochfahren, und sie schaffte es nicht, zu schlafen.

In St Pancras kamen sie gerade rechtzeitig an, um den Zug nach Hatfield zu erwischen, wo ein neuer Arbeitstag auf sie wartete, ohne dass sie die Gelegenheit bekommen hatten, sich richtig aufzuwärmen. Pauline schenkte ihnen heißen Tee ein, den sie dankbar annahmen.

»Es tut mir leid«, sagte sie mitfühlend.

Da kam Rose mit einem Stapel Pelz- und Wollsachen an, die sie auf den Tisch warf. »Ich habe Mum angerufen und sie gebeten, mir etwas von zu Hause herzubringen.«

Jede Frau bekam ein wärmendes Kleidungsstück. Skye reichte Joan eine Pelzstola und wählte für sich einen dicken Schal. Sobald alle in Kaschmir, Pelz und Nerz gehüllt waren – so glamourös, als wollten sie einen Winterball besuchen –, starteten sie in einen Arbeitstag, der laut Wetterbericht noch kälter werden sollte als der letzte.

»Seht euch das an.« Pauline hielt eine Zeitung hoch.

Darauf war eine der *ATA*-Frauen abgebildet – von hinten, so dass sie nicht zu erkennen war –, mit tief hängendem Fallschirmpaket auf dem Rücken. Darunter stand: *Wie gefällt euch eure Ausstattung, Mädels?* Und im Artikel hieß es passend dazu: *Wir LIEBEN es, wenn ihr euch verschnürt und gürtet und hinten etwas ausladender seid (auch wenn es hier leider nur ein Fallschirm ist). Lasst die Flügel nicht hängen – wir LIEBEN euch flatterhafte Fliegerinnen.*

Skye blickte auf. Die anderen wirkten ebenso empört wie sie.

»Sie geben euch wirklich jede Möglichkeit, aufzugeben und in ein luftiges Leben zurückzukehren – und damit zu beweisen, dass Frauen nicht dazu geeignet sind, Flugzeuge zu fliegen«, sagte Pauline. »Ich werde euch nicht verurteilen, wenn ihr ein einfacheres Leben wählt. Aber wenn ihr bleiben wollt, solltet ihr euch darauf einstellen, dass es so weitergehen wird. Ihr müsst jedes Flugzeug unter den schlimmsten Bedingungen intakt abliefern und dürft euch nie beschweren. Also: Für alle, die bleiben wollen, habe ich hier die nächsten Einsatzpläne.«

Jede der acht Frauen in der unbeheizten, schmutzigen Hütte

nahm ihren nächsten Auftrag entgegen. Skye wusste, dass keine von ihnen aufgeben würde.

Ob die Schottland-Route eine Strafe für ihre Looping-Eskapade war oder ob die *Royal Air Force* sie ohnehin so geplant hatte, würde Skye wohl nie erfahren. Niemand in Großbritannien hatte ahnen können, dass dies der härteste Winter seit Jahrzehnten werden würde. Aber es war an der *RAF*, die Transportmanöver zu koordinieren und festzulegen, welche Flugzeuge die Frauen fliegen sollten und wohin. Und so überführten die Frauen mit der Zeit ganze zweitausend Tiger Moths durch den arktischen Rekordwinter von England nach Schottland.

—

Im Sommer 1940 fiel Frankreich. Es folgte die Schlacht um Britannien und dann der Blitz, der bei den Engländern einen eisernen Durchhaltewillen weckte, auch wenn sie davon ausgehen mussten, dass die Deutschen bald an ihren Stränden landen würden.

Aus Paris erhielt Skye von ihrer Tante die Nachricht, dass Liberty sich vor dem Einmarsch der Deutschen hatte überzeugen lassen, nach England zurückzukehren. Drei Jahre lang hatten sie sich weder gesehen noch gesprochen, und Skyes Briefe waren unbeantwortet geblieben. Sie war erleichtert, dass ihre Schwester hatte fliehen können, und wartete darauf, dass Liberty Kontakt aufnähme. Doch ihre Schwester blieb stur auf Distanz.

Ein kleiner Teil von Skye war erleichtert, denn so blieb es ihr erspart, herauszufinden, ob Libertys Boshaftigkeit nun zu Schlimmerem führen würde als zu zerstochenen Reifen. Aber ein anderer und weitaus größerer Teil von ihr vergoss des Nachts bittere

Tränen über die furchtbare Möglichkeit, dass Liberty sich nie wieder bei ihr melden würde.

Während es im August und September fast ununterbrochen Bomben regnete, verbrachten Skye, Rose und Joan ihre Nächte im beengten Anderson-Bunker, den sie erst bei der Entwarnung im Morgengrauen wieder verließen. Der beißende Geruch von Brandbomben hing stets in der Luft, und es kam ihnen vor, als würde ganz England brennen. Unmengen an Zivilisten starben – Menschen, die rein gar nichts mit Hitler und seinem Krieg zu tun hatten.

Nach einer solchen Nacht, in der sie höchstens eine Stunde geschlafen hatte, setzte Skye zur Landung auf den *RAF*-Stützpunkt Biggin Hill an. Ihr fiel ein, was Rose ihr tags zuvor erzählt hatte: »Einer der Piloten der *RAF* kam neulich auf die Idee, vor seiner Freundin anzugeben und ein paar Kunststücke über ihrem Haus zu fliegen. Dabei ist er abgestürzt und hat sich das Bein gebrochen. Und sie haben ihm verziehen.«

Natürlich hatten sie das. Aber was, wenn es Skye einfiele, ein paar solcher Kunststücke zu fliegen? Was, wenn ihr einfiele, zwischen den Stützpfeilern der Severn Bridge hindurchzufliegen, wie es bereits so viele waghalsige *RAF*-Piloten getan hatten, dass mittlerweile ein Posten an der Brücke stationiert war, um solche Eskapaden zu verhindern? Was, wenn sie ihr Flugzeug sich drehen und herumtrudeln ließe und dabei lauthals lachte, weil es ihr so viel Spaß machte?

Skye umklammerte den Steuerknüppel. Nein, sie würde nichts dergleichen tun. Sie würde mustergültig fliegen und vollkommen ernst bleiben. Was ihr nicht schwerfiel, wenn sie nach unten sah, denn die Häuserruinen, die zerstörten Stadtteile und die sich ausdehnenden Friedhöfe machten deutlich, dass die Eskapaden der *RAF*-Piloten nicht von Bedeutung waren. Die Nation war darauf angewiesen, dass diese Männer jeden Abend in ihre Flugzeuge stiegen, um die Deutschen von der Unterwerfung Englands abzuhalten.

Skye reihte sich hinter einer Staffel Spitfires ein, die von einem Einsatz zurückkehrten. Sie landete, lenkte ihr Flugzeug in einen Hangar und wartete auf einen Ingenieur, der auf die Tragfläche klettern und ihre Gurte lösen würde.

Kurz darauf kam Ollie, den sie bereits kannte und der sie, im Gegensatz zu seinen Kollegen, immer einigermaßen respektvoll behandelte. Sie begrüßte ihn, kletterte vom Flugzeug und wollte den Hangar gerade verlassen, als ihr etwas Glitzerndes ins Auge stach.

Sie bückte sich, um es aufzuheben, und wurde schlagartig und mit voller Wucht in die Vergangenheit katapultiert. Es war eine goldene Taschenuhr mit einem seltsam geformten Mond auf dem Ziffernblatt – ein Chronometer, wie sie inzwischen wusste. Die Uhr glich so sehr der von Nicholas' Vater, dass es ihr den Atem verschlug.

»Weißt du, wem die gehört?«, fragte sie Ollie, als sie wieder in der Lage war, zu sprechen.

»Nein. Aber wenn das ein Glücksbringer ist, wird sein Besitzer sicher schon ganz verzweifelt sein, weil er ihn verloren hat. Du solltest mal sehen, was die Piloten so alles bei sich tragen: Briefe ihrer Liebsten, Babystrümpfe ihrer Kinder, von der Mutter gestrickte Schals. Die hier«, er tippte auf die Uhr, »wird bestimmt gerade fieberhaft gesucht, und irgendein Pilot durchsucht dabei jeden einzelnen Fluganzug seiner Staffel.«

Skye bekam einen Kloß im Hals, wenn sie sich diese Talismane in den Brusttaschen der jungen Piloten vorstellte, die nur das Grundlegendste auf der Welt wollten: überleben.

»Ich werde mal herumfragen, wer sie verloren haben könnte«, sagte Ollie. »Vor dir ist gerade eine ganze Staffel gelandet, vielleicht gehört sie einem von denen.«

Er ließ Skye stehen, die immer noch wie gebannt auf die Uhr starrte. Kurz darauf hörte sie eine eindeutig amerikanische Stimme sagen: »Ollie? Ich glaube, mir ist meine Uhr aus der Tasche gerutscht.« Sie erstarrte.

Ein Mann kam um ihr Flugzeug … und plötzlich stand sie Nicholas Crawford gegenüber.

Kapitel 6

Skye stand nur da und schwieg. Auch Nicholas sagte kein Wort.

Sie spürte, dass ihre Lippen Worte formen wollten, die jedoch nicht kamen. Zu viele Fragen drängten sich ihr auf: *Wie bist du hierhergekommen? Warum hast du nie geschrieben? Bist du es wirklich?*

Die letzte Frage war am verstörendsten, denn einerseits war der Mann vor ihr unverkennbar Nicholas, andererseits aber auch nicht. Er war groß, gut gebaut, mit kurz geschorenem dunklem Haar, und seine blauen Augen strahlten mit einer fast sinnlichen Intensität, gegen deren Anziehung sie sich kaum wehren konnte – und es auch gar nicht wollte.

Schließlich platzte es in typisch unbesonnener Manier aus ihr heraus: »Nicholas? Ich glaube es ja nicht. Du siehst umwerfend aus.«

Von ihren eigenen Worten überrascht, zuckte sie zusammen und wünschte sich fast, ein Flugzeug käme angerauscht und trüge sie davon.

»Skye?« Nicholas schien ihre unbedachte Äußerung gar nicht gehört zu haben. »Was machst du denn hier?«

»Fliegen«, antwortete Skye verwirrt. Ihre Ausrüstung machte das schließlich offenkundig.

Zögernd trat Nicholas einen Schritt auf sie zu, aber Skye bewegte sich keinen Millimeter vom Flugzeug weg. Im Gegenteil, sie drückte sich sogar noch fester an die Maschine und wagte nichts mehr zu sagen, um nicht wieder etwas Falsches von sich zu geben.

Nicholas musterte sie eingehend. Bestimmt sah sie ebenso verdutzt aus wie er und gleichzeitig verhaltener, als er sie kannte.

»Ist alles in Ordnung?«, fragte er und übersprang damit das Geplänkel, mit dem man sich üblicherweise nach einer langen Trennung behalf.

»Nichts ist in Ordnung«, antwortete sie leise und senkte den Blick. Als sie Nicholas wieder ansah, war auch seine Miene von Trauer überschattet.

Nicholas fuhr sich durchs Haar. »Gerade habe ich erfahren, dass gestern Nacht einhundertdrei Piloten der *Royal Air Force* gefallen sind.« Seine Stimme klang rau und fassungslos.

»Einhundertdrei«, wiederholte Skye. »In einer Nacht?«

»Und jetzt holen sie in aller Eile Nachschub, um die Gefallenen zu ersetzen. Die meisten dieser Piloten haben noch nicht einmal das Grundtraining absolviert und damit weniger als zwanzig Flugstunden Erfahrung. *Zwanzig Stunden.* Wir können von Glück reden, wenn wir nach dieser Nacht nicht doppelt so viele Tote beklagen müssen.«

Eine dicke Wolkenbank schob sich vor die Sonne, und auf dem Hangar wurde es dunkel. Es war eine Atmosphäre wie in der Höhle ihrer Kindheit, in der sie sich ihre Geheimnisse anvertraut hatten. Und genau wie damals spürte Skye auch jetzt, dass Nicholas der eine Mensch auf der Welt war, der von ihr immer die reine Wahrheit hören wollte. Also sprach sie sie aus.

»Genau deshalb verliere ich kein Wort darüber, was für ein Theater um uns Pilotinnen gemacht wird, obwohl wir *Hunderte* von Flugstunden an Erfahrung haben. Genau deshalb fliege ich bei jedem Wetter ohne Murren überall dorthin, wo man mich hinschickt. Genau deshalb erwähne ich niemals, dass eine Pilotin, würde sie die Severn Bridge auch nur ansehen, geschweige denn unter ihr hindurchfliegen, gefeuert würde. Genau deshalb weise ich nie darauf hin, dass schon viele Männer der *ATA* verunglückt sind, von uns Frauen aber noch keine, und trotzdem dürfen wir nur kleine Flugzeuge überführen und keine Kampfflugzeuge. Denn das alles ist irrelevant angesichts dessen, dass in einer Nacht *einhundertdrei* Männer sterben mussten.«

Nicholas unterbrach sie nicht. Das war noch nie seine Art gewesen. Und er verteidigte die *RAF* auch nicht. Er hörte einfach zu.

Du hast dich nicht verändert, hätte sie ihm am liebsten gesagt.

Und seine ruhige Art ermutigte sie, ihren geheimsten Gedanken auszusprechen. »Wenn sie uns Frauen nicht nur Übungsflugzeuge geben würden, sondern auch Spitfires oder gar Beaufighters, dann hätten die Männer der *ATA* Zeit, für die *Royal Air Force* zu fliegen. Damit gäbe es genügend erfahrene Piloten. Wieso zieht niemand diese Lösung in Betracht?«

Nicholas' Antwort bestand aus einer knappen Gegenfrage: »Und was wirst du unternehmen?«

Skye starrte ihn an – anscheinend hatte er ihr doch nicht zugehört. Seine Frage war einfach absurd, und die einzig mögliche Antwort lautete: *Nichts*. Sie konnte überhaupt nichts tun.

Plötzlich verzogen sich die Wolken, und die Strahlen der Sonne tauchte den Hangar in helles Licht. Gleichzeitig hörten sie Ollies Stimme.

»Ah, du hast sie gefunden. Wunderbar. Aber jetzt solltest du dich schnell auf den Weg machen. Dein Staffelführer will Bericht erstatten und ist schon ganz nervös, weil du verschwunden bist.«

Nicholas fluchte leise.

Skye erinnerte sich an die Uhr und gab sie ihm.

»Ich werde dir schreiben«, sagte Nicholas. »Wo bist du stationiert?«

»Skye ist in Hatfield«, sagte Ollie, als wäre die Frage an ihn gerichtet gewesen, und schon ging Nicholas wieder fort, genau wie acht Jahre zuvor.

Auf dem Rücken seiner Uniformjacke erkannte Skye noch die Abbildung eines Adlers, was bedeutete, dass er der neu eingerichteten *Eagle Squadron* angehörte, einer Staffel der *RAF*, in die sich amerikanische Piloten freiwillig gemeldet hatten. Es bedeutete auch, dass er sich der Neutralitätserklärung Amerikas widersetzte und eine Gefängnisstrafe riskierte, falls man ihn erwischte. Sein mutiges Verhalten verwunderte sie nicht im Geringsten. So war Nicholas eben.

Während sie ihm nachsah, spürte Skye, wie ihre Enttäuschung der Erkenntnis wich, dass er ihr sehr wohl zugehört hatte. Mit seiner Frage hatte er ihr zu verstehen gegeben, dass er noch immer an sie glaubte: an eine Skye Penrose, die sich nicht so leicht geschlagen gab und im Angesicht von Hindernissen alles dafür tat, eine Lösung zu finden.

Und genau das würde sie tun.

Sie stieß sich vom Flugzeug ab und wollte gerade gehen, da sagte Ollie: »Deiner *ATA*-Kollegin Mona Friedlander ist bei der Landung einer Lysander ein Reifen geplatzt. Alle Frauen sollen deshalb bis auf Weiteres am Boden bleiben.«

Anstatt etwas unternehmen zu können, wurde Skye – genau wie die anderen Frauen der *ATA* – im folgenden Monat einer eingehenden Prüfung unterzogen. Sie mussten ihre Beinkraft unter Beweis stellen, ihre Konzentrationsfähigkeit wurde bewertet und ihre Reaktionszeit auf Scherwinde getestet. Und das alles, weil innerhalb von zwölf Monaten ein *einziges* Flugzeug von einer Frau beschädigt worden war. Mehrere Männer der Hilfsluftwaffe hatten ganze Flugzeuge zerstört, doch *deren* Beinkraft war nie infrage gestellt worden.

Als Skye an der Flugbasis White Waltham in den Behandlungsraum des Fliegerarztes gerufen wurde, hatte sie dementsprechend schlechte Laune.

»Sie können Ihre Uniform auf den Stuhl legen«, sagte der Arzt.

»Wie bitte?«

»Ihre Kleidung«, ergänzte er ungeduldig. »Legen Sie sie auf den Stuhl.«

»Wieso?« Skye konnte sich nicht erklären, warum sie zur Überprüfung ihrer kognitiven Fähigkeiten nackt sein musste.

Doch noch während sie die Frage stellte, merkte sie, wie ihre Hand automatisch zu ihrer Jacke wanderte, als wollte sie diese tatsächlich gleich ausziehen. Als würde sie brav dem gehorchen, was der Arzt ihr befohlen hatte, obwohl sie in diesem Moment nichts anderes wollte, als ihm mit bloßen Händen den Kopf abzureißen.

Was wirst du unternehmen?, hallte Nicholas' Frage durch ihren Kopf.

»Können Sie die Kraft meiner Beine wirklich nicht messen, während ich angezogen bin?«, hörte sie sich mit kühler Stimme fragen.

»Es ist nun einmal Vorschrift.«

»Müssen die Männer sich auch ausziehen?« Sie war lauter geworden.

»Die Männer müssen nicht getestet werden.«

Darauf lief es also hinaus. Auf einen kleinen Raum mit einem kleinen Mann, der an weitere kleingeistige Männer Bericht erstatten würde. Auf die Frage, ob sie bereit war, sich auszuziehen, um ihren Job zu behalten. Kein Wunder, dass Joan von ihrer gestrigen Untersuchung mit grimmigem Gesichtsausdruck zurückgekehrt war und sich geweigert hatte, darüber zu sprechen. Genau wie Rose am Tag zuvor.

Also beschloss Skye, endlich etwas zu unternehmen. Sie machte auf dem Absatz kehrt und verließ das Zimmer.

Unter einem schmutziggrauen Himmel – als wollte er die Schmutzigkeit ihres Erlebnisses unterstreichen – ging sie zum nächstbesten Flugzeug. Sie berührte mit einer Hand die Tragfläche und legte die andere auf ihren rebellierenden Bauch. Es kostete sie jede Menge Kraft, nicht zusammenzubrechen.

Es war vorbei. Mit dem Verlassen des Arztzimmers hatte sie dafür gesorgt, dass sie nun garantiert gefeuert würde. Waren ihr ihre Prinzipien wirklich wichtiger als das Fliegen?

In dem Moment kam eine Staffel Kampfflugzeuge angeflogen – Piloten, die gerade aus dem Kampf gegen ein Land zurückkehrten, das sich einfach nahm, was es wollte, und jeden zermalmte, der sich widersetzte.

Also ja: Prinzipien waren wichtig. In der aktuellen Situation waren sie wichtiger als alles andere.

Und Skye würde jeden Preis bezahlen, um ihre zu behalten.

Es war Pauline, die sie schließlich fand. Sie kam mit dem Auto angefahren und sagte: »Komm, spring rein. Wir fahren zum Mittagessen.«

»Mittagessen?«, wiederholte Skye, sicher, dass sie sich verhört haben musste.

»Ja. Ich soll in London bei einer Mittagsveranstaltung vortragen, was wir *ATA*-Frauen so treiben. Ich finde aber, dass lieber du dort sprechen solltest. Trag noch etwas Lippenstift auf und bring deine Haare in Ordnung. Hätten wir mehr Zeit, würde ich dir befehlen, sie auf die geforderte Länge zu kürzen.« Bisher hatte Pauline immer ein Auge zugedrückt, weil Skye ihre Haare geschickt hochsteckte und so vortäuschte, sie wären schulterlang.

Skye tat, wie ihr geheißen, während ihr Hirn noch versuchte, Paulines Worte zu begreifen. »Weißt du, was bei meiner ärztlichen Untersuchung passiert ist?«

»Ja, ich weiß davon.« Paulines Gesichtsausdruck war ernst. »Aber du bist das Vorzeigemädchen aus den Zeitungen. Das Gesicht der Frauenabteilung der *ATA*. Die Frau, die jeder sehen will.«

Skye war sicher, dass die sonst so unerschütterliche Pauline Gower unter Wahnvorstellungen leiden musste. Das unermüdliche, kräftezehrende Ebnen von Wegen für ihre Pilotinnen hatte ihr den Verstand geraubt.

Je näher sie dem Mayfair Hotel kamen, desto nervöser wurde Skye. London war von Sperrballons überschattet: graue Planeten, die das Licht schluckten. Sandsäcke sicherten die noch intakten Gebäude, und aus den Häuserruinen quoll das Innere auf die Straßen. Der Krieg hatte sämtliche Farben getilgt, so dass alles in ein achromatisches Gemisch aus Blau, Oliv und Braun getaucht war. Als plötzlich ein roter Doppeldeckerbus vorbeifuhr, schien er eine

Wunde in die Umgebung zu reißen – es war so aufdringlich absurd wie ein lauter Rülpser beim Abendessen.

Im Hotel servierten Bedienstete die rationierten Mahlzeiten auf feinem Porzellan, als würde dies das Essen in Gourmetkost verwandeln. An den Türen lagen Reihen von Helmen und Gasmasken für den Fall eines plötzlichen Luftalarms bereit.

Jemand sagte etwas, und wie benommen registrierte Skye, dass sie den Anwesenden vorgestellt wurde. Sie spürte, dass sich plötzlich viele Augen auf sie richteten.

»Es sind Abgeordnete hier«, raunte Pauline ihr zu. »Männer, die uns Spitfires und Hurricanes fliegen lassen würden. Die tatsächlich begreifen, dass es reine Verschwendung ist, wenn Kampfpiloten solche Flugzeuge quer durchs Land chauffieren, während wir das auch tun könnten. Jetzt heißt es alles oder nichts, Skye.«

Alles oder nichts. Wie in Trance ging Skye zum Mikrophon und ballte dabei die Hände zu Fäusten. Sie musste sich sehr zusammennehmen, um nicht sämtliche Teller und Gläser von den Tischen zu reißen und an die Wand zu schmettern. Wie gern hätte sie auf diese Weise den Saal vor Lärm erbeben lassen. Alles in ihr schrie danach, sich lautstark Gehör zu verschaffen.

Vom Mikrophon aus ließ sie den Blick über die Anwesenden schweifen, die nun bestimmt amüsante Geschichten von ihr erwarteten – Ablenkung von den Bomben und der Zerstörung.

Plötzlich entdeckte sie ein bekanntes Gesicht: Zwischen all den anderen Gästen saß der Air Marshall, der damals die Testflüge der Frauen begutachtet hatte. Der einst Gast in ihrem Haus in Cornwall gewesen war und so oft mit ihrer Mutter getanzt und gelacht hatte. Ihre Mutter, über die man in Porthleven getuschelt hatte, weil sie als Frau lieber Flugzeuge flog als Teegesellschaften zu geben. Skye ballte die Fäuste noch fester und spürte, wie sich die Fingernägel in ihre Handflächen bohrten.

Was wirst du unternehmen? Sie hatte die Worte plötzlich so laut im Ohr, als hätte Nicholas sie eben erst ausgesprochen.

Ihre Wut steigerte sich ins Unermessliche. Sie reckte das Kinn.

Tut mir leid, formte sie in Paulines Richtung mit den Lippen, dann räusperte sie sich.

»Manchmal ist es schwer, allein zu sein … zu schweigen«, begann sie. Ihre Stimme war zu leise. Sie stellte sich näher ans Mikrophon, und das Getuschel im Saal verebbte. »Aber jeden Tag, den Großteil meines Tages, sitze ich allein und schweigend im Cockpit eines Flugzeugs. Am Himmel über Ihnen … in den Wolken. Nun ja«, lenkte sie ein, »eigentlich soll ich unterhalb der Wolken fliegen, aber Wolken sind nicht immer vorhersehbar, und sie verhalten sich auch nicht immer so, wie Meteorologen es vorhersagen.«

Man hörte leises Lachen. Der Air Marshall starrte Skye an, als wisse er nicht recht, wie er sie einordnen sollte.

»Als ich zehn Jahre alt war, fing meine Mutter an, mir Flugunterricht zu geben«, fuhr sie fort. »Aber das darf ich Ihnen wahrscheinlich auch nicht erzählen.« Wiederum wurde gelacht, diesmal etwas lauter. »Ihr Name war Vanessa Penrose, und was sie am Fliegen liebte, war das Alleinsein. Das Schweigen und die Stille.«

Als sie den Namen ihrer Mutter nannte, zuckte der Air Marshall zusammen. In seinem Blick lag eine Mischung aus Wut und Bestürzung.

»Um ein Flugzeug zu fliegen, braucht man mehr als die Kenntnis der Instrumente, mehr als das Wissen um Wetter und Navigation. Man braucht mehr als starke Beine – man braucht einen starken Willen, einen starken Charakter. Eigenschaften also, die Ärzte und Generäle nicht messen und nicht beurteilen können. Eigenschaften, von denen kein Mensch weiß, ob er sie besitzt, ehe er sie nicht unter Beweis stellen musste.«

Als Nächstes würde sie etwas offenbaren, das Pauline ihr unter dem Siegel der Verschwiegenheit anvertraut hatte. Aber sie *musste* davon erzählen: »Unser Premierminister hat vor Kurzem das Oberkommando der *Royal Air Force* besucht und wollte wissen, warum wir angesichts der Tatsache, dass die deutschen Flugzeuge uns mit aller Macht angreifen, nicht mehr Flugzeuge losschickten, um sie abzuwehren. Man erwiderte, dass jeder verfügbare Pilot in der Luft sei. Dass die *RAF* seit Beginn des Blitz ein Viertel ihrer Stärke eingebüßt habe. Dass also Piloten fehlten. Doch das ist nicht wahr.«

Ein Raunen ging durch den Saal – vermutlich spekulierten die Anwesenden, ob jemand kommen und Skye hinaustragen würde. Auch Pauline machte ein besorgtes Gesicht.

»Es gibt noch viele Männer, die Spitfires fliegen könnten, um die deutsche Luftwaffe abzuwehren«, fuhr Skye fort. »Aber die sind damit beschäftigt, Flugzeuge aus den Wartungshallen zu den Flugbasen zu fliegen – also genau die Arbeit zu tun, die *ich* jeden Tag erledige. Nur dass ich keine Einsatzflugzeuge wie etwa Spitfires fliegen darf – weil ich eine Frau bin.

Ich weiß, viele Menschen finden es abstoßend und schändlich, dass Frauen wie ich fliegen wollen. Aber ich will nichts anderes, als unserem Land zum Sieg zu verhelfen. Und dafür will ich Spitfires aus den Fabriken zu den Luftwaffenbasen fliegen, damit männliche Piloten in diese Spitfires einsteigen und deutsche Flugzeuge abschießen können, wenn sie nachts Bomben auf uns werfen. Wie kann das schändlich oder abstoßend sein?«

Sie richtete diese Worte direkt an den Air Marshall und blendete alle anderen Gäste im Raum aus. Immerhin besaß er genug Mumm, nicht wegzusehen, als ihr beim Wort *abstoßend* die Tränen kamen.

»Heute allerdings wurde etwas von mir verlangt, das ich tatsächlich abstoßend fand: Ich sollte mich vor einem alten Arzt nackt ausziehen, damit er überprüfen kann, ob ich wirklich zu dem fähig bin, was ich längst bewiesen habe, Tag für Tag, über viele Monate hinweg. *Das* ist wahrhaftig abstoßend«, betonte sie. »Aber mich ins Cockpit einer Spitfire zu setzen, damit ein Mann die Möglichkeit bekommt, für unser Land zu kämpfen, ist einfach nur gesunder Menschenverstand.«

Skye verließ das Podium und wollte schnell nach draußen flüchten, bevor die zitternden Knie unter ihr nachgaben. Doch plötzlich ertönte ein so ohrenbetäubender Lärm, dass sie glaubte, direkt über ihnen müsse eine Bombe eingeschlagen sein. Dann wurde ihr klar, dass es Applaus war.

Sie fing Paulines Blick auf. Pauline lächelte, wie sie noch nie gelächelt hatte, und auch ihre Augen glänzten vor Tränen.

In Gedanken bedankte Skye sich bei Nicholas, dessen Worte ihr den Mut für diese Rede gegeben hatten. Sie würde nicht auf einen Brief von ihm warten, sondern als Erste schreiben und ihm berichten, was sie gerade getan hatte.

—

Das Stimmengewirr im Hatfielder Aufenthaltsraum war am Montagmorgen so laut, dass es einem Flugzeugmotor hätte Konkurrenz machen können.

»Du bist wieder in der Zeitung«, rief Mona und hielt Skye eine Ausgabe der *Evening Post* entgegen.

»Und ich habe gehört, dass sie gestern im Parlament über dich gesprochen haben«, ergänzte Rose. »Was hast du bei diesem Essen bloß gesagt? Und warum warst du überhaupt dort?«

»Darf ich mal sehen?« Skye nahm Mona die Zeitung ab.

Darin war wieder das Foto abgebildet, auf dem sie aus dem Flugzeug steigt und sich ins Haar greift. Ihr Gesicht war auf dem Bild so stark von Sonnenlicht beleuchtet, dass sie noch jünger aussah, als sie es in Wirklichkeit war. Sie wirkte darauf, als wäre sie kaum alt genug, die Schule beendet zu haben, geschweige denn, aufgefordert zu werden, ihre Kleidung abzulegen. Und zum Glück ging es genau darum. Die Zeitungen hatten sich auf ihre Seite geschlagen.

Ihr Vortrag bei diesem Mittagessen hatte die Abgeordneten aufgerüttelt, und sie hatten Skyes Anliegen vor das Parlament gebracht, um auf die sehr einfache Lösung für das Dilemma der fehlenden Kampfpiloten hinzuweisen: Lasst die weiblichen Piloten der Hilfsluftwaffe mehr Flugzeugtypen fliegen, damit die männlichen Piloten für Kampfeinsätze frei sind. Die Debatte ging über Stunden, denn viele waren noch immer der Meinung, es sei für Frauen unnatürlich, überhaupt in einem Cockpit zu sitzen. Andere Abgeordnete jedoch argumentierten, es sei doch auch nichts anderes, als Frauen ans Steuer von Automobilen zu lassen. Am Ende waren sie zu keinem Ergebnis gekommen, aber dafür lag nun die Aufmerksamkeit der ganzen Nation wieder auf Skye und ihren Kolleginnen bei der *ATA*.

»Es tut mir leid«, sagte sie. »Ich habe es schon wieder getan.«

»Das muss dir nicht leidtun«, sagte Rose. »Du hast nur ausgesprochen, was jeder von uns hier seit unserem ersten Tag auf der Seele brennt.«

Skye ließ sich auf den nächstbesten Stuhl sinken, schlug die Hände vors Gesicht und begann zu weinen.

Die Frauen umringten sie. Joan gab ihr ein frisches Taschentuch, Rose nahm sie tröstend in die Arme. Mona machte Skye heißen, starken Tee – genau so, wie sie ihn mochte – und nahm dafür mindestens zwei Tagesrationen der kostbaren Teeblätter.

Da betrat Pauline die Hütte, gefolgt von dem Air Marshall, der auch beim Essen dabei gewesen war.

»Skye, kommst du bitte in fünf Minuten in mein Büro?«, bat Pauline, während sie den Marshall hastig an den Frauen vorbeiführte. Doch egal, wie schnell sie gingen – es war nicht zu übersehen, dass Skye Rotz und Wasser heulte und keine der Frauen mit ihrer Arbeit beschäftigt war.

Rose brach das Schweigen als Erste. »Schnell, Skye, wisch dir das Gesicht ab. Ich kümmere mich um deine Haare. Und Joanie ist von uns allen die Geschickteste mit Puder und Lippenstift.«

Ehe Skye sich's versah, waren alle Frauen damit beschäftigt, ihr Gesicht, ihre Frisur und ihre Uniform herzurichten.

»Wahrscheinlich will er mich nur feuern«, sagte Skye und hielt sich an den Enden ihres himmelblauen Halstuchs fest.

»Dann wird er uns alle feuern müssen«, meinte Joan entschieden.

»Nein«, protestierte Skye. »Das lasse ich nicht zu.«

»Papperlapapp«, sagte Rose. »Wenn wir nach deiner Entlassung weiter für die arbeiten, würden wir ihnen signalisieren, dass wir ihnen recht geben. Und ich werde mich nie mehr für eine ärztliche Untersuchung ausziehen.«

»Ja, das war blöd, oder?«, sagte Joan nachdenklich. »Wenn jemand, der so viel älter ist, dich auffordert, etwas zu tun, gehst du automatisch davon aus, dass es damit schon seine Richtigkeit haben wird. Auch wenn du weißt, dass es nicht so ist. Aber du redest dir ein, dass du selbst diejenige bist, die falschliegt.«

Alle nickten, und Skye sah ihre Freundinnen rot werden bei der Erinnerung daran, was man von ihnen verlangt hatte – und dass sie es tatsächlich getan hatten, gegen ihren Willen, aber in dem Glauben, sie hätten keine andere Wahl. Rose wischte sich über die tränennassen Augen, dann kümmerte sie sich wieder um Skyes Haare.

Fünf Minuten später war Skye fertig. Sie klopfte an Paulines Bürotür.

»Das ist Air Marshall Wylde«, stellte Pauline ihr den Mann vor, den sie aus ihrer Kindheit kannte. »Und das ist Officer Penrose.«

Wylde nickte ihr zu.

»Air Marshall Wylde ist der Meinung, dass es einen Kommunikationsfehler gab«, fuhr Pauline fort, »weshalb nun ein anderer Arzt die medizinischen Untersuchungen durchführen wird. Deine ist auf diesen Nachmittag verlegt worden. Du wirst die ganze Zeit über deine Uniform tragen. Nach erfolgter Untersuchung ist die Bestandsaufnahme abgeschlossen, und ich werde vier Pilotinnen für ein Training in White Waltham auswählen, um Spitfires und andere Flugzeuge der Klasse II für die *ATA* zu fliegen.«

Skye war sprachlos. Sie hatte mit so manchem gerechnet, aber damit nun wirklich nicht.

»Wir brauchen eine offizielle Aussage von Ihnen für die Presse, dass ein Kommunikationsfehler vorlag.« Der Marshall sah Skye durchdringend an. »Und Sie werden sich auf einer Pressekonferenz mit einer der Spitfires fotografieren lassen.«

Skye nickte. Natürlich würde sie einen Kommunikationsfehler einräumen, wenn dadurch so viel gewonnen würde, nicht nur für sie selbst, sondern für alle ihre Kolleginnen. Außerdem würde sie die Frage hinunterschlucken, die ihr seit geraumer Zeit auf der Seele lag – *Woher kannten Sie meine Mutter?* –, denn ihre persönliche Neugier – oder Angst – durfte den triumphalen Sieg, den die Frauen gerade errungen hatten, nicht gefährden.

Skye sah zu Pauline hinüber und musste grinsen.

Sie, eine Frau, würde eine Spitfire fliegen.

Kapitel 7

Eine Spitfire zu fliegen, war noch besser, als Skye es sich vorgestellt hatte. Das Cockpit war schmal und damit für ihre geringe Körpergröße genau richtig. Wenn sie in den Sitz glitt, fühlte es sich jedes Mal an, als schlüpfte sie in ein Abendkleid. In der Luft bewegte sich das Flugzeug wendig und kraftvoll wie ein Delfin im Wasser, und es reagierte auf die leiseste Berührung. Manchmal hatte Skye das Gefühl, sie könnte den Schubhebel allein mit ihrem Atem betätigen.

Die geänderten Bestimmungen, dass nun auch Frauen Kampfmaschinen fliegen durften, zogen weitere Änderungen nach sich. Es wurde ein Militärflugplatz nur für Frauen in Hamble bei Southampton eingerichtet, nahe der Spitfire-Fabrik in Eastleigh. Nachdem Skye, Rose und Joan dorthin versetzt worden waren, suchten sie sich als Unterkunft ein kleines Haus in der Nähe der Küste.

Die nächsten zwei Jahre führten sie ein relativ glückliches Leben – so glücklich das Leben in Kriegszeiten eben sein kann. An dreizehn aufeinanderfolgenden Tagen flog Skye verschiedene Flugzeugtypen – vor allem Spitfires, oft aber auch Hurricanes, Typhoons, Tempests und alles andere, was von einem Ort des Landes zu einem anderen überführt werden musste. Danach hatte sie zwei Tage frei und konnte in ihrem Haus in Hamble entspannen. Abends ging sie gern im *Bugle Inn* Hummer essen, oder sie fuhr nach London, wo sie die ganze Nacht im Embassy Club mit Piloten tanzte, bevor sie den ersten Zug zurück nach Southampton nehmen musste, um wieder pünktlich bei der Arbeit zu erscheinen.

In der *Royal Air Force* schien man den Widerstand gegen Pilotinnen nach und nach aufzugeben, und sowohl die männlichen Piloten als auch das Bodenpersonal gewöhnten sich allmählich daran, dass hin und wieder eine Frau aus dem Flugzeug stieg.

In all der Zeit hörte Skye kein Wort von ihrer Schwester. Nicht einmal durch ihre Tante erfuhr sie etwas über Liberty, denn es war unmöglich geworden, Briefe aus Frankreich hinauszuschaffen. Skye hatte noch nie in ihrem Leben gebetet, aber wenn sie nachts an Liberty dachte, schickte sie Wünsche und Hoffnungen gen Himmel, auch wenn sie ahnte, dass ihre Schwester sich ganz bewusst nicht meldete, weil sie ihr den Weggang aus Frankreich noch immer nicht verziehen hatte.

Morgens ging Skye zu Fuß zur Arbeit und wartete im Aufenthaltsraum – der eine deutliche Verbesserung gegenüber der dreckigen Hütte in Hatfield darstellte – mit den anderen *ATA*-Frauen auf klares Wetter oder, wenn das Wetter gut war, auf die Zuteilung der Einsatzpläne. Der Flugplatz war wie eine eigene kleine Welt, mit Frauen aus verschiedenen Nationen: Amerika, Kanada, Chile, Südafrika, Australien, Polen.

Jackie übte in der Wartezeit Kopfstand, Honor spielte mit Skye Backgammon, Chile – liebevoll nach ihrem Heimatland benannt – schrieb Briefe, und Diana erzählte von ihrem neuesten Verehrer oder erklärte zum x-ten Mal, sie wolle zum Zeitvertreib stricken lernen. Rose verdrehte dann immer die Augen, weil sie wusste, dass die hübsche, reiche Diana niemals stricken lernen würde.

An einem Morgen gegen Ende des Jahres 1942, als alle auf das Signal zum Start warteten, nahmen Skye und Rose sich gerade ein schwieriges Puzzle vor, während Joan die Rolle der ungewöhnlich stillen Diana übernahm und ihrerseits über die Treulosigkeit des *RAF*-Piloten klagte, den sie kennengelernt hatte.

»Sie sind *alle* treulos«, kommentierte Rose. »Und das ist auch gut so, denn dann vermisst du sie nicht, wenn sie sterben.«

»Du bist ganz schön abgebrüht«, entgegnete Joan, so verstimmt, wie es jemandem, der Optimismus statt Sauerstoff einatmete, nur möglich war. »Bis Kriegsende werden bestimmt alle Männer der *RAF* entweder dich oder Skye ausgeführt haben.«

Skye sah zu Joan und lächelte. »Ihr habt einfach unterschiedliche Erwartungen an die Männer: Du willst ein gemeinsames Leben, Rose will einfach nur Ablenkung.«

Und letzterem Wunsch konnte Skye sich nur anschließen. Es mochte gefühllos klingen, aber ein langes Leben und ein Dasein als Kampfpilot waren nicht kompatibel – das war jedem klar, vor allem den Piloten selbst. Wenn man den Krieg also mit möglichst heilem Herzen überstehen wollte, war es besser, sich auf den Aspekt der Ablenkung zu konzentrieren.

Und was die Untreue von Piloten betraf, hatte Rose ebenfalls recht: Selbst Nicholas hatte sich als unzuverlässig erwiesen und Skye den versprochenen Brief nie geschickt. Sie hatte ihm nach Biggin Hill geschrieben und keine Antwort erhalten. Dann hatte sie erneut geschrieben für den Fall, dass ihr Brief verloren gegangen war, aber auch beim zweiten Mal hatte er nicht geantwortet.

Ihre seltsame Begegnung kam ihr mittlerweile wie ein Traum vor, so als hätte sie nur seinen Geist heraufbeschworen, weil sie genau das damals gebraucht hatte: jemanden, der sie schon vor dem

Krieg gekannt hatte … bevor die *RAF* ihr fast das Fliegen verboten hätte. Was sie an jenem Tag im Hangar als das ungebrochene Band ihrer besonderen Freundschaft angesehen hatte, war für ihn offenbar nur ein kurzes, unbedeutendes Aufeinandertreffen gewesen, das er schnell wieder vergessen hatte.

Nach einigen Monaten hatte sie Ollie, den Ingenieur, noch einmal nach ihm gefragt, aber der hatte ihr nur sagen können, dass Nicholas verlegt worden war; wohin, das wisse er nicht. Natürlich hätte sie auf jedem Militärflughafen, den sie anflog, nach ihm fragen können, aber sie ging davon aus, dass ihm das nicht recht wäre, denn sonst hätte er ihr ja geschrieben.

Also versuchte sie, ihn zu vergessen – was jedoch weitaus schwieriger war, als sie gedacht hatte.

Eine Lautsprecheransage holte sie in die Gegenwart zurück. »Die Pilotinnen werden gebeten, im Kommandoraum ihre Einsatzpläne abzuholen.«

Alle gingen los, um sich die Papierstreifen mit den heutigen Flugzielen aushändigen zu lassen. Skye hatte eine Routinelieferung von Spitfires zu erledigen, drei insgesamt, wenn das Wetter hielt.

Sie holte die Landkarten und ihren Kompass aus dem Schließfach, ebenso die kleine Reisetasche für den Fall, dass sie irgendwo über Nacht festhinge. Dann band sie sich ihr himmelblaues Tuch um den Kopf und trat lächelnd ins Freie. Der Tag war perfekt zum Fliegen: Herbst, Sonne, wenig Wolken.

Joan war an diesem Tag für den Taxiflug eingeteilt. Sie setzte erst Rose, Skye und Honor in Eastleigh ab, dann flog sie die anderen Pilotinnen zu ihren jeweiligen Startpunkten. Skye fand ihre Spit und tätschelte ihr liebevoll den Rumpf. Dann kletterte sie über die

Tragfläche ins Cockpit, legte ihren Fallschirm auf dem Sitz ab und setzte sich darauf.

Langsam und mit Bedacht betätigte sie den Schubhebel, um das Flugzeug wissen zu lassen, dass sie nun das Kommando hatte. Mit nur einer kleinen Drehung des Handgelenks brachte sie die Spit in Schräglage, wie eine perfekte Tanzpartnerin. Sie steuerte die Maschine durch das Labyrinth der Sperrballons und flog weiter in den leeren Himmel, blickte auf die Karte, stellte den Kompass ein und lehnte sich in Erwartung eines einfachen Flugs zurück.

—

Beim letzten Flug an diesem Tag, weniger als eine Stunde von der *RAF*-Basis Stanbridge entfernt, wo Joan Skye einsammeln und nach Hamble zurückbringen sollte, nahm sie rechts neben sich plötzlich einen Schatten wahr. Zuerst dachte sie sich nichts weiter dabei; Luton und weitere Flugbasen waren in der Nähe, und es war nicht ausgeschlossen, dass hier in der Gegend auch andere Maschinen flogen.

Dann jedoch schoss blitzschnell etwas an ihrem Bug vorbei. Hätte sie in der Spitfire Platz dazu gehabt, wäre sie vor Schreck zusammengezuckt. Aber das Flugzeug umschloss sie eng wie eine Muschel, so dass lediglich ihr Herz einen Schlag aussetzte. Man hatte gerade auf sie geschossen.

Sie wackelte mit ihren Tragflächen in der Annahme, dass irgendein übereifriger und offensichtlich blinder *RAF*-Pilot sie für ein feindliches Flugzeug hielt, obwohl sie kein Hakenkreuz auf dem Seitenruder trug. Doch dann passierte es wieder, und diesmal setzte ihr Herz gleich mehrere Schläge aus, denn das Flugzeug, das sie angriff, war eine deutsche Messerschmitt 110, die sie voll ins Visier genommen hatte.

Verdammt! Was sollte sie jetzt tun? Sie hatte von solcherlei Vorfällen schon gehört, allerdings geschah es so selten, dass es kein offizielles Protokoll für diese Situation gab, dem sie hätte folgen können. Wie sollte sie also reagieren – so ganz ohne Waffen? Sie hörte ihren keuchenden Atem, der im winzigen Cockpit widerhallte.

Triff eine Entscheidung, befahl sie sich selbst. *Und schnell.*

Die Messerschmitt feuerte erneut: Ein Schuss streifte die Spitze einer Tragfläche, ein anderer traf seitlich den Rumpf. Die Spitfire geriet einem Moment lang ins Schlingern, ebenso wie Skyes Magen.

Obwohl Kunstflugmanöver *strengstens* verboten waren, ging Skye davon aus, dass man es ihr in diesem Fall nachsehen würde. Also beschleunigte sie mit voller Kraft, zog die Maschine senkrecht nach oben und peilte den Himmel an.

Das deutsche Flugzeug zögerte, denn mit so etwas hatte der Pilot sicher nicht gerechnet. Angesichts der Verlustrate von deutschen Piloten wagte Skye zu hoffen, dass dieser Mann in seinem ganzen Leben noch nie ein Kunstmanöver geflogen war.

Gekonnt führte sie einen Turn aus: Sie drosselte den Schub auf null, und das Flugzeug stand einen Moment lang still und senkrecht im Himmel. Kein Motorengeräusch war zu hören. In diesem Sekundenbruchteil gab es nur Skye Penrose und das herrlich leere Blau des Himmels.

Doch dann musste sie die Spit wieder ausrichten und sich beim Abwärtsflug der Tatsache stellen, dass die feindliche Maschine noch immer in der Nähe war. Sie bereitete sich auf einen weiteren Steilflug vor.

Auf einmal füllte sich der Himmel mit weiteren Flugzeugen. Skye fand sich mitten in einem Angriffsszenario wieder und spürte zum ersten Mal, dass wahre Angst sich nicht nur durch einen rasenden Puls und Bäche von Schweiß äußerte – sie verfiel plötzlich in völlige Erstarrung. Sie blinzelte nicht, sie dachte nichts, ihr stockte sogar der Atem. Wie gebannt fixierte sie die herannahenden Flugzeuge und fragte sich, ob sie wohl so sterben würde: als Statue, regungs- und hilflos.

Doch dann sog ein tiefer, erleichterter Seufzer wieder Luft in ihren Körper und füllte ihn mit neuem Leben: Die dazugekommenen Maschinen trugen keine Hakenkreuze – sie waren auf ihrer Seite. Gott sei Dank!

Beim Wenden sah sie, wie die Messerschmitt abdrehte. Weil Skye keine Waffen eingesetzt und sich stattdessen mit Zirkustricks beholfen hatte, dachten die *RAF*-Piloten wohl, sie habe ein Problem mit ihrer Maschine, und nahmen sie in ihre Mitte.

Es war Skye nicht erlaubt, bei Nacht zu fliegen, und da es bereits dunkel wurde, blieb ihr keine andere Wahl, als sich in die Formation einzureihen. Die anderen Flugzeuge waren Lysanders – jene geheimen umgebauten schwarzen Lysanders, die sie einmal auf dem Militärflugplatz Tangmere an der Südküste gesehen hatte. Als sie damals danach gefragt hatte, sagte man ihr, sie würden für Spezialstaffeln eingesetzt – doch zu welchem Zweck, hatte sie nie erfahren. Anders als bei Flugzeugen dieses Typs üblich, waren hinter den Cockpits Leitern angebracht und am Rumpf Metallzylinder, außerdem hatte man die hinteren Kanonen entfernt. Auf die Flanke einer dieser Lizzies, wie die Piloten ihre Lysander-Maschinen nannten, war eine Meerjungfrau gemalt und darüber mindestens ein Dutzend Sterne, die vermutlich die Anzahl der geflogenen

Einsätze zeigten. Auf einer weiteren Maschine prangte die kurvenreiche Zeichentrickfigur Betty Boop.

Beim Landeanflug warf die untergehende Sonne einen breiten Streifen leuchtendes Orange an den Horizont. Als Skye nach unten blickte, konnte sie kaum glauben, dass es sich bei dem, was sie sah, um eine Flugbasis der *Royal Air Force* handeln sollte.

Sie landete auf einer schmalen, holprigen Bahn, die quer durch einen verlassenen Bauernhof führte. Neben ihr liefen Kühe über die Wiese, ein paar einsame Enten schlugen in einer schlammigen Pfütze mit den Flügeln, und an der Seite standen ein paar baufällige, strohgedeckte Wirtschaftsgebäude. Bald jedoch konnte Skye die Wellblechhütten erkennen, die wie Kuhställe aussehen sollten, daneben Flugzeugstellplätze, Garagen für Feuerwehr- und Krankenwagen und die Umrisse weiterer schwarzer Lizzies.

Während sie dem Lotsenfahrzeug zur Parkposition folgte, spielte ihr Kopf das gerade Erlebte noch einmal durch. Ihre Spitfire hatte eine Kugel abbekommen! Inzwischen war sie wieder in Sicherheit, aber ihre Verwundbarkeit war ihr deutlich bewusst geworden – eine Verwundbarkeit, über die sie und die anderen *ATA*-Frauen lieber nicht weiter nachdachten. Im letzten Jahr waren einige Pilotinnen gestorben, darunter die berühmte Amy Johnson. Sie war in dichte Wolken geraten, aus denen sie nicht mehr herausfand, und schließlich abgestürzt, als ihr das Benzin ausging. Skye hatte bislang Glück gehabt: Sie war nicht ins Meer gestürzt und ertrunken, ihr Flugzeug war an keinem Berg zerschellt, und sie hatte kein katastrophales technisches Versagen erlitten, wie es anderen schon passiert war. Auch heute hatte sie wieder Glück gehabt. Aber wie lang würde dieses Glück noch anhalten?

Denk nicht darüber nach, ermahnte sie sich.

Äußerlich ruhig blieb sie im Cockpit sitzen und wartete auf die Bodenmannschaft, doch mit den Fingern faltete und knetete sie ihr Tuch. Auch wenn es im Moment so schien, als kämen die *RAF* und die Frauen der *ATA* gut miteinander aus, wusste Skye, dass ein winziger Anlass genügen konnte, um den zerbrechlichen Frieden zu zerstören. Gut möglich, dass man sie wegen ihres verbotenen Kunststücks melden würde, egal, wie gerechtfertigt es war. Sie musste wachsam bleiben. Entschlossen verließ sie das Cockpit, sprang zu Boden und zog sich das Tuch vom Kopf, so dass ihr langes, dunkles Haar zum Vorschein kam.

Die Piloten der Lysander-Staffel, die gerade auf sie zukamen, blieben derart abrupt stehen, dass es fast slapstickhaft komisch wirkte – als wären sie gegen eine unsichtbare Wand gelaufen.

»Sie sind ja eine Frau«, sagte einer der Männer mit einem amerikanischen Akzent. »Und eine hübsche dazu.« Er grinste.

»Das haben Sie verdammt scharf beobachtet«, konterte Skye trocken. Sie war froh, dass ihre Stimme fest klang und sie in dieser Art des Schlagabtauschs mittlerweile geübt war. Schoss man nämlich nicht sofort mit gleicher Munition zurück, musste man eine Menge weiterer dummer Kommentare und Anzüglichkeiten über sich ergehen lassen. »Und Sie sind hier wohl der Schürzenjäger vom Dienst.«

Die Männer lachten, am lautesten der Amerikaner selbst.

Offenbar waren sie Teil der Spezialeinheit, von der Skye gehört hatte. Es gab einige solcher versteckten Flugfelder in England, aber Skye hatte noch nie eines gesehen. Piloten solcher Spezialeinheiten waren die Superhelden der *RAF*, die besten und tapfersten von allen, denen zur Belohnung mengenweise französisches Parfüm und Champagner zur Verfügung standen. Der Amerikaner vor ihr zumindest erfüllte dieses Klischee: so groß gewachsen, dass Skye den Kopf in den Nacken legen musste, um ihm in die Augen zu sehen, die Haare hell wie ein Strand in Cornwall, honigbraune Augen und ein so hübsches Lächeln, dass sicher nicht wenige Frauen bei seinem Anblick weiche Knie bekamen.

»Danke, dass Sie die Messerschmitt vertrieben haben«, sagte sie und nickte den Männern zu. Skye hoffte, dass sie am Ende *ihre* Version dieses Zwischenfalls bestätigen würden. »Da uns Frauen ja keine Waffen anvertraut werden, blieben mir nur Kunstflugmanöver, um mich zu retten.«

»Und verdammt gute Manöver noch dazu«, sagte ihr amerikanischer Bewunderer. »Sie sind sehr wendig. Geben Sie vielleicht Unterricht?«

Und da hieß es immer, die Pilotinnen seien die flatterhaften …

»Ich würde hoffen, dass Sie genug Unterricht in dem Fach bekommen haben, auf das Sie anspielen«, entgegnete sie.

Schallendes Gelächter ertönte, und der Amerikaner – laut seinen Abzeichen ein Staffelführer – schien nun doch ein wenig verlegen.

»Lass es gut sein, O'Farrell«, unterbrach eine neue Stimme das Geplänkel. Die Männer traten beiseite, um ihren Wing Commander durchzulassen. »Geht es Ihnen gut?«, hörte Skye hinter sich seine Stimme.

Sie wandte sich um – und erstarrte.

»Skye.«

Sobald sie sich von ihrem ersten Schreck erholt hatte und trotz der Enttäuschung darüber, dass er ihr nie geschrieben hatte, tat sie nun, was sie schon bei ihrer letzten Begegnung hätte tun sollen. Sie lief zu Nicholas und nahm ihn fest in den Arm.

»Wie schön, dich zu sehen!« Sie drückte ihn fest an sich für den Fall, dass er auch diesmal gleich wieder verschwinden wollte.

Als sie zurückwich, sah sie, dass ihm vor Verblüffung der Mund offen stand. Seine Miene erinnerte sie an damals auf der Pier von Porthleven, und es war einwandfrei erkennbar, dass sie hier ihren alten Freund vor sich hatte. Sie grinste.

Nicholas grinste nicht zurück, im Gegenteil: Er machte nun ein Gesicht wie sieben Tage Regenwetter. Auf einmal wirkte er verschlossen, unnahbar.

Skye hörte die Männer hinter sich tuscheln. Und sie erkannte, was sie falsch gemacht hatte: In einer Organisation, in der Disziplin und Respekt zählten, warf man sich einem Wing Commander nicht einfach vor versammelter Mannschaft an den Hals, selbst wann man diesen Wing Commander seit seiner Kindheit kannte.

»Ich meinte, es ist schön, Sie zu sehen, Wing Commander Crawford«, korrigierte sie. »Vor Ihnen steht Captain Penrose«, fügte sie hinzu, da ihr einfiel, dass er ihre Rangabzeichen unter der warmen Schaffelljacke nicht sehen konnte.

Endlich lächelte er, und sie vergaß die wenigen Worte, die sie noch hatte hinzufügen wollen. Allein dieses Lächeln besaß genügend Wucht, um die Messerschmitt zurück nach Deutschland katapultieren zu können, ganz zu schweigen von den blauen Augen, die sie nun eindringlich musterten.

Sie errötete bei der Erinnerung an ihre letzte Begegnung. *Du siehst umwerfend aus*, hatte sie gesagt. Und genau dasselbe dachte sie nun erneut: Wie hatte es der kleine Nicholas Crawford nur geschafft, so verdammt gut aussehend zu werden?

»Captain Penrose«, sagte er lächelnd. »Es ist schon eine Weile her.« Dann drehte er sich zu seinen Männern um. »Auch wenn

Sie bestimmt gern dabei wären, wenn Captain Penrose und ich uns über die letzten zehn Jahre austauschen, bin ich sicher, dass Sie Besseres zu tun haben. O'Farrell, Sie erkundigen sich bitte, ob Skye heute bei der Frauenhilfsluftwaffe übernachten kann. Und Jenkins, Sie lassen den Stationskommandanten wissen, dass wir einen Gast haben.«

Während die Männer sich trollten, hörte Skye, wie sich eine neue Stimme zu Wort meldete. »Sir, Ihre Verlobte ist eingetroffen.«

Nicholas drehte sich um, doch bevor er sich abwandte, sah Skye noch, wie seine Augen vor Erleichterung aufleuchteten – als hätte er diese Nachricht mit einer Inbrunst erwartete, die sonst für außergewöhnliche Neuigkeiten reserviert war, etwa das Ende des Krieges.

Eine Frau näherte sich. Sie war nicht unbedingt hübsch, aber beeindruckend, wie eine Lichtsäule in dunkler Nacht. Ihre Uniform, die sie als Mitglied der Frauenhilfsluftwaffe auszeichnete, saß tadellos, das glänzende dunkelbraune Haar war zu einer perfekten Victory Roll geformt, der Mund dunkelrot geschminkt, das Gesicht herb und kühl. Sie zog die Blicke aller Anwesenden auf sich.

Die Fremde hakte sich bei Nicholas unter.

Während die Piloten sich im Weggehen nach ihr umsahen, hörte Skye einen von ihnen murmeln: »Mannomann, gerade dachte ich noch, unser Wing Commander hat sich die hübscheste Frau unter Englands Himmel geangelt, und dann kommt da noch so ein Feger daher.«

»Jenkins!«, entfuhr es Nicholas scharf.

Die Männer verstummten.

»Hallo Nick, wie geht es dir?«, fragte Nicholas' Verlobte mit französischem Akzent.

»Darf ich vorstellen: Das ist Margaux Jourdan«, sagte Nicholas. »Und das ist Skye Penrose. Eine gute Freundin aus Kindertagen.«

Ein seltsames Gefühl machte sich in Skye breit. Plötzlich wurde ihr der Hals so eng, dass sie kaum sprechen konnte, und ihr fiel ein, dass sie sich schon einmal so gefühlt hatte: als ihre Mutter verkündete, sie wolle ihre Töchter für sechs Monate nach Frankreich schicken. Sie spürte einen tiefen Verlust. Aber was hatte sie verloren? Es stimmte, was Nicholas gesagt hatte: Sie *war* eine gute Freundin aus Kindertagen. Allerdings ließen seine Worte nichts von dem erkennen, was ihre Freundschaft in Skyes Augen besonders gemacht hatte.

»Wie gut habt ihr euch denn gekannt?«, erkundigte sich Margaux höflich, so als läge ihr nicht wirklich etwas an der Antwort.

Ihr desinteressierter Ton ließ Skye ihre eigene Stimme wiederfinden. »Gut genug, dass er meine Unterwäsche gesehen hat«, sagte sie. »Und ich seine.«

Sie wandte sich ab und ließ Margaux stehen. Sollte sie diese Aussage erst mal verdauen!

Mit Nicholas' amüsiertem Lachen im Rücken folgte sie den Männern über das Flugfeld. Doch noch während sie davonmarschierte, wurde Skye bewusst, was sie verloren hatte, und zwar diesmal endgültig: Die leuchtende Vision eines Jungen, mit dem sie einst einen verlorenen Garten entdeckt, am Rande eines Kliffs getanzt und weinend in einer dunklen Höhle gelegen hatte. Dieser Nicholas würde nie mehr zurückkehren.

Kapitel 8

Laut den Regeln der *RAF* war es Skye verboten, in einer Offiziersmesse ihren Fluganzug zu tragen, also suchte sie sich zunächst einen Raum, in dem sie sich umziehen konnte. Danach begleitete sie ein gesprächiger O'Farrell – der ihr fröhlich erzählte, er könne sich selbst schon nicht mehr an seinen Vornamen erinnern, weil er ihn so lange nicht mehr gehört habe – in die Messe und rückte sogar einen Stuhl für sie zurecht.

»Sie waren damals auf der Titelseite mehrerer Zeitungen«, bemerkte er.

Skye nickte und verspeiste dabei genüsslich ihr Rührei – es bestand aus echten Eiern, nicht aus Pulver.

»Wir bekommen hier nicht viele *ATA*-Piloten zu Gesicht«, sagte ein Mann am Nebentisch. »Was eigentlich schade ist«, fügte er mit einem anzüglichen Grinsen hinzu, aber O'Farrells Blick brachte ihn schnell zum Schweigen.

»Wo genau sind wir?«, erkundigte sich Skye. »Ich habe mittlerweile fast jeden Militärflughafen in England angeflogen, aber diesen hier noch nie.«

»Sie haben im Quartier der Frauen einen Schlafplatz für dich eingerichtet«, unterbrach Nicholas das Gespräch. Offenbar hatte er sich kurzfristig von seiner Verlobten loseisen können.

Skye spürte die gesteigerte Wachsamkeit im Raum, so wie sie

sie auch aus anderen Offiziersmessen kannte, wenn ein Kommandant den Raum betrat. In diesem Fall handelte es sich aber nicht um furchtsame Ergebenheit vor einem Anführer, der seine Männer mit Drohungen und Strafen gefügig machte, sondern eher um die eifrige Dienstwilligkeit von Offizieren, die ihren Kommandanten respektierten und ihn beeindrucken wollten.

Nicholas hatte offenkundig das erreicht, was er sich damals am Küchentisch ihrer Mutter gewünscht hatte: Er war seiner Vergangenheit entkommen. Sein amerikanischer Akzent war wieder da, und nichts deutete mehr darauf hin, dass er vier Jahre in Cornwall gelebt hatte. Mit seinem ursprünglichen Akzent ging nun ein neues Selbstbewusstsein in Sprechweise und Haltung einher. Skye vermutete, dass er diese Eigenschaften immer schon besessen hatte, sie früher aber dezenter und leichter zu übersehen gewesen waren als die forsche Keckheit von jemandem wie O'Farrell.

Sie wollte ihn fragen, wie es ihm all die Jahre ergangen war, und hätte sich gern ausführlich mit ihm unterhalten. Doch gerade als sie ihn bitten wollte, er möge sich doch zu ihr setzen, sagte er brüsk: »Hast du alles, was du brauchst?« Er deutete auf ihre kleine Reisetasche, als erwartete er, dass sie sofort ihre Gabel beiseitelegen und Haltung annehmen würde. Sie konnte sich nicht mehr vorstellen, dass dieser Mann sie gefragt hatte, ob alles in Ordnung sei, und sie aus dem Bauch heraus ehrlich geantwortet hatte.

»Darf ich vorher noch zu Ende essen?«, fragte sie leichthin. »Ich habe seit dem Frühstück nichts weiter gehabt als eine kleine Ration Schokolade. All die Kapriolen in der Luft haben mir Appetit gemacht.«

»Mir wäre lieber, du würdest sofort mitkommen.«

Nun passte Skye ihren Tonfall dem seinen an – kühl und ungeduldig. »Ich muss über diesen Vorfall einen Bericht an den zuständigen Kommandanten schreiben. Ich nehme an, das bist du.«

»Ich werde ihn für dich aufsetzen.«

»Ich würde ihn dann gern überprüfen. Nicht alle Vorfälle, an denen Frauen beteiligt sind, werden akkurat wiedergegeben.«

Ihr war, als sähe sie in seinem Gesicht kurz Ärger aufblitzen – weil sie seine Integrität anzweifelte? –, aber er verhielt sich gerade wie ein Fremder, der nichts über sie wusste, so dass ihr nichts anderes übrig blieb, als sich ebenso zu verhalten.

»Du kannst noch fertig essen.« Er holte einen Stift aus seiner Tasche und hatte auch schon ein entsprechendes Formular dabei. Niemand sprach, während er schrieb. Dann reichte er ihr seinen Stift und das Dokument. »Bist du damit zufrieden?«

Sie las den Bericht, der das Geschehen korrekt wiedergab, und setzte ihren Namen darunter. Dann stand sie auf. »Tut mir leid, Jungs, aber wie es aussieht, bin ich hier nicht mehr erwünscht.«

Sie lächelte den Männern zu, schenkte O'Farrell ein besonders freundliches Kopfnicken, schob sich eine letzte Gabel voll Rührei in den Mund und nahm ihre Jacke.

O'Farrell erhob sich ebenfalls. »Ich kann Sie noch begleiten.«

Auf dem Weg zur Unterkunft schwieg Nicholas, während O'Farrell ihr entlockte, von welcher Basis aus sie arbeitete und wann ihre nächsten Einsätze waren, um Übereinstimmungen ihrer freien Tage zu entdecken. Er war tatsächlich ungemein charmant – der Inbegriff des dreisten amerikanischen »Flyboy« – und sie wusste, ihre Kolleginnen in Hamble würden allesamt von ihm begeistert sein. Dazu war er lustig und nett, und er hatte sie aus einer unangenehmen Situation gerettet.

»Ihr zwei müsst mich nicht begleiten«, sagte sie laut, damit auch Nicholas, der ein paar Schritte vor ihnen herging, sie hören konnte. »Ihr wollt sicher in Ruhe etwas essen und so weiter. Außerdem«, fügte sie nun direkt an Nicholas gewandt hinzu, der sich umgedreht hatte, »hast du irgendwo eine Verlobte sitzen, die es bestimmt kaum erwarten kann, mehr Zeit mit dir zu verbringen.«

»Peggy!«, rief O'Farrell, und eine junge Frau in *WAAF*-Uniform kam angelaufen. »Würden Sie Captain Penrose in die Unterkunft der Frauenhilfsluftwaffe begleiten?«

Mit kokettem Augenaufschlag sah Peggy zwischen O'Farrell und Nicholas hin und her. O'Farrell freute sich sichtlich über die Aufmerksamkeit und wechselte gleich noch ein paar Worte mit ihr, Nicholas dagegen schien Peggys Anwesenheit nicht einmal zu bemerken.

»Du bist also in Hamble stationiert?«, fragte er Skye. Offenbar hatte er ihr Gespräch mit O'Farrell mitbekommen. Er sah sie in genau dem Moment an, in dem sie ihr Halstuch beiläufig über die Schulter warf, so wie sie es früher am Strand mit den Badehandtüchern gemacht hatte. Genau daran musste der Anblick ihn wohl auch erinnert haben, denn er sagte: »Es ist seltsam: In mancher Hinsicht bist du genau wie früher, so dass ich das Gefühl habe, aus der Gegenwart direkt in die Vergangenheit katapultiert zu werden. Und in anderer Hinsicht bist du ganz und gar verändert.«

Endlich ließ er etwas von der Vertrautheit anklingen, die sie zwischen ihnen erwartet hatte. Und natürlich war es auch für ihn eigenartig, Aspekte ihres kindlichen Ichs in der erwachsenen Frau aufblitzen zu sehen, die sie geworden war. Vielleicht war das der Grund für sein seltsames Verhalten.

»Bestimmt bist du in mancher Hinsicht auch ganz anders als früher«, entgegnete sie mit einem zweideutigen Lächeln, in der Hoffnung, die alte Nähe zwischen ihnen wiederherzustellen.

Nicholas rieb sich das Kinn. Dann sagte er: »Ich hoffe, zu deinen Veränderungen gehört auch, dass du nicht mehr so draufgängerisch bist wie früher. Himmel, Skye, ihr Frauen müsst ohne Funkverbindung, ohne Waffen, ohne Instrumente fliegen … Was, wenn meine Staffel vorhin gerade nicht zufällig in der Gegend gewesen wäre?«

Skye kniff die Augen zusammen, zwang sich jedoch, ruhig zu bleiben. »Würdest du mich auch zu mehr Vorsicht ermahnen, wenn ich ein Mann wäre?«

»Ich ermahne dich, weil du mal ein wichtiger Teil meines Lebens warst, was bedeutet, dass mir dein Wohlergehen auch heute noch am Herzen liegt.«

»Wie kannst du es wagen!«, erwiderte sie aufgebracht.

»Was?« Er zuckte zusammen, als hätte sie ihn geschlagen, worauf sie in der Tat Lust hatte.

»Ich bin Captain«, zischte sie, »und dazu habe ich mich vom Flying Officer hochgearbeitet. Mir wurde schon eine Beförderung zum Flight Captain angeboten, die ich allerdings ausgeschlagen habe, weil ich dann fast nur am Schreibtisch arbeiten würde. Ich habe Flugzeuge ohne Fahrwerk zu Boden gebracht und bin ohne Instrumente durch Stürme navigiert, ich habe dabei zugeguckt, wie mir der Propeller abfiel, und bin trotzdem sicher gelandet. Ich habe mit meinen Manövern kein einziges Flugzeug beschädigt. Die *RAF* braucht Flugzeuge, um diesen Krieg zu kämpfen, und meine Aufgabe ist es, die Flugzeuge heil abzuliefern, damit wir ihn auch gewinnen können. Ein ›Draufgänger‹ wäre für so einen Job nicht geeignet. Bitte wende dich mit diesen Bedenken an deine eigenen Männer, wenn sie mit zu wenig Flugerfahrung ihren ersten Turn machen und dabei verunglücken, so dass ich das beschädigte Flugzeug ohne Funk und Instrumente zur Reparatur fliegen muss.«

Damit drehte sie sich um und marschierte zur wartenden Peggy. »Gehen wir.«

Peggy lief augenblicklich los, da sie wohl Angst hatte, Skye könnte ihre Wut auch an ihr auslassen.

—

Nicholas sah Skye nach und fluchte innerlich. Warum hatte es so ablaufen müssen? Warum hatte sie ausgerechnet heute auftauchen und ohne jede Vorwarnung in sein Leben wirbeln müssen, so wie sie es vor vierzehn Jahren getan hatte – mit einem Lächeln, das heller strahlte als alles, was er nachts schon im Himmel hatte explodieren sehen.

Margaux tauchte vor ihm auf. »Bist du fertig? Oder musst du dir noch mehr Berichte anhören?« Nach kurzem Zögern fügte sie hinzu: »Glaubst du, sie verrät irgendjemandem, wo sie heute gelandet ist?«

»Nachdem ich sie praktisch hinausgeworfen habe – und das mit einem Kommentar, den sie als Rüge aufgefasst hat –, wird sie wahrscheinlich so schnell wie möglich vergessen wollen, überhaupt hier gewesen zu sein.«

»Du hättest nichts anderes tun können.«

Margaux zündete sich eine Gauloise an und hielt ihm das Päckchen hin. Dankbar nahm er eine Zigarette. Sie hatte recht. Aber deswegen fühlte er sich kein bisschen besser.

»Du siehst aus, als hättest du gerade deinem besten Freund in den Rücken geschossen. Wie eng wart ihr denn befreundet?«

»Ich habe sie seit Jahren nicht gesehen. Und das letzte Mal nur kurz, 1940 auf einem Flugplatz.«

Seine Worte waren keine Antwort auf ihre Frage, aber sie waren alles, was er im Moment dazu sagen konnte.

Hätte ihn jemand vor zehn Jahren gefragt, hätte er gesagt, Skye sei für ihn wie die Luft zum Atmen: lebensnotwendig. Es war undenkbar gewesen, jemals ohne sie zu sein. Aber nun hatte er schon so lange ohne sie klarkommen müssen. Er hatte ihr nicht geschrieben, wie er es beim letzten Mal angekündigt hatte, weil es ihm zu schwergefallen wäre. Im Lauf der Zeit war sie unleugbar zur Frau geworden. Bei ihrer letzten Begegnung war ihm das kaum richtig bewusst geworden, weil ihm – und wohl auch ihr – eher daran gelegen hatte, die eigenen Ängste zu äußern. Vielleicht hatte sie ja auch einen Verlobten. Wobei die Art, wie sie mit O'Farrell geflirtet hatte, nahelegte, dass es keinen gab.

Er trat die Zigarette aus. Margaux schob ihren Arm unter seinen.

»Wie geht es dir?«, fragte er nun. »Tut mir leid, dass ich dich nicht abholen konnte. Es gab Probleme mit dem Motor.«

Sie zuckte die Achseln. »Ich bin müde. Wie du auch. Was bedeutet, dass wir beide einen Drink gebrauchen können.«

Er lächelte. Über Margaux konnte man sagen, was man wollte – dass sie kühl sei und rücksichtslos und ein Herz aus Stein habe –, aber sie dachte praktisch. »Das klingt nach einer guten Idee.«

Sie gingen in die Bar, tranken mehr Whiskey, als sie sollten, und rauchten zu viele Gauloises.

Als Nicholas sich am Morgen in der Frauenunterkunft nach Skye erkundigen wollte, war sie bereits abgeflogen.

Diesmal würde er sie finden. Den Großteil seines Verhaltens konnte er ihr nicht erklären, aber vielleicht konnte er ihr so viel erklären, dass sie ihn nicht hasste.

Teil 4

KAT

Kapitel 9

SYDNEY, 2012 | Wieder in Sydney angekommen, hatte Kat keine Zeit, erst mal nach Hause zu fahren, um zu duschen, sich umzuziehen und ihr Jetlag-vernebeltes Hirn wieder in den Modus zu schalten, den sie für den Umgang mit einer Fünf- und einer Dreijährigen brauchte. Stattdessen fuhr sie sofort zu ihrem Exmann, um ihre Töchter abzuholen und sie mit einer ausgiebige Portion Umarmungen und Küssen zu begrüßen.

Sie trat nicht über die Schwelle in der Hoffnung, die Begegnung mit Paul so kurz wie möglich zu halten. Eine Scheidung war eine nie versiegende Quelle von Schmerz, Schuld und Ärger, und es verging kaum ein Treffen, bei dem sie sich nicht in einen Fast-Streit verwickeln ließ, der in angespannt ruhigen Tönen ausgetragen wurde, um die Kinder nicht zu verängstigen.

»Du hast gar nicht erzählt, dass die Mädchen jetzt Französischunterricht bekommen«, sagte er.

»Sie bekommen ja auch keinen Französischunterricht«, erwiderte sie, sofort in der Defensive. »Ich spreche nur hin und wieder Französisch mit ihnen und meine Großmutter auch. Das weißt du doch.«

»Und du weißt genauso gut wie ich, dass zweisprachig aufwachsende Kinder in den ersten Schuljahren immense Probleme haben«, erwiderte Paul. »Wir wollen doch nicht, dass sie schlechter abschneiden als andere, nur damit sie ein paar französische Wörter kennen.«

»Wenn du so gut informiert bist, müsstest du auch wissen, dass zweisprachige Kinder nach ein paar Jahren mehr als nur aufgeholt haben«, konterte sie, »und dann im Schnitt weitaus bessere Leistungen erbringen als ihre Klassenkameraden. Außerdem besitzen sie den unbestreitbaren Vorteil, zwei Sprachen zu beherrschen. Ich sehe also kein Problem.« Sie merkte, dass sie gerade die Arme verschränken wollte, um sich abzugrenzen, und ließ sie wieder sinken, um nicht verletzlich zu wirken. »Außerdem ist Daisy erst in der Vorschule. Es ist also nicht so, dass sie den anderen beim Ausmalen hinterherhinken würde.«

Paul lehnte sich in den Türrahmen und lächelte, als wüsste er schon jetzt, dass er mit seinen nächsten Worten den Sieg davontragen würde. »Elizabeth kann noch nicht einmal ›Ball‹ buchstabieren. Sie sagt, es sei B-A-L-L-E.«

Kat musste lachen. »Lisbet«, sagte sie, »wie buchstabiert man Ball?«

Die fünfjährige Lisbet kam wieder zur Tür und schleifte dabei ihren Rucksack hinter sich her. »Na, B-A-L-L, Mummy. Das weißt du doch.«

»Et voilà«, sagte Kat. »Wie du siehst, kann sie beides, und ich glaube nicht, dass ein Kind, das das Wort Ball in zwei verschiedenen Sprachen buchstabieren kann, irgendwelche Probleme in der Schule hat.«

Daisy kam ihrer Schwester hinterhergehüpft und hielt rosa Gummistiefel in der Hand, von denen ein paar Schlammspritzer auf den Boden tropften.

Als sei auch das Kats Schuld, bemerkte Paul spitz: »Ich würde es bevorzugen, wenn du alle außerschulischen Aktivitäten der Kinder zunächst mit mir besprichst.«

Kat merkte, dass die beiden Mädchen ihren Eltern genau zuhörten. »Lisbet, bring Daisy doch schon mal zum Wagen«, sagte sie. »Ich bin sofort bei euch.« Während die Mädchen den Weg entlangtrabten, wandte sie sich wieder an Paul. »Ich werde dich nicht jedes Mal anrufen, bevor ich ein oder zwei französische Wörter zu ihnen sage. Und meine Großmutter auch nicht. Früher gefiel dir die Idee, dass deine Kinder mehr als eine Sprache sprechen würden, weißt du noch?«

Sie drehte sich um und spürte Pauls Blick im Rücken, bevor er wieder ins Haus und zu seiner neuen Familie zurückkehrte. Kat hoffte für ihn, dass diese nicht ebenso auseinanderbrechen würde wie die erste. So einen Schmerz wünschte sie niemandem, nicht einmal ihrem Exmann.

Die ganze Heimfahrt über plapperten Lisbet und Daisy laut und aufgeregt mit ihr. Wie immer freuten sie sich riesig, dass Kat wieder da war, und sie war fast ein wenig überwältigt von all der Liebe, mit der sie ihre Mutter überschütteten. Der Enthusiasmus der beiden wurde allerdings ein wenig gedämpft, als Kat sagte, sie wolle am Wochenende mit ihnen ihre Urgroßmutter am Pambula Beach besuchen, fast sechs Stunden Autofahrt südlich von Sydney. Doch sie wusste, ihr Widerwillen kam nur daher, dass die Mädchen zehn Tage nicht zu Hause gewesen waren und erst einmal die Sicherheit ihrer eigenen Zimmer und vertrauten Spielsachen herbeisehnten. Beide Mädchen liebten Margaux Jourdan, auch wenn sie ihnen nicht das bedeutete, was sie Kat bedeutete. Für Lisbet und Daisy war ihre Urgroßmutter eine alte Frau, die nicht selten etwas zu spitzfindige Bemerkungen machte. Aber für Kat war sie ihre Ersatzmutter – eine Frau, die ohne zu zögern das Sorgerecht für ein wenige Tage altes Baby übernommen hatte, weil die Mutter, Margaux' Tochter, es nicht gekonnt hatte.

Kat beschloss, den Besuch vorerst nicht mehr zu erwähnen, und fuhr mit den Mädchen nach Birchgrove, wo sie sich nach der Trennung von Paul ein kleines Haus gekauft hatte. Sie bestellte Pizza, ließ den beiden ein Schaumbad ein und las ihnen zum Einschlafen ihre Lieblingsgeschichte *Ali Baba und die vierzig Räuber* vor. Die Lieblingsstelle der Mädchen war der Moment, in dem die Diebe in heißem Öl umkommen. Dann deckte sie ihre Töchter fest zu und verabreichte ihnen jeweils ihre Spezialküsschen: einen auf die Stirn, einen auf die Nasenspitze, je einen auf die Wangen und einen letzten aufs Herz.

Als die Kinder schliefen, setzte Kat sich trotz ihres Jetlags an den Computer und studierte die Fotos, die sie von den Kleidern in Cornwall gemacht hatte. Auf ihrem Schreibtisch lag ein Buch von Christian Dior mit Bildern seiner wunderbaren Kreationen, anhand dessen – zuzüglich einiger Recherchen im Internet – sie nun den Verdacht bestätigt sah, der sich ihr auf dem Rückflug aufgedrängt hatte.

Das erste Kleid war für eine Modekonservatorin leicht zu identifizieren: Es war das rote Cocktailkleid »Aladin« aus dem Jahr 1947. Dann folgte das schokoladenbraune, ausgesprochen raffinierte Reisekleid »Bon Voyage« von 1948. Das »Venus«-Ballkleid mit den glitzernden Pailletten auf der schuppenartig fallenden Seidenschleppe aus dem Jahr 1949 erkannte Kat ebenfalls auf den ersten Blick. Ein weiteres außergewöhnliches Ballkleid war das »Francis Poulenc« von 1950 aus weißem, fächerartig gefaltetem Seidentaft.

Die Kleider aus dem mysteriösen Haus ihrer Großmutter waren nicht einfach eine willkürliche Sammlung: Aus jedem Jahr seit 1947, also seit dem Bestehen des Modehauses, gab es jeweils ein Kleid von Dior. Insgesamt ergab das fünfundsechzig Kleider, und zwar jeweils die schönsten und zeitlosesten Stücke der Jahreskollektionen.

Kat legte sich eine Hand an die Stirn und versuchte, einen klaren Gedanken zu fassen. Als Margaux angefangen hatte, sich um Kat zu kümmern, hatte sie das kleine Wohnzimmer ihres Hauses in Sydney zum Modesalon umgestaltet und einen Second-Hand-Handel mit Couture-Kleidern eröffnet, um sich das Leben mit einem Kind überhaupt leisten zu können. Jahre zuvor, als Kats Mutter noch ein Kind gewesen war, hatte Margaux für einige Modehäuser in Sydney als Modell gearbeitet. Dadurch hatte sie für ihr neues Unternehmen die richtigen Beziehungen, und sie fing an, Kleider von Frauen zu kaufen, die ihre Couture-Kleider ein- oder zweimal trugen und dann keine Verwendung mehr dafür hatten. So konnten andere Frauen, die weniger Geld hatten, Margaux' Salon besuchen und die Kleider zum halben Preis erwerben.

Kat war zwischen Couture-Kleidern groß geworden, was ihre Liebe zur Mode geweckt hatte. Als Kind saß sie immer bei ihrer Großmutter auf dem Schoß, wenn Kundinnen kamen, und freute sich an den strahlenden Gesichtern der Frauen, wenn sie das erste Mal ein Kleid der Haute Couture anzogen: Es war, als würden sie von Tausenden von Sternen beleuchtet.

Margaux hatte gerne einen bestimmten Vergleich gezogen, um zu verdeutlichen, was Mode für sie bedeutete: Niemand könne den Glanz und die Herrlichkeit einer Kirche wie der Sainte-Chapelle in Paris besitzen; es sei ein Kunstwerk, das man nur besuchen und die Erinnerung daran durch Fotos bewahren könne. Ein Kleid hingegen sei ein Kunstwerk, dessen Glanz und Herrlichkeit man besitzen und jederzeit am Körper tragen könne, wenn einem danach sei – und wenn man nur Frühstück darin zubereiten wolle, weil einem gerade danach verlangte. Christian Dior selbst hatte gesagt, seine Kleidung verleihe einer Frau Poesie und Leben, und dem konnte Kats Großmutter nur zustimmen. »Du nähst nicht nur Stoffe zusammen«, sagte sie immer, »sondern erschaffst ein neues Leben.«

Kat hatte den Worten ihrer Großmutter immer geglaubt und lebte auch heute noch nach ihnen. Doch sie fragte sich, *wie viele* neue Leben ihre Großmutter in einem Haus auf der anderen Seite der Welt versteckt hielt.

Kat konnte sich kaum vorstellen, dass die Kleider in dem Haus an der Küste ein Überbleibsel aus dem damaligen Unternehmen ihrer Großmutter waren. Margaux hatte erst 1973 damit angefangen und den Handel in den Neunzigern beendet. Kat hatte ihr geholfen, alles zu verkaufen. Die Kleider in Cornwall stammten aus einem viel längeren Zeitraum und waren in Paris gefertigte Originale, keine lizensierten Nachbildungen, wie sie möglicherweise in Australien erhältlich gewesen waren. Und Kat würde sich bestimmt erinnern, wenn sie je zuvor etwas so Bemerkenswertes wie das Venus-Kleid im Besitz ihrer Großmutter gesehen hätte.

Also: Woher stammten die Kleider? Und warum hingen sie so weit entfernt von Sydney in einem Kleiderschrank, unter völlig unangemessenen Bedingungen? Kats Konservatorinnenseele litt unter der Vorstellung, was der salzige Wind, der durch die Türritzen ins Haus und in die Schränke drang, mit diesen jahrzehntealten, museumsreifen Stücken angestellt haben könnte. Das war mit ein Grund, weshalb sie einen extra Koffer besorgt und einige der Kleider mitgenommen hatte.

Sie kam zu dem spektakulärsten Kleid von allen, dem in jenem atemberaubenden Himmelblau. Es besaß kein Etikett. Und obwohl sie zwei Stunden lang Internetfotos von Dior-Kleidern aufrief, war nichts dergleichen zu finden.

Das ergab doch alles keinen Sinn. Und mittlerweile war sie so müde, dass ihr die Augen zufielen. Zeit, ins Bett zu gehen. Sie würde ihre Großmutter am Wochenende nach den Kleidern fragen. Bestimmt gab es eine einfache Erklärung, auch wenn Kat sich nicht vorstellen konnte, welche das sein könnte.

—

Am nächsten Tag ignorierte Kat ihren Jetlag, brachte die Mädchen zu Kindergarten und Vorschule und nahm die Fähre nach Barangaroo. Sie bemerkte, dass einige Frauen sich verstohlen nach ihrem Kleid umsahen, und hätte sie am liebsten eingeladen, es genauer zu betrachten und zu berühren, um Diors wahre Kunstfertigkeit zu erkennen. Sie wusste, dass die meisten Menschen solch ein Kleidungsstück höchstens durch das Glas einer Museumsvitrine bestaunen konnten. Am Morgen hatte ihr Herz ihren Kopf überstimmt und entschieden, dass Kat das »Bon Voyage«-Reisekleid tragen solle. Es war aus dunkelbraunem Wollstoff, mit einem langen Kragen, den man wie einen Schal um den Hals schlang und der dann ein fransiges Schößchen über dem Rock bildete. Kat wusste, dass Licht, Luft und selbst das Fett auf ihrer Haut dem museumsreifen Stück mit jeder Sekunde schadeten, aber sie war der Meinung, dass Kleider getragen werden mussten, anstatt ihr ganzes Dasein in klimatisierten Lagerräumen zu fristen.

Auf dem Weg von der Fähre zum Powerhouse Museum vollzog Kat mental den Wandel von ihrer Rolle als Mutter, deren Kopf mit Dingen wie Pausenbroten und Schuluniformen gefüllt gewesen war, zu ihrer professionellen Identität als Katarina Jourdan, der Modekonservatorin, die darin schwelgte, jahrhundertealte Kleider zu neuem Leben zu erwecken. Heute wartete ein besonders aufregender Tag auf sie, der sie ganz sicher sowohl ihre Müdigkeit wie auch ihren Fund in Cornwall vergessen lassen würde, und sie wollte voll bei der Sache sein.

Im Museum angekommen, grüßte sie ihre Assistentin Annabel, die beim Anblick von Kats Kleid überrascht aufjauchzte. Nachdem sie Annabel einige Zeit zur Begutachtung eingeräumt hatte, fragte Kat: »Und? Sind sie schon da?«

Annabel nickte und wirkte dabei so aufgeregt, wie Kat selbst es auch war. Sie verspürte bereits ein Kribbeln in den Fingerspitzen, die begierig darauf warteten, in Kartons zu greifen und die Vergangenheit zu betasten.

»Ich habe sie direkt hierher liefern lassen«, sagte Annabel und deutete auf fünf große längliche Kartons auf dem Werktisch, der mitten im Raum stand.

»Fünf?«, hakte Kat nach. »Ich dachte, es wären nur vier.«

Eine großzügige Spenderin hatte dem Powerhouse Kleider überlassen, die sie 1947 auf der Modenschau »Paris Fashions For All« der Kaufhauskette *David Jones* in Sydney erworben hatte. Es handelte sich um die ersten vier Kreationen von Christian Dior, die jemals in Australien gezeigt worden waren, und im Museum freute man sich sehr über dieses außerordentliche Geschenk, allen voran Kat. Auch wenn sie sich für fast alles in der Modeabteilung von Powerhouse begeistern konnte, war Dior doch immer schon ihr Lieblingsdesigner gewesen. Diese vier Kleider für ihre Dauerausstellung vorzubereiten, würde die wohl schönste Aufgabe dieses Jahres sein. Der merkwürdige, aber willkommene Zufall, dass das Schicksal ihr gerade so viel von Dior in die Hände spielte, brachte sie zum Lächeln.

Sie zog ihre Schutzhandschuhe an, hob den Deckel vom ersten Karton, faltete das Seidenpapier auseinander, und zum Vorschein kam ein knöchellanges schwarzes Abendkleid. Sie hob es an, und der Rock entfaltete sich: weiche Seide, die die Hüften umschmeicheln würde und sich hinten in raffiniert genähten Falten bauschte. Kat und Annabel seufzten wie aus einem Mund.

»Können wir sie gleichzeitig auspacken?«, fragte Annabel. »Und sie uns dann alle zusammen ansehen?«

Sie trat ungeduldig von einem Fuß auf den anderen und erinnerte Kat damit an ihre Töchter, wenn sie vor einer Eisdiele standen.

»Ja, das machen wir.« Eine erwartungsvolle Spannung, wie sie nur vor einem außergewöhnlichen und nicht wiederholbaren Moment herrschen konnte, lag in der Luft.

Kat hob den Deckel der nächsten Schachtel. Darin lag ein seidenes Nachmittagskleid in Dunkelblau, das in seiner Form dem »Bar Suit« ähnelte. Es folgte ein Wollkostüm, in dessen Jacke ein Kummerbund eingenäht war, um die schmale Taille zu betonen. Was Kat jedoch fast den Atem raubte, war der dazugehörige schwarzweiß karierte Rock, der unter seiner üppigen Stofffülle erstaunliche sechzehn Lagen Unterröcke aufwies, die für eine perfekte, parabelförmige Silhouette sorgten.

»Das muss toll aussehen, wenn man sich darin dreht«, schwärmte Annabel.

Kat streichelte den Stoff. »Stell dir bloß mal vor, wie es gewesen sein muss, damals im Juli 1947 bei der Modenschau dabei zu sein! Sie haben bei *David Jones* das gesamte vierte Stockwerk einem französischen Salon angeglichen, so dass die Modelle um Tische herumlaufen konnten anstatt über einen erhöhen Laufsteg. Es gab Sachen von Paquin, Balenciaga und Maggy Rouff. Und diese vier Teile von Christian Dior.«

Annabel schloss die Augen, und Kat wusste, dass sie sich die Szene auszumalen versuchte. Es mochte aus heutiger Sicht wenig spektakulär klingen, aber für Australier, die so etwas noch nie in ihrem Leben gesehen hatten, war es überwältigend gewesen.

»Erzähl weiter«, drängte Annabel.

»Nun, also …« Kat schloss ebenfalls die Augen, während sie sich an alles erinnerte, was sie über die Modenschauen wusste. »An den Wänden hingen riesige Plakate mit Mannequins, wie sie die Sachen in Paris tragen. Im gesamten Saal ging es einzig und allein um die Mode. Wunderschöne Mode, wie sie noch nie zuvor ein Australier gesehen oder sich auch nur vorgestellt hatte – die Röcke waren allesamt zehn oder fünfzehn Zentimeter länger, als man sie bis dahin bei uns angeboten hatte. *David Jones* veranstaltete zwei Wochen lang zwei Modenschauen pro Tag, jede mit achthundert Zuschauern und immer schon lange vorher ausverkauft. Auf einmal gab es für Australierinnen Mode direkt aus Frankreich, noch dazu in derselben Saison. Sie bekamen dasselbe Angebot wie die Pariserinnen.«

Annabel seufzte und öffnete die Augen. Sie deutete auf die Taille des schwarzen Cocktailkleids. »Die ist unglaublich schmal.«

»Ich meine gelesen zu haben, dass Diors Mannequins nur eine Taillenweite von fünfzig Zentimetern haben durften«, sagte Kat.

»Fünfzig Zentimeter!«, rief Annabel. »Die müssen ja total ausgehungert gewesen sein!«

»In den Vierzigerjahren haben die meisten Pariserinnen gehungert. Das Essen war bis 1947 noch rationiert, und ich bin sicher, die Modelle hätten lieber genug zu essen als so eine schmale Taille gehabt.«

Kat ging zur letzten, zusätzlichen Schachtel und hob den Deckel. Es war, als öffnete sie das Tor zum Himmel, dessen Glanz sich in funkelnden, changierenden Blautönen über sie ergoss.

»Wow!«, rief Annabel.

Kat brachte keinen Ton hervor. Der Deckel fiel scheppernd zu Boden, was sie allerdings kaum wahrnahm. Ihre Hände verharrten reglos in der Luft, an der Stelle, wo sie eben noch den Schachteldeckel gehalten hatten.

In ihr wirbelten alle möglichen Gefühle durcheinander – Schock, Ungläubigkeit, eine seltsame überschäumende Hysterie –, und das so schnell, dass sie auf keines davon reagieren konnte. Sie starrte nur unverwandt auf dieses überwältigend strahlende Blau. Es war dasselbe Blau, das sie in dem verlassenen Cottage ihrer Großmutter in Cornwall gesehen hatte – bei dem man vor Staunen nur stumm Mund und Augen aufreißen konnte. Eine Farbe, die hypnotischer war als der Gesang einer verführerischen Sirene.

Nach und nach drangen wieder Geräusche an ihre Ohren: Annabel erging sich in lautstarken Schwärmereien und interpretierte Kats Erschütterung offenbar als Ergriffenheit. Als Kat in die Schachtel griff, wusste sie genau, was sie hervorholen würde.

Es war ein Kleid ohne Etikett mit einem weiten Rock, ähnlich üppig wie beim Abendkleid »Adelaide«, dessen Rock aus ganzen siebzig Metern Tüll bestand und insgesamt fünfundvierzig Kilogramm wog. Das Kleid besaß eine sehr schmale Taille und fast unsichtbare, absolut präzise Nähte, wie alle Stücke der Haute Couture.

»Lag eine Nachricht bei der Lieferung?«, wollte Kat wissen, während in ihrem Kopf die Fragen durcheinanderwirbelten. Sie hatte sich vorerst für die unverfänglichste entschieden.

Annabel suchte eine Weile, dann zog sie einen Umschlag hervor. Laut las sie: »Mir ist eingefallen, dass ich noch ein weiteres Kleid besitze. Ich habe es nie getragen – eine Freundin hat es mir geschenkt, und ich dachte, es könnte Ihnen gefallen. Ich habe nie herausbekommen, von wem das Design stammt. Liebe Grüße, Madeline.«

»Sie dachte, es könnte uns gefallen?«, wiederholte Annabel. »Das ist ja wohl die Untertreibung des Jahrhunderts!«

Kat antwortete nicht, denn Annabel hatte recht. Wenn sie nicht genau das gleiche Kleid in Cornwall gesehen hätte, würde sie ebenso empfinden. Stattdessen liefen ihr kalte Schauer über den Rücken.

»Ist das von Dior?«, fragte Annabel, als sie vergeblich nach einem Etikett gesucht hatte. »Dieses Design habe ich noch nie gesehen.«

Und damit legte sie den Finger in die Wunde. Ein derart sensationelles Kleid von Dior hätte im Verzeichnis des Modehauses stehen müssen. Es wäre mit Sicherheit schon in irgendeinem Museum ausgestellt worden und heutzutage ebenso bekannt wie das »Bar Suit«. Aber soweit Kat informiert war, wusste niemand etwas von diesem wunderschönen blauen Kleid. Warum nicht? Waren etwa nur zwei Kleider angefertigt worden? Das eine in Cornwall und das andere hier in ihren Händen? Das war unmöglich. Wie hätte ihre Großmutter an ein so einzigartiges Stück gelangen sollen?

»Könntest du mir bitte eine Lupe holen?«, brachte sie mühsam hervor.

Annabel reichte ihr das Vergrößerungsglas, und Kat beugte sich über ein kleines Schild, das sie innen in einen Saum eingenäht entdeckt hatte. Sie hielt die Lupe dicht darüber, doch die Buchstaben waren mit dem Alter und möglicherweise auch durch Reinigungen verblichen. Sie erkannte etwas, das wie der hintere Schnörkel eines »g« aussah, und vielleicht die Rundung eines »a« in der Mitte des Etiketts. Vielleicht ein Name?

Kats Handy vibrierte, und sie und Annabel zuckten zusammen.

»Die Besprechung«, erinnerte Annabel sie.

Kat fiel ein, dass sie ein Update zu ihrem letzten Besuch im *Victoria and Albert Museum* geben wollte – dazu, was sie über präventive Konservierung und neue Methoden der Objektlagerung erfahren hatte. Sie legte das blaue Kleid in die Schachtel zurück.

Das Einzige, was sie in diesem Moment mit Sicherheit wusste, war, dass sich ihr ein Dior-Mysterium nach dem anderen aufdrängte. Und keines davon schien eine einfache Lösung zu haben.

Am späten Samstagvormittag fuhr Kat zu dem Häuschen, das hoch über Pambula Beach lag, mit gutem Ausblick auf die Landspitze Haycock Point. Margaux Jourdan stand bereits erwartungsvoll auf der Veranda. Die aufrechte Eleganz von vor zwanzig Jahren besaß sie nicht mehr, aber sie stand immer noch gerade, auch wenn sie sich dazu am Geländer festhalten musste. Ihr dunkelblaues Kostüm saß tadellos, ihr Gesicht war gepudert und die Lippen rot geschminkt, allerdings in einem blasseren Farbton als früher. Die stets untadelig zurechtgemachte Margaux war sich sehr wohl bewusst, dass tiefroter Lippenstift und ein alterndes Gesicht keine guten Freunde waren.

Kat überlegte, ob ihre Großmutter sich wohl jeden Tag so zurechtmachte oder ob sie es nur für ihre Besucher tat. Sie wusste, dass Margaux aus einer Zeit stammte, in der Frauen immer Make-up und Strümpfe trugen, in der noch niemand von Jogginganzügen gehört hatte. Trotzdem rührte sie die Vorstellung, dass ihre Großmutter früh aufgestanden war, um sich auf diesen Besuch vorzubereiten.

»Umarmt eure Urgroßmutter nicht zu stürmisch«, mahnte sie die Mädchen, als sie aus dem Auto sprangen wie aufgeregte Welpen.

Die Mädchen gehorchten, umarmten ihre Urgroßmutter vorsichtig und lehnten die Köpfe gegen ihre Oberschenkel. Margaux strich ihnen über die Haare. »Für jede von euch liegt ein Geschenk auf euren Betten«, verkündete sie.

Die zwei strahlten und rannten ins Haus. Ihre Urgroßmutter hatte immer wunderbare Geschenke für sie: ein Fotoalbum mit Bildern und Notizen von ihrem letzten Besuch; einen Quilt aus Stoffresten ihrer alten Lieblingskleider; eine geschnitzte Holzkiste mit Bändern und Pailletten und bunten Federn zum Spielen. Bei jedem Besuch gehörte das Auspacken eines neuen Geschenks zu den Dingen, auf die Lisbet und Daisy sich am meisten freuten.

Kat lächelte und musterte das Gesicht ihrer Großmutter. Mit jedem Tag gruben sich die Spuren des Alters tiefer in ihre Haut, aber Kat sah nichts Besorgniserregendes, und so nahm sie ihre Großmutter in die Arme und küsste sie auf beide Wangen. Margaux schüttelte den Kopf, als wäre ihr die Zärtlichkeit lästig, aber Kat sah, dass sie lächelte.

»Man könnte fast meinen, du hättest mich zwei Jahre nicht gesehen anstatt nur zwei Wochen.«

»Wenn ich weg bin, fühlt es sich manchmal wie eine Ewigkeit an«, gestand Kat. »Ich vermisse die Mädchen wahnsinnig und habe dann das Gefühl, sie würden ohne mich wachsen und sich verändern – und eines Tages machen sie mir Vorwürfe wegen all dem, was ich nicht mitbekommen habe.«

»Die Mütter heutzutage machen sich viel zu viele Sorgen. Du liebst deine Kinder, und das wissen sie. Mehr Präsenz zu zeigen, wird ihnen nicht das Gefühl geben, mehr Liebe zu bekommen.«

Kat ließ ihrer Großmutter auf dem Weg ins Haus den Vortritt, denn sie wusste, mit jedem Angebot der Unterstützung würde sie nahelegen, dass sie sie für gebrechlich hielte. Margaux bewegte sich zwar langsam, für eine Vierundneunzigjährige aber immer noch gut.

Das Haus war karg eingerichtet, fast, als würde niemand darin wohnen. Es war eigentlich ein Ferienhäuschen, und Kat hatte nie verstanden, warum Margaux kurz vor ihrer Hochzeit mit Paul darauf bestanden hatte, es zu kaufen und sich so weit entfernt von ihrer Enkeltochter und dem Rest der Welt anzusiedeln. Aber Margaux hatte schon immer zurückgezogen gelebt, und das Haus war einfach ein weiteres Bollwerk, das ihre Mitmenschen auf Abstand hielt.

Sobald ihre Großmutter es sich in einem Sessel bequem gemacht hatte, holte Kat ihre Sachen aus dem Auto. Anschließend ging sie mit Lisbet und Daisy an den Strand, wo sie sich – trotz klappernder Zähne – vergnügt kreischend den Freuden des Schwimmens hingaben.

Lisbet kletterte auf Kats Rücken und ließ sich etliche Male ins tiefe Wasser mitnehmen. Daisy durchstöberte den Sand. Kat wünschte, sie könnte diesen Moment ausdehnen: eine Zeit, in der es keine Konflikte gab und beide Mädchen vollauf zufrieden damit waren, am Strand zu sein und in Ruhe Muscheln zu sammeln.

Am späten Nachmittag brachte sie die beiden ins Haus zurück, duschte sie ab und kochte Nudeln zum Abendessen. Danach bot Margaux wie immer an, Daisy und Lisbet eine Geschichte zu erzählen. Auch das war etwas, das sie bei ihren Besuchen sehr liebten – Margaux konnte Geschichten erzählen wie sonst niemand. Häufig waren es Geschichten aus Jules Vernes *Außergewöhnlichen Reisen*, die sie auf Englisch mit gelegentlichen französischen Einschüben nacherzählte und oft noch etwas hinzudichtete, um das Abenteuer in eine Richtung zu lenken, die ihr lieber war.

Heute Abend saßen die Mädchen auf dem dicken Teppich vor dem Kamin und sahen die alte Dame erwartungsvoll an. Margaux' Blick war auf einmal in weite Ferne gerichtet, als suche sie nach der passenden Geschichte.

Sie entschied sich für *Eine schwimmende Stadt*. Lisbet und Daisy lauschten mit großen Augen, während Margaux mit ihren Worten ein so gigantisches Schiff baute, dass es ganze Straßen und Häuser auf seinen Decks beherbergen konnte. Kat saß in einem Sessel daneben und ließ sich ebenfalls von der Geschichte einlullen.

Nachdem die Mädchen ins Bett gegangen waren, machte Kat sich daran, ihrer Großmutter die Haare zu waschen – etwas, das sie mit ihren steifen Armen und schlechter Balance nicht mehr allein bewältigen konnte. Kat stellte den Wasserkrug, das Shampoo und die wohlriechende Spülung bereit und vergewisserte sich, dass das Wasser warm genug war. Dann wartete sie, bis Margaux sich ein Handtuch um die Schultern legte, vor das Waschbecken setzte und mit geschlossenen Augen zurücklehnte.

Sie löste das volle weiße Haar aus seinem Knoten und goss den ersten Krug Wasser darüber. Eine ganze Weile sprach keine von ihnen ein Wort. Kat massierte ihrer Großmutter die Kopfhaut und wünschte, sie hätte die Zeit, jedes Wochenende herzufahren und Margaux diese halbe Stunde völliger Entspannung zu schenken.

Die Jahre fielen von Margaux' Gesicht ab, und Kat konnte sie sich gut als junge, schöne Frau vorstellen – eine Frau, deren Leben wohl außergewöhnlicher gewesen war, als sie bisher realisiert hatte. Als Unverheiratete mit einem kleinen Kind von Frankreich nach Australien zu ziehen, musste eine extreme Herausforderung gewesen sein, besonders zu jener Zeit.

»Vermisst du Frankreich eigentlich?« Sie war von ihrer Frage ebenso überrascht wie ihre Großmutter und ahnte, dass ihr Unterbewusstsein einen Weg suchte, um über die seltsamen Funde in Cornwall zu sprechen.

Ihre Großmutter antwortete umgehend und mit Nachdruck: »Nein. Das hat der Krieg mir verdorben.«

Kat frottierte ihr die Haare, die sich wie ein weicher Kaschmirschal anfühlten. Behutsam zog sie den Kamm durch jede Strähne und wusste, dass Margaux dieses Gefühl sehr genoss. Beide hatten sie beim Sprechen ins Französische gewechselt, wie sie es oft taten, wenn sie unter sich waren. Die Sprache passte zu Margaux' Stimme, die nie einen australischen Akzent angenommen hatte, sondern undefinierbar kosmopolitisch klang.

»Ich war in deinem Haus in Porthleven«, sagte Kat.

Margaux nickte.

»Ich hatte nicht damit gerechnet, dass es komplett eingerichtet ist«, fuhr Kat vorsichtig fort. »Haushaltsgeräte. Sogar Schmuck. Wem gehört das alles? Hast du keine Angst, dass da mal eingebrochen wird?«

»Das war beim Kauf alles schon drin«, erwiderte ihre Großmutter ausweichend. »Und wer einbricht, will Flachbildfernseher und keine alten Schminktische.«

»Wann hast du es denn gekauft? Und warum behältst du es, wo du doch so weit weg von Cornwall lebst?«

Margaux öffnete die Augen und musterte das Gesicht ihrer Enkelin. »Vielleicht einfach aus einer Laune heraus? So etwas wird mir in meinem Alter doch wohl zustehen.«

Eine Laune? Bewahrte sie die Kleider auch aus einer Laune heraus auf?

»Ich habe außerdem Kleiderschränke voller Kleider von Dior gefunden. Haute Couture – und keine Sachen von der Stange. Kannst du mir etwas dazu erzählen?«, fragte Kat.

Der Blick ihrer Großmutter schweifte in die Ferne, so wie vorhin, als sie nach einer Geschichte für die Kinder gesucht hatte. »Ich wollte, dass du sie bekommst«, sagte sie leise. »Die Kleider von Dior haben mir sehr geholfen, als ich mir ein neues Leben aufbauen musste. Ich dachte, vielleicht können sie dir auch helfen.« Ihr Tonfall änderte sich, wurde schärfer, bestimmter. »Sie sind dazu gemacht, getragen zu werden. Ich finde, dass du mehr ausgehen solltest. Dich verabreden solltest. Das Leben ist für dich noch nicht vorbei, Katarina. Ich hoffe, du hast ein paar der Kleider mitgenommen.«

Kat runzelte die Stirn. Offenbar meinte Margaux, dass die Kleider ihr gehört hatten und nun Kat gehören sollten. »Ob ich welche mitgenommen habe?«, wiederholte sie und rieb mit dem Finger über ihre Nasenwurzel. »Wo hast du sie überhaupt her?«

Margaux schloss wieder die Augen, und ihr Gesicht wurde mit einem Schlag kalkweiß.

Sofort ging Kat vor ihr auf die Knie. »Nimm den Kopf runter. Nein, tief einatmen. Ich rufe den Arzt.«

»Nicht«, raunte Margaux und schlug die Augen auf. Doch ihre Wangen blieben geisterhaft weiß.

»Geht es dir besser?«, fragte Kat drängend. »Komm, leg dich hin.«

Margaux schüttelte den Kopf. Nur ihr rasselnder Atem war zu hören.

Dann sagte sie: »Ich dachte, ich könnte es dir erzählen. Aber ich … ich kann es nicht. Es tut mir leid.«

Erschrocken sah Kat, dass ihre Großmutter angefangen hatte zu weinen. Stumme Tränen rannen ihr über die Wangen. »Das muss dir kein bisschen leidtun«, rief sie, schlang die Arme um Margaux und klammerte sich an ihr fest – ein Kind, das die einzige Mutter umarmte, die sie kannte.

Sie hatte in Margaux' Gesicht ein Grauen gesehen, wie sie es nie wieder erleben wollte. Es war, als wäre Margaux dem Tod selbst gegenübergetreten, als hätte der schwarze Engel mit ausgestreckten Armen nach ihr gegriffen.

Am liebsten hätte Kat ihre Großmutter nie mehr losgelassen, was natürlich nicht ging. Aber sie würde Margaux' Kleider tragen und keine weiteren Fragen mehr stellen.

Schließlich machte Margaux sich von ihrer Enkelin los und gab ihr einen Kuss auf die Wange. »Was mache ich nur für ein Theater«, sagte sie. »Die Kleider sind aus meinen Tagen als Modell. Ein Privileg dieses Berufs, wenn du so willst.« Dann hievte sie sich auf die Füße und schlurfte langsam durch den Flur in ihr Zimmer.

Kat kniete immer noch auf dem Badezimmerboden. Sie wusste nicht, was schlimmer war: ihre Großmutter leiden zu sehen oder im Anschluss diese offensichtliche Lüge erzählt zu bekommen.

Abgesehen von den ersten zehn Kleidern stammte der Großteil der Stücke aus einer Zeit, in der Margaux nicht als Modell gearbeitet hatte. Und die Modegeschäfte hier in Australien hatten bestimmt keine derart exklusiven Sachen vertrieben, die sie ihren Modellen hätten schenken können. Margaux hatte nur bestätigt, was Kat ursprünglich schon vermutet hatte: dass die Kleider nicht aus ihrem damaligen Second-Hand-Verkauf stammten. Dies zu behaupten wäre einfacher und glaubwürdiger gewesen, und doch hatte Margaux es nicht getan. Und zu dem Haus in Cornwall hatte sie ebenfalls keine befriedigende Antwort geliefert.

Nun war es an Kat, die Augen zu schließen. Warum hatte Margaux gelogen? Sie hätte zu gern Antworten auf all ihre Fragen bekommen, aber sie rief sich den Gesichtsausdruck ihrer Großmutter ins Gedächtnis und wusste, sie würde sich nie mehr bei ihr danach erkundigen.

Kapitel 10

Als Kat in der folgenden Woche im Museum wieder einmal dabei war, das geheimnisvolle blaue Kleid aus seiner Schachtel zu heben, klingelte das Telefon.

»Katarina Jourdan, guten Tag.«

»Hallo«, rollte eine charmante Stimme mit britischem Akzent durch den Hörer. »Hier ist Elliott Beaufort. Sie haben sicher viel zu tun, also fasse ich mich kurz. Ich bin Historiker und Autor und recherchiere gerade zu einem Buch über Frauen einer Familie, die in beiden Weltkriegen Bemerkenswertes geleistet haben.«

Der Name des Mannes in Verbindung mit dem Wort »Autor« erinnerte Kat an etwas. Sie kramte in ihrem Gedächtnis, und dann fiel ihr ein, dass ihr Buchklub vor ungefähr einem Jahr zu der Lesung eines Autors gegangen war, der sein neuestes Buch vorstellte. Kat hatte nicht mitkommen können, aber bei der späteren Schilderung des Abends hatten ihre Freundinnen gekichert wie Teenager, die dem Sänger einer Boyband verfallen waren. Alle hatten verkündet, für diesen charmanten, wortgewandten, witzigen Schriftsteller sofort den eigenen Ehemann verlassen zu wollen. Den Rest des Gesprächs hatte Kat, gerade frisch getrennt, nicht mehr verfolgt, aber sie war ziemlich sicher, dass es sich bei dem Schriftsteller um Elliott Beaufort gehandelt hatte.

»Wie ich aus Ihren biographischen Angaben im Internet erfahren habe, sind Sie möglicherweise mit einer Margaux Jourdan verwandt«, fuhr er fort. »Ich versuche herauszufinden, ob diese Margaux dieselbe ist, die ich suche. Und bitte entschuldigen Sie diesen seltsamen Anruf«, fügte er hinzu. »Leider legen die Leute häufig sofort auf, weil sie denken, ich wolle ihnen irgendetwas verkaufen. Vielleicht können wir einen für Sie passenden Zeitpunkt verabreden, um über Ms Jourdan zu reden. Ich kann Ihnen auch Informationen über mich und meine Arbeit zumailen, damit Sie sehen, dass ich kein Scharlatan bin.«

Kat lachte. »Sie klingen für mich nicht wie ein Telefonverkäufer. Aber ich bin ziemlich sicher, dass meine Großmutter nicht die Frau ist, die Sie suchen. Was für bemerkenswerte Dinge hat diese Margaux Jourdan denn getan?«

»Offiziell hat sie bei einem Hilfsdienst der *Royal Air Force* gearbeitet, in dem Frauen die Luftwaffe dadurch unterstützten, dass sie Fallschirme packten und dergleichen. In Wahrheit jedoch arbeitete sie für eine Organisation der Regierung, die sich *SOE* nannte – *Special Operations Executive*. Im Zweiten Weltkrieg wurde sie nach Frankreich geschickt, um Informationen über die Nazis zu sammeln und der Résistance zu übermitteln. Mit anderen Worten: Sie war eine Spionin.«

»Dann war das definitiv nicht meine Großmutter«, sagte Kat überzeugt und war kurz davor, sich zu verabschieden, damit Mr Beaufort sein Anliegen der Verwandten einer anderen Margaux Jourdan vortragen konnte. »Sie war während des Krieges in England, aber solche Sachen hat sie nicht gemacht.«

»Was hat sie denn in der Zeit gemacht?«, wollte Elliott wissen.

Kat rief sich das Bild eines Familienstammbaums ins Gedächtnis, den sie einmal in der Schule hatte erstellen müssen: Alle Schüler sollten die Namen ihrer Verwandten aufschreiben, mit wichtigen Daten und ihren Berufen. Kats Baum glich einer Friedhofslandschaft – neben fast allen Namen, einschließlich derer von Margaux' Eltern und Brüdern, standen ein Kreuz und die Worte: *im Krieg verstorben*. Neben dem Namen ihre Mutter stand: *gestorben 1973*. Am Ende hatte Kat den Stammbaum in den Müll geworfen und nicht abgegeben, weil er so anders aussah als die ihrer Klassenkameradinnen.

»Ich weiß nicht. Sie spricht nicht darüber«, antwortete sie, mittlerweile ein wenig verunsichert. Küstenhäuser, exquisite Kleider und nun ein Mann, der ihre Großmutter als mögliche Spionin bezeichnete. *Ach Margaux, was ist hier nur los?*

»Ja, das kommt häufig vor.« Er klang, als wollte er sie beruhigen, doch Kats Unbehagen wurde nur noch größer.

Ob es wohl auch häufig vorkam, dass man kreideweiß wurde vor Entsetzen, wenn man zur Vergangenheit befragt wurde?

»Nun, meine nächste Frage wird sie bestimmt ausschließen«, sagte Elliott im gleichen besänftigenden Tonfall, als könnte er ihre Unruhe spüren. »Wissen Sie, ob Ihre Großmutter in Frankreich geboren wurde?«

»Ja, das wurde sie. Am ersten Mai 1918.«

»Tatsächlich?«

Jetzt hörte Kat Überraschung und Hoffnung in seiner Stimme. Am liebsten hätte sie sofort aufgelegt, um seine nächsten Worte nicht hören zu müssen.

»Das macht sie zur einzigen Margaux Jourdan auf dieser Welt – nicht, dass es davon viele gäbe –, die dasselbe Geburtsdatum hat wie die Frau, nach der ich suche. Ist sie in Lyon geboren?«

»Ich bin mir nicht sicher.« Bestimmt hatte es auf dem damals entsorgten Familienstammbaum gestanden, aber ein solches Detail hatte sie sich neben den vielen Todesnotizen nicht gemerkt. »Das müsste ich erfragen.«

»Ich könnte selbst mit Ihrer Großmutter sprechen, falls das für Sie einfacher ist«, bot er an.

Vehement schüttelte Kat den Kopf, obwohl er sie natürlich nicht sehen konnte. »Sie würde kein Wort mit Ihnen reden. Sie ist …« Kat suchte nach der richtigen Formulierung, denn sie wusste, sie musste diesen Mann von Margaux fernhalten, damit er sie nicht ebenso in Angst und Schrecken versetzte, wie sie selbst es am Wochenende mit ihren Fragen getan hatte. »Sie lebt sehr zurückgezogen.«

Ein leises Seufzen verriet seine Enttäuschung. »Besteht denn die Chance, dass Sie mir zuliebe herausfinden, ob sie in Lyon geboren wurde? Und dass Sie mir vielleicht noch ein paar weitere Fragen beantworten?«

Annabels Stimme im Hintergrund drang an Kats Ohren und holte sie wieder in ihr Atelier im Museum zurück. Sie setzte sich aufrechter hin. »Ich bin gerade bei der Arbeit, also passt das im Moment nicht. Sind Sie in Sydney?«

»In London.«

Die nächsten Worte sprangen ihr fast wie von selbst aus dem Mund. »Ich bin nächsten Monat in London.« Wahrscheinlich war es ein sinnloses Unterfangen, trotz dieses zufällig übereinstimmenden Geburtsdatums. Möglicherweise lieferte es aber auch die fehlenden Antworten zu ihren Fragen bezüglich der Hütte und der Kleider – und zu der fast panischen Angst, die ihre Großmutter bei Fragen dazu gepackt hatte.

»Ausgezeichnet«, sagte Elliott, und Kat konnte sich selbst dabei zuhören, wie sie sich bereiterklärte, Margaux nach ihrem Geburtsort zu fragen und Elliott in London zu treffen.

Kopfschüttelnd legte sie auf. Die Reise nach London hatte sie erst gestern organisiert, da die Expertin für französische Mode im *Victoria and Albert Museum* ganz wild darauf war, über die Entdeckung des bislang unbekannten und möglicherweise von Dior stammenden blauen Kleides mit ihr zu sprechen. Außerdem wollte eine der Archivarinnen aus dem Haus Dior das Londoner Museum aufsuchen und Kat ebenfalls treffen.

Sie ertappte sich dabei, wie sie inständig hoffte, Margaux möge ihr erzählen, dass sie in Paris oder Marseille geboren war, damit Kat diesen Elliott Beaufort und seine bohrenden Fragen vergessen konnte. Andererseits würde das die Erinnerung an das aschfahle Gesicht ihrer Großmutter nicht auslöschen, also war sie nicht sicher, ob es wirklich das war, was sie sich wünschen sollte.

—

Ihr nächster Anruf kam von der Kindertagesstätte, weil Daisy seit einer Stunde über Bauchschmerzen klagte.

»Waren Sie mit ihr auf der Toilette?«, fragte Kat in dem Bewusstsein, dass sie natürlich alles Offensichtliche versucht haben würden. Eigentlich konnte sie sich keinen freien Nachmittag mehr leisten, aber wenn ihre Tochter wirklich krank war … Ein unschönes Spannungsgefühl kroch ihr über den Nacken bis zum Scheitel. »Ich komme, sobald ich kann«, versprach sie.

Sie würde heute also keine Kleidergeheimnisse mehr lüften, sondern stattdessen ihren Chef um einen freien Nachmittag bitten, vermutlich sogar um einen weiteren vollen freien Tag, je nachdem, wie krank Daisy war.

Ihre Tochter lächelte nur schwach, als sie kam, und klammerte sich an ihr fest. Sobald Daisy »Kannst du mich tragen, Mummy?« flüsterte, war jeglicher Unmut verflogen.

Kat hob ihr krankes Kind hoch und brachte es nach Hause. Nachdem sie Daisy ein fiebersenkendes Schmerzmittel gegeben hatte und die Kleine in eine Decke gewickelt vor dem Fernseher lag, rief Kat ihren Exmann im Krankenhaus an.

Eine Assistenzärztin in der Notfallambulanz des Kinderkrankenhauses nahm den Anruf entgegen und bat sie zu warten. Die Geräusche von piepsenden Monitoren, von Schmerzlauten und hektischen Schritten im Hintergrund riefen ihr allzu deutlich das Wochenende in Erinnerung, das zum Ende ihrer Ehe geführt hatte.

Im Jahr nach Daisys Geburt hatte Paul mit größerer Regelmäßigkeit an Konferenzen teilgenommen, wofür Kat durchaus Verständnis gehabt hatte – selbst wenn die Organisation der Kinderbetreuung dadurch erschwert wurde. Für einen Notarzt, der gleichzeitig in der Forschung arbeitete, waren Konferenzen ungemein wichtig. Aber dann war Lisbet an einem Samstagabend furchtbar krank geworden, und Kat war überzeugt gewesen, dass es sich um eine Blinddarmentzündung handelte. Sie war mit den Kindern ins Krankenhaus gefahren und dort Simon über den Weg gelaufen, mit dem sie und Paul seit dem Studium befreundet waren. Als sie ihn sah, sagte sie, ohne groß nachzudenken: »Ich dachte, du wärst mit Paul auf der Konferenz.« Simon hatte sie so verständnislos angesehen, dass ihr augenblicklich klar wurde, dass es diese Konferenz nicht gab. Und als Simons Verwirrung einer entsetzten Erkenntnis wich, wusste Kat, dass er zu derselben Schlussfolgerung gekommen war wie sie.

Das ganze restliche Wochenende, an dem Lisbet am Blinddarm operiert wurde und Kat und Daisy in ihrem Krankenzimmer schliefen, brodelte in Kat die Wut über eine vermeintliche Affäre ihres Mannes mit einer Kollegin oder gar einer Studentin. Als er nach Hause kam, musste sie jedoch feststellen, dass die Wahrheit sogar noch schlimmer war.

»Ich habe doch keine Affäre«, verkündete er angriffslustig. »Ich brauche einfach hin und wieder eine Auszeit. Um Golf zu spielen und normales Essen zu essen anstatt die ganze Zeit nur Nudeln. Also fahre ich gelegentlich übers Wochenende nach Queensland.«

Eine Auszeit wovon?, hätte Kat am liebsten geschrien. Alles, was er zu tun hatte, war, zu arbeiten und den Rasen zu mähen und die gottverdammte Klopapierrolle zu wechseln, wenn er das letzte Blatt verbraucht hatte; sie dagegen musste arbeiten und kochen und Zeiten mit der Putzfrau vereinbaren und wissen, wann die Mädchen zum Zahnarzt gehen oder Impfungen bekommen sollten; sie musste die Kinderbetreuung organisieren und Kostüme für Fasching nähen und Friseurbesuche arrangieren und neue Schuhe kaufen und all die anderen Dinge tun, die man für Kinder nun mal tun musste. Manchmal hatte sie das Gefühl, ihr explodiere bald der Kopf.

Und dann sagte er: »Wenn ich dich gefragt hätte, ob ich mal ein freies Wochenende haben könnte, hättest du dich sicher aufgeführt wie eine Märtyrerin, weil du dir niemals ein Wochenende freinehmen würdest.«

Das war der Moment, in dem sie wusste, dass ihre Ehe zu Ende war. Er hatte recht. Sie wäre tatsächlich unfassbar wütend auf ihn gewesen, wenn er ein Wochenende ohne die Verpflichtungen verlangt hätte, die eine Familie nun mal mit sich brachte. Aber was für ein Mensch stahl sich einfach so davon, während seine Frau für ihre Tochter eine Notfalloperation organisierte und obendrauf für die normale Rundumversorgung ihres Babys verantwortlich war? Sie erklärte, sie wolle die Scheidung, und lebte seitdem mit der Gewissheit, dass er ihr nie verzeihen würde, dass sie ihn verlassen hatte – denn als den armen Verlassenen stellte er sich seither dar.

»Was ist los?«, fragte Paul brüsk durchs Telefon.

»Es tut mir wirklich leid, und ich weiß, dass es sicher ungünstig für dich ist, aber könnten wir kurz besprechen, wie wir alles regeln, damit ich nächsten Monat nach London fliegen kann?«

Sie hoffte, die anfängliche Entschuldigung würde eine freundschaftliche Basis für die Vereinbarungen schaffen, die sie für ihre Geschäftsreise treffen mussten.

»Schon wieder?«, fragte Paul anklagend. »Kat, ich kann nicht jedes Mal, wenn du wegfährst, einfach alles stehen und liegen lassen, um mich um die Mädchen zu kümmern.«

Er klang, als wollte sie Urlaub machen, und sie verkniff sich den Kommentar, der ihr schon auf der Zunge lag: Was war mit seiner unausgesprochenen Erwartung, dass sie jedes Mal einen Tag Urlaub nahm, wenn eines der Mädchen krank wurde? Wenn sie während einer Übernachtung bei Paul krank wurden, lieferte er sie am nächsten Morgen mit der Bemerkung »Sie hat sich übergeben« oder »Sie hat Fieber« einfach bei Kat ab und überließ es ihr, das erschöpfte Kind zu versorgen und sich im Museum abzumelden, während er fröhlich zur Arbeit fuhr.

Er begründete seine Haltung immer damit, dass er ja Leben rette, während Kat nur in alten Kleidern herumwühle. Ihm war vollkommen gleichgültig, dass sie sich durch all ihre Zeitschriftenartikel und Vorträge im letzten Jahr einen sehr guten Ruf erarbeitet hatte und zu einer anerkannten Größe auf dem Gebiet der Modekonservierung aufgestiegen war.

Ihr Vorsatz, ruhig zu bleiben, verpuffte.

»Ich halte die Reise schon so kurz, wie es nur geht«, ereiferte sie sich. »Es ist wahnsinnig anstrengend, innerhalb von nur ein, zwei Wochen nach London und wieder zurückzufliegen, aber ich richte es jedes Mal so ein. Wäre es dir lieber, ich würde *nicht* arbeiten und stattdessen das Gericht bitten, deine Unterhaltszahlungen zu erhöhen?«

Das war eine leere Drohung, und sie wussten es beide. Kat liebte ihre Arbeit viel zu sehr, um sie aufzugeben.

Sie versuchte, sich wieder zu fassen. »Ich kann auch eine Babysitterin buchen. Oder die Mädchen bleiben jeweils ein, zwei Nächte bei Freundinnen. Es gibt mehrere Möglichkeiten. Sie müssen nicht zwingend zu dir.«

»Das würde dir gefallen, oder? Wenn du allen erzählen könntest, dass ich zu egoistisch bin, mich um meine Kinder zu kümmern. Natürlich können sie zu mir kommen.«

»Nein, es würde mir nicht gefallen«, widersprach sie seufzend. »Und am liebsten wäre es mir, wenn das zwischen uns alles anders gelaufen wäre.«

Sie hörte ein Geräusch und fuhr herum. Die arme Daisy kramte im unteren Küchenschrank nach dem Eimer, den sie immer nahmen, wenn jemand sich übergeben musste. Aber sie schaffte es nicht rechtzeitig, erbrach sich auf den Boden und begann zu schluchzen.

»Ich muss auflegen«, sagte Kat.

Daisy hob die Arme, und Kat nahm sie trotz der beschmutzten Sachen hoch, küsste ihre kleine heiße Stirn und versicherte ihr, dass es nicht so schlimm sei. Daisys heiße Tränen mischten sich mit ihren.

Nachdem Daisy eine Weile später eingeschlafen war, hielt Kat noch lange ihre Hand und tippte dabei einhändig E-Mails an ihre Freundinnen, um Schlafbesuche übers Wochenende zu vereinbaren. Dann mailte sie Paul die verbleibenden Daten und versuchte, ihre ständigen Schuldgefühle und die Gewissheit zu verdrängen, es nie jemandem recht machen zu können, am wenigsten sich selbst.

Spät in der Nacht, als beide Mädchen endlich tief und fest schliefen, rief Kat ihre Großmutter an. »Ich überlege, ob ich das nächste Mal, wenn ich in London bin, noch einen kurzen Ausflug nach Frankreich unternehme«, log sie. »Nicht nach Paris … lieber irgendwo anders hin.« Sie hielt inne, als würde sie überlegen. »Wo bist du noch mal geboren?«

»In Lyon«, antwortete Margaux. »Aber unsere Familie ist kurz darauf nach Paris gezogen, und ich kann mich an zu wenig erinnern, um dir touristische Tipps zu geben.«

Lyon. Kat stockte der Atem. *Frag weiter*, drängte sie sich selbst.

»Mich hat heute übrigens ein Autor angerufen«, sagte sie so beiläufig wie möglich. »Er ist auf der Suche nach einer Margaux Jourdan und interessiert sich dafür, was sie im Zweiten Weltkrieg getrieben hat.«

Am anderen Ende der Leitung blieb es bedrückend lange still, und Kats Anspannung wuchs mit jeder Sekunde.

Dann sagte ihre Großmutter: »Ich hätte nie gedacht, dass irgendwann einmal jemand nach Margaux Jourdan suchen würde.«

Wieder ein langes Schweigen.

»Ich habe während des Kriegs gearbeitet«, sagte ihre Großmutter schließlich, »so wie jede Frau. Ich glaube, ich habe hauptsächlich Fallschirme gepackt, an irgendeiner Flugbasis. Ich weiß es nicht mehr genau. Wenn man so alt ist wie ich, geht im Kopf so einiges verloren … wie Socken in der Waschmaschine.«

»Könntest du versuchen, dich an ein bisschen mehr zu erinnern?«, bat Kat. »Dann kann ich ihm davon berichten, und er wird sehen, dass du nicht die Margaux bist, nach der er sucht.« *Obwohl du dasselbe Geburtsdatum hast. Und denselben Geburtsort. Und sagst, du hättest Fallschirme gepackt, was dieser Elliott ebenfalls erwähnte.*

»Nichts, was ich im Krieg getan habe, ist es wert, sich daran zu erinnern«, erwiderte ihre Großmutter. Dann legte sie auf.

Kapitel 11

Nur zögernd machte Kat sich auf den Weg zur Beaufort Bar im Savoy Hotel. Es war lange her, seit sie sich mit einem Mann verabredet hatte, und obwohl es sich hierbei quasi um ein geschäftliches Treffen handelte, spürte sie beim Betreten des Lokals ein aufgeregtes Herzklopfen.

Zwei Tage zuvor war sie im Morgengrauen in London gelandet und erst einmal zum Haus in Cornwall gefahren, um weitere Kleider mitzunehmen. Sie gehörten nicht in eine abgelegene Hütte und waren in hervorragendem Zustand. Sicher war es besser, sie ein paarmal zu tragen, als sie vernachlässigt in staubigen Schränken hängen zu lassen. Außerdem hatte sie sich gefragt, ob eines der Kleider wohl zu einer Katarina Jourdan passte, die fernab ihres Alltags auf einen Drink ausgehen konnte, ohne dafür Himmel und Erde in Bewegung setzen zu müssen. Und natürlich hatte sie auch immer wieder über die Herkunft der Kleider gerätselt.

Für heute hatte sie sich eines aus der 1953er Tulpenreihe ausgesucht: schwarz, mit einem raffinierten und äußerst schmeichelhaften Oberteil und einem Kragen-Schal-Design. Unwillkürlich hob sie die Hand und strich den Kragen glatt, während sie ihre Umgebung betrachtete: tiefschwarze Wände und runde, golden verzierte Nischen, eine gut bestückte Bar. Die Gäste saßen entspannt auf mit dunklem Samt bezogenen Sofas oder in gemütlichen Ledersesseln, und Kat fiel jetzt erst ein, dass sie vor lauter Eile, nach Cornwall und wieder zurück nach London zu kommen, keinerlei Recherche zu Elliott Beaufort betrieben hatte. Nicht mal ein Foto von ihm hatte sie gegoogelt.

Ein gut aussehender Mann kam auf sie zu. Er hatte dunkles Haar und unfassbar tiefbraune Augen – eine Farbe, die Kat so noch nie gesehen hatte. Der professionelle Teil ihres Gehirns überlegte, dass so eine Farbintensität bei einem Stoff mit Sicherheit irgendwann verblassen würde. Der Mann hatte ein ausgesprochen einnehmendes Lächeln, und sein Alter war im schummrigen Licht der Bar nicht so recht zu bestimmen. Es musste irgendwo zwischen Mitte dreißig und Ende vierzig liegen. Auf einmal war Kat sehr dankbar für ihr schönes Dior-Kleid.

»Kat?«

»Elliott?«, erwiderte sie, und er nickte.

Sie schüttelte seine Hand und folgte ihm zu zwei freien Hockern an der Theke.

»Was darf ich für Sie bestellen?«, erkundigte er sich. »Wenn Sie häufiger in London sind, kennen Sie diese Bar vermutlich schon. Die Cocktails sind ausgezeichnet.«

Er reichte ihr die dicke, gebundene Getränkekarte, und sie fühlte sich geschmeichelt, dass sie auf ihn wie die Art von Frau wirkte, die häufig die Bar des Savoy Hotels aufsuchte.

Sie schlug die Karte auf und musste lachen, als ihr gleich auf der ersten Seite Coco Chanel und ein elegantes Bouquet aus Kamelienblüten entgegenklappte – als würde sie in einem Pop-up-Bilderbuch für Kinder blättern und nicht in einer Getränkekarte. Auf der nächsten Seite erhob sich der Kopf von Ernest Hemingway. »Das ist ja toll!«

Elliott lächelte. »Ein Besuch hier lohnt sich allein für diese Karte.«

»Ihnen ist hoffentlich klar, dass ich damit Ewigkeiten brauchen werde, um mich für ein Getränk zu entscheiden«, warnte sie ihn.

»Nehmen Sie sich ruhig Zeit.« Er klang, als meine er es ernst. Als spiele Zeit in dieser luxuriösen Bar keine Rolle.

Kat rief sich ins Gedächtnis, dass sie momentan keinerlei Verpflichtungen hatte außer der, sich zu amüsieren. Sie widmete sich also weiter der Auswahl eines Drinks. Normalerweise trank sie gern Gin Tonic, doch dann fiel ihr Blick auf die wunderbare Auswahl an klassischen Cocktails, und sie dachte daran, dass ihre Großmutter ihr früher manchmal einen Negroni gemixt hatte.

»Ich nehme einen Negroni«, sagte sie also.

Elliott bestellte zwei. »Sind Sie geschäftlich in London? Sie sind Modekonservatorin, richtig? Wie sind Sie zu diesem Beruf gekommen?«

»Über einige Umwege«, erwiderte sie und griff nach dem Glas, das ihr der Barkeeper hingestellt hatte. »Zuerst habe ich Medizin studiert – Wissenschaft hat mich schon immer fasziniert. Tatsächlich liebte ich Mathematik und Naturwissenschaften, und das zu einer Zeit, als Mädchen mit derlei Vorlieben noch routinemäßig als Freaks bezeichnet wurden. Beziehungsweise …«, fügte sie lächelnd hinzu, »war ›Freak‹ noch das Netteste, was man mir an den Kopf geworfen hat. Aber dann habe ich gemerkt, dass ich keine gute Ärztin abgeben würde – viel zu empfindsam, meinte mein …« Sie hielt inne. Beinahe hätte sie *mein Exmann* gesagt, aber sie wollte nicht, dass Paul einen Schatten über diesen Abend warf.

»Einer meiner Freunde meinte, ich sei zu weich«, sagte sie stattdessen. »Also schwenkte ich auf Naturwissenschaften um, insbesondere auf Textilkunde. Nach dem Abschluss setzte ich noch einen Master für Konservierungswissenschaften drauf, an der Pariser Sorbonne. Ich begeistere mich für die Geschichte der Mode und habe das große Glück, meine Vorliebe mit einem wissenschaftlichen Ansatz kombinieren zu können.«

»Das macht Sie definitiv zu der interessantesten Person, mit der ich seit Tagen gesprochen habe, wenn nicht gar seit Monaten.«

Kat lachte. »Ich bin sicher, Sie als Schriftsteller treffen meist auf weitaus interessantere Menschen als mich.«

»Nicht nur klug und hübsch, sondern noch dazu bescheiden. Eine seltene Kombination.« Elliott lächelte.

Kat spürte, dass sie rot wurde. Seine Worte hatten aufrichtig geklungen und nicht wie eine eingeübte Schmeichelei, die es aber dennoch sein musste. Die meisten Menschen, die die Worte »Textilkunde« oder »Kleiderkonservierung« hörten, stellten sich ihre Arbeit öde und staubig vor. »Ach was«, entgegnete sie. Und weil der Alkohol ihre Zunge gelockert hatte, fügte sie hinzu: »Kitzeln Sie auf diese Weise Informationen aus Ihren Interviewpartnerinnen heraus – indem Sie ihnen schmeicheln?«

Nun war er derjenige, der lachen musste. »Alles, was ich zu Ihnen gesagt habe, meine ich absolut ehrlich. Und da meine Interviewpartnerinnen normalerweise über achtzig sind, muss ich bei ihnen vor allem eine Vorliebe für zu starken Schwarztee vortäuschen und mir die Krankheiten ihrer geliebten Vierbeiner anhören. Ich kommentiere selten irgendjemandes Aussehen, weil ich gelernt habe, dass man vom Äußeren eines Menschen selten auf den wahren Charakter schließen kann. Ich habe Frauen interviewt, die zu schwach wirkten, um ein Kleinkind hochzuheben, und hörte dann, wie sie einst wochenlanger Folter durch die Gestapo widerstanden hatten.« Er hielt kurz inne und räusperte sich dann. »Aber Sie sind eine viel beschäftigte Frau und haben sich netterweise die Zeit genommen, mich zu treffen. Ich sollte endlich zur Sache kommen.«

Er klappte sein Notizbuch auf, und Kat war fast ein wenig enttäuscht. Es war lange her, seit jemand anderes als ihre Großmutter oder eines ihrer Kinder sie als »hübsch« bezeichnet hatte, und es hatte ihr geschmeichelt. Von seinen Bemerkungen zu Folter und Gestapo bekam sie allerdings eine Gänsehaut.

»Sie hören bestimmt viele schreckliche Dinge«, sagte sie leise.

»Genug, um froh zu sein, dass ich jetzt lebe und nicht damals.«

Kat nickte. Dem konnte sie sich nur anschließen.

»In Ihrer E-Mail haben Sie geschrieben, Ihre Großmutter sei tatsächlich in Lyon geboren«, fuhr er fort. »Das bedeutet, dass trotz Ihrer Skepsis die Wahrscheinlichkeit steigt, dass sie die Frau ist, die ich suche. Das Geburtsdatum, der Geburtsort und der Name stimmen überein. Aber außer dass sie in England war, hat sie Ihnen sonst wenig über ihr Leben im Krieg erzählt, oder?«

»Sie sagt, sie könne sich an nichts mehr erinnern, nur daran, dass sie Fallschirme gepackt habe.« Leicht nervös drehte Kat ihr fast leeres Glas hin und her. Von den langen Gesprächspausen ihrer Großmutter, von den Auslassungen und ihrer verstörenden Angst wollte sie ihm lieber nichts erzählen.

»Sie hat Fallschirme gepackt«, wiederholte Elliott, »was bedeutet, dass sie für die *WAAF* gearbeitet hat – eine Organisation, zu der auch die gesuchte Margaux Jourdan gehörte. Es war eine Tarnung für ihre wahre Arbeit als Spionin der *SOE*.«

Kat zog die Stirn kraus, was Elliott fälschlicherweise als Unverständnis interpretierte.

»Ich weiß, es gibt eine Menge Abkürzungen«, sagte er. »Die *WAAF* ist die *Women's Auxiliary Airforce*, also die Frauenhilfsluftwaffe. Sie operierte in aller Öffentlichkeit, und es arbeiteten viele Frauen dort. *SOE* ist die Abkürzung für *Special Operations Executive*, also eine geheime Truppe für Spezialeinsätze. Sie schickte Agenten nach Frankreich, um mit der Résistance zu kooperieren, um strategische Ziele zu sabotieren …«

Kat unterbrach ihn. »Warum ist es für Ihr Buch so wichtig, Margaux Jourdan zu finden?«

Elliott trank einen Schluck Negroni. »Margaux Jourdan ist nicht der Fokus meines Buches, aber sie kannte zwei der Frauen, die darin vorkommen, weshalb ich gern mit ihr sprechen würde. Ich recherchiere über drei Frauen aus derselben Familie: Vanessa Penrose und ihre Töchter Liberty und Skye. Alle drei haben im Krieg – im Ersten beziehungsweise Zweiten Weltkrieg – für den Geheimdienst gearbeitet. Eine Familie, in der drei Frauen aus zwei Generationen Agentinnen waren.«

Selbst Kat, die sich mehr für Naturwissenschaft als für Literatur interessierte, war klar, dass dies ein faszinierendes Szenario war. »Diese Namen habe ich noch nie gehört«, sagte sie. »Und obwohl ich nicht genau weiß, was meine Großmutter während des Kriegs gemacht hat, weiß ich über sie doch eine Menge.« Sie versuchte, glaubwürdig zu klingen und sich an diese Überzeugung zu klammern, obwohl ihr Unterbewusstsein beharrlich alle Geheimnisse auflistete, die Margaux in letzter Zeit vor ihr zu haben schien. »Sie müssen wissen, dass sie für mich wie eine Mutter ist. Sie hat mich großgezogen, seit ich zwei Monate alt war, weil meine eigene

Mutter …« Sie überlegte, wie sie es formulieren sollte, ohne dass es weitere Fragen aufwarf. »Meine Mutter konnte sich nicht um mich kümmern.«

»Das tut mir leid«, sagte Elliott. »Sie müssen mich für sehr aufdringlich halten, aber da es immer weniger Menschen gibt, die die 1940er Jahre miterlebt haben, wird meine Recherchearbeit zunehmend schwieriger. Ich bin auf jede Zeitzeugin angewiesen, die bereit ist zu helfen. Deshalb bin ich auch Ihnen ungemein dankbar für Ihr Entgegenkommen, selbst wenn sich am Ende nichts Brauchbares ergeben sollte.«

»Tja, immerhin haben Sie mich schon mal daran erinnert, wie gern ich Negronis trinke.« Sie lächelte.

»Apropos … Ich bestelle uns noch zwei.«

Kat schüttelte den Kopf. »Dafür bin ich doch noch zu sehr aus der Übung. Zwei Negronis auf leeren Magen kann ich mir auf keinen Fall erlauben.«

Elliott sah sich um und deutete auf eine der goldenen Nischen, die gerade frei geworden war. »Wenn Sie sich dort schon einmal hinsetzen, bestelle ich uns etwas zu essen, und dann können Sie einen zweiten Negroni trinken.«

»Das müssen Sie nicht«, protestierte Kat, der der Gedanke unangenehm war, er könnte ihre Aussage als Aufforderung zu einer Essenseinladung verstanden haben.

»Das würde ich aber gern.«

»Also gut«, willigte sie zögernd ein.

Während sie es sich auf dem kleinen Sofa bequem machte und auf Elliott wartete, merkte sie, dass ihr der Alkohol schon jetzt zu Kopf gestiegen war. Trotz Elliotts beharrlicher Nachfragen zu ihrer Großmutter fühlte sie sich zur Abwechslung einmal wunderbar sorglos … vielleicht sogar *zu* sorglos, da sie gerade eingewilligt hatte, mindestens eine weitere Stunde mit einem Mann zu verbringen, der attraktiver war als irgendein anderer Mann, mit dem sie in den letzten Jahren gesprochen hatte.

Lächelnd und mit zwei Negronis in den Händen kehrte Elliott zurück. »Darf ich Ihnen ein paar Fotos zeigen?«

»Das ist wohl das Mindeste, was ich im Austausch gegen die leckeren Drinks tun kann.«

Er zog mehrere Fotos aus seiner Tasche und legte eines davon auf den Tisch. »Das hier ist Margaux Jourdan. Entdecken Sie irgendeine Ähnlichkeit zu Ihrer Margaux? Ich weiß, dass siebzig Jahre vergangen sind, und das Bild ist von schlechter Qualität, aber …«

Kat studierte das Foto. Im gedämpften Licht der Bar erkannte sie eine dunkelhaarige, ernste Frau in Uniform, die eine Zigarette in der Hand hielt.

»Diese Frau war damals wie alt?«, fragte sie. »In ihren Zwanzigern? Meine Großmutter ist vierundneunzig. Selbst bei besserer Bildqualität wäre ich nicht sicher, ob ich meine Margaux in dieser Frau erkennen könnte. Und es ist noch dazu schwarz-weiß, so dass man nicht einmal ihre Augenfarbe sieht. Ich kann nur sagen, dass ihre kleine, zierliche Statur der meiner Großmutter ähnelt. Und ihr Haar scheint sehr dunkel zu sein, das war Margaux' früher auch. Die Frau auf dem Bild sieht meiner Großmutter so ähnlich wie jede zierliche, dunkelhaarige Frau aus der damaligen Zeit.«

Elliott seufzte. »Ich weiß. Es ist schwierig, auf so alten Fotos jemanden zu identifizieren.«

»Sie sagten, Sie hätten viele Frauen kennengelernt, die nicht so aussahen, als hätten sie je etwas Außergewöhnliches getan«, fuhr

Kat fort. »Aber meine Großmutter hat wenig Interesse an der Welt. Sie war definitiv keine Spionin.«

Elliott machte keine Anstalten, ihr zu widersprechen. Stattdessen legte er ein neues Foto auf den Tisch. »Von Vanessa Penrose gibt es keine Aufnahmen. Ein Geheimdienstoffizier brachte ihr das Fliegen bei und quartierte sie während des damals so genannten ›Großen Krieges‹ bei seiner Schwester in Frankreich ein. Beide Frauen übermittelten ihm Informationen über die Aktivitäten der Deutschen nach London. Das hier ist ein Foto von Liberty Penrose, ihrer Tochter. Sie arbeitete für die *SOE*, genau wie Margaux Jourdan.«

Er reichte ihr das Foto einer ebenfalls dunkelhaarigen Frau, die zwischen einer Gruppe von Männern stand, aber alle Gesichter waren zu klein, um Genaueres zu erkennen. »Und das hier«, er entfaltete ein Stück zerknittertes, vergilbtes Zeitungspaper, »ist Skye Penrose.«

Ein Kellner kam mit ihrem Essen, während Kat das Zeitungsfoto studierte, auf dem eine Frau aus einem Flugzeug stieg und sich mit einer Hand durchs Haar fuhr.

Elliott lehnte sich auf dem Sofa zurück, das Negroni-Glas zwischen den Fingerspitzen. »Liberty wurde innerhalb der *SOE* mit Sabotageakten betraut. Obwohl ihre Vorgesetzten ihr ein aufbrausendes Wesen bescheinigten, war sie den Berichten zufolge sehr effektiv. Und Skye sammelte Informationen, die im August 1944 zu der relativ friedlichen Übergabe von Paris an die Alliierten führten. Davor gehörte sie zu der ersten kleinen Gruppe von Frauen, die für die *ATA* Flugzeuge geflogen hat. Allerdings nicht im Kampfeinsatz, sondern quer durch England zu Flugbasen und Wartungshallen und dergleichen.«

Kat spürte eine seltsame Affinität zu dieser Frau. »Das muss damals sehr ungewöhnlich gewesen sein.«

»Stimmt. Bei Kriegsende arbeiteten nur etwa hundertfünfzig Frauen für diese zivile Hilfsorganisation – neben eintausenddreihundert Männern. Das entsprach wahrscheinlich in etwa demselben Verhältnis wie beim Studium der Naturwissenschaften in den Neunzigern.«

Kat freute sich über diesen passenden Vergleich. Um ihm nicht zu zeigen, wie sehr ihr seine offensichtliche Sensibilität gefiel, wandte sie das Gesicht den Köstlichkeiten auf ihrem Teller zu. »Wie kann ich Sie denn endgültig überzeugen, dass meine Großmutter nicht die Frau ist, die Sie suchen?«

»Warum wollen Sie nicht, dass sie es ist?«, fragte er zurück und sah sie durchdringend an.

Seit Jahren hatte sie niemand mehr so aufmerksam angesehen. Kat zuckte die Achseln. Nippte an ihrem Negroni. Aß eine Auster. Beschloss, Elliott einen Teil der Wahrheit zu verraten, aber nicht alles, noch nicht. »Meine Großmutter ist für mich einer der wichtigsten Menschen auf dieser Welt. Und wenn Sie recht haben, dann würde ich sie überhaupt nicht richtig kennen. Das ist … Es macht mir Angst. Es bedeutet, dass sie mich nicht richtig an sich heranlässt. Mich vielleicht sogar belogen hat. Und Menschen, die lügen, mag ich nicht.«

Das war eine Untertreibung, aber sie wollte ihm nicht von den Umständen ihrer Scheidung berichten.

»Das kann ich gut nachvollziehen«, sagte er. »Aber gleichzeitig weiß ich, dass dieses Buch geschrieben werden muss und dass ich es schreiben will. Nur wenige Menschen wissen, was diese Frauen damals geleistet haben. Was wohl daran liegt, dass

Frauen seltener mit ihren Leistungen prahlen, und auch daran, dass sie in einer Zeit lebten, in der man ›Haltung bewahrte‹ und trotz aller Widrigkeiten ›einfach weitermachte‹. Dass aus einer Familie gleich drei Frauen als Agentinnen arbeiteten, ist außergewöhnlich, und mit Sicherheit haben Frauen wie sie – zu denen auch Margaux Jourdan gehört, wer immer sie am Ende sein mag – schreckliche Dinge erlebt und vielleicht auch getan, so dass sie kaum geneigt sind, darüber zu sprechen. Sie haben zu dem Frieden beigetragen, in dem wir heute leben, Kat. Also sollte jemand von ihren Heldentaten berichten. Und das würde ich gerne tun.«

Er klang überzeugend. Und er hatte recht. Wer wusste schon, wie die Welt heute ohne diese Frauen aussähe? Kat merkte, wie ihr Widerstand bröckelte. »Was möchten Sie noch wissen?«

»Was ist mit Ihrem Großvater? Was wissen Sie über ihn?«

»Nicht viel.« Kat wurde wieder bewusst, dass ihr Familienstammbaum so löchrig war wie ein Paar Jeans aus den achtziger Jahren. »Er war Amerikaner und hieß O'Farrell. Ein Pilot. Er und Margaux waren nicht verheiratet, und Sie wissen ja, wie skandalös es damals war, als unverheiratete Frau Mutter zu werden. Ich kann mir vorstellen, dass sie deshalb nicht viel über diese Zeit ihres Lebens spricht.«

»Ich war mir nicht sicher, ob Margaux und O'Farrell tatsächlich ein Verhältnis hatten«, sagte er. Offenbar war ihm der Name O'Farrell bekannt.

Er holte ein weiteres Foto aus seiner Tasche, auf dem ein Mann und eine Frau auf eine Weise zusammen tanzten, die nahelegte, dass sie mehr füreinander waren als nur Foxtrott-Partner. Ob die Frau dieselbe war wie auf dem Foto davor, war schwer zu sagen, aber als Kat das Bild umdrehte, las sie dort in schnörkeliger Schönschrift die Worte »Margaux Jourdan und O'Farrell«.

»Ich schätze, ein so überzeugendes Beweisstück lässt sich nur schwer widerlegen«, sagte Kat langsam. Ihre Gedanken überschlugen sich. *Bitte verwandle dich nicht in eine Fremde, Margaux, das könnte ich nicht ertragen.*

»Das stimmt«, sagte Elliott ruhig, als wäre der endgültige Beweis seiner ursprünglichen These keine große Sache. »Darf ich fragen, wann Ihre Mutter geboren wurde?«

»Am dritten Januar 1945.«

»Dieses Foto wurde Ende März 1944 aufgenommen.«

»Etwa neun Monate davor.«

»Ja.«

Wie Knöpfe, die durch ein Knopfloch glitten, sah Kat die neuen Fakten an ihren rechten Platz rücken. Es brachte sie dazu, die ganze Wahrheit zu offenbaren. »Ich will nicht, dass es stimmt, weil meine Großmutter, als ich mit ihr darüber sprach, vor Grauen leichenblass geworden ist.«

Ihre Worte standen in frappierendem Gegensatz zu dem fröhlichen Bargeplauder um sie herum.

»Es tut mir leid, wenn ich Ihr Leben durcheinandergebracht habe.«

Es klang nicht wie eine Plattitüde. Auch daran, wie er sie ansah, erkannte Kat, dass er es ernst meinte.

Plötzlich vibrierte sein Handy, und beide fuhren zusammen. Er warf nur kurz einen Blick darauf, als habe er vor, es zu ignorieren, doch dann sagte er: »Und das hier tut mir jetzt auch leid, aber es ist meine Tochter. Da muss ich drangehen. Hey, meine …«

Er zuckte erneut zusammen und hielt das Gerät von seinem

Ohr weg. Nun hörte auch Kat das laute Heulen. Mit einem kurzem Augenrollen gab Elliott ihr jedoch zu verstehen, dass es sich wohl nicht um eine ernste Angelegenheit handelte.

»Wenn du so weitermachst, bin ich gleich taub – und mein Gast ebenfalls«, sagte er, worauf das Geheul verebbte. »Du solltest heute doch eigentlich bei deiner Mutter übernachten.« Pause. »Na schön, ich helfe dir. Ich komme gleich und hole … Ach, du sitzt schon im Taxi? Na super. Tja, dann lasse ich hier mal einfach alles stehen und liegen und fahre nach Hause, ja?« Erneute Pause. »Nein, das ist schon in Ordnung. Ich bin sicher, Kat versteht das. Bis gleich.«

Elliott legte das Handy beiseite. »Ich weiß, ich wiederhole mich, aber: Es tut mir furchtbar leid. Ich habe eine vierzehnjährige Tochter, was ein bisschen so ist, als hätte man eine launische Adlige im Haus. Alles dreht sich nur um sie, und alles ist eine Katastrophe, egal, wie oft ich ihr von wahren Katastrophen aus der Vergangenheit erzähle. Das heutige Drama: ein Aufsatz in Geschichte, der morgen fällig ist. Ich hätte ihr wahrscheinlich sagen sollen, dass sie den allein bewältigen muss. Stattdessen werde ich ihr ein wenig unter die Arme greifen und hoffen, dass ich damit einen guten Mittelweg gefunden habe. Leider«, fügte er hinzu, »kommt sie in letzter Zeit nicht so gut mit ihrer Mutter klar. Ich vermute mal, dass es Streit gegeben hat und sie eigentlich deshalb jetzt in einem Taxi zu mir unterwegs ist.« Er zögerte. »Es ist wirklich schade, dass wir unser Gespräch nicht beenden konnten. Sie haben nicht zufällig morgen Abend Zeit?«

»Doch, habe ich.« Die Worte waren ausgesprochen, bevor sie darüber nachdenken konnte.

»Ich gehe zu einer Party, bei der ich ein paar Freunde treffen wollte, die gerade aus Frankreich zu Besuch sind. Hätten Sie Lust mitzukommen? Es könnte lustig werden.«

Eine Party? Mit Elliotts Freunden? Nun zögerte Kat doch.

»Wir können uns auch ein andermal treffen. Sicher möchten Sie lieber in Ruhe mit Ihren Freunden reden. Ich habe ohnehin nichts Hilfreiches für Ihr Buch zu erzählen.«

»Ich würde mich sehr freuen, wenn Sie mitkämen. Meine Freunde Josh und D'Arcy sind liebe Leute, aber auch ziemlich …« Er überlegte. »… überwältigend. Es wäre schön, dabei Gesellschaft zu haben. Und nicht nur das. Ich würde mich auch freuen, Sie wiederzusehen.«

Bei seinen letzten Worten wurde Kat warm. »Also gut«, sagte sie. »Ich bin im Sofitel Hotel. Um wie viel Uhr …«

»Ich hole Sie um acht ab. Bis dahin!«

Kat sah ihm nach, wie er in die Lobby ging, wo er von einer Gruppe Frauen abgefangen wurde. Er lächelte mit einer gewissen Zurückhaltung, nicht so, wie er Kat angelächelt hatte. Die Frauen holten eine Rezeptionistin dazu, scharten sich mit strahlenden Gesichtern um Elliott und ließen sich mit fünf verschiedenen Handys von der Frau fotografieren. Elliott lächelte höflich und gab allen Frauen am Ende ein Autogramm – selbst der Rezeptionistin. Danach verabschiedete er sich mit einem Winken.

Kat nahm ihr Handy und googelte Elliott Beaufort. Sie musste seinen Namen nicht einmal ausschreiben. Hunderte von Fotos ploppten auf und mindestens ebenso viele Suchergebnisse. Offenkundig war der Mann, der ihr gerade noch gegenübergesessen hatte, eine Berühmtheit. Elliott Beaufort hatte seine ersten Erfahrungen mit Biographien von Popstars gesammelt, sich in den letzten zehn Jahren jedoch ernsthafteren Themen zugewandt – oder

»populärwissenschaftlicher Zeitgeschichte für die Massen«, wie ein Rezensent es etwas bissig nannte. Er erzählte historische Ereignisse, mit denen die Leute sich auszukennen glaubten, aus unerwarteter Perspektive neu – so wie jetzt über die bemerkenswerten Penrose-Frauen.

Weiterhin las sie, dass er in Cambridge Geschichte und Sprachen studiert hatte, dass sein Name auf dem Buchcover einen Bestsellerstatus garantierte, dass bei Lesefestivals die Schlangen vor seinem Tisch immer die längsten waren und dass er durch Auftritte in verschiedenen Fernsehsendungen zu Büchern und Geschichte bekannter war als viele andere Schriftsteller.

Eine ausführlichere Biographie verriet außerdem, dass er 1972 geboren und vor Kurzem vierzig geworden war – ein Jahr älter also als Kat –, dass er drei Scheidungen hinter sich und aus der zweiten Ehe eine Tochter hatte. Drei Scheidungen! Eine fand Kat schon schlimm genug, aber drei konnten wohl nur bedeuten, dass er schlechte Entscheidungen traf und nicht aus ihnen lernte. Aber es stand ihr nicht zu, ihn zu verurteilen. Ihre Entscheidung, Paul zu heiraten, hatte sich schließlich auch als falsch herausgestellt.

All diesen Informationen zufolge war Elliott Beaufort kein Mann, mit dem sie auf Partys gehen sollte, denn seine Aufmerksamkeitsspanne für Frauen war offenbar kürzer als die Rocksäume der Sechziger. Zum Glück erhoffte sie sich nicht mehr als einen netten Abend – und die Gelegenheit zu beweisen, dass ihre Margaux nicht seine Margaux war. Danach würde sie ihn nie wieder sehen.

Teil 5

Die Royal Air Force hat es mitnichten begrüßt, dass wir in ihre so männliche und kämpferische Welt eindrangen. Natürlich stand damals überhaupt nicht zur Debatte, dass wir ihre geliebten Kampfflugzeuge und Bomber fliegen durften, aber selbst bei ihren Trainingsflugzeugen waren sie der Meinung, wir würden sie kontaminieren …

– Rosemary du Cros (née Rees)

Kapitel 12

ENGLAND, NOVEMBER 1942 | Die Nachricht, die Skye bei ihrer Rückkehr von Bedfordshire erwartete, war fast zu unvorstellbar, um sie zu glauben. Sie sollte für vier Monate Flugtraining an die *RAF*-Basis Leavesden versetzt werden.

»Du bist ausgewählt worden, das Fliegen von Maschinen der Klasse V zu erlernen«, erklärte Pauline.

Trotz allem, was Frauen mittlerweile erreicht hatten, hätte Skye nie mit so etwas gerechnet. Als erste Frau der Welt würde sie die größten Kampfflugzeuge von allen fliegen – 65 000 Pfund schwere, riesige Halifaxes und Lancasters.

Nicht einmal der wenig freundliche Empfang des leitenden Offiziers in Leavesden konnte ihre Stimmung trüben; Skye hatte ihre Erwartungen schon vor langer Zeit zurückgeschraubt und erwartete nur ein Mindestmaß an Höflichkeit. Außerdem sollte der polnische Pilot, der ihr schon bei früheren Schulungen zugeteilt worden war, sie wieder unterrichten, und er erwartete sie mit seinem üblichen freundlichen Lächeln.

»Bereit, ein Nashorn in die Luft zu befördern?«, fragte Dluga.

Skye grinste. »Auf jeden Fall. Ich habe schon mal mit Nilpferden geübt.«

Unter Dlugas Anleitung verbrachte sie einen wunderbaren Nachmittag und kehrte bei Dämmerung in die Zentrale zurück, um ihre Sachen zu holen, ihre Unterkunft zu beziehen und anschließend zu essen. Doch als sie ankam, war ihre Tasche verschwunden.

»Ich darf in meinem Fluganzug nicht in die Offiziersmesse«, sagte sie und deutete auf ihren Overall. »Ich muss mich umziehen.«

Schließlich fand sich ein Flight Captain, der ihr mitteilte, sie sei in einer Hütte außerhalb der Flugbasis untergebracht und ihre Tasche befinde sich bereits dort. Sie erhielt eine Wegbeschreibung, die sie zu einem riesigen Müllcontainer führte. Die Botschaft war klar.

Skye kehrte in die Zentrale zurück und betrat die Messe.

Der Flight Captain stellte sich ihr in den Weg. »Sie müssen sich umziehen.«

Heiße Wut wallte in ihr auf. »Das kann ich gerne tun – wenn Sie mir endlich meine Tasche zurückgeben und mir meine Unterkunft zeigen.«

»Oh, haben Sie sich meine Anweisungen etwa falsch gemerkt?«

»Das muss ich wohl«, erwiderte sie eisig.

Der Offizier gab ihr eine neue Wegbeschreibung, die sich deutlich von der vorigen unterschied. »Sie sind zu freundlich«, sagte sie.

Er trat beiseite, weil er wohl erwartete, dass sie nun ihr Quartier aufsuchen, sich umziehen und den ganzen Weg wieder zurücklaufen würde. Stattdessen schob sie sich an ihm vorbei zur Essensausgabe und nahm ein Tablett.

»Sie müssen sich umziehen«, wiederholte der Flight Captain.

»Das muss ich, jawohl«, sagte sie. »Aber zuerst muss ich etwas essen.«

Sie setzte sich allein an einen Tisch. Das Schweigen ringsum war feindselig und machte ihr schmerzhaft bewusst, dass sie sich in den nächsten vier Monaten keine Fehler erlauben durfte. Die *RAF* verbreitete schon seit Langem das Gerücht, dass Frauen nicht stark genug seien, um viermotorige Bomber zu fliegen. Dieses Vorurteil durfte sie auf keinen Fall bestätigen. Die Last auf ihren Schultern wog schwer, und sie versuchte, nicht an Rose und Joan zu denken und wie entsetzlich lang diese Zeit in Leavesden ohne ihre Kameradinnen werden würde.

Nach dem Essen wurde sie in das Büro des befehlshabenden Kommandanten beordert. Sie ging bewusst langsam und versuchte, ihre Wut wieder hochkochen zu lassen. Wenn sie schon einen Tadel erhalten sollte, dann wollte sie es wenigstens mit Haltung tun.

Doch nicht der Kommandant empfing sie, sondern Air Marshall Wylde, der Freund ihrer Mutter. Schweigend starrte sie ihn an.

»Captain Penrose«, begann er. »Ich glaube, Sie waren vor drei Tagen in einen Zwischenfall mit einer Messerschmitt 110 involviert.«

»Das ist richtig.«

Skye hielt sich sehr gerade, obwohl sie Bauchschmerzen bekam bei der Erkenntnis, dass ihr Flugkunststück nicht unbemerkt geblieben war. Wenn Wylde dazu noch von ihrem trotzigen Verhalten in der Offiziersmesse gehört hatte, war es gut möglich, dass er sie nach Hamble zurückbeorderte und keine Frau jemals einen viermotorigen Bomber fliegen würde.

»Ich habe den Bericht über diesen Zwischenfall gelesen«, sagte Wylde.

»Wenn Sie Nicholas' Bericht …«

Sie hielt inne. *Zwischenfall*, hatte Wylde gesagt. Es war kein *Zwi-*

schenfall gewesen. Sie war von der deutschen Luftwaffe beschossen worden. Wenn sie kein akrobatisches Manöver ausgeführt hätte, wäre sie jetzt höchstwahrscheinlich tot. Sie legte all ihren Zorn in ihren Blick und starrte Wylde böse an. »Wenn Sie Wing Commander Crawfords Bericht gelesen haben, dann wissen Sie, dass ich mir nichts habe zuschulden kommen lassen – abgesehen davon, als unbewaffnete Frau zu fliegen. Ich weiß, dass die *RAF* am liebsten mein Geschlecht an sich als Verstoß ansehen würde, aber soweit mir bekannt ist, ist ihr das bisher nicht gelungen.«

Wylde atmete schwer und ließ sich auf einen Stuhl sinken. »Respekt gehört wohl nicht zu Ihren herausragenden Eigenschaften, wie?«

»Entschuldigung, ich hätte ›Air Marshall Wylde‹ hinzufügen müssen.« Skye presste die Lippen zusammen. Sie war zu weit gegangen. Wie kam es, dass sie in der Luft untadelige Selbstkontrolle besaß und am Boden überhaupt keine?

Wylde schenkte ihr ein schiefes Lächeln. »Ja, damit hätte Ihre Aussage mit Sicherheit respektvoller geklungen.«

Auch wenn sie versuchte, es zu unterdrücken, musste sie bei diesem unverhofften Witz doch grinsen. Sie spürte, dass die Anspannung im Raum ein wenig nachließ.

»Ich bin hier, um Sie anzuweisen, Ihren … Ihr Abenteuer in Bedfordshire niemandem gegenüber zu erwähnen«, fuhr Wylde fort. »Man hätte Sie eine Verschwiegenheitserklärung unterschreiben lassen müssen. Ich weiß nicht, was man sich dort gedacht hat. Solche Vergesslichkeit ist für Wing Commander Crawford ganz und gar untypisch.«

Er legte ein Papier mit der Überschrift *Verschwiegenheitserklärung* auf den Tisch und bedeutete Skye, es zu unterschreiben.

»Was genau ...«, begann Skye, dann brach sie ab. Wylde würde ihr nie erzählen, was genau Nicholas und seine Staffel taten. Aber es musste etwas furchtbar Wichtiges sein, wenn jemand so Hochrangiges wie ein Air Marshall extra angeflogen kam, um ihr Stillschweigen einzufordern.

Sie unterzeichnete die Vereinbarung und schob sie Wylde wieder hin.

Er stand auf. »Sie sollten früh schlafen gehen. Sie haben ein paar anstrengende Monate vor sich.« Dann änderte sich seine Haltung, so als würde er seine Rolle als Air Marshall ablegen. Leise sagte er: »Sie sind Ihrer Mutter sehr ähnlich. Aber bei Vanessas traurigem Schicksal hätte ich gedacht, Sie wären der letzte Mensch auf der Welt, der neue Herausforderungen in der Luft suchen würde.«

»Ich sehe es als meine Aufgabe«, erwiderte Skye schlicht.

Bevor sie nachfragen konnte, worin genau seine Beziehung zu ihrer Mutter bestanden hatte, wandte er sich zum Gehen. Im Türrahmen blieb er noch einmal stehen. »Sie fliegen gut. So wie Vanessa. Ich wünschte, das Wissen um ihr Können hätte ihr gereicht – und Ihnen auch.«

Die Tür fiel hinter ihm zu, und Skye sank auf einen Stuhl. Das Bedauern in seiner Stimme war klar herauszuhören gewesen – als bedaure er nicht nur, *dass* er Vanessa verloren hatte, sondern auch, *wie* er sie verloren hatte. Skye presste die Handballen auf ihre Augen, bis sie nur noch Sterne sah und nicht mehr Wylde, wie er mit ihrer Mutter tanzte – oder Nicholas, der als Pilot geheime und damit hochgefährliche Missionen ausführte.

—

Es kam der Tag, an dem Skye ganz allein eine Halifax fliegen sollte: abheben, eine Runde drehen und wieder landen.

Den Vormittag verbrachte sie mit einem ungemütlichen Flug zu einer nahe gelegenen Basis und kehrte gegen Mittag nach Leavesden zurück. Zum Essen war sie jedoch zu nervös. Dluga, ihr Fluglehrer, fand sie in der Messe, wo sie auf ihr leeres Tablett starrte. »Skye?« Sein Tonfall ließ sie aufschrecken. Irgendetwas war passiert.

»Was ist los?«

»Man hat beschlossen, dass du zehn Starts und Landungen durchführen musst, bevor dein Lehrgang abgeschlossen ist.«

Sie schluckte ihren Einwand hinunter, dass die Männer es nur siebenmal machen mussten. Ihr war klar, dass es nicht Dluga war, der diese unverschämte Forderung stellte. Also nickte sie nur stumm und spürte gleichzeitig, dass sie sich während ihres Aufenthalts in Leavesden mehr und mehr selbst verlor – als würde die wahre Skye Penrose hier aus ihrem Körper sickern. Vor dem Alleinflug musste sie sich unbedingt wieder sammeln, sonst würde sie ihn wahrscheinlich vermasseln.

»Penrose! Ins Büro«, rief jemand, und sie zuckte zusammen, als hätte sie sich irgendeines Vergehens schuldig gemacht – was nicht der Fall war.

Auf dem Weg ließ sie den Morgen noch einmal Revue passieren. Sie war sicher, keine Fehler gemacht zu haben, und hatte keine Ahnung, was man ihr vorwerfen wollte. Vielleicht wollten sie ihr verkünden, dass sie zwanzigmal starten sollte. Würde sie dann wieder nur nicken? Oder würde sie den Mut haben, zu protestieren?

Doch als sie in das Büro trat, fand sie sich plötzlich Nicholas gegenüber.

Sie griff nach der Schreibtischkante und hielt sich daran fest.

»Schon seit einem Monat versuche ich herzukommen«, sagte er schnell. »Ich bin dir eine Erklärung schuldig. Was ich bei unserer letzten Begegnung eigentlich sagen wollte und was ich tatsächlich gesagt habe, waren zwei sehr verschiedene Dinge.« Er zog die Stirn kraus, und Skye blieb abwartend stehen.

»Ich wollte sagen, dass ich mich unglaublich gefreut habe, dich wiederzusehen«, fuhr er fort, »und dir endlich erklären, warum ich nicht geschrieben habe. Nicht lange nach unserem Treffen 1940 in Biggin Hill wurde ich einer Spezialeinheit zugeteilt. Jedem anderen hätte ich erzählen können, ich sei zu einer neuen Flugbasis verlegt worden, aber du bist bei der *ATA* und kennst alle Flugbasen. Du hättest sofort gewusst, dass ich lüge. Und natürlich durfte ich niemandem sagen, dass ich bei einer Spezialeinheit bin. Was bedeutete, dass ich dir nicht schreiben konnte. Aber nach dem, was neulich passiert ist, kann ich zumindest das nun erklären. Und dich hoffentlich überzeugen, dass ich nicht zu den chauvinistischen Idioten in der *RAF* gehöre, die glauben, Frauen könnten keine Flugzeuge fliegen. Ich weiß, du fliegst besser als die meisten Männer, wahrscheinlich sogar besser als ich.«

Er hielt inne, um Luft zu holen, und Skye merkte, wie all ihre Sorgen über die unfaire Behandlung und die vielen Extraflüge dahinschmolzen. Sie begann zu lachen.

»Wieso lachst du?« Er sah sie verständnislos an.

»Weil ich glaube, dass ich dich in deinem ganzen Leben noch nie so viele Worte auf einmal habe sagen hören.«

Sie ging um den Tisch herum, der sie trennte. Aus der Nähe konnte sie sehen, dass er ernst und besorgt wirkte, als hätte er sich um ihre letzte, angespannte Begegnung viele Gedanken gemacht.

»Entschuldigung angenommen«, sagte sie. »Es waren offenbar Umstände außerhalb deiner Kontrolle, die mich zu der Überzeugung gebracht haben, du wärst ein Pfeife rauchender, Schnurrbart tragender, furchtbar überheblicher *RAF*-Kommandant geworden.« Sie grinste.

Jetzt musste Nicholas ebenfalls lachen. »Tja, also einen Schnurrbart habe ich definitiv nicht, obwohl …«, er strich sich über das Kinn, »… ich vermutlich eine Rasur vertragen könnte. Und Pfeife habe ich noch nie geraucht – die hier sind mehr nach meinem Geschmack.«

Er zog eine Packung Gitanes aus der Tasche.

»Meine Lieblingssorte«, flüsterte sie. »Die habe ich seit Kriegsbeginn nicht mehr gesehen.«

»Dann solltest du sie gleich an dich nehmen.«

Er warf ihr das Päckchen zu. Sofort zog sie eine Zigarette heraus, zündete sie an und sog den Rauch tief in ihre Lungen.

»Ich gebe aber keine mehr ab.«

»Bist du etwa eine Frau geworden, die ihre alten Freunde zusammenstaucht und ihre Zigaretten nicht teilt?«

Sie war gerade mitten im nächsten Zug, und ihr spontanes Lachen bescherte ihr einen Hustenanfall.

»Das habe ich wohl verdient«, krächzte sie schließlich. Aber sie wusste, dass sie nun auch ein paar ernste Dinge ansprechen musste, und studierte einen Moment lang die glühende Spitze ihrer Zigarette. »Ich habe Besuch von einem Air Marshall bekommen, der sicherstellen wollte, dass ich niemandem von der mysteriösen *RAF*-Flugbasis und der Staffel aus Lysander-Maschinen erzähle. Wenn du einem Sonderkommando zugeteilt bist, das derart geheim ist, dann machst du weitaus gefährlichere Sachen als ich.«

Er schwieg, doch seine Miene verhärtete sich, woraus sie zweierlei ablesen konnte: dass er nicht mehr sagen durfte und dass sie richtiglag.

Sie griff sich an den Hals, nahm ihr himmelblaues Tuch ab und hielt es ihm hin. »Wie ich dir letzten Monat bereits sagte: Ich bin mit schon fast jedem möglichen technischen Schaden geflogen, und irgendetwas hält mich immer am Leben. Das hier ist mein Glücksbringer, aber du brauchst ihn dringender als ich. Nicht, weil du kein ausgezeichneter Pilot bist, sondern weil geheime Sondereinsätze bestenfalls riskant sind und schlimmstenfalls tödlich enden.«

Nicholas starrte auf das Tuch, dann sah er ihr in die Augen. In seinem blauen Blick lag Wehmut.

»Ich kann nicht.« Er berührte das Tuch kurz, dann ließ er die Hand wieder sinken. »Wenn dir irgendetwas zustoßen sollte und ich dein Halstuch hätte …«

Hastig zog Skye ihr Tuch und das Angebot zurück. Natürlich konnte er es nicht annehmen; er war verlobt. »Hast du wenigstens noch deine Uhr?«

Er nickte. »Es tut mir leid, dass du von Air Marshalls drangsaliert wirst. Und was ich zu dir gesagt habe, tut mir noch mehr leid. Ich war so verblüfft, dich zu sehen, dass ich mich vollkommen danebenbenommen habe.«

»Und mir tut es leid, dass ich Margaux gesagt habe, ich hätte dich in deiner Unterwäsche gesehen«, sagte sie ein wenig kleinlaut.

Er lachte. »Zum Glück ist Margaux nicht …«, er zögerte, »… der eifersüchtige Typ.«

Was sollte sie dazu sagen? Er sprach den Namen seiner Verlobten wie beiläufig aus, als würden sie sich schon sehr lange kennen und wären ganz und gar vertraut. Ein weiterer Grund, warum Skye sich daran gewöhnen sollte, Nicholas als den Mann von heute zu betrachten und nicht als den Jungen, der er einmal gewesen war.

Er drehte sich in Richtung Fenster und warf ihr aus den Augenwinkeln einen Blick zu. »O'Farrell hat nach dir gefragt. Ich habe ihm gesagt, er werde in ganz England keine bessere Frau finden.«

»Ist er es denn wert, dass man Zeit mit ihm verbringt?« Möglichst nonchalant drückte Skye ihre Zigarette im Aschenbecher aus. Sie hoffte, ihr wäre nicht anzusehen, wie bizarr sie diese Unterhaltung über O'Farrell fand.

»Das ist er. Er hat 1940 behauptet, Kanadier zu sein, damit er herkommen und für die *RAF* fliegen konnte.«

»Das war sehr mutig.«

Die Vereinigten Staaten hatten 1939 ihre Neutralität erklärt, was bedeutete, dass jeder Amerikaner, der Großbritannien im Krieg unterstützte, eine Gefängnisstrafe riskierte. Mit dem eigenen Kriegseintritt der USA wurde das natürlich hinfällig, aber es zeigte, dass O'Farrell mehr zu bieten hatte, als seine Fassade des großspurigen Draufgängers vermuten ließ. Was, wenn sie sich nach ihrer Rückkehr zur Basis in Hamble nicht nur auf gelegentliche Treffen mit Männern zum Tanzen oder Abendessen beschränkte, sondern mehr zuließe?

Skye gab Nicholas die Gitanes zurück. »Wenn du 1940 auch hier warst, dann ist O'Farrell nicht der einzige Mutige.«

Nicholas errötete leicht und nahm sich eine Zigarette. »O'Farrell und ich kennen uns schon seit dem Studium. Wir waren beide Mitglieder des *Harvard Flying Club*. Es war verdammt frustrierend, in Amerika zu hocken und zu wissen, dass hier Piloten fehlen, während wir die nötige Qualifikation besitzen, aber sie nicht einsetzen dürfen. Eines Abends sagten wir uns: Zum Teufel damit! Wahrscheinlich hatten wir zu viel Whiskey getrunken«, fügte er hinzu, als wollte er ihre Taten kleinreden.

»Ich denke mal, die Wirkung des Whiskeys hatte nachgelassen, bevor ihr in Kanada ankamt«, erwiderte sie.

Die Röte auf seinen Wangen vertiefte sich, und Skye spürte den schier unwiderstehlichen Drang, ihn in die Arme zu schließen und so fest zu drücken, wie sie es am Tag ihres Abschieds getan hatte. Sie war unglaublich stolz auf ihren Freund und empfand dieselbe überwältigend starke Zuneigung, die sie schon immer für ihn gehabt hatte. Damals hatte sie ihm ihre Gefühle gezeigt, indem sie ihm mit ihrer Höhle, ihrer Mutter und der Moth vertraut hatte. Nun aber hatte sie keine rechte Idee, wie sie ihm ihre Dankbarkeit und Freundschaft zeigen sollte.

»Wäre er nicht mutig, hätte ich O'Farrell nicht in meine Staffel aufgenommen«, sagte Nicholas und drehte sich wieder zu ihr. »Und wenn es möglich wäre, würde ich dich ebenfalls aufnehmen.«

Seine aufrichtigen Worte berührten sie, so dass sie lieber seinen Blick mied. »Das wäre sicher lustig«, sagte sie leise. »Und weitaus besser als hier.«

Nicholas ging zum Schreibtisch, öffnete eine Schublade und nahm ein Einweckglas heraus. »Ja, härter als hier geht es wohl nirgends zu«, sagte er. »Ich kenne die Bedingungen, unter denen du hier arbeiten musst, und mein kleines Geschenk wird angesichts dessen vielleicht unbedeutend erscheinen, aber ich habe es extra für dich mitgebracht.«

Er reichte ihr das Glas, das bis obenhin mit Kaurimuscheln gefüllt war – genau solche, wie Skye sie immer gesammelt hatte. Sie brachten Erinnerungen mit sich an Kindheit und Sommer und eine Welt vor dem Krieg. Sprachlos sah sie in Nicholas' Augen, und jede Träne, die zu weinen sie im letzten Monat zu stolz gewesen war, drohte ihre Selbstkontrolle zu durchbrechen.

»Die habe ich seit meinem Weggang aus Cornwall aufbewahrt.« Er hob einen Finger und berührte flüchtig ihre Wange. »Ich dachte, irgendetwas von zu Hause könnte dir vielleicht helfen.«

Sie brauchte fast eine Minute, um wieder sprechen zu können, und als sie es tat, sagte sie ihm wie üblich die Wahrheit. »Ich werde heute meinen ersten Alleinflug in der Halifax absolvieren. Den ganzen Tag schon denke ich, ich brauche etwas, das mich daran erinnert, wer Skye Penrose ist, damit ich nicht abstürze und so jeder Frau die Chance verbaue, einen viermotorigen Bomber zu fliegen. Das hier«, sie sah auf die Muscheln, »ist genau das, was ich brauche.«

»Dann freue ich mich, dass ich an meinem freien Tag hergekommen bin und es dir geschenkt habe.« Er lächelte.

Sie lächelte zurück, und es war, als lächele ihr ganzer Körper mit. Ihre Füße hätten am liebsten getanzt.

»Ich muss los«, sagte Skye zögernd und umklammerte das Glas.

Sie ging hinaus und ließ den Jungen zurück, den sie seit zehn Jahren betrauerte. Aber diesen Jungen wollte sie nicht mehr. Sie wollte den Mann, der Nicholas geworden war … mit dem sie hoffte, eine neue Art von Freundschaft beginnen zu können.

Bei ihrem ersten Start mit der Halifax ging alles glatt – glatt wie die Oberfläche einer Kaurimuschel. Die Landung gelang ihr weniger gut, aber in ihrer Zeit bei der *ATA* hatte Skye schon viele Halifaxes unsanft zu Boden gehen sehen. Anstatt auszusteigen, drehte sie den Motor wieder auf, fuhr die Halifax zurück zur Startbahn und absolvierte zu Dlugas großem Erstaunen ihre zehn Flüge direkt hintereinander, und jede Landung gelang besser als die vorige.

—

Der Winter war fast vorbei, als Skye nach Hamble zurückkehrte. Unter wolkenverhangenem Himmel fuhr ihr Zug in den Bahnhof ein, und sie hoffte, keine der *ATA*-Frauen wäre jetzt noch in der Luft. Sie freute sich riesig, ihre Freundinnen wiederzusehen.

Rose war die Erste, die Skye in die Arme schloss, als sie auf dem Flugplatz ankam. »Ich verbiete dir, jemals wieder wegzugehen«, sagte sie. »Und jetzt erzähl, wann auch wir mal eine Halifax in die Finger kriegen.«

»Ich würde lieber einen sexy Piloten in die Finger kriegen«, rief Diana, und alle lachten. Zum ersten Mal seit Langem fühlte Skye sich wieder fröhlich und unbeschwert.

Doch dieses Gefühl konnte nicht andauern – nicht während eines Krieges, in dem sie sich so verletzlich vorkamen wie die Ameisen, die über die Pisten liefen. Über die Sprechanlage ertönte Paulines Stimme und beorderte sie alle in den Aufenthaltsraum.

Joan, die anscheinend gerade erst gelandet war, kam mit weißem Gesicht herein. »Honor ist tot«, sagte sie knapp.

»Nein.« Skye schüttelte den Kopf. »Das kann nicht sein. Nicht noch eine von uns!«

»Es stimmt.« Pauline betrat gleich hinter Joan den Raum.

»In letzter Zeit fliegt immer einer gegen einen Berg«, sagte Joan dumpf.

»Allein heute Morgen sind fünf Piloten der Hilfsluftwaffe umgekommen«, fuhr Pauline fort. »Honor und vier Männer.«

»Fünf?«, wiederholte Skye fassungslos und wollte, dass Pauline ihr widersprach, ihr sagte, sie habe sich verhört.

Stattdessen sagte Pauline: »Eine unvorhergesehene Inversionswetterlage hat den größten Teil Englands erfasst. Es ist inzwischen unmöglich, irgendwohin zu fliegen.«

Wie bei allen Unglücken zuvor wurde auch über Honors Tod nicht weiter gesprochen. Man trainierte sie dafür, unter gefährlichsten Bedingungen Flugzeuge quer durchs Land zu fliegen, aber wie man mit dem Tod umging, brachte man ihnen nicht bei. Dennoch hatten sie es auf ihre Weise gelernt. Sie konnten nicht den einen Tag darüber reden, wie eine Freundin durch einen Absturz ums Leben gekommen war, und am nächsten Tag selbst wieder in ein Cockpit steigen. Es würde sie kaputtmachen. Aber vielleicht waren sie das ohnehin schon, überlegte Skye.

Als die Frauen nach einem langen, schweigsamen Nachmittag das Flugfeld verließen, sagte Joan: »Ich ertrage es nicht, dass wir alle nur herumsitzen und nicht darüber reden.«

»Reden bringt sie nicht zurück«, bemerkte Rose.

Draußen wurde es allmählich dunkel, und die Dämmerung tauchte alles in Aschgrau – eine Farbe, die gerade gut zu Joans Gesicht passte.

»Kommt mit«, forderte Skye sie auf und ging nicht zum Ausgangstor, sondern zur Startbahn – dem Ort, an dem Flüge begannen und normalerweise auch enden sollten.

Skye nahm erst Roses Hand, dann Joans, und die drei Frauen standen auf der Piste und blickten in den Himmel, an den sie Honor verloren hatten.

Es begann zu regnen – ein leichter Schauer, wie er an sonnigen Julitagen manchmal vorkam und nach dem meist ein Regenbogen zu sehen war. Sie spürten die Tropfen wie Tränen auf ihren Gesichtern.

Der Schauer endete abrupt, doch für einen Regenbogen reichte das Licht der Sonne nicht mehr aus. Dennoch begann Rose »Somewhere Over the Rainbow« zu singen, das Lied von jenem wunderbaren Ort über dem Regenbogen, an dem der Himmel blau und wolkenlos ist.

Wenn der Himmel doch immer blau wäre, dachte Skye, während sie die Hände ihrer Freundinnen fest umklammerte. *Wenn es doch nur keine Wolken, keine Stürme und keine Inversionswetterlagen gäbe, nur Sterne und Vögel und ein Schlafliedland, in dem kein Krieg herrscht und niemand stirbt und sich die Träume eines jeden Menschen erfüllen.*

Sie schloss die Augen und lauschte Roses Stimme, die immer leiser und belegter wurde, je mehr es ihr den Hals zuschnürte. Ihre Gesichter wurden wieder nass, aber diesmal nicht vom Regen.

Kapitel 13

In der folgenden Woche drängte Rose sie alle, zur Aufmunterung zu einem Filmabend mit anschließendem Tanz in der *RAF*-Flugbasis Tangmere zu gehen, wo man in einem der Hangars eine Leinwand installiert hatte. Also fuhren sie mit den Fahrrädern nach Southampton und von dort mit dem Zug nach Chichester. Es war eine unbeständige Nacht, in der dichte Wolken den vollen Mond verdeckten. Es sah bedrohlich nach Regen aus, und die Frauen hofften inständig, dass sie nicht durchnässt werden würden.

Sie hatten Glück und schafften es bis in den Hangar, ehe heftiger Regen einsetzte.

Joan fand augenblicklich einen männlichen Begleiter, während Rose und Skye wie üblich erst einmal für sich bleiben wollten, um in Ruhe den Film zu genießen; aus ihrer Sicht bestand keine Notwendigkeit, sich vor dem Tanzen schon mit jemandem zusammenzutun.

Gerade als sie sich setzen wollte, hörte Skye ihren Namen. Sie drehte sich um und sah einen grinsenden O'Farrell vor sich.

»Das ist ja mal eine nette Überraschung«, sagte er.

Skye erinnerte sich, dass sie beschlossen hatte, ihm eine Chance zu geben. »Sie können sich gern zu uns setzen«, sagte sie, »aber sorgen Sie dafür, dass Rose nicht allein bleibt.«

Rose lächelte charmant, und O'Farrell winkte einen der Männer hinzu, die Skye auf der geheimen Flugbasis in Bedfordshire gesehen hatte. Der schien nur darauf gewartet zu haben, Rose schöne Augen zu machen.

»Was machen Sie hier in Tangmere?«, wollte Skye wissen, nachdem O'Farrell sie zu vier freien Stühlen geführt hatte.

»Eine ganze Gruppe von uns ist für ein paar Wochen hier stationiert.« Er deutete zur Tür, durch die gerade Nicholas Crawford und Margaux Jourdan hereinkamen.

Nicholas nickte Skye kurz zu, wartete aber nicht ab, ob sie seinen Gruß erwiderte. Sie konnte gerade noch ein enttäuschtes Seufzen unterdrücken. Es war, als hätte ihr Gespräch in Leavesden nie stattgefunden, als wäre der Mann, den sie auf der Flugbasis Bedfordshire getroffen hatte, der wahre Nicholas gewesen, und der andere – mit dem sie eine neue Art Freundschaft hatte beginnen wollen – nur ein Phänomen ihrer Übermüdung und überemotionalen Phantasie gewesen.

»Was läuft da zwischen Ihnen und Crawford?«, fragte O'Farrell, der die kühle Begrüßung mitbekommen hatte.

»Wir waren befreundet, als ich klein war«, sagte Skye und versuchte, nicht traurig zu klingen, als sie hinzufügte: »Das ist alles.«

»Dann trete ich also niemandem auf die Füße, wenn ich nachher Ihren ersten Tanz einfordere? Es sich mit seinem Wing Commander zu verderben, wäre nämlich keine gute Idee.«

»Er ist verlobt, also wird er kaum etwas dagegen haben können, wenn Sie mit mir tanzen.«

»Gut.« O'Farrell legte seinen Arm um ihre Schultern, und Skye schmiegte sich an ihn, fest entschlossen, es sich heute gut gehen zu lassen.

»Sie fliegen heute Abend also nicht mehr?«, fragte sie wie beiläufig. Noch immer interessierte es sie brennend, was um alles in der Welt diese besondere Fliegereinheit tat, dass sie eine Verschwiegenheitserklärung hatte unterschreiben müssen.

Er zuckte die Achseln. »Nein, bei dem Wetter bleiben wir am Boden.«

Was ihr natürlich überhaupt nichts verriet.

Der Film begann. Drei Reihen vor ihnen, am linken Rand der Leinwand, legte Margaux ihren Kopf auf Nicholas' Schulter.

»Zigarette?« O'Farrell bot ihr eine Lucky Strike an, die Skye entgegennahm, obwohl sie amerikanische Zigaretten hasste. Als er ihr Feuer gab, beleuchtete die Flamme die Konturen seines attraktiven, scharf geschnittenen Gesichts sowie auch das Pärchen neben ihnen, das sich bereits mehr dem Küssen widmete als dem Film.

O'Farrell stand auf. »Setzen wir uns lieber nach hinten, sonst fange ich gleich noch an, ihre Technik zu korrigieren.«

Skye lachte. »Na, das würde ich gern erleben.«

Sie folgte ihm in den hinteren Bereich des Hangars, von wo aus sie auch Margaux' und Nicholas' Köpfe nicht mehr sehen konnte. Sie spürte, wie ihre Anspannung nachließ.

»Ja, hier ist es besser«, sagte sie, als sie sich setzte.

»Du schienst dich nicht besonders für den Film zu interessieren«, stellte O'Farrell fest und musterte eingehend ihr Gesicht. »Du bist wirklich sehr schön.«

Er neigte sich vor und küsste sie auf den Mund, viel zärtlicher, als sie es sich vorgestellt hatte, und sie war augenblicklich verzaubert.

Als er wieder von ihr abließ, sagte er: »Hör zu, Skye, ich suche keine Frau zum Heiraten, und ich suche auch keine, die mir für eine Nacht, oder wann immer es mir passt, das Bett warmhält. Tanz, mit wem du willst, wann immer du willst. Ich will dich nicht in einen Käfig sperren. Ich suche nur eine Frau, die auch in einem Krieg kämpft und die hin und wieder etwas braucht, was sie das durchstehen lässt.«

Bei seinen Worten wurde Skye plötzlich ihre schmerzhafte Einsamkeit bewusst – eine Einsamkeit, die auch in seinen Worten mitschwang. Natürlich waren sie jeden Tag von ihren Kollegen umgeben, aber die konnten jederzeit sterben, und für ihn musste das noch viel schlimmer sein, weil es seine Freunde öfter traf als ihre. Wahrscheinlich sah er sie sogar mit eigenen Augen abstürzen, während sie immer erst danach davon erfuhr. Ein leeres Bett musste sich nach einem solchen Erlebnis wie der einsamste Platz auf Erden anfühlen.

Also lehnte sie wieder ihren Kopf an seine Schulter, und er streichelte sanft ihren Hals, während sie gemeinsam den Film anschauten.

—

Nach dem Film wurde das Grammophon angeworfen, und der Tanzabend begann.

O'Farrell führte Skye zur Tanzfläche. Als sie dabei an Margaux und Nicholas vorbeikamen, grüßte O'Farrell mit einem knappen »Sir«.

Nicholas nickte ihm zu und grüßte auch Skye knapp, während Margaux die beiden ignorierte. Skye sah zu, wie Nicholas sie zum ersten Tanz in seine Arme zog.

Skye konnte zweimal mit O'Farrell tanzen, ehe er von einer anderen Mitarbeiterin des *WAAF* aufgefordert wurde, dann von der nächsten. Es lohnte nicht, sich einen derart gut aussehenden Mann als Ablenkung auszusuchen, dachte sie resigniert.

Nicholas war gleichermaßen begehrt, aber Margaux schien es nichts auszumachen, dass er mit jeder Frau tanzte, die ihn darum bat. Nicholas plauderte und lachte mit ihnen, und sie alle warfen ihm nach dem Tanz weiterhin verliebte Blick zu, obwohl er an Margaux' Seite zurückkehrte.

Auch Skye wurde immer wieder zum Tanzen aufgefordert, und die Musik war einigermaßen belebend – mit »I'll Be Home for Christmas« und »When the Lights Go on Again All Over the World«. Aber Skye war sich nicht sicher, ob die Lichter in der Welt tatsächlich irgendwann wieder angehen würden, und wünschte sich Lieder, die nicht vom Krieg handelten – selbst wenn beide Lieder dazu gedacht waren, den Kämpfenden Hoffnung zu geben.

Für den nächsten Tanz entschuldigte sie sich. Als sie aus der Toilette kam, stand Margaux dort an die Wand gelehnt und zog mit ihren tiefroten Lippen an einer Zigarette. Ihr dunkelbraunes Haar war akkurat frisiert, und die Uniform unterstrich ihr kühles und selbstbeherrschtes Auftreten.

»Gauloises?« Sie hielt Skye ihr Päckchen entgegen.

Wie zum Teufel war Margaux an französische Zigaretten gekommen? Nun, wo sie darüber nachdachte – wo hatte *Nicholas* welche herbekommen? Mit all dem Gefühlswirrwarr bei ihrem letzten Treffen hatte sie ihm diese offensichtliche Frage gar nicht gestellt.

Sie schüttelte den Kopf. »Nein, danke.«

»Sie bevorzugen wohl Players?«, fragte sie mit sardonischem Unterton. Ihr französischer Akzent legte nahe, dass sie in Frankreich geboren war und somit jeden Tag in dem Bewusstsein aufwachte, dass ihre Heimat und ihre Landsleute und möglicherweise auch ihre Familie unter der deutschen Besatzung leiden mussten.

Skye empfand Mitgefühl. »Niemand mit nur ein bisschen Geschmack mag Players. Ich träume von Gitanes, aber die hier kommen nah dran.« Also nahm sie doch eine Zigarette entgegen und war sich bewusst, dass sie nun nicht einfach gleich wieder gehen konnte. »Sind Sie in Tangmere stationiert?«, fragte sie also. »Oder in Bedfordshire?«

»Ich begleite die Piloten hierhin und dorthin. Jetzt sind sie für vierzehn Tage hier, also bin ich es auch.«

»Sie haben Glück, dass Sie so eng mit Ihrem Verlobten zusammenarbeiten können.«

Margaux zuckte die Schultern. »Sie sind die erste weibliche Pilotin, die ich treffe«, wechselte sie dann das Thema.

»Ja, uns gibt es«, meinte Skye leichthin und fragte sich, wie viel Small Talk sie als Gegenleistung für die Zigarette noch leisten musste.

»Wo haben Sie fliegen gelernt?« Margaux ging Richtung Hangar und sah aus, als erwartete sie, dass Skye mitkäme.

Skye folgte ihr, erzählte dabei von ihrer Mutter und wunderte sich, dass Nicholas seiner Verlobten anscheinend nicht von seinem eigenen Flugunterricht erzählt hatte. »Und dann hatte ich ein paar Jahre Flugunterricht in Frankreich. Nach dem Tod meiner Mutter habe ich eine Weile dort gelebt.« Aber sie wollte nicht länger von sich erzählen. »Sie sind offensichtlich Französin. Und Ihr Name …«

»Ja, der Name.« Margaux blies einen schmalen, eleganten Rauchring in die Luft. »Es ist, als würde ich ein Schild tragen, das mich als exotische Spezies ausweist. Die meisten Leute sagen *Margaret*. Oder: *Darf ich Sie Meg nennen?*« Sie zog eine Augenbraue hoch. »Nur englischsprachige Menschen könnten auf die Idee kommen, Margaux mit Meg abzukürzen.«

Skye lachte. Nicht einmal im Traum wäre sie auf die Idee gekommen, diese souveräne und unnahbare Frau Meg zu nennen.

»Hallo Skye, wie geht es dir?«, unterbrach Nicholas ihr Gespräch in neutralem Tonfall, und Skyes Anflug von guter Laune verpuffte.

Sie brachte ein »Gut, danke« hervor, verabschiedete sich mit einem »Danke für die Zigarette, bitte entschuldigen Sie mich« bei Margaux und schlüpfte nach draußen. Sie ging an den Hangars vorbei, in denen die Spitfires, Hurricanes, Mustangs und Typhoons der Tangmere-Staffel standen, dann am Magazin, an der Werkstatt und dem Fallschirmlager – all den flachen, kastenartigen, schiefen Gebäuden, die Skye mochte, weil ohne sie keine Flugzeuge fliegen konnten. Als sie das Waffenarsenal erreichte, lag ein Geruch von Benzin und Öl und Feuchtigkeit in der Luft.

Auf dem Rasen dahinter, ein wenig versteckt, sah sie die schwarzen Lysanders, aufgereiht wie verlassene Drachen. Es hatte aufgehört zu regnen. Skye kletterte auf die Lizzie mit der Meerjungfrau, lehnte sich mit dem Oberkörper an den Rumpf, streckte die Beine auf der Tragfläche aus und rauchte zwei der geschmacklosen Players hintereinander. Nach den Gauloises verursachten sie bloß Unzufriedenheit.

Sie hörte Schritte und erwartete, O'Farrell zu sehen, doch der Kopf, der hinter der Lysander auftauchte, war nicht blond, sondern dunkelhaarig.

»Skye«, sagte Nicholas und blieb stehen. Er musterte eine Weile ihr Gesicht, dann fuhr er sich mit der Hand durchs Haar.

»Jedes Mal, wenn ich dich sehe, habe ich das Gefühl, durch die Zeit zu fallen und wieder elf zu sein – in eine Gegenwart, in der der Große Krieg längst Vergangenheit ist. Aber dann fällt mir ein, dass jetzt wieder Krieg ist … und ich nicht mehr elf bin. Und du bist …«

Er brach ab, und sie fragte sich, ob die steife Begrüßung im Hangar einfach nur deshalb zustande gekommen war, weil er bei ihren Zusammentreffen ein genauso verstörendes Gefühl bekam wie sie; ein Gefühl, das mit der Unfähigkeit zu tun hatte, einfach nur diesen Satz zu beenden: *Du bist* … was? Eine alte Freundin? Eine neue Freundin? Etwas anderes, das nicht benannt, nicht ergründet werden kann?

Eine aufkommende Brise wehte die Musik zu ihnen herüber. Skye konzentrierte sich auf ihre Zigarette, ganz so, als würde sie zum allerersten Mal eine rauchen. Nicholas studierte mit ähnlicher Intensität den Boden vor seinen Füßen, bis die Wolken zu feinen Schleierfetzen ausdünnten und das helle Mondlicht hindurchbrach.

Er sah sie wieder an. »Darf ich mich zu dir setzen?«

»Sicher«, sagte sie. Er schwang sich neben sie, griff grinsend in die Tasche und zog eine Zigarette hervor – wiederum eine Gauloise.

»Von Margaux?«, fragte sie. Er nickte.

»Wer hätte je gedacht«, sagte er, während sie den Rauch beobachteten, der wie Fäden von Zirruswolken in die Unsichtbarkeit ausfaserte, »dass wir beide einmal alt genug sein würden, um ganz allein Flugzeuge zu fliegen, Zigaretten zu rauchen und …«, er zog einen Flachmann aus der Tasche, »… Whiskey zu trinken?«

»Und uns zu verloben«, fügte Skye hinzu. Sie nahm die kleine Flasche und trank einen großen Schluck. »Wann werdet ihr heiraten?«

»Keine Ahnung. Das haben wir noch nicht entschieden.«

Überrascht sah sie ihn an. »Tatsächlich? Ich dachte, Verlobungen seien heutzutage entweder überflüssig oder ein schneller Zwischenschritt vom Bett zum Altar. Dass es für alle immer schnell gehen muss, seit das Leben so unsicher geworden ist.«

»Wir haben keine Eile«, erwiderte er nur. Dann: »Das mit deiner Mutter tut mir leid.«

Er klang aufrichtig, als könnte er den Schmerz nachempfinden, den sie nach dem Tod ihrer Mutter hatte aushalten müssen. Wahrscheinlich konnte er das, schließlich hatte er früh seinen Vater verloren. Skye spürte, wie ihr Tränen in die Augen stiegen, und drückte die Zigarette aus. Es war ihr gerade unmöglich, ruhig zu atmen, geschweige denn, rauchige Luft einzusaugen. Und seine nächsten Worte raubten ihr vollständig den Atem.

»Ich habe in der Zeitung darüber gelesen. Dass eine weibliche Pilotin bei einem Flugzeugabsturz stirbt, war damals noch so ungewöhnlich, dass es der *New York Herald Tribune* eine Nachricht wert war. Ich beschloss, meiner Tante Geld zu klauen, aus der Schule auszubüxen, nach England zu fliegen und zur Beerdigung zu gehen. Allerdings kam ich nicht weiter als bis zur nächsten U-Bahn-Station, bevor die Leute von der Schule mich erwischten und mir kräftig den Hintern versohlten.«

»Das wusste ich nicht«, flüsterte sie. »Ich dachte …, weil du ja nie geschrieben hast …«

»Ich habe dir zwei Jahre lang jeden einzelnen verdammten Tag geschrieben«, gab er aufgebracht zurück.

»Hast du nicht«, widersprach sie. »Ich habe *dir* zwei Jahre lang jeden einzelnen Tag geschrieben und nie eine Antwort bekommen.«

»Glaub mir, wenn ich auch nur einen einzigen Brief erhalten hätte, hätte ich mehr als nur geantwortet. Du hättest mich bis nach Frankreich vor Freude jubeln gehört!« Es klang aufrichtig.

Skye blieb vor Erstaunen der Mund offen stehen. Dass Nicholas sie nach seinem Fortgehen nicht beiseite geworfen hatte wie ein Angler einen zu kleinen Fisch, war eine neue, überwältigende Erkenntnis.

»Ich kann nicht fassen, dass du dachtest, ich hätte nicht geschrieben«, flüsterte er. »Ich schätze, meine Tante hat der Schule aufgetragen, meine Post nicht weiterzuleiten.«

»Sie hat mich nie gemocht.« Skye dachte an die strenge, lieblose Frau zurück und seufzte. »Lass uns nicht über sie reden. Erzähl mir lieber von dir. Du bist jetzt Wing Commander. Und du hast ein DFC und einen DSO.« Sie deutete auf die Orden an seiner Uniformjacke, die man für vorbildliche, tapfere und herausragende Dienste erhielt. »Herzlichen Glückwunsch.«

Er wechselte die Position, bevor er antwortete, und sie ebenfalls, so dass sie sich gegenübersaßen und nicht mehr die Köpfe drehen mussten, um einander anzusehen. Nun konnte Skye sein Gesicht erkennen und alles, was sich darin spiegelte, während er sprach.

»Ich wollte den Flugunterricht in New York fortsetzen, aber meine Tante erlaubte es nicht. Also bin ich ein paar Jahre lang überhaupt nicht geflogen, und es war, als hätte ich alles Wichtige in meinem Leben verloren: dich und deine Familie, das Schwimmen, das Fliegen. Aber als ich in Harvard mein Studium begann, konnte sie nichts mehr tun. Da ich die Erbschaft meines Vaters erst mit einundzwanzig bekommen sollte, hatte ich allerdings kein Geld für Flugstunden. Ich habe also jede Nacht bis zur Sperrstunde in einer Bar gearbeitet, danach bis zum Morgengrauen gelernt, zwei Stunden geschlafen, bin zur Uni gegangen – und alles wieder von vorn. Auf diese Weise konnte ich den Unterricht und die Mitgliedschaft im Harvard Flying Club bezahlen. Dann sind O'Farrell und ich nach England gegangen. Zuerst waren wir in der Eagle Squadron, jetzt in diesem Sonderkommando. Mit einer englischen Mutter und einem amerikanischen Vater kann ich fast überall in der *RAF* arbeiten. Und die Abzeichen …« Er zuckte die Achseln. »Das war einfach Glück.«

»Das bezweifle ich«, erwiderte Skye. »Für alles, was du wolltest, hast du immer hart gearbeitet. Auszeichnungen wie deine bekommt man für Tapferkeit und nicht für Glück.«

»Du musst auch hart gearbeitet haben«, konterte er. »So leicht wird man als Frau in der Hilfsluftwaffe kein Captain. Und wenn die *ATA* Orden wie das DFC oder den DSO verleihen würde, hättest du sicher mehr als ich.«

Nicholas stützte einen Ellbogen aufs Knie, während er an der Zigarette zog. Mit seinen hübschen blauen Augen, dem tiefschwarzen Haar und der schmucken Uniform sah er aus wie ein Soldat auf einem Propaganda-Plakat für das Militär.

Skye wandte schnell den Blick ab, als sie merkte, dass sie ihn anstarrte. In den letzten zweieinhalb Jahren hatte sie mit etlichen Männern gesprochen, hatte tausenderlei Kombinationen von Augen, Haaren, Gesichtszügen und Körperformen gesehen, und keine davon hatte sie in irgendeiner Weise berührt. Aber Nicholas, ihr guter alter Freund Nicholas, löste allein mit seinem Lächeln und der Art, wie er hier im Mondlicht neben ihr saß, körperliche

Reaktionen bei ihr aus, die sie sich nicht erklären konnte. Freunde sollten doch eigentlich keine anderen Gefühle auslösen als tröstende, beruhigende Zuneigung und Wärme.

»Wie geht es deiner Mutter?«, erkundigte sie sich, um den Raum zwischen ihnen mit Worten zu füllen anstatt mit seltsamen Gedanken.

»Schlechter als früher.« Er griff nach dem Flachmann. »Manchmal ist es, als wäre sie ... ich weiß nicht. Als wäre sie gar nicht richtig am Leben. Ich schreibe ihr Briefe. Aber ich bezweifle, dass sie noch weiß, wer ich bin.«

»Das tut mir sehr leid«, sagte sie und legte eine Hand auf seinen Arm. Wie konnte sie ihn so etwas sagen hören, ohne ihm irgendwie Trost zu spenden? Doch dann dachte sie an Margaux und nahm ihre Hand wieder weg. »Entschuldige, dass ... das ist unpassend«, fügte sie hinzu.

»Schon gut. Wie gesagt: Margaux ist nicht der eifersüchtige Typ.« Dann wechselte er das Thema. »Was ist mit Liberty? Ist sie immer noch Amateur-Preisboxerin?«

»Jetzt brauche *ich* den Whiskey«, sagte Skye.

Nicholas beobachtete sie aufmerksam. Offenbar spiegelten sich ihre Gefühle deutlich in ihrem Gesicht wider, denn er fragte: »Was ist passiert?«

Skye nippte an der Flasche. Sie nahm das Brennen in ihrer Kehle nicht wahr, nur die Wärme und das Versprechen, bald zumindest für kurze Zeit alle Dinge vergessen zu können, über die sie nicht nachdenken wollte.

Sie berichtete zunächst von Libertys erstaunlicher Transformation in Paris. »Als ich dann achtzehn wurde, wollte ich weg aus Frankreich und zurück nach Hause. Ich wartete, bis Liberty siebzehn war und einigermaßen in der Lage, auf sich selbst aufzupassen. Ich dachte tatsächlich, es wäre ihr egal, wenn ich weggehe, denn wir verbrachten kaum noch Zeit miteinander. Und so richtig zu Hause gefühlt habe ich mich in Paris nie.« Ihre Stimme brach.

»Ich wollte nicht in deinen privaten Angelegenheiten herumschnüffeln«, sagte Nicholas entschuldigend. »Es ist nur so seltsam, dass ich jahrelang alles über dich wusste, und jetzt das Gefühl habe, überhaupt nichts mehr zu wissen.«

»Ist schon gut. Ich rede zwar nicht viel über Liberty, aber ich muss die ganze Zeit an sie denken. Ich fühle mich … schuldig.«

Sie musste schlucken. Es war das erste Mal, dass sie diesen Gedanken laut ausgesprochen hatte.

»Du würdest nie etwas tun, um deine Schwester zu verletzen.« Nicholas betrachtete die graue Asche an seiner Zigarettenspitze. »Das weiß ich.«

»Das habe ich aber. Nachdem ich verkündet hatte, dass ich weggehe, hat sie mich angeschrien. Sie sagte …« Skye nahm einen kräftigen Zug und blies den Rauch aus. »Sie sagte, wenn ich mich dem Versprechen meiner Tante, dass sie sich um uns kümmert, entziehe, dann würde der Geist unserer Mutter uns auf ewig heimsuchen. Ich erwiderte, es sei mein innigster Wunsch, von meiner Mutter verfolgt zu werden.«

»Skye«, sagte Nicholas sanft, doch sie schüttelte den Kopf.

»Nicht!« Sie blinzelte heftig, und trotzdem bahnte sich eine Träne ihren Weg.

Wolken zogen über den Himmel und verdeckten die Sterne. Die Musik aus dem Hangar wurde lauter, und Nicholas stellte sich auf die Tragfläche.

»Da drin«, er deutete in Richtung des Hangars, »hat es doch tatsächlich so ausgesehen, als hätte dein Tanzen sich in den letzten zehn Jahren erheblich verbessert. Aber sicher bin ich mir erst, wenn du mit mir tanzt.« Er sprang auf den Boden und streckte ihr seine Hand entgegen. »Darf ich bitten?«

Sie blinzelte. »Na gut«, antwortete sie, ein wenig verwundert. Dann traf sie die Erkenntnis: Sie hatte ihn mit ihren Geschichten über Liberty gelangweilt.

Sie glitt von der Tragfläche und überspielte ihre Scham, indem sie ihre Zigarette austrat. Sie würde ein Mal mit ihm tanzen – er hatte im Hangar ja auch mit anderen Frauen getanzt, also war das sicher in Ordnung –, doch über Liberty würde sie nie wieder reden.

Er nahm ihre Hand, und sie sah zu ihm auf. In seinen Augen lag überraschend viel Zärtlichkeit, so dass sie weiche Knie bekam; sie hatte nicht geahnt, wie sehr sie sich nach dieser Art von Zärtlichkeit gesehnt hatte.

Seine andere Hand legte er an ihren Rücken. »Ich konnte nicht einfach nur dasitzen und dir zuhören, während du so traurig klangst«, flüsterte er. »Erzähl mir den Rest.«

Endlich verstand sie. Seine einzige Möglichkeit, ihr Trost zu spenden, lag darin, mit ihr zu tanzen, so wie es Männer und Frauen nun einmal machten – ob sie verlobt waren oder nicht. Und so erzählte sie ihm in der vertrauten Geborgenheit seiner Arme, was sie noch niemandem erzählt hatte: dass sie damals wegen Liberty in Paris blieb, die es ihr damit dankte, dass sie ihr Bett mit Wasser tränkte und ihre Fahrradreifen aufschlitzte.

»Also ging ich im nächsten Jahr, als sie achtzehn wurde, einfach weg, ohne ihr etwas zu sagen.«

Nicholas' Griff um ihre Hand wurde fester.

»Jetzt frage ich mich, ob all ihre Streiche nicht einfach auf dem verzweifelten Wunsch beruhten, mich zum Bleiben zu bewegen. Dass sie einfach ein Mittel waren, meine Aufmerksamkeit zu erregen. Sie wollte nicht wieder nach England. Aber ich habe Cornwall schrecklich vermisst. So sehr, dass ich es meiner Schwester vorgezogen habe. Deshalb fühle ich mich schuldig. Sie hat mir seitdem kein einziges Mal geschrieben. Ich weiß nur, dass sie sich irgendwo in England aufhält. Ich glaube, sie hasst mich.«

»Dazu hat sie keinen Grund«, sagte Nicholas leise. »Du wolltest gehen, sie wollte bleiben. Du hattest ihr deine Pläne offenbart. Sie war achtzehn und kein Kind mehr.«

»Aber ich habe meiner Mutter versprochen, auf sie aufzupassen.« Ihre Stimme war nur noch ein Flüstern.

»Deine Mutter wusste, wie sehr du an Cornwall hängst.« Nicholas verringert den Abstand zwischen ihnen um nur wenige Zentimeter, doch die Gefühle in Skye wuchsen dadurch um das Hundertfache. »Sie hätte es verstanden, mehr als sonst jemand. *Ich* verstehe es. Diese Jahre in Cornwall waren so ein großer Trost für mich: Ich hatte meine Familie verloren, aber dann bekam ich diese andere, wunderbare Familie geschenkt. Nur deshalb erinnere ich mich gern an meine Kindheit. Wenn ich aus New York hätte weglaufen und nach Cornwall zurückgehen können, hätte ich es getan.«

Sie sah in sein Gesicht und merkte, dass er ganz und gar aufrichtig mit ihr sprach. Auch nach all den Jahren ohne Kontakt zueinander kannte er sie besser als irgendjemand sonst. Und obwohl er als Wing Commander geheime und gefährliche Aufträge für ihr Land erledigte, fand er immer noch Zeit, ihr zuzuhören. Außerdem war er gewillt, ihr alle Aspekte seines Wesens zu offenbaren, die unter seiner Uniform versteckt lagen.

Sie tanzten immer langsamer.

»Wenn der Krieg nicht bald aufhört, wirst du noch so dünn werden, dass du verschwindest«, sagte er plötzlich. »Jetzt beim Tanzen kann ich spüren, dass du fast wieder so mager bist wie mit zwölf. Geben sie euch in der *ATA* genug zu essen? Du hast das doch wohl nicht ernst gemeint, als du damals sagtest, du hättest seit dem Frühstück nur ein bisschen Schokolade gegessen, oder?«

Skye ließ sich Zeit mit ihrer Antwort. Sie spürte, dass Nicholas alles andere als dünn war. Sein Körper war muskulös, als treibe er zwischen guten Mahlzeiten auch noch Sport. Er lebte nicht hauptsächlich von Adrenalin und Zigaretten, so wie sie und die anderen Frauen der Hilfsluftwaffe.

»Wir bekommen tatsächlich kein Rührei mit Schinken, wenn wir nach einem Flugtag zurückkehren«, sagte sie schließlich.

Er runzelte die Stirn. »Wie oft lässt du Mahlzeiten ausfallen?«

Er fragte in sanftem, mitfühlendem Ton, und auf einmal hätte sie sich gern noch enger an ihn geschmiegt und den Kopf an seine Schulter gelegt, während sie sich zur Musik hin und her wiegten. Hätte gern gehört, wie seine Stimme zart und leise an ihrem Ohr vorbeistrich.

Dann sog sie scharf die Luft ein. Ganz offensichtlich hatte sie zu viel Whiskey getrunken. »Lass uns von etwas weniger Ernstem reden«, lenkte sie ab. »Etwas Lustiges wäre jetzt perfekt.«

»Okay.« Er schien nachzudenken, dann lächelte er.

»Was?« Erwartungsvoll sah sie ihn an.

»Als wir über deine Mutter sprachen, ist mir etwas eingefallen, das ich dir nie erzählt habe. Etwas Lustiges. Wobei ich es damals überhaupt nicht lustig fand«, fügte er hinzu.

»Erzähl mir davon.«

»Als deine Mutter mir damals Schwimmunterricht gab, wollte sie einmal das Bienchen-und-Blümchen-Gespräch mit mir führen. Sie erzählte mir, mein Körper werde sich verändern – und deiner auch.«

Er schnitt eine Grimasse, und Skye hatte den Eindruck, dass er ein bisschen rot wurde.

»Damals habe ich nicht wirklich verstanden, wovon sie sprach«, fuhr er fort. »Aber als ich Cornwall verließ, wurde mir klar, dass sie hatte sagen wollen, ich solle dich nicht ausnutzen, nur weil wir so eng befreundet waren. Sie hatte nicht gewusst, dass ich fortgehen würde, bevor einer von uns alt genug dafür wäre. Wir hätten dieses peinliche Gespräch also nie führen müssen.«

Skye dachte an einen Sommermorgen in Cornwall zurück, an dem sie die Arme voll blauer Flecken von Libertys Kniffen gehabt hatte und trotz des Verbots ihrer Mutter einfach an den Strand gelaufen war, um ihrer Schwester zu entfliehen. Nicholas war sehr schweigsam von seinen Schwimmübungen zurückgekehrt und hatte auch den restlichen Tag über kaum etwas gesagt.

»Ich erinnere mich, dass du an einem Tag so rot im Gesicht warst, dass ich dachte, du hättest einen Sonnenbrand bekommen«, sagte sie. »Du konntest mich nicht ansehen, nicht einmal, als ich dir meine vielen blauen Flecken zeigen wollte.«

Er nickte. »Das war der Tag. Sie sagte mir, du würdest irgendwann Brüste bekommen, und ich hatte Angst, dich anzusehen, weil ich dachte, es könnte direkt vor meinen Augen passieren. Dass es eher nach und nach passieren würde, war mir nicht klar.«

Skye musste lachen. »O Gott, das ist nicht dein Ernst, oder?«

Nicholas lachte ebenfalls, und eine Zeit lang brachte keiner von beiden ein Wort hervor.

»Da haben wir heute Abend ja eine ganze Palette an Gefühlen abgedeckt«, sagte er schließlich.

»Das stimmt.«

Skye merkte, dass sie schon seit einer Weile nicht mehr tanzten und auch nicht mehr lachten. Sie standen einfach im Dunkeln Arm in Arm auf einem Flugfeld und sahen einander fest in die Augen. Skye hatte das Gefühl, in einem Cockpit zu sitzen und wie bei einem ihrer Kunststücke wirbelnd auf ihn zuzufliegen. Sie ballte die Fäuste, um nicht die Hände zu heben und seine Brust zu berühren.

Plötzlich war hinter Nicholas eine Gestalt zu erkennen. Ein Mann kam auf sie zu, dessen Haar im Mondlicht golden schimmerte, und Skye wusste, dass es O'Farrell war. Und dass sie nun gehen musste.

Nicholas trat zurück, lehnte sich gegen die Lizzie und zündete sich noch eine Zigarette an. Bevor O'Farrell in Hörweite kam, sagte er: »Ich habe dich vermisst, Skye.«

»Ich habe dich auch vermisst«, erwiderte sie. Dann ging sie zu O'Farrell und hakte sich bei ihm unter.

Kapitel 14

Nicholas rauchte die Zigarette zu Ende, nahm noch einen anständigen Schluck Whiskey und kehrte dann in den Hangar zurück, um Margaux zu suchen. Sie stand an der Seite und beobachtete Skye und O'Farrell beim Tanzen.

»Sieht aus, als würde eine Elfe mit einem Riesen tanzen«, meinte sie, als Nicholas sich neben sie stellte.

»Eher wie ein Selkie und ein Riese«, korrigierte Nicholas, der bestätigt fand, was er draußen angesprochen hatte: dass Skye durch ihre harte Arbeit und das unregelmäßige Essen neben dem gut gebauten O'Farrell schmal und zart wirkte.

»Was soll das sein?«

»Eine mythische Meeresgestalt. Skyes Mutter hat uns immer Märchen über Selkies erzählt.«

Margaux sah ihn aufmerksam an. »Dann warst du als Kind längere Zeit in England? Wenn ihre Mutter dir so vertraut war, dass sie dir Märchengeschichten erzählte?«

»Vier Jahre.«

»Das sollte ich vermutlich wissen.« Margaux' Lächeln beschränkte sich wie üblich auf nach oben gezogene Mundwinkel und erreichte nicht ihre Augen.

»Ja, das solltest du wohl.« Er lächelte zurück, und sie verharrten eine Weile in kameradschaftlichem Schweigen.

»Weißt du was?«, sagte er plötzlich, als der Tanz endete und Skye auch beim nächsten in O'Farrells Armen blieb. »Ich werde ihr ein paar von den Orangen schicken, die ich letzte Woche in Algier geholt habe. Wir haben genug zu essen – wir brauchen sie nicht.«

»Warum führst du sie nicht auch einmal zum Essen aus? Sollte morgen alles nach Plan verlaufen, werde ich mindestens zwei Monate weg sein, und dann hast du noch eine andere Beschäftigung, als zu viel Whiskey zu trinken.« Sie zog eine Augenbraue hoch, und Nicholas grinste schief, weil Margaux immer alles wusste und wohl auch irgendwie gemerkt hatte, dass er heute Abend seinen Flachmann geleert hatte. »Bald ist wieder Neumond«, fügte sie hinzu, »was bedeutet, dass du dann viel Zeit haben wirst.«

»Ja, vielleicht werde ich das tatsächlich tun«, sagte er.

Nein, er würde es auf jeden Fall tun. Es war ihm entsetzlich schwergefallen, ihr nach dem Wiedersehen in Biggin Hill vor zwei Jahren nicht zu schreiben – als hätte er gegen die Schwerkraft gekämpft. Unzählige Male hatte er sich hingesetzt und versucht, einen Brief zu schreiben, in dem er nichts über seinen Aufenthaltsort oder seine Tätigkeit verriet. Aber Skye hätte sofort gemerkt, dass er ihr etwas verschwieg – was dann indirekt sein Geheimhaltungsgebot verletzt hätte. Aber ihr Orangen zu schicken und sie zum Essen auszuführen, wie Margaux es vorgeschlagen hatte, war möglich. Er merkte, wie sich ein Lächeln auf sein Gesicht stahl.

Dann beobachtete er, wie O'Farrell Skye näher an sich heranzog und ihr etwas ins Ohr flüsterte. Sie sah ihm in die Augen und nickte lächelnd, woraufhin die beiden sich nach draußen verzogen. Nicholas konnte den Blick nicht von der Tür abwenden, durch die die beiden verschwunden waren, auch wenn er spürte, dass Margaux ihn aufmerksam beobachtete.

—

Spät in der Nacht radelten Skye, Rose und Joan, begleitet vom fernen Donnern und Grollen der Jagdbomber und Abwehrgeschütze drüben in Frankreich, zu ihrem Häuschen zurück. Dank der Verdunkelung war es stockfinster; nur die drei schwachen Kegel ihrer Stirnlampen beleuchteten den Weg.

»Mit deinem strahlenden Lächeln lockst du noch die Deutschen zu uns«, sagte Joan zu Rose. »Du hast dich doch nicht etwa verliebt?«

Rose lachte. »Vielleicht«, antwortete sie mit verschmitztem Grinsen.

»Etwa in den Piloten aus Nicholas' Staffel?«, fragte Skye.

»Richie Jenkins heißt er«, sagte Rose. »Er war wirklich nett. Aber er war ja ganz offensichtlich nicht der Einzige aus dieser Staffel, der bei einer von uns landen konnte.«

»Wie meinst du das?«, krächzte Skye und konnte gerade eben noch einem Schlagloch ausweichen.

»Na, O'Farrell«, sagte Joan. »Irgendwas muss mit der Welt nicht stimmen – also vom Offensichtlichen mal abgesehen«, ergänzte sie, als wieder das Krachen von Kanonenfeuer zu hören war, »wenn ihr zwei bis über beide Ohren verliebt von einem Ausgehabend zurückkehrt und ich niemanden gefunden habe.«

»Ach, O'Farrell«, wiederholte Skye leise, als sie am Haus ankamen, und dachte an den letzten Tanz mit ihm zurück. Hinterher hatte er sie nach draußen geführt und geküsst – was sich weitaus weniger schön anfühlte, als sie es sich gewünscht hätte.

—

Obwohl es schon März war, fiel seit zwei Tagen fast ununterbrochen Schnee, und das in riesigen Mengen. Währenddessen saß Skye in ihrem Fluganzug und der Schaffelljacke in einer eiskalten Hütte in Wartestellung der »höchsten Dringlichkeitsstufe«, was bedeutete, dass sie beim ersten Zeichen der Wetterbesserung in ihre Spitfire sprinten musste, die sie von Chattis Hill nach Colerne fliegen sollte. Höchste Dringlichkeitsstufe bedeutete, dass Leben auf dem Spiel standen und jede Sekunde Verzögerung ein Rückschlag für die immer noch benachteiligten Alliierten darstellte. Es war die einzige Situation, in der sie die Achthundert-Fuß-Wolkenhöhe ausnahmsweise ignorieren durften.

Doch selbst Skye, die bereits viel Übung beim Fliegen im Nebel hatte, konnte bei solch einem Wetter nicht abheben und musste abwarten. Warten bedeutete Nichtstun, was ihr wiederum Zeit zum Nachdenken gab. Sie erinnerte sich, dass sie am Morgen nach dem Tanzabend mit einem heftigen Whiskey-Kater erwacht war. Zuerst waren die Erinnerungen an den vorangegangenen Abend verschwommen gewesen. Doch dann fiel ihr Nicholas' Lächeln ein, und wie er mit aufgestütztem Ellbogen auf der Tragfläche gesessen hatte, und ihr wurde urplötzlich und auf völlig inakzeptable Weise sehr warm.

Sie blickte aus dem Fenster, um die Erinnerung abzuschütteln. Die Startbahn war gerade so zu erkennen. Zeit, zu starten.

Es wurde der schwierigste Flug ihres Lebens – selbst im Vergleich zu damals, als sie von feindlichen Flugzeugen beschossen worden war oder als ihr während eines Flugs die Propeller abfielen. Sie musste knapp unterhalb dichter schwarzer Wolken fliegen, die nur dreihundert Fuß über der Erde schwebten. So langsam und tief war sie noch nie in ihrem Leben geflogen, mit stets wachem Blick auf die Eisenbahnschwellen, die ihren Weg markierten, während der Wind ihres Propellers den Schnee von den Bäumen fegte. Bei diesem Wetter den Blickkontakt zum Boden zu verlieren, würde tödlich enden.

Als die Bahnlinie im Savernake Forest eine S-Kurve nahm, kürzte sie nicht wie sonst ab, sondern flog die Kurven mit. Zu wissen, dass ihr Ziel nur noch wenige Meilen entfernt lag, war eine riesige Erleichterung.

Plötzlich sah sie vor sich einen dunklen Schatten direkt auf sich zu fliegen. Eine Lancaster, der Elefant unter den Flugzeugen, auf Kollisionskurs.

Sie hörte sich fluchen, während sie instinktiv Gas gab und die Nase ihrer Spitfire hochzog. Sie hatte den albernen Impuls, sich zu ducken, als könnte das helfen, und sah direkt in das Gesicht des Hintermanns der Lancaster, dem sie fast hätte die Hand schütteln können.

Dann war sie in den Wolken und machte sich innerlich darauf gefasst, vom Seitenruder des riesigen Flugzeugs, das zum Glück gleichzeitig nach unten abgetaucht war, ihre Unterseite aufgerissen zu bekommen. Doch nichts geschah – außer, dass sie sich inmitten der Wolken im kompletten Blindflug befand.

Jetzt bloß keine Panik, befahl sie sich selbst.

Das Gefühl, in einer Wolke zu fliegen, ohne jeden Hinweis darauf, wo Himmel und Erde lagen, war kaum zu beschreiben. Als wäre man in die tiefsten Tiefen des Ozeans geworfen und mehrfach herumgewirbelt worden. Was Lautstärke und Geschwindigkeit betraf, machte ihr Herz dem Motor Konkurrenz, und sie zerrte an ihrem Kragen, um mehr Luft zu bekommen.

Ihr blieb nichts anderes übrig, als die Spit wieder nach unten zu lenken und zu hoffen, dass das, was sie als »unten« empfand, nicht »oben« war. Mit viel Glück wäre unter ihr dann auch das Flugfeld zu sehen und nicht etwa Wald oder wieder die Lancaster.

Hatte sich so ihre Mutter gefühlt? Fatalistisch in dem Wissen, dass es nur die eine Möglichkeit gab, ohne jegliche Sicht nach »unten« zu lenken und zu hoffen?

Die Wolken wurden dünner. Skye sah einen Streifen Grün. Weitere Wolkenfetzen. Mehr Grün. Ein Flugfeld, viel zu nah.

Sie landete holprig, aber es war ihr egal. Sie war am Leben.

Unten wurden ein Notfallwagen und Blutkonserven bereitgehalten, doch zum Glück brauchte sie nichts davon. Unfähig, sich zu bewegen, sah sie die Besatzung der Lancaster und die Flugingenieure auf sich zu rennen.

Lautes Poltern verriet ihr, dass jemand auf die Tragfläche kletterte. Ein Mann löste ihre Gurte, streckte die Hand aus und fragte: »Kann ich Ihnen helfen?«

»Vor zehn Minuten hätte ich Hilfe gebrauchen können«, entgegnete sie und stemmte sich hoch.

»Ich hab doch gesagt, dass das eine Frau ist«, hörte sie jemanden rufen, und als sie nach unten sah, erkannte sie den Heckschützen aus der Lancaster.

Sie schüttelte den Kopf. Unfassbar, dass ihr Geschlecht für ihn das Bemerkenswerteste am soeben Erlebten war!

»Wir hatten keine Ahnung, dass Sie noch kommen«, sagte der Ingenieur. »Die Spit, die kurz nach Ihnen gestartet ist, hat gleich wieder umgedreht. Ihre Einsatzleitung in Hamble denkt, Sie sind tot. Da rufen Sie am besten gleich mal an.«

»Nach einer Tasse Tee«, fügte der Pilot der Lancaster hinzu.

»Und vielleicht einer Zigarette«, meinte Skye mit einem schiefem Lächeln.

—

Als Pauline von dem Beinahe-Unfall erfuhr, teilte sie Skye in den nächsten Wochen leichtere Einsätze zu. An einem Nachmittag hatte sie sogar eine ganze Stunde vor den anderen frei, musste allerdings noch auf der Flugbasis ausharren für den Fall, dass sich eine Notsituation ergab. Wunderbar warme Aprilsonne schien vom Himmel. Der Schnee neulich war offenbar ein letztes Aufbäumen des Winters gewesen, bevor in England endgültig der Frühling Einzug hielt. Skye ging nach draußen, genoss die hellen Sonnenstrahlen und freute sich so sehr darüber, am Leben zu sein, dass sie Lust bekam auf etwas, das sie seit dem letzten Frühling nicht mehr getan hatte.

Sie ging bis ans Ende des Flugfelds, wo eine Reihe Spitfires hinter einem Hangar standen, und kletterte auf eine der Tragflächen, die von der Sonne auf genau die richtige Temperatur erwärmt worden war. Dann streifte sie ihre Bluse ab und legte sich nur mit ihrem Rock und dem blassblauen französischen Büstenhalter bekleidet auf den Rücken. Für die meisten Menschen wäre es für ein Sonnenbad noch zu kalt gewesen, aber Skye fand es wunderbar. Sie sog die Wärme in sich auf, und alle Anspannung fiel von ihr ab.

Sie hörte, wie jemand ihren Namen sagte. Erschrocken fuhr sie hoch und sah, wie ein Mann in Fliegeruniform sich hastig abwandte, als er sah, dass ihr Oberkörper halb nackt war.

»Was tust du da?«, fragte Nicholas, mit dem Rücken zu ihr. Seine Stimme klang eine halbe Oktave höher als sonst.

Skye legte sich wieder hin. Ihre Mundwinkel zuckten, weil sie versuchte, nicht laut zu loszulachen. »Ich sonne mich«, antwortete sie leichthin.

»Auf dem Flügel einer Spitfire?«

»Der ist tatsächlich sehr bequem. Du solltest es auch mal versuchen.«

Sie hörte ihn lachen und stimmte erleichtert mit ein. Sie stellte sich eine Reihe leicht bekleideter *RAF*-Piloten vor, die auf den Tragflächen ihrer Flugzeuge lagen und sich sonnten. Diana würde definitiv das Herz aufgehen.

Sie griff nach ihrer Bluse, zog sie über und begann, sie zuzuknöpfen. »Du hast mich doch auch schon im Badeanzug gesehen.«

»Du siehst etwas anders aus als das letzte Mal, dass ich dich im Badeanzug gesehen habe«, erwiderte er mit belegter Stimme, und Skye hielt kurz inne.

»Menschen verändern sich nun mal in zehn Jahren.« Auch ihre Stimme klang anders. Sie strich ihren Rock glatt. »Jetzt bist du sicher – dir werden nicht die Augen bluten, wenn du mich ansiehst.«

Er drehte sich wieder zu ihr und lächelte. Skye fiel fast von der Tragfläche. O'Farrells Lächeln konnte einer Frau weiche Knie bescheren, aber bei Nicholas' Lächeln vergaß sie augenblicklich, dass sie überhaupt Knie hatte.

»Wie es aussieht, hast du die Gewohnheit, Leuten deine Unterwäsche zu zeigen, nicht abgelegt«, sagte er. Sofort wurde er rot und fluchte leise. »Ich meinte das nicht so, wie es klingt. Als würdest du …«

»Als würde ich ständig nur mit BH bekleidet in der Sonne liegen und auf Piloten warten?« Sie konnte ihre gespielte Pikiertheit nicht länger als ein paar Sekunden aufrechterhalten, bevor sie wieder in Gelächter ausbrach.

Nicholas fuhr sich durchs Haar und verzog reumütig das Gesicht. »Ich dachte schon, jetzt kriege ich was zu hören. Aber du wirst hoffentlich friedlich bleiben, wenn du siehst, was ich dir mitgebracht habe.« Er hielt einen Beutel hoch.

»Orangen?« Überrascht starrte Skye ihn an, dann ließ sie sich von der Tragfläche rutschen, weil sie sichergehen wollte, dass die Früchte echt waren. Seit zwei Jahren hatte sie keine mehr gesehen.

»Mir ist eingefallen, wie gern du zum Frühstück Orangensaft getrunken hast«, sagte er.

»Das stimmt. Vielen Dank.«

»Und ich möchte dich zum Essen ausführen. Ich habe zu Margaux gesagt, wie froh wir sein können, dass wir nach unseren Einsätzen warmes Essen bekommen, und sie meinte, ich solle dich doch zum Abendessen einladen.«

Nur mit Mühe konnte Skye verhindern, dass ihr der Mund offen stehen blieb. Margaux hatte ihrem Verlobten aufgetragen, sie zum Essen einzuladen – damit war wohl bewiesen, dass sie wahrhaftig nicht unter Eifersucht litt.

»Das musst du aber nicht«, protestierte sie höflich, auch wenn sie liebend gern mit Nicholas essen gehen würde. Es war schön gewesen, sich am Tanzabend mit ihm zu unterhalten. Ihre Gespräche waren unverkrampft und erlaubten es ihr, den Krieg vorübergehend zu vergessen und sich an ein Leben davor zu erinnern.

»Ich möchte aber«, erwiderte er. »Heute Abend fliege ich nicht, weil ich morgen nach Bedfordshire zurückkehre, also bin ich per Taxiflug mit einer deiner Freundinnen hergekommen. Ich übernachte in einem Gasthof und lasse mich morgen wieder zurückfliegen.«

»Wer hat dich hergebracht?«

»Rose.«

Skye war erleichtert – das bedeutete zumindest weniger Fragen über Nicholas, als wenn Diana geflogen wäre. Und sie würde Rose einfach sagen, dass Nicholas ein alter Freund aus ihrer Kindheit war – mehr nicht.

Nicholas folgte ihr über das Flugfeld in den Aufenthaltsraum, wo Skye die Orangen Rose und Diana gab, die sich darauf stürzten, als hätten sie seit Jahrzehnten keine mehr gegessen.

»Behältst du denn auch welche für dich?«, fragte er kritisch.

»Meine habe ich hier«, sagte sie und hielt sie hoch. »Gehen wir.« Sie wollte sich davonstehlen, solange alle noch aufgeregt Orangen verteilten und keine Fragen zu Nicholas stellten.

Sie gingen zuerst zu ihrer Hütte, wo Skye die Orange deponierte, und dann ins *Bugle*, wo Nicholas sich für die Nacht eingemietet hatte. Als sie in der Gaststube Platz nahmen, hoffte Skye, dass die anderen aus ihrem Team heute zu Hause bleiben und nicht hier essen gehen würden.

Mrs Chambers, die Frau des Inhabers, begrüßte sie. »Hallo, Liebes. Wer ist denn Ihr hübscher Begleiter?«

»Das ist mein *Kindheitsfreund* Nicholas«, betonte sie sehr deutlich ihren Beziehungsstatus.

»Alle Freunde von Skye sind immer herzlich willkommen. Ich habe es geschafft, heute quasi aus dem Nichts eine Hühnchenpastete zu zaubern, aber davon wird bald nichts mehr übrig sein. Wie wäre es, wenn ich Ihnen sofort etwas serviere?«

»Ja, bitte«, sagte Skye, wobei ihr Magen laut und deutlich knurrte.

Nicholas lachte. »Genau deshalb führe ich dich zum Essen aus.«

Skye lehnte sich entspannt zurück und nippte an dem Wein, den Mrs Chambers für sie aufgetrieben hatte.

»Prost!« Sie hob ihr Glas. »Auf …« Sie überlegte kurz, was angemessen wäre, und sagte dann: »… aufs Überleben.«

Nicholas schnitt eine Grimasse. »Das ist ziemlich makaber, aber in Anbetracht der Umstände trinke ich auch darauf.«

Mrs Chambers brachte ihre Pasteten. Nicholas teilte seine in der Mitte und legte eine Hälfte trotz Skyes Protest auf ihren Teller. Dann sah er sie sehr ernst an.

»Da wir gerade vom Überleben sprechen …« Er drehte unablässig sein Zigarettenpäckchen auf dem Tisch herum. »Skye …« Erneut stockte er, dann platzte es aus ihm heraus. »Ich habe letzte Woche einen Freund aus Colerne getroffen, der uns alle mit einer Geschichte über eine ›wunderschöne dunkelhaarige Lady‹ unterhielt, die nicht nur im denkbar abscheulichsten Wetter flog, während fast alle anderen englischen Flugzeuge am Boden blieben, sondern auf der auch fast noch eine Lancaster gelandet wäre. Und die dann aus dem Flugzeug stieg und um eine Zigarette bat, als sei nichts geschehen. Ich wusste sofort, dass du das warst. Also … wage es verdammt nochmal nicht, zu sterben, Skye.«

Er entschuldigte sich nicht für sein Fluchen. Auch schien er die Vehemenz seiner eigenen Worte kaum wahrzunehmen, weil er offenbar nur darauf aus war, dass Skye ihn hörte und ihm ein Versprechen gab. Sie legte ihre Gabel beiseite, weil ihr der Hals gerade zu eng war, um etwas hinunterzubekommen.

»Ich habe schreckliche Angst gehabt«, sagte sie leise und sah wieder die riesige Lancaster vor sich, nur eine Armeslänge entfernt.

»Ich weiß.« In seinen Augen erkannte sie die Erinnerung an seine toten Kameraden aus der *RAF*. Wie sie trug er die Verstorbenen immer mit sich, obwohl sie ihr Bestes tat, die Gedanken daran zu verdrängen. Nur durch schieres Glück gehörten sie und Nicholas nicht selbst zu diesen armen Seelen.

Und dann spürte sie es, wie den plötzlichen Schub eines jäh aufgedrehten Flugmotors: die absolute Gewissheit, dass Nicholas ebenfalls nicht sterben durfte. Wenn das geschähe, wäre es egal, ob gerade Krieg herrschte oder nicht, denn ihre Welt würde ohnehin zusammenbrechen.

Wären sie noch zehn und elf Jahre alt gewesen, hätten sie sich vielleicht in die Finger gestochen, um das Versprechen zu besiegeln. Jetzt konnte sie nur hoffen, dass ein Handschlag dieselbe Verbindlichkeit erzeugte wie ein Blutschwur.

»Versprich mir, dass du auch nicht stirbst, Nicholas«, sagte sie.

Ihre Handflächen berührten sich, Nicholas' Daumen glitt sanft über die Bucht zwischen ihrem Daumen und dem Zeigefinger, und seine Fingerspitzen strichen über ihren Handrücken. Skye hatte schon unzählige Male Hände geschüttelt, aber so hatte es sich noch nie angefühlt.

»Ich bin froh, dass ich dich wiedergefunden habe«, sagte er.

»Geht mir genauso.«

Nach dem Essen machten sie einen Spaziergang am Fluss.

»Vermisst du es, jeden Tag zu schwimmen?«, erkundigte er sich.

Sie grinste. »Wie kommst du darauf, dass ich es nicht tue?«

Er lachte. »Natürlich tust du das. Selbst wenn gerade niemand in ganz England im Meer schwimmen darf, schafft es Skye Penrose, gegen die Gesetze der Küstenwache zu verstoßen und alle in Hamble davon zu überzeugen, bei ihrem Regelbruch beide Augen zuzudrücken. Kommt das so ungefähr hin?«

»Ich musste nicht alle überzeugen. Nur die, die früh aufstehen, zum Beispiel den Bäcker. Aber halb Hamble sucht das Ufer nach Abfall und Strandgut ab, also bin ich nicht die Einzige. Und es bringt sogar etwas. Letztes Jahr haben sie eine Kiste mit Camembert gefunden, und ich konnte zwei große Räder mit nach Hause nehmen. In der Woche hat mein Magen kein einziges Mal geknurrt.«

»Nach all der Pastete heute sollte er ebenfalls eine Woche Ruhe geben.« Er zwinkerte ihr zu.

»Na ja, zumindest für ein paar Tage.«

Spaziergänger nickten ihnen zu, und Skye fragte sich, wie sie wohl auf andere wirkten: Ein Mann und eine Frau in Uniform, nebeneinander, aber nicht so, wie die meisten uniformierten Männer und Frauen abends zusammen spazieren gingen. Sie fassten sich nicht an den Händen und hielten ihre Körper sittsam auf Abstand. Nur ihre Blicke berührten einander hin und wieder, suchten dann jedoch schnell wieder das Weite.

»Das Wasser fehlt mir«, sagte Nicholas. »Ich kann mich nicht erinnern, wann ich das letzte Mal im Meer geschwommen bin.« Er blieb stehen und lehnte sich an eine Mauer. Skye setzte sich darauf und sah ihn an. »Hast du noch das Haus in Porthleven?«, fragte er.

»Ja. Aber ich bin seit zwei Jahren nicht mehr dort gewesen. Meine beiden freien Tage reichen nicht aus, um mit dem Zug hin- und wieder zurückzukommen, und ich besitze kein Auto. Tatsächlich habe ich auch nie fahren gelernt.«

»Ich würde gern dorthin zurückkehren und sehen, ob es meiner Erinnerung entspricht oder …« Er zögerte. »Oder ob meine Phantasie mehr daraus gemacht hat, als es ist.«

»Immer wenn ich da war, hat die Realität meine Erwartungen weit übertroffen.«

»Die Bucht«, sagte er wehmütig. »So einen schönen Ort gibt es nicht noch einmal.«

»Das stimmt.« Sie freute sich, dass er ihr Zuhause immer noch genauso liebte, wie sie es tat, und dass seine Zeit in New York und in Harvard das Einfache und Natürliche für ihn nicht verdorben hatte. »Wir waren damals sehr glücklich, oder? Heute vergesse ich manchmal, dass es so etwas wie Glücklichsein gibt. Und ich fühle mich schuldig, dass ich mich danach sehne, während so viele Menschen sterben. Glaubst, das alles wird einmal aufhören – die Sorgen, die Angst?«

»Es wird aufhören«, erwiderte er grimmig. »Ich weiß aber nicht, wie, und ob die Dinge danach vielleicht noch schlimmer sein werden als jetzt. Manchmal weiß ich gar nicht, ob ich für ein Ende beten soll oder nicht.«

»Deshalb schwimme ich.« Sie dachte an die Zukunft, die vor ihnen lag, nicht greifbar, nicht vorhersehbar. »Wenn jemand stirbt oder fast gestorben wäre und ich nicht darüber reden kann, dann kann ich immerhin mit aller Kraft auf das Wasser einschlagen, ohne dass es sich beschwert. Was tust du in solchen Fällen?«

»Auf die Gefahr hin, wie das Klischee eines amerikanischen Piloten zu klingen: Ich trinke mit O'Farrell Whiskey.« Er rieb müde seinen Nacken. »Unsere Spezialeinheit ist ein Ort, an dem Gefühle verdrängt und unter Verschluss gehalten werden. Es geht nicht anders. Außer es ist Mitternacht und keiner fliegt – dann wirst du die Jüngeren und die Neuen unter uns so betrunken erleben, dass sie über Dachbalken balancieren oder andere blödsinnige Mutproben bestehen wollen. O'Farrell und ich können nur kopfschüttelnd zusehen, denn wenn man ihnen sagt, sie sollen damit aufhören, denken sie, man bezweifele ihren Mut, was sie dann zu noch verrückteren Manövern anstachelt. Daran erkennt man, dass sie ihre Gefühle nur so gerade eben unter Kontrolle haben. Ich veranstalte ab und zu ein Football-Turnier, damit sie sich auf dem vergleichsweise sicheren Spielfeld austoben können. O'Farrell und ich rennen im Kreis um sie herum, während sie irgendwie versuchen, die Regeln zu kapieren.« Er grinste. »Was hältst du als Engländerin davon, dass ich sie American Football spielen lasse anstatt Cricket?«

Sie lachte. »Ich würde sagen, wenn es sie davon abhält, besoffen von Dachbalken zu stürzen, dann kann es nur gut sein.« Fast hätte sich ihre nächste Frage verkniffen, um die fröhlichere Stimmung nicht zu verderben, aber sie wollte es wissen. »Wie alt sind denn die jüngsten von euch?«

»Nun ja, in ein Sonderkommando werden keine Achtzehnjährigen berufen. Unser jüngster ist dreiundzwanzig.«

»Nur zwei Jahre jünger als du. Und du leitest die gesamte Staffel.«

»Tief im Inneren fühle ich mich wie tausend, Skye.«

Er sagte es so leise, dass sie sich nah zu ihm beugen musste – *zu nah* –, um ihn zu verstehen. *Nein*, wollte sie flüstern. *Rede nicht so*. Denn seine traurigen Worte lösten in ihr das Bedürfnis aus, von der Mauer zu rutschen, sich ganz dicht vor ihn zu stellen und mit dem Rücken seinen Körper zu spüren, während er die Arme um sie legte und das Kinn auf ihrer Schulter ruhen ließ. Sie wollte seinen warmen Atem an ihrer Wange spüren, wollte ihn festhalten und gehalten werden und ihn nie mehr loslassen.

»Ich wünschte, ich könnte das ändern«, flüsterte sie.

»Das tust du«, raunte er, die Lippen dicht an ihrem Ohr. »Das tust du immer.«

Eine Gruppe lärmender *ATA*-Piloten zog an ihnen vorbei und holte sie wieder in die Realität zurück.

Skye ließ sich nun wirklich von der Mauer rutschen, stellte sich aber neben Nicholas und versuchte, ihre Phantasien abzuschütteln. »Wie geht es O'Farrell?«, fragte sie, um das Gespräch wieder in weniger aufwühlende Bahnen zu lenken.

»So wie immer.«

»Also flirtet er weiterhin mit jeder Frau der *WAAF*, die ihm über den Weg läuft?«

Nicholas schwieg.

»Das ist schon in Ordnung«, sagte sie. »Ich weiß, wie er ist, und sehe in ihm keinen sicheren Hafen für mein Herz. Du hast Glück, dass du so jemanden gefunden hast«, fügte sie hinzu, mehr als Ermahnung für sich selbst. »Werden du und Margaux nach New York gehen, wenn das alles hier vorbei ist?«

»Ich weiß es nicht. Wir planen nicht viel für die Zukunft.«

»Glaubst du, deine Mutter wird zur Hochzeit kommen können?«

Nicholas starrte zu Boden. »Margaux weiß nichts von meiner Mutter. Wir reden nicht über die Vergangenheit. Meine Beziehung zu Margaux ist …«

Endlich sah er sie an, und Skye wappnete sich innerlich vor dem, was er sagen würde. Vielleicht so was wie: *Die Beziehung ist rein körperlich?* Sie kam kaum gegen den unwillkürlichen Schauer an, der sie bei der Vorstellung überlief, dass Nicholas sich aus reiner Wollust mit jemandem verlobt hatte. Aber das passte auch nicht zu ihm. Es passte jedoch ebenso wenig zu ihm, dass er Margaux nichts weiter bot als das, was er im Moment war, und offenbar so viel von sich zurückhielt.

»Unorthodox«, beendete er den Satz, was Skye nicht mehr sagte als das, was sie bereits wusste. Dass Margaux nicht eifersüchtig war. Dass sie ihrem Verlobten vorschlug, andere Frauen zum Essen auszuführen. Dass sie die undurchschaubarste Person war, die Skye je getroffen hatte.

Nicholas zündete zwei Zigaretten an. Als er ihr eine abgab, berührten sich ihre Finger. Sein Blick folgte ihrer Hand bis an ihre Lippen.

Über ihnen kreischte eine Möwe, unterhalb rauschte der Fluss an ihnen vorbei. Skye nahm nichts davon wahr. Nicholas war gerade das einzig Wichtige in ihrem Leben. Auf der Mauer lag ihre freie Hand neben seiner, mit nur einem Zentimeter Abstand. Eine Kluft, die zu überwinden sie an einen Ort brächte, von dem sie nie zurückkehren würde, wenn sie ihn einmal beträte. Und der nur in ihren Gedanken existierte und gewiss nicht in Nicholas', der sich mit seiner unorthodoxen Verlobten offenbar sehr wohl fühlte.

Sie löste sich von der Mauer und ging weiter. Nicholas hinter ihr räusperte sich. Skye zog an ihrer Gitane, die ihr plötzlich etwas zuzuraunen schien. *Französische Zigaretten*. Es war unmöglich, in England französische Zigaretten zu kaufen. Oder Orangen.

Abrupt drehte sie sich um. »Du bist in Frankreich gewesen.« Ihre Stimme bebte vor Zorn, und ihr Herz begann heftig zu schlagen. »Von allen dummen und gefährlichen Dingen tust du ausgerechnet das dümmste und gefährlichste! Niemand landet in Frankreich. Alle bleiben in der Luft – außer dir.«

Sein Schweigen sagte alles. »O'Farrell …«, begann er schließlich, dann brach er ab.

Was hatte er sagen wollen? Dass O'Farrell es ebenfalls tat? »O'Farrell ist mir egal«, schrie sie. Doch dann presste sie erschrocken eine Hand vor den Mund. Natürlich war ihr O'Farrell nicht egal. »Danke für das Essen«, sagte sie förmlich. »Der Gasthof liegt in diese Richtung. Gute Nacht.«

Dann stapfte sie davon und versuchte, mit ihren lauten Schritten die Worte zu übertönen, die ihr durch den Kopf schwirrten: *Wie kannst du mir versprechen, nicht zu sterben, wenn du so etwas tust?*

Kapitel 15

Zwei Monate vergingen, bevor Skye wieder ein Flugzeug nach Tangmere bringen musste. Sie hatte O'Farrell seit dem Tanzabend nicht mehr gesehen, aber er hatte einmal angerufen, und daher wusste sie, dass er gerade in Tangmere stationiert war, so dass sie ihm vermutlich über den Weg laufen würde. Was bedeutete, dass sie auch auf Nicholas treffen könnte. Sie hatte so etwas wie ein Geschenk für ihn dabei, um sich für das abrupte Ende des Abends zu entschuldigen, nachdem er sie doch immerhin zum Essen eingeladen hatte. Sie plante, ihr Mitbringsel bei einem der Ingenieure zu hinterlegen, damit er es an Nicholas weitergab, und wollte dann versuchen, O'Farrell zu finden – den Mann, bei dem es ihr erlaubt war, ständig an ihn zu denken.

Sie flog über eine Hütte hinweg, die hinter einer Hecke etwas abseits des Flugfeldes lag, und war schon so tief, dass sie drei Menschen im Garten erkennen konnte: einen mit dunklem Haarschopf, einen mit blonden Haaren und eine Frau mit perfekt aufrechter Haltung. Skye wackelte mit den Flügeln, obwohl ihr klar war, dass die drei nicht wissen konnten, wer in ihrem Flugzeug saß. Sie hoffte dennoch, dass O'Farrell – sofern es wirklich er war – zum Hangar gehen und nachschauen würde, wer da kam.

Auf der Landebahn war viel los, und bald sah sie auch, warum. Ein Beaufighter, der schon vor Stunden hätte zurück sein sollen, kam schwerfällig angeflogen. Sein Rumpf war mit Schusslöchern übersät. Von oben konnte Skye erkennen, dass ein Rettungs- und ein Feuerwehrwagen für den Torpedobomber bereitstanden, und sie schloss daraus, dass jemand in der Maschine etwas von den Schüssen abbekommen hatte. Sie beobachtete, wie der Pilot aus dem Flugzeug sprang und den Sanitätern etwas zurief, die daraufhin keinen zweiten Piloten, sondern einen leblosen Körper bargen.

Während es ihr die Kehle zuschnürte, verkrampfte sich ihr Griff um den Steuerknüppel. Sie wandte den Blick ab und flog eine große Kehre, denn sie wollte dem Tod lieber nicht aus nächster Nähe begegnen.

Es dauerte nicht lange, bis der Beaufighter und seine traurige Fracht aus dem Weg geräumt waren, so dass Skye landen konnte. Ihr Cockpit wurde geöffnet, und sie sah ein vertrautes Gesicht: Es war ihr Freund Ollie.

»Würdest du das hier bitte Wing Commander Crawford geben?«, fragte sie und deutete auf das Päckchen unter ihrem Arm.

»Oh, der war gerade hier«, sagte Ollie und rief über die Schulter: »Sir!«

»Gib es ihm doch einfach nachher …«, begann Skye, aber es war schon zu spät. Nicholas kam angelaufen, und Ollie trollte sich, um nach einem anderen Flugzeug zu sehen.

»Dachte ich mir doch, dass du das bist«, sagte Nicholas lächelnd. »O'Farrell kommt auch gleich, obwohl er meinte, ich sei verrückt zu denken, dass du das bist, bloß weil ein Flugzeug mit den Flügeln wackelt.«

Skye drückte ihm ihr Geschenk in die Hand, auf dem *Vorsicht: Zerbrechlich und wahrscheinlich bissig* stand. »Als Dankeschön für die Orangen. Und als Entschuldigung.«

»Du brauchst dich nicht zu entschuldigen. Ich habe dich doch auch zurechtgewiesen, weil du gefährliche Sachen gemacht hast. Wir sind quitt.« Er öffnete die Schachtel und musste lachen. »Einsiedlerkrebse.«

»Wenn du wüsstest, wie lange ich gebraucht habe, um in Hamble zwei zu finden! In Porthleven …« *Wäre alles anders gewesen.* Sie sprach es nicht laut aus. »Ich dachte, die bieten eine bessere Ablenkung als Whiskey, wenn mal nicht genug Piloten für ein Football-Spiel zur Verfügung stehen.«

Er grinste. »Das stimmt. Danke schön. Hast du Zeit für einen Kaffee in der Offiziersmesse? Margaux und O'Farrell werden wohl schon dort sein«, fügte er hinzu.

»Ich werde mich eben umziehen.«

»Oh, bevor du gehst …« Er fasste sie kurz am Arm. »Ich habe Liberty gesehen.«

Zu viele Fragen auf einmal schwirrten Skye durch den Kopf. »Was? Wo? Wie geht es ihr?«

Nicholas' Gesicht schien plötzlich so undurchdringlich wie Englands Küstenabwehr. »Sie war immer noch so, wie ich sie in Erinnerung hatte.«

Es fühlte sich an wie ein Schlag in die Magengrube. »Du meinst, sie will mich nicht sehen.«

»Das hat sie gesagt. Aber, Skye … du weißt, dass es bei Liberty selten darum geht, was sie sagt oder tut.«

»Nein, es geht darum, wie fest sie zutritt.« Sie merkte selbst, wie bitter sie klang, wie verletzt sie war. Ihre nächsten Worte hingegen beruhten eher auf Angst. »Oder darum, was sie dazu bringt, zuzutreten.«

»Genau.«

»Was treibt sie?« Skye dachte an die Nacht in Paris zurück, nachdem ihre Mutter gestorben war und sie neben Liberty im Bett gelegen hatte. »Denkt sie, ich bin wütend auf sie? Das bin ich nicht. Ich wünschte, sie wüsste das.«

»Wenn ich sie noch einmal sehen sollte, werde ich es ihr sagen.« Er kam näher und hielt sie mit seinem Blick fest. In seinen Augen sah Skye dieselbe Zärtlichkeit wie neulich – und ein Mitgefühl, auf das sie sich gern gestützt hätte, wenn sie es nur dürfte.

Dann fiel ihr ein, dass er gesagt hatte, Margaux warte auf ihn, und sie wusste, sie hatte schon zu viel seiner Zeit in Anspruch genommen. »Vielleicht laufe ich ihr ja auch mal selbst über den Weg«, sagte sie mit bemüht fester Stimme, um Nicholas zu überzeugen, dass es ihr gut ging. »Dann wird sie mit mir sprechen müssen.« Sie nahm ihre Tasche auf. »Bis gleich in der Messe.«

—

Skye saß auf einer Bank im Umkleideraum, immer noch in ihrem Fluganzug. Nicholas hatte Liberty gesehen, was bedeutete, dass sie in Sicherheit war. Gott sei Dank! Jetzt erst machte sich die Erleichterung in ihr breit, und sie atmete laut aus. Und dennoch … in Kriegszeiten sollte es ausreichen zu wissen, dass ein geliebter Mensch noch am Leben war. Doch das tat es nicht – sie wollte selbst mit Liberty sprechen, wollte mit eigenen Augen sehen, dass es ihr gut ging. Aber es gab nichts, das Skye tun konnte, damit Liberty sich bei ihr meldete – sie konnte nur hoffen, ihr irgendwo zu begegnen.

Sie stand auf, zog sich um und ging in die Offiziersmesse. O'Farrell, der am Eingang wartete und den Frauen der *WAAF* hin und wieder charmant zulächelte, winkte Skye zu sich und führte sie an einen Tisch am Fenster. Durch die Scheibe sah Skye, wie Nicholas auf der Veranda mit einem Piloten sprach, der sehr blass aussah und sich mit zitternder Hand eine Zigarette anzündete. Sie nahm an, dass es der Pilot des beschossenen Kampfbombers war, der mit einer Leiche neben sich bis hierher hatte fliegen müssen. Während Nicholas mit ihm sprach, begann der Mann schwach zu lächeln, und auf seinen Wangen zeigte sich ein Hauch von Farbe.

Margaux stand mit ungeduldiger Miene am Eingang und beobachtete, wie drei der *WAAF*-Frauen ihrem Verlobten schöne Augen machten. Nicholas interessierte sich allerdings für nichts anderes als den Piloten. Als das Gespräch beendet war, ging er zu Margaux, und die beiden gesellten sich zu Skye und O'Farrell an den Tisch.

»Wie lernt man, so viele verschiedene Flugzeuge zu fliegen?«, fragte O'Farrell Skye.

Sie zog ein Stück Papier in der Größe eines zusammengefalteten Taschentuchs aus der Tasche. Als Überschrift stand dort *Lancaster und Lancastrian*.

»Damit«, sagte sie. »Sie sind so nett, mir Spickzettel zu geben. Dann kann ich die jeweilige Abrissgeschwindigkeit nachsehen und muss sie nicht selbst berechnen.«

»Spickzettel?«, wiederholte O'Farrell ungläubig. »Aber wie zum Teufel kriegt eine Frau von höchstens fünfzig Kilo eine dreißig Tonnen schwere Lancaster in die Luft?«

»Da ich die Lancaster lieber fliege, als sie per Hand anzuschieben, spielt mein Gewicht keine große Rolle.«

»O'Farrell, wenn du deinen Kopf behalten willst, solltest du lieber das Thema wechseln«, warnte Nicholas.

Margaux schmunzelte.

»Kann ich mal bei dir mitfliegen?«, wollte O'Farrell wissen.

Bevor sie verneinen konnte, kam Ollie zu ihnen. »Ich habe was für dich.«

Die Art, wie er es sagte, ließ Skye nichts Gutes ahnen. »Was denn? Eine Gloster Meteor ohne Motor? Eine Typhoon ohne Flügel?«

»Der Beaufighter, der gerade reingekommen ist. Er ist kaum noch flugtauglich.«

Das Flugzeug, in dem vor wenigen Stunden ein Mann gestorben war, dessen Blut noch darin klebte. *Kaum noch flugtauglich* bedeutete so schwer beschädigt, dass die *RAF* keinen ihrer Piloten dieser Gefahr aussetzen wollte. In diesem Zustand würde der Bomber nur noch ein einziges Mal geflogen werden, und zwar von ihr, um ihn in eine Wartungshalle zu bringen.

Skye stand auf. »Und? Willst du mit?«, fragte sie O'Farrell.

»Ach, ich glaube, diesmal lasse ich dich allein fliegen«, erwiderte er kleinlaut.

Skye konnte nicht anders, sie musste über seinen Gesichtsausdruck lachen – der taffe amerikanische Pilot, der es nicht wagte, mit einer Pilotin in einem zerschossenen Flugzeug zu fliegen. Doch als ihr Blick auf Nicholas fiel, der mit zusammengezogenen Brauen »Himmel nochmal«, murmelte, verstummte sie schlagartig. Aus den Augenwinkeln nahm sie wahr, dass Margaux ihren Verlobten gerade musterte, als hätte sie gerade etwas erkannt, das sie nicht besonders glücklich machte.

Nicholas saß auf einem Gartenstuhl hinter der Hütte gegenüber dem Haupteingangstor. Sechs Piloten waren zur Vollmondphase hier in Tangemere, und verglichen mit den Wellblechhütten anderer Flugfelder waren sie relativ luxuriös untergebracht, auch wenn Nicholas sich immer noch ein Zimmer mit O'Farrell teilen musste. Sie hatten hier ihre eigenen Unteroffiziere, die sie mit allem versorgten, was sie brauchten – etwa Speck und Eier zum Frühstück, was in rationierten Zeiten eine besondere Extravaganz darstellte –, und die darauf achteten, dass nur Personen mit Sondergenehmigung die Hütte betraten. Es war ein bisschen wie damals im Internat – nirgends war er allein.

Nicholas überlegte, dass er sich jetzt um seine Landkarten kümmern sollte. Die Auftragsakte nochmals lesen sollte. Aber er konnte an nichts anderes denken als an Skye, wie sie lachend davontrabte, um ein schwer beschädigtes Flugzeug zu fliegen, das bei einem Absturz in Tausende Einzelteile zerbersten würde.

Die Hintertür der Hütte wurde aufgestoßen, und Margaux trat ins Freie. Sie reichte Nicholas einen Kaffee, setzte sich auf den Stuhl neben ihn und schwieg, um ihm die Möglichkeit zu geben, als Erster etwas zu sagen. Er wusste jedoch nicht, was er sagen sollte.

Also ergriff schließlich doch sie das Wort. »In diesem Zustand kannst du heute Abend nicht fliegen. Wenn du *mir* nicht erzählen willst, was dir im Kopf herumspukt, dann rede mit jemand anderem darüber. Aber wenn dich das beschäftigt, was ich denke, dann bin ich wohl die beste Wahl.«

»Mit mir ist alles in Ordnung. Tatsächlich …«, er stand auf, »… wollte ich mich gerade fertig machen.«

»Nein, das wolltest du nicht.«

Margaux ließ ihn nie mit Ausflüchten davonkommen. Deshalb war sie auch so gut in dem, was sie tat: Sie konnte in die Menschen hineinsehen, ohne dass sie es merkten. Und was auch immer sie zu verbergen versucht hatten, Margaux wusste immer, wie sie es zu ihrem Vorteil nutzen konnte.

Er setzte sich wieder.

»Ist es, weil sie sich von O'Farrell den Hof machen lässt oder weil sie eine schrottreife Maschine fliegt?«

Nach gewohnter Manier übersprang sie die allgemeinere Frage – *Geht es um Skye?* – und schoss ihre Pfeile wie üblich geradewegs ins Schwarze.

»Letzteres«, antwortete er knapp.

»Du weißt, dass sie seit mindestens zwei Jahren solche Flugzeuge fliegt. Deine Sorge um sie trägt nicht dazu bei, sie am Leben zu halten. Das Einzige, worüber du Kontrolle hast, ist dein nächster Auftrag.«

»Du willst also sagen, ich soll mich mehr um meine Arbeit kümmern und weniger um ihre.«

Margaux schenkte ihm ein seltenes echtes Lächeln. »Du weißt, dass mir Moralpredigten nicht liegen. Aber du solltest mal darüber nachdenken, warum du dir so viele Sorgen um *sie* machst, wenn sie sich in Gefahr begibt, während wir anderen das jede einzelne Vollmondnacht tun und du um niemanden aus unserem Team so besorgt bist.«

»Natürlich mache ich mir Sorgen um meine Staffel. Ich mache mir auch Sorgen um die Agenten. Und um dich.« Endlich sah er sie an.

»Ich weiß. Aber wie schon gesagt: nicht auf dieselbe Weise, wie um sie. Ich rufe in Hamble an und erkundige mich, ob sie angekommen ist. Kümmere dich um deine Karten. Wir sehen uns im Aufenthaltsraum.«

—

Nicholas stand mit O'Farrell in der Einsatzzentrale der Hütte, einem Raum, der früher als Kapelle gedient hatte. Auf den Wänden waren noch immer die Stationen des Kreuzwegs mit Bleistift notiert, wobei eine Wand jetzt mit einer riesigen Landkarte von Frankreich bedeckt war. Auf dem Tisch in der Mitte lagen jede Menge weitere Karten – sie waren für das Überleben wichtiger als Gebete. Neben ihm auf dem Kaminsims standen Dutzende leere und volle Champagnerflaschen, denn jede Bodenmannschaft in Frankreich schickte Nicholas und seine Kollegen mit mehr Champagner nach England zurück, als sie trinken konnten.

Er klappte eine Akte auf und studierte die Fotografie eines nahezu perfekten Landefelds – eine breite und baumlose Wiese, ohne Feldwege oder schlammigen Matsch. Der Fluss daneben würde bei der Orientierung hilfreich sein, denn er hatte nur das Licht des Vollmonds und eine klein gefaltete Landkarte, um sein Ziel zu finden.

Dann las er die Anweisung auf dem Transportformular. Sie war mit schwarzem Farbband getippt, was bedeutete, dass sie von der *SOE* kam, deren geheime Mission es war, hinter den feindlichen Linien für Spionage und Sabotage zu sorgen – im Auftrag von Premierminister Churchill höchstpersönlich.

Die heutige Mission hieß »Operation Friedvoll« – da hatte jemand im Hauptquartier offensichtlich Sinn für Humor gehabt. Es war ein Doppelauftrag: Er und O'Farrell würden jeder eine

Lysander mit einem *SOE*-Agenten und gut fünfhundert Kilo Fracht – leichte Maschinenpistolen, Geld, Funkgeräte, Flugblätter – zu einem kleinen Flugfeld in Frankreich fliegen, wo sie auf einer Landebahn von nicht einmal hundertfünfzig Meter Länge landen mussten, die nur von ein paar Taschenlampen beleuchtet sein würde. Auf dem Rückflug würden sie vier Passagiere mitnehmen, die zu drei verschiedenen Gruppen gehören konnten: *SOE*-Agenten, also englische Zivilisten, die als Franzosen durchgingen und mit der Résistance zusammenarbeiteten, Mitglieder von de Gaulles Streitkräften für ein freies Frankreich oder Piloten der Alliierten, die einer Gefangennahme entgangen waren. Heute Nacht würde die Bodenmannschaft, die auf Nicholas wartete, den Buchstaben »S« in Morsezeichen aufleuchten lasen. »S« wie sicher. »S« wie Skye. Nicholas hoffte, es wäre ein gutes Omen.

Er nahm eine der Landkarten von Frankreich im Maßstab 1:500 000 und schnitt die Streifen aus, auf denen seine Flugroute zu sehen war, mit etwa fünfzig Meilen Zugabe auf jeder Seite. Die Streifen klebte er auf dünne Pappe und faltete sie zusammen, bis sie in etwa die Größe von Skyes Spickzettel hatten, so dass er sie in einer Hand halten konnte, während er mit der anderen seine Lizzie flog. Da im Cockpit kaum genug Platz war, die Arme auszustrecken, kam eine ganze Landkarte nicht infrage.

O'Farrell neben ihm tat dasselbe, und sie arbeiteten in kameradschaftlichem Schweigen. Ein doppelter Einsatz, wie sie ihn auch früher schon geflogen waren, verlangte noch mehr Aufmerksamkeit für Details als ein Einzelflug.

Als Nicholas fertig war, prägte er sich die Route genau ein und rief sie gedanklich immer wieder ab, bis sie so sicher saß wie das Einmaleins. Alles deutete darauf hin, dass die heutige Mission einfach zu absolvieren wäre. Wobei »einfach« nicht unbedingt das richtige Wort für einen nächtlichen Flug in von Deutschen besetztes Gebiet war, um dem französischen Widerstand Munition und zwei Spione zu liefern. Seit dem Rückzug der Briten vor drei Jahren nach der Schlacht von Dünkirchen waren nur Piloten aus seiner und einer ähnlichen Staffel in Frankreich gelandet. Kaum jemand wusste, dass so etwas stattfand – oder dass es überhaupt möglich war.

»Ich denke, wir können los«, sagte Nicholas zu O'Farrell, nahm das Verschlüsselungstelefon und rief den Stationskommandanten in Tempsford an, ihrer Heimatbasis. Sie nutzten Tangmere, weil es näher an Frankreich lag, und flogen jeden Monat in den zwei Wochen um Vollmond herum, weil dann die Chance bestand, tatsächlich zu sehen, wohin man flog.

Der Kommandant bestätigte, dass die Mission trotz der Aussicht auf Nebel stattfinden könne.

Nicholas nickte O'Farrell zu, und beide Männer gingen nach oben, um sich umzuziehen.

Nicholas zog einen dunkelblauen Rollkragenpullover an, darüber kam der schwarze Flugoverall. In die Taschen steckte er einen Kompass, Landkarten für den Fall, dass sie in Frankreich strandeten, und einen Füllfederhalter, der Tränengas ausstieß. Er zog seine Laufstiefel an, die von außen wie die üblichen gefütterten Pilotenstiefel aussahen, jedoch einen abnehmbaren Schaft besaßen, so dass sie sich in eine Paar normale Straßenschuhe verwandeln ließen. Zuletzt steckte er seine Pistole ein: ihre einzige Ausrüstung zur Verteidigung, abgesehen von ihren Fäusten.

Motorengeräusche verrieten ihm, dass die Dienstwagen aus London mit den Agenten – oder »Joes«, wie sie genannt wurden –

ankamen. Ein paar von ihnen waren bereits in Tangmere, da sie eigentlich schon gestern hätten starten sollen, was aber aufgrund des schlechten Wetters und ungünstiger Sichtverhältnisse abgeblasen worden war. Es wurde Zeit, nach unten zu gehen und vor dem Abflug noch etwas zu essen.

Als er unten ankam, trat Margaux sofort zu ihm. »Sie ist in Hamble angekommen. Der Steuerbordmotor ist kurz vor der Landung ausgefallen und das Flugzeug wäre fast abgestürzt, aber sie hat es geschafft, das Ding mit nur einem Kratzer an der Unterseite zu landen.«

Nicholas seufzte erleichtert. »Danke, dass du mir Bescheid gibst. Bist du bereit? Sollen wir essen?«

Margaux nickte. Sie trug einen grauen Rock, eine dunkelblaue Bluse und die Seidenstrümpfe, die der Nazikontakt, den sie bespitzelte, ihr das letzte Mal in Paris geschenkt hatte. Dass sich beim Anlegen ihres Kostüms schlagartig auch ihr Gesicht änderte, faszinierte Nicholas jedes Mal aufs Neue. Sie war eine schöne Frau, strahlte dabei aber eine Härte aus, als flösse statt Blut Zynismus durch ihre Adern. Jetzt jedoch wirkte ihr Gesicht entspannt, unschuldig und betörend, und Nicholas wunderte sich kein bisschen, dass ihr die deutschen Besatzer immer wieder nützliche Geheimnisse anvertrauten.

Bald darauf brachte sie ein Fahrer zu dem versteckten Abstellplatz, wo Skye und Nicholas getanzt hatten. Auf Nicholas' Lizzie prangte eine dunkelhaarige Meerjungfrau, auf O'Farrells Betty Boop.

Die Bodenmannschaft grüßte sie freundlich, und der volle Mond schien besonders hell, als wollte er ihnen versichern, dass heute Nacht alles glattlaufen werde. Dass der Nebel sich lichten und ihre Bodenmannschaft auf sie warten werde. Dass kein Deutscher das Brummen zweier Flugzeuge hören werde, die mitten ins Herz von Frankreich eindrangen.

Margaux legte Nicholas eine Hand auf den Arm. »Ich bin gleich wieder da.«

Sie ging zu O'Farrells Lysander, neben der sein Agent stand und auf den Abflug wartete. Nicholas beobachtete, wie der Mann Margaux anlächelte und ihr dann – im Schatten des Flugzeugs – einen leidenschaftlichen Kuss gab, der nahelegte, dass er und Margaux gemeinsam die Nacht verbracht hatten.

Kurze Zeit später stand Margaux wieder neben Nicholas.

»Ist das eine gute Idee?«, fragte er sie.

»Falls ich heute sterbe, habe ich mich wenigstens noch mal amüsiert«, gab sie zurück. »Einer von uns muss sich ja amüsieren, und ich weiß, dass du es nicht sein wirst. Jedenfalls nicht, bis dein Kopf dein Herz einholt.«

»Wovon redest du?«

»Na, von Skye natürlich.«

Nicholas schüttelte den Kopf. Er war an ihre spitzen Bemerkungen gewöhnt, die sie stets durch einen sachlichen Tonfall tarnte, doch diesmal verstand er nicht, worauf sie hinauswollte. »Was soll mit ihr sein?«

Margaux seufzte. Dann reckte sie das Kinn und gab ihm einen Kuss auf die Wange. Es war ihr Ritual: Sie flogen nie ohne diesen einen schlichten Kuss. »Wir sehen uns in zwei Monaten. Ich hoffe, dass Oberführer Dietrichs Bettgeflüster diesmal noch ergiebiger sein wird.«

Daraufhin fragte Nicholas sie etwas, das zu fragen er sich bisher nie getraut hatte. »Wie fühlt es sich an?«

»Ich stelle mich lange unter die Dusche, wenn ich wieder in England bin.«

»Ich wünschte, es gäbe einen anderen Weg.«

Margaux gestattete sich ein kurzes Lachen. »Wir wissen doch beide, warum die *SOE* hübsche Frauen auswählt. Ich wusste, worauf ich mich einlasse, als ich mich gemeldet habe.«

Nicholas dachte daran, dass Frauen ursprünglich nur als Kuriere eingesetzt werden sollten, widersprach ihr aber nicht. Stattdessen sagte er: »Luc gehört anscheinend nicht zur eifersüchtigen Sorte.« Er nickte in Richtung des Agenten, den sie geküsst hatte.

»Zu Eifersucht hat er keinen Grund. Wir sind nicht zusammen, und meine Arbeit hat nichts mit meinem Privatleben zu tun.«

Ihre Offenheit brachte Nicholas dazu, gleichermaßen ehrlich zu sein. »Du hast gefragt, ob Skye und O'Farrell der Anlass für meine Anspannung sind, und ich habe Nein gesagt. Ich glaube, das war gelogen.«

»Du solltest O'Farrell sagen, dass du dich für sie interessierst.« Margaux blieb kühl und gefasst, wie immer. Dasselbe konnte Nicholas nicht von sich behaupten.

Das anschließende Schweigen war wie eine Wolke kurz vor dem Abregnen: schwer und drückend. Er hatte das Gefühl, es mit den Händen greifen zu können.

Margaux' Mund verzog sich zu einem humorlosen Lächeln. »Anscheinend ist dir endlich klar geworden, dass du Skye nicht mehr als Mädchen, sondern als Frau siehst. Als eine Frau, in die du dich gerade verliebst.«

Nicholas griff nach der Tragfläche über sich und hielt sich daran fest. »Verdammt.« Er *durfte* sich nicht in Skye verlieben. Er schüttelte den Kopf und versuchte, diesen Schlag zu verarbeiten.

»Deshalb arbeitest du nicht als Agent«, fuhr Margaux nüchtern fort. »In deinem Gesicht kann man zu leicht lesen. Ich habe es nach dem Tanzabend schon geahnt, aber heute Morgen war ich mir dann sicher. Ich wollte nichts sagen, weil ich dachte, das Wissen darum könnte dich beim Fliegen ablenken. Aber jetzt denke ich, es ist der beste Grund der Welt, warum du dich konzentrieren solltest. Du kannst ihr nur sagen, was du fühlst und dass das zwischen uns eine Lüge ist, wenn du den Krieg überlebst.«

Falls er den Krieg überlebte. *Falls* Skye seine Gefühle erwiderte. *Falls* sie sich nicht vorher in O'Farrell verliebte. Verdammt!

Er hatte eine Geheimhaltungsverpflichtung unterschrieben. Niemand durfte wissen, was Margaux in Wahrheit tat: dass sie von ihrem Geheimdienst nach Frankreich geschickt wurde. Wenn jemand außerhalb ihrer kleinen Gruppe erführe, dass man eine Frau als Spionin einsetzte, gäbe es einen Aufschrei in ganz Großbritannien, vielleicht sogar auf der ganzen Welt. Also hatte er in eine Tarnung als verlobtes Paar eingewilligt, um plausibel zu machen, warum er und Margaux so viel Zeit miteinander verbrachten. Sich in jemand anderes zu verlieben, war ihm demnach streng verboten, denn es stand zu viel auf dem Spiel. Wenn er Skye irgendetwas über seine Arbeit erzählte, käme er vor das Kriegsgericht. Seine Hand an der Tragfläche verkrampfte sich, bis die Knöchel weiß wurden.

»Ich kann es O'Farrell nicht sagen«, presste er hervor, als wäre das der wichtigste Aspekt ihres Gesprächs. Doch es war der Aspekt, mit dem er sich als Erstes befassen konnte. »Was, wenn … wenn sie dazu bestimmt sind, zusammenzukommen? Das darf ich nicht kaputtmachen, wenn ich ihr rein gar nichts zu bieten habe.«

Margaux schnalzte ungeduldig mit der Zunge. »O'Farrell war letztes Wochenende mit mindestens vier Frauen der *WAAF* im Pub. Du weißt, dass er keine feste Beziehung sucht. Das wird er Skye auch gesagt haben.«

»Außerdem kann es gut sein, dass sie mich für ein Arschloch hält. Immer wieder führe ich mich ihr gegenüber wie ein tadelnder Vater auf. Was ich in Tempsford zu ihr gesagt habe ... Und als O'Farrell sie auf die Wange küsste, hat sie meinen verärgerten Blick gesehen. Dabei dachte ich in Wirklichkeit daran, dass *ich* sie nie auf die Wange küssen kann. Es wäre viel zu ...« Er wusste nicht genau, wie er den Satz beenden sollte. *Gefährlich. Perfekt. Unzureichend.*

»Beim Tanzen scheint ihr euch doch gut verstanden zu haben.« Margaux zündete sich eine Gauloise an und hielt ihm das Päckchen hin.

Er schüttelte den Kopf. Jetzt auch noch zu rauchen, würde ihn überfordern. »Wir haben beide zu viel Whiskey getrunken, das war alles.«

»Nick, du trinkst *nie* zu viel Whiskey. Du trinkst immer genau bis zu deiner Grenze, aber nie darüber hinaus. So, wie du auch bei jeder anstehenden Mission darauf drängst, zu fliegen, und nur dann einen Rückzieher machst, wenn du begründete Sorgen hast, jemand könnte zu Schaden kommen. Du bist der kontrollierteste Mensch, den ich kenne. Das muss sehr anstrengend sein.«

»Wenn ich mich nicht unter Kontrolle habe«, erwiderte er bitter, »sterben Menschen. Ich leite ein Team von Piloten, deren Nerven bei ihren Einsätzen bis zum Zerreißen gespannt sind. Deshalb muss ich als ihr Anführer die ganze Zeit absolut kontrolliert sein.«

»Dich in Skyes Gegenwart zu kontrollieren, wird dir trotzdem schwerfallen.«

Die Wahrheit ihrer Worte traf ihn wie eine Granate. Margaux wusste, wovon sie sprach. Sie würde sich nach der Landung in Frankreich bis nach Paris ins *Hotel Meurice* durchschlagen und dort ihren Nazi-Kontakt so aufreizend anlächeln müssen, dass er ihr die Kleider vom Leib riss, während sie ihren Ekel verbarg. Auch sie musste die ganze Zeit über absolut kontrolliert bleiben – und dabei weitaus Schlimmeres ertragen als er.

»Wenn du tun kannst, was du zu tun hast«, sagte Nicholas, »dann kann auch ich mich bei Skye zusammenreißen, bis dieser gottverdammte Krieg zu Ende ist und wir gefahrlos deine Tarnung aufgeben können.«

Margaux musterte ihn eine Weile, dann lächelte sie ihn plötzlich strahlend an. Er hatte dieses Lächeln erst ein Mal gesehen: als er sie nach den ersten zwei Monaten mit dem Nazi wieder aus Frankreich herausgeholt hatte.

»Ich bin nicht Skye«, sagte sie, »und es ist nicht dasselbe, aber du bist mir auch nicht egal. Komm her.«

Sie breitete die Arme aus, und er zog sie an sich. Es war, als wollten sie einander versichern, dass alles gut gehen werde – in dem Wissen, dass keiner von ihnen das wirklich glaubte.

Ein Ingenieur kam vorbei und pfiff. »Solltet ihr zwei Turteltäubchen das nicht lieber woanders machen?«

Nicholas schmunzelte. »Das sollte unsere Tarnung für eine Weile aufrechterhalten.«

Margaux nickte und wich ein Stück zurück, um ihm ins Gesicht zu sehen. »Sie haben mir erzählt, dass sie noch mehr Frauen in die *SOE* aufnehmen wollen. Dann werden sie sich etwas Besseres einfallen lassen müssen als lauter Verlobungsgeschichten. Und vielleicht ist ja auch bald …«

Sie musste den Satz nicht beenden. *Vielleicht ist ja auch bald der Krieg vorbei.* So hörte man es ständig. Aber Nicholas hatte schon vor langer Zeit aufgehört, an »bald« zu glauben. Und jetzt und hier gab es nur eines, was er tun konnte.

»Lass uns fliegen«, sagte er.

Kapitel 16

Nicholas ließ die Küste bei Bognor Regis hinter sich und stieg auf achttausend Fuß. Dort oben war es sicherer, und die Sicht war heute so gut, dass er von hier aus schon die französische Küste ausmachen konnte. Sobald er bei Cabourg wieder über Land flog, sank er auf tausend Fuß und zuckte nicht einmal zusammen, als ein feindliches Flak-Geschoss aufblitzte, das vielleicht auf ihn, vielleicht auf O'Farrell gerichtet war. Sie beide waren zu gut, als dass sie sich von Flaks treffen ließen, und steuerten sicher durch den Abwehrgürtel.

Unter ihm begann Nebel aufzuziehen. Nicholas fühlte sich dennoch sicher genug, in Gedanken zu einer Zeit vor etwa neun Monaten zurückzureisen, als er Margaux das erste Mal getroffen hatte, nicht lange nachdem er in die geheime 161er Staffel eingetreten war.

Margaux Jourdan war wie der Nebel unter ihnen gewesen: nicht greifbar, potenziell gefährlich und schön anzusehen. Bei ihrer ersten Begegnung war sie mit einer Zigarette in der Hand über ein Flugfeld in der Nähe von Tempsford gestapft, lässig in Hose und Pullover gekleidet. O'Farrell und Richie Jenkins bekamen bei ihrem Anblick den Mund kaum wieder zu.

Der Wind hatte Margaux das Kopftuch weggeweht, so dass ihre langen dunklen Haare zu sehen waren – ähnlich wie die von Skye.

Margaux hatte sogar die gleiche selbstsichere Haltung, so als könnte nichts sie je verletzen, und Nicholas fragte sich, ob auch sie diese Unerschütterlichkeit einfach verdammt gut vortäuschen konnte, so wie Skye es tat. Er war so sehr mit Margaux' Haaren und ihrer Haltung beschäftigt, dass er ganz vergaß, ihrem Tuch hinterherzujagen – doch glücklicherweise kümmerte O'Farrell sich darum.

Sowohl Richie als auch O'Farrell hatten Nicholas als Glückspilz bezeichnet, als man ihm Margaux zuteilte, um sie zu trainieren, aber Nicholas hatte abgewinkt. Das Leben war auch ohne romantische Verwicklungen mit einer *SOE*-Agentin kompliziert genug.

Auf einem Feld, auf dem früher Getreide angebaut worden war, erklärte er dann Margaux und zwei französischen Funkern, wie man für die heimliche Landung eines Flugzeugs einen Leuchtpfad einrichtete und wie der weitere Ablauf vonstattenging. »Nach der Landung habt ihr drei Minuten«, sagte er. »Der Pilot wird nicht aussteigen. Also los.«

Unter seiner Anleitung übte Margaux, an der Leiter aus dem Flugzeug zu klettern, wieder hinaufzuklettern, Gepäck anzureichen, einzusteigen, auszusteigen. Alles wurde viel häufiger geübt als notwendig, weil in den knapp bemessenen drei Minuten keine Fehler passieren durften. Während der ganzen Zeit konnte Nicholas hören, wie O'Farrell mit seinem Joe herumalberte, um das Training mit Humor und guter Laune aufzulockern.

Als ein besonders lauter Lacher zu ihnen hinüberhallte, sagte Margaux zu Nicholas: »Wie ich hörte, ist die 161er Staffel voll von Charmeuren, die allesamt viel zu gut aussehen, viel zu viel trinken, viel zu gern feiern und an genug französisches Parfüm und Champagner kommen, um alle Frauen der *WAAF* zu verführen.«

Es war nicht klar, ob sie es als Feststellung oder Anklage meinte.

»In ein paar Wochen werden Sie auch zu viel trinken. Wenn das nicht jetzt schon der Fall ist«, entgegnete Nicholas achselzuckend.

Er wusste, was die Leute sich erzählten – jeder liebte nun einmal Gerüchte. Anscheinend war es noch nicht interessant genug, dass die Spezialeinheit geheime und gefährliche Dinge tat – es mussten noch Halbwahrheiten hinzugedichtet werden.

»Ich glaube, der da …«, mit unbewegter Miene nickte Margaux in O'Farrells Richtung, »… hätte meine Aussage als Einladung verstanden, zu beweisen, dass sie zutrifft. Sie scheinen eine andere Taktik zu haben, mich bei Laune zu halten.«

»Jeder benutzt die Taktik, die er für die beste hält«, sagte Nicholas. Flirten und herumalbern, vermutete er, würden Margaux nicht motivieren. Trinken vielleicht eher. »Am Ende wird es einen Wettkampf zwischen den Agenten geben«, fügte er hinzu, »dann sehen wir ja, wessen Methoden die besseren waren.«

Er meinte, Margaux lächeln zu sehen, und wusste sofort, dass sie gewinnen wollte.

Sie kletterte die Leiter also weiter hinauf und hinunter, und irgendwann sah er, dass sie Blasen an den Händen bekam. Sie ließ sich ihre Schmerzen nicht anmerken, wurde aber langsamer, und Nicholas überlegte, wie er reagieren sollte. Wenn er ihr befahl aufzuhören, würde sie sicherlich bloß wütend werden.

Als sie das nächste Mal von der Leiter stieg, sagte er: »Mit zwölf Jahren musste ich mich einmal am Seil einer kaputten Hängebrücke entlanghangeln, bis es mir die Haut von den Händen riss. Eine kluge Frau riet mir damals, sie würden gut mit Aloe-vera-Salbe verheilen. Soweit ich weiß, gibt es in der Frauen-Unterkunft welche.«

Er wusste es sogar mit Sicherheit. Da sich auch die anderen Joes ihre Hände wund gescheuert hatten, hatte Nicholas sich nach der ersten Trainingseinheit darum gekümmert, dass man genug davon auf Vorrat hatte.

»Ja, vielleicht frage ich dort später einmal nach«, war Margaux' einziger Kommentar, aber sie kletterte wieder schneller, und in dem Moment wusste Nicholas, sie würde eine der besten Agenten werden, die er je trainieren durfte.

Und tatsächlich gewann Margaux, als sie später die Zeiten der Joes stoppten. Wäre es ein echter Einsatz gewesen, hätten sie das Flugzeug in weniger als drei Minuten wieder starten können.

O'Farrell seufzte schwer, doch dann beglückwünschte er Margaux. »Ich gebe Ihnen nachher im Pub einen Drink aus.«

»Ich bin nicht Ihr Trostpreis«, erwiderte sie nur und stapfte davon. Sie ging ebenso aufrecht und selbstsicher wie am Anfang, obwohl sie vollkommen erschöpft sein musste und ihre Hände mit Sicherheit höllisch wehtaten.

»Gott sei Dank, dass sie für *uns* arbeitet«, bemerkte Nicholas.

»Gott sei Dank, dass sie mit dir arbeitet und nicht mit mir«, gab O'Farrell zurück. »Wenn du in eine Falle tappst, möchte ich wetten, dass sie dich aus dem Flugzeug schubst, geradewegs in die Arme der Deutschen, und wegfliegt, ohne einen weiteren Gedanken an dich zu verschwenden.«

Nicholas war davon nicht überzeugt.

Unter den gegebenen Umständen war es unmöglich, der Person, mit der man trainierte, nicht näher zu kommen. Zwischen ihm und Margaux entstand eine Vertrautheit, die sich mehr aus stiller Kameradschaft als aus Gesprächen ergab, und sie arbeiteten außerordentlich gut zusammen.

Ursprünglich war Margaux als Kurier nach Frankreich geschickt worden, aber als die *SOE* feststellte, dass das Sammeln geheimer Informationen zu ihren besonderen Talenten gehörte, beschloss man, dies zu nutzen. Das bedeutete, dass sie häufiger als andere *SOE*-Agenten hin- und herfliegen musste, weil es zu unsicher war, die Informationen, die sie von Oberführer Dietrich erhalten hatte, per Funk zu übermitteln. Deshalb schlug die *SOE* vor, Nicholas und Margaux sollten sich als Verlobte ausgeben. Auf diese Weise konnten sie zusammen trainieren und arbeiten, ohne dass jemand misstrauisch werden konnte, was Margaux' Aufgabenbereich betraf. Nicholas war es gewohnt, Geheimnisse zu bewahren – es durfte ja auch niemand wissen, was die 161er Staffel tat –, also dachte er, ein zusätzliches Geheimnis werde keinen großen Unterschied machen.

Bei dem Gespräch damals hatte man auch seine »Bedürfnisse« thematisiert, woraufhin er fast laut aufgelacht hätte. Als Margaux' Verlobter könne er nicht mit anderen Frauen ausgehen und intim werden, erklärte man ihm. Als er Margaux später davon erzählte – mit *ihr* hatte natürlich niemand über ihre »Bedürfnisse« gesprochen –, lachte sie und sagte, sie habe nicht vor, den gesamten Krieg über keusch zu bleiben, aber sie werde sich dabei diskret verhalten.

Seit ihrer Tarnverlobung vor acht Monaten hatte Nicholas keine Frau getroffen, mit der er eine geheime Affäre hätte eingehen wollen. Doch nun war da Skye.

Sie war zu anständig, um sich mit einem verlobten Mann einzulassen, und er würde sie nicht so sehr lieben, wie er es tat, wenn dem nicht so wäre.

Außerdem bestand immer noch die Möglichkeit, dass sie gar nicht an ihm interessiert war. Sie schien mit O'Farrell ganz zufrieden zu sein. O'Farrell wusste, dass Nicholas' Verlobung nur vorgetäuscht war. Nicholas könnte also Margaux' Vorschlag folgen und ihn bitten, die Finger von Skye zu lassen, aber welches Recht hatte er, sie an einer Beziehung mit O'Farrell zu hindern, während er selbst ihr lediglich Freundschaft anbieten konnte? Und vielleicht noch nicht einmal das, wenn es sich als zu schwierig erweisen sollte, seine Gefühle für sie unter Verschluss zu halten. Sich zu offenbaren würde bedeuten, Margaux und die *SOE* zu gefährden, das Gesetz zu brechen und seine Gefühle über die Freiheit jedes einzelnen Landes zu stellen, das von den Deutschen besetzt war.

Das könnte er niemals tun. Und Skye würde es auch nicht wollen, da war er sicher.

Er hatte nun also eine zusätzliche Motivation dafür, durch seine Missionen dabei zu helfen, dass der Krieg so schnell wie möglich zu Ende ging – wenn da nicht dieser schreckliche Nebel wäre, der sich gerade immer mehr verdichtete und alle Orientierungshilfen verschluckt hatte, durch die er seine Position hätte bestimmen können.

Er flog trotzdem weiter und hoffte, dass O'Farrell und sein Joe noch hinter ihm waren. Bestimmt dachten auch sie dasselbe wie er: dass nach dem gestern wetterbedingt abgesagten Einsatz die heutige Mission reibungslos verlaufen musste, da sie möglicherweise keine weitere Chance mehr bekämen.

—

Die Quellwolken hatten sich bis auf eintausend Fuß gesenkt. Es drang so wenig Mondlicht hindurch, dass Nicholas weiterhin wie blind flog und sich auf den Kompass und sein Gedächtnis verlassen musste. Er sollte sich mit O'Farrell in Blois treffen, aber es war unmöglich, die Stadt zu erkennen, also flog er einfach weiter und hoffte, O'Farrell täte dasselbe. Endlich, gerade in dem Moment, als er dachte, er müsse abbrechen, lichtete sich der Nebel so weit, dass er einen Fluss und eine Kirche ausmachen konnte. Er hatte Glück gehabt und war nur wenige Meilen vom Kurs abgekommen.

Nebelschwaden zogen an ihm vorbei, und nur dünne Streifen des Mondlichts erreichten den Boden. Es waren keine idealen Landebedingungen, aber bei dieser Arbeit war nie etwas ideal. Nicholas flog sicherheitshalber noch einen Kreis, um sich zu vergewissern, dass die Sicht ausreichte. Er sah, wie per Taschenlampe der Buchstabe »S« gemorst wurde, was bedeutete, dass am Boden alles bereit war.

Bei seiner zweiten Runde sah er O'Farrells Lizzie mit der aufreizenden Betty Boop am Heck. Er ließ auch seinen Freund über dem Landeplatz kreisen und wackelte dann mit den Tragflächen, was O'Farrell erwiderte, um zu signalisieren, dass er einverstanden war, die Landung zu versuchen.

O'Farrell ging als Erster zu Boden, so wie es das Protokoll vorgab, und Nicholas, der die Landung beobachtete, fluchte.

»Was ist passiert?«, fragte Margaux über die Sprechanlage.

»Ich weiß nicht, aber eine Lizzie sollte so nicht landen.«

Er konnte sehen, wie O'Farrell ausstieg, was er nur tun würde, wenn es Probleme mit dem Flugzeug gab. Eigentlich sollte Nicholas nun warten, aber das konnte er nicht. Er wollte zur Stelle sein, falls O'Farrell ihn brauchte.

»Wir gehen runter«, sagte er zu Margaux.

»Natürlich tun wir das.«

Nicholas hatte gewusst, dass sie das sagen würde. Sie vier – O'Farrell und Nicholas, Margaux und Luc, O'Farrells Agent, – standen einander sehr nahe, besonders, seit Margaux O'Farrell hatte schwören lassen, dass er nie wieder mit ihr flirten würde. Margaux würde keinen von ihnen auf dem Boden zurücklassen, wenn es nicht unbedingt sein musste, und dasselbe galt für Nicholas.

Doch auch er bekam während der Landung Schwierigkeiten. Er merkte, wie die Lysander beim Aufsetzen protestierte. Sein Höhenruder klemmte, und der Steuerknüppel ließ sich nicht mehr bewegen. Obwohl die Fotos, die er in Tangmere begutachtet hatte, eine improvisierte, aber anständige Landebahn auf dem Feld gezeigt hatten, schien sie inzwischen von tiefen Furchen durchzogen zu sein. Die Bodenmannschaften wussten zwar um die Gefahrenquellen, die ein Flugzeug beschädigen konnten, aber dennoch konnten sie nicht immer verhindern, dass ein Feld an einem Tag perfekt und am nächsten umgepflügt oder von Regen durchweicht war.

»Verdammt!«, fluchte Nicholas und sprang aus dem Cockpit.

Die Bodenmannschaft rannte herbei. Allen war bewusst, dass er in zweieinhalb Minuten wieder abheben sollte – und sie hatten noch nicht einmal angefangen, die Fracht zu entladen. Aber so, wie es im Moment aussah, würde er nirgends mehr hinfliegen. Das hintere Fahrwerk war beschädigt, und das Höhenruder klemmte immer noch. Nicholas trat dagegen, so fest er konnte, aber nichts rührte sich.

Nach einigen weiteren Versuchen gaben die Streben des Fahrwerks endlich nach, und das Höhenruder war wieder frei. Nicholas lief zu O'Farrell, damit er es genauso machte.

»Kann sie denn so noch fliegen?« O'Farrell klang nicht so keck und unbeschwert wie sonst. In seiner Stimme lag Angst vor dem, was geschehen könnte. Davor, dass sie als amerikanische Piloten in Frankreich festsaßen und von den Nazis aufgespürt werden konnten. Oder dass sie in ihren beschädigten Flugzeugen auf dem Rückflug vom Himmel fielen.

Es war Nicholas' Aufgabe, seinem Freund Zuversicht zu vermitteln, ihn zu überzeugen, dass sie tun konnten, was auch immer sie tun mussten, auch wenn Nicholas selbst große Zweifel hegte. Zwischen den zwei Möglichkeiten abzuwägen und eine Entscheidung zu treffen – am Boden bleiben und einen Unterschlupf finden, bis sie eventuell morgen Abend aufgelesen werden konnten, oder zurückfliegen und hoffen, dass alles gut ging – zerrte an seinen Nerven.

»Pass auf, wir machen es folgendermaßen«, begann er entschieden, als wäre er sicher, dass es funktionieren würde, obwohl er in Wahrheit keine Ahnung hatte. »Das Höhenruder lässt sich vielleicht nicht mehr richtig bedienen, aber mit etwas Glück – und das haben wir heute wahrlich verdient – können wir auch über mehr Gas und mehr Beschleunigung aufsteigen. Wenn wir dann zu hoch sind und es zu kalt wird, nehmen wir die Geschwindigkeit einfach wieder zurück und sinken dadurch. Ja, ich denke, indem wir mit Steig- und Sinkflug abwechseln, können wir es wieder zurück schaffen.«

O'Farrell sah ihn ungläubig an. »Das soll wohl ein Witz sein.«

»Vielleicht klappt es nicht. Aber wenn du die Höhe über das Ruder nicht halten kannst, musst du es damit versuchen.«

Plötzlich ertönten vom hinteren Ende des Feldes her Gewehrschüsse. Der Widerstandskämpfer, der dort zwischen den Bäumen positioniert war, um das Areal zu bewachen, hatte offenbar ein Problem, und dieses Problem kam nun aller Wahrscheinlichkeit nach direkt auf sie zu.

»Zurück in die Maschinen!«, rief Nicholas.

Er packte Margaux am Arm, vergewisserte sich, dass O'Farrell und Luc ebenfalls zu ihrer Lizzie rannten, und winkte die wartenden Passagiere zu seinem Flugzeug – einem Flugzeug, von dem er nicht wusste, ob es überhaupt abheben würde.

Er, Margaux und O'Farrell erreichten die Lizzies, aber Luc war zu langsam. Rote Funken stieben durch die Luft wie winzige Rubine, als aus mehreren Maschinengewehren gleichzeitig gefeuert wurde. Luc fiel zu Boden.

»Verdammte Scheiße.« Es war in höchstem Maße unwahrscheinlich, dass Luc diese Schüsse überlebt hatte. »Du musst ihn hierlassen«, rief Nicholas O'Farrell zu, während er die Übelkeit unterdrückte, die dabei in ihm aufstieg. Aber es war seine Aufgabe als Wing Commander, möglichst viele von ihnen lebend hier rauszubringen. Am liebsten hätte er vor Wut mit den Fäusten auf sein Flugzeug eingeschlagen. Luc hatte so ein Ende nicht verdient. Aber Margaux und O'Farrell und die anderen verdienten es, zu leben, und ihren Tod zu riskieren, um eine Leiche zu bergen, war nicht zu rechtfertigen, selbst wenn der Tote sein Freund gewesen war.

Nicholas schob seine Passagiere ins Flugzeug, kletterte hinterher, gab Gas und fluchte wieder. »Komm schon, du verdammtes Ding, heb ab!« Das Flugzeug rumpelte über den Boden, dann gehorchte es endlich und stieg in die Luft.

Hinter sich hörte er das Rattern von Maschinengewehren und trieb seine Lizzie bis fast an die Grenze ihrer Belastbarkeit – ein großes Risiko, da er noch nicht wusste, wie groß der Schaden tatsächlich war. Nicholas war klar, dass O'Farrell ihm in allem folgen würde, also musste er nicht nur für sein eigenes, sondern auch für O'Farrells Flugzeug entscheiden, was machbar war.

Er drehte nach rechts ab, um zu prüfen, ob O'Farrell in der Luft war. Als er ihn entdeckte, atmete er erleichtert auf, aber es war noch zu früh, um sich zu entspannen.

Wortlos testete er die Funktionen seiner Lizzie. Wie er vermutet hatte, konnte sein Flugzeug die Höhe nicht halten. Sie mussten also genau die Strategie anwenden, die er O'Farrell erklärt hatte, und würden den ganzen Weg bis nach England in einer absurden Art von Achterbahn fliegen, deren besondere Attraktionen Flaks und feindliche Flugzeuge wären.

Als er sicher war, dass er alles einigermaßen unter Kontrolle hatte, meldete er sich über die Sprechanlage bei Margaux.

Ihre Antwort war knapp: »Jetzt nicht.«

Also sagte er nichts weiter, und auch die anderen Passagiere schwiegen. Wahrscheinlich saßen sie alle wie erstarrt da angesichts seiner seltsamen Flugmanöver.

Die ganze Zeit den Gashebel zu drücken, war extrem anstrengend, und schon auf halbem Weg nach Tangmere zitterten Nicholas die Arme so stark, dass er die Knie zu Hilfe nehmen musste. Der Hebel scheuerte ihm durch den Anzug hindurch die Haut auf, aber dank des Schmerzes war er in der Lage, einen Schockzustand zu vermeiden. Endlich erreichte er Tangmere und konnte landen – wenig elegant, aber immerhin so, dass keine Rettungswagen nötig waren.

Die Bodenmannschaft kam angerannt. Sichtlich beunruhigt, halfen ihm die Männer beim Abschnallen. Seine Passagiere kletterten aus dem Flugzeug, und einer von ihnen, etwa in Nicholas' Alter, sank auf die Knie und küsste den Boden so inbrünstig wie eine Geliebte.

»Halleluja«, sagte er dann mit amerikanischem Akzent. »Als mein Flugzeug abstürzte, habe ich mich einen Monat lang versteckt und nicht mehr damit gerechnet, dass ich je wieder heil aus Frankreich rauskomme.«

Der Mann war offenbar Pilot bei der amerikanischen Luftwaffe. Sie hatten einen *SOE*-Agenten für einen amerikanischen Piloten und drei weitere Passagiere geopfert. War es das wert gewesen?

Frustriert fuhr Nicholas sich durchs Haar, dann begutachtete er sein Flugzeug. Die Ingenieure zeigten ihm, dass das Fahrwerk unter dem Höhenleitwerk komplett in den Rumpf gedrückt worden war und so das Höhenruder blockiert hatte. Es war ein Wunder, dass er überhaupt irgendwohin hatte fliegen können.

Margaux kam zu ihm, und er sah sie an, doch sie schüttelte nur den Kopf. Da wusste er, dass sie nie über Lucs Tod sprechen würde. Wenn sie es täte, wäre sie vermutlich nicht mehr in der Lage, das zu tun, was sie sich vorgenommen hatte.

Sie deutete auf Nicholas' Passagiere. »Einer von ihnen ist Jean Moulin, der Anführer der Résistance und de Gaulles rechte Hand. Das weißt du natürlich nicht von mir. Aber ihn da rauszuholen war sehr wichtig.«

Margaux' Gesicht zeigte wieder die gewohnte Härte, vielleicht war es sogar noch härter als sonst. Ein von Feinden besetztes, dem Untergang geweihtes Land, getötete Eltern, getötete Brüder und mit Luc nun auch ein getöteter Liebhaber – ihr blieb gar nichts anderes übrig, als sich in sich selbst zurückzuziehen. Nicholas nahm ihre Hand und spürte, dass sie fest zudrückte – nicht um Trost zu spenden, sondern ausnahmsweise einmal, um ihn zu empfangen.

Als O'Farrell zu ihnen kam, weiß wie die Wand, ließ sie seine Hand wieder los.

Nicholas nahm drei Zigaretten, zündete sie an und gab zwei davon weiter. So standen sie zu dritt an ein kaputtes Flugzeug gelehnt, rauchten und schwiegen. Nicholas vermutete, dass die beiden genau wie er im Geiste das Aufspritzen von Rot vor dem schwarzen Himmel sahen und wie Luc auf sein Gesicht fiel.

Er trat seine Kippe aus. »Ich werde nicht schlafen können.«

»Ich auch nicht«, sagte Margaux.

»Gleichfalls.« Unruhig trat O'Farrell von einem Bein auf das andere. »Fahren wir zu Skye.«

»Es ist vier Uhr morgens«, bemerkte Margaux.

»Sie ist schon immer im Morgengrauen aufgestanden«, erwiderte Nicholas, ohne nachzudenken.

»Wir könnten kurz nach Sonnenaufgang dort sein«, sagte O'Farrell, als wäre es ganz und gar normal, jemanden um diese Zeit zu besuchen. »Ich nehme Champagner mit.«

»Und ich Gitanes«, ergänzte Margaux.

»Und ich Orangen«, sagte Nicholas.

»Und Seidenstrümpfe und Parfüm.« O'Farrells Augen begannen zu leuchten.

»Ich regle das«, sagte Nicholas. Eigentlich sollten sie eine kurze Nachbesprechung abhalten, essen, schlafen und gewiss nirgendwo mehr hinfahren. Aber er würde einen Wagen und etwas Benzin besorgen und die Erlaubnis, dass sie ein paar Stunden herumfahren und ihre Nerven beruhigen durften.

Margaux zuckte die Achseln. »Okay, dann los.«

Sie alle suchten ihre Mitbringsel zusammem und Nicholas riet O'Farrell, eine Badehose einzupacken, woraufhin dieser etwas ungläubig guckte. Nicholas jedenfalls nahm seine Schwimmsachen mit. O'Farrell hat recht, dachte er: Auch er wollte jetzt nichts lieber, als Skye zu sehen. Sie im Arm zu halten.

Aber natürlich wäre es O'Farrell, der sie halten würde, und nicht er.

Kapitel 17

Skye erwachte bei Sonnenaufgang, schlüpfte in ihren Badeanzug und lief ein kurzes Stück durch Hamble, dessen Bewohner um diese Uhrzeit noch nicht wach waren. Nur bei *Clarke's*, dem Bäcker an der High Street, drang schon der verführerische Duft frischen Brotes aus der Backstube.

Fast konnte sie sich einreden, dass sie in diesem von Wasser umgebenen Ort mit den hübschen Veranden Urlaub machte. Auf der einen Seite lag ein Fluss, auf der anderen der Solent, ein Seitenarm des Ärmelkanals, von dem salzige Luft herüberwehte und auf dem die weißen Segel einiger Boote leuchteten. Noch schöner war die Illusion, dass Hitler gestürzt worden oder dieser Krieg erst gar nie passiert sei. Doch dann sah sie wieder das allgegenwärtige Glänzen der silbernen Sperrballons, die sich im Southamptoner Verteidigungskorridor fast gegenseitig berührten; es schienen so viele zu sein, dass man den Eindruck hatte, sie hielten England fest, und sollte einer von ihnen platzen, würde das ganze Land ins Meer versinken.

Sie trat durch eine Lücke im Stacheldrahtzaun und lief direkt ins Wasser. Die Kälte ließ sie augenblicklich wach werden. Sie schwamm ein Stück, dann ließ sie sich auf dem Rücken treiben und starrte in den Himmel, ihr zweites Zuhause – auch wenn die Flugzeuge, mit denen sie in letzter Zeit flog, mehr schlecht als recht in der Luft blieben. Das Versagen des Steuerbordmotors gestern war am Ende fast komisch gewesen – zumindest *nachdem* sie das verdammte Ding hatte landen können. Mit einem Grinsen stellte sie sich O'Farrells Gesicht vor, wenn er tatsächlich mitgeflogen wäre.

O'Farrell. Er hatte sich gestern gefreut, sie zu sehen, und das war … nett gewesen. Sie dachte an den Ozean und den Himmel, ihre beiden großen Lieben, die entweder gefährlich wild oder berauschend schön, manchmal beides und selten etwas dazwischen waren. Und ganz sicher nicht *nett*. Aber *nett* war sicher. *Nett* ging nicht mit der Art von Beunruhigung einher, die sie gestern befallen hatte, als ihr Blick immer wieder zu Nicholas gedriftet war. Bei ihrem gemeinsamen Abendessen neulich war es ihr vorgekommen, als würde sie etwas zwischen ihnen erkennen, das wie eine Insel hinter einem Vorhang aus Dunst und Regen verborgen lag. Skye wusste, sie sollte sich abwenden, bevor ihr klar würde, was genau das war.

Sie schlug mit den Händen aufs Wasser, tauchte mit kräftigen Beinschlägen nach unten und ließ sich vom Wasser umfangen. Erst als ihre Lungen brannten, schoss sie wieder an die Oberfläche zurück. Dann schwamm sie ans Ufer, trocknete sich ab und kehrte in ihr Häuschen zurück. Sie hatte Hunger und war froh, sich auf ein so banales Gefühl konzentrieren zu können. Ein Gefühl, das ganz einfach mit Toast und einer heißen Tasse Tee befriedigt werden konnte.

Rose schlief noch, und Joan war gestern Abend nach London gefahren, um einen neuen Verehrer zu treffen, also machte Skye sich nicht die Mühe, gleich zu duschen und sich anzuziehen. Stattdessen strich sie Roses Katze über den Kopf, nahm den Teekessel und füllte gerade kostbare Teeblätter ein, als es klopfte. Da sie davon ausging, dass es Mrs Chambers war, die ihnen etwas übrig gebliebenes Essen aus dem *Bugle* brachte, blieb ihr vor Staunen der Mund offen stehen, als sie O'Farrell, Nicholas, Margaux und Richie Jenkins – den Rose auf dem letzten Tanzabend so angeschmachtet hatte – vor ihrer Tür erblickte.

»Was macht ihr denn hier?«, fragte sie überrascht.

O'Farrell wirkte untypisch verlegen. »Wir waren zu aufgewühlt, um zu schlafen. Schau mal, wir haben Champagner mitgebracht.« Er überreichte ihr die Flasche.

»Für ein Champagnerfrühstück bin ich aber nicht passend gekleidet«, sagte sie.

Was noch eine Untertreibung war. Ihr Badeanzug war aus schwarzem Lastex, auf dem sich ein weißer Tiger rekelte.

»Ich beklage mich nicht.« O'Farrell grinste.

Sie sah an ihm vorbei zu den anderen. Nicholas' Blick wanderte von ihrer Brust über den Tiger auf ihrem Bauch bis zu ihren nackten Oberschenkeln. Sie musste schlucken.

Im nächsten Moment sah er wieder nach oben, und ihre Blicke streiften sich flüchtig. Er wurde rot, als er merkte, dass sie ihn beobachtet hatte, und das Glühen seiner Wangen passte zu dem Gefühl, das er in ihr entfacht hatte.

»Hier sind noch mehr Orangen«, sagte er schnell und hielt den Beutel hoch, wie um seine Verlegenheit zu überspielen.

O'Farrell begann zu reden, aber Skye bekam nicht mit, was er sagte, nur dass seine Worte schnell hervorsprudelten und er dabei wild gestikulierte. Selbst Margaux wirkte seltsam angespannt. Skye kannte das Gefühl der Unruhe nach einem Tag des Fliegens, wenn man nicht abschalten konnte und im Bett nur an die Zimmerdecke starrte. Sie trat beiseite, um die vier einzulassen.

In der Küche leerte sie den Beutel Orangen auf die Arbeitsplatte. Nicholas schob ihr mehrere Päckchen Gitanes hin, und sie wusste, dass er wieder in Frankreich gewesen war. Er sah sie nicht an.

O'Farrell sah sich staunend in ihrem winzigen Häuschen um, in dem die Badewanne in die Küche integriert war. Sie suchten ein paar Stühle zusammen und drängten sich um den kleinen Tisch.

Während Skye die Orangen auspresste, machte Nicholas aus den mitgebrachten Eiern Rührei.

»Du kochst wohl öfter?«, fragte sie, und er lächelte, so dass sie nicht anders konnte, als zurückzulächeln.

O'Farrell toastete das Brot – was ihm, dem Geruch nach zu urteilen, nicht so gut gelang – und Richie deckte den Tisch. Eine gähnende Rose kam dazu und kochte Tee, während Margaux an der Küchentheke lehnte und alles beobachtete.

O'Farrell legte eine Hand an Skyes Rücken. »Ich hatte Lust, dich zu sehen«, sagte er fast ein wenig schüchtern.

»Ich freue mich, dass du hier bist.«

Das war nicht gelogen. Es war schön, an Frühstück und Orangensaft zu denken und nicht an das Gefühl von gestern, als sie fast vom Himmel gestürzt wäre.

»Wenn ich gewusst hätte, dass du so was anhast, wäre ich schon viel früher gekommen«, meinte er schmunzelnd. Sein Zeigefinger strich leicht über ihren Nacken.

Skye lachte. »Nimm die mal.« Sie gab ihm zwei Gläser mit Orangensaft, die er auf den Tisch stellte.

»In deins auch Champagner?« Fragend hob er die Flasche hoch.

Skye schüttelte den Kopf. »Ich werde mir den guten Saft doch nicht mit Champagner verderben.«

O'Farrell wirkte bedrückt und sah zu Nicholas, der plötzlich sehr mit seinen Rühreiern beschäftigt war. Da begriff sie, dass O'Farrell den Champagner mitgebracht hatte und Nicholas die Orangen.

»Ich trinke den Champagner nach meinem Saft«, sagte sie freundlich und setzte sich neben O'Farrell, der einen Arm auf ihre Stuhllehne legte.

Margaux holte sich eine Tasse Tee, und sie und Nicholas nahmen Platz. Das Rührei lehnte sie ab. »Ich glaube, mein Magen verträgt noch kein Essen.«

Skye registrierte Nicholas' Blick: mitfühlend und voller Verständnis.

»Eine harte Nacht?«, erkundigte sie sich, und Margaux nickte.

Skye fragte nicht weiter nach, weil sie ahnte, dass jemand gestorben war und die vier deswegen so angespannt und überdreht waren. Sie stand auf, öffnete einen der Küchenschränke und tastete nach einer Schachtel mit Schokopralinen aus Paris, die sie für genau so eine Gelegenheit aufbewahrt hatte.

Als Französin war Margaux vermutlich die Einzige, die die Pralinensorte kannte, und Skye hoffte, sie würde sich vielleicht über das Angebot freuen. Sie stellte die Schachtel vor ihr auf den Tisch und setzte sich wieder hin.

Margaux starrte eine ganze Weile auf die Schokolade, bevor sie Skye ansah. »Du bist wirklich so nett, wie alle sagen.« Und ehe Skye etwas erwidern konnte, fügte sie hinzu: »Vielen Dank.«

Margaux suchte sich eine Praline aus, biss ein Stück davon ab, und die Anspannung der vier Gäste schien ein wenig nachzulassen.

Sie redeten über O'Farrell, der in Chicago aufgewachsen war, und er erzählte, er habe nie einen langweiligen Bürojob ausüben wollen, also sei er Pilot geworden. Nachdem er eine Weile Flugboote für Pan Am transportiert habe, sei er dann nach England gegangen, um im Krieg zu kämpfen. Er erwähnte nicht, was Nicholas ihr erzählt hatte: dass er noch vor Amerikas Kriegseintritt gekommen war und damit eine Gefängnisstrafe riskiert hatte.

»Du hättest in den USA bleiben können«, sagte Skye, die diese vertrauliche Information nicht preisgeben und dennoch signalisieren wollte, dass sie seinen Einsatz schätzte. »Das wäre sicherer gewesen.«

O'Farrell holte eine Lucky Strike hervor, zündete sie an und blies den Rauch aus. »Sicherer vielleicht, aber es wäre gewesen, als beobachte man, wie der Nachbar ein Kind drangsaliert, und schaue dann einfach weg, weil es ja nicht im eigenen Garten passiert.«

Skye lehnte sich zu ihm und gab ihm einen Kuss auf die Wange. Er wurde rot und füllte schnell die noch fast vollen Champagnergläser nach, um seine Reaktion zu überspielen.

»Dass O'Farrell ein Held ist, wäre dann ja geklärt«, kommentierte Margaux trocken. »Aber was ist mit unserem Wing Commander? Wie war der denn als Junge?«

Skye ließ sich Zeit mit ihrer Antwort. Ein bestimmter Moment geisterte in ihrem Kopf herum. *Ist sie das?*, hatte Nicholas' Tante einmal gefragt, mit einer Miene, als sei Skye ein stinkender Fischkadaver. *Das ist Skye*, hatte Nicholas geantwortet und damit nicht zugelassen, dass seine Tante seine neue Freundin verunglimpfte.

»Er war loyal«, sagte sie, während eine Erinnerung in die nächste überging: wie Nicholas ihr gestanden hatte, dass er nicht schwimmen konnte, und sich dann an dem Seil der Hängebrücke entlanggehangelt hatte, während es ihm die Haut von den Händen riss. »Und sehr tapfer.«

Jetzt erst wagte sie es, den Kopf zu heben. Nicholas' Gesicht war so rot wie O'Farrells noch vor wenigen Minuten, doch er tat nichts, um es zu überspielen. Er ließ die Aussage einfach so stehen und setzte sich damit dem Risiko möglicher Hänseleien durch O'Farrell oder Richie aus. Aber niemand zog ihn auf. Stattdessen nickten alle, als wüssten sie, dass Skye nur die Wahrheit ausgesprochen hatte.

»Dann hat er sich ja nicht verändert«, kommentierte Margaux und lächelte Nicholas an. Ab und zu schien sie also doch zu ein wenig Wärme fähig zu sein.

Skye sprang auf und begann, die Teller abzuräumen. Während sie Wasser in die Spüle laufen ließ, stellte Nicholas sich neben sie, und unter dem Vorwand, ihr die Teetassen zu reichen, murmelte er: »Danke.«

Bevor sie etwas erwidern konnte, sagte er: »Können wir schwimmen gehen? Und wenn du immer noch mehr Badeanzüge als normale Kleidung hast, würdest du Margaux einen ausleihen? Ihr seht aus, als hättet ihr dieselbe Größe.«

»Natürlich.« Skye stellte den Wasserhahn ab.

»Schwimmen?«, fragte O'Farrell. »Ich dachte, du machst Witze, Nick. Man darf doch gar nicht schwimmen gehen.«

»Auch wenn die Strände abgesperrt sind, besucht man Skye Penrose nicht am Meer, ohne seine Badesachen mitzunehmen. Damals, als sie der Messerschmitt ausgewichen ist, hat es vielleicht so ausgesehen, als sei ihr natürlicher Lebensraum der Himmel, aber tatsächlich ist er das Meer. Und heute ist ein perfekter Tag zum Schwimmen.«

Das stimmte. Es war ein schöner Sommertag geworden, viel zu schön, um ihn nicht zu nutzen.

»Geh ruhig vor, Skye«, sagte Rose zu Skye, nach dem der Abwasch erledigt war. »Du bist ja schon umgezogen, da musst du nicht auf uns warten.«

Suchend sah Skye sich um. »Ich will eben nur noch was zum Überziehen finden.«

»Zum Überziehen?«, wiederholte Nicholas, der zurück in die Küche kam und sich inzwischen die Badehose angezogen hatte. »Die Skye, die ich kenne, hält sich doch nicht mit Sachen zum Überziehen auf! Außerdem sind es nur ungefähr zehn Schritte bis zum Wasser.«

Sie grinste, huschte flink an ihm vorbei und sauste durch die Tür. »Worauf wartest du dann noch?« Lachend rannte sie die Straße hinunter zum Sandstrand, und Nicholas holte sie erst kurz vor der Brandung ein.

Sie mussten eine Weile durchs Wasser waten, bis es tief genug zum Schwimmen war, aber dann warf Skye sich in die Wellen und kraulte los. Sie schwamm immer weiter in den Solent hinaus, ohne darauf zu achten, ob er ihr folgte. Sie schwamm vor Nicholas Crawford davon – vor Nicholas in seiner Badehose, mit den muskulösen Beinen, dem nackten Oberkörper und der feinen Linie an Haaren, die von seinem Bauchnabel an abwärts verlief. Sie schwamm mit immer kräftigeren Zügen in der Hoffnung, die verräterische Hitze in ihrem Körper loszuwerden, die rein gar nichts mit der Sonne zu tun hatte.

Als ihr irgendwann das Atmen schwerfiel und sie keuchend innehalten musste, drehte sie sich auf den Rücken und ließ sich treiben. Sie war sicher, dass sie sich jetzt wieder im Griff hatte.

Sie sollte wieder ans Ufer schwimmen. Aber nun tauchte Nicholas neben ihr auf und ließ sich ebenfalls treiben – das hatten sie schon eine Million Mal zusammen gemacht.

»Genau das habe ich gebraucht«, sagte er leise.

»Ich auch.« Skye schloss die Augen. »Stell dir vor«, sagte sie dann, »wir hätten keinen Krieg und würden jeden Tag einfach nur aus Spaß fliegen, nach Frankreich und Kairo und Kapstadt. Und jedes Wochenende könnten wir nach Cornwall in die Höhle –«

Sie brach ab, als sie merkte, dass sie eine gemeinsame Zukunft mit Nicholas beschrieb. Aber sein Leben war mit Margaux verknüpft.

»… und könnten tagsüber schwimmen und Muscheln essen und nachts am Strand schlafen und –« Nicholas' Stimme, der ihren unfertigen Satz aufgegriffen hatte, erstarb ebenso plötzlich wie ihre.

Skye konnte nicht mehr sprechen. Ihre Worte und seine unerwartete Fortführung hatten ihre Kehle so rau gemacht, als hätte sie gerade einen Ozean voll Salzwasser getrunken. Sie starrte in das blendende Blau des Himmels und dachte daran, wie sein Blick vorhin an der Eingangstür über ihren Körper gewandert war. Sie durfte solche Gedanken nicht weiterverfolgen.

»Was ist mit deinen Knien passiert?«, fragte sie auf der Suche nach einem sicheren Gesprächsthema.

»Mein Höhenruder war defekt.«

»Autsch.«

Eine Weile nahm sie nur das leichte Plätschern der Wellen und gelegentlich den Schrei einer Möwe wahr – bis die Strömung sie ein wenig zur Seite trieb und ihre Fingerspitzen die von Nicholas streiften. Es war nur das Flüstern einer Berührung und fast schon vorbei, bevor es überhaupt anfing, aber sie spürte ein Kribbeln in ihrem ganzen Körper.

Doch ein lautes Platschen bewies, dass sie die Einzige war, die so etwas gefühlt hatte. Nicholas hatte nur auf den perfekten Moment gewartet, um einen ihrer Lieblingstricks von früher zu kopieren: ihn zu packen, wenn er nicht darauf gefasst gewesen war, und ihn unter Wasser zu ziehen. Jetzt hielt er sie am Arm fest, aber sie wand sich aus seinem Griff und tauchte unter ihm weg. Da bekam er ihren Knöchel zu fassen und begann, ihren Fuß zu kitzeln.

Sie konnte nur schwach nach ihm treten, weil sie so lachen musste, und als sie dabei versehentlich den Mund öffnete, schluckte sie Wasser. Hustend und prustend tauchte sie wieder auf.

Er grinste. »Darauf habe ich gewartet, seit ich dreizehn war.«

Sie musste wieder lachen, und ihre Atmung beruhigte sich nur langsam. Als sie nebeneinander aus dem Wasser wateten, begann ihr Herz plötzlich zu rasen. Auf Nicholas' breiten Schultern glitzerten Wassertropfen, und es war unmöglich, etwas anderes zu sehen als ihn. Ihre Blicke trafen sich, seine Augen leuchteten tiefblau, und er öffnete die Lippen. Dann verschwand sein Lächeln, und er wandte so abrupt den Blick ab, dass es sich anfühlte, als hätte er ihr dabei ein Stück Haut abgezogen.

»Ich gehe mal zu den anderen«, sagte er.

Er tauchte durch das flache Wasser in Richtung der Gruppe. Rose spritzte Richie gerade einen Schwall Wasser ins Gesicht, Margaux rekelte sich elegant auf einem Handtuch, den Kopf von einer Rauchwolke umgeben, und O'Farrell hatte die Hose hochgerollt und sein Hemd aufgeknöpft, watete durchs Wasser und sah hin und wieder zu Skye. Nicholas ging ans Ufer und ließ sich neben Margaux in den Sand fallen. Sie bot ihm eine Zigarette an. Er schüttelte den Kopf.

Eine Gruppe Freunde am Meer. So normal. Nichts schien irgendwie ungewöhnlich. Abgesehen davon, dass Skye eine Erkenntnis getroffen hatte wie ein Blitz aus heiterem Himmel: Sie war bis über beide Ohren, voll und ganz und unleugbar, in Nicholas Crawford verliebt.

Und es war so ungefähr das Schlimmste, was ihr hätte passieren können.

Skye ließ sich Zeit, bevor sie Nicholas folgte. Als sie ans Ufer trat, hörte sie ihn sagen: »Wir sollten zurückfahren, wenn wir vor dem Abend wenigstens noch ein bisschen Schlaf abbekommen wollen.«

»Habt ihr heute Abend wieder einen Einsatz?«, fragte sie O'Farrell auf dem Weg zurück zum Haus.

Er nickte. »Und während du Seejungfrau gespielt hast, habe ich einen Plan ausgeheckt. Unsere Truppe hat im Juni frei, und zwei Tage überschneiden sich mit euren freien Tagen. Das weiß ich von Rose. Wir könnten alle nach London fahren. Im Embassy Club tanzen … und im Dorchester übernachten.«

Skye wusste, welche Frage er damit verband. Sie merkte, dass Nicholas sie und O'Farrell beobachtete und dann schnell wieder zu Margaux sah.

Auf einmal stellte sie fest, dass O'Farrell ihre Hand hielt. Sie hatte nicht gemerkt, wie er sie genommen hatte, die Berührung nicht gespürt, kein Prickeln, kein Kribbeln, kein Brennen, so wie sie es spürte, wenn Nicholas sie nur ansah. Aber er war vergeben, und was war wohl der beste Weg, jemanden zu vergessen, den man nicht haben konnte?

»Das klingt wunderbar«, sagte sie, und O'Farrell sah so glücklich aus, wie sie ihn noch nie gesehen hatte.

»Wir kümmern uns um alles«, sagte er und deutete auf sich, Nicholas und Richie. »Ihr müsst nur zur verabredeten Zeit dort sein, dann erwartet euch ein wunderbares Wochenende.«

Aber Skye hörte schon nicht mehr zu. Auf den Stufen zu ihrem Häuschen stand eine Frau mit einer schwarzen Sobranie in der Hand, deren Rauch eine Art Heiligenschein über ihrem dunklen Haar formte. Skye blieb stehen und starrte sie an.

»Liberty«, sagte Nicholas.

Skyes Mund begann zu lächeln, aber der Rest ihres Körpers schien in Abwehrhaltung zu gehen, als erinnerte er sich, dass dies die sicherste Art war, Liberty zu begegnen. Sie machte einen halben Schritt vorwärts, dann hielt sie inne.

»Ich hätte nicht gedacht …«, begann Nicholas.

In seiner Stimme hörte Skye sowohl Überraschung als auch Misstrauen, und sie schloss daraus, dass er tatsächlich von dem überzeugt gewesen war, was er ihr in Tangmere gesagt hatte – dass Liberty sie nicht sehen wollte. Aber nun war sie hier, und Nicholas machte sich offenkundig Sorgen um den Grund dafür.

Dass alle Anwesenden Zeugen des Wiedersehens zwischen ihr und ihrer Schwester wurden, war das Letzte, was Skye wollte. Nicholas schien das zu spüren. Er winkte Liberty kurz zu, scheuchte O'Farrell und Margaux schnurstracks zu ihrem Wagen und bedeutet auch Rose, ihnen zu folgen, damit sie sich von Richie verabschieden konnte, während er selbst schnell ins Haus ging, um sich anzuziehen.

So konnte Skye allein auf ihre Schwester zugehen.

Ihre Schwester. Endlich sah sie Liberty wieder. Plötzlich machte Skyes Herz einen Satz, trieb ihre Füße vorwärts und ließ sie die Arme öffnen, um ihre Schwester zum ersten Mal seit Jahren an sich zu drücken.

Liberty hob die Hand, zog an ihrer Zigarette und wehrte damit Skyes Umarmung ab.

»War das dein Freund Nicholas?«, fragte sie mit demselben leichten Pariser Akzent, den auch Skye besaß. »Hat sich ja beachtlich entwickelt! Zu schade, dass er offenbar schon wieder verschwindet. Noch dazu mit einer anderen Frau.«

Herrje. Liberty mochte ihr nicht mehr mit Fäusten und Füßen zusetzen, aber verletzen konnte sie dennoch. Und sie war noch nicht fertig.

»Ich bin überrascht, dass du ihn wieder in dein Leben gelassen hast«, fuhr sie fort. »Das letzte Mal hast du ewig gebraucht, um über ihn hinwegzukommen.«

Es kostete Skye enorme Anstrengung, ihre Stimme ruhig und ihr Gesicht unbewegt zu halten, aber irgendwie schaffte sie es. »Manche Menschen bleiben immer Teil deines Lebens«, sagte sie schlicht und lächelte sogar, um Liberty eine Brücke zu bauen.

»Was, wenn er dich wieder zurücklässt und sich nicht meldet?«

Da wusste sie, dass sie mit ihrer Vermutung, die sie Nicholas gegenüber am Tanzabend geäußert hatte, recht gehabt hatte. Während sie selbst ihre Rückkehr nach England damals als notwendigen Schritt in ihr eigenes Leben empfand, hatte Liberty das Gefühl gehabt, ihre große Schwester lasse sie im Stich. Und besonders nach dem Tod ihrer Mutter, der so tiefe Narben hinterlassen hatte, war ein solches Verlassenwerden unerträglich gewesen.

Skye wünschte sehr, sie hätte das mit achtzehn schon begriffen, wünschte, sie hätte immer schon gewusst, was der Krieg und all die Verluste sie erst lehren mussten.

»Es tut mir leid«, sagte sie. »Ich wusste damals nicht, wie sehr ich dich verletzen würde.«

»Da nimmst du dich aber sehr wichtig, was meine Gefühle anbelangt«, sagte Liberty kühl.

Auf genau diese Art hatte sie früher ausgeteilt, bevor sie einen ihrer Tobsuchtsanfälle bekam. Skye nahm es hin und wartete ergeben, doch der Sturm blieb aus.

Stattdessen sagte Liberty: »Ich habe einen neuen Job bei einem Ableger des *SOE*. Der Mann, für den ich als Sekretärin arbeite, verbringt einige Zeit auf der Flugbasis Tangmere. Also werde ich auch dort sein.«

Sie lächelte und sah plötzlich so sehr wie früher aus, dass Skye vor Liebe und vor Reue einen Stich im Herzen spürte. Es war ein ganz spezieller Schmerz, den nur Liberty in ihr auslösen konnte. Sie erkannte, dass Liberty extra gekommen war, um sie zu warnen, damit ihr erstes Treffen seit sechs Jahren nicht auf einem Flugfeld vor Dutzenden von Zuschauern stattfände. Solche Rücksichtnahme war sie von Liberty gar nicht gewöhnt.

»Komm doch herein«, sagte Skye. »Wir haben uns sicher viel zu erzählen nach all der Zeit.«

»Ja – all die Jahre, die du mich in Frankreich alleingelassen hast.«

Doch wieder ein Tritt. Skye zuckte zusammen. »Ich bin nicht sicher, ob wir über die Vergangenheit reden können, ohne einander wehzutun«, sagte sie. »Und da der Krieg schon genug Schmerzen bringt, wäre es vielleicht besser, diese Dinge ruhen zu lassen und in der Gegenwart zu bleiben.«

Diesmal lächelte Liberty so wie damals in Paris, als Skye vom Reifenschaden an ihrem Fahrrad erzählte – ein Lächeln, bei dem Skye nicht übel Lust bekam, ihre Schwester trotz allem ein weiteres Mal sich selbst zu überlassen.

»Du lässt dir deine Gefühle viel zu sehr anmerken, Schwesterherz«, sagte Liberty. »Deshalb fügt dir der Krieg auch solche Schmerzen zu.«

Ihre Verletztheit siegte schließlich über ihre guten Vorsätze. »Und dir kann wohl überhaupt nichts wehtun«, gab Skye barsch zurück.

Die Worte hingen in der Luft wie beißender Rauchgeruch nach einem Brand. Skye presste die Lippen aufeinander, damit ihnen kein weiteres böses Wort entschlüpfen konnte.

Liberty drehte ihr den Rücken zu, was Skye sicher verdient hatte. Allerdings konnte sie deshalb ihre nächsten Worte nicht richtig verstehen. »Solche Gefühle kann ich mir nicht leisten«, meinte sie Liberty sagen zu hören.

Doch dann zuckte ihre Schwester die Achseln, drehte sich wieder um und sagte laut: »Es wartet jemand auf mich.« Sie deutete auf einen Wagen, der weiter unten an der Straße stand. Ein Mann in *RAF*-Uniform saß am Steuer.

»Du bist doch aber erst seit zehn Minuten hier.« Skye hörte selbst, wie enttäuscht sie klang. Sie ließ sich ihre Gefühle in der Tat viel zu deutlich anmerken.

Vielleicht bildete sie es sich nur ein, aber in Libertys Augen schienen Tränen aufzublitzen. Skye streckte die Hand aus, um ein weiteres Mal zu versuchen, die schwesterliche Verbundenheit wiederherzustellen, bevor sie sich endgültig in Luft auflöste.

Im selben Moment drückte Liberty ihre Zigarette aus und

hüpfte den Weg zur Straße hinunter. »Bis bald!«, rief sie fröhlich.

Da wusste Skye, dass sie sich geirrt hatte – Liberty hatte nichts weiter empfunden außer Freude über den Schock, den sie ihrer Schwester versetzt hatte. Die Einzige mit Tränen in den Augen war Skye.

Und nun hatte sie zwei Gründe, jeden weiteren Flug nach Tangmere zu scheuen: nicht nur, dass sie Nicholas dort begegnen könnte, sondern jetzt auch Liberty.

Teil 6

KAT

Kapitel 18

LONDON, JULI 2012 | Zum Treffen mit Celeste, der Direktorin der Konservierungsabteilung von Dior, trug Kat ein weiteres Kleid aus der Sammlung ihrer Großmutter: das Green Park Dress aus scharlachroter Wolle – ein Design von Marc Bohan aus dem Jahr 1961.

»Das Kleid ist wie für dich gemacht«, sagte Celeste und deutete auf den Rockteil mit seiner für die Sechzigerjahre ikonischen Rocklänge bis knapp über dem Knie und der hübsch geschwungenen Weite. »Worüber ich aber noch viel lieber mit dir sprechen möchte, ist das geheimnisvolle blaue Kleid. *C'est magnifique*. Deinen Fotos nach bin ich überzeugt, dass es sich um ein Dior-Kleid von 1947 oder 1948 handeln muss. Die verdeckten Gewichte auf der Rückseite, damit der Rock gut fällt, der Aufbau der inneren Korsage, die Reihe kleiner Haken und Ösen an der Innenseite des Rockteils … das alles verrät mir, dass es ein Kleid von Dior sein muss. Aber ich habe rein gar nichts darüber gehört oder gelesen.« Sie beendete ihren Satz mit einer dramatisch hochgezogenen Augenbraue.

»Du konntest es also in keinem Verzeichnis finden?«

»Ich habe alle archivierten Zeichnungen aus der Zeit durchforstet, dazu alle noch bestehenden Fotos sowie Monsieur Diors eigene Notizen. Ich habe nichts gefunden. Dieses Kleid war ein Geheimnis. Aber warum?«

»Das ist eine sehr gute Frage.« Kat merkte, dass sie sich ungemein freute, endlich mit jemandem über die ganze Sache reden zu können. »Und außerdem: Warum wird dieses geheimnisvolle Kleid nach Australien verschickt? Ich weiß, dass Dior eine gute Beziehung zu dem Land hatte und die Australierinnen seine Kleider liebten, aber 1947 war sein Genie mehr oder weniger nur ein Gerücht.«

»Ich würde gern bei dem handgeschriebenen Etikett anfangen, von dem du erzählt hast«, sagte Celeste. »Könnte es sich um den Namen einer Kundin handeln?«

»Aber warum sollte man in ein Kleid ein leeres Etikett einnähen? Und welche Frau schreibt ihren Namen in ein Couture-Kleid? Es ist unwahrscheinlich, dass die Trägerin vorhatte, das Kleid in eine öffentliche Umkleide zu hängen, wo eine Kennzeichnung sinnvoll sein könnte. Man brauchte sehr wahrscheinlich die Hilfe eines Dienstmädchens, um alle Ösen schließen zu lassen.«

Celeste lachte. »Vielleicht hat schon im Atelier jemand das Etikett beschriftet? Ich wüsste allerdings nicht, warum.«

»Unsere Stifterin sagte, sie habe es von einer Freundin erhalten«, fuhr Kat fort. »Sie hat es nicht bei Dior gekauft. Also weiß man nicht, wer die ursprüngliche Trägerin war.«

»Ich werde das Verzeichnis aller australischen Kundinnen aus der Zeit überprüfen und schauen, ob wir diese Buchstabenfragmente in etwas Lesbares deuten können.«

Nun rückte Kat mit der Wahrheit heraus. »Tatsächlich gibt es ein weiteres solches Kleid.«

»Noch eines?« Celestes Augenbrauen schienen fast an ihren Haaransatz zu stoßen.

Kat nickte. »Das andere ist hier in England, in der Sammlung einer Verwandten von mir. Ich werde es am Wochenende noch einmal begutachten und prüfen, ob dort auch ein handschriftliches Etikett eingenäht ist.«

»Wenn du sagst, ein weiteres *solches* Kleid …«

»… dann meine ich, sie sind absolut identisch.« Kat nahm ihr Handy und zeigte Celeste die in Cornwall hastig aufgenommenen Fotos.

»Wow.« Celeste hatte Mühe, sich vom Anblick des Kleides auf dem Handy-Display loszureißen. Sie sah aus, als könnte sie sich nicht entscheiden, ob sie vor Staunen in Ohnmacht fallen oder vor Freude lauthals jubeln sollte.

»Ach, und du wolltest ja den Stoff sehen.« Kat versuchte, rational und sachlich zu bleiben, damit Celeste sich beruhigte und im Geiste ihren umfassenden Katalog zu allem, was Dior betraf, durchgehen könnte.

Aus einer Papierhülle holte sie ein kleines Stück Stoff, das sie aus einem Kleidersaum herausgeschnitten hatte – ein übliches Vorgehen von Konservatoren, wenn genauere Analysen nötig waren. »Ich werde es gleich unter dem Spektroskop untersuchen, aber ich bezweifle, dass ich dort etwas anderes feststellen werde als das, was ich bereits weiß: Es ist Seide.«

Celeste nahm die Stoffprobe in die Hand. »Als ich gerade deine Fotos angesehen habe, kam es mir vor, als hätte ich dieses außergewöhnliche und faszinierende Blau schon einmal gesehen«, sagte sie bedächtig. »Aber ich konnte mich nicht mehr erinnern, wo. Jetzt, bei diesem kleinen Stück, habe ich denselben Eindruck … aber diesmal ahne ich, woher ich es kenne.«

»Woher?«, fragte Kat aufgeregt.

»Das ist ein weiteres Geheimnis. Vorerst.« Celeste lächelte. »Ich kann mich auch irren. Am Wochenende fliege ich zurück nach Paris und prüfe nach, ob ich recht habe. Wenn ja, könnten wir am Montag …«

»… das Geheimnis lüften.« Dann hätte Kat die Antwort auf zumindest eines der Rätsel um ihre Großmutter.

Kat legte die Stoffprobe unter das Spektroskop, schaltete die Beleuchtung ein und beobachtete das für Seide typische Farbspektrum. Plötzlich kam ihr eine Idee. Sie schrieb Elliott:

Können Sie herausfinden, ob es eine Verbindung zwischen Ihrer Margaux Jourdan und dem Modehaus Dior gibt? Das ist eine absurde Frage, ich weiß, aber mit einer Antwort ließe sich recht eindeutig sagen, ob es um meine Großmutter geht oder nicht.

Er antwortete fast umgehend. *Bei der Recherchearbeit gibt es keine absurden Fragen. Ich werde es überprüfen. Und freue mich schon, Sie heute Abend zu sehen.*

Und Kat merkte, dass auch sie sich darauf freute.

—

Kat zog das Kleid aus, dann wieder an. Drei Mal. Der Abend sei »eher förmlich«, hatte Elliott gesagt, und das Kleid war definitiv vornehm genug. Tatsächlich war es das schönste Kleid, das sie je gesehen hatte – sie schwärmte dafür, seit es 2015 bei der ersten Modenschau mit Raf Simons als Kreativdirektor bei Dior präsentiert worden war. Nun jedoch, wo sie es selbst besaß, war sie nicht sicher, ob sie genug Courage besaß, es zu tragen.

Es war eines der Kleider aus dem Haus ihrer Großmutter, flammend scharlachrot und damit nichts, in dem man sich verstecken konnte. Der Rock war bodenlang und so geschnitten, dass er sich erst ab den Hüften weitete und nicht schon in der Taille – ein Trick, durch den das Kleid elegant und verführerisch wirkte. Das Oberteil bestand aus einem knappen Korsett ohne Träger. Der Stoff schmiegte sich bis unter den Busen eng um ihre Hüfte und Taille, und ihre Brüste wurden von perfekt geformten Schalen gehalten, die alles bedeckten und deren Inhalt dennoch ungemein sexy wirkte. Es war das heißeste Kleid, das Kat je getragen hatte.

Ihr Handy vibrierte: Elliott wartete unten. Also blieb definitiv keine Zeit mehr für ein anderes Outfit.

Rasch schickte sie noch eine Nachricht an ihre Töchter, obwohl sie vorhin schon mit ihnen gesprochen hatte, damit sie gleich beim Aufwachen etwas von ihr lesen konnten. Danach überprüfte sie schnell, ob sie Lippenstift an den Zähnen hatte, und strich sich über die Haare, die sie heute einfach lang und offen trug – sie hatte es nicht übertreiben wollen. Im Fahrstuhl nach unten musste sie sehr an sich halten, um nicht nervös herumzuzappeln, als sie die Blicke der anderen Gäste auf ihrem kühnen roten Kleid spürte.

Obwohl er mit dem Rücken zu ihr stand, erkannte sie Elliott sofort. In seiner Haltung lag etwas, das sie bewunderte und worum sie ihn insgeheim sogar beneidete: Er wirkte selbstzufrieden, aber nicht auf herablassende Art. Er vermittelte einfach den Eindruck, er ruhe in sich selbst. Mit Sicherheit hatte *er* sich vor ihrem Treffen nicht dreimal an- und wieder ausgezogen.

Als er sie entdeckte, strahlte er. Gestern, im gedämpften Licht der Bar, hatte er schon recht gut ausgesehen, aber hier in der hell erleuchteten Lobby musste man ihn fast als umwerfend bezeichnen. Er neigte sich vor und gab ihr einen Kuss auf die Wange.

»Sie sehen atemberaubend aus«, sagte er.

»In diesem Kleid würde jede Frau gut aussehen«, antwortete sie und hoffte, nicht ebenso rot zu werden wie das Kleid. »Aber mit ›atemberaubend‹ haben Sie Ihre dichterische Freiheit etwas überstrapaziert.«

»Es ist nicht nur das Kleid«, gab er zurück. »Und ich schreibe biographische Bücher, was bedeutet, dass ich immer an der Wahrheit interessiert bin.«

Sie beschloss, das Kompliment einfach hinzunehmen. »Dann bedanke ich mich aufrichtig.«

Er hielt ihr die Tür auf und legte ihr beim Hinausgehen die Hand auf den Rücken. Die Luft war angenehm warm, und die Straßenbeleuchtung flimmerte allmählich an. Der ganze Abend lag vor Kat wie ein roter Teppich, der sie in ein Abenteuer führen würde. Wie schön war es doch, zur Abwechslung einmal keine Verpflichtungen zu haben und mit jemandem unterwegs zu sein, der sie nicht unter dem Etikett »Mutter« oder »Ehefrau« oder »Konservatorin« kennengelernt hatte.

»Möchten Sie vielleicht zu Fuß gehen?«, fragte er. »Es ist nicht weit, und der Abend ist …«

»Perfekt für einen Spaziergang«, sagte sie. »Ja, sehr gern.«

Sie gingen die Pall Mall entlang und zogen die Blicke anderer Passanten auf sich, was Kat auf Elliotts relative Bekanntheit zurückführte.

»Wie Sie sehen, bin ich nicht der Einzige, der Sie umwerfend findet«, sagte er.

Kat wurde wieder rot. »Zwei Komplimente innerhalb von fünf Minuten sind ziemlich überwältigend, wenn man daran nicht gewöhnt ist. Normalerweise höre ich höchstens mal von meinen sehr voreigenommenen Töchtern, dass sie mich hübsch finden.«

»Zwei Komplimente innerhalb von fünf Minuten sind weniger, als Sie verdienen, aber wenn Sie sich damit unwohl fühlen, verspreche ich, mit dem nächsten eine halbe Stunde zu warten.« Er sagte es ganz sachlich, aber zum Schluss musste er doch grinsen, und Kat lachte.

»Ich werde die Zeit stoppen«, gab sie zurück und tippte auf ihre Armbanduhr, bevor sie das Thema wechselte. »Erzählen Sie mir von Ihrer Arbeit. Wie lange schreiben Sie ungefähr an einem Buch? Sicher müssen Sie viel recherchieren.«

Er nickte. »Ich versuche, alle zwei Jahre ein Buch zu veröffentlichen. Der Verlag hätte gern jedes Jahr eines, aber ich nehme mir lieber Zeit und gehe sicher, dass ich mit dem Ergebnis zufrieden bin – dass es das Beste ist, was ich zustande bringen kann.«

»In der Hinsicht kann ich mich glücklich schätzen«, sagte Kat. »Die Leute scheinen bereitwillig zu akzeptieren, dass die Arbeit mit Museumsartefakten viel Zeit und Geduld erfordert.«

»Wohingegen in meiner Branche alles schneller gehen muss, als man mit den Fingern schnipsen kann. Zum Glück haben sich meine letzten Bücher so gut verkauft, dass ich nicht jedes Jahr eins veröffentlichen muss, um meiner Tochter ein gutes Leben zu ermöglichen oder um das Haus abzubezahlen. Manchmal denke ich, Zeit ist tatsächlich das kostbarste und gleichzeitig am wenigsten geschätzte Gut der Welt.«

»Da könnten Sie recht haben«, meinte Kat nachdenklich. Gerade im letzten Jahr, seit sie unwiderruflich auf die vierzig zusteuerte, hatte sie deutlich den Druck der Zeit empfunden: dass sie irgendwann achtzig und dann immer noch allein sein würde, weil ihr keine Zeit blieb, einen Mann kennenzulernen und sich zu verlieben; dass ihre Töchter erwachsen werden und eigene Familien gründen würden, während sie selbst wie ihre Großmutter in einem abgelegenen Haus endete; eine Frau, die allen gegenüber behauptete, es sei genau das, was sie wolle, und trotzdem eine innere Leere spürte.

Auf der Straße hupte ein Auto und riss sie aus ihren melancholischen Visionen zurück in die Gegenwart. »Wie sind Sie eigentlich von Popstar-Biographien zu historischen Themen gekommen?«, fragte sie Elliott.

Er zuckte zusammen. »Ich hatte gehofft, Sie wüssten nichts davon.«

Sie lachte. »Ich muss gestehen, dass ich Sie gestern Abend noch gegoogelt habe. Dass Sie von Leuten in der Lobby um ein Autogramm gebeten wurden, hat mich neugierig gemacht.«

»Na, toll.« Elliott verzog das Gesicht. »Ich hatte gehofft, auch das hätten Sie nicht mitbekommen. Und da Sie jetzt alles über meine schmutzige Vergangenheit wissen, haben Sie womöglich entschieden, mir nichts mehr über Ihre Großmutter zu erzählen.« Er fuhr sich durchs Haar, und die Aura der Selbstsicherheit fiel plötzlich von ihm ab. »Aber es ist natürlich Ihr gutes Recht, sich zu erkundigen, denn ich stelle Ihnen ja auch eine Menge Fragen. Und hätte ich nicht eine so kluge und gebildete Frau vor mir – Sie haben schließlich an der Sorbonne studiert –, würde es mir wahrscheinlich auch nicht so viel ausmachen. Aber gut, ich werde es Ihnen erzählen. Auf dem College habe ich Geschichte und Sprachen studiert. Wissen Sie, wie viele Jobangebote es für Menschen ohne praktische Erfahrung mit einem Abschluss in Geschichte und Sprachen gibt?«

»Ich vermute, nicht allzu viele.«

»Eher noch weniger. Ich habe also als freier Autor für das Magazin *Smash Hits* gearbeitet – ich weiß nicht, ob es das damals in Australien gab?

»Oh, ja«, sagte Kat mit einem Anflug von Nostalgie. »Ich habe die Poster von *a-ha* herausgetrennt und damit meine Wände bepflastert. Und nachdem ich das nun gebeichtet habe, brauchen Sie sich für nichts mehr schämen, was Sie mir erzählen.«

Er lächelte dankbar, während sie die Straße Richtung Mayfair überquerten. »Ich habe etwa ein Jahr lang für diese Zeitschrift geschrieben, dann hatte ein Kumpel von mir mit seiner Band einen Top-Ten-Hit. Bei Konzerttouren quer durchs Land warfen ihm die Frauen ihre Unterwäsche auf die Bühne, und er fragte, ob ich etwas über ihn schreiben würde. Also tourte ich mit ihm und der Band drei Monate durch Europa, schrieb ein paar Artikel für *Smash Hits* und dazu eine Art Tour-Tagebuch. Ich hatte Glück: Mein Freund wurde zum Superstar, und ein Verlag fragte an, ob ich aus meinen Texten ein Buch machen würde. Das war in den Neunzigern, und jeder Popstar, der irgendwann mal einen Hit gelandet hatte, ließ einen dicken Bildband mit Unmengen an Fotos und eher geringen Mengen an Text veröffentlichen. Die Verkaufszahlen gingen durch die Decke, und plötzlich wollte jeder englische Popstar, der noch kein Buch veröffentlicht hatte, mich als Autor. Nach zwei weiteren musste ich allerdings aufhören, weil ich mich nach und nach selbst in ein typisches Popstar-Klischee verwandelte: Ich trank zu viel, heiratete in alkoholisiertem Zustand irgendwelche Frauen … dabei *war* ich noch nicht einmal ein Popstar.«

Kat musste schmunzeln. Er war der geborene Erzähler. »Ja, ich habe durchaus bemerkt, dass Sie den Akt der Eheschließung mehrfach zelebriert haben.«

»Das haben Sie also auch herausgefunden? Na, wunderbar.«

»Das sollte keine Kritik sein – ich bin auch geschieden.«

»Tatsächlich?«

Sie nickte.

»Aber vermutlich nur ein Mal? Nicht drei?«

»Stimmt. Und ich will auch keine weitere Scheidung erleben.«

»Ja, das ist wahrhaftig kein Spaß«, sagte er ernst, als sie im letzten schwachen Abendlicht Piccadilly erreichten. Links von ihnen glänzte smaragdgrün der Green Park. »Vor allem, wenn Kinder involviert sind. Sie haben erwähnt, dass Sie Töchter haben?«

»Ja, die eine ist fünf, die andere drei. Sie sind meine größten Schätze und wahrscheinlich die Katalysatoren für das Ende meiner Ehe.«

»Ich wünschte, ich könnte eine gleichermaßen nachvollziehbare Erklärung geben, aber zwei meiner Ehen lagen in jenen schrecklichen Jahren, als ich alles tat, wonach mir gerade war. Meine erste Ehe basierte buchstäblich auf einer Wette, die ich durchzog, um zu beweisen … Tja, ich weiß noch nicht einmal mehr, was.« Er schnitt eine Grimasse. »Dass ich ein Idiot war, vermutlich. Das zweite Mal heiratete ich, weil meine Freundin schwanger wurde, aber Sie wissen bestimmt auch, dass ein Kind so ungefähr das Letzte ist, was zwei Menschen zusammenbringt, die nicht zusammenpassen. Vor vier Jahren dachte ich dann, ich sollte erwachsen werden und eine vernünftige und gut durchdachte Entscheidung treffen, aber …« Er zuckte die Achseln. »Ich habe wohl zu viel Vernunft in die Waagschale geworfen und dabei die Leidenschaft vergessen. Letztes Jahr war es zu Ende.«

Vor einem braunen Backsteingebäude blieb er stehen. Hohe

Säulen flankierten den Eingang, und die weiß umrandeten Fenster verliehen der Fassade ein erhabenes Aussehen.

»Wir sind da«, sagte er. »Aber jetzt, wo Sie alle Details meiner schmutzigen Vergangenheit kennen, möchten Sie vielleicht lieber zurück ins Hotel gehen. Den Rest meiner Fragen kann ich Ihnen auch zumailen.«

Kat schüttelte den Kopf. Er hatte Fehler gemacht, schien sie jedoch aufrichtig zu bereuen. Offenbar hatte er sein Leben grundlegend geändert – er war die Art von Vater, der alles stehen und liegen ließ, um seiner Tochter bei den Hausaufgaben zu helfen. Und er war bezüglich seiner Fehlentscheidungen ehrlich zu ihr gewesen.

»Es muss hart sein, ständig im Rampenlicht zu stehen … zu wissen, dass jeder alles Mögliche über einen im Internet finden kann und meint, sich auf dieser Grundlage ein Urteil erlauben zu dürfen.«

Er zuckte die Schultern. »Als wir uns im Savoy trafen, merkte ich, dass Sie keine Ahnung haben, wer ich bin, und das hat mir gefallen, weil ich Ihnen dann sagen konnte, dass Sie klug und schön sind. Hätten Sie vorher mehr über mich gewusst, hätten meine Komplimente wahrscheinlich nur Ihr Vorurteil bestätigt. Tatsache ist, dass es unaufrichtig gewesen wäre, es *nicht* zu sagen. Leider fällt es mir oft schwer, so authentisch zu sein. Viele Menschen haben eine vorgefasste Meinung dazu, wie und wer ich sein soll, und ich strenge mich so sehr an, dem nicht zu entsprechen, dass ich am Ende nicht ich selbst bin.«

»Sie sollten immer Sie selbst sein«, erwiderte sie und beschloss, auch ihm ein Kompliment zu machen. »Ich genieße es sehr, Zeit mit dem echten Elliott Beaufort zu verbringen.«

Elliott berührte kurz ihren Arm. »Vielen Dank.«

Und obwohl sie auf einer belebten Straße standen und ständig Menschen an ihnen vorbeigingen, sah Kat in diesem Moment nichts anderes als Elliott, der im schwarzen Smoking eine ausgesprochen gute Figur machte und offenbar auch nur Augen für sie hatte. In seinem Blick lag Bewunderung und noch etwas anderes: Vertrauen. Das hatte sie schon lange nicht mehr in den Augen eines Mannes gesehen, und es gefiel ihr – auch wenn ihr bewusst war, dass es vor allem an der Magie des Kleides und an ihrem sehr persönlichen Gespräch lag.

Ein Mann kam an ihnen vorbei, der Elliott freundlich grüßte und ihm im Gehen auf den Rücken klopfte. Der Moment war vorüber.

Kat deutete auf das stattliche Gebäude vor ihnen. »Was ist das hier?«

»Das«, sagte er, »ist der *Arts Club*.«

»Wow!«, staunte Kat, während sie einer Reihe gut gekleideter Menschen ins Innere folgten. »Ist das einer dieser ungemein britischen Privatclubs?«

»Es ist ein privater Club, ja. Wie britisch er ist, werden Sie mir am Ende des Abends sagen müssen.«

Sie grinste. »Ich hoffe, die Wände hängen nicht voller Jagdtrophäen.«

»Wir werden im Untergeschoss sein, im *Supper Club*, wo Sie bei gedimmtem Licht so viele Plüschsofas und private Nischen sehen werden wie in einer Folge von *Mad Men*.«

»Na, das wird bestimmt lustig!«

Er lächelte. »Hatten Sie etwa daran gezweifelt?«

Nach einem prächtigen Korridor mit roségoldener Täfelung, der von fast blinden Spiegeln gesäumt war, betraten sie einen Raum, in dem Kat sich vor Staunen am liebsten mit offenem Mund einmal um sich selbst gedreht hätte.

—

»Elliott!«, erklang eine Frauenstimme, dann wurde Kats Begleiter stürmisch umarmt und auf die Wangen geküsst. Der Mann daneben schüttelte Elliott die Hand. Aus ihrer spürbaren Vertrautheit schloss Kat, dass diese beiden Elliotts Freunde waren.

»Oh, Verzeihung«, sagte die Frau. »Das war sehr unhöflich von mir – mich Elliott so an den Hals zu werfen und Sie nicht zu beachten. Ich kann mich Ihnen jetzt auch an den Hals werfen, aber Josh sagt immer, ich soll meine Umarmungen und Küsse für Leute aufheben, die ich tatsächlich kenne.« Sie warf dem Mann neben sich einen vielsagenden Blick zu.

Elliott stellte sie einander vor. »Kat, das sind D'Arcy Hallworth und Josh Vaughn.«

»Schön, Sie kennenzulernen, Kat.« Josh, mit dunklen Haaren und leuchtend blauen Augen, gab nun auch Kat die Hand.

D'Arcy hakte sich gleich bei Kat unter und zog sie zu einer halbrunden Sitzbank, über der ein wunderschöner kugelförmiger Lampenschirm hing, der mit Unmengen von Blumen bemalt war. Tatsächlich hatte Kat den Eindruck, auf das Set einer Fernsehserie geraten zu sein.

»Ich habe uns hier Plätze reservieren lassen«, sagte D'Arcy. »Es ist ein bisschen abseits, damit Elliott den Abend tatsächlich genießen kann – wobei die Leute in diesem Ambiente zu höflich sind, um sich anmerken zu lassen, dass sie sich etwas aus Berühmtheiten machen.«

»Ach, eine Berühmtheit bin ich nun wirklich nicht«, protestierte Elliott.

»So bescheiden«, flüsterte D'Arcy gut hörbar.

»Ist das von Ossie Clark?«, erkundigte sich Kat mit Blick auf D'Arcys Kleid, das ebenfalls rot war, aber Trompetenärmel hatte und einen auffallend tiefen Ausschnitt, der dennoch dezent wirkte. Tatsächlich war D'Arcy diejenige, die als »atemberaubend« bezeichnet werden sollte: Ihre blonde Lockenmähne fiel sofort auf, und ihre runden Augen offenbarten jede Emotion. Es war unmöglich, sie nicht auf der Stelle zu mögen.

»Das stimmt«, sagte D'Arcy. »Woran haben Sie das erkannt?«

»Ich bin Modekonservatorin im *Powerhouse Museum*, deshalb ist mir der Stil sehr vertraut. Es ist wunderschön.«

»Ach, Sie sind also auch Australierin! Ich dachte mir schon, dass Ihr Akzent mir vertraut vorkommt. Ich würde sagen, dass wir beide ausgezeichneten Geschmack bewiesen haben heute Abend. Ihr Kleid ist von Dior, nicht wahr? Dafür schwärme ich schon lange.« D'Arcy wandte sich an Elliott. »Eine Modekonservatorin, die mein Lieblingskleid von Dior trägt. Welch ein Glück, dass ich mit Josh verheiratet bin, sonst könnte ich ihr glatt einen Antrag machen.«

»Immerhin scheinst du bei Ehen mehr Glück zu haben als ich«, gab Elliott trocken zurück.

Josh legte einen Arm um seine Frau, die sich mit verliebtem Lächeln gegen ihn lehnte und aussah, als könnte sie nicht glücklicher sein. Kat hätte den beiden am liebsten geraten, sich an einen magischen Ort zurückzuziehen, an dem die Liebe alles überdauerte.

Sie merkte, dass sie die beiden anstarrte, als hätte sie noch nie ein Pärchen gesehen. Schnell fragte sie: »Wie haben Sie Elliott kennengelernt?«

»Das war vor ein paar Jahren«, sagte Josh. »D'Arcys Großmutter war Jessica May. Die Fotografin?«

Kat nickte. Durch ihre Arbeit mit vielen verschiedenen Museen war ihr Jessica May natürlich bekannt.

»Für ein Buch, an dem er damals gerade arbeitete, wollte Elliott ihre Kriegsfotografien sehen, also kam er für ein paar Tage nach Frankreich, um die Archive durchzugehen«, fuhr Josh fort.

»Nach vierzehn Tagen mussten wir ihn rauswerfen«, sagte D'Arcy lachend.

»Josh vergaß zu erwähnen, dass sich die Archive in Jessica Mays ehemaligem Château befinden«, fügte Elliott hinzu. »Und dass er und D'Arcy dort wohnen. Wir vergnügten uns jeden Abend damit, Calvados zu trinken und draußen im Garten zu speisen. Ein wirklich wundervoller Ort. Ich hatte absolut keine Lust, wieder nach Hause zu fahren.«

»Das nächste Mal müssen Sie mitkommen«, sagte D'Arcy.

»Oh, nein, ich …« Kat wurde verlegen. »Elliott und ich sind nicht … Ich helfe ihm nur bei der Recherche.«

»Kommen Sie trotzdem mit«, sagte D'Arcy mit schelmischem Lächeln. »Jeder, der über die Zugbrücke des Châteaus geht, muss sich unweigerlich verlieben – nicht wahr, Josh?«

Lächelnd nahm er ihre Hand. »Wir gehen jetzt mal Getränke holen, bevor D'Arcy Sie noch mehr in Verlegenheit bringt, Kat. Ich bin sicher, sie wird ihre Manieren unterwegs wiederfinden. Was hätten Sie gern?«

»Einen Negroni?«, fragte Elliott, was gut war, denn Kat hatte vorübergehend die Sprache verloren. Sich in Elliott zu verlieben, wäre absurd, wie etwas aus einem Film. Sie nickte stumm.

Hand in Hand gingen Josh und D'Arcy Richtung Bar. Ihr Liebesglück war so offensichtlich, dass Kat beinahe glaubte, ein Cartoon-Herz über ihnen schweben sehen zu können.

Sie seufzte hörbar auf.

»Jetzt wissen Sie, was ich mit überwältigend meinte, oder?«, fragte Elliott.

»Ja. Wenn sie nicht so nett wären, müsste man sie hassen. Wie lange sind sie schon verheiratet?«

»Sechs Jahre. Und haben vierjährige Söhne – Zwillinge.«

»Das soll wohl ein Witz sein.«

»Ganz und gar nicht.«

»Wow.« Kat schüttelte den Kopf. »Sie sind hinreißend. Dieser Club ist hinreißend. Und zum Dank kann ich Ihnen hoffentlich den Rest Ihrer Fragen beantworten. Haben Sie …?«

Sie brauchte ihre Frage nicht beenden, denn Elliott griff bereits in seine Jacketttasche. »Sieht das hier Ihrer Großmutter ähnlich?«

Er zeigte ihr ein quadratisches Schwarz-Weiß-Foto in exzellenter Qualität. Abgebildet war eine auffallend schöne Frau, wenn auch recht mager, die in einem Salon unter einem Kerzenleuchter stand. Sie trug ein außergewöhnliches Brautkleid, bei dem Kat auf ein frühes Modell von Dior tippte. Auf jeden Fall sah der Salon sehr nach Diors Modehaus aus. Der obere Teil des Kleides war dem von Kat sehr ähnlich, weil er ebenfalls eine verlängerte Taille besaß. Mit ein wenig Phantasie konnte dieses Modell tatsächlich eine jüngere und glamourösere Version von Kats Großmutter sein.

»Woher haben Sie das?«

»Von Josh. Er ist Kunstvermittler und verwaltet den Nachlass von Jessica May. Vor vierzehn Tagen war ich in Frankreich und habe ihm von meiner aktuellen Recherchearbeit erzählt. Als ich den Namen Margaux Jourdan erwähnte, meinte er, er könne vielleicht helfen. Was die Werke seiner Klienten betrifft, hat er ein enzyklopädisches Gedächtnis. Eigentlich wollte ich ihn morgen treffen, um zu sehen, was er gefunden hat, aber nach Ihrer SMS bin ich direkt in sein Hotel gefahren. Dieses Foto von Margaux Jourdan hat Jessica May bei Christian Diors erster Modenschau im Jahr 1947 aufgenommen. Es wurde in der Pariser *Vogue* veröffentlicht. Glücklicherweise hat May das Programmblatt der Show mitsamt einigen Notizen aufbewahrt, und dort steht, dass Margaux im Krieg für die *WAAF* in England gearbeitet habe und 1945 in ihr Heimatland Frankreich zurückgekehrt sei. Das macht diese Frau zu meiner Margaux.«

Kat starrte das Foto unverwandt an, denn es machte diese Frau auch zu *ihrer* Margaux. Sie konnte sich kaum vorstellen, dass es noch eine andere Margaux Jourdan gab, die im Krieg für die *WAAF* und danach für Christian Dior gearbeitet hatte.

Ihre Großmutter war die Frau, die Elliott gesucht hatte. Und das bedeutete, dass ihre Großmutter eine Spionin gewesen war.

Kapitel 19

Es war Kat unmöglich, ihren Blick von dem Foto zu lösen – denn während es einige Fragen zu beantworten schien, warf es gleichzeitig neue auf.

»Aber«, sagte sie schließlich, »wie konnte eine Spionin Modell für Christian Dior werden? Sie trägt sogar das Brautkleid.«

Elliott runzelte die Stirn. Offenbar verstand er nicht, worauf sie hinauswollte.

»Das Brautkleid kommt immer am Ende einer Modenschau«, erklärte Kat. »Und wird stets vom besten Modell gezeigt. Es war Diors erste Modenschau überhaupt. Also wird er unter den Modellen seine absolute Favoritin ausgewählt haben, damit die Gäste am Ende der Show in ehrfürchtiges Staunen versinken. Und dieselbe Frau soll zuvor Spionin gewesen sein?«

Zudem erklärte auch ihr Einsatz als Dior-Modell nicht, weshalb Margaux fünfundsechzig exklusive Kleider in einem Cottage in England hängen hatte. Himmel noch mal: Ein »Venus Dress« hing im *Metropolitan Museum*. Und das *Victoria and Albert* hatte ein »Soirée de Décembre« in seiner ständigen Sammlung. Exakt diese beiden Kleider befanden sich auch in der Hütte. Ein Modell hätte sich das niemals leisten können, und Designer bezahlten ihre Modelle auch nicht in Form von Kleidern – vor allem nicht mehr nach ihrem Tod.

Kat registrierte, dass Josh und D'Arcy, mit Getränken beladen, schon fast bei ihnen angekommen waren. Sie musste es jetzt schnell sagen, auch wenn ihr das Eingeständnis schwerfiel, dass sie offenbar nicht alles über Margaux wusste. »Meine Großmutter hat ein kleines Haus in Cornwall. Ich werde am Samstag dorthin fahren.« Sie starrte wieder auf das Foto von Margaux Jourdan als Modell einer Dior-Modenschau. »Wenn Sie Zeit haben, sollten Sie mitkommen und es sich ansehen. Dann kann ich Ihnen erzählen, was ich über die Verbindung zu Dior weiß – auch wenn es nicht viel ist.«

»Das klingt gut«, sagte Elliott. Bevor D'Arcy und Josh sich wieder zu ihnen setzten, fragte er leise: »Ist alles in Ordnung?«

Sie nickte, auch wenn sie nicht sicher war, ob es stimmte.

Doch während der nachfolgenden angeregten Unterhaltung schob Kat das Geheimnis ihrer Großmutter in den hintersten Winkel ihres Kopfes. Irgendwann konnte sie sogar ausgelassen lachen und hatte so viel Spaß, wie schon lange nicht mehr – vor allem, als D'Arcy sie zu ihrer Arbeit ausfragte.

»Meine Aufgabe besteht darin, alle Objekte des Museums, die mit Mode zu tun haben – Kleidung, Fächer, Schuhe, Hüte, Perücken –, so wenig wie möglich unter dem Einfluss der Zeit leiden zu lassen und gleichzeitig sicherzustellen, dass sie jederzeit einem Publikum zugänglich gemacht werden können«, erklärte Kat. »Da kann es passieren, dass ich an einem Tag eine Modepuppe anpasse – ihr zum Beispiel die Brüste abschleife und die Taille verjünge, damit sie die richtige Form für ein Kleid aus einer bestimmten Ära hat. Und am nächsten Tag nehme ich den Abguss eines Knopfes, um als Ersatz für einen beschädigten einen neuen anfertigen zu lassen. Oder ich analysiere im Labor das Material einer zeitgenössischen Neuerwerbung, um herauszufinden, ob sie bei einer bestimmten Temperatur und Luftfeuchtigkeit gelagert werden muss. Alle denken immer, die ältesten Kleidungsstücke machen die meiste Arbeit, aber tatsächlich sind Baumwolle und Wolle und Seide ziemlich robust. Es sind die zeitgenössischen Designs, die aus allen möglichen Stoffen von Polyurethan bis Balsaholz bestehen, die am schwierigsten zu konservieren sind.«

Die Negronis waren bald ausgetrunken, und Elliott stand auf. »Ich hole uns Nachschub«, sagte er. »Und lasse mich mal bei den Leuten hier sehen.« Er verzog das Gesicht.

»Mich haben auf dem Weg zur Bar etwa ein Dutzend Gäste gefragt, wo du bist«, sagte Josh. »Mach dich also auf was gefasst.«

Elliott entfernte sich, und D'Arcy neigte sich zu Kat. »Elliott ist ein wunderbarer Mensch – eigentlich der wunderbarste, den ich kenne, abgesehen von meinem Mann natürlich.« Sie zwinkerte Josh zu. »Elliott bereut alles, was er als junger Mann gemacht hat, außer Juliette, seine Tochter. Auch ich bereue gewisse Teile meiner Vergangenheit, also weiß ich aus Erfahrung, dass einen genau das zu einem besseren Menschen machen kann. Er besucht uns zweimal im Jahr in Frankreich, um Schreib-Workshops zu leiten, für die er den Teilnehmenden nur die Unkosten berechnet, und jedes Mal sind ein paar Frauen dabei, die sich Elliott sofort in die Arme werfen würden. Aber er flirtet mit keiner einzigen. Er ist durch und durch professionell, auch wenn seine Vergangenheit anderes vermuten lässt, und auf keinen Fall der Typ, der sich wahllos Frauen angeln würde, nur weil er es kann. Ich war sehr erstaunt – und sehr erfreut –, als Josh mir sagte, Elliott werde heute Abend in Begleitung kommen.«

»Aber ich helfe ihm doch nur …«

»Bei seiner Recherche, ich weiß.« D'Arcy lächelte. »Aber ich konnte heute Abend deutlich erkennen, dass er dich nicht nur als Recherchequelle betrachtet.«

»Das liegt am Kleid«, wehrte Kat ab.

»Es liegt an dir«, widersprach D'Arcy.

»D'Arcy«, sagte Josh kopfschüttelnd, aber er schmunzelte dabei. »Lass Kat doch mal in Ruhe. Sie ist erwachsen und kann sich ihre eigene Meinung bilden.«

»Manchmal brauchen selbst Erwachsene ein bisschen Unterstützung.« Sie lächelte Josh vielsagend zu.

»Entschuldigt mich, bitte«, sagte Kat, die entschied, dass jetzt ein guter Zeitpunkt war, um die Toilette aufzusuchen und Josh und D'Arcy eine Weile allein zu lassen.

Als sie an der Bar vorbeikam, hielt Elliott sie auf. »Du willst doch wohl nicht gehen, oder?«

»Nein, ich –«

Er nahm ihre Hand. »Gut. Ich möchte nämlich auf keinen Fall, dass du gehst.«

Jemand drängte sich an ihnen vorbei, und sie wich aus, indem sie Elliott ein Stück näher kam – nahe genug, dass sie seine Körperwärme spürte. Nahe genug, dass ihr eigener Körper auf beunruhigende Weise reagierte. Ihr wurde heiß. Und es schien im Club plötzlich nicht mehr ausreichend Sauerstoff zu geben.

»Kat«, flüsterte Elliott. Er sah ihr für ein paar Sekunden tief in die Augen, und ihr wurde bewusst, dass sie sich regelrecht danach gesehnt hatte, eine so intime Intensität zu spüren. Behutsam berührte er ihre Wange. »Kat, ich … würde dich jetzt gerne küssen, aber ich kann nicht erkennen, ob du das auch willst. Du bist schwer zu lesen.«

In ihrem Magen begann es zu kribbeln, und ihre Gedanken rasten. *Ich habe keinen Mann mehr geküsst, seit Paul und ich uns getrennt haben, und davor habe ich fast fünfzehn Jahre lang keinen anderen geküsst.*

Sie schüttelte den Kopf und merkte dann, dass Elliott diese Geste als Nein interpretieren könnte, obwohl sie doch nur die Spielverderberstimme in ihrem Kopf vertreiben wollte. Es wäre schön, ausnahmsweise mal nicht vernünftig zu sein und zur Abwechslung auf ihr Herz statt auf ihren Kopf zu hören. Sie sagte also nichts, sondern hob einfach das Kinn und bot ihm ihre Lippen an.

Der erste Kuss war so behutsam, so langsam und so gut, dass sie sich noch enger an Elliott schmiegte, die Arme um seinen Hals schlang und den Kuss vertiefte. Nicht lang, und sie verlor sich so sehr darin, dass alles um sie herum verschwand. Sie spürte den Druck seiner Hand an ihrem Rücken, als wünsche auch er sich, dieser Kuss möge ewig dauern.

»Möchten Sie Ihre Drinks noch, Sir?« Die Stimme des Barmanns drang wie aus weiter Ferne zu ihnen durch, und widerstrebend lösten sie sich voneinander.

»Ich sehe dich gleich am Tisch«, flüsterte sie, bevor sie ihren Weg zur Toilette fortsetzte. Dort angekommen, ließ sie sich erst einmal auf einen der sehr bequemen Sessel im Vorraum sinken. Irritierenderweise konnten ihre Lippen nicht aufhören zu lächeln. Bevor sie den Raum wieder verließ, versuchte sie, etwas weniger aufgekratzt auszusehen, doch ihr Gesicht ließ keinen anderen Ausdruck zu.

Zurück im Club sah sie, wie D'Arcy gerade über etwas lachte, das Josh gesagt hatte, während Elliott vor sich hinstarrte. Als er

Kat entdeckte, spürte sie seinen Blick wie eine Berührung. Sie setzte sich neben ihn, er legte ihr einen Arm um die Schultern und zog sie zu sich. D'Arcy strahlte, als hätte sie höchstpersönlich für diese Entwicklung gesorgt.

Schnell ergriff Josh ihre Hand, als befürchtete er, sie könnte sonst vor lauter Jubel die Faust in die Luft recken. Dann stellte er Kat noch mehr Fragen über ihre Arbeit, worauf sie dankbar einging.

Viel zu schnell war es nach Mitternacht, und D'Arcy sah widerstrebend zu ihrem Mann. »Wir haben morgen Termine, und unsere zwei Söhne stehen gern schon um fünf Uhr morgens auf, deshalb sollten wir jetzt besser gehen.«

»Ja«, bestätigte er. »Unsere Babysitterin hat wahrscheinlich auch diesmal keinen Zauberspruch gefunden, der die beiden bis sieben Uhr im Bett hält.«

»Falls doch, gebt mir ihre Nummer«, sagte Kat. »Ich habe auch zwei zu Hause, die bei Sonnenaufgang schon munter sind.«

»Na, morgen früh wirst du hoffentlich auf angenehmere Weise geweckt werden.« D'Arcy zwinkerte ihr zu, worauf Josh leise stöhnte und hastig aufstand.

»Jetzt ist es definitiv an der Zeit, zu gehen. Danke, Kat, dass du D'Arcys wenig subtile Verkupplungsversuche so geduldig über dich ergehen lassen hast. Elliott, wir sehen uns bald, hoffe ich? Du weißt, dein Gästezimmer steht jederzeit für dich bereit.«

Nach einer Runde Abschiedsküsschen und Händeschütteln waren Kat und Elliott allein. Sie spürte seinen Oberschenkel an ihrem, den Druck seiner Hand auf ihrer Schulter und eine Vielzahl an Gefühlen, die er in ihr wach rief. Sie kam sich verwegen, herrlich lebendig und sogar begehrenswert vor.

Er sah sie an, bevor er sie ohne weitere Rücksprache – was für Kat absolut in Ordnung war – ein zweites Mal küsste. Dieser Kuss war noch schöner als der erste, und obwohl ihre Sitznische recht intim war, wurde es doch schnell ein wenig unangemessen für einen öffentlichen Ort.

Kat zwang sich, den Kuss abzubrechen, und lehnte ihre Stirn gegen seine. »Das ist gerade etwas *zu* verführerisch.«

»Das ist es.« Er atmete tief ein und aus. »Wie kommt es, dass man sich in unserem Alter, wo diese Dinge einem doch viel leichter fallen sollten, oft so viel schwerer damit tut? Ich meine, mit zwanzig ist es einem relativ egal, wie unangemessen ein Kuss in einer Bar sein könnte, aber später hat man all diese Anstandsregeln im Kopf. Ich kann dich hier unmöglich auf die Weise küssen, auf die ich dich küssen will. Und wenn ich vorschlage, dass wir in dein Hotel oder zu mir gehen, klingt es, als würde ich mir mehr erhoffen.« Er grinste verlegen. »Und jetzt rede ich zu viel.«

Sie musste kichern und stellte fest, dass keiner von ihnen den anderen losgelassen hatte, dass sie dicht aneinandergedrängt saßen und flüsterten wie zwei Liebende. Also wagte sie ein Geständnis.

»Wahrscheinlich klinge ich damit ziemlich langweilig und verklemmt, aber du bist der erste Mann, den ich seit meiner Trennung geküsst habe. Mit zwei kleinen Kindern und einer Vollzeitstelle bleibt einem nicht gerade viel Zeit fürs Küssen«, fügte sie hinzu, da ihre Offenheit ihr dann doch etwas peinlich war.

»Du bist definitiv weder langweilig noch verklemmt, Kat. Und wer auch immer dich dazu gebracht hat, so etwas zu denken, hat eine Tracht Prügel verdient.«

»Lass uns spazieren gehen«, schlug sie vor.

Es dauerte viel zu lange, sich von der Party zurückzuziehen – alle wollten gern noch mit Elliott sprechen –, aber irgendwann standen sie endlich auf dem Gehweg, und Elliott nahm ihre Hand. »Wie wäre es mit einem kleinen Umweg durch Green Park? Wir könnten von dort aus zur Pall Mall, und dann bringe ich dich ins Hotel zurück.«

Es gefiel ihr, dass er nichts als selbstverständlich voraussetzte, während sie gleichzeitig schon jetzt traurig war, dass sie sich ihre Wege am Ende des Abends trennen würden.

Sie gingen Hand in Hand, und sie fragte ihn über das Buch aus, an dem er arbeitete. Er erzählte, er sei noch bei der Planung, wobei er jedes Kapitel skizziere und eine Geschichte entwerfe, die zu den Fakten passe.

»Ich dachte, Geschichten würden nur in Romanen erzählt, nicht in Sachbüchern«, sagte sie.

»Ich versuche, so über die historischen Ereignisse zu schreiben, dass die Leute das Gefühl haben, eine unterhaltsame Geschichte serviert zu bekommen. Fakten und Zahlen kann jeder auflisten, aber darum geht es nicht. Es geht um …« Er blieb stehen, sah sich um, und sein Blick blieb am St. James Palace hängen. »Nimm den Palast da drüben. Jeder kann dir sagen, wer ihn erbaut hat, wie lange es dauerte und wann die ersten Könige dort wohnten. Aber ich will erzählen, wie es dem Mann erging, der oben im Turm die Glocke aufhängte, wahrscheinlich ohne irgendeine Sicherung. Ich will erzählen, was an der Erbauung damals spannend gewesen sein könnte, und welche Aufgaben eher beschwerlich und langwierig waren. Ich will, dass du den Palast als lebendiges Bauwerk wahrnimmst und nicht nur als eine Ansammlung roter Backsteine.« Er brach ab, und Kat sah, dass er rot wurde. »Und jetzt kaue ich dir schon wieder ein Ohr ab.«

»Überhaupt nicht«, versicherte sie. »Ich könnte dir die ganze Nacht zuhören.«

Elliott strich mit dem Zeigefinger sanft über ihr Kinn und umfasste behutsam ihren Nacken. Wieder drängten sich ihre Körper beim Küssen eng aneinander. Kat erschauerte.

»Kalt?«, murmelte er.

»Nein. Das fühlt sich einfach … einfach sehr gut an. Eine unglaublich schlechte Wortwahl, ich weiß, noch dazu in Gegenwart eines Autors!«

Er wirkte amüsiert. »Ich bin nicht sicher, ob ich im Moment etwas Eloquenteres hervorbringen könnte.« Er ließ seine Fingerspitzen weiter ihre nackte Haut erkunden und fuhr die Umrisse ihres Dekolletés ab. »Eigentlich will ich nicht, dass diese Nacht schon endet. Aber wenn es dir lieber ist, bringe ich dich jetzt zu deinem Hotel zurück, und wir sehen uns am Samstag wieder.«

Sie wusste natürlich, was er damit fragte. Und sie wollte sehr gern Ja dazu sagen, aber sie wollte auch ehrlich zu Elliott sein und ihm die Chance geben, es sich noch einmal gut zu überlegen.

»Elliott, in diesem Kleid und mit Make-up sehe ich sehr viel besser aus als nackt und ohne jede Verschönerung. Fast Vierzigjährige, die zwei Kinder zur Welt gebracht haben, können aus nächster Nähe ein wenig enttäuschend sein.« Er wollte etwas sagen, doch sie hob die Hand. »Du bist ein extrem gut aussehender Mann, der bei Frauen viel Zuspruch findet. Ich sage das nicht, weil ich dich für oberflächlich halte, sondern weil ich dir die Chance geben will, dich lieber jetzt zu verabschieden, als nachher von dem enttäuscht zu sein, was du unter diesem sagenhaften roten Kleid vorfindest.«

Anstelle einer Antwort küsste er sie noch leidenschaftlicher als zuvor. »Kat, ich finde dich – dich als Person – unglaublich anziehend, ganz egal, wie du ohne Klamotten aussiehst. Wobei ich absolut nichts dagegen hätte, dich nackt zu sehen.«

Er grinste spitzbübisch, und sie musste trotz ihrer Bedenken lachen. Und dieser Moment der Leichtigkeit war maßgeblich für ihre Entscheidung. Sie nahm Elliotts Hand und zog ihn mit sich in Richtung ihres Hotels.

Als sie den Fahrstuhl betraten, hoffte sie inständig, dass kein anderer Gast dazukäme, damit sie Elliott wieder küssen könnte, aber dann drängte sich doch noch ein ganzer Schwung Leute in ihre Kabine. Elliott wich bis an die hintere Wand zurück und zog Kat an sich, so dass sie mit dem Rücken gegen seinen Körper lehnte. Sie spürte das schnelle Klopfen seines Herzens, seine Hände an ihren Hüften und dass er sie tatsächlich begehrte. Das war das Beste von allem, dachte sie: richtig begehrt zu werden.

In ihrem Zimmer tastete sie nach dem Lichtschalter, hielt dann jedoch inne, weil sie Dunkelheit noch immer für die schmeichelhaftere Option hielt. Aber Elliott legte seine Hand auf ihre und knipste das Licht an. Jetzt konnte sie ihm in die Augen sehen. Unter seinem Blick spürte sie Schmetterlinge im Bauch, und sie legte eine Hand an seine Wange.

»Elliott«, flüsterte sie, streckte sich ihm entgegen und genoss den aufgeladenen Moment, in dem ihre Lippen noch quälende fünf Zentimeter voneinander entfernt waren.

»Ich habe Angst, dein Kleid zu ruinieren, wenn ich versuche, irgendetwas aufzumachen«, murmelte er, ohne den Abstand zu verringern, um die gespannte Vorfreude noch ein wenig auszudehnen.

Kat löste das Problem, indem sie sich das Kleid selbst auszog und es zu Boden fallen ließ. Dann küsste sie ihn genau so, wie sie es in der Bar schon gewollt, aber nicht gekonnt hatte. Es war der erotischste Kuss, den sie je erlebt hatte. Genau wie alles andere, das dem folgte.

—

Hinterher erwartete sie, dass Elliott aus dem Bett sprang, sich anzog und ging. Doch das tat er nicht. Stattdessen küsste er sie langsam und unsagbar gefühlvoll, als wollte er nach allem, was sie getan hatten, immer noch nicht, dass es vorbei war.

Noch mehr überraschte es sie, als er sagte: »Das war definitiv die schönste Nacht, die ich seit sehr langer Zeit erlebt habe.«

»Wirklich? Es fällt mir schwer, das zu glauben.«

»Bitte geh nicht weg, ja?«, sagte er. »Ich habe das Gefühl, du könntest jeden Moment davonlaufen, obwohl es dein Zimmer ist. Ich bin gleich wieder da.«

Er rollte zum Bettrand und ging ins Badezimmer, und immer noch erwartete sie, dass er sich nach seiner Rückkehr anziehen und gehen würde. Doch er krabbelte wieder ins Bett und schloss sie in die Arme. »Liegt es an deinem Exmann oder an dir selbst? Du solltest mehr Selbstbewusstsein haben. Ja, ich hatte eine wundervolle Nacht – und du hoffentlich auch?« Jetzt wirkte er fast besorgt.

Sie musste lachen. »Ich mag wenig Selbstvertrauen besitzen, aber im Vortäuschen bin ich definitiv nicht so gut wie Meg Ryan. Ich habe es sehr genossen.«

Das stimmte. Elliott hatte nicht davor zurückgescheut, sich Zeit zu nehmen, sie zu fragen, was ihr gefiel, und mit ihr zu reden, anstatt einem bestimmten Programm zu folgen, das nur schnell und effizient ans Ziel führen sollte – wie es im letzten Jahr ihrer Ehe mit Paul der Fall gewesen war.

»Ich schätze, ich bin ziemlich erfolgsorientiert«, versuchte sie eine Erklärung, »also war es für mich ein Schock, dass meine Ehe gescheitert ist. Es hat mein Selbstbewusstsein ein wenig beschädigt. Wie ich schon sagte: Ich habe noch gar nicht wieder angefangen, mit anderen Männern auszugehen. Ich hatte keine Zeit. Oder vielleicht sollte ich eher sagen: Ich habe mir keine Zeit genommen. Ich schätze, ich will nicht wieder versagen.«

Bevor er antworten konnte, vibrierte sein Handy. Er entschuldigte sich, während er es holte. »Ich will nur sichergehen, dass es nicht meine Tochter ist. Sie übernachtet heute bei ihrer Mutter. Falls es Juliette ist, die sich um zwei Uhr morgens meldet, ist irgendetwas ganz massiv nicht in Ordnung.«

»Schon gut«, sagte sie. »Ich würde es genauso machen.«

Als er das Display sah, musste er lachen.

»Was ist?« Kat stützte sich auf den Ellbogen.

»Das war D'Arcy. Du kannst es gern lesen, wenn du willst.«

Die Nachricht lautete: *Josh und ich schlagen uns mit kotzenden Vierjährigen herum, also hoffe ich inständig, dass du und Kat eine vergnüglichere Nacht habt. Bitte sag, dass es so ist. Josh meinte, ich solle das auf keinen Fall schreiben, aber er holt gerade neue Bettwäsche, deshalb bin ich unbeobachtet. Kuss, D*

Jetzt lachte auch Kat. »Sie ist echt ein Knüller.«

»Ich hoffe, du findest sie nicht zu anstrengend. Ich mag sie und Josh wirklich sehr, aber ich weiß, dass D'Arcys Art, immer genau das zu sagen, was sie denkt, manchen Menschen zu viel werden kann. Meine Exfrau konnte nicht damit umgehen.«

»Ich finde es erfrischend. Was wirst du ihr schreiben?«

Elliott legte das Handy auf dem Nachttisch ab. »Nichts. Ich lasse sie erst einmal schmoren.«

Er zog Kat wieder in seine Arme. Sie seufzte glücklich. Schon lange hatte sie nicht mehr so viel gelacht wie an diesem Abend und so wenig an ihre Kinder gedacht, sogar ohne ein sonderlich schlechtes Gewissen.

Sie schmiegte sich an Elliott und ließ sich küssen, während sie mit den Händen über seinen Brustkorb strich, der schmal und muskulös war und einfach unwiderstehlich.

»Musst du nachher früh aufstehen?«, erkundigte er sich. »Ich schätze, du willst mich jetzt lieber loswerden.«

»Ich will dich überhaupt nicht loswerden. Ich finde, wir sollten absolut sichergehen, dass dies wirklich die beste Nacht ist, die du seit Langem hattest.«

Er strahlte. »Das klingt nach einem sehr guten Plan.«

Kapitel 20

Kat erzählte niemandem, was sie tat. Sie wollte keine gut gemeinten Ratschläge oder Meinungen hören, sie wollte, dass das, was auch immer da gerade passierte, allein ihr gehörte – ihr und Elliott, natürlich. Zwei Tage später sahen sie sich wieder – er kam zu einem spontanen Besuch vorbei und wollte sie eigentlich zum Essen einladen, der Abend endete dann jedoch ohne jegliche Nahrungsaufnahme in ihrem Hotelzimmer. Später erkundigte er sich nach ihrer Familie und erzählte mehr von seiner, bis es unmöglich wurde, sich nackt auf Gespräche zu konzentrieren.

Jeder sollte mindestens einmal im Leben eine Affäre haben, dachte Kat am Samstagmorgen, als sie bei Tagesanbruch vor dem Hotel auf Elliott wartete. Es war definitiv gut für die Seele. So gut, dass sie sich in den letzten Tagen kaum noch Gedanken zum Rätsel um Margaux Jourdan gemacht und entschieden hatte, diese Angelegenheit bis zu ihrer Fahrt nach Cornwall aufzuschieben.

Elliott fuhr mit dem Auto vor, stieg aus und gab Kat einen leidenschaftlichen Kuss. »Guten Morgen«, sagte er.

»Selber guten Morgen«, erwiderte sie. Sie sah ihn zum ersten Mal in legerer Kleidung – mit einem dunkelblauen T-Shirt, durch das seine braunen Augen fast schwarz wirkten. Als sie ihn umarmte und durch den weichen Stoff seinen Körper spürte, musste sie seufzen. »Das solltest du *immer* tragen«, sagte sie.

»Wirklich immer?« Er zog die Augenbrauen hoch.

Sie lachte. »Du hast recht. Immer wenn du in der Öffentlichkeit unterwegs bist, meine ich. Aber wenn wir allein sind, darfst du es ausziehen.«

Seine Augen funkelten. »Wenn ich gewusst hätte, wie forsch du morgens bist, wäre ich früher gekommen.«

»Tja, mein Tag beginnt immer sehr früh. Für meine Töchter ist Ausschlafen noch ein Fremdwort.« Sie schnitt eine Grimasse. »Aber du hast mit mir geflirtet, und ich beklage mich, woran man merkt, wie eingerostet ich bin.«

»Du bist perfekt«, sagte er und gab ihr einen Kuss auf die Stirn.

Sie versuchte, nicht rot zu werden, merkte aber, dass es ihr nicht gelungen war, als Elliott eine Hand an ihre glühende Wange legte und sagte: »Das bist du wirklich.«

Sie stiegen ins Auto und fuhren die Pall Mall entlang bis zur Piccadilly. Auf den Straßen war es ruhig, die meisten Menschen schliefen noch. Der Hyde Park erstrahlte im goldenen Licht des Sonnenaufgangs. Elliott sah sie von der Seite an, und Kat wusste, dass er mehr über ihr heutiges Ziel erfahren wollte, aber abwartete, bis sie es zur Sprache brachte. Sie atmete tief durch.

»In dem Haus in Cornwall, das meiner Großmutter gehört, hängt aus jedem Jahr seit der ersten Modenschau 1947 ein Dior-Kleid«, begann sie. »Ich habe sie letzten Monat entdeckt.«

»Das ist …« Elliott schüttelte den Kopf. »Ich weiß nicht einmal, welches Wort ich dafür verwenden soll. Es ist mehr als seltsam.«

»Ich weiß.«

»Und ich vermute, sie wollte dazu auch nichts sagen.«

»Abgesehen davon, dass ich die Kleider tragen solle, nein. Sie habe gedacht, sie könne es mir sagen, meinte sie, aber dann …«

Kat hielt kurz inne. »Das war der Moment, in dem sie so … so fürchterlich verschreckt und verängstigt ausgesehen hat.«

»Und du willst das jetzt wirklich durchziehen, Kat?«, fragte Elliott behutsam nach. »Ich kann auch umdrehen und wieder nach London zurückfahren. Meine Recherche bekomme ich bestimmt auch anders zusammen und muss dich damit nicht weiter behelligen. Ich will das Verhältnis zwischen dir und deiner Großmutter in keiner Weise gefährden.«

Kat stöhnte, starrte auf ihre Hände und drehte ihren antiken Art-déco-Ring nervös um den Finger. »Ich weiß nicht, ob ich das alles jetzt einfach vergessen kann. Wenn es ein Geheimnis gibt, eine Geschichte, die mir erklärt, warum meine Großmutter an jenem Abend so verängstigt ausgesehen hat, sollte ich dann nicht herausfinden, worum es geht, damit ich ihr nie, nie wieder so wehtue?«

»Kat …«

Er sagte ihren Namen auf eine Art und Weise, die sie nichts Gutes ahnen ließ.

»Es gibt etwas, was ich dir sagen muss.«

Innerlich wappnete sie sich, auch wenn sie nach außen hin versuchte, sich nichts anmerken zu lassen und die Angst abzuschütteln, die sich plötzlich um ihr Herz gelegt hatte. »Versteckst du noch eine vierte Ehefrau auf deinem Dachboden?«

Er schüttelte vehement den Kopf. »Nein, und um mich geht es nicht. Ich wollte es dir schon auf der Party sagen, aber das war nicht der richtige Ort – ich dachte, du hättest lieber keine Menschen um dich, wenn du es erfährst. Und danach … tja.« Er seufzte. »Vielleicht hätte ich es dir inzwischen sagen sollen, aber es fühlte sich nie nach dem richtigen Zeitpunkt an. Es ist so, dass … Wenn deine Großmutter wirklich *die* Margaux Jourdan ist, nach der ich suche, dann wurde deine Mutter …« Eine erneute Pause. »Dann wurde deine Mutter in einem Konzentrationslager geboren.«

Gleißende Sonne. Viel zu hell. Die Felder ein schreiendes Grün. Die weißen Fassaden der niedlichen kleinen Häuser furchtbar grell. Alles wie auf einem überbelichteten Foto.

Entsprachen Elliotts Worte der Wahrheit? War Kats Großmutter tatsächlich eine Spionin gewesen, die ihre Mutter in einem … Kat erschauderte und brach abrupt ihre Überlegungen ab.

Lautes Hupen riss sie aus ihren Gedanken. Elliott hatte am Straßenrand gehalten und rief ihren Namen.

»Ich hätte dir das nicht erzählen sollen«, hörte sie ihn sagen. »Aber ich konnte es auch nicht verschweigen. Wenn du es irgendwann erfährst und dir dann klar wird, dass ich es schon wusste …« Er nahm ihre Hand, die ganz schlaff war. »Du siehst aus, als würdest du gleich ohnmächtig werden oder dich übergeben oder beides. Brauchst du frische Luft? Sollen wir einen Kaffee trinken? Du bist ganz blass.«

Sie schüttelte den Kopf. Die Vorstellung, jetzt ein gemütliches Café zu betreten und dort Menschen schwatzen und lachen zu hören, ließ erneut Übelkeit in ihr aufsteigen. Wie konnte ihre Mutter in einem Konzentrationslager zur Welt gekommen sein?

»Meine Großmutter wurde in ein KZ eingeliefert?«

Elliott nickte. »Sie ist dort fast gestorben, Kat. Deine Mutter ebenso. Wenn du willst, erzähle ich dir mehr darüber. Oder ich halte ab jetzt den Mund, was immer dir lieber ist.«

Auch er war blass geworden, und Kat begriff, in welchem Dilemma er gesteckt hatte, weil er etwas Furchtbares über ihre Familie gewusst und irgendwann bemerkt hatte, dass sie nicht im Mindesten darüber informiert war. Natürlich hatte er es ihr nicht auf der Party sagen wollen – oder danach. Seine Entscheidung war richtig gewesen.

Am liebsten hätte sie immer noch nichts davon gewusst. Gleichzeitig war ihr klar, dass hinter seinen Worten – *deine Mutter wurde in einem Konzentrationslager geboren* – eine schreckliche Geschichte lag, mit der sie sich wohl oder übel würde befassen müssen. Wenn ihre Großmutter sie hatte durchleben müssen, konnte Kat sie wenigstens in Erfahrung bringen. Kein Wunder, dass Margaux so totenbleich geworden war und so angsterfüllt ausgesehen hatte.

»Erzähl mir erst dann mehr darüber, wenn wir in Cornwall angekommen sind«, bat sie Elliott. »Im Moment kann ich nicht damit umgehen. Aber ich will es. Später.« Sie spürte Tränen aufsteigen. »Arme Margaux.«

»Ach, Kat.« Elliott umarmte sie, so gut es im Auto ging, und gab ihr einen Kuss auf die Stirn. »Ich weiß, dass es nichts ändert, wenn ich mich jetzt wieder entschuldige … Ich sage dir alles, was du wissen willst, wann immer du bereit dazu bist.«

Die restliche Fahrt über redeten sie von anderen Dingen, und Kat merkte, wie sie sich nach und nach entspannte. Am späten Vormittag erreichten sie Porthleven und die Abzweigung zum Haus ihrer Großmutter. Nachdem sie eine Weile über den Feldweg geholpert waren, tauchte endlich das Cottage auf, das im strahlenden Sonnenschein fast wie ein Postkartenmotiv aussah – ein völliger Kontrast zum düsteren Ambiente vom letzten Mal.

Sie verließen den Wagen, und Elliott stieß einen Pfiff aus. »Das ist ja der Wahnsinn.«

»Ja, das ist es wohl.« Kat stellte sich neben ihn und genoss den malerischen Ausblick auf das Cottage mit seinem unverstellten

Blick aufs Meer. Das Wasser wogte wie ein ausgebreiteter blauer Samtteppich, darüber glänzte ein strahlend blauer Himmel, in dem Möwen kreisten, ohne mit den Flügeln zu schlagen, weil der Aufwind sie mühelos in der Luft hielt. »Bei meinem ersten Besuch habe ich gar nicht wahrnehmen können, wie schön es hier ist, weil ich ganz verwirrt war, dass meine Großmutter ein Haus in Cornwall besitzt und nie davon erzählt hat. Erst dachte ich, ich sollte sie überreden, es zu verkaufen, aber jetzt ...«

Ja, was jetzt? Was, wenn sie mit den Mädchen einmal hier Urlaub machte? Bestimmt hätten sie Spaß daran, am Strand Sandburgen zu bauen, Muscheln zu sammeln und die Wasserlachen in den Felsen zu inspizieren. Aber das konnte nur geschehen, wenn Kat ihr diesbezügliches Unwohlsein ablegte. Folglich musste sie verstehen, was ihrer Großmutter das Haus bedeutete – und die Dior-Kleider.

»Ihr solltet es nicht verkaufen«, sagte Elliott. »Das wäre geradezu ein Frevel. Also nicht, dass ich versuche, dir zu sagen, was du tun sollst«, fügte er hastig hinzu. »Aber es ist phantastisch hier.«

»Von außen vielleicht«, sagte Kat. »Aber drinnen sieht es anders aus.«

Sie schob ihre Hand in seine und ging mit ihm zum Haus. Beim Betreten wirbelte alter Staub auf.

»Es scheint ein bisschen vernachlässigt zu sein«, sagte Elliott, als er eine vertrocknete Spinne zertrat, »aber mir gefällt es. Es kommt mir vor wie ...« Er hielt inne.

»Was wolltest du sagen?«, fragte sie, als sie das Wohnzimmer betraten, von dem aus sie wieder einen herrlichen Blick aufs Meer hatten.

Elliott ging zum Fenstersitz. Anscheinend fühlte er sich zum Meer hingezogen. »Etwas furchtbar Prätentiöses: dass es mir vorkommt wie ein ungeöffnetes Buch. Zum Glück konnte ich an mich halten, bevor du die Chance hattest, mich als hochtrabenden Idioten abzustempeln.«

Sie brachte ein schiefes Lächeln zustande. »Sag mir wenigstens, dass das Buch ein Happy End hat.«

»Wie könnte es anders sein – in einer Umgebung wie dieser?«

»Gehen wir erst einmal nach oben. Dann änderst du deine Meinung vielleicht.« Sie führte ihn in das letzte Schlafzimmer, in dem die vielen Kleider im Schrank hingen. »Und?«

Er starrte auf die wunderbaren Stoffe in allen Regenbogenfarben, und sie ahnte, dass er – ebenso wie sie – an das Foto von Margaux Jourdan aus der *Vogue* dachte.

Sie strich über eines der Kleider: Le Muguet, das Maiglöckchen, weiß und mit Hunderten dieser feinen kleinen Blümchen bestickt. Sie wurden auch Marienblumen genannt, die der Legende nach aus Marias Tränen unterm Kreuz entstanden. Kats Gedanken kreisten fast zwanghaft um diese interessanten Details, denn ansonsten konnte sie nur an ein einziges Wort denken: *Konzentrationslager*.

»Lass uns spazieren gehen«, sagte Elliott leise.

Kat nickte. Vielleicht würden das Meer und der Himmel sie neu beleben und ihr so die Angst vor der geheimen Vergangenheit ihrer Großmutter nehmen.

Sie gingen zur Bucht hinunter. Krebse huschten auf der Flucht vor ihren Schritten über den Sand davon. Der Strand reichte bis an eine Felsenmauer, die den Zugang zum Ort zu versperren schien. Kat fragte sich, ob es wohl einen Durchgang gab oder ob der Strand vollständig privat war.

Bevor sie die Mauer erreichten, frischte der Wind auf und wehte ihnen immer wieder Sand ins Gesicht, so dass sie beschlossen, lieber umzukehren und hinter dem Haus durch die moorige Landschaft zu wandern. Nach fast einer Stunde kamen sie an eine halbhohe Ziegelmauer, die wohl das Ende des Grundstücks markierte. Auf der anderen Seite konnte Kat eine Reihe wunderschöner hoher, schlanker Bäume ausmachen. Sie kletterte auf die Mauer, um die Aussicht zu genießen, und blickte hinab in einen riesengroßen Garten, der genau geplant und sorgfältig angelegt worden sein musste, gleichzeitig aber eine gewisse Wildheit ausstrahlte. In einiger Entfernung war ein Haus auszumachen, das hinter einem Dschungel aus Efeu, Weinranken und Bäumen versteckt lag. Nicht ganz so weit entfernt standen einige Gewächshäuser, umgeben von akkurat geschnittenen Hecken, einem Gemüsegarten und einer Blumenwiese, die einem pointillistischen Gemälde glich. Kat war so fasziniert, dass sie sich unbewusst nach vorn beugte, den Halt verlor und von der Mauer stürzte.

»Kat?«, hörte sie Elliotts Stimme. »Alles in Ordnung?«

In Sekundenschnelle war er über die Mauer geklettert und landete weitaus eleganter als sie auf der anderen Seite.

Kat setzte sich auf. Sie lächelte reumütig. »Zum Glück habe ich es geschafft, da drin zu landen.« Sie deutete auf einen Haufen frisch gemähten Grases, der ihren Sturz abgefedert hatte.

Dann stand sie auf und sah, dass ihr lauter Grashalme am Körper klebten. Elliott zupfte ein paar aus ihrem Haar.

»Du siehst aus wie ein wildes Märchenwesen«, neckte er sie.

Eine harsche Stimme unterbrach ihr Geplänkel. »Sie können sich nicht einfach so hier reinschmuggeln. Gehen Sie durch den Haupteingang und zahlen Sie Eintritt, wie alle anderen auch.

Wenn Sie allerdings eine Stunde vor Schließung auftauchen, weiß ich nicht, wie Sie hier noch alles sehen wollen.«

Kat war bei den Worten zusammengezuckt und erblickte nun eine ältere Frau mit langem weißem Haar, das an den Enden vergilbt war wie alte Baumwolle. Die Frau sah Kat und Elliott finster an.

»Bitte entschuldigen Sie«, sagte Kat. »Wir wollten uns nicht reinschmuggeln. Ich bin von der Mauer gefallen.«

Der Blick der Frau wurde noch anklagender. »Und wie sind Sie auf die Mauer gekommen? Dafür müssen Sie das angrenzende Grundstück unerlaubt betreten haben!«

»O nein«, widersprach Kat. »Wir haben nicht unerlaubt …«

Elliott trat vor und streckte der Frau seine Hand entgegen. »Guten Tag, ich bin Elliott Beaufort. Das hier müssen die Verlorenen Gärten von Lysander sein. Ich habe von diesem wunderbaren Ort schon gehört, aber bisher nie Gelegenheit gehabt, ihn zu besuchen. Wie ich sehe, war das ein großes Versäumnis.«

Die Frau begann zu lächeln und schüttelte ihm die Hand. Seine Worte und seine Haltung schienen sie zu besänftigen.

Nun reichte auch Kat ihr die Hand und sagte: »Ich heiße Kat. Es ist wirklich wunderschön hier.«

»Gehört der Garten Ihnen?«, erkundigte sich Elliott.

»Ja.« Die alte Dame lächelte. »Ich bin Margaux Jourdan.«

Kat schwankte leicht. Das Atmen fiel ihr schwer und sie schüttelte ruckartig den Kopf. Das Einzige, was sie davon abhielt wegzulaufen, war Elliotts Hand, die sie plötzlich in ihrem Rücken spürte.

»Dann habe ich vor ein paar Monaten also mit Ihnen gesprochen«, sagte er. »Sie sagten, Sie seien fünfzig Jahre alt und könnten unmöglich die Frau sein, die ich suche.«

»Ich habe gelogen«, erwiderte sie ohne jedes Anzeichen von Reue. »Wer wäre nicht gern wieder fünfzig? Außerdem hätte ich nie gedacht, dass irgendwann einmal jemand nach Margaux Jourdan suchen würde.«

Kat wurde schwarz vor Augen. Der wundersame Garten verschwand aus ihrem Blickfeld. Tatsächlich verschwand alles außer den Worten dieser Frau – und dem Wissen, dass ihre Großmutter in Australien exakt dasselbe gesagt hatte: *Ich hätte nie gedacht, dass irgendwann einmal jemand nach Margaux Jourdan suchen würde.*

Teil 7

Kapitel 21

ENGLAND, JUNI 1943 | In den nächsten zwei Monaten spielte das Schicksal Skye übel mit und sorgte dafür, dass sie häufiger Flugzeuge nach Tangmere fliegen musste als im gesamten Jahr davor. Bei einem dieser Aufträge erhaschte sie einen Blick auf ihre Schwester, die sich gerade zurückziehen wollte, aber so leicht wollte Skye es ihr nicht machen.

»Liberty!«, rief sie laut.

Ihre Schwester wirbelte herum und kam fröhlich angelaufen, um Skye zu begrüßen. Immerhin besaß sie den Anstand, nicht zu lügen und zu behaupten, sie habe Skye nicht bemerkt.

Doch nun, da Skye dieses Zusammentreffen forciert hatte, wusste sie nicht, was sie noch sagen sollte. Das Leben ihrer Schwester war ihr nicht mehr vertraut, daher fiel es ihr schwer, ein Gespräch anzufangen. »Worin genau besteht eigentlich deine Arbeit?«, fragte sie schließlich, weil sie davon ausging, dass es ein unverfängliches Thema war.

Liberty zündete sich eine Sobranie an, strich sich über das dunkelbraune Haar und sagte mit gespieltem Ernst: »Flirten.«

»Sehr witzig.« Skye wartete, denn sie rechnete damit, dass ihre Schwester noch mehr sagen würde.

Aber Liberty blies wohlgeformte Rauchringe in die Luft, als hätte sie die Kunst, ihre Irritation durchs Zigaretterauchen auszudrücken, bei Margaux gelernt, und fügte ihrer Auskunft nur noch ein Wort hinzu: »Tippen. Du bist diejenige von uns Penrose-Schwestern, die die aufregenden Sachen macht. Wie üblich.«

»Du hättest ja auch lernen können, zu fliegen, aber du wolltest nie.«

»Nein«, bestätigte Liberty. »Ich wollte Vanessa Penrose nie so ähnlich sein wie du.«

Die Art, wie sie den Namen ihrer Mutter aussprach, hatte etwas Feindseliges, und Skye wünschte, einer der Rauchringe würde sich ihrer Schwester um den Hals legen und sie erwürgen. »Bist du mal wieder zu Hause gewesen, seit du in England bist?«, wollte sie wissen.

»Mein Zuhause ist hier oben bei meinen Mitmenschen und nicht da unten bei Krebsen und Krabben«, erwiderte Liberty kühl.

»Du sagst das, als würdest du Cornwall verabscheuen.«

»Es ist mir dort zu einsam.«

Lasst mich nicht allein. Die Stimme der neunjährigen Liberty tönte Skye im Ohr.

»Es war nie einsam«, widersprach sie. »Du hattest mich und Nicholas.«

»Nein, du hattest Nicholas. Und Nicholas hatte dich.«

»Du hattest unsere Mutter.«

Libertys Lachen klang bitter. »Niemand hatte unsere Mutter. Sie hatte sich schon vor langer Zeit abgekapselt.«

Lasst mich nicht allein. Wieder dieses Echo aus der Vergangenheit. Skye war nicht sicher, ob sie dieses Gespräch zu Ende führen wollte. Trotzdem zwang sie sich zu fragen: »Was meinst du damit?«

»Die Welt hat uns seit unserer Geburt den Rücken gekehrt, Skye. Das tut sie nun mal bei unehelichen Kindern.« Liberty sprach ganz gelassen. »Alles, was unsere Mutter uns gegeben hat, waren Dinge, die uns noch mehr zu Außenseitern machten. Fliegen. Weissagen …«

»Sie gab uns den Mut, alles zu tun, was wir wollen«, unterbrach Skye sie aufgebracht.

»Sie gab uns die Bürde der Schande.«

Skye zwang sich zu lachen, als würde Liberty nur Witze machen. »Tja, ich würde nichts davon ändern wollen.«

»Ich schon. Unsere Kindheiten sind zwar parallel verlaufen, aber ganz und gar unterschiedlich.«

»Sie waren haargenau gleich«, echauffierte sich Skye. »Und jetzt muss ich los. Ich habe zu tun.«

Als sie am Nachmittag zurückflog, durch einen Himmel, der so tief und unergründlich blau war wie das Meer in Cornwall, ließ eine Frage sie nicht mehr los: Sie und Liberty hatten sehr verschiedene Versionen derselben Geschichte verinnerlicht. Wessen war die richtige? Vielleicht versuchte Liberty nur, das eine auszulöschen, was sie außer ihrem Nachnamen noch verband: ihre Vergangenheit. Doch wenn sie nicht mal mehr eine gemeinsame Vergangenheit hatten, was machte sie dann noch zu Schwestern?

Sie befahl sich, nicht mehr darüber nachzudenken. Liberty hatte ihr kindisches Getrete von früher einfach durch anderes leidiges Verhalten ersetzt, um ihr Gegenüber zu provozieren. Und wie üblich hatte Skye auf eine Art reagiert, die sie im Nachhinein stets bereute: Sie war weggelaufen. Aber es hatte keinen Sinn, sich weiter Gedanken darüber zu machen. Beim nächsten Mal hätte Liberty bestimmt schon wieder andere Provokationen parat.

—

Bei all dem Gefühlswirrwarr konnte Skye dankbar sein, dass ihr eine ganze Weile weder O'Farrell noch Nicholas noch Margaux über den Weg liefen. Das bedeutete, dass ihr noch eine Zeit lang erspart blieb zu erfahren, ob ihr die Gefühle für Nicholas ins Gesicht geschrieben standen – was ihn, Margaux und insbesondere sie selbst unendlich beschämen würde.

Dann, es war kaum zu glauben, schrieb Liberty ihr einen Brief. Sie habe O'Farrell getroffen, der sie mit zu dem geplanten Wochenende in London eingeladen habe, als er herausfand, dass sie Skyes Schwester war. Sie fügte ein PS hinzu, das Skye misstrauisch machte: *Der Knabe ist ja außergewöhnlich charmant*.

Also verabredeten sich Skye und Rose am Bahnhof Southampton mit Liberty und fuhren gemeinsam nach London. Joan absolvierte gerade ihr Training mit viermotorigen Bombern und konnte daher nicht mitkommen. Im Hotel wurden sie von O'Farrell und Richie freudig empfangen.

Richie küsste Rose auf die Wange und lief charmanterweise rot an, als er ihr den Schlüssel zu ihrem gemeinsamen Zimmer reichte, damit sie sich frischmachen und ihre Tasche abstellen konnte.

O'Farrell wirkte kein bisschen verlegen; er nahm Skye und auch Liberty die Taschen ab und führte sie nach oben zu ihren Zimmern.

Nach einem kurzen Blick in ihr enges Einzelzimmer und dann in Skyes und O'Farrells deutlich größeres und bequemeres, rümpfte Liberty die Nase und sagte: »Ich dachte, ich könnte dieses Wochenende mal Zeit mit meiner Schwester verbringen.«

O'Farrell schien irritiert.

»Wir werden beim Abendessen ausgiebig miteinander reden können«, sagte Skye.

Aber Liberty ließ sich nicht beirren. »Was, wenn die Deutschen uns gerade jetzt bombardieren?«, fragte sie mit großen Augen, die entweder ehrliche Sorge oder echte Heimtücke widerspiegelten – Skye war sich da nicht sicher. Liberty nahm O'Farrell kurzerhand ihre Tasche ab und stellte sie auf das Doppelbett im großen Zimmer. »Ich glaube, ich möchte lieber hier bei Skye schlafen.«

Sie warf O'Farrell einen derart flehenden Blick zu, dass er keine andere Wahl hatte, als Liberty ihren Wunsch zu gewähren. Er nahm seine eigene Tasche und brachte sie ins Einzelzimmer nebenan.

»Danke, dass du mir mein Wochenende ruinierst«, kommentierte Skye trocken, nachdem er gegangen war.

»Ach, so furchtbar unglücklich siehst du gar nicht aus«, stellte Liberty fest. »Vielleicht habe ich dir ja dein Wochenende gerettet?« Damit spazierte sie aus dem Zimmer.

O'Farrell kehrte zurück, zog Skye in seine Arme und küsste sie ausgiebig. »Wir können ja früher nach oben gehen, vor Liberty«, sagte er. »Vielleicht haben wir dann etwas Zeit für uns …«

»Skye!« Libertys Stimme schallte wie eine Luftschutzsirene durch den Gang. »Unten warten die anderen schon!«

»Ist sie immer so?«, wollte O'Farrell wissen. »Ich dachte, ich tue euch etwas Gutes, wenn ich sie einlade.«

»O ja«, erwiderte Skye grimmig. »Sie ist immer so.« Und verzichtete nur mit Mühe auf die Bemerkung, dass die Worte »etwas Gutes« und »Liberty« einfach nicht zusammenpassten.

—

Nicholas raubte sowohl Margaux als auch sich selbst den letzten Nerv, indem er andauernd mit den Fingern auf ihre Stuhllehne trommelte. Schließlich stand er auf und ging zur Theke. Während er darauf wartete, eine Bestellung aufgeben zu können, ließ er seinen Blick durch die Bar schweifen. Rose schmiegte sich an Richie, und Nicholas wurde fast übel bei der Vorstellung, dass Skye bald dasselbe mit O'Farrell machen würde.

Im Spiegel hinter der Theke sah er seine Reflexion: einen Mann in Uniform, so wie alle anderen Männer im Hotel. Und doch hatte Skye gesagt, er sehe gut aus. Ein Mal. Sie hatte nie wieder ein weiteres Wort über sein Aussehen verloren. Aber sowohl beim Tanzen in Tangmere als auch beim Schwimmen in Hamble hatte er in ihrer Nähe eine so intensive körperliche Erfahrung gehabt, als wäre ein Polarlicht mit all seiner magnetischen Ladung durch ihn hindurchgefahren, so dass er die Energie auch jetzt noch spürte.

Und das, obwohl Skye nicht einmal im Raum war. Schon an sie zu denken, zum Beispiel in diesem Badeanzug, war mehr, als er sich erlauben sollte.

Er stützte einen Ellbogen auf die Theke und rieb sich die Stirn. Gedanken an Skye ließen sich durch nichts auslöschen oder verdrängen. Er sah zu den Fahrstühlen, und als sie schließlich mit Liberty und O'Farrell ausstieg, konnte er sein spontanes glückliches Lächeln nicht unterdrücken.

Margaux bekam es mit und warf ihm einen warnenden Blick zu. Nicholas korrigierte seinen Gesichtsausdruck, so dass er wieder unbeteiligt aussah, und trotzdem jubelte er innerlich, als Skye sich neben ihn stellte.

»Was darf ich dir bestellen?«, fragte er. »Whiskey?« Er bereute sein Angebot sofort und verzog das Gesicht. Auch sie schnitt eine Grimasse.

»Nach unserem Rendezvous mit deinem Flachmann hatte ich drei Tage lang Kopfschmerzen«, sagte sie. »Ich sollte mich lieber an Wasser halten.«

Libertys Stimme ertönte, sehr nah und sehr laut, während sie O'Farrell irgendetwas erzählte. Irritiert runzelte Skye die Stirn.

»Wenn ich dir Wasser bestelle, wirst du aber deinem Ruf nicht gerecht«, sagte Nicholas betont ernst, um sie von ihrer Schwester abzulenken. »Unter uns Piloten heißt es, deine Freundin Rose sei die Praktische, Joan die Entzückende, Pauline die Furchteinflößende, und du seist entweder die …«, er machte eine Pause, als müsse er mental eine Liste durchgehen, »… entweder die Mysteriöse oder die Lustige oder die Wilde.«

Der Klang ihres Lachens war wie ein Windstoß, der sein Herz abheben ließ.

Immer mehr Gäste drängten zur Theke, und er trat zur Seite, um sie durchzulassen. Wenn es nach ihm ginge, könnte er die ganze Nacht hier stehen und nie etwas bestellen, weil er sich dann nicht von Skye trennen müsste und sie nicht zu O'Farrell zurückkehren würde.

Durch sein Ausweichmanöver stand er nun dicht bei ihr, nahm nichts wahr als ihr Lächeln und verspürte urplötzlich den Wunsch, mit den Fingern in den Kragen ihrer Bluse zu fassen und den obersten Knopf zu lösen. Ihren Hals zu berühren.

Er wandte den Kopf und wünschte sich dringend Margaux herbei, denn er musste die Mauer zwischen sich und Skye wieder hochziehen. Er hatte es schon zu weit fortschreiten lassen, und jetzt rasten seine Gedanken immer weiter in eine Richtung, die nur in einer Sackgasse enden konnte.

Gerade als Skye antwortete: »Du weißt sehr wohl, dass meine

Wildheit sich auf unerlaubtes Schwimmen beschränkt«, kam glücklicherweise Margaux zu ihnen, und ihr kühler und leidenschaftsloser Blick holte ihn in seine Rolle zurück.

Wieder drang Libertys Stimme zu ihnen durch. »Wie wäre es mit einem dieser Cocktails, die du neulich im Pub für mich bestellt hast?«, sagte sie zu O'Farrell und klimperte dabei mit den Wimpern. »Wie hieß der noch gleich? Irgendwas mit ›N‹ …«

»Negroni«, sagte O'Farrell.

»Tja, unser O'Farrell hat sich wie immer hingebungsvoll um die jungen Damen gekümmert«, kommentierte Margaux trocken.

Nicholas starrte sie an. Warum sagte sie so etwas vor Skye?

Er sah, wie Skye bei seinem Blick zu Margaux zusammenzuckte, vielleicht, weil sie darin ihre Verbundenheit erkannte – was bei dem Gewicht ihrer gemeinsamen Geheimnisse kein Wunder war – und nicht wissen konnte, was er tatsächlich bedeutete. Er wusste nicht einmal selbst, was er Margaux vorwarf. Sollte O'Farrell Skye das Herz brechen, indem er heimlich mit Frauen der *WAAF* ausging – oder gar mit ihrer Schwester –, würde er ihn umbringen; gleichzeitig wusste er, dass er kein Recht hatte, sich in Skyes Leben einzumischen.

Liberty flüsterte O'Farrell jetzt etwas ins Ohr, und wenn Skye sich ein wenig nach rechts drehte, würde sie es ebenfalls sehen. »Ich bin gleich wieder zurück«, sagte er.

Er ging an O'Farrell vorbei, der gerade an die Theke getreten war, um Libertys Cocktail zu bestellen. Stattdessen fasste er Liberty am Arm und zog sie ein Stück mit sich. Sie machte dasselbe Gesicht wie früher mit neun, wenn sie Skye unter dem Frühstückstisch gegen das Schienbein getreten hatte.

»Was machst du da eigentlich?«, wollte er wissen.

»Flirten«, entgegnete sie. »Ich habe Skye gesagt, dass das meine Arbeit ist. Also braucht sie sich nicht zu wundern.«

»Mach nicht alles kaputt.«

»Was genau?« Sie sah ihm herausfordernd in die Augen, und zum ersten Mal in seinem Leben wünschte er sich, er könnte ihr einen Krebs in den Kragen ihrer Bluse schieben.

»Ich glaube nicht, dass Skye sich wirklich für O'Farrell interessiert«, fügte Liberty vielsagend hinzu.

»Rede mit ihr, Liberty«, sagte er.

»Du weißt, dass ich das nicht kann.«

Und genau das war das Problem: Keiner von ihnen durfte Skye irgendetwas verraten.

—

»O'Farrell war vor diesem Wochenende so aufgeregt wie ein Kind vor dem ersten Schultag«, sagte Margaux zu Skye, nachdem Nicholas gegangen war.

Skye stieß mit fahriger Hand gegen ein Glas. Obwohl sie nicht allzu viel Erfahrung mit Männern besaß, wusste sie natürlich, was sie erwartete. Und O'Farrell wäre wahrscheinlich gut genug darin, dass auch sie etwas dabei empfinden würde. Das half ihr jedoch nicht über ein gewisses Unwohlsein hinweg. Und es half auch nicht bei der Antwort auf die Frage, die ihr permanent durch den Kopf ging: Wollte sie wirklich mit O'Farrell schlafen – und sollte sie es ihn nicht lieber wissen lassen, wenn nicht?

»Vielleicht trinke ich doch einen Whiskey«, sagte sie. Aber der Alkohol verstärkte eher das Gefühl der Distanz zu allem, was geschah, als dass er eine Lösung aufzeigte.

Nach einer Weile machten sie sich auf den Weg zum Empire Kino am Leicester Square und trafen rechtzeitig zu den Nachrichten im Vorprogramm ein. Das Publikum jubelte über die guten Meldungen, von denen es jedoch nicht viele gab, und schwieg betroffen bei der großen Menge an schlechten Nachrichten.

Liberty plapperte unentwegt auf O'Farrell ein. Margaux rauchte. Nicholas schwieg. Der Whiskey in Skyes Magen brannte.

Da sie sich so lange nicht gesehen hatten, wusste Skye weder, was genau O'Farrell für den Abend geplant hatte, noch, welcher Film gezeigt wurde. Als er über die Leinwand zu flimmern begann, war sie gerade abgelenkt, weil sie sich eine Zigarette anzündete, die Nicholas ihr gereicht hatte. Dann hörte sie ihn plötzlich ihren Namen sagen, mit seltsam erstickter Stimme, und blickte verwundert hoch.

Auf der Leinwand erschien ein blonder Kopf in einem Cockpit, darüber stand in Weiß der Schriftzug *They Flew Alone*. Dann sah Skye nur noch das Gesicht von Amy Johnson, beziehungsweise der Schauspielerin, die sie spielte. Amy Johnson, die erste Frau, die von England nach Australien geflogen war, wofür sie einen Ritterorden erhielt. Mit ihrem Flug von London nach Tokio brach sie nur ein Jahr später sogar den bestehenden Weltrekord. Amy Johnson, deren Erfolge Skyes Mutter so sehr angespornt hatten, dass sie in den Tod geflogen war. Amy Johnson, die ihrerseits 1941 verstarb, nachdem sie der *ATA* beigetreten war.

Auf der Leinwand wurde ihr nun neues Leben eingehaucht. Ihre *ATA*-Overalls waren unangenehm vertraut – es waren die gleichen, die Skye jeden Tag trug –, und die Schauspielerin wirkte in Gestik und Mimik ausgesprochen überzeugend.

Ihr Flugzeug hob ab, es zogen Wolken auf. Die darauf folgende schlechte Sicht kannte Skye selbst nur allzu gut und auch das Gefühl, nicht zu wissen, ob man die Atmosphäre verlassen und derart entfernte Regionen erreicht hatte, dass es unmöglich schien, je wieder zurückzukehren. Amys Gesicht: voller Angst und Fassungslosigkeit, dass ihr als erfahrener Pilotin so etwas passieren konnte. Und die plötzliche, überwältigende Erkenntnis, dass dies nun das Ende war: allein in den Wolken, Angesicht zu Angesicht mit dem Tod und der Angst, dass das eigene Leben bald keine Bedeutung mehr hätte.

»Geht es dir gut?«, flüsterte Nicholas, und Skye merkte, dass sie keuchte. Ihre Zigarette war ihr bis fast zu den Fingern hinuntergebrannt, so dass Ascheflocken auf den Boden rieselten.

»Bitte entschuldige mich.« Sie sprang auf und rannte zum Ausgang. Sie schaffte es nicht einmal, Liberty einen Blick zuzuwerfen, um zu sehen, ob sie gleichermaßen mitgenommen war. Sie wusste nur, dass sie wegmusste, bevor sie so zu weinen begann, wie sie es bisher nur ein einziges Mal in ihrem Leben getan hatte – an dem Tag, als sie erfahren hatte, dass ihre Mutter verunglückt war.

Der Grund, weshalb sie nie wieder so geweint hatte, war Liberty gewesen, denn die hatte sie schluchzend auf ihrem Bett in Paris gefunden und daraufhin ebenfalls zu heulen begonnen. »Nein«, hatte Liberty gewimmert. »*Du* darfst nicht weinen.« Stundenlang war sie nicht zu beruhigen gewesen und hatte immer wieder diese drei Worte geflüstert – du *darfst nicht weinen* –, als wäre es Skyes Weinen gewesen, das dem Tod ihrer Mutter seine schreckliche Realität verlieh.

Also hatte Skye ihre Tränen hinuntergeschluckt und ihre Schwester, die mit dreizehn zur Waise geworden war, tröstend in den Arm genommen.

Sobald Skye den Leicester Square erreichte, brach die Sintflut der aufgestauten Tränen aus ihr hervor. Die Erkenntnis, wie nahe der Tod ihr – und Rose und Joan und Nicholas und O'Farrell – an jedem einzelnen Tag war, traf sie wie ein Schlag. Jeden von ihnen hätte dasselbe Schicksal treffen können wie Amy Johnson – oder Vanessa Penrose.

Aber was für ein unpassender Ort, um einen emotionalen Zusammenbruch zu erleben! Fremde spazierten an ihr vorbei; ein paar Männer riefen ihr zu, sie würden sie gern auf einen Drink einladen und trösten. Als sie jedoch nahe genug waren, um den Schmerz und die Gram in ihrem Gesicht zu erkennen, ließen sie rasch von ihr ab, um sich nicht von ihrem Kummer anstecken zu lassen. Inmitten des Straßengetümmels nahm plötzlich jemand ihren Arm und führte sie zu einem Hauseingang, hinaus aus dem Trubel.

»O'Farrell wird gleich kommen, und vermutlich willst du dich lieber von ihm trösten lassen, aber ich wollte nur schnell sichergehen, dass … nicht, dass es dir gut geht, denn das tut es natürlich nicht. Gibt es etwas, das ich für dich tun kann?«

O'Farrells verärgerte Stimme unterbrach ihn. »Was hast du mit ihr gemacht?«

Skye schüttelte den Kopf, um zu signalisieren, dass es nicht Nicholas' Schuld war, aber Nicholas interpretierte es als Antwort auf seine Frage. Er trat kurz mit der Stiefelspitze in den Boden, dann sagte er: »Ich gehe wieder rein.«

»Er hat nichts gemacht.« Skye sah ihm nach und wischte sich über die Wangen. »Meine Mutter … kam bei einem Flugzeugabsturz ums Leben. Wie Amy Johnson.«

O'Farrell schien das wenig zu interessieren. Stattdessen sagte er:

»Ich weiß, ich habe dich das schon einmal gefragt, aber was ist das für eine Geschichte zwischen dir und Crawford?«

»Die Geschichte ist die«, sagte sie ruhig, »dass ich mit vierzehn meine Mutter verloren habe. Ich versuche, nicht allzu oft daran zu denken, denn es tut so weh, als würde eine Staffel Spitfires mich als Rollfeld benutzen. Nicholas kannte meine Mutter. Ihm war klar, wie es mir bei dem Film ergehen musste.«

Sie rechnete damit, dass O'Farrell es dabei belassen und wieder mit ihr hineingehen würde, obwohl ihr absolut nicht danach war. Sie würde für den Rest des Films einfach die Augen schließen.

Doch er sagte: »Das wusste ich nicht über dich. Aber dein *Kumpel* natürlich schon.«

Sie unterdrückte neue Tränen und herrschte ihn an: »Das ist das erste Mal, dass du irgendein Interesse an mir zeigst, das über Küssen hinausgeht. Wenn du etwas über mich und meine Vergangenheit hättest wissen wollen, hättest du nur fragen müssen.«

»Ich habe dir gesagt, dass ich nur eine lockere Beziehung möchte«, entgegnete er streitlustig. »Aber das bedeutet nicht, dass ich mit einer Frau schlafen will, die kurz zuvor noch mit meinem Boss rumgemacht hat. Noch dazu mitten auf der Straße!«

Skye dachte daran, dass Liberty im Pub Negronis mit ihm getrunken hatte und was Margaux über ihn und die jungen *WAAF*-Frauen gesagt hatte. O'Farrell wollte eine lockere Beziehung, aber es ging ihm gegen den Strich, wenn Skye sich von einem guten Freund trösten ließ.

In diesem Moment wurde ihr klar, dass sie nicht länger zu den Frauen gehören wollte, die er charmant anlächelte und denen er Drinks spendierte. Sie wollte jemanden, für den sie das Wichtigste auf der Welt war – das Meer und der Himmel und das ganze Universum.

»Du solltest dir eine andere lockere Beziehung suchen«, sagte sie. »Tut mir leid.«

Sie ging zurück ins Filmtheater und fand in der hintersten Reihe einen Platz, weitab von der Gruppe. O'Farrell setzte sich neben Liberty – die der Film anscheinend nicht weiter berührte –, und Skye sah, wie sie sich an ihn lehnte. Sie schloss die Augen.

Kapitel 22

Im *Embassy Club*, den sie nach dem Film besuchten, fand Skye einen Tisch in einer dunklen Ecke, an dem sie in Ruhe sitzen und sich wieder fangen konnte. Sie wollte den anderen nicht die Laune verderben und sich nicht über O'Farrell ärgern – sie wollte einfach so tun, als wären sowohl die Welt als auch ihre Herz heil und hell. Skye versuchte zu lächeln, doch es misslang kläglich, und sie fragte sich, wie man tanzen und lachen und trinken konnte, während die Welt im Krieg versank. Und ob es falsch war, das zu tun.

Ein Blick auf die Tanzfläche schien zu bestätigen, dass sie die Einzige mit solch schweren Gedanken war. Liberty wirbelte umher und verschüttete dabei den Großteil ihres Drinks auf O'Farrell. Rose und Richie tanzten so eng umschlungen, dass es nur auf eine Weise enden konnte, und selbst Margaux lächelte Nicholas an. Sie war nicht annähernd so ausgelassen wie Liberty und O'Farrell, aber dennoch schien eine Art Einvernehmlichkeit zwischen ihr und Nicholas zu existieren. Vielleicht passierte das mit der Liebe, sobald sich eine gewisse Bequemlichkeit breitmachte: Sie wurde zu einer weniger aufbrausenden, aber verlässlicheren Intimität. Skye sehnte sich nach beidem: dem wilden Rausch und der sanften Ruhe, die darauf folgte.

Irgendwann setzte Margaux sich zu ihr. »Vermisst du Frankreich?«, fragte sie auf Französisch.

Skye überlegte einen Moment, dann antwortete sie in Margaux' Muttersprache: »In mancher Hinsicht, ja. Wobei es wohl nicht einfach Frankreich ist, das ich vermisse, sondern die Freiheit, die ich damals hatte. Den Frieden, der damals herrschte, und den ich jetzt nicht vorfände, wenn ich wieder dorthin zurückkehren würde. Und du? Wann bist du überhaupt nach England gekommen?«

»Ich wurde mit dreizehn auf ein Londoner Internat geschickt. Meine Eltern wollten, dass ich genauso gut Englisch spreche wie Französisch. Vielleicht hatten sie eine vage Vorahnung, was mit der Welt passieren würde.«

»Sind deine Eltern noch in Frankreich?«

Margaux schüttelte den Kopf. »Sie waren bei der Résistance. Seit fast einem Jahr hat man nichts mehr von ihnen gehört. Von meinen zwei Brüdern auch nicht.«

»Das tut mir leid.« Skye wollte ihre Hand auf Margaux' legen, zog sie aber im letzten Moment zurück, weil sie nicht wusste, ob es der anderen Frau recht wäre. »Sie sind bestimmt sehr tapfere Menschen.«

»Es geht nicht um Tapferkeit«, entgegnete Margaux bitter, »sondern um Notwendigkeit. Niemand will, dass das Herz von Frankreich ebenso überrannt wird wie seine Städte.«

In den scharfen Worten hörte Skye ihre Wut, ihren Schmerz und ihre Machtlosigkeit. Hier in England taten sie alle, was sie nur konnten, aber für die Franzosen musste es nach nichts aussehen. Abgesehen von den Jagd- und Kampffliegern, die jede Nacht Richtung Deutschland flogen: Wo war Englands Widerstand?

Margaux winkte dem Kellner zu und bat um mehr Champagner. »Warum tanzt O'Farrell eigentlich mit deiner Schwester?«

Skye schnaubte. »Sie sollten dich einstellen, um Verhöre zu führen. Du kommst schnell zum Punkt.«

Margaux lächelte schief. »Hier in England fragt nie jemand nach den Dingen, die wirklich Bedeutung haben. Alle sind ständig bemüht, die wichtigen Themen und jede Art von Gefühlen zu vermeiden. Ein Wunder, dass ihr vor lauter Druck nicht alle explodiert.«

»Vielleicht wäre das ein guter Weg, um Hitler zu besiegen«, meinte Skye. »Bei allen Engländern gleichzeitig ihre aufgesetzte Unerschütterlichkeit detonieren zu lassen. Bestimmt ergäbe das eine so große Explosion, dass sie bis nach Deutschland reicht.«

Bei der Vorstellung musste Skye lachen. Margaux stimmte mit ein, und bald – ob nun aufgrund des Champagners oder ihrer eigenen unterdrückten Gefühle – lachten beide so sehr, dass sie nicht mehr sprechen konnten.

Nicholas kam dazu, sah von einer zur anderen, und blickte dann über die Schulter zurück zu Liberty. »So hatte ich mir den Abend nicht vorgestellt.«

Hinter ihm konnte Skye sehen, wie Liberty versuchte, O'Farrell zu küssen, was der jedoch halbherzig abwehrte. Er suchte Skyes Blick, als würde selbst er merken, dass es geschmacklos wäre, die Schwester der Frau zu küssen, mit der er eigentlich die Nacht hatte verbringen wollen. Skye fühlte sich eher irritiert als verletzt, und das auch eher von Liberty als von O'Farrell.

»Warum tanzt du nicht mit Skye?« Margaux sah Nicholas fragend an.

Der Blick, den er ihr daraufhin zuwarf – und der so etwas wie schockiertes Entsetzen ausdrückte, als wäre er gebeten worden, mit einem Ungeheuer zu tanzen –, versetzte Skye einen schmerzhaften Stich. Sie erhob sich und hastete davon, wobei sie fast mit Liberty zusammenstieß, die sich von O'Farrell gelöst hatte und deren Gesicht blassgrün war. Skye hakte sie unter und stützte plötzlich fast ihr volles Gewicht, als sie in sich zusammensackte. Sie brauchten schnell eine Toilette.

Im Bad schaffte Liberty es gerade noch, ihren Mageninhalt in eine Kloschüssel zu entleeren, was immerhin besser war als auf den Boden. Skye fasste Libertys dunkle Haare und hielt sie zur Seite, während ihre Schwester über der Toilette würgte.

Skye rieb Liberty über den Rücken und flüsterte: »Was tust du da nur? Was tun wir beide?«

Doch ihre Schwester antwortete nicht.

Skye reichte ihr ein Papiertuch, damit sie sich den Mund abwischen konnte, und sagte ihr, sie solle sich Wasser ins Gesicht spritzen. Dann schleppte sie ihre Schwester in ihr Zimmer.

Sie legte Liberty aufs Bett, schenkte ihr ein Glas Wasser ein und holte den Papierkorb, damit Liberty ihn in der Nacht benutzen konnte. Schließlich legte Skye sich daneben, faltete die Hände über dem Bauch und starrte an die Decke. »Es tut mir leid«, flüsterte sie.

Sie merkte, dass Liberty sich zu ihr umdrehte, sah, dass ihre Augen geöffnet waren. Da ergriff sie ihre Hand, so wie in den Nächten in Paris nach dem Tod ihrer Mutter, in denen sie sich ein Bett geteilt hatten, um einander stumm Trost zu spenden.

»Ist das jetzt nicht besser, als bei O'Farrell zu sein?«, murmelte Liberty.

Heiße Tränen rannen über Skyes Gesicht. »Ja«, sagte sie und drückte Libertys Hand. »Ja, das ist es.«

Nicht lange nach Skyes und Roses Rückkehr aus London, stand Joan zu einem Überraschungsbesuch vor ihrem Häuschen. Nach ausgiebigen Umarmungen setzten sich die drei Frauen auf die oberste Stufe der Verandatreppe und genossen die Restwärme des späten Nachmittags. Joan packte eine Flasche Sherry aus – das einzige halbwegs feierliche Getränk, das sie hatte auftreiben können, wie sie ihnen erzählte –, und während sie drei Gläser einschenkte, fragte Skye: »Was gibt es denn zu feiern?«

Joan begann zu strahlen und lehnte den Kopf gegen Skyes Schulter. »Zuallererst muss ich dir danken, dass du das möglich gemacht hast. Ab heute«, sie hob ihr Glas, »bin ich offizielle Fluglehrerin für die schweren Flugzeuge der Klasse V.«

»Oh, mein Gott!«, rief Rose.

»Fluglehrerin«, wiederholte Skye staunend.

Alle drei vergaßen den Sherry, lachten, jubelten und umarmten einander – denn das Undenkbare war geschehen: Nach Skyes Schulung für Flugzeuge der Klasse V war einer Handvoll Frauen diese Schulung ebenfalls bewilligt worden. Und nun würde eine Frau sowohl Männern als auch anderen Frauen beibringen, die größten Flugzeuge der *RAF* zu fliegen. Es kam einem Wunder gleich.

Eine Zeit lang konnte keine von ihnen einen verständlichen Satz hervorbringen, bis Joan irgendwann murmelte: »Es ist wirklich besser so. Ich bin inzwischen randvoll mit Dingen, über die ich nicht reden kann. Als Fluglehrerin werde ich nicht mehr …«

So viele Freundinnen verlieren, beendete Skye den Satz in Gedanken. Ihr stockte kurz der Atem, und Rose erschauerte.

»Manchmal rede ich mit Richie darüber«, sagte Rose leise. »Ich weiß, ich habe immer gesagt, über sie zu reden, bringe sie nicht zurück, aber ich merke, dass es mich aus meiner trüben Stimmung herausholt, wenn mir jemand zuhört.«

Ich habe schreckliche Angst gehabt, hatte Skye einmal zu Nicholas gesagt. *Ich weiß*, hatte er geantwortet und sie damit aus ihrer eigenen bleiernen Verzweiflung herausgeholt. Allerdings hatte Nicholas auch seine Verlobte für solche Gespräche. Er brauchte Skye nicht.

Dann wurde Rose plötzlich rot, was ihr sonst nur selten passierte, und sagte: »Ich habe auch etwas zu feiern.«

Die überraschende Ankündigung lenkte Skye von ihren Überlegungen ab. »Was denn?«

»Richie hat mir einen Antrag gemacht, und ich habe Ja gesagt.« Rose senkte den Kopf, da sie ihren Freundinnen nicht in die Augen sehen konnte.

»Du heiratest!«, rief Joan. »Ich dachte, du wolltest nur Ablenkung. Und jetzt bist du diejenige von uns, die verlobt ist …«

»Und du bist diejenige, die Männern beibringt, *Halifaxes* zu fliegen«, sagte Rose schnell. »Der Krieg verändert alles.«

»Das ist wahr«, stimmte Skye zu. »Aber in diesem Fall zum Besseren. Herzlichen Glückwunsch!«

Sie küsste Rose auf die Wange. Rose strahlte dermaßen vor Liebesglück, dass ihr Anblick Skye beinahe blendete. Und Skye wusste, dass Liebe genau so einfach sein und genau dieses Strahlen hervorrufen sollte. Liebe bedeutete auf keinen Fall, dass jemand ein angewidertes Gesicht machte, wenn er mit einem tanzen sollte. Sie zog ihr Tuch vom Hals und schlang es sich geschäftig um die Haare, damit die anderen nichts von ihrem Gefühlswirrwarr mitbekamen.

»Jetzt muss nur noch Skye bekommen, was sie sich am meisten wünscht«, sagte Joan.

Skye erstarrte. Niemand durfte wissen, was sie für Nicholas empfand, denn es war unverzeihlich, sich in einen Mann zu verlieben, der einer anderen Frau versprochen war.

»Ich habe alles, was ich will«, sagte sie rasch. »Ich darf fliegen. Mehr brauche ich nicht.«

Joan seufzte. »Der Krieg ändert alles, nur Skye nicht«, sagte sie, und Skye erkannte erleichtert, dass Joan nichts von ihren Gefühlen ahnte, sondern nur versucht hatte, auch ihr eine Romanze anzudichten.

Skye rückte näher an Joan heran und legte einen Arm um ihre Schultern. »Aber das bedeutet ja, dass du uns verlassen wirst.« Sie merkte selbst, dass ihre Stimme zitterte.

»Das ist richtig«, antwortete Joan lächelnd und bekam gleichzeitig feuchte Augen, was die süße Wehmut dieses Moments verdeutlichte.

»Weißt du noch, die Pelzmäntel?«, fragte Skye. »Im ersten Winter?«

Joan nickte. »O ja, daran erinnere ich mich gut.«

»Und die Kaschmirsachen«, ergänzte Rose. »Wir sind geflogen wie die Prinzessinnen.«

»Ja, wenn Prinzessinnen Overalls tragen würden!«, rief Skye.

Sie begannen alle drei zu kichern. Sie waren zwar weit davon entfernt, Prinzessinnen zu sein, aber ihre Freundschaft war ihnen mehr wert als ein ganzes Königreich.

—

Aus Sommer wurde Herbst, und die Pilotinnen der *ATA* mussten immer mehr Flugzeuge fliegen. Sie hatten so viel zu tun, dass Skye überrascht war, als sie und Rose eines Morgens über die Sprechanlage aufgefordert wurden, in Paulines Büro zu kommen, anstatt wie üblich sofort ihre Einsatzpläne zu erhalten. Joan war bereits dort, sie sollte zusammen mit Rose einen – wie Pauline es nannte – »Sonderauftrag« ausführen. Pauline reichte ihnen den Einsatzplan, dem zufolge sie Mosquitos zu einer nahe gelegenen *RAF*-Basis fliegen sollten.

»Bleibt zum Mittagessen dort«, fügte sie hinzu. »Ihr habt heute nur diesen einen Auftrag. Nehmt euch auf der Flugbasis so viel Zeit, wie ihr braucht.«

»Wieso?«, wollte Rose wissen und sprach damit aus, was auch Skye dachte. Sonst hatten sie nie Zeit für ein Mittagessen.

»Ich habe euch zwei wegen eures Aussehens und eurer Einstellung für diese Aufgabe ausgewählt«, entgegnete Pauline, ohne auf Roses Frage einzugehen. »Ihr habt vor dem Abflug noch Zeit, euer Make-up aufzufrischen. Macht euch unvergesslich hübsch!«

Joan und Rose verließen das Büro – Rose amüsiert, und Joan geradezu begeistert über den ausdrücklichen Auftrag, sich für einen Auftrag hübsch zu machen.

»Ich kann verstehen, warum du nicht mich für diesen Auftrag ausgesucht hast«, sagte Skye trocken.

»Wenn es nur ums Aussehen gegangen wäre, hätte ich dich mitgeschickt. Aber ich habe einen weiteren Auftrag, der mehr Geschick und Können erfordert als gutes Benehmen.«

»Und den soll ich übernehmen?«

»Ja.«

»Was genau müssen Rose und Joan denn tun?«, fragte Skye ein wenig skeptisch.

Pauline seufzte. »Das hat politische Hintergründe. Die Staffel, zu der sie die Mosquitos fliegen, hat den Großteil ihrer Piloten verloren. Sobald neue Männer dazukommen, verlieren sie die auch. Ihr Commander hat angefragt, ob die Frauen der *ATA* etwas tun könnten, um die Piloten ein wenig aufzuheitern. Ich war nicht sicher, ob deine Prinzipien es zulassen würden, ihnen auf Kommando gute Laune zu verschaffen.«

Skye war erschüttert. Wut, Verzweiflung und Übelkeit wechselten sich in ihr ab. Sie hatte gedacht, dass mit Joans Ernennung zur Fluglehrerin für große Maschinen alle Barrieren zwischen männlichen und weiblichen Piloten gefallen waren. Dass sie jetzt allein nach ihren Fähigkeiten beurteilt wurden und nicht danach, ob sie einen Rock trugen. Aber nein: Zusätzlich dazu, jedes verfügbare Flugzeug der *RAF* fliegen zu müssen, oft ohne Routine, ohne Instrumente und unter allen Wetterbedingungen, mussten Frauen sich auch noch hübsch machen, um die Männer zu trösten. Ihre Übelkeit nahm zu.

Aber obwohl es ihr widerstrebte, musste sie zugeben, dass einige es sicher kleinlich finden würden, Kampfpiloten etwas verwehren zu wollen, das es ihnen leichter machte, am nächsten Tag erneut in ein Flugzeug zu steigen und dem Tod ins Auge zu blicken.

»Warum?«, fragte sie nur. Sie war nicht einmal sicher, was sie wissen wollte: *Warum kann ich nicht wie alle anderen sein, die für das Wohl der Allgemeinheit gern mit ihren Wimpern klimpern?* Oder: *Warum ändert sich eigentlich nie etwas?*

»Weil es uns weitere ein oder zwei Monate erkauft, in denen wir ungehindert weiterfliegen dürfen«, sagte Pauline. »Meine Aufgabe ist es, alles dafür zu tun. Deine ist, einen *Beaufighter* zu einer Flugstaffel im Norden zu bringen. Dabei lande bitte nach einer möglichst engen Schleife elegant auf dem Flugfeld, und zwar so butterweich du kannst. Mach es so, dass jeder hingucken muss, und dass es leicht aussieht.«

Skye nickte, auch wenn sie ahnte, dass mehr dahintersteckte, als Pauline offenbarte. Sie nahm ihren Auftragsschein entgegen, fand den *Beaufighter* und dachte bei ihrem Flug nach Norden nur an die Sichtverhältnisse, an Straßen und Bahnlinien und andere Orientierungshilfen – all das, was den Großteil ihrer Tage ausmachte.

Als sie die Flugbasis erreichte, drosselte sie das Gas und absolvierte beim Anflug auf die Landebahn eine perfekte enge Kehre, genau so, wie Pauline es verlangt hatte.

Wie es aussah, flogen an diesem Tag keine weiteren Maschinen, und die Piloten saßen lustlos und niedergeschlagen abseits der Landebahn. Pauline hatte Skye gebeten, langsam und spektakulär zu landen, also zog sie die Maschine in einen Turn und bereitete dann dicht über den Köpfen der Männer die Landung vor. Sie aktivierte Bremsklappen und Fahrwerk und brachte das Flugzeug sanft wie einen Schmetterling zu Boden.

Während das Dach des Cockpits zurückgeschoben wurde und jemand ihre Haltegurte löste, hörte sie eine Stimme sagen: »Dass sie uns einen Top-Piloten schicken, um zu zeigen, wie man einen *Beaufighter* beherrscht, wird uns nicht überzeugen, diese Mistdinger irgendwann noch mal zu fliegen.«

»Na ja, vielleicht wird *sie* uns doch überzeugen«, sagte ein anderer, als Skye auf den Boden sprang.

Alle Köpfe drehten sich zu ihr. Skye war so etwas inzwischen zu sehr gewohnt, als dass es sie aus der Fassung brachte, aber diesmal war etwas anders. Zwei Männer starrten erst sie, dann einander an. Der eine war der Staffelleiter, der andere der Kommandant der Flugbasis. Der Kommandant lächelte, der Staffelleiter war sprachlos.

»Ich denke, jetzt werden Sie keine Probleme mehr haben, die *Beaufighters* zu fliegen«, sagte der Kommandant zum Staffelleiter. Und zu Skye: »Danke, Liebes.«

Liebes. Würde sie für die *RAF* fliegen, hätte er das nicht zu ihr sagen dürfen.

Skye ahnte, was hier vor sich ging, aber einer der Ingenieure klärte sie trotzdem auf. Beaufighters waren berüchtigterweise schwer zu manövrieren: Sie neigten zu Strömungsabriss und zu unvorhersehbaren Reaktionen bei engen Wendemanövern. Diese spezielle Staffel hatte es rundheraus abgelehnt, damit zu fliegen. Skye war extra angefordert worden, um ihnen zu zeigen, dass selbst eine Frau mit diesem Flugzeug klarkam.

Selbst eine Frau.

Jedes ihrer schlimmen Erlebnisse bei der *ATA* zog an ihrem inneren Auge vorbei: der Testflug, den sie hatte absolvieren müssen, um zu beweisen, dass sie fliegen konnte – trotz ihrer damals schon langen Flughistorie; der Arzt, der sie aufgefordert hatte, sich auszuziehen; die bitterkalten Flüge nach Schottland in offenen Cockpits; die zehn Starts und Landungen, die sie mit der Halifax hatte fliegen müssen. In diesem Moment hasste sie das Fliegen und hatte keine Lust, es jemals wieder zu tun.

Sie fragte nach der Toilette, klammerte sich dort an das Waschbecken und starrte in den Spiegel.

Warum kämpfte sie immer noch dagegen an? Niemand würde sie je als vollwertige Pilotin ansehen. Sie würden lange Haare, rote Lippen und einen Rock sehen. Und es gab gerade zu viele andere

Dinge, mit denen Skye zu kämpfen hatte. Ihre Gefühle für Nicholas. Die ständigen Abweisungen und Angriffe ihrer Schwester.

Bei ihrer Rückkehr nach Hamble sagte sie also kein Wort zu Pauline. Am nächsten Morgen machte sie sich nicht die Mühe, ihre Haare hochzubinden, damit sie die vorgeschriebene Länge einhielten, sondern ließ sie offen. Als ein neuer Ingenieur beim Zurückschieben des Cockpitdachs fragte, wo sich denn der richtige Pilot versteckt halte, zuckte sie nur die Achseln. Sie ging mit Rose zu einer Party und ließ sich von Piloten bezirzen. Es war so viel einfacher, das zu sein, was alle von ihr erwarteten.

Nach ein paar Wochen fand wieder ein Film- und Tanzabend auf der Flugbasis in Tangmere statt. Als Skye mit Rose den Hangar betrat, stürzte eine Gruppe Piloten auf sie zu und umringte Skye.

»Was treibst du da eigentlich?«, fragte Rose.

»Ich amüsiere mich«, erwiderte Skye, ohne zu lächeln.

»Ach, tatsächlich?«

»Natürlich.« Skye ließ sich von einem der Piloten an die Hand nehmen und zur Tanzfläche führen.

Nicht weit entfernt tanzten Liberty und O'Farrell zusammen. So wie Liberty sich an ihn schmiegte und ihn immer wieder küsste, konnte niemand bezweifeln, dass sie miteinander schliefen.

War ihre Schwester glücklich? Skye versuchte, in ihrem Gesicht zu lesen, aber sie war so schwer zu ergründen wie das englische Wetter. Das Einzige, was Skye erkennen konnte, war, dass Liberty sie entweder nicht gesehen hatte oder ihr Bestes tat, sie zu ignorieren.

Als Skye mit ungefähr dem zwölften Piloten tanzte, sah sie Nicholas und Margaux in den Hangar kommen. Im selben Moment stülpte plötzlich ihr Tanzpartner, dessen Namen sie nicht einmal kannte, fordernd seine Lippen über ihre – zu einem Kuss, der wie Kapitulation schmeckte. In ihrem Kopf drehte sich ein Champagnerkarussell.

»Bitte entschuldige mich«, sagte sie und bog den Oberkörper zurück, aber der Pilot ließ sie nicht los. Also tanzte sie weiter und ließ die viel zu feste Umklammerung über sich ergehen, weil sie nicht wusste, wie sie entkommen sollte.

Und plötzlich entschied Liberty, sie anzusehen. Ihre Blicke klebten für einen Moment aneinander, bevor Liberty sich wieder O'Farrell zuwandte.

Als die Musik endete, konnte Skye sich befreien. Sie stellte sich an die Seite und hoffte, ihre Schwester würde die Tanzfläche ebenfalls verlassen. Und das tat sie; sie schubste O'Farrell sanft in Richtung Theke und kam allein zu Skye.

»Ich dachte, ich besuche dich nächste Woche mal für ein paar Nächte«, sagte Liberty ohne Umschweife.

Skye wartete auf die Pointe, die jedoch nicht kam. Sie fragte »Warum?«, schalt sich jedoch sofort dafür. Weshalb konnte sie nicht einfach sagen: *Das klingt wunderbar.*

»Warum nicht?« Liberty nippte an ihrem Negroni.

»Ich kann dir ein Bett auf dem Dachboden zurechtmachen.«

»O ja: wie Aschenputtel auf den Dachboden verbannt, während meine hässliche Schwester ein Zimmer für sich allein hat.«

»Ich gebe dir nicht mein Zimmer, Liberty«, sagte Skye, die diese feindseligen Sticheleien gründlich satthatte.

»Nein, nur deine Männer«, sagte Liberty und deutete mit dem Kinn in Richtung O'Farrell. »Willst du ihn zurück?«

»O'Farrell ist mir egal.« Während sie es sagte, wanderte ihr Blick unweigerlich zu Nicholas.

Liberty grinste. »Das dachte ich mir.«

Skye verließ den Hangar. Sie wusste, sie hatte ihrer Schwester gerade zu viel verraten, und wollte nicht herausfinden, was Liberty mit diesem Wissen anfangen würde.

Kapitel 23

Am Todestag ihrer Mutter in der folgenden Woche ging es Skye so wie jedes Jahr: als stürze sie in einen Strudel der Traurigkeit. Sie war nur dankbar, dass sie frei hatte, denn nichts fühlte sich schrecklicher an, als ausgerechnet an diesem Tag zu fliegen.

Andererseits war ein freier Tag schwer zu füllen, ohne dass Bilder von Vanessa Penrose in ihr hochstiegen: wie sie auf dem alten Küchenherd Porridge kochte; wie sie Nicholas' Hände mit Aloe vera einrieb; wie sie Skye in Paris ihre alte Schutzbrille als Abschiedsgeschenk überreichte. Irgendwann schloss Skye die Augen, um die innere Diashow auszublenden, setzte sich auf die Veranda und rauchte.

Einige Zeit später hörte sie Schritte herannahen. Zwei Paar Schuhe. Sie öffnete die Augen und sah Liberty und O'Farrell auf sich zukommen.

Liberty winkte fröhlich und betrat die Veranda. »Ich könnte sterben für eine Tasse Tee«, sagte sie, bevor sie einfach ins Haus ging.

Skye wollte gerade sarkastisch *Hallo, bedien' dich ruhig* antworten, als sie sah, wie Liberty sich umdrehte und O'Farrell zunickte, als wollte sie ihn zu etwas Bestimmtem auffordern. O'Farrell verzog schuldbewusst das Gesicht. Dann setzte er sich neben Skye auf die Treppe.

»Ich weiß, dass ich nicht gut dabei wegkomme«, sagte er ohne Vorrede.

Sie war neugierig, was nun folgen würde.

»Damals in New York hatte ich ein Mädchen, musst du wissen«, fuhr er leise fort. »Wenn wir zusammen ausgingen, nahmen wir immer meinen besten Freund mit. Die beiden haben sich gut verstanden, und darüber war ich natürlich froh. Wie sich dann herausstellte, verstanden sie sich ein bisschen zu gut. Als ich dich und Crawford an dem Abend zusammen sah …« Zum ersten Mal, seit Skye ihn kannte, lag so etwas wie Reue in seinem Blick. »Ich weiß, dass zwischen euch nichts gelaufen ist. Aber es kam trotzdem alles wieder hoch. Was mein Verhalten natürlich nicht besser macht. Und dann war da Liberty …« Er hielt inne und starrte gedankenverloren auf die Tür, durch die sie verschwunden war.

Fast bekam Skye Mitleid mit ihm. Er war in den Wirbelsturm Liberty geraten, aus dem man sich nur mit größter Kraftanstrengung wieder befreien konnte. »Du kannst auch Nein zu ihr sagen«, merkte sie vorsichtig an.

»Das habe ich versucht. Aber sie hört einfach nicht darauf. Also ist es einfacher, alles zu …«

Er beendete den Satz nicht, und Skye spürte plötzlich einen Stich bei dem Gedanken, dass so viele von ihnen lieber das taten, was am leichtesten fiel, als das, was sie wirklich wollten.

»Außerdem«, sagte er und lächelte zögerlich, »macht es Spaß mit ihr. Und Spaß gibt es gerade definitiv zu wenig.«

»Das stimmt.« Sie erhob sich. »Komm doch rein.«

»Ich wollte eigentlich im Pub auf sie warten, weil ich dachte, du bist bestimmt sauer auf mich.«

»Ich bin nicht sauer.«

Er gab ihr einen Kuss auf die Wange. »Du bist schon was ganze Besonderes, Skye.«

Sie ging mit ihm ins Haus, und dann saßen sie zu dritt um den Küchentisch, wo Liberty Geschichten über irgendwelche Leute erzählte. Skye tat, als hörte sie zu, während sie sich gleichzeitig darüber wunderte, dass ihre undurchschaubare Schwester ausgerechnet den Todestag ihrer Mutter für einen Besuch gewählt hatte und sie jetzt am Tisch saßen und Tee tranken, als kämen sie wunderbar miteinander aus.

»Zum Glück ist die Eiskönigin eine Weile nicht da«, sagte Liberty dann.

»Die Eiskönigin?«, fragte Skye.

»Na, Margaux«, erwiderte Liberty, als sei es offensichtlich, und Skye meinte zu sehen, wie O'Farrell unwillig den Kopf schüttelte.

»Was für ein Segen, dass sie nicht da ist«, fuhr Liberty fort, »denn so muss ich mir keine ihrer Vorwürfe anhören. Entweder bin ich zu laut, oder ich stehe im Weg. Einmal hat sie sogar behauptet, ich würde den Raum mit zu viel Rauch verpesten, dabei wissen doch alle, dass sie diejenige ist, die mehr raucht als alle Schornsteine Londons zusammen.«

»Ich wusste nicht, dass du so viel mit ihr zu tun hast …«, begann Skye.

»Liberty hat nicht viel mit ihr zu tun«, unterbrach O'Farrell, »und in letzter Zeit erst recht nicht, da Margaux eine Weile woanders stationiert ist. Gehen wir jetzt was essen?« Er stand auf und streckte sich, und Skye sah, wie Liberty seinen Körper mit den Augen geradezu verschlang. »Wie wäre es mit dem *Bugle*? Komm doch mit«, forderte er Skye auf.

»Geht lieber ohne mich«, sagte Skye. »Und gönnt euch ein schönes Abendessen.«

O'Farrell entschuldigte sich, um die Toilette aufzusuchen, und Skye nutzte die Gelegenheit für ein paar private Worte mit ihrer Schwester. »Ihr passt aber auf, oder? Der Krieg ist keine gute Zeit, um ein Kind zu bekommen.«

»Wir sind beide während eines Kriegs gezeugt worden, und es ist trotzdem was aus uns geworden, oder?«, gab Liberty schlagfertig zurück. »Na ja, aus dir zumindest. Ob das bei mir geklappt hat, weiß niemand so recht. Nicht einmal du.«

Dann, bevor Skye sich über die provozierende Antwort aufregen konnte, fügte sie leise hinzu: »Vielleicht würde ich für ein Kind alles andere aufgeben, Skye.«

Noch mehr hätte Liberty sie kaum überraschen können, und das wollte etwas heißen. Skye wusste nicht, was sie erwidern sollte – sie wusste nur, dass ihr der Mund offen stand und sie ihre Schwester ungläubig anstarrte.

Aber als wäre alles nur ein Witz gewesen, erklärte Liberty gleich darauf: »Vielleicht auch nicht. Ich war nie besonders selbstlos.«

O'Farrell kehrte zurück, und der Moment war vorbei. Skye merkte hinterher, dass Liberty auf ihre Bedenken nicht wirklich geantwortet hatte, was vermutlich bedeutete, dass sie sie nicht auf eine Art beantworten konnte, die Skye gefiele.

Bald war es wieder still in der Hütte – zu still, denn Skyes Gedanken waren extrem laut. Hatte Liberty das ernst gemeint? Das konnte nicht sein. Warum war sie hierhergekommen, wenn sie doch eigentlich nur mit O'Farrell hatte zu Abend essen wollen? Und warum hatte sie ausgerechnet diesen Tag gewählt und dann kein Wort über ihre Mutter verloren?

Doch auch sie selbst hatte Vanessa schließlich nicht erwähnt. Vielleicht hatten sie beide darauf gewartet, dass die andere etwas sagte. Und Skye hatte wieder einmal die Gelegenheit verpasst, ihre Beziehung zu kitten. *Sag mir, was ich tun soll*, bat sie ihre Mutter in Gedanken. Doch es kam keine Antwort. Vanessa hatte es immer besser gefunden, wenn sie die Dinge untereinander regelten, ohne irgendwelche Ratschläge von ihr. Zum ersten Mal in ihrem Leben wünschte Skye, ihre Mutter wäre anders gewesen, so wie Liberty es sich wohl häufig gewünscht hatte. Wie wäre es gewesen, immer diese berüchtigte Schulter zum Ausweinen zu haben? Was, wenn Skye ihrerseits ihrer Schwester häufiger Trost angeboten hätte, nicht nur in dieser einen Nacht in Paris?

Sie schüttelte den Kopf. Weder ihre Mutter noch die Vergangenheit konnten sich ändern, und sie war es leid, sich ständig mit Fragen zu quälen, die sie nicht beantworten konnte. Sie ging nach draußen, lief die Straße hinunter, als wollte sie vor sich selbst davonrennen, und erreichte bald darauf den verlassenen Strand. Dort setzte sie sich in den Sand und schlang die Arme um den Körper. Der Abend war kühl, sie hatte ihr Tuch zum Umlegen vergessen. Ach, könnte sie doch nur ein Feuer machen, so wie damals am Strand als Kind, als ihr Begriffe wie Verdunkelung und Blitz noch fremd gewesen waren.

Um sie herum wurde alles allmählich immer dunkler, und plötzlich war es finstere Nacht. Nach einer Weile hörte sie Schritte und runzelte irritiert die Stirn. Liberty und O'Farrell waren doch wohl nicht zu einem romantischen Abendspaziergang am Wasser unterwegs? Das war nicht Libertys Stil.

»Skye?« Eine Stimme, die sie immer und überall erkannt hätte.

Und dann stand Nicholas neben ihr und hielt ihr seine lederne

Pilotenjacke hin. Sie hob den Kopf, um ihn richtig anzusehen, und es war wie der plötzliche und spektakuläre Anblick eines Mondregenbogens – dieses äußerst seltenen Phänomens, wenn bei tiefschwarzem Himmel und tief stehendem Vollmond Regendunst aufsteigt. Nicholas, ihr Mondregenbogen, ein leuchtender Glanz über ihrem eigenen dunklen Geheimnis.

»Du frierst«, sagte er, und die Besorgnis in seiner Stimme ging ihr unter die Haut.

Sie konnte nicht sprechen, also nickte sie nur, nahm die Jacke entgegen und musste dann die Augen schließen, weil seine Körperwärme noch in der Jacke steckte und sie ganz von seinem Geruch umfangen wurde.

Er ließ sich neben ihr auf den Sand plumpsen. »Mein Einsatz wurde gestrichen. Ich wusste, es würde heute Abend schwer für dich werden, und ich hatte noch eine Benzinration, also …« Er zuckte die Achseln. »Ich habe an diesen Abenden immer etwas gemacht, das mich an deine Mutter erinnert hat. Einmal habe ich sogar eine Schüssel Porridge gekocht, genau so, wie sie es immer getan hat.« Er verstummte und senkte den Kopf, als wäre es ihm peinlich.

Als hätte die quälende Umarmung seiner Jacke noch nicht ausgereicht, sorgten nun seine Worte dafür, dass sie innerlich endgültig zusammenbrach.

Sie riskierte einen kurzen Blick auf ihn und bereute es sofort. Er musste sich rasieren und sah ungemein müde aus, aber das machte ihn in ihren Augen nur noch attraktiver – noch mehr zu ihrem Nicholas und so viel weniger zu dem Wing Commander, der mit einer anderen Frau verlobt war. Wie sehr wünschte sie, sie könnte eine Hand an seine Wange legen, seine Wärme und das leichte Kratzen der Bartstoppeln auf ihrer Handfläche spüren, seine Müdigkeit mit ihren Fingern fortstreicheln. Sich im Schlaf an ihn schmiegen.

Sie zog seine Jacke wieder aus, weil sie die extra Wärme nun nicht mehr brauchte, und legte sie neben sich.

»Letztes Jahr musste ich an diesem Tag fliegen«, sagte sie. »Das Wetter war perfekt. Zu perfekt. Eine Stunde nach dem Start kamen die Wolken, und ich dachte: Das war's! Jetzt fällt die Nächste von uns vom Himmel. Aber nach nur einer Minute war ich auf der anderen Seite wieder draußen – was endlos ausgesehen hatte, war nur vorübergehend gewesen. Mittendrin sah ich ein Elmsfeuer, und es war, als ob …« Sie stockte und konnte es nicht aussprechen: Es war, als hätte sie ihre Mutter gespürt. Voller Energie. Voller Leben.

»Ich habe nur ein Mal ein Elmsfeuer erlebt«, sagte Nicholas nachdenklich. »Es war wie aus einer anderen Welt. Ich weiß noch, wie Margaux sagte …« Er brach ab.

»Was hat sie gesagt?«, zwang sich Skye zu fragen.

»Nichts. Ich habe es vergessen.«

Doch so, wie er es sagte, wusste sie, dass er es nicht vergessen hatte. Er wollte diesen kleinen privaten Moment zwischen ihm und Margaux, in dem sie diese großartige Himmelserscheinung gesehen hatten, nicht teilen.

Die Wärme hatte sich verflüchtigt. An ihre Stelle war eine Kälte getreten, die bis auf die Knochen drang und niemals tauen würde. Ihre Zehen schmerzten davon, ihr Herz noch mehr.

Und sie sah es wieder vor sich – das, was sie so krampfhaft aus ihren Gedanken verdrängt hatte: den Anflug von Abscheu in Nicholas' Gesicht, als Margaux ihn aufgefordert hatte, mit Skye zu tanzen.

Also hatte sie mit allen anderen getanzt und versucht, seinen Widerwillen zu vergessen.

Es wäre nur fair, es ihm zu erklären.

Sie stand schnell auf, damit sie gehen könnte, sobald sie die Worte ausgesprochen hatte.

—

Als sie in jener Nacht geflogen waren, hatte Margaux gesagt: *Wenn Seeleute das Elmsfeuer wie Flammenzungen an der Mastspitze sehen, halten sie es für ein gutes Omen. Vielleicht bedeutet es das auch für dich. Dass der Krieg enden wird. Dass du und Skye zusammen sein könnt.*

Sie hatte es auf eine Art gesagt, dass Nicholas geglaubt hatte, eine Prophezeiung herauszuhören. Dass Margaux, wie Skyes Mutter, die Zukunft vorhersagte. Die faszinierende blaue Flamme war ihm tatsächlich wie ein Versprechen vorgekommen. Aber natürlich konnte er das Skye nicht sagen, deshalb hatte er so abrupt innegehalten.

Und jetzt stand sie auf – wiederum verschreckt durch seine Schroffheit. Er wollte sie gerade um Entschuldigung bitten, ihr sagen, dass sie sich wieder setzen solle, da begann sie zu sprechen.

»Ich werde mich gleich fürchterlich zum Narren machen«, begann sie mit Blick auf den Horizont, »aber ich kann dich nicht wiedersehen, und ich muss dir erklären, warum.«

Nicholas erstarrte. Er wollte ebenfalls aufstehen, wollte protestieren, doch seine Beine waren taub. Skye nicht mehr wiedersehen? Die Vorstellung war unerträglich. Er starrte nun ebenfalls zum Horizont, dem festen Orientierungspunkt, an dem man erkennen konnte, ob man gut ausgerichtet flog – so wie auch Skye immer seine fester Orientierungspunkt gewesen war. »Skye …«

Sie sah auf ihn hinunter und lächelte so liebevoll, dass sein Herz einen Schlag aussetzte.

»Ich weiß, du willst das bestimmt nicht hören«, sagte sie, »aber ich sehe dich nicht mehr als Freund aus Kindertagen.«

Sobald sie das sagte, wurde ihm schlagartig klar, dass sie sein Zusammenzucken bemerkt hatte, als Margaux ihn im *Embassy Club* aufgefordert hatte, mit ihr zu tanzen. Er hatte gehofft, sie hätte es nicht mitbekommen, weil es das genaue Gegenteil von dem signalisiert hatte, was er empfand. Aber wenn Skye ihn nicht mehr als einen guten Freund betrachtete, musste sie etwas weniger Bedeutsames in ihm sehen. Jemanden, der sie ablehnte.

Er wollte den Mond vom Himmel reißen und im Meer ertränken, doch äußerlich blieb er ruhig, damit sie seinen Schmerz nicht erkennen könnte. »Ich wollte nur …«, begann er. *Nur versuchen, das Richtige zu tun.* Das Richtige in einer falschen Welt. Einer Welt, die er allein nicht ändern konnte.

Aber sie sprach schon weiter.

»Ich sehe so viel mehr in dir. Und das sollte ich nicht.« Sie starrte konzentriert auf den Sand. »Margaux würde kein Wort mehr mit mir wechseln, und das mit Recht, wenn sie davon wüsste. Und du wirst es auch nicht, wenn ich es dir gesagt habe. Weil ich dich jetzt als … als Mann sehe. Als einen Mann, den ich …« Ihre Stimme brach.

Nicholas musste sich zwingen aufzustehen, ganz langsam, weil er nichts tun wollte, das sie unterbrach oder verschreckte. Sie standen nur wenige Zentimeter voneinander entfernt, sengende Hitze zwischen ihren Körpern. Er forderte sie mit den Augen auf, weiterzusprechen. Es war, als hielte alles auf der Welt still und wartete mit angehaltenem Atem auf diesen vorherbestimmten Moment, der nun endlich da war und sich so viel größer anfühlte, als dass sie damit umgehen konnten.

Eine lange Zeit herrschte Stille, nur die Wellen brachen sich am Ufer.

Dann sagte sie es, ohne zu erröten, ohne zu flüstern, sondern mit starker Stimme und hocherhobenem Kopf, Skye, wie sie leibte und lebte, seine wunderbare Skye: »Ich denke an dich als einen Mann, den ich auf eine Weise begehre, wie ich einen verlobten Mann nicht begehren sollte. Einen Mann, den ich mehr liebe als alles andere. Deshalb kann ich dich nicht mehr treffen. Es tut zu sehr weh.«

Sie atmete scharf ein, dann fuhr sie fort: »Leb wohl, Nicholas. Pass auf dich auf. Und bleib am Leben.«

Das Mondlicht auf ihrem Gesicht enthüllte alles. Er sah ihren Schmerz. Er hatte sie verletzt. Lieber Gott im Himmel, wie hatte er das nur zulassen können?

»Skye«, presste er mühsam hervor.

Verdammt nochmal! Er sagte immer nur ihren Namen und sonst nichts, er verbarg und verheimlichte alles, so wie sie es in der Geheimdienstabteilung von ihm erwarteten. So viele Sätze begonnen und keinen beendet. So viele Augenblicke mit ihr in den letzten Monaten – der schockierende Moment, als er sie beim Sonnenbaden im BH entdeckt hatte, der quälend schöne Tanz auf dem Flugfeld, die eine wunderbare Sekunde im Wasser, als er dachte, seine Augen hätten ihr alles gesagt und sie hätte es vielleicht verstanden.

Fast hätte er vor Erleichterung laut geseufzt, als sie ihm nun ihren Arm entgegenstreckte, aber sie gab ihm nur seine Jacke zurück. Wortlos nahm er die Jacke entgegen und wollte ihre Hand ergreifen, wollte sie nie mehr loslassen. Wollte irgendetwas Bedeutendes sagen, das alles ungeschehen machen und sie wieder zueinander führen würde. Doch er sagte nichts, weil er eine Geheimhaltungsvereinbarung unterschrieben hatte und ihm die Wahrheit verboten war.

Mit seinem Schweigen konfrontiert, drehte Skye sich um und rannte zur Straße.

Jetzt gab es am Strand nur noch das Geräusch seines scharfen, scheuernden Atems.

»Verflucht!« Er schleuderte das Wort in die Leere um ihn herum, aber es half nichts.

Nicholas ging Richtung Wasser, knöpfte sein Hemd auf, zog die Hose aus, warf alles in den Sand. Selbst das Meer war gegen ihn; er wollte eintauchen, doch es war zu flach. Er musste lange durch seichtes Wasser waten, bis es endlich tief genug wurde, dass er vor allem davonschwimmen konnte, fort von den Gefühlen, die sie beide empfanden, aber die sie nicht ausleben durften, fort von sich selbst und von ihr. Sein Kopf hämmerte, und er spürte einen teuflischen Schmerz in der Brust.

Er schwamm und schwamm. Wenn er jetzt ans Ufer zurückkehrte, würde er sich nicht davon abhalten können, ihr nachzulaufen. Sie zu küssen. Mit ihr zu ihrem Haus zu gehen, in ihr Zimmer, in ihr Bett.

Es war nach Mitternacht, als er zurückschwamm, sich wieder anzog, nass und erschöpft am Strand sitzen blieb und auf die Morgendämmerung wartete.

Teil 8

KAT

Kapitel 24

CORNWALL, 2012 | Kat wusste nicht, was sie davon halten sollte, dass Elliott eine Einladung dieser anderen Margaux Jourdan in ihr Haus angenommen hatte. Sie war so irritiert, dass sie die verwegene Hängebrücke über den See kaum wahrnahm, obwohl ihr bewusst war, dass ihre Mädchen sie lieben würden. Auch der liegenden Frauenfigur, die so friedlich aussah, als wären ihr alle Wünsche erfüllt worden, konnte sie nur wenig Beachtung schenken, und ebenso der von Sonnenblumen und Tausendschönchen umgebenen Sonnenuhr, die durch die Pflanzen selbst wie eine Sonne aussah. Dass es zwei Margaux Jourdans gab, anscheinend fast im selben Alter, die beide exakt denselben Satz gesagt hatten, gab Kat das Gefühl, aus der Realität in einen Alptraum gefallen zu sein. Das Einzige, was sich normal anfühlte, war Elliotts Hand in ihrer, und sie klammerte sich daran fest.

In Margaux' Haus setzte Kat sich mit steifem Rücken auf eine Sesselkante und nippte an dem furchtbar starken Tee, den sie angeboten bekommen hatte. Margaux nahm auf dem Sofa Platz und griff sofort nach einem blauen Paket Zigaretten, auf dem das Wort *Gitanes* stand.

Kat starrte sie an. Die Art, wie diese Frau ihre Zigarette hielt, löste irgendetwas in ihr aus, das sich gerade nicht ergründen ließ. Worte wirbelten ihr durch den Kopf: wütende Worte – *Sie sind eine Lügnerin*; verwirrte Worte – *das kann nicht Ihr Name sein*; traurige Worte – *wer bist du wirklich, Margaux Jourdan?*

Gott sei Dank war Elliott hier und immer noch zu einer Unterhaltung fähig.

»Darf ich Ihnen ein paar der Fragen stellen, die mir schon im letzten Jahr unter den Nägeln brannten, als ich bei Ihnen anrief?«

Margaux bewegte leicht den Kopf – Kat war nicht sicher, ob sie zustimmend nickte oder eher zurückzuckte –, ließ Kat dabei jedoch nicht aus den Augen. Und auch Kat konnte nicht den Blick von ihr wenden, obwohl sie am liebsten so schnell wie möglich vor allem davongerannt wäre, was mit dieser Frau zu tun hatte.

Elliott setzte sich neben Margaux. »Haben Sie im Krieg bei der *WAAF* gearbeitet, als Deckung für Ihre Arbeit bei der *SOE*?«

Margaux nahm einen tiefen Zug von ihrer Zigarette und musterte Elliott. »Ist das Ihre Assistentin? Da haben Sie sich aber jemand Hübsches ausgesucht.«

Ihre Sprechweise ähnelte der von Kats Großmutter, mit einem leicht französischen Akzent, aber deutlich englischeren Rundungen in den Vokalen.

Elliott ließ sich nicht provozieren. »Tatsächlich ist Kat diejenige, die eine Assistentin hat. Wir besuchen heute das Haus, das neben Ihrem Anwesen liegt und das Kats Großmutter gehört, die ebenfalls Margaux Jourdan heißt. Ein erstaunlicher Zufall.«

Kat wartete auf eine Reaktion der Frau, aber dass eine andere Margaux das Haus nebenan besaß, schien sie nicht weiter zu kümmern.

Die Frau drückte ihre Zigarette aus. »Das Haus nebenan ist unbewohnt, schon seit Jahrzehnten. Aber um Ihre Frage zu beantworten: Ja, ich war der *WAAF* zugeteilt. Und ich habe für die *SOE* gearbeitet. Aber für einen Schriftsteller dürfte das kaum von Interesse sein.«

Plötzlich war Kat erleichtert. Diese Frau musste die Margaux Jourdan sein, deren Leben Elliott ihrer Großmutter angedichtet und sie damit fast überzeugt hatte. Allerdings … Das Modell in dem Dior-Kleid auf Elliotts Foto hatte tatsächlich wie Kats Großmutter ausgesehen, und auf dem Programmblatt stand, dass Margaux Jourdan für die *WAAF* gearbeitet hatte. Ihre Großmutter hatte die Verbindung zur *WAAF* selbst zugegeben, als sie vom Packen von Fallschirmen gesprochen hatte. Vielleicht hatte also die Frau, die jetzt vor ihr saß, den Namen ihrer Großmutter gestohlen? Und ihre Lebensgeschichte? Aber welche? Die, die Elliott beschrieben hatte, oder die, mit der Kat aufgewachsen war?

»Wo sind Sie geboren?«, entfuhr es Kat.

»Wo sind *Sie* geboren?«, fragte die alte Frau zurück. »Woher nehmen Sie sich das Recht, mich auszufragen, während ich überhaupt nichts von Ihnen weiß?«

»Ich bin in Australien geboren«, antwortete Kat.

»Australien«, wiederholte Margaux. »Das ist weit weg.« Die Art, wie sie es sagte, legte nahe, dass es um mehr als nur geographische Distanz ging.

»Wie meinen Sie das?«, hakte Kat nach.

Die Frau schüttelte den Kopf. »Es ist spät, und ich war nicht auf Besuch eingestellt. Kommen Sie morgen um zehn Uhr wieder. Dann werde ich mich ausführlicher mit Ihnen unterhalten.«

Kat hatte keine Ahnung, was sie denken und fühlen sollte, als sie und Elliott zur Mauer zurückgingen, vorbei an einem Hühnergehege, einer Reihe Bienenkörbe und schließlich an dem See mit der Seilbrücke.

»Das war unglaublich«, sagte sie schließlich. »Was hat das alles zu bedeuten?«

»Ich habe keine Ahnung«, gab Elliott zu. »Denkst du, wir können im Haus deiner Großmutter übernachten, damit wir Margaux morgen früh wieder besuchen können? Ich kann in den Ort gehen und uns etwas zu essen besorgen. Und eine Flasche Wein. Dann können wir in Ruhe darüber reden.«

Kat nickte, dankbar für den Plan. Im Moment konnte sie an nichts anderes denken als an die schockierenden Worte: *Ich bin Margaux Jourdan*. Eine Frage kam ihr dennoch in den Sinn. »Meinst du, es könnten zwei Frauen namens Margaux Jourdan für die *WAAF* gearbeitet haben?«

»In den Listen habe ich nur eine gefunden.«

Elliott fuhr nach Porthleven, und Kat ging ins Haus und nahm sich vor, bis zum Essen nicht mehr an ihre Großmutter und die Frau nebenan zu denken. Sie inspizierte die Zimmer im ersten Stock und entschied sich für eines mit Blick auf das Meer.

In einer Holzkiste, die nach Lavendel duftete, fand sie Bettwäsche und schüttelte sie vor dem Haus aus, bis sie ihr einigermaßen staubfrei erschien. Auf dem Bett lag ein Überzug, der die Matratze gut vor Schmutz und Staub geschützt hatte. Sie riss eines der alten Laken auseinander, wischte damit über alle Oberflächen und rieb sogar kurz die Fensterscheiben ab. Währenddessen kehrte Elliott zurück, und bald roch es überall im Haus verführerisch nach Essen.

Als Kat fertig war, ließ sie sich auf den Fenstersitz sinken und freute sich, dass das Zimmer nun gemütlich und einladend wirkte. Das Fenster war leicht verzogen und ließ durch seine Ritzen den Geruch des Meeres hereinströmen. Das uralte Bett wirkte zusammen mit den sauberen weißen Bezügen, den Dielen und dem antiken Schminktisch mit seinem hübschen Set aus Bürste, Kamm und Handspiegel wie etwas aus einem Magazin für Inneneinrichtung.

Warum besitzt du dieses Haus?, fragte sie in Gedanken immer wieder, als könnte ihre Großmutter sie hören.

Abrupt stand sie auf und öffnete einen der Kleiderschränke. Sie durchsuchte die Dior-Kleider, bis sie ein bestimmtes gefunden hatte, dieses in hellem Rot, wie Karneol, das durch den Satinstoff matte Schattierungen erhielt und stellenweise zu Granatrot wurde. »Aladin« war der Name des Kleides, das 1947 zum ersten Mal gezeigt wurde. Die auffallende Schlichtheit hatte damals so manchen Beobachter überrascht, aber durch den tiefen V-Ausschnitt wirkte es alles andere als bieder, und der volle, weite Rock unter dem Taillengürtel war ausgesprochen feminin.

Die Enthüllungen von heute hatten ihre Margaux in noch weitere Ferne gerückt, und um sich ihrer Großmutter wieder näher zu fühlen, zog sie das Kleid an.

Als sie plötzlich Elliotts Stimme hörte, zuckte sie zusammen. »Du siehst aus, als wärst du meilenweit entfernt.« Er lehnte im Türrahmen und lächelte sie an.

»Das war ich auch«, gestand sie. »Tut mir leid, dass ich dich in der Küche ganz allein gelassen habe.«

»Das ist doch kein Problem.« Er ging zu ihr und nahm sie in die Arme.

Er war barfuß, in Jeans und T-Shirt, mit dunklem Bartschatten. So entspannt und unbefangen sah Elliott sogar noch besser aus als neulich im Smoking. Vielleicht kam das aber auch, weil Kat ihn nun viel besser kannte und wusste, dass sein Innenleben zu seinem attraktiven Äußeren passte.

Sie lächelte, legte ihm die Arme um den Nacken, strich mit den Händen über seinen Rücken und sah, wie seine Augen aufleuchteten. »Wir sollten jetzt lieber essen«, sagte sie dann. »Nicht, dass es anbrennt.«

»Da hast du wohl recht«, flüsterte er, »auch wenn es mir schwerfällt. Aber danach kommen wir definitiv wieder her. Und ich werde definitiv mein T-Shirt ausziehen.«

Sie lachte. Sie liebte es, wie er immer wieder versuchte, sie aufzumuntern, während er gleichzeitig ihre Verwirrung und Angst akzeptierte. Er konnte ihre Gefühle erspüren und einfühlsam darauf eingehen.

Sie nahm seine Hand und folgte ihm nach unten, wo sie feststellte, dass auch er für Ordnung gesorgt hatte. Der Tisch war sauber, das alte Geschirr und Besteck waren abgewaschen und alles war schön hergerichtet.

Kat setzte sich, trank einen Schluck Wein und probierte den Lammsalat, der nach Koriander, Ingwer und einem Hauch Chili schmeckte.

»Das ist köstlich«, lobte sie, »so gut, dass ich fast vergessen könnte, was heute Nachmittag passiert ist.«

»Dann muss es wirklich hervorragend sein.« Auch er trank etwas Wein. »Ich könnte mich in den Hintern treten, dass ich nicht schon früher hergekommen bin. Als ich sie damals anrief, sagte sie, sie sei vierzig Jahre zu jung, um die gesuchte Frau zu sein, und ich habe ihr geglaubt. Warum sollte jemand bei so etwas lügen? Andererseits, wenn ich damals hergefahren wäre, hätte ich deine Margaux nicht gefunden – was bedeutet, dass ich dich nicht gefunden hätte«, fügte er hinzu, und Kat verspürte ein angenehmes Bauchkribbeln.

Sie merkte, dass sie trotz seiner erotischen Anziehungskraft den ganzen Nachmittag und Abend in eher zärtlicher Stimmung verbracht hatten. Für ein Verhältnis, das sie eher als kurze Affäre eingestuft hätte, war das verwirrend. Es hatte ihr gefallen, zu sehen, wie fürsorglich er für sie gekocht hatte. Jetzt gefiel ihr, dass sie gemütlich beisammensaßen und redeten. Und es gefiel ihr generell, dass er an ihrer Seite war, während sie mit ihren Gefühlen hinsichtlich ihrer Großmutter rang. Das alles waren Dinge, die zu einer festen Beziehung passten, und was sie mit Elliott hatte, war mit Sicherheit etwas anderes – schließlich war sie ja nur für zehn Tage in England.

Kat legte ihre Hand auf seine, und er verschränkte ihre Finger ineinander. Er wartete schweigend ab, was sie sagen wollte, anstatt sie durch Nachfragen zu bedrängen.

»Ich denke mal, die wichtigste Frage lautet: Welche von beiden lügt und ist nicht Margaux Jourdan?«, sagte sie schließlich.

Er nickte.

»Ein Teil von mir will glauben, dass die Frau von nebenan lügt«, fuhr sie langsam fort. »Dann kann meine Großmutter die bleiben, die sie immer für mich gewesen ist, eine Frau namens Margaux Jourdan. Aber das ist keine befriedigende Lösung, weil die Margaux Jourdan, für die ich meine Großmutter gehalten haben, und die, die du beschrieben hast, zwei völlig verschiedene Personen sind. Das würde bedeutet, dass meine Großmutter so oder so über irgendetwas gelogen hat. Und ich weiß nicht, warum.«

»Vielleicht hat deine Großmutter nicht gelogen. Vielleicht konnte sie einfach nicht über die Vergangenheit reden.«

»Wegen des Konzentrationslagers«, hörte Kat sich sagen, auch wenn sie Angst hatte, mehr darüber zu erfahren. Aber wenn ihre Großmutter vielleicht für ihr Land spioniert und dabei ihr Leben riskiert hatte, war sie es ihr dann nicht schuldig, selbst auch tapfer und stark zu sein? »Magst du mir mehr davon erzählen?«

Elliott stützte die Ellbogen auf den Tisch. »Margaux Jourdan wurde im Juli 1944 von den Nazis gefangen genommen – kurz nach dem D-Day, also mit bitterster Ironie des Schicksals. Die Freiheit war in greifbarer Nähe, nur nicht für sie. Zu der Zeit hatte die deutsche Wut gegen die Résistance ihren Höhepunkt erreicht, und Margaux wurde an einen Ort gebracht, an dem sie nie gefunden werden sollte: das Konzentrationslager Ravensbrück. Hast du davon schon mal gehört?«

Kat schluckte und nickte. »Aber viel weiß ich nicht darüber.«

»Die meisten Menschen verbinden Konzentrationslager nur mit dem Holocaust. Aber dieses Lager war ausschließlich für Frauen.« Elliott redete langsam und leise, als könnte er nachvollziehen, wie schwer seine Worte zu ertragen waren. »Manche waren Jüdinnen. Viele waren im Widerstand oder auf andere Weise ›unerwünscht‹, wie man es nannte: als ›Zigeunerinnen‹, Kommunistinnen, Prostituierte. Es gab viele Polinnen, etliche Französinnen wie Margaux, rund zwanzig Engländerinnen und ein paar Amerikanerinnen. Bis irgendjemand überhaupt von diesem Lager erfuhr, hat es lange gedauert, und noch länger bis zu der Erkenntnis, dass dort Agentinnen des *SOE* gefangen gehalten wurden. Die Frauen wurden vergast, erschlagen, erschossen oder mussten arbeiten, bis sie tot umfielen, und fast alles, was ein Mensch zum Überleben braucht, wurde ihnen verwehrt. Es war ein Ort der quälend langsamen Auslöschung, wie ein Historiker einmal sagte.«

»Wie entsetzlich«, flüsterte Kat. »Warum … warum wurden die Frauen des *SOE* dorthin verschleppt?«

»Manche einfach, weil sie Pech hatten, andere, weil ihre Vorgesetzten inkompetent waren. Erst im September 1944, lange nach der Befreiung von Paris, stellte man in der für Frankreich zuständigen Abteilung der *SOE* fest, dass einhundert ihrer vierhundert Agenten noch fehlten.«

»Aber das ist ja ein Viertel!«

Elliott nickte ernst. »Der Leiter des *SOE* sagte noch kurz vor dem D-Day, es sei abzusehen, dass die Organisation in Frankreich große Verluste erleiden werde.«

»Und trotzdem haben sie die Frauen dorthin geschickt?«

»Ja.« Elliott schob sein Weinglas beiseite. »Und was noch schlimmer ist: Sie haben diese Frauen in Bereiche geschickt, von denen sie bereits wussten, dass sie gefährdet waren.«

»Wie meinst du das?«

»Das *SOE* hat Funkmeldungen ihrer Agenten ignoriert, die den Verdacht äußerten, dass bestimmte Widerstandsgruppen den Nazis bekannt waren. Einige der Agenten waren auch schon entdeckt und festgenommen worden. Das *SOE* schickte trotzdem weiter Männer und Frauen nach Frankreich und ließ sie damit in die Falle tappen. Einige der enttarnten Agentinnen wurden dann nach Ravensbrück gebracht.«

Kat sah in Elliotts finsteres Gesicht. »Und weiter? Ich habe das schreckliche Gefühl, dass da mehr ist …«

Er nickte. »Es kommt tatsächlich noch schlimmer. Bist du sicher, dass ich weitererzählen soll?«

Sie nickte.

»Alle beim *SOE* dachten, die vermissten Agenten würden von den Nazis in normalen Gefängnissen festgehalten«, fuhr Elliott fort, »und man würde sie freilassen, wenn Frankreich wieder in Händen der Alliierten wäre. Im Fall der Frauen war diese Annahme jedoch völlig widersinnig, denn sie waren in England zivilen Organisationen zugeteilt gewesen – nicht militärischen –, weshalb sie offiziell nicht als Kriegsgefangene galten. Damit waren die Nazis nicht verpflichtet, sie als solche zu behandeln, also taten sie es auch nicht. Im *SOE* glaubte man also, die Agentinnen würden irgendwo in Frankreich wieder auftauchen. Das tat aber keine von ihnen.«

Kat erschauerte. »Sie haben nicht nach ihnen gesucht?«

»Nicht nur das, sie haben sich sogar lange geweigert, die Namen der Vermissten überhaupt zu veröffentlichen oder das Rote Kreuz zu informieren. Margaux Jourdans Name und auch die Namen von Liberty und Skye Penrose hätten auf dieser Liste stehen müssen, aber das wäre ein offizielles Eingeständnis des *SOE* gewesen, dass sie Frauen als Spioninnen eingesetzt hatten. Anscheinend war es wichtiger, das zu verheimlichen, als sie zu finden. Und als Vera Atkins – die beim *SOE* für die Agentinnen zuständig war – das Auswärtige Amt um Informationen über ein KZ in Ravensbrück bat, von dem sie gehört habe, erhielt sie lediglich die Auskunft, Ravensbrück sei recht abgelegen und unbekannt und dort seien keine Gefangenen aus Großbritannien. Das war im April 1945. Einen Monat später traf die erste englische Gefangene aus Ravensbrück am Londoner Bahnhof Euston ein. All diese schlimmen Versäumnisse und Patzer führten dazu, dass Ravensbrück und seine Opfer in unserer Kriegsgeschichtserzählung kaum vorkommen. Zumindest ist das einer der Gründe.« Elliott musterte sie eingehend, wie um zu prüfen, ob er doch lieber aufhören sollte.

Kat leerte ihr Weinglas. »Und wie lauten die anderen Gründe? Bitte, ich muss es wissen.«

»Lass uns da drüben hingehen.« Elliott deutete auf den Fenstersitz, von dem aus man das beständige Heranrollen des Ozeans beobachten konnte. »Am anderen Tischende sitzt du mir zu weit weg.«

Sie folgte ihm zu der Bank und schmiegte sich an ihn. In seinen Armen fühlt sie sich sicher. Als er weitersprach, legte sie den Kopf auf seine Schulter.

»Die Französinnen und Engländerinnen in Ravensbrück waren jung, meist in ihren Zwanzigern. Allgemein war man der Überzeugung, dass der Résistance vor allem Männer angehört hatten, so dass die Leute nach dem Krieg nicht nachvollziehen konnten, warum diese Frauen in einem Lager gewesen waren. Des Weiteren war man überzeugt, dass die Frauen in den Lagern von den Deutschen vergewaltigt wurden – was für viele auch zutraf –, und keine junge Frau wollte als ›beschädigte Ware‹ gelten. Ravensbrück hatte diesen Frauen so viel genommen – sie wollten nicht, dass auch ihr Ruf darunter leiden musste. Also schwiegen sie.

Dann wurde der Eiserne Vorhang zugezogen, und Ravensbrück lag auf der falschen Seite, so dass niemand aus dem Westen, weder Historiker noch Journalisten, dort Nachforschungen anstellen konnte. Außerdem waren alle Aufzeichnungen nach dem Krieg verbrannt worden. Die Deutschen hatten die Asche sogar in einen Fluss geworfen, damit nur ja niemand erfahren konnte, was sie hinter einem elektrischen Zaun in einem Kiefernwald verbrochen hatten. Ich bin dagewesen – der Ort steckt voller Geister.

Man kann förmlich hören, wie die Toten ihre Wut und Verzweiflung hinausschreien.«

Auf einmal sah Kat ein Bild von im Wasser versinkenden Aschehaufen vor sich und hörte Schreie aus dem See emporsteigen. Ihr war eiskalt.

Elliott räusperte sich und verstummte – vielleicht hatte er eine ähnliche Vision vor Augen. Kat konnte sich kaum vorstellen, wie es gewesen sein musste, diesen Ort zu besuchen, an dem so viel Gewalt und Ungerechtigkeit verübt worden war.

Nach einer Weile fuhr Elliott fort. »Seit meinem Besuch in Ravensbrück ist es meine persönliche Mission, über die Frauen zu schreiben, die dort gefangen gehalten wurden. Ich orientiere mich an Vera Atkins' knappen Aufzeichnungen. Leider hielt sie die meisten Informationen nur in ihrem Kopf fest, aber sie war die Einzige, die immerhin versuchte, die Vermissten aufzuspüren. Und selbst sie durfte für ihre Nachforschungen erst im Dezember 1945 nach Deutschland reisen – Monate nach Kriegsende also. In der Zwischenzeit gingen viele Hinweise und Informationen verloren. Zum Glück habe ich mit einigen Frauen sprechen können, die in Ravensbrück interniert waren – die meisten von ihnen sind schon tot, deshalb ist es selten, Berichte aus erster Hand zu hören. Zunächst haben sie ihren Aufenthalt dort geleugnet. Dann haben sie mich angefleht, über etwas anderes zu schreiben. Alle fanden, Ravensbrück sei ein zu grauenvoller Ort gewesen, um darüber zu berichten.«

Zu grauenvoll. O Gott.

»Und meine Großmutter war dort?« Kats Stimme zitterte.

Elliott nickte, und Kat musste sich zusammenreißen, um nicht zu weinen. Margaux brauchte ihre Kraft, nicht ihre Tränen.

»Margaux Jourdan und ihr Kind wurden im April 1945 gerettet, als der Lagerkommandant dem Schweizer Roten Kreuz Zugang zu Ravensbrück gewährte. Das war fast ein Jahr nach ihrer Einlieferung. Das Rote Kreuz konnte ein paar der französischen Gefangenen in Sicherheit bringen. Margaux wurde zusammen mit dem Baby, das sie im Lager geboren hatte, freigelassen.«

Kat versuchte sich vorzustellen, an einem solchen Ort ein Kind zur Welt zu bringen, und schaffte es nicht. Sie erinnerte sich an die Geburten von Lisbet und Daisy, beide in einem Krankenhaus, mit Hebammen und Ärztinnen an ihrer Seite, sauber und keimfrei, mit Duftöllampen und jeder Menge medizinischer Ausrüstung für den Fall, dass etwas schiefginge. Sie hatte ein eigenes Zimmer gehabt, mit Doppelbett, und Paul hatte ein paar Nächte dort schlafen können.

»Vera Atkins notierte einen Besuch bei Margaux Jourdan in Frankreich im Juli 1945.« Elliott sah aus dem Fenster und strich ihr abwesend über das Haar. Kat merkte, dass er die gelesenen Worte vor Augen hatte. Dann richtete er seinen Blick mitfühlend auf Kat.

»Wie die anderen Frauen aus Ravensbrück, die Vera damals nach und nach aufsuchte, hatte Margaux sich sehr verändert. Vera schätzte ihr Gewicht auf etwa zweiunddreißig Kilo. Ihr Kopf war im Lager kahl geschoren worden, und Skorbut und andere … Dinge … hatten Spuren an ihrem Körper hinterlassen. Der einzige Zweck dieses Lagers bestand darin, erst den Geist zu brechen und dann den Körper zu vernichten. Trotzdem hat Margaux diesen Ort lebend verlassen. Einhundertdreißigtausend Frauen wurden nach Ravensbrück gebracht, fast neunzigtausend von ihnen starben. Margaux hat überlebt.«

Kat vergrub ihr Gesicht in den Händen und versuchte, sich ihre Großmutter derart dünn vorzustellen. Neunzigtausend Frauen tot. Wie musste ihre Großmutter sich gefühlt haben, so viel Leid mitanzusehen? Wie hatte so etwas jemals geschehen dürfen?

Sie legte eine Hand an die Glasscheibe. Das Meer lag inzwischen in dunkler Dämmerung.

»Meine Mutter ist eine Woche nach meiner Geburt gestorben«, sagte sie. Obwohl sie keine definierbaren Gefühle mit ihrer Mutter verband – was sollte man für einen Menschen empfinden, an den man sich nicht erinnerte? –, fiel es ihr schwer, davon zu berichten, aber sie zwang sich, weiterzusprechen. Sie erhob sich, um ein wenig Abstand zu gewinnen, und ging in ihrer Erzählung an einen Punkt zurück, der weiter in der Vergangenheit lag und damit etwas unbelasteter war. »Sie war Ärztin und absolvierte ihr praktisches Jahr an einem Krankenhaus in Sydney. Sie wurde mit mir schwanger – während einer Affäre mit einem Arzt, der keine Kinder wollte. Er hat nie Kontakt zu mir aufgenommen, und meine Mutter hat Margaux seinen Namen nie verraten – vielleicht dachte sie, dafür wäre nach der Geburt noch genügend Zeit, falls er doch involviert sein wollte. Sie hat bis kurz vor der Geburt gearbeitet, um ihre Leistungsfähigkeit unter Beweis zu stellen – so wie man das als Frau eben tun muss, vor allem zu der Zeit. Ich dachte also immer, es hätte an der Überarbeitung und ihrer Erschöpfung gelegen.« Kat presste die Lippen aufeinander und kämpfte gegen den Kloß im Hals und die Tränen an, dann fuhr sie fort.

»Tatsächlich starb sie an durch die Geburt bedingten Komplikationen des Herz-Kreislauf-Systems. Als ich Medizin studierte, habe ich eine Zeit lang wie besessen nach Risikofaktoren recherchiert – und es gab keine, außer dass eine Geburt das Herz ganz allgemein stark belastet. Für Frauen mit Herzfehler besteht natürlich ein viel höheres Risiko, solche Komplikationen zu erleiden. Und mittlerweile gibt es sehr viele Studien, die einen Zusammenhang zwischen fetaler Mangelernährung und Herzerkrankungen im Erwachsenenalter belegen. Ich schätze, ein Kind, das in Ravensbrück geboren wurde, war definitiv unterernährt. Margaux hat immer erzählt, meine Mutter sei kränklich und nicht so widerstandfähig gewesen wie andere Kinder. Sie war mit ihr bei vielen Ärzten, aber ohne offensichtliche Symptome werden Herzprobleme manchmal übersehen. Und jetzt denke ich die ganze Zeit, dass sie wahrscheinlich gestorben ist, weil sie die ersten Monate ihres Lebens in einem Konzentrationslager verbringen musste.« Ihre Stimme erstarb.

»Kat, es tut mir so leid.« Elliott trat zu ihr und hielt sie wieder fest, spendete Trost im Angesicht der unerbittlichen Vergangenheit. »Ich kann kaum glauben, dass du immer noch mit mir sprichst. Ich habe so viel Leid in dein Leben gebracht, und du hattest ohnehin schon mehr davon, als die meisten Menschen je erfahren werden. Ich sollte es jetzt gut sein lassen und meine Recherchen beenden.«

Kat schüttelte den Kopf. »Du musst unbedingt über Ravensbrück schreiben. Und über Margaux. Und die anderen – die Penroses. All das ist auf irgendeine Weise verbunden, das spüre ich. Es gibt einen Grund dafür, dass zwei Frauen, die praktisch Tür an Tür leben, beide den Namen Margaux führen. Und ich muss den Grund dafür erfahren.«

Sie deutete auf die Fotos, die am Tischende ausgebreitet lagen und die sie erst jetzt bemerkt hatte. »Was sind das für Bilder?«

»Sie zeigen etwas, woran ich beim Kochen denken musste.«

Kat folgte Elliott zum Tisch, wo er auf eines der Fotos zeigte. »Das ist die Aufnahme, die ich dir bereits gezeigt habe, wo Margaux Jourdan mit O'Farrell tanzt. Und das hier«, er gab ihr ein weiteres Bild, »ist in derselben Nacht aufgenommen, nur ist es jetzt Liberty Penrose, die mit O'Farrell tanzt. Ich versuche herauszufinden, ob Liberty Penrose ebenfalls in Ravensbrück war. Sie wurde seit ihrem letzten Frankreich-Einsatz für den *SOE* vermisst. In Vera Atkins' Interviews mit den ehemaligen Gefangenen aus Ravensbrück steht einige Male auch ihr Name. Die Engländerinnen wurden in einem separaten Bereich gefangen gehalten, so dass Liberty wahrscheinlich wenig Kontakt mit den anderen hatte. Aber als Vera Margaux fragte, ob eine der Penrose-Schwestern im Lager gewesen sei, verneinte sie. Und fügte hinzu, beide seien in der Nacht ihrer eigenen Gefangennahme getötet worden. Aber das ergibt keinen Sinn. Liberty hat nicht mit Margaux gearbeitet, und sie galt bei Margaux' Gefangennahme schon mindestens einen Monat als vermisst.«

»Ich kann mir vorstellen, dass ein Aufenthalt in Ravensbrück die Erinnerung an gewisse Details vernebelt hat.« Kat betrachtete das Foto der lächelnden Frau. Die sehr enge Tanzhaltung mit O'Farrell deutete auf eine intime Beziehung hin.

»Eine der Frauen, mit denen ich gesprochen habe, konnte sich sehr klar an alles erinnern, was sie in Ravensbrück erlebt hat«, sagte Elliott. Er lehnte sich an den Büfettschrank und rieb sich nachdenklich das Kinn. »Sie hat Liberty Penrose erwähnt. Und ich musste gerade daran denken, dass Libertys Einsatz in Frankreich ohnehin ihr letzter gewesen wäre, selbst wenn man sie nicht gefangen genommen hätte. Sie war nämlich schwanger. In Vera Atkins' Aufzeichnungen steht, sie habe ihr gesagt, der Vater sei Pilot.«

Elliott nahm das Foto von Liberty und O'Farrell in die Hand. »Nachdem wir beide uns im Savoy unterhalten hatten, nahm ich mir noch einmal die Lebenserinnerungen einer *ATA*-Pilotin vor, Rosemary Rees, die mit Skye Penrose befreundet war. Sie berichtete, O'Farrell habe zuerst Skye den Hof gemacht, sie dann aber für ihre Schwester fallen gelassen. Rosemary ließ Liberty in keinem guten Licht erscheinen: Sie meinte, Liberty habe ihre Beziehung zu O'Farrell zur Schau getragen, viel mehr, als es damals üblich gewesen sei, so dass niemand daran zweifeln konnte, dass sie miteinander schliefen. Sie erwähnte im Übrigen nichts von einer Beziehung zwischen O'Farrell und Margaux Jourdan.«

Elliott machte eine bedeutungsvolle Pause.

Kat fühlte sich von Libertys Foto magisch angezogen. So unscharf und verblichen es auch war, kam ihr das Gesicht vage bekannt vor. Und Kat war immer gesagt worden, ihr Großvater sei ein amerikanischer Pilot namens O'Farrell gewesen.

»Du willst sagen, es wäre möglich, dass Liberty im Januar 1945 ein Kind bekommen hat, nicht wahr?«, sagte sie. »Dass es tatsächlich Liberty und ihr Kind waren, die vom Roten Kreuz gerettet wurden, und dass Liberty dann einen anderen Namen angenommen hat.«

Den Rest konnte sie nicht aussprechen: *Meine Großmutter könnte in Wirklichkeit Liberty Penrose sein.*

»Das ist durchaus möglich«, sagte Elliott leise.

Kapitel 25

Das ist durchaus möglich. Was war schlimmer: dass ihre Großmutter Margaux Jourdan war und nie ein Wort darüber verloren hatte, dass sie im Zweiten Weltkrieg als Spionin gearbeitet hatte und in einem Konzentrationslager gewesen war, oder dass sie eine völlig andere Identität besaß und nie Margaux Jourdan geheißen hatte?

Kat wünschte sich sehnlich, dass die erste dieser Optionen der Wahrheit entsprach – ganz anders als zu Anfang, nachdem Elliott ihr diese Möglichkeit zum ersten Mal unterbreitet hatte. In dem Bemühen zu beweisen, dass ihre Großmutter eine andere Margaux war als die von Elliott gesuchte, hatte Kat vielleicht einen weitaus größeren Betrug aufgedeckt.

Sie stützte sich am Tisch ab aus Angst, sie könne zusammenbrechen. Sie spürte Elliotts Hand am Rücken, aber diesmal konnte er ihr keinen Trost spenden.

»Wir sollten herausfinden, ob die Margaux von nebenan Kinder hat«, meinte Kat. Ihre Stimme klang hohl. »Wenn ja, dann könnte *sie* Liberty sein.«

Elliott zog sie an sich, und sie vergrub den Kopf an seiner Schulter, während sie sich krampfhaft bemühte, nicht zu weinen.

»Wir können sie morgen fragen«, sagte er und streichelte Kat die Wange. »Aber ich habe nirgends im Haus Fotos von Kindern gesehen.«

Kat auch nicht. Und die meisten Menschen platzierten die Bilder ihrer Kinder an gut sichtbaren Orten.

Kat lehnte sich ein Stück zurück – genug, dass sie sprechen konnte, aber nicht so weit, dass Elliott sie loslassen musste. »Was ist mit Skye Penrose?«, fragte sie. »Du hast gesagt, auch sie wurde vermisst. Was ist mit ihr passiert?«

»Das ist das größte Rätsel von allen. Niemand aus Ravensbrück konnte sich an eine Frau mit diesem Namen erinnern.«

Natürlich. Noch mehr Fragen ohne Antworten. Sie versuchte einen letzten neuen Ansatz. »Aber wie hängt das alles mit den Kleidern oben im Schlafzimmer zusammen? Dior und Konzentrationslager sind so gegensätzlich wie Himmel und Hölle.«

»Darüber habe ich auch nachgedacht. Wenn ich recherchiere, speichere ich mental alles ab, was ich lese, aber wenn es nicht relevant erscheint, dauert es manchmal eine Weile, bis ich eine Verbindung herstelle. Ich bin mir fast sicher, dass ich den Namen Catherine Dior auf der Liste der Gefangenen von Ravensbrück gelesen habe. Zu der Zeit hat mir das nichts weiter gesagt, aber jetzt frage ich mich, ob …«

»Catherine Dior war Christian Diors Schwester. So viel weiß ich.«

»Tja, vielleicht ist das unsere Verbindung. Ich kann meine Unterlagen in London noch einmal durchgehen und sehen, was ich finde. Oder den Namen schnell mal googeln, wenn du willst.«

Kat schüttelte den Kopf. »Im Moment habe ich das Gefühl, dass mir gleich der Kopf platzt.«

Elliott legte eine Hand unter ihr Kinn und küsste sie. »Lass uns spazieren gehen.«

Dass das eine gute Idee war, merkte sie, sobald sie im Mondschein den Weg zum Strand hinuntergingen. Die frische Seeluft verhalf ihr zu einem klareren Kopf.

Sie gingen eine Weile Hand in Hand am Meer entlang und sagten nicht viel, außer um hin und wieder etwas zu kommentieren, das sie sahen: das sanfte Tanzen der Wellen, den Eingang zu etwas, das wie eine Höhle in der Kliffwand aussah, einen Vogel, der vielleicht nach Hause in sein Nest flog.

Irgendwann stellte Kat eine der vielen Fragen, die in ihrem Kopf herumwirbelten. »Ist es wirklich möglich, eine fremde Identität anzunehmen und jemand anderes zu werden? Heutzutage würde man so etwas sicher nicht unbemerkt schaffen.«

»Ich glaube aber durchaus, dass es damals möglich war. Bei Kriegsende herrschte Chaos. Zwei Millionen Soldaten der Alliierten kehrten aus Gefangenenlagern zurück, und sie gründlich zu befragen und ihre Angaben festzuhalten, hatte höchste Priorität. Irgendwo habe ich gelesen, dass für nur einen Fall vier Kilogramm an Papier benötigt wurden. Nun stell dir vor, dass mitten in diesem Durcheinander eine Frau auftaucht, ohne jegliche Papiere, und erzählt, sie habe für eine britische Geheimorganisation gearbeitet, von der niemand etwas wusste. Und dass die Engländer Frauen als Spione eingesetzt hatten, war noch weniger bekannt. Die US-Armee sammelt also eine der Frauen des *SOE* ein, die aus Ravensbrück entkommen ist, und schreibt in einem Memo, sie sei verwirrt und müsse wohl in eine fiktive Rolle gerutscht sein. Zum Glück hat Vera Atkins dieses Memo gesehen und gewusst, dass es sich um eine ihrer Frauen handeln musste.«

Elliott blieb stehen und blickte aufs Meer. »Aber was, wenn es noch ein anderes Memo gab, das Vera nicht gesehen hat? Was, wenn eine andere Frau mit einer ähnlichen Geschichte auftauchte und eine andere Untersuchungseinheit sie als ›verwirrt‹ einstufte? Der Lagerleiter von Ravensbrück hatte ausgesagt, in seinem Lager seien keine Engländerinnen gewesen. Was soll ein Offizier der Alliierten also davon halten, wenn eine Frau wie Liberty kommt und behauptet, als Agentin in Frankreich gearbeitet zu haben und als Engländerin in Ravensbrück gewesen zu sein? Vielleicht war es einfacher und glaubwürdiger, zu behaupten, man sei Französin. Manche der Frauen des *SOE* benutzten in Ravensbrück ihre französischen Codenamen. Sie waren es gewohnt, sich für jemand anderen auszugeben. Ihr Leben hatte davon abgehangen.«

Rauschend brach zu ihren Füßen eine Welle, Wolken verhüllten den Mond und dämpften so sein Licht, als trauerte auch die Nacht um die Frauen, von denen Elliott erzählte. »Mindestens eine der Agentinnen konnte eine ganze Weile nicht identifiziert werden«, fuhr er fort. »Sonia Olschanezky, die im Konzentrationslager Natzweiler starb, wurde lange Zeit für eine andere Agentin gehalten, Nora Inayat Khan. Eine Reihe Überlebender sahen sich Veras Fotos von Nora an und bestätigten, dass Nora in Natzweiler gewesen und dort gestorben sei. Aber dann stellte sich heraus, dass es Sonia gewesen war, nicht Nora. Viel später erst entdeckte Vera, dass Nora 1944 in Dachau erschossen wurde.«

Kat schloss die Augen. So viele Konzentrationslager. So viele Frauen, die ihr Leben verloren hatten bei dem Versuch, einen Krieg zu beenden. Und so viel Ungewissheit über ihre Identitäten und die Rolle, die sie beim Kampf gegen die Nazis gespielt hatten.

»Okay, dann war es wohl tatsächlich möglich.« Kat öffnete die Augen. Sie stand dicht neben Elliott, als der volle Mond wieder sichtbar wurde und sein freundliches Licht auf ihre Gesichter warf. »Aber warum die Fassade aufrechterhalten, nachdem irgendwann

Ruhe eingekehrt war? Warum sprachen die Frauen nicht über ihre Erlebnisse?«

»Ein paar der Französinnen versuchten, Bücher darüber zu schreiben, was ihnen in Ravensbrück widerfahren war«, sagte Elliott, »aber die Verlage gaben ihnen zu verstehen, dass niemand Interesse daran hätte, diese schrecklichen Erinnerungen erneut zu durchleben. Alle wollten lieber nach vorn schauen und vergessen. Von ihren Verwandten hörten sie, sie hätten sich das alles nur ausgedacht. Alle meinten, so etwas hätte in Wahrheit nicht geschehen können. Ich werde nie vergessen, was ich in den Aufzeichnungen eines amerikanischen Diplomaten gelesen habe, der die Frauen nach ihrer Befreiung aufgesucht hatte. Er schrieb, sie seien ›eine Kolonne von Märtyrerinnen, entsetzlich zugerichtet, skeletthaft – ein grauenvoller Anblick‹. Kein Wunder, dass die Frauen all das, was ihnen angetan worden war, für sich behielten – entweder, weil niemand es hören wollte, oder weil es zu grässlich war, um ausgesprochen zu werden.«

Das Mitgefühl in Elliotts Stimme rührte Kat. Er empfand etwas für diese Frauen, die er nie getroffen hatte: Ihn bewegte ihr Schweigen, ihr unterdrücktes und unausgesprochenes Grauen.

»Stell dir vor«, fuhr er fort, »du entdeckst nach deiner Rückkehr von einem solchen Ort, dass die Alliierten 1944 beschlossen hatten, die Lager nicht zu befreien, weil es zu viel Durcheinander bedeutet hätte … zu viele heimatlose Menschen, die einem Sieg im Weg stehen würden. Stell dir vor, du entdeckst, du hättest früher gerettet werden können, aber man hat es unterlassen, weil es zu unbequem und lästig gewesen wäre.«

Kat lehnte inzwischen mit dem Rücken an Elliotts Brust, seine Arme lagen um ihre Taille.

»Und dann stell dir vor, deine Zeit in einem Konzentrationslager – wo du gefoltert, ausgehungert und misshandelt wurdest – mit dem Leben nach dem Krieg zu vereinbaren. Mit den Fünfzigerjahren und der Regierungspropaganda, dass Frauen an den Herd zurückkehren und ihren Männern Braten servieren sollen. Dass sie vornehmlich als Dekoration zu gelten hätten. Dann der New Look. Es muss ihnen völlig absurd vorgekommen sein.«

Kat verstand, was er meinte. Christian Diors New Look – mit den betont weiblichen Kleidern, den quälenden Einschnürungen – hatte eine reaktionäre Rückkehr zu den Idealen der dekorativen Weiblichkeit bedeutet. Sie erinnerte sich, wie sie Annabel erzählt hatte, dass die fünfzig Zentimeter Taillenumfang der Frauen ein bitteres Ergebnis der Kriegsrationierungen gewesen war. Doch was war mit den Frauen, die nicht einmal den Luxus der Rationierungen hatten? Die der Willkür eines Lagerleiters ausgeliefert gewesen waren und Dinge zu essen bekommen hatten, die heute niemand freiwillig zu sich nähme?

Sie und Elliott drehten sich zur selben Zeit zueinander um und umklammerten einander so fest, dass Kat seinen Herzschlag spürte. Das zwischen ihnen fühlte sich so bedeutsam an, dass es sie mit Ehrfurcht, aber auch mit Angst erfüllte. Sie hob den Kopf für einen Kuss. Das Schicksal der Frauen, von denen er gesprochen hatte, würde sie nie mehr vergessen. Aber in diesem Moment musste sie sich ablenken, musste erleben, dass es neben Hass und Schmerz und Verzweiflung auch andere, schöne Dinge auf der Welt gab.

Und Elliott schien das zu verstehen, denn sein Kuss war zärtlich und liebevoll. Er fuhr mit den Händen über ihren Rücken und gab sich ihr hin, als wäre dieser Moment das Einzige, was zählte.

Als hätte die Geschichte, die Vergangenheit in diesem Augenblick keine Bedeutung.

Ohne diese Innigkeit zu verlieren, kehrten sie zum Haus zurück, und noch bevor sie die Treppe zum Schlafzimmer erreichten, lag Kats rotes Kleid auf dem Boden, und Elliotts Sachen folgten nicht viel später. Elliott zog Kat zum Fenstersitz und hob sie dort auf seinen Schoß. Aufgewühlt durch die Ereignisse des Tages fanden sie hier zueinander, mit einer Leidenschaft und Verbundenheit, wie sie sie noch nie empfunden hatte.

—

Am nächsten Morgen erwachte Kat mit dem Kopf auf Elliotts Brust. Strahlend weißes Licht drang durch die Fenster zu ihnen herein. Der alte Wecker auf dem Nachttisch, den sie abends noch aufgezogen hatte, zeigte neun Uhr. Neun? Sie hatte schon ewig nicht mehr bis neun geschlafen.

Sie spürte, wie eine Hand ihr Haar streichelte, und merkte, dass auch Elliott wach war. Dass er sich bis eben nicht bewegt hatte, um sie nicht zu wecken.

»Entschuldige«, sagte sie und machte Anstalten, sich von ihm zu lösen.

»Bleib«, murmelte er. »Genau so, wie du bist. Das ist schön.«

Und das war es auch, sehr schön sogar, aber sie hatten einen Termin. »Sollten wir nicht um zehn bei Margaux sein?«

»Ach ja, stimmt«, sagte er seufzend.

Kat zog ein weiteres der wunderbaren Kleider ihrer Großmutter an: das »Zelie«-Cocktailkleid aus dem Jahr 1954. Es war schlicht genug, um am Tag getragen zu werden, mit Schalkragen und sechs

Knöpfen auf dem taillierten Oberteil, das ein Jäckchen imitierte. Unterhalb der schmalen Taille weitete sich der Seidenstoff in einen einfachen ausgestellten Rock. Kat wollte etwas tragen, das ihr den Mut gab, der Frau von nebenan Fragen zu stellen, die sie sich bei ihrer Großmutter nicht zu stellen getraut hatte.

Doch Margaux, die mit einer Zigarette und einer Tasse Tee in einem Sessel saß, das blau-weiße Gitanes-Päckchen auf der Lehne, kam ihr zuvor.

»Gestern sagten Sie, Ihre Großmutter trage ebenfalls meinen Namen. Ist das nicht ein Verbrechen?«, fragte sie, kaum dass Kat Platz genommen hatte.

Kat erstarrte. Was, wenn dem so war? Was, wenn ihre Großmutter in Wahrheit Liberty Penrose hieß und dieser Frau den Namen gestohlen hatte?

»Sollen wir zur Polizei gehen?«, fragte Elliott, aber an der Art, wie er es sagte, merkte Kat, dass er mit Margaux' Verneinung rechnete.

»Nicht nötig«, sagte diese dann auch. »Ihre Großmutter wollte nach dem Krieg eine andere sein. Das kann ich verstehen. Haben Sie ein Foto von ihr?«

Kat scrollte durch ihre Handy-Fotos und fand ein Bild ihrer Großmutter mit ihren zwei Urenkelinnen.

Margaux warf nur kurz einen Blick darauf. »Ich war noch nie in Australien. Und werde auch nie dorthin reisen.«

»Warum nicht?«, fragte Kat.

»Ich bin alt«, antwortete Margaux ausweichend. »Zu alt, um noch mit Flugzeugen herumzufliegen.«

Elliott sah sie aufmerksam an. »Noch? Sie sind also früher viel geflogen?«

Margaux starrte zurück, ohne zu blinzeln, wie eine Eule, die ihr Opfer fixiert. »Nicht mehr oder weniger als die meisten Menschen in meinem Alter. Ich habe Urlaubsreisen unternommen.«

Unvermittelt sagte Elliott: »Sie kannten Skye und Liberty Penrose.«

Margaux schien in ihrer unnahbaren Haltung kurz erschüttert. Kat bemerkte es, und sie war sicher, Elliott ebenfalls. Dann zerdrückte Margaux ihre nur halb gerauchte Zigarette im Aschenbecher.

»Ich kannte sie.«

»Wie meine Nachforschungen ergeben haben, kannten Sie sie sogar gut«, fuhr Elliott fort. »Rosemary du Cros, die als *ATA*-Pilotin Rosemary Rees hieß, schrieb in ihren Lebenserinnerungen, sie sei abends häufig mit einer Gruppe ausgegangen: mit dem englischen Piloten Richie Jenkins, den beiden amerikanischen Piloten O'Farrell und Nicholas Crawford sowie mit Skye und Liberty Penrose.«

Kat lehnte sich vor. Margaux' Haltung hatte sich verändert; sie wirkte auf einmal sehr wachsam. Aus Misstrauen? Angst? Neugier?

Margaux zuckte die Achseln. »Und wenn schon. Sie sind alle tot.«

»Nicholas Crawford ist am Leben«, sagte Elliott.

»Dann haben zwei von uns überlebt. Aber wir haben keinen Kontakt gehalten. Wir waren Bekannte, die Stürme und Umstände zusammengebracht hatten … Jetzt wird es aber höchste Zeit, dass Sie wieder gehen. Ich habe noch zu arbeiten. Eine Touristenattraktion wie dieser Garten führt sich nicht allein.«

»Aber Sie haben noch keine unserer Fragen beantwortet!« Kat war frustriert. »Gestern haben Sie gesagt, Sie hätten für den *SOE* gearbeitet. Aber wer sind Sie wirklich?«

»Haben Sie Ihrer Großmutter diese Frage auch gestellt?«, kam Margaux' wohlplatzierte Retoure.

Wie soll ich das tun?, dachte Kat verzweifelt. *Wie kann ich den Menschen verletzen, den ich auf dieser Welt am meisten liebe?* Und doch hatte sie nicht gezögert, diese Frage der Frau ihr gegenüber zu stellen und damit in schmerzhafte Erinnerungen vorzudringen, die Margaux mit Recht verdrängt hatte. Wie viele Menschen hatte sie bei ihren Nachforschungen schon verletzt? Sich selbst, ihre Großmutter und nun auch diese Frau.

Dann sagte Elliott: »Darf ich mir die hier einmal ansehen?« Er berührte eine goldene Taschenuhr, die auf dem Kaminsims lag.

»Nein, dürfen Sie nicht«, fuhr Margaux ihn an und schnappte ihm die Uhr weg. »Es wird Zeit, dass Sie gehen.« Sie scheuchte die beiden aus dem Haus.

Auf dem Weg zum Cottage sprachen sie kein Wort miteinander. Kat war ratlos und Elliott vermutlich auch, verloren in einem Gedankenknäuel, das zu viele lose Enden hatte.

Im Haus faltete Kat das blaue Kleid, dessen Zwilling sich im Museum in Sydney befand, in eine mit säurefreiem Papier ausgelegte Schachtel. Dann packten sie und Elliott ihre Sachen zusammen und machten sich auf den Weg zurück in Richtung Zivilisation.

»Sie hat über das Fliegen gesprochen«, begann Elliott, nicht lange nachdem sie losgefahren waren. »Irgendwie klang es, als wisse sie darüber besser Bescheid als die meisten anderen.«

Kat versuchte, sich an diesen Teil des Gesprächs zu erinnern. »Ich kann dir gerade nicht folgen.«

»Skye Penrose war Pilotin.«

»Willst du damit etwa sagen, dass die Margaux, mit der wir gerade gesprochen haben, in Wirklichkeit Skye Penrose ist? Ich meine, hat sie wirklich genug gesagt, um sie als Pilotin zu entlarven? Zugegeben, sie hat etwas ausweichend reagiert, als wir vom Fliegen sprachen, aber sonst?«

Elliott seufzte. »Du denkst, ich sollte mich lieber an Fakten halten, anstatt aus dem Nichts eine Fiktion zu weben?«

»Ehrlich gesagt, weiß ich es nicht. Gestern Abend dachten wir, eine von beiden lügt. Jetzt sagst du –«

»– dass sie vielleicht beide lügen, genau.« Er überlegte kurz. »Ich glaube, lügen ist nicht das richtige Wort. Wie ich gestern schon sagte, war das, was deine Großmutter und diese Frau erlebt haben, so entsetzlich, dass keine von ihnen danach mehr die Person sein wollte, die sie vorher war. Es wäre doch möglich, dass die Cornwall-Margaux Skye Penrose ist und …«

Er hielt inne, und sie wusste, dass er sie nicht verletzen wollte, indem er es laut aussprach.

»Und meine Großmutter ist ihre Schwester Liberty«, beendete sie also seinen Satz. »Immerhin besitzen sie zwei benachbarte Häuser.«

Kat starrte aus dem Fenster auf die Eintönigkeit der Landstraße. »Aber was ist dann mit der echten Margaux passiert? Du hast mir erzählt, ihre Vorgesetzte Vera Atkins habe Margaux Jourdan nach dem Krieg befragt. Ist sie also vorher verschwunden oder danach? Und wenn es davor war: Hätte Vera Atkins nicht gemerkt, dass sie mit einer anderen Frau spricht? Es ist schon ziemlich weit hergeholt, die Cornwall-Margaux als Skye Penrose zu sehen, nur weil sie vom Fliegen gesprochen hat.«

Oder meine Großmutter als Liberty Penrose, nur weil sie zur passenden Zeit schwanger war. Allerdings war Kat bewusst, dass Letzteres nicht gar so weit hergeholt wäre.

»Da ist noch etwas«, sagte Elliott. »Die Taschenuhr. Ich glaube, diese Uhr gehörte Nicholas Crawford. Ich habe eine Beschreibung davon, und die Uhr bei Margaux scheint, selbst nach meinem kurzen Blick darauf, genau dazu zu passen. Nicholas Crawford habe ich vorhin erwähnt – er und Skye Penrose waren … sehr gute Freunde. So gute Freunde, dass es möglich ist, dass sie seine Taschenuhr besitzt.«

»Aber warum haben die Schwestern sich entfremdet? Warum sollte diese Margaux so gleichgültig bleiben, wenn sie ein Foto meiner Großmutter sieht, die deiner Meinung nach ihre Schwester Liberty ist?«

Elliott rieb sich das Kinn. »Ich habe dich in diese Sache reingezogen, und alles, was ich zu bieten habe, sind mehr und mehr Rätsel. Wahrscheinlich wäre es keine gute Idee, deine Großmutter zu fragen, ob sie Liberty Penrose ist, oder?«

Kat schüttelte den Kopf. »Meine Großmutter ist über neunzig. Plötzliche Enthüllungen per Telefon sind da keine gute Idee. Ich frage sie frühestens, wenn ich wieder in Australien bin und für sie da sein kann, vor allem, wenn ich damit Erinnerungen an so etwas Schreckliches wie Ravensbrück aufwühlen sollte.«

»Das kann ich gut verstehen. Ich habe einen Großvater, an dem ich sehr hänge, und ich weiß auch nicht, ob ich ihm solche Fragen am Telefon stellen würde. Lass mich nachdenken, wie wir weiter vorgehen. Ich werde alles, was ich bisher gesammelt habe, noch einmal durchgehen, nur falls ich etwas übersehen haben sollte.«

Während der restlichen Fahrt arbeitete es in Kat. Seit ihrer ersten Begegnung mit Margaux wurde sie das Gefühl nicht los, ihrerseits etwas übersehen zu haben. Sie konnte den Finger nicht darauf legen, aber sie hatte den Eindruck, dass ihr etwas Offensichtliches untergekommen war und sie nur nicht genügend aufgepasst hatte. Aber es wollte sich keine Antwort auftun.

Als sie die Außenbezirke von London erreichten, fragte Elliott: »Musst du gleich wieder ins Hotel zurück? Ich habe eine Dauerverabredung zum sonntäglichen Mittagessen mit meiner Mutter, und meine Tochter Juliette kommt auch. Das Essen haben wir schon verpasst, aber ich will Juliette bei meiner Mutter abholen – sie übernachtet sonntags immer bei mir. Wenn es dir lieber ist, kann ich dich aber auch zuerst am Hotel absetzen.«

»Nein, das musst du nicht«, sagte Kat aufrichtig. Sie hätte im Hotel ohnehin nichts anderes zu tun, als sich Gedanken um ihre Großmutter zu machen.

Bald darauf parkte Elliott den Wagen vor einem Haus in Hampstead. Froh, sich endlich wieder strecken zu können, stiegen sie aus.

Schon als sie den Pfad zum Haus nur zur Hälfte gegangen waren, wurde die Tür aufgerissen und eine Frau trat heraus. »Elliott, mein Schatz«, rief sie strahlend und schloss ihren Sohn liebevoll in die Arme.

»Hallo, Mum.« Elliott sah zu Kat. »Das ist Katarina Jourdan, aber ich glaube, du darfst sie Kat nennen.«

Bevor Kat ihre Hand ausstrecken konnte, nahm die Frau auch sie in den Arm und drückte sie fest. »Wie schön, Sie kennenzulernen. Bitte nennen Sie mich Aimée.«

Kat lächelte. »Ich hoffe, es stört Sie nicht, dass ich mitgekommen bin.«

»Ganz und gar nicht. Ich habe viel zu viel Kuchen im Haus und brauche beim Aufessen dringend Unterstützung.«

»Wie geht es deiner Hand?«, erkundigte sich Elliott, während sie hineingingen.

»Fast geschafft. Dieses blöde Ding muss nur noch eine Woche dranbleiben.« Aimée deutete auf einen Gipsverband, der unter ihrem Ärmel hervorlugte. »Ich habe mir das Handgelenk gebrochen«, erklärte sie Kat. »Ein blöder Sturz. Jetzt muss ich alles mit der linken Hand machen, und das treibt mich in den Wahnsinn. Ich kann es kaum erwarten, wieder rechtshändig zu sein.«

Erneut schoss Kat etwas durch den Kopf, das sie nicht greifen konnte, aber sie hatte das Gefühl, schon ziemlich nahe dran zu sein – da tauchte plötzlich ein Mädchen im Teenageralter vor ihr auf und starrte sie an.

»Das ist meine Enkelin Juliette«, stellte Aimée vor.

Das Mädchen warf sich seinem Vater an den Hals. »Dad! Du warst ewig weg. Ich musste ohne dich zu Mittag essen.«

»Ja, es waren Strapazen Tudorkriegs-ähnlichen Ausmaßes.«, sagte Aimée mit gespieltem Ernst zu Kat. »Eine von uns war drauf und dran, den Kopf zu verlieren, weil sie ohne Elliotts hilfreiche Interpretationen von Juliettes diversen Grimassen und einsilbigen Antworten auskommen musste.«

Elliott lachte, und Juliette zog einen Schmollmund. »Dann hast du dich also von deiner besten Seite gezeigt«, sagte er und gab seiner Tochter einen Kuss auf die Wange. Kat bemerkte, wie Juliettes Mundwinkel minimal zuckten, doch dann guckte sie schnell wieder ernst, bevor es noch jemand merkte.

»Ich muss dringend meine Kenntnisse über *The X Factor* erweitern«, sagte Aimée. »Nach deinem letzten Besuch habe ich nichts außer Pink und Beyoncé gehört, aber wie es aussieht, muss ich jetzt zu Reality-TV wechseln.«

Kat lachte. »Ich würde viel darum geben, Pink hören zu können anstelle von Kinderliedern. Ich habe eine Drei- und eine Fünfjährige zu Hause.«

»Wie reizend.« Aimée strahlte. Offenbar hatte sie nicht das geringste Problem damit, dass ihr Sohn eine Affäre – war das überhaupt das richtige Wort für ihre Beziehung? – mit einer Mutter kleiner Kinder hatte. »Sie müssen mir unbedingt Fotos von ihnen zeigen.«

Daraufhin wurde Kat ins Wohnzimmer geführt – ein geschmackvoller Raum mit Holzpaneelen, antiken Büfetts und wunderhübschen Louis-XV-Kanapees – und bekam eine Tasse Tee serviert. Sie unterhielt sich weiter mit Aimée, während Juliette ihrem Vater eine Geschichte erzählte, die viel theatralische Mimik und Gestik erforderte.

»Sie sollte Schauspielerin werden«, sagte Aimée mit Blick auf ihre Enkelin.

Auf diese Bemerkung hin verdrehte Juliette derart vehement die Augen, dass Kat fast fürchtete, sie würden ihr aus dem Kopf fallen. »Schauspielerin ist das Letzte, was ich werden möchte«, sagte sie verächtlich. »Ich will doch schließlich nicht am Hungertuch nagen müssen.«

»Kat hat Naturwissenschaften und Medizin studiert und außerdem Konservierungswissenschaft«, sagte Elliott zu seiner Tochter. »Du könntest mit ihr über Berufe in der Naturwissenschaft sprechen. Dann könntest du vielleicht etwas Spezifischeres in deine Berufswunschmappe eintragen als nur ›irgendwas mit Naturwissenschaft‹.«

»Konservierung?« Juliette bekam große Augen. »Heißt das, Sie fassen Mumien an und so etwas?«

»Nur ihre Kleidung. Ich bin Modekonservatorin, daher ist meine Kenntnis über ägyptische Artefakte begrenzt. Aber ich kann mich gern mit dir über naturwissenschaftliche Berufe unterhalten, wenn du möchtest.«

Juliette zuckte die Achseln. Der kurze Moment des Interesses war verflogen, und ihre vierzehnjährige Gleichgültigkeit übernahm erneut die Regie.

Aimée stand auf. »Juliette, hilfst du mir bitte, den Kuchen zu servieren?«

»Ich mach das schon, Mum«, sagte Elliott.

Aber Aimée winkte ab. »Juliette kann mir helfen. Dazu hat man doch Kinder: damit sie einen bedienen können. Unterhalte du dich mit Kat.«

Aimée wollte mit der rechten Hand nach der Teekanne greifen, dann erinnerte sie sich an ihren Gips und nahm die linke. Und plötzlich wurde das, was Kat so lange durch den Kopf geschwirrt war, endlich greifbar.

Während Juliette und Aimée in die Küche verschwanden, sagte sie: »Rechtshändig. Margaux Jourdan ist Rechtshänderin.«

Elliott stutzte. »Was meinst du?«

»Deine Mutter. Sie wollte die Teekanne mit der rechten Hand nehmen. Die meisten Menschen sind Rechtshänder. Aber Margaux – also Cornwall-Margaux, nicht meine Großmutter – hat ihre Zigaretten mit der linken Hand geraucht. Auf dem Foto, das du mir von Skye Penrose gezeigt hast, streicht sie sich mit der linken Hand die Haare aus dem Gesicht. Wäre sie rechtshändig gewesen, hätte sie instinktiv die rechte Hand benutzt. Und auf dem

Foto von Margaux Jourdan von 1944 hält sie ihre Zigarette in der rechten Hand.«

»Ich habe die Mappe im Auto gelassen.« Er hielt inne. »Dabei fällt mir noch etwas anderes ein. Wenn in den Berichten über Margaux gesprochen wurde, erwähnten alle, sie habe sich strikt geweigert, etwas anderes als Gauloises zu rauchen. Für die Franzosen galten sie im Krieg als Zeichen von Patriotismus. Wohingegen Skyes Freundin Rose sagte, Skye habe Gitanes bevorzugt, die in England allerdings schwer zu bekommen gewesen waren. Die Frau heute Morgen ...«

»... hat Gitanes geraucht«, beendete Kat den Satz.

»Ich muss sehen, welche anderen Fotos ich von Skye Penrose habe. Vielleicht können die bestätigen, dass sie tatsächlich Linkshänderin war. Aber was ist mit deiner Großmutter? Ist sie rechts- oder linkshändig?«

»Sie ist irgendwie beides«, sagte Kat. »Wir haben uns früher oft darüber amüsiert: Sie näht mit der rechten Hand, schreibt mit beiden und isst linkshändig, mit der Gabel in der rechten und dem Messer in der linken Hand.« Hoffnungsvoll fügte sie hinzu: »Dann ist meine Großmutter vielleicht wirklich Margaux Jourdan und nicht Liberty Penrose. Und hatte vielleicht doch eine Affäre mit O'Farrell, auch wenn sich niemand daran erinnern kann.«

»Ach, weißt du ...« Elliott nahm ihre Hand. »Eigentlich ist es doch völlig egal, wie deine Großmutter früher geheißen hat. Nichts kann die Tatsache ändern, dass sie dich aufgezogen und geliebt hat und dass du sie liebst. Sie ist immer noch derselbe Mensch.«

Kat blinzelte, um ihre Tränen zurückzuhalten. Elliott hatte recht. Ihre Großmutter war immer noch der wunderbare Mensch, den sie liebte und bewunderte, selbst wenn sie Kat nie von ihrer Vergangenheit erzählt hatte.

Kat war tief gerührt, weil ihre Gefühle Elliott wichtiger waren, als diese neue Spur für sein Buch weiterzuverfolgen. Ohne nachzudenken sagte sie: »Du wirst mir fehlen, wenn dieses Rätsel gelöst ist.«

Er küsste sie zärtlich. Und Kat spürte, wie sich etwas zwischen ihnen veränderte, als wäre ihnen beiden gerade bewusst geworden, dass sie über das Ende ihrer Beziehung noch nicht gesprochen hatten, obwohl es unweigerlich näher rückte.

Elliott lehnte seine Stirn gegen ihre. »Kat«, sagte er, »ich muss dir etwas zeigen. Etwas, das ich dir schon viel früher hätte zeigen müssen.« Er stand auf. »Ich frage mal eben meine Mutter, ob sie Juliette noch eine Weile dabehalten kann.«

Er verschwand der Küche, und Kat fragte sich verdutzt, was er ihr wohl zeigen wollte.

Kapitel 26

Wohin auch immer die Fahrt gehen mochte – Kat fühlte sich seltsam angespannt. Gab es ein Wort für dieses Gefühl, wenn man mit schlechten Nachrichten rechnet? Elliott würde es sicher wissen, aber sie wollte ihn nicht fragen, nicht, während er so ernst dreinblickte.

Sie hielten auf dem Parkplatz eines Seniorenheims.

»Was machen wir hier?«, fragte Kat.

»Ich muss dir etwas zeigen.«

Das hatte er schon im Haus seiner Mutter angekündigt, aber es sagte wenig aus. Wenigstens nahm er jetzt ihre Hand, wofür sie dankbar war.

Die Pflegekraft am Empfang lächelte. »Er ist in seinem Zimmer. Im Wintergarten war es ihm irgendwann zu laut.«

»Danke.«

Elliott führte Kat durch einen sauberen, sonnigen Korridor mit bunten Bildern an den Wänden und Dutzenden Fotos von Kindern und Hunden und Familiengruppen. Alles war hell und fröhlich eingerichtet, und dennoch konnte Kat eine gewisse Traurigkeit spüren.

Elliott schob die Tür zu einem der Räume auf und begrüßte den Mann, der dort im Bett lag: »Hallo, Grandpa.«

Aus dem Blick des Mannes sprach kein Erkennen.

»Ich habe dir Kuchen mitgebracht.« Elliott hielt ihm den Behälter hin, den Kat bislang nicht bemerkt hatte, und gab seinem Großvater dazu eine Gabel. Der alte Mann strahlte, als wäre es das Schönste, was er je gesehen hatte.

Es schmerzte Kat, dass er bei Elliotts Anblick nicht so gestrahlt hatte.

Während sein Großvater sich über den Kuchen hermachte und aus dem Fernsehen immer wieder Applaus von Fußballfans aufbrandete, bedeutete Elliott ihr, sich in einen der beiden Sessel zu setzen.

Dann setzte er sich daneben. »Das ist Nicholas Crawford, mein Großvater. Er ist vor ein paar Jahren an Demenz erkrankt.«

»Das tut mir leid«, sagte sie leise.

»Ich suche auch aus egoistischen Gründen nach Skye und Liberty Penrose und Margaux Jourdan«, fuhr er fort. »Vor allem versuche ich, Skye Penrose zu finden – für meinen Großvater.«

»Wie meinst du das?« Kat starrte auf den Mann im Bett.

»Mein Großvater und Skye waren damals im Krieg zusammen. Es war wahre Liebe«, betonte Elliott. »Die Art von einmaliger, überwältigender Liebe wie auf der Kinoleinwand, von der man nicht glaubt, dass sie existiert, bis man ein Paar wie Josh und D'Arcy erlebt. Aber Skye wurde im Krieg gefangen genommen und tauchte nicht wieder auf. Nicholas Crawford hatte später ein Kind mit einer anderen Frau.«

»Dann war es wohl doch keine ganz so große Liebe«, sagte Kat. Es war eine schnippische und unfaire Bemerkung, aber sie wurde langsam wütend, weil sie begriff, dass Elliott sie angelogen hatte. So wie Paul sie belogen hatte.

»Ich erkläre das nicht besonders gut.« Elliott fuhr sich mit der

Hand durchs Haar und wirkte nun befangen, so als würde er spüren, dass sie verletzt und enttäuscht war. Er wollte ihre Hand nehmen, doch sie tat, als müsste sie ihren Kragen richten.

»Als ich klein war«, fuhr er fort, »ging Grandpa jeden Sonntag mit mir spazieren. Wir verbrachten den ganzen Morgen zusammen und waren oft am Meer. Wir stöberten im Sand herum, sammelten Muscheln oder suchten Krebse. Wir gingen auch zu Flugschauen, und Grandpa erzählte, wie es sich anfühlt, zu fliegen. Eines Tages, als wir so eine Show besuchten, kamen plötzlich jede Menge alte Flugzeuge angeflogen, aus der Zeit des Krieges. Und Grandpa machte ein so trauriges Gesicht, dass ich dachte, ihm müsse irgendetwas wehtun. Einen anderen Grund als körperlichen Schmerz konnte ich mir damals nicht vorstellen, wenn jemand derart traurig guckte.«

Elliotts Großvater unterbrach. »Warum essen Sie denn keinen Kuchen?«, fragte er Kat. Dann sagte er zu Elliott: »Ich möchte dich umarmen.«

Kat konnte spüren, wie sehr Elliott sich darüber freute, und sie begriff, dass mit diesem einen Satz sein Großvater wieder da war.

Doch kaum war Elliott aufgestanden, um zu ihm zu gehen, fragte Nicholas Crawford wieder mit Blick auf Kat: »Warum essen Sie denn keinen Kuchen?«

Elliott nahm seinen Großvater trotzdem in den Arm und blieb dann neben ihm sitzen, während er weitererzählte.

»Als ich ihn fragte, warum er so traurig sei, erzählte er mir von einer Frau namens Skye, die er mehr geliebt habe, als er je für möglich gehalten hätte. Sie sei auch Flugzeuge geflogen, war aber im Krieg gestorben. Danach erzählte er mir immer mal wieder etwas über diese Skye. Dass sie die beste Schwimmerin gewesen sei, die er gekannt hatte. Dass sie beim Radschlagen aussah wie eine Sternschnuppe, die über die Erde trudelt. Einmal, als ich schon älter war, so ungefähr zwölf, fragte ich ihn, wie sie gestorben sei. Er erzählte vom Krieg. Dass der *SOE* glaubte, Skye sei von den Deutschen geschnappt worden, dass aber niemand wisse, ob sie getötet oder in eines der Lager gesteckt worden war. Grandpa verbrachte lange Jahre damit, sie zu suchen. Sie hatten sich einander versprochen. Aber irgendwann kam er zu dem Schluss, dass Skye tot sein müsse. Und dann hat er geweint. Du kannst dir nicht vorstellen, wie es für mich war, meinen Großvater weinen zu sehen.«

Elliott schwieg, und Kat schnürte es vor Mitgefühl die Kehle zu. Doch, sie konnte sich sehr wohl vorstellen, wie sich das anfühlt. Ihre Großmutter hatte nur das eine Mal vor Kat geweint, und es hatte ihr fast das Herz gebrochen.

»Als ich älter wurde, habe ich immer weniger Zeit mit ihm verbracht«, fuhr Elliott bedächtig fort, als müsste er seine Gefühle kontrollieren. »Ich habe ihn nicht mehr jeden Sonntag besucht, weil ich andere Dinge zu tun hatte und lieber Zeit mit meinen Freunden verbrachte. Ich vergaß die Geschichten über Skye. Als Grandpa dann erste Anzeichen von Demenz zeigte, versuchte ich, ihn wieder häufiger zu sehen. Als er ins Heim einziehen sollte, haben wir ein Wochenende in seinem Haus verbracht, um zu entscheiden, welche von seinen Sachen wir behalten und was wir wegwerfen. Eigentlich eine unmögliche Aufgabe – wie kann jemals jemand entscheiden, welche Teile eines anderen Lebens es wert sind, bewahrt zu werden? Jedenfalls habe ich dabei etwas gefunden: eine Art Tagebuch, das er während des Krieges geschrieben hatte. Und plötzlich begriff ich, wie tief seine Liebe zu Skye war und wie sehr ihn ihr Verlust schmerzte. Und ich fragte mich, ob er sich vielleicht irrte, ob Skye möglicherweise doch nicht gestorben war. Zu dem Zeitpunkt hatte ich bei meinen Recherchen schon entdeckt, wie viele Menschen nach dem Krieg verschollen waren und schon als tot galten, später aber doch lebend wiedergefunden wurden.«

Er brach ab und betrachtete das Gesicht seines Großvaters. Kat konnte erkennen, dass in seinem Blick große Zärtlichkeit lag.

»Du siehst ja, wie es um ihn steht«, fuhr Elliott fort. »Ein Körper ohne Geist. Aber manchmal blitzt eine gewisse Klarheit auf. Ich will Skye nicht finden, weil ich denke, dass sie ihn heilen könnte, aber was, wenn er sie sehen und sich immerhin einen Moment lang an sie erinnern könnte – wäre es das nicht wert? Hat ein Mann wie er, der nur noch so wenige glückliche Augenblicke in seinem Leben hat, nicht so einen Moment verdient?«

Kat krampfte sich das Herz zusammen. Wie konnte man von Elliotts Worten nicht berührt sein?

Trotzdem war da nun das Wissen, dass er seit ihrer ersten Begegnung eigene Motive gehabt hatte, die er ihr verschwiegen hatte. Skye Penrose zu finden, war sein eigentliches Ziel, weil er hoffte, dass sein Großvater, ein Mann mit deutlich fortgeschrittener Demenz, sich an sie erinnern würde. Auf der einen Seite machte ihn das zu einem liebevollen Enkel. Andererseits hatte er miterlebt, wie schmerzhaft diese letzten Tage für Kat gewesen waren, und trotzdem hatte er seine wahren Beweggründe verschwiegen und sie angelogen. Sie hatte ihm von Anfang an gesagt, wie sehr sie es hasste, belogen zu werden. Warum also hatte er ihr nicht von Anfang an die Wahrheit gesagt?

Sie kannte die Antwort: Ein Projekt, bei dem er Informationen für ein Buch sammelte, das mutige und tapfere Frauen ehrte, klang weitaus unverfänglicher und plausibler als die wenig erfolgsversprechende Suche nach einer Toten. Statt einer noblen Mission hätte Elliot ihr von seiner eigenen komplizierten und schmerzhaften Familiengeschichte erzählen müssen – anstatt nur in ihrer herumzustochern.

Sie wollte ihm sagen, wie sehr er sie damit verletzt hatte. Stattdessen stand sie auf. »Ich nehme mir ein Taxi zurück zum Hotel.«

»Ich wollte dich nicht anlügen, Kat«, sagte er und erhob sich ebenfalls. »Ich wusste nicht, dass das hier ... dass wir ... dass das passieren würde.«

Ich wollte nicht, dass so etwas passiert. Genau das hatte Paul gesagt, als sie die Scheidung verlangte. Schon wieder war sie zum unbeabsichtigten Kollateralschaden der Gedankenlosigkeit eines Mannes geworden, für den sie Gefühle hegte. Das Schlimmste war, dass sie gedacht hatte, Elliott sei anders. Ehrlich und anständig. Aber da hatte sie sich wohl geirrt.

»Hast du überhaupt schon mit dem Buch angefangen, das du angeblich schreibst?«, wollte sie wissen. »Und lüg mich nicht wieder an.«

»Nein«, gab er zu.

Kat verließ das Zimmer.

Sie hatte gerade den Gehweg erreicht, als Elliott sie einholte. Sie fuhr herum, bereit, ihm zu sagen, was sie von seinen Ausflüchten hielt, als er ihr wortlos etwas in die Hand drückte: ein altes Buch mit abgenutztem Einband und gebrochenem Rücken.

»Würdest du das bitte lesen?«, sagte er. »Ich weiß, ich kann im Moment nichts sagen oder tun, was meine Heimlichtuerei wiedergutmacht. Ich habe dich sehr verletzt, und das tut mir unendlich leid. Aber wenn du das hier liest – wenn du liest, was mein Großvater über sich und Skye und den Krieg geschrieben hat –, dann wirst du es vielleicht verstehen.«

»Ich werde nie verstehen, warum du das getan hast, Elliott«, sagte sie. Dann drehte sie sich um und ging.

Teil 9

MARGAUX

Werden sie je wissen, wie ich starb? Ein Kleid, von Einschusslöchern übersät, mit Blut befleckt, ein weiterer Name, der von der Liste gestrichen wird: So erfuhren wir vom Schicksal anderer, die in die Nacht entschwanden.

– Geneviève de Gaulle

Kapitel 27

GRANVILLE, FRANKREICH, JULI 1945 | Das Wohnhaus der Familie Dior – Villa Les Rhumbs – ist rosa und grau. Auch die Blumenbeete sind in diesen Farben gehalten und passen damit perfekt zum Haus, wie eine Debütantin und ihr Tanzpartner. Rosa Hortensien, violetter Lavendel, Filziges Hornkraut in zartem Perlgrau – sie alle wachsen entlang den blassrosa gestrichenen Hausmauern. Eine Farbe wie der erste Kuss, den die Morgensonne dem Himmel gibt. Aber Grau symbolisiert seit dem Krieg nur noch Brutalität, die Farbe von Hunger und Verlust und den kahlen Wänden, an denen die Schreie der Gefangenen widerhallen.

Mit leisem Rauschen schlagen die Wellen unterhalb des Hauses ans Ufer. Gestern – an Margaux' erstem Tag in Les Rhumbs – war das Meer ein wunderschönes Azurblau. Heute ist es grau, und sie muss den Blick abwenden.

Plötzlich greifen fahle Nebelfinger aus dem Himmel und scheinen sogar die Luft grau einzufärben, also setzt Margaux sich bibbernd und zitternd auf den Fußboden neben der Wiege und wünscht, sie könnte ihren Schmerz ebenso unbeherrscht hinausschreien wie ein kleines Kind. Der Spiegel an der Wand offenbart ein Bild des Grauens: von Läusen zerfressene Haut, die grotesk an ihren Knochen hängt, weil keine Fettschicht mehr darunterliegt. Sie besteht nur noch aus Ecken und Kanten. Man hat ihr den Schädel rasiert; nur ein dunkelbrauner Schatten bedeckt ihren Kopf. Ihre Beine sind von Skorbut so fleckig, dass sie violett aussehen, und auch ihre roten Augen tragen die Spuren dieser Krankheit.

Auf dem Weg nach Les Rhumbs haben die Leute sich von ihr abgewandt, als wäre sie ein Monster. Sie ist nicht mehr menschlich – kaum vorstellbar, dass sie je von jemandem geliebt wurde.

Allein Catherine Dior kann sie verstehen, denn ihr geht es genauso. Auch ihr Bruder Christian ist freundlich – freundlicher, als Margaux es je von einem fremden Mann erwartet hätte, der gleich mit zwei solchen Gestalten wie ihr und Catherine konfrontiert wurde.

Zum Glück findet Catherine – oder Caro, wie Christian und Margaux sie nennen – die Freundin rechtzeitig, bevor das Zittern überhandnimmt und sie in ihre Vergangenheit zurückgeworfen wird.

»*Chérie!*«, ruft Caro, läuft zu ihr und schmiegt sich an sie, so wie sie sich acht lange Monate auf einer Pritsche aneinandergeschmiegt haben – nur, dass sie dort zu dritt waren. »*Chérie*«, sagt sie wieder, diesmal im Flüsterton. Tröstend hält sie Margaux im Arm, obwohl auch ihr eigener Kopf kahl ist und ihr Körper nur aus Haut und Knochen und Wunden besteht, obwohl auch Caro nachts noch häufig wach liegt und zittert.

Margaux erinnert sich an die fröhliche, lachende Frau in Paris, die immer von Blumen erzählte, und hofft, dass Caro ihr eines Tages wieder ein Maiglöckchen beschreibt: wie klein und zart und weiß es sei. Nicht, weil Margaux sich dadurch besser fühlen würde, sondern weil es hieße, dass es Caro besser geht. Und wenn es für Caro Hoffnung gibt, dann vielleicht auch für Margaux.

»Es tut mir leid«, haucht Margaux, als das Zittern nachlässt.

»Ich habe mein Mittagessen heute nicht bei mir behalten können«, erzählt Caro, und Margaux weiß, was sie damit kommunizieren will: dass auch sie darin versagt habe, normal zu sein.

Endlich hört das Zittern auf.

»Wir werden ein Feuer im Garten machen«, sagt Caro, »oben auf dem Kliff. Wir werden alles verbrennen.«

Margaux nickt und folgt ihrer Freundin aufs Kliff, von dem aus man das Chausey-Archipel überblicken kann. Die Inseln liegen auf dem Ozean wie Wundschorf, und der Himmel zeigt Flecken aus purpurnen Wolken.

Sie sammeln Holz und zünden es an. Hungrig lecken die Flammen nach oben.

Sie können nichts Greifbares aus Ravensbrück verbrennen, weil sie das wenige, das sie besaßen, in der Schweiz zurückgelassen haben. Stattdessen werfen sie ihre Erinnerungen ins Feuer. Alle um sie herum sagen ständig, sie müssten vergessen und sollten nicht über ihre Erlebnisse sprechen – dass ihre Geschichte zu schmerzbehaftet sei, als dass das feine Gerüst der Sprache sie halten könne. Doch die Erinnerungen sind so hartnäckig wie die Läuse in Ravensbrück: Sie durchbohren die Haut, verbeißen sich darin und kehren nach jedem Versuch, sie abzuwehren, mit neuer Energie zurück.

Ihr Scheiterhaufen ist also ein Weg, um das letzte Jahr zu einem Haufen Asche zu reduzieren. Alles geht in die Flammen: die Pfauen und die roten Blumen, Block 10, der Bunker, die Kanister mit Zyklon B, die Kinderzimmer, die Kinder, die »Wer kommt in die Gaskammer?« spielen, das Geräusch, das eine Schaufel auf einem Schädel macht.

Sie werfen die frühmorgendlichen Appelle hinein – die im Winter zu Todesappellen wurden, bei denen die aufgereihten Körper langsam erfroren – und auch die Jagden über die Lagerstraße – die tägliche Hatz auf widerspenstige Insassen. Beides Maßnahmen, mit denen das von den Nazis vorgegebene Ziel von tausend Toten pro Monat erfüllt werden sollte.

Sie geben den allmorgendlichen erbitterten Kampf um die wenigen Latrinen dazu und dann den Geruch dieser Latrinen –ein zunächst überwältigender Gestank, der später kaum mehr wahrnehmbar war zwischen all dem anderen Widerwärtigen.

Sie werfen die Asche und den Geruch des schmorenden Fleisches hinein, der aus den Krematorien aufstieg, und ihren Hunger – der kein normaler Hunger war, sondern eine brennende Leere –, ihre gekrümmten Rücken und eingezogenen Köpfe, die endlosen Bemühungen, sich klein, winzig und unsichtbar zu machen.

Sie schüren das Feuer mit der furchtbaren Erkenntnis, dass niemand von Ravensbrück wusste, dass sie tatsächlich so verloren und unsichtbar waren, wie Lagerkommandant Suhren es ihnen brüllend versichert hatte.

Catherine und Margaux halten sich an den Händen, starren ins Feuer und spüren erneut den Verlust von Glauben, Vertrauen und Hoffnung. Sie werfen ihre Wünsche von einst zu allem anderen in die Flammen.

Funken stieben. Das Feuer ist noch nicht gesättigt.

Der erste Mensch, mit dem sie den Scheiterhaufen füttern, ist Skye. Sofort steigt Rauch auf und zieht sie himmelwärts, an den Ort, der immer ihre Heimat sein wird.

Nicholas kommt als Nächstes und das, was er Skye angetan hat, gefolgt von Skyes gebrochenem Herzen.

Dann geht auch O'Farrell ins Feuer – und das Kind, dem er nie ein Vater sein konnte.

Als sie zu Liberty kommen, halten sie inne. Hat sie es überhaupt verdient, vom Feuer verschlungen zu werden? Oder soll ihre Strafe darin bestehen, ohne einen Nachruf auf ewig die seelenzerfressende Schuld ihrer Taten zu tragen?

Sie wenden sich vom Feuer ab in dem Wissen, dass die Flammen für immer unbefriedigt bleiben werden.

Teil 10

Eine Handvoll Herzschläge. Das war das Leben.
Ein Herzschlag nach dem anderen. Ein Atemzug
nach dem anderen. Ein Augenblick nach
dem anderen – und irgendwann ein letzter.

– Kate Atkinson, *Ein Gott in Trümmern*

Kapitel 28

ENGLAND, MÄRZ 1944 | In den langen ersten Monaten des Jahres 1944, während derer immer noch mehr Flugzeuge gebaut und für die Invasion des Festlands vorbereitet wurden, gab es für Skye nur eines: Fliegen. Aber viel fliegen bedeutete auch viel Zeit allein, Zeit, um sich an die höfliche Freundlichkeit in Nicholas' Gesicht zu erinnern, während sie ihm ihr Herz ausgeschüttet hatte. Sein Schweigen war mit Abstand das Schlimmste gewesen.

Jeden Morgen zog sie einen Pullover unter ihren Flugoverall, schlang sich ihr Tuch um und zog eine Jacke darüber, die sie bis zum Hals zuknöpfte – alles, um die schützende Haut zu ersetzen, die Nicholas ihr mit seinem Desinteresse vom Körper geschält hatte. Nachts häufte sie mehrere Decken auf ihr Bett und wachte oft schweißnass auf, aber immerhin fühlte sie sich damit nicht mehr so schutzlos. Wenn sie flog, wünschte sie sich einen Baldachin aus Wolken, doch der Himmel blieb klar und blau.

Nicholas tat genau das, worum sie ihn gebeten hatte: Er hielt sich so gut wie möglich fern von ihr, vermutlich, um sowohl ihr als auch sich selbst weitere peinliche Szenen zu ersparen. Seine Gleichgültigkeit war eine immerwährende Wunde.

Dann teilte Pauline ihr eines Tages mit, sie sei aufgerufen, sich in einem Gebäude des Kriegsministeriums am Portman Square in London vorzustellen.

»Wozu?«, fragte Skye entsetzt. »Was habe ich jetzt schon wieder ausgefressen?«

»Ich habe keine Ahnung. Ich habe mein Bestes getan, um etwas herauszubekommen, aber keiner redet darüber. Versuch bitte, dir keine Sorgen zu machen. Ich würde nie zulassen, dass dir etwas passiert, das solltest du inzwischen wissen.«

Skye lächelte gezwungen. Ja, natürlich wusste sie das – aber dadurch fühlte sie sich trotzdem nicht besser, als sie mit dem Zug nach London und mit der U-Bahn weiter nach Marble Arch fuhr. Während sie von dort aus zu einem stattlichen Haus am Portman Square marschierte, legten sich dunkle Vorahnungen wie Frost um ihre Nervenenden.

In dem Gebäude wurde sie an vielen geschlossenen Türen vorbei einen Korridor hinuntergeführt. An seinem Ende öffnete sich eine Tür, und plötzlich stand sie Air Marshall Wylde gegenüber.

»Captain Penrose«, sagte er mit einem Nicken. »Bitte nehmen Sie Platz.«

Skye setzte sich wortlos. Sie wusste nicht, was sie sagen sollte.

»Tee? Kaffee?«, erkundigte sich Wylde.

»Tee, bitte«, brachte sie mühsam hervor.

Beide warteten schweigend, bis der Tee gekocht und eingeschenkt war und die Frau, die ihn serviert hatte, den Raum verließ.

Schließlich setzte Wylde sich Skye gegenüber, doch anstatt zu reden, musterte er sie eingehend. Sie tat es ihm gleich und stellte fest, dass sein markantes, strenges Gesicht durchaus nicht unattraktiv war für einen Mann um die fünfzig, dass es ihn aber offenbar anstrengte, freundlich zu gucken. Sein Haar zeigte erste graue Strähnen, seine Haltung wirkte autoritär, aber im Stehen hatte er sich so geschmeidig bewegt, dass Skye an seine Tänze mit ihrer Mutter denken musste.

»Gewissen Personen ist aufgefallen«, begann er schließlich, nippte an seinem Tee und lehnte sich zurück, ohne sie aus den Augen zu lassen, »dass man Sie leicht für eine Französin halten könnte. Sie sprechen die Sprache fließend, Sie gestikulieren wie eine Französin, Sie haben jahrelang in dem Land gelebt. Und in schwierigen Situationen bewahren Sie einen kühlen Kopf. Natürlich wusste ich das alles bereits«, fügte er hinzu, »doch nun ist auch von anderer Seite darauf hingewiesen worden. Deshalb sind Sie hier.«

»Wieso sind meine Französischkenntnisse für irgendjemanden bemerkenswert?«, fragte Skye verwundert.

Sie war überrascht, als Wylde lächelte, noch dazu mit einer gewissen Wärme, die jedoch schnell von Melancholie gedämpft wurde. »Sie sind ihr so ähnlich. Das wissen Sie wahrscheinlich gar nicht – und es gibt niemanden mehr, der es Ihnen sagen kann. Außer mir.«

»Sie meinen meine Mutter.« Skye konnte nur flüstern.

»Ja. Vanessa Penrose – mit der ich vor etwa fünfundzwanzig Jahren bedauerlicherweise ein ähnliches Gespräch geführt habe.«

Vanessa Penrose, Wahrsagerin und unkonventionellste Frau aller Zeiten, in einem Raum wie diesem? Skye schüttelte den Kopf. Hätte sie ihre Mutter nicht mit diesem Mann tanzen sehen, hätte sie ihm kein Wort geglaubt.

»Sie haben nicht zufällig etwas Whiskey zum Tee, oder? Ich bin nicht sicher, wohin dieses Gespräch führt, aber irgendetwas sagt mir, dass Tee allein nicht ausreichen wird.«

Wylde schmunzelte. »Ich finde bestimmt etwas, um Ihren Tee

aufzuwerten.« Er ging zu einer Vitrine und hob eine Flasche Scotch in die Höhe. »Geht der hier?«

Skye nickte. Er goss einen großen Schluck in ihre Tasse, und sie hielt sich nicht mit Nippen auf, sondern stürzte das Getränk hinunter. »Erzählen Sie weiter.«

»Sie sind sich bestimmt im Klaren – vor allem nach unserem letzten Gespräch –, dass das Kriegsministerium Geheimoperationen in Frankreich organisiert.«

»Was hat das mit mir zu tun – oder mit meiner Mutter?«

Wylde seufzte. »Vanessa war wirklich sehr gut darin, ihre Geheimnisse zu verbergen. Oder sie ist wirklich nur noch Mutter und Wahrsagerin gewesen.«

»Nur?«, gab Skye scharf zurück.

»Das war nicht herablassend gemeint.« Wylde goss nun auch sich selbst einen Schluck Scotch ein – allerdings pur. »Hätten Sie Ihre Mutter während des Großen Krieges gekannt, würden Sie verstehen, warum es mir schwerfällt, zu glauben, dass sie zufrieden damit war, Kinder großzuziehen und engstirnigen Dorfbewohnern die Zukunft vorherzusagen.«

»Und was hat meine Mutter während des Großen Krieges getan, wenn ich fragen darf?«

»Angefangen hat sie als Schreibkraft beim Geheimdienst. Aber Ihre Mutter war schon immer eine Frau gewesen, die die Aufmerksamkeit auf sich zieht, und bald fiel auf, dass sie deutlich klüger war als die meisten anderen, dass sie perfekt Französisch sprach und mit großem Selbstbewusstsein auftrat. Mein …« Er zögerte. »Mein Bruder und ich waren Offiziere beim Geheimdienst. Er war der Meinung, sie könne bei der Kriegsführung auf andere Weise dienlich sein.«

»Ist Geheimdienstoffizier ein anderes Wort für Spion?«, wollte Skye wissen und fragte sich erschrocken, ob sie zu viel Scotch intus hatte.

»In gewisser Weise, ja. Und alles, was ich Ihnen erzähle, unterliegt eigentlich der höchsten Geheimhaltungsstufe.« Er trank einen Schluck Scotch. »Hätte nicht ein neuer Krieg begonnen, wären eine Menge Dinge sicher immer noch streng unter Verschluss.«

»Wollen Sie damit sagen, dass meine Mutter …« Skye brach ab. Es war absurd. Gut, was Skyes und Libertys Vater betraf, hatte Vanessa immer ausweichend reagiert, aber das war verständlich. In den Augen der Welt war es zutiefst beschämend, zwei uneheliche Kinder zu gebären, und niemand hätte erwartet, dass Vanessa Details über den Schuft preisgab, der sie angeblich verführt und dann verlassen hatte. Allerdings hatte Skye diese hinter vorgehaltener Hand getuschelte Version der Ereignisse nie so recht glauben können. Warum hätte ihre Mutter zu so einem Schuft zurückkehren und eine erneute Schwangerschaft riskieren sollen? Nun deutete Wylde an, dass die Lücken in dieser Geschichte viel größer und geheimnisvoller waren als gedacht.

»Während des Großen Krieges hat Ihre Mutter in Frankreich für unseren Geheimdienst gearbeitet, Skye. Mein Bruder brachte ihr das Fliegen bei und war ihr Verbindungsoffizier, und in Frankreich arbeitete sie mit meiner Schwester. Die drei waren ein gutes Gespann: Die zwei Frauen in Frankreich übermittelten Informationen an meinen Bruder in London, der sie ans Kriegsministerium weitergab, wodurch viele unserer Militäraktionen erst möglich wurden.«

Skye hätte den Scotch nun am liebsten direkt aus der Flasche getrunken. Was erzählte er da? Sie schüttelte den Kopf und versuchte, sich Details ihrer Kindheit ins Gedächtnis zu rufen, Gespräche mit ihrer Mutter, die darauf hinweisen könnten, dass seine Worte der Wahrheit entsprachen.

»Sind Sie sicher, dass Sie den Rest auch hören wollen?«, fragte Wylde freundlich.

»Nein. Aber ich denke, es muss sein. Sie sollten allerdings den Scotch wegnehmen, sonst bin ich bald zu betrunken, um noch zuhören zu können.«

Er gestattete sich erneut ein Lächeln und stellte die Flasche außer Reichweite. »Die Sache ist die, Skye. Sie sind … du bist … meine Nichte.«

Skye klappte der Mund auf. »Dann ist Ihr Bruder …«

Er nickte. »Sebastian war verheiratet. Eine arrangierte Ehe, so wie es zwischen Familien wie unseren üblich war. Man suchte ein junges Mädchen aus den richtigen Verhältnissen und handelte die spätere Verbindung aus – ein frühes Eheversprechen also. Da ich der Zweitgeborene bin, blieben mir solche Arrangements erspart. Aber wäre ich der Ältere gewesen …«

Seine letzten Worte bebten fast vor Sehnsucht, und Skye spürte, wie sich ihr Herz zusammenzog. Sie wusste, wie es war, jemanden zu lieben, den man nicht haben konnte.

»Du hast die Frau deines Bruders geliebt«, sagte sie. »Und dann hat er sich mit meiner Mutter eingelassen – während er noch verheiratet war, nehme ich an. Du musst meine Mutter gehasst haben.«

Wylde leugnete es nicht. »Es war mir egal, dass sie dabei half, unser Land zu retten; sie zerstörte gleichzeitig eine Ehe. Eine Ehe, die – wie ich jetzt weiß – längst nicht mehr zu retten war, weil sie aus zwei Menschen bestand, die nicht zusammenpassten. Was alles noch schlimmer machte, war die Erkenntnis, dass Marie unfruchtbar war. Es gab also nicht einmal eine Erfüllung durch Kinder.«

»Außer denen, die dein Bruder mit meiner Mutter hatte. Zwei weitere Gründe, um sie zu hassen.«

Er nickte.

Skye versuchte, sich diese Version ihrer Mutter vorzustellen: verliebt in einen verheirateten Mann, nicht bereit, aus Rücksicht auf eine Ehe der Versuchung zu widerstehen, sich kopfüber in eine Affäre zu stürzen. Eine Affäre, die zu zwei Kindern führte, Skye und Liberty. Wie die Geschichte sich doch wiederholte! Hier war sie, Skye, und liebte einen Mann, der einer anderen versprochen war. Skye hatte der Versuchung nur in Gedanken nachgegeben, aber vielleicht hatte ihre Mutter beschlossen, einfach alles aus dem Leben herauszuholen, was sie nur konnte – denn worin lag der Sinn zu leben, wenn man nie geliebt hatte?

Skye schloss für einen Moment die Augen, bevor sie Wylde wieder ansah. »Du hast nie so ausgesehen, als würdest du meine Mutter hassen, wenn du uns damals in Cornwall besucht hast. Was ist mit deiner Schwester passiert? Und mit deinem Bruder?«

»Mein Bruder ...«, wiederholte er, und sie merkte, dass das Wort schwer auf seiner Zunge lag. »Vanessa und meine Schwester Sophie wurden eines Tages vermisst. Man dachte, sie seien enttarnt und gefangen genommen worden. Sebastian flog mit seinem Flugzeug nach Frankreich, um sie zu suchen. Ich wusste es damals nicht, aber Vanessa hatte dich schon zur Welt gebracht und war mit deiner Schwester schwanger. Immer, wenn sie in Frankreich unterwegs war, wurdest du von einem Kindermädchen betreut, das Sebastian engagiert hatte.«

Dann war Sophie, die sie und Liberty damals aufgenommen hatte, also wirklich ihre Tante. Aber … »Dein Bruder ist dabei umgekommen, oder?«, fragte Skye und wusste schon, dass dem so war. Jeder, der mit ihr zu tun hatte, starb im weiten blauen Himmel.

»Ja. Oder zumindest ist er verschollen. Das Wetter war schlecht; sehr wahrscheinlich hat er sich in den Wolken verirrt und wurde irgendwo abgeschossen. Am Tag nach seinem Verschwinden …«

Er hielt wieder inne, und Skye erkannte zum ersten Mal, dass er zu tiefen Gefühlen fähig war.

»Am Tag danach meldeten sich deine Mutter und Sophie wieder«, fuhr Wylde fort. »Es ging ihnen gut. Der nächstgelegene Funksender war zerstört worden, und sie hatten keine Möglichkeit gehabt, mit uns zu kommunizieren. Sebastian hätte nicht nach ihnen suchen müssen. Ich denke, er hätte noch ein paar Tage gewartet, wäre Vanessa nicht …«

»Schwanger gewesen«, beendete Skye den Satz für ihn. »Wie du auch uns hassen musst, seine Kinder, die ihn das Leben gekostet haben.«

»Vielleicht habe ich das, eine Zeit lang, aber Hass bringt einen nicht weiter, oder?« Er seufzte. »Nach dem Krieg blieb Sophie in Frankreich. Sie stand deiner Mutter sehr nahe – sie waren praktisch wie Schwestern –, und sie gab ihr keinerlei Schuld an dem, was geschehen war. Sie sagte mir, Sebastian sei für sich selbst verantwortlich gewesen und habe seine eigenen Entscheidungen getroffen. Die alleinige Verantwortung für seinen Tod liege bei ihm, nicht bei Vanessa.«

»Und sie versprach meiner Mutter, sich um mich und Liberty zu kümmern, falls ihr einmal etwas zustoßen sollte?«

»Genau. Nachdem ich viele Jahre lang tiefen Groll gegen Vanessa gehegt hatte, verbrachte ich irgendwann einmal ein oder zwei Wochen bei Sophie in Frankreich. Sie vergaß mir mitzuteilen, dass Vanessa und ihre Kinder ebenfalls dort sein würden. Zuerst war ich wütend. Aber dann wurde mir bewusst, dass Vanessa einer der wenigen Menschen war, mit denen ich über meinen Bruder sprechen konnte. Danach fuhr ich sie gelegentlich besuchen, um mich gemeinsam mit ihr zu erinnern. Ich hätte aber mehr für dich und deine Schwester tun sollen. Ihr seid schließlich meine Nichten.«

Er berührte kurz Skyes Arm. An der Geste konnte sie ablesen, dass er von nun an wahrhaftig zu ihrer Familie gehören würde. Fast hätte sie gelächelt.

Doch es gab immer noch eine wichtige Frage, die bisher unbeantwortet geblieben war.

»Warum erzählst du mir das alles jetzt?«

Er stand auf, ging ein paar Schritte und redete mit dem Rücken zu ihr weiter. »Man denkt, du könntest im Krieg jetzt ebenso helfen wie deine Mutter. Ich bin nicht sicher, ob ich es dir nicht lieber ausreden sollte. Aber wir brauchen mehr Frauen. Es wird immer schwerer, Männer zu schicken; sie sind zu auffällig. Die meisten der Franzosen, die seit 1940 für uns gearbeitet haben, sind nun entweder Kriegsgefangene oder zur Zwangsarbeit nach Deutschland gebracht worden. Frauen ziehen nicht so viel Aufmerksamkeit auf sich. Es ist nur verdammt schwer, welche zu finden, die gut genug Französisch sprechen, um nicht schon nach fünf Minuten aufzufliegen. Wir mussten schon Frauen nehmen, deren Ausbilder Zweifel an ihrer emotionalen Stabilität hatten, weil wir diesen verfluchten Krieg nicht verlieren dürfen.« Sein tiefes Seufzen verdeutlichte das Ausmaß seiner Frustration. »Niemand konnte es sich leisten, sie nicht einzusetzen.«

Er drehte sich wieder zu ihr um. Sein Gesichtsausdruck wirkte gequält. »Ich habe keine Zweifel an deiner Selbstbeherrschung und Souveränität, die hast du in der *ATA* mehrfach unter Beweis gestellt hast. Wenn du unseren Bedingungen zustimmst, würdest du für unsere Spezialeinsatztruppe arbeiten, die *SOE*. Die Aufträge bestehen zumeist in Sabotageakten, in der Arbeit mit Gruppen der Résistance und dem Sammeln und Weiterleiten von Informationen zwischen der Résistance und unserem Hauptquartier in London. Die Agenten werden in Vollmondnächten nach Frankreich geflogen. Die Piloten sind in Tempsford stationiert, wo du vor eineinhalb Jahren aus Versehen gelandet bist. Ich bin für alle Staffeln des Sonderkommandos innerhalb der *RAF* zuständig, wovon eine Tempsford stationiert ist.«

Skye stockte der Atem, als sie das hörte, und ihr Herz setzte einen Schlag aus. Nicholas flog also Spione nach Frankreich. Wenn mit seinem Flugzeug etwas passierte und er von den Nazis entdeckt würde … Sie erschauderte.

»Du siehst aus, als könntest du noch einen Scotch gebrauchen«, sagte Wylde. »Ich wollte dich nicht schockieren. Und du kannst auch ablehnen.«

»Darum geht es nicht.« Sie schüttelte den Kopf, und dann sprudelten die Worte einfach so aus ihr heraus. »Nicholas Crawford ist …« *Der Mann, den ich liebe.* Sie konnte sich gerade noch rechtzeitig beherrschen. »… ein guter Freund. Ich hatte keine Ahnung, dass er sich in so großer Gefahr begibt.«

»Ah.« Wylde nahm die Flasche und schenkte ihr einen deutlich größeren Schluck ein. »Das wusste ich nicht.«

Er war rücksichtsvoll genug, nicht weiter nachzufragen. Trotzdem war ihr klar, dass sie sich verraten hatte – was wohl hieß, dass sie als Spionin denkbar schlecht geeignet war.

Er wartete, während sie ihr Glas leerte, als wäre es Wasser und kein Scotch. Ihr drehte sich der Kopf.

»Würdest du gern mit jemandem sprechen, der dir mehr dazu sagen kann?«, wollte Wylde wissen.

Könnte sie dafür das Fliegen aufgeben? Andererseits – wie könnte sie nicht? *Wir dürfen diesen verfluchten Krieg nicht verlieren*, hatte er gesagt. Was für ein Mensch wäre sie, die Art von Einsatz abzulehnen, die am meisten gebraucht wurde?

Auf einmal wurde die Hitze des Scotchs von eiskalter Angst abgelöst. Sie spürte, wie sie dieselbe hilflose Starre überkam wie damals, als die Messerschmitt auf sie geschossen hatte. Als könnte sie nicht mehr atmen. Als würde ihr Herz nicht mehr schlagen. Ihr Blick hielt sich an Wyldes Gesicht fest. Und in ihrem Hirn kreiste nur noch ein Gedanke: Es gab Hunderte von Möglichkeiten, in einem Flugzeug zu sterben – aber es gab eine Million Möglichkeiten, als Spionin im besetzten Frankreich ums Leben zu kommen.

Aber Nicholas flog bereits die ganze Zeit dorthin. Er war sogar noch mutiger und selbstloser, als sie gedacht hatte. Fast wäre ihr in diesem Moment das Herz geborsten vor all der Liebe, die sie für ihn empfand.

Sie schaffte es, einmal langsam und bewusst durchzuatmen. Sie dachte an all die Menschen, die seit 1939 gestorben waren, und an all jene, die mit jedem weiteren Kriegstag noch sterben würden. »Glaubst du, ich bin dafür geeignet?«, fragte sie Wylde.

»Das bist du«, antwortete er sofort. »Und ein Teil von mir will, dass du es tust, denn wenn du als Agentin so gut bist wie als Pilotin, habe ich keinen Zweifel, dass du zu unserem Sieg beitragen wirst. Gleichzeitig weiß ich, dass ich, wenn ich dich fortschicke, dich vielleicht nie wiedersehen werde. Und das würde ich wirklich sehr bedauern.«

Fast wie von selbst hob Skye die Hand und ergriff die seine. Er erwiderte den Druck ihrer Finger. »Ich glaube, ich muss es tun«, sagte sie.

Er nickte, ließ ihre Hand los und stand auf. »Ich bringe dich zu Vera Atkins. Wenn du dich entscheidest, für die *SOE* zu arbeiten, wird sie deine direkte Vorgesetzte sein.«

Trotz der Menge an Scotch, die sie getrunken, und all der unerwarteten Dinge, die sie gehört hatte, trotz der neuen Zukunft, die wie eine drohende Gewitterwolke heranzunahen schien, schaffte sie es irgendwie, aufzustehen und ohne zu wanken hinter Wylde herzugehen.

Gerade wollte er im Korridor an eine Tür klopfen, als sie geöffnet wurde und Nicholas und Margaux heraustraten.

Skye starrte die beiden an.

Margaux lächelte.

Nicholas stand da wie angewurzelt. Seine Augen waren dunkel vor Wut. Skye zuckte zusammen.

»Nein«, presste er hervor. Sein Gesicht war hart.

Wylde sah zu Skye, dann zu Nicholas.

»Nein«, wiederholte Nicholas. »Niemals.«

Skye wiederzusehen, sie so nah vor sich zu haben, dass er nur die Hand hätte ausstrecken müssen, um sie zu berühren, ließ ihn fast rückwärts taumeln. Er merkte, dass sich seine Gefühle für sie in den Monaten der Trennung nur noch vertieft hatten, und er musste gegen den fast überwältigenden Drang ankämpfen, sie in seine Arme zu ziehen und zu küssen, wie er noch nie eine Frau geküsst hatte. Selbst das Atmen fiel ihm schwer; der Schock, nur einen halben Meter von ihr entfernt zu sein, war schier überwältigend.

Dann traf ihn mit voller Wucht die Erkenntnis. Sie befand sich im Hauptquartier der *SOE* – was nur eines bedeuten konnte: Man wollte sie rekrutieren.

»Nein«, sagte er. Denn dann könnte es Skye sein, die vor seinen Augen auf einer Wiese erschossen wurde, und er würde in sein Flugzeug klettern und sie zurücklassen müssen. Das würde er niemals schaffen.

»Nein«, wiederholte er. »Niemals.« Die Worte kam noch härter und entschlossener heraus als beim ersten Mal, und er sah, wie Skye zurückwich. Noch nie im Leben hatte er auf etwas eingeschlagen, aber in diesem Moment wollte er mit der Faust geradewegs durch die Wand.

Dann sah er Margaux' Gesicht, und er begriff. Sie war es, die sie alle an diesen Ort gebracht hatte.

Er hatte nicht verstanden, warum er heute mit ihr ins Hauptquartier hatte gehen sollen. Er ging nie hierher; seine Aufträge erhielt er ausschließlich über die *RAF*. Aber Margaux hatte gesagt, es habe etwas mit ihrer Tarnung zu tun, also waren sie von Tempsford aus mit dem Auto nach London gefahren. Vera Atkins hatte sie bei ihrer Ankunft verständnislos angesehen und ihren Besuch nicht einzuordnen gewusst, woraufhin Margaux sich entschuldigt und etwas von einer Terminverwechslung gemurmelt hatte.

Gerade hatte er sie fragen wollen, was zum Teufel hier los sei, da hatte sie die Tür geöffnet – hinter der Skye stand.

»Das kannst du nicht tun«, brachte er hervor. *Nimm meine Hand. Lass uns gehen. Irgendwohin. Zusammen.* Er war kurz davor, ihr tatsächlich eine Hand entgegenzustrecken, aber im letzten Moment hielt er sich zurück.

Skye machte ein Gesicht, wie er es noch nie bei ihr gesehen hatte und auch nie wieder sehen wollte. Ihr Blick war hart und feindselig, als hätte er ihr jegliche Lebensfreude geraubt. Er sah hilflos zu, wie all ihre Gefühle ihm gegenüber sich zu einem einzigen zusammenzuballen schienen: Abscheu. Es brach ihm das Herz. Ihre Gefühle für ihn waren nur eine weitere gute und schöne Sache, die der Krieg zerstört hatte.

»Doch, das kann ich«, sagte sie, stolzierte an ihm vorbei in Veras Büro und schloss die Tür hinter sich.

Kapitel 29

Als sie am folgenden Tag im Zug zurück nach Southampton saß, kreisten Skyes Gedanken um das, was sie über ihre Familie erfahren hatte. Zum einen hatte sie nun einen Onkel, jemanden, mit dem sie vielleicht Weihnachten verbringen konnte, und zum anderen dachte sie an das, was sie über ihre Mutter gelernt hatte. Sie stellte sich das Leben vor, das Vanessa Penrose geführt hatte: ein Leben voller Geheimnisse und Gefahren und Aufregung – und offenbar auch Liebe. Als ihre Dienste nach Kriegsende nicht länger benötigt wurden, zog sie mit ihren Töchtern und einem gebrochenen Herzen nach Cornwall, was nicht leicht gewesen sein konnte.

Und nun hatte Skye ein ähnlich gebrochenes Herz, aber immerhin brauchte sie sich nur um sich selbst zu kümmern, nicht noch um zwei kleine und bedürftige Kinder, die nach Liebe und Aufmerksamkeit verlangten. Und der Mann, den sie liebte, war – zumindest jetzt noch – am Leben.

Erst als sie mit dem Fahrrad vom Bahnhof zur Basis fuhr, dachte sie an Margaux, die ja auch in dem Gebäude gewesen war, in dem offensichtlich nur Angehörige des Geheimdienstes arbeiteten. Skye vermutete, dass sie es gewesen war, die sie der *SOE* empfohlen hatte.

Nichts davon änderte die Tatsache, dass Margaux mit Nicholas verlobt war, der so wütend mit Skye gesprochen hatte, als würde er sie hassen. Vielleicht war ihr Liebesgeständnis eine unfaire Last gewesen, die sie ihm aufgebürdet hatte. Er schien sie dafür zu verabscheuen.

Sie radelte schneller, fort von der Erinnerung an Nicholas' zornigen Blick.

Als sie das Haus in Hamble erreichte, fiel ihr ein, dass sie den Tanzabend vergessen hatte, zu dem für heute ins Landhaus des Kommandanten von Tangmere eingeladen worden war. Er wollte dort Ostern feiern und die Tatsache, dass sie es so weit ins Jahr 1944 geschafft hatten. Eine Zeit der Opfer und der Wiederauferstehung – selbst Skye konnte die Symbolhaftigkeit erkennen.

Der Tanzabend fand eine Woche früher statt als sonst, denn für die Zeit nach der kommenden Woche waren sämtliche Urlaube gestrichen worden. Alle wussten, was das bedeutete: dass die Invasion, von der bereits viel gemunkelt wurde, sie alle in ihren tödlichen Sog hineinziehen würde, dass alles bis zu diesem Punkt eine Übung gewesen war und nun der Ernstfall eintrat: eine himmelschreiende Tragödie aus Blut, Zerstörung und zerfetzten Körpern.

Genau das war der Grund, weshalb die *SOE* mehr Agenten brauchte. Die nächsten Wochen vor der Invasion und die Monate danach waren entscheidend, um Verbindungen zur Résistance zu stärken und effektive Sabotageakte durchzuführen. Skye hatte noch zwei Tage frei, bevor sie sich diesem Kampf anschloss. Keine Flüge mehr für die *ATA*, sondern ein Training samt Prüfung. Falls man mit ihr zufrieden wäre, bekäme sie eine neue Identität und würde als angebliche Französin nach Frankreich geflogen, um die Deutschen zu bespitzeln.

Ich wollte Vanessa Penrose nie so ähnlich sein wie du. Seltsam, wie ihr jetzt die Worte ihrer Schwester wieder ins Gedächtnis kamen. Sie lehnte ihr Fahrrad an die Wand der Hütte und überlegte, ob das der Grund war, aus dem sie sich auf die *SOE* eingelassen hatte. War ihr Leben so etwas wie ein Duplikat des Lebens ihrer Mutter: eine Geschichte, die sich ständig wiederholte und nur zu einem gebrochenen Herzen und zum Tod führen konnte?

Skye schüttelte unwillig den Kopf. Sie dachte an Amy Johnson, die bei der Überführung eines Flugzeugs umgekommen war, genau wie Honor. Sie dachte an all die anderen *ATA*-Frauen, die ihr Leben verloren hatten und die allesamt ihre Kameradinnen gewesen waren. Das ging nun seit viereinhalb Jahren so. Es musste ein Ende haben. Nein, das, was sie tun würde, tat sie nicht wegen Vanessa, sondern für so viele andere.

Skye versuchte sich zu sammeln, bevor sie die Hütte betrat. Sie nahm einen Gesichtsausdruck an, wie Rose ihn erwarten würde: ein wenig aufgeregt und erwartungsvoll wegen des Tanzabends und weder angstvoll noch traurig. Diese Maske würde sie von nun an tragen müssen, denn ihr Leben würde zu einer einzigen Lüge werden.

»Den ganzen Monat freue ich mich schon auf heute Abend!«, rief Rose, die ihr nun entgegenkam. Offenbar hatte sie sie gehört.

Skye ging zu ihr und verbarg hinter einem breiten Lächeln das Wissen darum, dass Roses Verlobter als Agent nach Frankreich flog und dabei sein Leben riskierte. Sie verbarg zudem das stumme Gebet, das sie in diesem Moment zum Himmel schickte: dass Richie überleben und Rose immer so glücklich sein würde wie heute.

»Wir dürfen Zivilkleidung tragen«, erzählte Rose begeistert. »Pauline hat mir heute Morgen erlaubt, einen Umweg über Mummy zu machen, so dass ich uns ein paar Tanzkleider holen konnte. Sie sind zwar noch aus der Vorkriegszeit, aber ich finde, sie gehen trotzdem.«

»Zeig her.«

Es waren tatsächlich sehr hübsche Kleider. Eines davon gefiel Skye besonders, und als sie das Etikett prüfte, blieb ihr vor Staunen der Mund offen stehen: ein Vionnet! Der Stoff war von einem Rosarot, das Skye nicht genau definieren konnte – vielleicht Magenta oder Fuchsia oder einfach das dunkelste Rosa eines Sonnenuntergangs. Das Oberteil bestand aus zwei Stoffstreifen, die über den Busen führten und hinten im Nacken zusammengebunden wurden. Der leicht schräg angesetzte Rockteil umspielte sanft Skyes Hüften und fiel mit leichtem Faltenschwung bis zu den Füßen.

»Das ist zu grell, oder?«, fragte Skye und hoffte, dass Rose ihr widersprechen würde. Obwohl sie sich sorgte, dass ein so leuchtendes Kleid in Kriegszeiten geschmacklos wirken könnte, wollte sie es unbedingt anbehalten.

»Wenn jemand verdient hat, ein solches Kleid zu tragen, dann du«, sagte Rose. »Genieß es. Wer weiß, wie lange wir überhaupt noch feiern und Spaß haben können? Außerdem bist du mit deinem dunklen Haar die Einzige von uns, zu der es passt. Mir hat es nie sonderlich gut gestanden.«

Also behielt Skye das Kleid an, drehte sich Locken in die Haare und legte nur einen Hauch Make-up auf, weil das Kleid keiner weiteren Akzente bedurfte.

Darauf bedacht, den Kleiderstoff nicht in die Speichen zu bekommen, radelten sie zum Bahnhof, wo sich ihnen ein erfreulicher Anblick bot: Der Stationsvorsteher hatte zwei zusätzliche Waggons organisiert, damit alle mitgenommen werden konnten.

Vor dem Haus des Kommandanten wuchsen wunderschöne Tulpen und Hyazinthen, und der Rosenbusch zeigte bereits die ersten sturen Knospen. Die letzten goldenen Strahlen der Sonne wichen gerade der Dämmerung, als Rose und Skye über die Schwelle ins Innere traten, zu Licht und Musik und ausgelassener Fröhlichkeit, auf die Skye sich nur mit Mühe einlassen konnte.

Plötzlich tauchte Liberty auf und legte trunken den Arm um ihren Nacken. »Rate mal, was ich gerade gehört habe.«

Skye seufzte und nahm ihrer Schwester das Glas ab. »Ich will dich heute nicht schon wieder Kotzen sehen.«

Liberty schnappte sich das Glas zurück, und ohne Skye aus den Augen zu lassen, nahm sie einen tiefen Schluck. »Rate mal, was ich gerade gehört habe«, wiederholte sie.

»Was?« Dankbar sah Skye, dass ein Pilot auf sie zukam, als wollte er sie gleich zum Tanzen auffordern, so dass sie vor dem Klatsch und Tratsch ihrer Schwester fliehen könnte.

»Margaux und Nicholas sind nicht mehr verlobt«, erklärte Liberty triumphierend.

Skye erteilte dem Piloten eine Absage, und der Mann zog enttäuscht weiter. »Wie bitte?«, fragte sie nach.

»Nicholas ist ein freier Mann und kann tun und lassen, was er will. Er und Margaux hatten einen riesigen Krach heute Nachmittag. Danach spazierte Margaux in die Messe, als sei nichts gewesen, und verkündete dort allen Männern, sie stehe ab jetzt für Verabredungen zur Verfügung. Binnen zehn Minuten saß sie bei einem auf dem Schoß.«

»Das kann nicht stimmen«, sagte Skye. Sie hatte die beiden doch am Morgen noch zusammen gesehen.

»Doch, es stimmt«, sagte Liberty mit Nachdruck und sah Skye

plötzlich so eindringlich und fokussiert an, als wäre ihre Trunkenheit nur ein Spiel, als wäre sie tatsächlich stocknüchtern und wüsste genau, was sie tat.

Ist das jetzt nicht besser, als bei O'Farrell zu sein, erinnerte sich Skye an Libertys Worte damals im Hotelzimmer, als Skye gedacht hatte, ihre Schwester brabbele nur trunken vor sich hin. Warum hatte Liberty sich ausgerechnet auf O'Farrell gestürzt, wenn sie wirklich dachte, dass Skye ohne ihn besser dran war? Dann war der Moment genauso plötzlich wieder vorbei, wie er begonnen hatte, und Liberty machte erneut einen auf Klatschtante.

»Wie es aussieht, will die Eiskönigin hier ihren Spaß haben«, sagte sie und nickte in Richtung Tanzfläche.

Skye folgte ihrem Blick. Margaux trug ein außergewöhnlich freizügiges kobaltblaues Kleid und zog O'Farrell gerade auf die Tanzfläche, und die Art, wie sie sich an ihn schmiegte, verriet, dass sie nicht allein ans Tanzen dachte.

Liberty drückte Skye ihr Glas in die Hand. »Hier, nimm mal.« Dann marschierte sie zur Tanzfläche, und Skye fragte sich, ob sie O'Farrell und Margaux voneinander trennen oder einen anderen Piloten in ihre Arme locken wollte, um O'Farrell eifersüchtig zu machen.

Doch auf einmal ertrug sie es nicht mehr, mitanzusehen, was auch immer zwischen Liberty, O'Farrell und Margaux passieren würde. Sie wollte auch nicht wissen, ob Nicholas hier war – sein Anblick würde ihr nur Schmerzen bereiten. Also schlüpfte sie aus dem Haus und sah zu, wie der abnehmende Mond das Haus und den Garten in silbriges Licht tauchte.

An all den farbenfrohen Blumen vorbei ging sie über den Rasen, immer weiter weg vom Haus. Doch nicht einmal hier draußen hatte sie ihre Ruhe. Gerade als sie die Schuhe ausgezogen und ihre Zehen ins samtweiche Gras gebohrt hatte, hörte sie, wie genau die eine Stimme, die sie jetzt am allerwenigsten hören wollte, nach ihr rief. *Geh weg*, wollte sie sagen. Ihr ganzer Körper erstarrte, als wäre sie aus Glas.

Sollte Nicholas in diesem Moment zu ihr sprechen, würde der Klang seiner Stimme das Glas zum Zerspringen bringen. Wenn sie nicht reagierte, redete er vielleicht nicht weiter und ließ sie in Frieden.

Doch er kam über den Rasen auf sie zu und blieb viel zu dicht vor ihr stehen. »Ich bin nicht …«, hob er an, brach ab, fluchte leise und begann ein zweites Mal. »Ich bin nicht mit Margaux verlobt.«

»Aber bei *ihr* hast du keine Bedenken, wenn sie für unser Land spionieren will«, fuhr Skye ihn an und wagte damit einen Schuss ins Blaue.

»Darum geht es ni…« Er hielt inne, und sie wusste, dass ihre Vermutung über Margaux richtig gewesen war.

Erbost und mit gefährlich leiser Stimme fuhr sie fort: »Hältst du mich wirklich für so unfähig? Margaux ist selbstbewusst, elegant und souverän genug, um Spionin zu sein, aber ich bin jung und dumm und würde es mit meiner Tollkühnheit sicher verderben – ist es das, was du denkst? Wie wäre es, wenn du endlich aufhören würdest, in mir das Kind von früher zu sehen?«

»Glaub mir, das tue ich ganz bestimmt nicht mehr.«

Es war sein seltsames Lächeln, das sie zur Weißglut trieb.

»Ich bin diese Geheimniskrämerei so leid!«, schrie sie. »Warum, zum Teufel, ist es für Margaux in Ordnung, das zu tun, was sie tut, und für mich nicht?«

Nun wurde er ebenfalls laut, sogar noch lauter als Skye. »Weil ich dich liebe, Skye, verdammt nochmal!«

Weil ich dich liebe, Skye. Ich liebe dich, Skye. Ich liebe *dich.* Sie schüttelte den Kopf. Starrte ihn an, den Mund zu einem fassungslosen O gerundet.

»Was?«, krächzte sie schließlich.

Er lächelte schief. »Ich sagte: Ich liebe dich. Ich bin nicht mit Margaux verlobt. Das war ich nie. Ich habe sie nicht einmal geküsst, außer auf die Wange. Es war Teil ihrer Tarnung.« Er schüttelte traurig den Kopf. »Ich habe einen Eid geleistet, nichts zu verraten. Aber nach unserer Begegnung heute Morgen am Portman Square sagte Wylde, du hättest bestimmt geschlussfolgert, dass Margaux nicht für die *WAAF* arbeitet. Er meinte, ich dürfe dir gegenüber in dieser Hinsicht also offen sein und er würde mich dafür nicht vors Kriegsgericht stellen. Und weil sie jetzt sowieso mehr weibliche Agentinnen einsetzten, brauchten sie nicht mehr solche Tarnungen wie bei Margaux und mir. Er sagte, wir könnten die Täuschung beenden.«

Skye runzelte die Stirn, während sie versuchte, seinen Worten einen Sinn zu entnehmen. Er war nie mit Margaux verlobt gewesen. Hatte sie nie geküsst. Und er hatte gesagt, dass er sie, Skye, liebte.

Sie brachte kein Wort heraus, also redete er weiter. »Ich liebe dich seit dem Moment, als du in Tempsford aus der Spitfire geklettert bist. Ich weiß, du hasst mich, und ich habe kein Recht, dir zu sagen, was du tun sollst – aber es ist einfach so, dass ich jedes Mal, wenn ich auch nur ansatzweise darüber nachdenke, dass du etwas Gefährliches tust und dabei vielleicht … stirbst …«, sie hörte, wie ihm die Stimme brach. »Ich werde einfach jedes Mal verrückt vor

Angst und Sorge, weil ich die Vorstellung nicht ertrage, dich wieder zu verlieren.« Er sah ihr in die Augen und streckte die Hand aus, als müsste er sie unbedingt berühren.

Sie machte einen Schritt auf ihn zu, so dass kein Abstand mehr zwischen ihnen war.

»Tanzt du mit mir?«, fragte sie. »So richtig? So, wie ich immer schon mit dir tanzen wollte?«

Nicholas nahm sie in die Arme – nicht in der üblichen Tanzhaltung, mit Abstand, sondern so fest an sich gedrückt, wie es nur ging. Er ließ die Hände auf ihren unteren Rücken gleiten, und sie schlang die Arme um seinen Hals. Ihre Wangen berührten sich, während sie tanzten, er im Smoking, sie barfuß und in diesem wunderschönen Kleid, und jeder gemeinsame Augenblick seit ihrer ersten Begegnung verschmolz zu diesem einen Moment und wandelte die Freundschaft, die sie damals geschlossen und genährt und geschätzt hatten, in etwas Schöneres und Gefährlicheres als einen Sturm über der Cornischen See.

Dann, endlich, neigte er den Kopf und küsste sie.

—

Es war nicht wie der erste Kuss zweier Liebender, scheu und behutsam, ein banges Berühren und Streifen der Lippen. Nein. Hungrig presste sie ihren Mund auf seinen, und er öffnete die Lippen, um sie zu kosten, zu schmecken, in sich einzusaugen, ihren Mund mit der Zunge zu erkunden, wild und drängend, fast wie ein Kampf. Und gewissermaßen war es auch einer: Sie kämpften gegen den Wunsch an, sich auf der Stelle ins Gras zu legen und ihren Körpern zu gewähren, wonach sie sich sehnten.

Skye löste ihre Hände von Nicholas' Nacken, strich über seinen Rücken und fuhr unter seine Jacke. Nur sein Hemd war noch im Weg, aber sie fühlte auch so jeden Muskel. Er ließ von ihrem Mund ab, zog eine Spur aus Küssen über ihr Kinn Richtung Ohr und dann am Hals entlang, und sie bog sich ihm sehnsüchtig entgegen. Ihr Körper schmerzte fast vor Sehnsucht, sie konnte kaum atmen, geschweige denn sprechen. Undeutlich murmelte sie seinen Namen.

»Was ist?«, hauchte er an ihrer Halsbeuge.

Am liebsten hätte sie geschrien, dass er nicht aufhören solle, sie zu küssen, aber es konnte jederzeit jemand aus dem Haus kommen und sie im Mondlicht entdecken.

Er sah sie an. Seine Augen verrieten unmissverständlich, was er sich wünschte. Sie spürte seine Hände über ihren Rücken abwärts gleiten, ihre Hüften umfassen und sie gegen seinen Körper drücken, der ihr auf seine Weise zu verstehen gab, dass Nicholas ebensolche Lust empfand wie sie.

»Der Pavillon«, brachte sie mühsam hervor und deutete auf das etwas abgelegene kleine Gebäude, in dem sie vor Blicken geschützt wären. Zum Glück war die Nacht nicht allzu kalt. »Hast du …?«

Er nickte, da er ihre Frage sofort verstand. Keiner von ihnen wollte zu diesem Zeitpunkt eine Schwangerschaft riskieren.

Skye nahm seine Hand und zog ihn hinter sich her, denn sie wollte so schnell wie möglich im Pavillon mit ihm allein sein. Sobald sie ihn erreicht hatten, nahm Nicholas sie wieder in die Arme, fuhr mit einer Hand in ihr Haar, um sie leidenschaftlich zu küssen, während er sie mit dem anderen Arm so fest umschlungen hielt, als fürchtete er, sie könnte jeden Moment davonlaufen. Skye gab sich kurz der Vorstellung hin, ein Bein um ihn zu schlingen, ihm die Hose aufzuknöpfen und es an Ort und Stelle geschehen zu lassen, wusste aber gleichzeitig, dass sie mehr wollte als nur die schnelle Befriedigung ihrer Begierde.

»Da drüben könnten Decken sein«, murmelte sie gegen seine Lippen, »in der Sitzbank.«

Sie spürte, wie er nickte und sich von ihr löste. Während er in den Sitzbänken, die an der hinteren Wand des Pavillons angebracht waren, nach Decken suchte, fasste sie an ihren Nacken und löste den Knoten ihres Seidenkleids, das ihr daraufhin vom Körper glitt.

Als Nicholas sich wieder zu ihr umdrehte, stand sie nur noch in Unterhöschen und Büstenhalter da – demselben Büstenhalter, den er von damals kannte, als sie sich auf einer Tragfläche gesonnt hatte. Jäh hielt er inne und ließ fast die Decken fallen.

Sie musste grinsen. »Das hattest du jetzt nicht erwartet, oder wie?«

»O Gott, Skye. Du bist …« Er schluckte, aber es half ihm nicht, die Rauheit in seiner Stimme loszuwerden. »Mir fällt kein Wort ein, das dich jetzt auch nur annähernd beschreiben könnte.«

»Ich fände es durchaus fair, wenn du ebenfalls irgendetwas ausziehen würdest«, sagte sie mit immer breiter werdendem Grinsen. »Es ist lange her, seit ich deine Unterhose gesehen habe.«

Er lachte und streifte sich die Smokingjacke von den Schultern. »So wie jetzt hast du definitiv nicht ausgesehen, als ich das erste Mal dein Höschen sah. Was gut ist, denn ich hätte sonst schreckliche Panik bekommen.«

»Bekommst du jetzt auch Panik?«

Er knöpfte sein Hemd auf und zog es aus, und Skyes Augen tasteten begierig seinen breiten, muskulösen Oberkörper ab, auf dem sich die Erkennungsmarken mit seinem unregelmäßigen Atem auf und ab bewegten.

»Ja«, sagte er schließlich. »Ich bekomme Panik, weil ich gerade so unbändige Lust empfinde. Du siehst überwältigend aus, Skye.«

Zur Belohnung löste sie ihren BH und ließ ihn zu Boden fallen. Es war nicht vollkommen dunkel im Pavillon; Mond und Sterne warfen ein schwaches Licht ins Innere, und sie wusste, dass er alles an ihr sehen konnte. Er sog scharf die Luft ein.

»Hose«, sagte sie.

Nachdem er auch die Hose ausgezogen hatte und sie beide nur noch in Unterwäsche dastanden, sah Skye endlich im Detail, was für ein stattlicher Mann Nicholas geworden war. Sie konnte erkennen, wie sein Blick von oben nach unten über ihren Körper wanderte, an ihren Brüsten verharrte, dann zu den Beinen glitt und sich auf Hüfthöhe einpendelte.

»Skye.«

Das Wort war kaum mehr als ein zärtliches Flüstern. Er kam zu ihr und küsste sie. In wildem Begehren fanden ihre Münder zueinander, drängten ihre Zungen nach Berührung, spürte Skye die Qual seiner langsamen Hand, die sanft, viel zu sanft, ihre Brüste streichelte. Sie schlang ein Bein um seine Oberschenkel, und er schob eine Hand unter den Bund ihres Höschens.

»Skye«, raunte er wieder. »Ich muss kurz aufhören, dich zu küssen.« Er wich ein Stück zurück, und sein Atem ging stockend. »Ich will nicht, dass es aufhört«, sagte er. »Ich will, dass es ewig andauert, aber wenn du mich so weiterküsst, wird es in weniger als einer Minute vorbei sein.«

Sie wusste, dass er recht hatte, also fasste sie seine Hand und zog ihn mit sich auf die Decke. Er legte sich auf den Rücken, sie stützte sich mit einer Hand neben ihm ab und schob mit der anderen Hand ihre Haare aus dem Gesicht. Dann setzte sie sich rittlings auf ihn, fasste an den Bund seiner Unterhose – und hielt verunsichert inne.

»Darf ich?«, fragte sie.

Er lächelte. »Es wird um einiges kniffliger, wenn ich sie anbehalte.«

Sie lachte. »Du machst dich über mich lustig«, sagte sie und stützte sich auf seinen Hüftknochen ab.

»Ich habe dich nur noch nie nervös erlebt.« Er fuhr mit dem Daumen über ihre Unterlippe. »Du hast damals, nachdem der Deutsche auf dich geschossen hatte, noch nicht einmal geschwitzt, als du aus dem Flugzeug gesprungen bist.«

»Ich bin nicht nervös. Es ist nur …«

Sie studierte sein Gesicht, das so vertraut, gleichzeitig aber auch so fremd war, weil der Mann, der er geworden war, über dem Jungen lag, den sie gekannt hatte. Auch sah sie alles andere, das fremd an ihm war – seine breite Brust, die dünne Linie dunkler Haare, die von Bauchnabel aus abwärts verlief, dorthin, wo jetzt ihre Hände waren.

»Ich habe das Gefühl«, fuhr sie zögernd fort, »als hätte alles seit dem Moment, als ich damals vor dir Rad geschlagen habe, uns genau hierhin geführt. Als wäre es vorherbestimmt gewesen, dass wir uns eines Tages küssen. Und jetzt sind wir hier, und es ist ein so entscheidender und kritischer Moment.«

Anstelle einer Antwort umfasste er ihr Gesicht und küsste sie erneut, und mit diesem Kuss spürte Skye, wie die Anspannung aus ihr wich, so dass sie beide endlich mit allen Sinnen, mit allem Sein ineinander versinken konnten. Sie entfernte die Stoffbarriere zwischen ihnen, indem sie Nicholas die Unterhose auszog, und er tat das Gleiche bei ihr. Dann legte sie sich neben ihn, fühlte sein Bein an ihrem, seinen Brustkorb an ihrer Brust, ihre Lippen nur wenige Millimeter von seinen entfernt, und spürte eine so tiefe Erregung, wie sie sie noch nie bei einem Mann empfunden hatte.

»Es fühlt sich so gut an, einfach nur neben dir zu liegen«, sagte sie.

»Ich kann mir nicht im Mindesten vorstellen, wie es sich gleich anfühlen wird«, flüsterte er in ihr Ohr, während er sie behutsam streichelte.

Es war, als würde seine Berührung die Zeit verlangsamen. Mit den Fingerspitzen zog er fast unerträglich langsame Kreise in der Vertiefung zwischen ihren Schlüsselbeinen, dann zwischen ihren Brüsten, dann um ihren Bauchnabel. Danach ließ er die Finger sanft nach oben wandern und wiederholte sein kreisendes Spiel um jede ihrer Brustwarzen.

Skye merkte, wie sie sich ihm automatisch entgegenreckte, und seufzte glücklich, als er plötzlich beide Hände benutzte, um ihre Brüste erst sanft zu liebkosen und dann mit festem Griff zu umfassen. Sie stöhnte auf, flüsterte seinen Namen, hob den Kopf, um ihn zu küssen, rollte ihn auf den Rücken und revanchierte sich für seine Berührungen – nur, dass sie es mit dem Mund machte. Sie küsste erst eine Schulter, dann die anderen, dann seine Brust, und sie war noch nicht bei seinem Nabel angekommen, als er mit rauer Stimme ihren Namen flüsterte. Auf einmal lag sie wieder unter ihm, und sein Mund und seine Augen vermittelten ihr in aller Deutlichkeit, dass er sie begehrte.

Da drang er vorsichtig in sie ein, und sie machte sich darauf gefasst, dass es irgendwie unangenehm werden könnte, so wie bei den wenigen anderen Malen, die sie mit Männern intim geworden war. Doch es war vollkommen anders. Nicholas hob ihre Hüften etwas an und bewegte sich sanft und behutsam, mit fast unerträglicher Langsamkeit. Ihre Beine umschlangen seinen Körper, und sie spürte plötzlich viel zu viel auf einmal. Als sie die Hände auf seinen Rücken legte, sah er tief in die Augen und lächelte – und da geschah es. Sie stürzte auf das Elmsfeuer zu, doch diesmal war sie nicht allein. Gemeinsam mit Nicholas fiel sie in das gleißende Licht und spürte die elektrisierende Kraft, die ihre Körper und ihre Seelen miteinander verband.

Kapitel 30

Sie hörten nicht auf, sich zu küssen, und ließen erst nach einem langen Augenblick voneinander ab. Langsam wurde ihr Atem ruhiger und sie umklammerten einander nicht mehr ganz so fest. Nicholas tastete nach der Decke hinter ihr, um sie darin einzuwickeln, weil er ihr Zittern fälschlicherweise als Frieren deutete, aber es war unmöglich zu frieren, während er ihr so nahe war. Sie lagen Brust an Brust, Bein an Bein, Stirn an Stirn.

»Das war es wert, so lange darauf zu warten«, flüsterte er.

»Ich fand es sehr überraschend«, sagte sie.

Er sah sie besorgt an. »Hat es dir nicht gefallen? Es tut mir leid, wenn …«

Sie lächelte und küsste ihn sanft. »Nicholas, für jemanden, der mich so gut kennt wie du, sagst du manchmal seltsame Dinge. Habe ich so ausgesehen oder geklungen, als hätte es mir nicht gefallen?«

»Nein, aber …«

»Ich meinte nur, dass es die anderen zwei Male, die ich etwas Ähnliches gemacht habe, nicht annähernd so war wie jetzt. Es war bestenfalls interessant und schlimmstenfalls eher unangenehm.«

Er wich mit dem Oberkörper ein Stück zurück, so dass sie sein Gesicht besser sehen konnte, und sagte: »Es gibt noch so viel mehr, das wir gemeinsam machen können, Skye.« Bei der Vorstellung lief ihr ein wohliger Schauer durch den Körper. »Und das darf auf keinen Fall nur ›interessant‹ und schon gar nicht unangenehm sein. Wenn das einmal passieren sollte, musst du es mir unbedingt sagen, denn ich will, dass du unser Zusammensein genauso genießt wie ich. Jedes einzelne Mal.«

»Jedes Mal?« Sie lächelte. »Das klingt, als wolltest du das ziemlich oft machen.«

Er grinste. »So oft, wie du willst.«

»Also die ganze Zeit.«

Er lachte.

»Es war wunderbar«, sagte sie. »Ganz ehrlich.«

»*Du* bist wunderbar, Skye. Ich liebe dich.«

Es tat fast weh, die Worte zu hören, nach denen sie sich so lange gesehnt hatte. Sie hielt sie fest wie einen Schatz, betrachtete sie im Geiste immer wieder von allen Seiten und staunte dabei wie ein Mensch, der zum ersten Mal den Mond sieht.

»Als ich mit fünfzehn von Cornwall wegzog, wusste ich nicht, was Liebe ist.« Nicholas küsste ihre Stirn, ihre Wange, ihre Lippen. »Und trotzdem habe ich dich damals schon geliebt und nie damit aufgehört. Niemals. Es war das Schlimmste und Schwerste, das ich je habe tun müssen, dir in diesen eineinhalb Jahren nicht zu sagen, dass ich dich liebe. Jedes Mal, wenn ich dich sah, wollte ich dich berühren und küssen … und alles machen und tun, außer die Person zu sein, die ich sein musste.«

Sie blinzelte und vergrub den Kopf an seiner Brust, aber er fasste ihr unters Kinn und hob es an, so dass er ihre Augen sehen konnte.

»Weinst du?«, fragte er und fuhr mit den Fingerspitzen über die Tränen.

»Ich versuche, es nicht allzu oft zu tun.« Sie lächelte schwach. »Aber wegen dir habe ich mehr Tränen vergossen, als du ahnst.«

Sie legte den Kopf wieder auf seine Brust, und er drückte sie an sich. Plötzlich hörten sie Stimmen, die näher kamen – viel lauter als die Geräuschkulisse der Party.

»Wir müssen uns anziehen«, sagte sie widerstrebend.

Sie standen auf, was dazu führte, dass sie ihn ein weiteres Mal nackt sah. Sie konnte nicht widerstehen und musste ihn einfach wieder küssen. Am liebsten hätte sie mit allem, was sie gerade getan hatten, noch mal von vorn angefangen.

»Skye«, sagte er und streichelte ihren Rücken, »so darfst du mich nicht küssen, wenn du willst, dass ich mich anziehe.«

»Ich will ja eigentlich auch gar nicht, dass du dich anziehst«, gestand sie mit einem frechen Grinsen, und er brach in Gelächter aus.

Dann waren wieder die Stimmen zu hören, diesmal noch näher.

»Verdammt«, fluchte er, und beide beeilten sich, ihre Kleider zusammenzusuchen und sich anzuziehen.

Trotzdem konnten Liberty und O'Farrell die Szene kaum in unschuldiger Weise interpretieren, als sie in den Zierpavillon kamen und auf dem Boden die Decke sahen, dazu Skyes unordentliches Haar und gerötete Wangen und Nicholas ohne Jackett und mit aufgeknöpftem Hemd.

»Oh, ihr beide habt wohl Wiedersehen gefeiert«, kommentierte Liberty feixend.

»Gebt uns doch bitte noch ein paar Minuten«, erwiderte Skye scharf.

»Oh, tut mir leid. Als ich O'Farrell vorschlug, einen Spaziergang zu machen, war mir nicht klar, dass ich den Pavillon meiden solle. Tatsächlich hatte ich ähnliche Ausschweifungen im Sinn wie ihr, aber ich sehe, dass wir uns einen anderen Ort suchen müssen.«

»Gehen wir«, sagte O'Farrell und wandte sich ab.

»Aber nicht wieder zurück auf die Party«, rief Liberty und eilte ihm nach, »oder zu Margaux. Ich muss mit dir reden.«

Nicholas seufzte. »Ich sollte ihm das wohl lieber erklären.«

Skye schüttelte den Kopf. »Ich denke nicht, dass er sauer ist. Er hat sich vor Monaten schon für meine Schwester entschieden. Und er und ich haben uns nur einige Male geküsst, das war alles.«

»Wirklich?«

»Wirklich. Ich konnte einfach nicht …«

Nicholas trat zu ihr, und sofort vergaß sie Liberty und O'Farrell, als er ihr ins Ohr flüsterte: »Ich kann den Gedanken, dich jetzt wochenlang nicht mehr zu sehen, kaum ertragen. Kannst du dir dieses Wochenende noch freinehmen, bevor der ganze Urlaub widerrufen wird?«

»Mein Urlaub hat heute begonnen. Ich habe noch zwei Tage frei.«

»Dann sehe ich zu, dass ich auch zwei Tage bekomme. Ich hatte seit sechs Monaten keinen Urlaub, und Vollmond ist vorbei. Es sollte also kein Problem sein.«

»Lass uns nach Cornwall fahren.« Auf einmal wusste sie, dass sie mit ihm an dem Ort sein wollte, an dem sie sich das erste Mal gesehen hatten.

Nicholas stieg in Porthleven aus dem Auto und stieß einen lauten Pfiff aus. »Es sieht noch haargenau so aus, wie ich es in Erinnerung habe.«

Sie standen nebeneinander und starrten zum Haus auf dem Kliff, das im feuerroten Sonnenuntergang nur als Silhouette zu erkennen war. Der Anblick warf Nicholas in die Vergangenheit zurück, in die Zeit, in der er zum ersten Mal mit Skye hier gestanden hatte, verblüfft und betört von dem faszinierenden, Rad schlagenden Mädchen, das ihre Höhle mit ihm geteilt hatte – und er im Gegenzug die Taschenuhr seines Vaters.

Instinktiv, und weil er sich über das fehlende Gewicht wunderte, griff er in seine Hosentasche und merkte, dass die Uhr nicht mehr da war. Sie musste im Pavillon rausgefallen sein. Aber es spielte keine Rolle. Vor seinem nächsten Flug würde er sie finden – vielleicht hatte O'Farrell sie aufgehoben und mitgenommen. Außerdem hatte er jetzt Skye, und sie war ein viel mächtigerer Talisman als jede Uhr.

Er legte eine Hand an ihre Wange und freute sich darüber, dass er das jetzt tun konnte; dass die Zurückhaltung der letzten eineinhalb Jahre vorbei war, für immer.

Als sie lächelte, konnte er nicht an sich halten: Er musste sie einfach küssen. Er bedauerte jetzt schon, dass diese zwei Tage nicht ewig andauern konnten.

Sie verließen am ersten Tag kaum das Bett und fielen abends in erschöpften Schlaf, einen Schlaf, aus dem Nicholas gegen Mitternacht plötzlich erwachte, weil ihn ein Alptraum quälte. Irgendwie spürte Skye seine Unruhe und tastete nach ihm.

»Was ist los?«, fragte sie schläfrig.

»Du wirst es tun, oder?« Er kannte ihre Antwort.

Sie verstand seine Frage sofort. »Ich muss.«

Natürlich. Wenn sie aufgefordert wurde, ihrem Land zu dienen, wäre es gegen ihre Natur, abzulehnen.

Er hatte seinen Alptraum erneut vor Augen: Luc, der *SOE*-Agent, der vor seinen Augen erschossen worden war, verwandelte sich in einen Nazi, der Skye in ein Hotelzimmer führte und sie tun ließ, was Margaux tat. Aber das würden sie doch sicher nicht von ihr verlangen, oder? Er würde es nie erfahren, denn sie dürfte ihm nichts erzählen, weder ihren Decknamen noch die Details ihrer Aufträge. Zum ersten Mal in seinem Leben bekam er Herzrasen vor Panik. Er schloss Skye so fest in die Arme, dass er dachte, sie würde sich befreien wollen, doch sie klammerte sich gleichermaßen fest an ihn.

Wenn doch nur er derjenige sein könnte, der sie nach Frankreich flog. Aber falls Wylde etwas von ihrer Beziehung ahnte – was nahelag, weil er Nicholas die Erlaubnis gegeben hatte, sich zu offenbaren –, dann gäbe es irgendwo in den Akten eine Notiz, die besagte, dass Nicholas Crawford und Skye Penrose niemals einen gemeinsamen Einsatz haben dürften.

Er würde dafür sorgen, dass es O'Farrell wäre, der sie flog. Doch sobald sie auf französischem Boden war, was dann?

Und dann war da noch die Sache mit Liberty. Über sie durfte er Skye nichts erzählen, es sei denn, die beiden liefen sich in der Geheimdienststation in Tangmere irgendwann über den Weg. Das Risiko, dass ein gefangener Agent andere verriet, war groß, also versuchte die *SOE*, die Zusammentreffen zwischen Agenten und das Wissen um die Funktionen anderer auf ein Minimum zu beschränken. Wie würde Skye reagieren, wenn sie irgendwann auch von Liberty erführe und ihr klar wurde, dass er es die ganze Zeit gewusst hatte?

»Alles, was ich will, ist das hier«, sagte er mit Nachdruck, weil er wollte, dass sie es verstand. »Die Träume, die ich vor dem Krieg hatte und die mir so groß und wichtig erschienen, bedeuten mir nichts mehr. Alles, was ich will, bist du. Hier. Am Leben.«

»Das ist auch alles, was ich will«, sagte sie.

Er schloss die Augen. Bald war April, April 1944. Vor viereinhalb Jahren hatte der Krieg begonnen – musste er nun nicht bald mal ein Ende haben?

Nicholas fing an, Skye mit den Lippen zu erkunden. Zuerst ihren Rücken, der ganz schmal und fast mager geworden war durch das rationierte Essen und die harte Arbeit. Jeden Höcker ihrer Wirbel berührte er sanft mit den Lippen, dann drehte er sie auf den Rücken und liebkoste ihre Brüste.

»Nicholas«, flüsterte sie, und er küsste ihren Mund, während er eine ihrer Hände umschloss und fest drückte und mit der anderen Hand über ihren flachen Bauch fuhr und abwärts zu ihren Schenkeln.

Sie hob ihm ihr Becken entgegen, und sosehr ihn das Hinauszögern auch selbst quälte, wollte er sie eine Weile nur ansehen, nackt, während ihr Körper sehnsüchtig nach seiner Berührung verlangte – denn das war das Schönste und Sinnlichste von allem.

Langsam ließ er seine Hand zwischen ihre Beine gleiten, und sie stöhnte seinen Namen. Dann küsste er sanft die Innenseite ihres Oberschenkels und bewegte sich langsam aufwärts, die Hand immer ein Stück weiter als der Mund. Er hob kurz den Kopf und sah, dass sie die Augen geschlossen und den Kopf nach hinten gelegt hatte. Ihre Beine waren weit geöffnet, und er erlaubte sich jetzt zu tun, was er tun wollte, seit sie im Pavillon nackt auf der Decke gelegen hatten. Er küsste sie dort, wo eben noch seine Hand gewesen war, hörte ihr scharfes Einatmen, spürte, wie ihr Körper sich ihm entgegendrängte und wie sie bald darauf zu beben begann. Ein, zwei, drei Mal schrie sie leise auf – und es war der schönste und erfüllendste Moment seines Lebens.

Als sie sich weit genug erholt hatte, dass sie die Augen wieder öffnen konnte, starrte sie ihn erst nur an, dann begann sie zu grinsen. Ihr Haar lag ausgebreitet auf dem Kissen, ihre Wangen waren gerötet, sie sah wild und schön und ganz und gar nach Skye aus.

»Jetzt bist du dran«, sagte sie, zog ihn an der Hüfte auf sich und schlang die Beine um seine Taille.

»Du vielleicht auch noch mal.«

»Zweimal in fünf Minuten?«, fragte sie ungläubig.

Er lächelte. »Möglich wär's.«

»Na dann«, meinte sie, umfasste sein Gesicht und zog es zu sich heran. »Wenn ich einem Mann vertrauen kann, dann dir.«

Wie sie es sagte, berührte ihn sehr. »Du hast keine Ahnung, wie sehr ich dich liebe«, wisperte er.

»Doch, das habe ich«, erwiderte sie. »Weil ich dich ebenso sehr liebe.«

Er drang in sie ein, hob dabei wieder ihre Hüften an, so wie beim letzten Mal, und es dauerte nicht lange, bis er den Ausdruck in ihrem Gesicht sah, den er nun schon kannte und zu deuten wusste, ein Gesichtsausdruck, der ihm sagte, dass sie an der Schwelle zu überwältigend großer Lust stand, die mit fest verschränkten Händen und einem innigen Kuss durchlebt werden wollte. Nur einmal löste er seine Lippen kurz von ihren, um »Ja, Skye, ja!« zu stöhnen, bevor sie zusammen an den einen und einzigen Ort flogen, an dem er von nun an sein wollte.

Während sie noch keuchend dalagen, musste sie wieder grinsen. »Ein Glück für dich, dass du auch diesmal dein Versprechen nicht gebrochen hast.«

Als Skye am nächsten Morgen aufwachte, schlief Nicholas noch tief und fest. Sie blieb eine Weile liegen und betrachtete ihn. Was war neu? Der Bartschatten auf seinem Kinn, die lang geschwungenen, wunderschönen Wimpern, die verblichenen Sommersprossen, die nur gerade so auf seiner Nase zu erkennen waren. Sie sah auf seinen breiten Rücken und dachte an den Klang seiner Stimme, wenn er im höchsten Genuss ihren Namen aussprach – vier- oder fünfmal waren es jetzt gewesen, sie hatte aufgehört zu zählen. Jeder Moment ihres Liebesspiels mündete in den nächsten, und sie kam sich wie eine Hedonistin vor, die süchtig war nach diesem Bett und nach Nicholas, der nackt darin lag.

Ein plötzliches Aufheulen des Windes ließ sie zum Fenster blicken. Sie schlüpfte aus dem Bett, zog sich Nicholas' Hemd über und starrte hinaus in einen trüben, grauen, sonnenlosen Tag. Sie fröstelte, nahm die Wolldecke vom unteren Bettende, wickelte sich darin ein und ging hinunter zum Strand. Sobald sie die Höhle erreicht hätte, da war sie sicher, würde sie irgendwo ein Stückchen blauen Himmel sehen, ein hoffnungsvolles Leuchten. Doch der Wind zerrte wild an ihrer Decke, ungestüm warf sich das Meer an die Felsen, aber die Felsen hielten vehement stand, so dass jede Welle in tränengroße Tropfen zersprang, die im riesigen Ozean versanken.

»Nein«, sagte sie laut und schüttelte den Kopf, damit dieser grimmige, schicksalhafte Morgen keine Macht über sie hätte. Und trotzdem war ihr bewusst – weil sie es in ihren Knochen trug wie das Fossil einer Muschel, das mit dem Felsen verwachsen war –, dass an genau so einem Tag wie heute ihre Mutter abgestürzt war.

Wie an jenem unglückseligen Tag überkam sie auf einmal eine schreckliche Vorahnung, und sie fragte sich, ob ihre Mutter ihr deshalb nie ihre Zukunft geweissagt hatte, weil sie zu traurig war, um von ihr zu sprechen.

»Skye.«

Sie hörte Nicholas' Stimme hinter sich, drehte sich um und warf sich gegen seine Brust. Fast wünschte sie, diese Liebe wäre nie geschehen, weil es dann auch nicht die Möglichkeit gäbe, einen so unvorstellbaren Verlust zu erleiden. Dennoch würde sie um nichts in der Welt die letzte Nacht und den gestrigen Tag wieder hergeben wollen.

»Du weinst ja«, sagte er. »Was ist los? Erzähl es mir.«

Er hielt sie so fest, als wäre sie ein Teil von ihm, untrennbar mit ihm verwachsen. Und doch wusste sie, es war nur seine Seele – dieses zarte, nicht greifbare Ding –, die untrennbar mit ihrer verbunden war. Sein physischer Körper, an dem ihre Hände sich gerade festklammerten, war den Launen des Krieges unterworfen, so wie der ihre auch.

»Ich liebe dich«, war alles, was sie hervorbrachte.

Er löste sich ein wenig von ihr und bückte sich, um einen Halm Seegras aufzuheben, den er zu einem Ring wickelte. Dann nahm er ihre linke Hand und schob das grüne Band auf ihren Ringfinger.

»Wir werden es in diesen zwei Tagen nicht schaffen, offiziell zu heiraten, aber ich bin für den Rest deines Lebens der deine, Skye. Und ich hoffe, du bist für den Rest meines Lebens die meine.«

»Natürlich bin ich das«, sagte sie, und ihr Kuss war stürmischer als der Wind, der um sie tobte. »Glaubst du, dieses Band ist stark genug?«, fragte sie mit Blick auf den Ring. »Stark genug, um alles zu verkraften, worüber wir keine Kontrolle haben?«

»Ja.« Er küsste erst ihre Finger, dann wieder ihren Mund. »Wir werden hier leben, Skye. Du und ich und unsere Schar furchtloser Töchter. Wir werden ihnen schwimmen beibringen und fliegen und ihnen zeigen, dass das Leben keine Grenzen hat außer denen, die wir ihm setzen. Und wir sind grenzenlos.«

»Wir sind grenzenlos«, wiederholte sie, als wären sie in der Kirche und er hätte ein Gebet gesprochen, auf das sie antwortete.

In gewisser Weise waren sie ja auch an einem heiligen Ort, dem einzigen, an den sie glaubte: die freie Natur. Alles, was sie brauchte, war um sie herum. Wind und Wasser und Sand und Felsen und Luft und Nicholas.

Teil 11

KAT

Kapitel 31

Zurück im Hotel legte Kat sich ins Bett, aber sie konnte nicht einschlafen und starrte an die Decke. Am Morgen war sie mit dem Kopf auf Elliotts Brust aufgewacht. Am Nachmittag hatte sie sich mit dem Gedanken anfreunden müssen, dass ihre Mutter möglicherweise eine Frau namens Liberty Penrose war, deren Schwester Skye in Cornwall direkt auf dem Nachbargrundstück wohnte. Am Abend hatte Elliott gestanden, sie belogen zu haben, und war im selben Moment zu jemandem geworden, dem sie nicht mehr vertrauen konnte.

Noch schlimmer war aber immer noch die Erkenntnis, dass Kats Großmutter sie offensichtlich ebenfalls angelogen hatte.

Nach Pauls Verrat hatte Kat nur schreien wollen, sich die Wut aus der Brust reißen, sie an die Wand schleudern und zusehen, wie sie rot aufspritzend zerschellte. Jetzt jedoch lag sie vollkommen reglos, blinzelte kaum, spürte kein bisschen Wut, sondern nur Traurigkeit – die größte Traurigkeit ihres Lebens.

Denn sie bewunderte ihre Großmutter, die einen so großen Schmerz überlebt hatte, dass sie ihrer Enkelin nie davon hatte erzählen können. Einen so großen Schmerz, dass sie vielleicht entschieden hatte, eine andere Person zu werden und jahrzehntelang eine Maske zu tragen, während ihr Leben eine Lüge wurde, die sie leben musste, um zu vergessen.

Und Elliott … Welche Gefühle hegte sie ihm gegenüber? Sie hatte sich vor ihm verwundbar gemacht, und er hatte sie verletzt. Sie hatte ihm ihr Vertrauen geschenkt, aber er hatte es weder geachtet, noch hatte er begriffen, wie bedeutsam es für sie gewesen war, sich ihm zu öffnen.

Vielleicht war es nicht seine Schuld. Warum hatte sie ihm auch ihr Herz dargeboten, obwohl sie wusste, das es so empfindlich war wie fein gewobene Burano-Spitze? Sie wischte sich über die nassen Wangen, doch der Schmerz in ihrem Inneren wurde nicht weniger.

Am nächsten Morgen wünschte sie sich nichts sehnlicher, als im Bett liegen bleiben zu können, aber ihr Körper machte ihr einen Strich durch die Rechnung. So war das als Mutter kleiner Kinder: Man stand früh auf, selbst wenn man kaum geradeaus laufen konnte. Ihr Körper war mehr auf Pflichterfüllung eingestellt als auf Selbstfürsorge. Und so glitt Kat um fünf Uhr morgens aus dem Bett und ging eine erschöpfende, quälende Runde laufen. Die körperliche Anstrengung war eine gute Ablenkung.

Wieder im Zimmer, zog sie das schwarze Nachmittagskleid »New York« an, das Yves Saint Laurent während seiner Zeit als Leiter von Dior entworfen hatte. Sie hatte die Hoffnung, dass die ungewöhnliche Form ihre Stimmung heben würde: ein bauschiges Oberteil über einem schmalen Bleistiftrock.

Das sorgsam in der Pappschachtel verpackte blaue Kleid unter dem Arm, stieg sie auf der Straße in ein Taxi Richtung *Victoria and Albert Museum* und hoffte, Celeste könnte sie mit Informationen dazu versorgen. Unterwegs vibrierte ihr Handy. Elliott. Sie ignorierte die Nachricht.

Sie war früh im Museum, machte sich einen Kaffee, holte das so außergewöhnliche blaue Kleid aus der Schachtel und breitete es auf dem Arbeitstisch aus.

Als Celeste zehn Minuten später eintraf, blieb sie beim Anblick des Kleides wie angewurzelt stehen. »Mon Dieu!«

»Unglaublich, nicht wahr?«

»Selbst für Monsieur Dior ist es ein unglaubliches Kleid«, bestätigte Celeste. »Und ich habe gute Neuigkeiten.«

Zum ersten Mal, seit sie Elliott verlassen hatte, spürte Kat so etwas wie Zuversicht. »Gute Neuigkeiten wären wunderbar«, sagte sie.

»O nein!«, rief Celeste. »Du bist traurig. Streit mit einem Lover?«

War Elliott ihr »Lover«? Dieser Begriff, der heutzutage so salopp benutzt wurde, um auszudrücken, dass man eine körperliche Beziehung zu jemandem hatte, implizierte tatsächlich so viel mehr. Immerhin steckte das Wort *love* darin.

Kat schluckte. »Nein«, sagte sie. »Es ist nichts.«

»Na schön, aber das hier ist nicht nichts.« Celeste legte das Foto einer Frau auf den Tisch. »Das ist Catherine Dior, Christians geliebte Schwester, im Jahr 1948. Wie du siehst, ist das Foto leider nur schwarz-weiß. Aber das hier …«, sie legte ein farbiges Bild daneben, »fünfzehn Jahr danach, ist es nicht. Es stammt aus dem Archiv Dior-Charbonneries, deshalb konnte ich zunächst nichts über das Kleid finden. In dem Archiv sind Dinge aus Catherines Leben mit ihrem Partner Hervé des Charbonneries gesammelt.«

Kat starrte auf das Foto. Das Kleid, das Catherine darauf trug, war von leuchtendem Azurblau und nicht nur in der Farbe, sondern auch im Stil außergewöhnlich – zu prächtig selbst für eine Prinzessin.

»Wir hatten in unseren Archiven das Schwarz-Weiß-Bild, und das Kleid, das Catherine trägt, war uns bisher immer ein Mysterium. Es wurde nie produziert, und unsere Hypothese war, dass es sich um eine Testanfertigung handelte, die Dior dann doch nicht gefiel, so dass er sie 1948 nicht in die Envol-Linie aufnahm.«

Envol.

Aufflug, Anflug, Abflug.

Kat wusste, dass Dior für Frühjahr/Sommer 1948 zwei Linien entworfen hatte, und eine davon hieß *Envol.*

Celeste seufzte. »Arme Catherine – oder Caro, wie Christian sie nannte. Fast niemand kennt ihre Geschichte. Sie hat im Krieg für die Résistance gearbeitet und kam dann ins Konzentrationslager Ravensbrück, das sie vollkommen ausgezehrt nur knapp überlebte. Für ihre Arbeit beim Widerstand wurde ihr das Verdienstkreuz und der Tapferkeitsorden der Ehrenlegion verliehen.«

Was bedeutete, dass Elliott tatsächlich Catherine Diors Namen auf der Liste der Gefangenen von Ravensbrück gelesen hatte. Die Verbindung lag vor ihr, und der Schlüssel schien zum Greifen nahe, aber es fehlte noch das letzte Puzzlestück, das ihr die Frage nach der wahren Identität ihrer Großmutter beantworten konnte.

Celeste erzählte weiter. »Christian Dior fertigte zwei Kleider in diesem wunderbaren Blau an: eines für seine geliebte Schwester und eines für eine andere Frau. Aber für wen? Jemanden in Australien? Und eines der Kleider hat seinen Weg in dein Museum gefunden und das andere in den Kleiderschrank einer deiner Verwandten. Das ist unglaublich.«

»Unglaublich«, murmelte Kat, die Celestes Begeisterung nicht ganz teilen konnte.

»Ich habe einen Brief von Catherine aus dem Jahr 1948 und einen von Christian.« Celeste zog zwei sorgsam eingehüllte Briefe aus ihrer Tasche. »Wir können die Tinte im Spektroskop analysieren, und du kannst dasselbe mit dem handbeschrifteten Etikett in Sydney machen lassen. Ich möchte wissen, ob das Kleid in Sydney vielleicht ein Geschenk von Christian oder Catherine war. Als zuständige Archivarin für Dior möchte ich außerdem wissen, welches der Kleider Catherine gehörte. Das ist natürlich alles reine Spekulation, aber wert, überprüft zu werden. Meinst du nicht auch?«

Kat nickte. Es juckte ihr in den Fingern, Elliott anzurufen und ihm alles zu erzählen.

»Du musst unbedingt für ein paar Monate im Archiv arbeiten«, sagte Celeste. »Beantrage ein Forschungsstipendium. Wir schreiben zusammen eine Abhandlung über die Kleider. Organisieren eine Ausstellung.«

»Ich kann nicht«, antwortete Kat automatisch. »Ich habe zwei Kinder.«

»Würden die nicht vielleicht gern ein paar Monate in Paris verbringen?«

Kat überlegte. Was wäre, wenn sie Daisy und Lisbet nach Paris mitnähme? Wenn sie eine Weile mit Celeste in den Archiven von Dior arbeitete? Vielleicht sollte sie tatsächlich damit aufhören, sich andauernd bei Paul für ihre Arbeit zu entschuldigen und sie zu einem Problem werden zu lassen, das sie um ihre Töchter herumorganisieren musste. Was wäre, wenn sie stattdessen ihre Arbeit feierte und genoss – so wie sie es früher getan hatte? Was, wenn sie vor dem Gespräch mit Paul einfach von seiner Zustimmung ausging, anstatt sich von vornherein auf Gegenargumente gefasst zu machen und in einen Unmut zu verfallen, den auch Paul spüren musste? Sie könnte Celestes Einladung als eine Chance ansehen statt als unlösbares Problem.

Vielleicht würde ihre Großmutter mit nach Paris kommen. Dann könnten sie alle zusammen in dem Haus in Porthleven Urlaub machen.

Bei dem Gedanken musste Kat lächeln. »Ich werde mit meiner Chefin darüber reden.« Dann berührte sie das Foto von Catherine und sagte leise: »Sollte Catherine für ihre Tapferkeit nicht viel berühmter sein als ihr Bruder? Wir erinnern uns eher an schöne Kleider als an eine Frau, die für ihr Land fast ihr Leben gab.«

Celeste legte eine Hand auf Kats Schulter. »Das sollte sie tatsächlich. Machen wir sie mit unserer Arbeit berühmt.«

Den restlichen Tag über ließ Kat sich von ihrer Aufregung und Vorfreude beseelen, anstatt in Melancholie zu verharren. Sie schrieb eine Mail an ihre Chefin, um ihr die Zusammenarbeit mit Celeste vorzuschlagen, und Celeste tat das Gleiche. Kats Handy vibrierte mit einer neuen Nachricht von Elliott, die sie aber auch ignorierte. Ihre Chefin antwortete ihr, sie könne ein sechsmonatiges Forschungsstipendium in Paris organisieren. Kat grinste. Sie konnte es kaum erwarten, Daisy und Lisbet davon zu erzählen.

Dann kümmerte sie sich um die Analysen der Tinten auf den zwei Briefen und schickte sie an Annabel in Sydney. Sie wusste, dass sie erst einige Stunden später mit einer Antwort rechnen konnte. Im Moment blieb ihr nichts weiter zu tun, als zu warten.

Sie kehrte in ihr Hotel zurück und las nun Elliotts Nachrichten. Die erste lautete: *Ich vermisse dich, Kat. Es tut mir furchtbar leid.* Die zweite: *Ich habe dir die Wahrheit gesagt, weil du mir wichtig bist*.

Sie fuhr mit der Hand über das Buch, das er ihr mitgegeben hatte. Es war sehr alt. Warum hatte er es ihr gegeben? Als Bitte um Verzeihung? Um sie von seinen Lügen abzulenken?

Ihr Handy vibrierte erneut. Wieder eine Nachricht von Elliott, diesmal eine sehr lange.

Das Schlimmste an der Sache ist, dass Nicholas Crawford gar nicht mein richtiger Großvater ist. Jedenfalls sind wir nicht blutsverwandt. Mein richtiger Großvater war ein Nazi, der meine Großmutter vergewaltigte. Früher habe ich immer gedacht, es würde mich definieren, dass ich von so einem Mann abstamme. Dass ich etwas Gewalttätiges im Blut habe, vor dem ich fliehen muss. Mit Anfang zwanzig habe ich davon erfahren, und das war der Hauptgrund für mein sehr unreifes Verhalten.

Aber was ich jetzt will, ist zu zeigen, dass Frauen wie Skye und Liberty Penrose und Margaux Jourdan sich trotz der vielen verabscheuungswürdigen Taten von Männern wie meinem Großvater nicht unterkriegen, nicht brechen ließen. Sie waren wichtig. Ihr Mut, ihre Tapferkeit überstrahlen alles.

Wenn du das Buch liest, das ich dir gegeben habe, wirst du sehen, was ich meine. Nicholas Crawford ist mein Großvater, auf die einzige Art, die zählt. Das habe ich versucht, dir zu sagen, Kat: Es ist gleichgültig, wie deine Großmutter heißt oder wer sie war. Sie ist deine Großmutter. Und du würdest alles für sie tun, weil du sie liebst. Ich würde alles für Nicholas Crawford tun. Es gibt nichts, was mit so einer Liebe zu vergleichen ist.

PS: Du fehlst mir immer noch.

Kat schlug das Buch auf.

Winzig kleine Schrift, als wäre der Verfasser nicht sicher gewesen, ob er ausreichend Papier zur Verfügung hätte, um alles zu sagen, was er sagen wollte.

Der Name Margaux Jourdan stach ihr sofort ins Auge, und so setzte Kat sich mit ihrem Tee und dem Buch in einen Sessel und begann zu lesen.

—

Die ersten Seiten des Tagebuchs waren bezaubernde Beschreibungen einer Kindheit mit einer unzertrennlichen Freundschaft, wie nur Kinder sie haben können. Radschlagen, Tanzen auf dem Kliff, Schwimmen lernen und Nicholas' Taschenuhr. Kat dachte an die Taschenuhr auf dem Kaminsims der Cornwall-Margaux, die vielleicht Skye war. Flugunterricht und die Entdeckung eines verzauberten Gartens nach dem Sturz von einer Mauer.

Hier merkte Kat auf. Die Vergangenheit mischte sich mit der Gegenwart, und sie sah ein dunkelhaariges Mädchen vor sich, das von derselben Mauer fiel, von der auch sie gefallen war. Dann tauchte oberhalb der Mauer ein weiterer dunkelhaariger Schopf auf und darunter ein lachendes Gesicht.

Kat zwang sich, weiterzulesen: von zwei Menschen, die – wie Elliott es genannt hatte – wahre Liebe empfanden. Liebe, die alles überdauerte und die ihren Höhepunkt an demselben Strand in Cornwall erreicht hatte, über den auch sie und Elliott gegangen waren.

Das hier war keine Manipulation, damit sie ihm vergab. Es war eine Liebesgeschichte. Von einer Liebe, die der Krieg zerstört hatte.

Teil 12

Kapitel 32

ENGLAND, APRIL 1944 | Skyes Spezialtraining für die *SOE*, bei dem sie unter anderem lernte, eine Waffe zu gebrauchen, Codes zu entschlüsseln, Sabotageakte durchzuführen und sogar, lautlos zu töten, fand im April statt. Da die Invasion der Alliierten unmittelbar bevorstand, war die *SOE* erpicht darauf, ihre neuen Agentinnen so schnell wie möglich auszubilden, und bald war Skye bereit für ihren ersten Auftrag.

Als sie in der speziellen Hütte in Tangmere ankam, von der aus die Agenten starteten, fühlte sie sich wie eine Gewitterwolke, eine Ansammlung einzelner Tropfen. Ihr Kopf war auf die fiktive Identität Odette Legrand konzentriert, ihr Herz gehörte Nicholas Crawford und ihre Seele Skye Penrose. Doch wie sollte sie wissen, welche dieser Tropfen zur Erde fallen und sich geschmeidig in den Fluss ihres Selbst einfügen und welche zerschellen würden?

Sie strich mit den Händen über ihren Rock, nicht, weil er geglättet werden musste, sondern weil ihre Handflächen feucht waren. Zögernd betrat sie die Hütte.

Sie hatte Nicholas seit ihren gemeinsamen freien Tagen nicht mehr gesehen, aber nun standen er und Margaux vor ihr. Am liebsten hätte sie sich ihm sofort in die Arme geworfen, den einen Ort, an dem sie zur Ruhe kommen könnte, aber es waren noch weitere Personen anwesend. Ihr blieb nichts anderes übrig, als ihm mit den Augen zu folgen, so wie auch er jede ihrer Bewegungen verfolgte. Kurz vor dem Abendessen bedeutete er ihr mit einer Kopfbewegung, mit ihm nach draußen zu kommen, und so gingen sie in den leeren Eingangsbereich.

Nicholas legte eine Hand an ihre Wange. »Geht es dir gut?«, flüsterte er. »Du siehst blass aus.«

»Ich habe furchtbare Angst«, sagte sie – ein Eingeständnis, das sie keinem anderen gemacht hätte.

Auch damals, als die Lancaster beinahe in sie hineingeflogen wäre, hatte sie ihre Angst ihm gegenüber zugegeben. Aber jene Angst war nichts im Vergleich zu dem, was sie jetzt empfand. Wenn das Flugzeug sie damals getroffen hätte, hätte es eine Explosion gegeben und dann den Tod. Ein absehbares, schnelles Ende. Was ihr nun bevorstand, hatte das Potenzial, um ein Vielfaches schrecklicher zu werden: Wenn die Nazis sie erwischten, könnte der Tod zu etwas werden, das sie herbeisehnte.

Sie fasste an den Anhänger ihrer Halskette. Darin befand sich eine Zyanidkapsel, die sie zusammen mit ihren gefälschten Ausweispapieren und dem französischen Besatzungsgeld erhalten hatte. Nur für alle Fälle.

Nicholas löste ihre Hand vom Anhänger und hielt sie fest. »Du weißt, dass es ganz normal ist, Angst zu haben.«

Sie atmete aus, und das Gewitter in ihrem Inneren beruhigte sich. Zum ersten Mal, seit man sie über ihren Auftrag in Paris informiert hatte, hatte sie das Gefühl zu wissen, wer sie war und wen und was sie zu spielen hatte.

»Du bist der tapferste Mensch, den ich kenne«, flüsterte Nicholas dicht an ihrem Ohr, »weil du tust, was getan werden muss, obwohl du Angst hast. Und denk daran, du hast mir versprochen, dass du nicht sterben wirst – also wirst du es verdammt nochmal auch nicht tun.«

Sie hatte nicht gedacht, dass es in dieser Nacht möglich wäre zu lächeln. »Danke«, sagte sie und küsste ihn, ein Mal nur, weil sie wusste, dass ihnen nicht mehr viel Zeit blieb.

»Ich liebe dich«, flüsterte Nicholas, und Skye erwiderte das Bekenntnis. Er war ihre Vergangenheit und ihre Gegenwart und würde ihre Zukunft sein.

Ihre Mutter hatte sich geirrt. *Die Zukunft ist kein Versprechen, das noch eingehalten wird*, hatte Vanessa gesagt. Aber Skye und Nicholas hatten einander ein Versprechen gegeben. Und obwohl ein Teil dessen noch auf seine Erfüllung wartete – *ich werde dich heiraten* –, sprach aus seinem festen Blick deutlich, dass es so geschehen würde.

—

Nach dem Abendessen, bei dem Skye kaum etwas hinuntergekriegt hatte, kletterten sie und Margaux in O'Farrells Lysander. Auf dem Flug nach Frankreich konnte Skye die ganze Zeit über Margaux' Blick auf sich spüren, und sie versuchte, nicht nervös auf dem Sitz herumzurutschen, Trost in der Weite des Himmels zu finden, nur an Nicholas zu denken, der ihr sagte, dass er sie liebte, und nicht daran, wohin sie flog. Dann landete das Flugzeug, und es war Zeit, über die Leiter auszusteigen.

»Warte«, rief O'Farrell, bevor sie hinausklettern konnte.

Sie lehnte sich zum Cockpit.

»Liberty ist schwanger«, sagte er und strahlte vor Freude fast heller als der Mond. »Wir bekommen ein Kind.«

»Ein Kind«, wiederholte Skye und spürte, wie ihre Nervosität angesichts dieser Neuigkeit verflog. Trotz allem, was sie ihrer Schwester zum Thema Schwangerschaft in Kriegszeiten gesagt hatte, war es die beste Neuigkeit, die sie seit Langem gehört hatte. Sie gab O'Farrell einen Kuss auf die Wange, bevor sie sich zur Bodenmannschaft aufmachte. »Ich freue mich jetzt schon darauf, meine Nichte oder meinen Neffen kennenzulernen.«

O'Farrell grinste, und Skye war jetzt sicher, dass alles gut gehen würde.

Und das tat es. Die Bodentruppe stand bereit, freute sich über die mitgebrachte Lieferung und nahm sich der beiden Frauen an. Am Morgen reisten sie per Zug nach Paris weiter. Dort traf Skye Catherine Dior, eine Frau mit ernstem Gesicht und einem beunruhigend durchdringenden Blick aus dunklen Augen. Catherine arbeitete für die Einheit der Résistance, zu der Skye nun als Kurier stoßen sollte.

Am Anfang redeten sie wenig miteinander, und Skye war nicht sicher, ob Catherine von Natur aus zurückhaltend war oder ob sie Skye einfach noch nicht vertraute. Vermutlich wäre Letzteres vernünftig, wenn so viel auf dem Spiel stand.

Allerdings festigte sich ihre Freundschaft schon am ersten Nachmittag, als sie zusammen zur Métro-Station gingen. Skye trug einen Korb mit einem Tuch darüber, als hätte sie gerade ihre Tagesration an Lebensmitteln abgeholt, in Wahrheit waren jedoch Waffen und Geld darin. Als ihnen ein deutscher Soldat entgegenkam, wäre sie beinahe erstarrt, und sie spürte Catherines durchdringenden Blick. Wahrscheinlich fürchtete sie, Skye würde bei diesem ersten Test, nachdem sie kaum einen Tag in Frankreich war, bereits versagen.

Aber Skye dachte an ihr Versprechen gegenüber Nicholas und an das Kind ihrer Schwester, das sie irgendwann im Arm halten wollte, und lächelte den Deutschen offen an.

»Was ist da drin?«, fragte der ungerührt und deutete auf den Korb.

Catherine wollte sprechen, aber Skye kam ihr zuvor. »Natürlich lauter Sachen, um Sie auszuspionieren, mein Herr. Wer würde nicht ein Fernglas haben wollen, um Sie von Nahem zu sehen, oder ein Funkgerät, um alles zu hören, was Sie sagen?«

Sie lachte, und der Deutsche stimmte mit ein. Niemand bei klarem Verstand würde einem Nazi verraten, dass er so etwas mit sich führte. Und sie kam damit davon – im Tausch gegen das Versprechen, sich später im *Fouquet's* mit ihm zu treffen.

Er kontrollierte ihren Ausweis und kannte damit ihren falschen Namen – Odette Legrand – und ihre Adresse. Sie würde also hingehen müssen. Sie winkte zum Abschied und lächelte noch einmal kokett.

»Was wirst du im *Fouquet's* tun?«, fragte Catherine düster. »Du weißt doch, was er will.«

»Mir so viel Champagner spendieren lassen, dass ich mich am Ende des Abends nur noch auf seine Stiefel übergeben kann.«

Zuerst musste Catherine schmunzeln, dann kehrte die Traurigkeit in ihre Augen zurück, und für einen Moment sah sie wie die meisten Frauen im besetzten Frankreich aus: ein bisschen zu dünn, mit Haaren, die wegen der rationierten Seife nicht so glänzten, wie sie sollten, aber doch mit einer gewissen Eleganz in ihrer Haltung. »Ich komme mit dir«, sagte sie.

Und das tat sie. Dabei ersparte sie Skye einen Kater, indem sie selbst zu viel trank und es Skye so ermöglichte, das Rendezvous frühzeitig abzubrechen, weil Skye sich ja um ihre betrunkene Freundin kümmern musste.

»Ich danke dir, Catherine«, sagte Skye, sobald sie weit genug vom *Fouquet's* entfernt waren, um offen reden zu können.

Catherine zuckte die Achseln und sagte: »Nenn mich Caro.« Skye dachte, sie würde es dabei belassen, aber dann fügte sie leise hinzu: »Und ich danke dir.«

Von da an sammelten Skye, Caro und Margaux so viele Informationen, wie sie nur konnten – wenn sie nicht gerade Champagner tranken, um ihre angespannten Nerven zu beruhigen. Margaux wurde von ihrem Nazi-Kontakt mit Einblicken zu deutschen Manövern versorgt, Caro akquirierte Informationen über deutsche Truppenbewegungen, und Skye, die kurz nach ihrer Ankunft erfahren musste, dass der Leiter der Einheit, dem sie Bericht erstatten sollte, als vermisst galt, fand sich plötzlich als Organisatorin der gesamten Widerstandseinheit wieder. Die Einheit bestand aus etwa zweihundert Leuten, und Skye bemühte sich, mehr und mehr französische Zivilisten für ihre Sache zu rekrutieren. Binnen zwei Wochen hatten sie der *SOE* entscheidende Informationen über das deutsche Verteidigungssystem in Paris samt seinen Schwächen übermittelt sowie Dutzende kleinerer Widerstandsgruppen mit Waffen versorgt und so weit gedrillt, dass sie Barrikaden errichten und eine Rückeroberung der Stadt unterstützen könnten, sobald die Alliierten mit ihrem Vorstoß begonnen hätten.

»Wir können gewinnen«, versicherte Skye ihren zwei Freundinnen und glaubte zum ersten Mal daran.

Einmal gingen sie in der Abenddämmerung die Rue Royale entlang, als sich die schwere Holztür zu einem Hinterhof öffnete und aus dem dahinter liegenden Garten der Duft von Jasmin auf die Straße strömte.

Caro atmete tief ein und schloss die Augen. »Kindheit und Sommer«, sagte sie.

»Hoffnung«, ergänzte Margaux mit einem leisen Lächeln.

Schnell lief Caro in den Hof und pflückte eine Handvoll Blüten. Sie gab Skye und Margaux ein paar davon ab.

»Zur Erinnerung«, sagte sie, und Skye wusste, was sie damit meinte: dass sie von nun an jedes Mal, wenn sie Jasmin rochen, daran denken würden, die Hoffnung nicht aufzugeben.

—

Drei Wochen später standen Margaux und Skye auf einer Wiese in L'Aigle und warteten auf ihren Rückflug nach England. Der D-Day, an dem alliierte Truppen der USA, Großbritanniens, Kanadas und Frankreichs an den Stränden der Normandie gelandet waren, um eine zweite Front gegen die Nazis eröffnen, hatte gerade stattgefunden, aber noch immer war Frankreich fest in deutscher Hand. Die beiden Frauen sollten in England über neue Pläne und Ziele unterrichtet werden und in zwei Tagen nach Paris zurückkehren, um die Résistance weiter zu unterstützen.

Während Skye mit Margaux auf ihren Piloten wartete, spürte sie die Aufregung darüber, Nicholas bald wiederzusehen, so stark durch ihren Körper strömen, dass sie das Gefühl hatte, sie müsse von innen heraus leuchten.

»Ich hoffe, die Deutschen sehen dich nicht aus der Ferne erstrahlen«, bemerkte Margaux trocken, als über ihnen die erwartete Lysander auftauchte.

Nachdem sie gelandet war, stieg O'Farrell aus, was er normalerweise nicht tun sollte. Mit bleichem Gesicht rannte er auf sie zu, und Skye wusste sofort Bescheid. Nicholas. Margaux tastete nach ihrer Hand.

»Er ist nicht tot«, sagte O'Farrell schnell. »Er ist nur nicht zurückgekommen.«

Nein!

Dieser eine panische Gedanke war alles, was Skye sich an Reaktion erlaubte. Sie weinte nicht. Sie schob die Erinnerung an den unheilverkündenden Himmel in Cornwall fort, unter dem sie und Nicholas gestanden hatten. Stattdessen erinnerte sie sich daran, wie Nicholas ihr den Ring aus Seegras an den Finger gesteckt und ihr eine wunderbare Zukunft versprochen hatte. Es lag an ihr, diese Zukunft wahr werden zu lassen. Sie würde ihn finden.

»Ich werde ihnen sagen, dass es zu bedeckt war, um zu landen«, sagte O'Farrell. »Dann kannst du hierbleiben und ihn suchen. Es muss in der Nähe von Orléans passiert sein.«

»Ich bleibe auch hier«, sagte Margaux.

Skye spürte einen schmerzenden Kloß im Hals. Sie sah ihre Freundin nicht an; sie wusste, dass Margaux keinen Dank für dieses Opfer erwartete – dass es für sie die einzig mögliche Reaktion war.

Dann sagte O'Farrell: »Liberty wird auch vermisst. Sie war mit Nicholas zusammen. Ihr müsst beide finden.«

O'Farrell kletterte wieder ins Flugzeug, und während sie Margaux' Arme um sich spürte, dämmerte es Skye: Liberty arbeitete auch für die *SOE*. Ihre Trunkenheit, ihre Suche nach Trost in O'Farrells Armen, ihre Sticheleien Skye gegenüber … das alles war wahrscheinlich ihre Art gewesen, mit dem Ballast an Gefühlen fertigzuwerden. Mit Gefühlen, die Skye nun, da sie ihnen ebenfalls ausgesetzt war, verstand. Hinter jeder Ecke konnte der Tod lauern, man könnte jederzeit verraten werden, man könnte in die Situation geraten, auf jemanden schießen und ihn sogar töten zu müssen. Liberty war es schon immer schwergefallen, selbst die einfachsten Gefühle auszudrücken. Wie hatte sie also mit der permanenten Gefahr leben können, unter fremder Identität in einem von den Nazis besetzten Frankreich zu arbeiten? Kein Wunder, dass sie sich so benommen hatte.

Und nun war sie schwanger. Das Kind in ihrem Bauch würde alles noch verstärken: die Gefahr, die Angst, das Gefühl, dass man alles nur Denkbare tun musste, um zu überleben.

»Es tut mir leid, dass ich dir nichts von Liberty sagen durfte«, hörte sie Margaux flüstern.

Dann ein Geräusch. Ein gefährliches Dröhnen über ihnen, laut und brutal, als hätte jemand mit beiden Händen den Himmel aufgerissen. Abgeschossen durch eine Flak, von der niemand etwas geahnt hatte, stürzte O'Farrells Flugzeug als Feuerball zur Erde.

»Nein!«, schrie Skye. »Nein!«

O'Farrell, mit Haaren so hell und leuchtend wie die Hoffnung, ein Mann, der nach England gekommen war, um zu helfen, obwohl er dem Krieg hätte fernbleiben können, ein Mann, der dem strahlenden Vollmond Konkurrenz gemacht hatte, als er ihr von seinem Kind erzählte, war nicht mehr am Leben. Eine weitere Seele, die sie in sich tragen würde. Wie viele könnte sie noch ertragen?

Sie weinte, genau wie Margaux, jede an der Schulter der anderen. Libertys Kind, falls es überleben sollte, hatte keinen Vater mehr.

Doch lange konnten sie nicht stehen bleiben und trauern. So war der Krieg: eine kurze Explosion schmerzvoller Trauer, die umgehend tief im Innern vergraben werden musste. Da waren zwei Menschen und ein ungeborenes Kind, die es zu finden galt. Nachts im Bett drückte Skye sich Caros Büschel Jasminblüten ans Gesicht und klammerte sich an die Hoffnung.

Die Résistance-Einheit in Orléans bestand nicht mehr; alle Mitglieder waren gefangen und gefoltert oder getötet worden. Trotz dieses Rückschlags arbeiteten Skye und Margaux weiter an den Aufgaben, für die sie nach Frankreich geschickt worden waren, fügten der Liste jedoch den Auftrag hinzu, Nicholas und Liberty zu finden.

Bald gab es eine Spur. Ein Priester, so erzählte jemand, habe einen Mann und eine Frau gesehen, die sich in einem Keller versteckten.

Dann, am sechsten Juli, einen Monat nach dem D-Day, als die alliierten Truppen noch immer weit von Paris entfernt waren, kamen Skye, Margaux und Caro auf der Straße drei Männer in Gestapo-Grau entgegen. Die Frauen wollten schnell an ihnen vorbeigehen, aber die Männer verstellten ihnen den Weg. Skye war sofort klar, dass man sie verraten hatte. Vielleicht war Margaux' Nazi-Kontakt misstrauisch geworden? Vielleicht hatte jemand Caro beim Versenden ihrer Nachrichten beobachtet. Vielleicht war einer der Männer, die Skye rekrutiert hatte, nicht so verlässlich gewesen, wie sie gedacht hatte.

Als die Gestapo-Männer sie packten, biss Margaux einem von ihnen in die Hand. Skye kratzte dem zweiten über die Wange, und dem dritten versetzte Caro einen wohl platzierten Tritt. Nicht eine Sekunde dachte Skye an die Zyanidkapsel in ihrem Anhänger. Sie musste am Leben bleiben.

Doch das Gebäude an der Rue de la Pompe, in das man sie verbrachte, war ein Ort, an dem sie diese Entscheidung beinahe bereute.

Eine junge Frau saß auf dem Rand einer Badewanne, um alles zu notieren, was Skye sagte, während ein Deutscher jeden Teil ihres Körpers in einer Weise malträtierte, die sie sich nie hätte vorstellen können. Sie war überzeugt, in dieser Badewanne voll Wasser sterben zu müssen, als ihr Kopf immer und immer wieder hineingedrückt wurde.

Nicholas. Sie dachte an Nicholas. Und an ihre Schwester. Sie betete im Stillen, dass niemand Liberty je irgendetwas von dem antat, was sie gerade erleiden musste.

Und als sie irgendwann das Bewusstsein verlor, spürte sie nur Dankbarkeit.

Als sie wieder erwachte, lag sie in einer Gefängniszelle in Fresnes, südlich von Paris. Ein weiterer Ort, der für Folter berüchtigt war. In ihrem Kopf hämmerte es so qualvoll, dass sie sich übergeben musste. Aber immerhin war sie am Leben.

In der Nacht hörte sie ein regelmäßiges Klopfen. Morsezeichen. Gefangene kommunizierten auf die einzige Weise miteinander, die ihnen geblieben war. Als sie die Buchstaben von Caros Namen hörte, schluchzte sie. Dann hörte sie Margaux'. Sie kroch zur Wand und klopfte ihren eigenen Namen: Odette Legrand. Bei Margaux' und Caros Antworten weinte sie noch mehr.

Tage vergingen. Viele Tage, die einer wie der andere verliefen. Ihr Kopf unter Wasser. Ihr Körper misshandelt. Ihre Kehle rau vom Erbrechen. Dann die Nächte mit der seligen Erleichterung, dass auch Catherine und Margaux einen weiteren Tag überlebt hatten.

Die ganze Zeit über hielt Skye an ihrer Geschichte fest, sie sei Französin, die sich durch den Kitzel der Gefahr zum Widerstand hatte verleiten lassen. Und die Deutschen schienen tatsächlich weiterhin zu glauben, dass sie Odette Legrand war und für die Résistance gearbeitet hatte – was schlimm genug war, aber nicht so schlimm, wie als britische Spionin entlarvt zu werden. Sie hoffte und betete, dass sie es Margaux ebenso glaubten.

Schließlich wurde sie aus dem Gefängnis zu einem Bahnhof gebracht. Sie war nicht in der Lage, ihre Freudentränen zurückzuhalten, als sie dort auf dem Bahnsteig auch Caro und Margaux entdeckte. Skye sah nicht auf ihre Wunden. Sie sah nur in ihre Augen, der wunderbarste Anblick seit Wochen, voller Zuneigung und Mitgefühl. Sie hatte fast vergessen, dass Menschen lieb und freundlich sein konnten.

»Sie wissen es nicht?«, flüsterte Margaux. *Dass du Engländerin bist*, brauchte sie nicht hinzuzufügen, Skye verstand es auch so.

Sie schüttelte den Kopf. »Nein.«

»Gott sei Dank.«

Sie galten also nur als drei junge Französinnen, die sich törichterweise von der Résistance hatten anwerben lassen.

An jenem Tag wurden die Zeichen für den bevorstehenden Sieg der Alliierten immer deutlicher, was Skye den Schmerz ihrer Verletzungen ein wenig erträglicher machte. Der Gare de l'Est sei von einer Bombe der Alliierten zerstört worden, sagte Margaux, die es irgendwie geschafft hatte, auch in Gefangenschaft an Informationen zu kommen. Und es gebe keinen Strom mehr in Paris.

Ein Mitarbeiter des Roten Kreuzes wiederum erzählte ihnen, die Alliierten seien bereits bis Rambouillet vorgedrungen, befänden sich also nur sechzig Kilometer westlich von Paris. Diese Strecke konnte innerhalb eines Tages zurückgelegt werden.

»Ihr werdet frei sein, bevor sie euch nach Deutschland bringen können«, rief der Mann vom Roten Kreuz ihnen nach, als einer der deutschen Soldaten sie weiterschubste.

Skye drückte Caro und Margaux die Hände, die sie umklammert hielt. Sie würden es schaffen. Sie mussten nur Geduld haben.

Aber dann wurden sie in die Viehwaggons eines Güterzugs gestoßen, der mit 2200 Gefangenen die Stadt verließ. Sengende Augusthitze brannte auf die Wagen, was das Atmen fast unmöglich machte. Der Zug fuhr nur im Schritttempo und ließ immer wieder andere Züge der deutschen Truppen vor.

Als bei Dormans die Résistance versuchte, den Zug zu stoppen, keimte Hoffnung in ihnen auf. Doch die Widerstandskämpfer wurden von den Deutschen besiegt. Durch die Ritzen der Waggonwände sahen sie, dass überall ihre Leichen lagen.

»Dormans ist kaum mehr als hundert Kilometer von Paris entfernt«, sagte Caro zu Skye. Ihre Stimme war nur ein heiseres Flüstern. »Der Zug hat für diese kurze Strecke zwei Tage gebraucht.«

»Je langsamer wir fahren, desto größer ist die Chance, dass die Alliierten uns einholen«, erwiderte Skye, und Margaux nickte.

So mussten sie denken, unbedingt. Nur so ließ es sich ertragen, dass die Latrineneimer mittlerweile so voll waren, dass sie ständig überschwappten, dass der Angstschweiß der zusammengedrängten Körper ihnen den Atem raubte und einige der Frauen um sie herum in der diabolischen Hitze verendeten.

»Wir nicht«, sagte Caro mit nun festerer Stimme zu Skye und Margaux.

Und doch sah Skye, dass der Glanz ihrer Augen gedimmt und Margaux' sonst so gefasstes Gesicht zu einer angespannten Fratze geworden war.

Dann begann Caro in der üblen Luft zu schnuppern. »Ich rieche Jasmin«, sagte sie und zog eine vertrocknete Blüte aus der Tasche.

Sie hielt sie erst Skye unter die Nase, dann Margaux. Skyes Hände lockerten sich, ebenso wie Margaux' Kiefer, und in Caros Augen schimmerte neue Hoffnung.

»Bon courage!«, hörten sie die Dorfbewohner am nächsten Bahnhof rufen, wo das Rote Kreuz den Lokomotivführer bat, den Zug anzuhalten.

Vielleicht hatte Caro recht gehabt. »Seht ihr?«, sagte Skye, um auch einen Beitrag zur hoffnungsvollen Stimmung zu leisten. »Wir werden Deutschland nicht erreichen.«

Dann setzte der Zug sich wieder in Bewegung. Skye nahm allen Mut zusammen, um aufzustehen und durch die Ritzen zwischen den Latten zu spähen. Alle Schilder da draußen waren nicht mehr auf Französisch, sondern auf Deutsch.

Dieser Zug wurde später als *Le dernier convoi* bezeichnet: der letzte Zug aus Paris. Am 21. August 1944 erreichte er das Konzentrationslager Ravensbrück.

Nur vier Tage später wurde Paris von den Alliierten befreit.

Kapitel 33

Das Konzentrationslager Ravensbrück, an der deutschen Grenze zum Osten gelegen, war ein unsäglicher Ort. Als Skye, Margaux und Caro ankamen, trafen gerade Unmengen von Zügen aus anderen, westlicheren Lagern ein, denn die Nazis versuchten ihre Gräueltaten vor den Alliierten zu verbergen, indem sie die gefangenen Frauen an diesem entlegenen Ort versteckten. Es waren so viele Gefangene, dass sie tagelang – bewacht von Wärtern und ihren Hunden – vor dem Eingangstor ausharren mussten, wo sich der Boden unter ihnen in ein matschiges Gemenge aus Abfall und Exkrementen verwandelte.

Irgendwann ließ man sie in Fünferreihen die mittlere Lagerstraße entlangmarschieren, die von Reihen klotziger grauer Blöcke flankiert war. Aus den Lautsprechern am Appellplatz dröhnten Befehle, und sie wurden in ihre Bunker getrieben, wo sie sich ausziehen mussten. Sie wurden gewaschen und rasiert, bekamen lumpige Kleidung und Holzpantinen, ein Kopftuch und einen roten Stern, der sie als politische Gefangene kennzeichnete.

Der einzige winzige Lichtblick war, dass Margaux, Caro und Skye – die von allen Odette genannt wurde – derselben Unterkunft zugeteilt wurden, in einem der französischen Blocks.

Margaux hatte in Erfahrung gebracht, dass eine Handvoll britischer Frauen im Lager »unter Quarantäne« stand. Die einzige Erklärung für eine Britin, die sich in Frankreich aufgehalten hatte, lag für die Nazis darin, dass diese Frau eine Spionin war. Von da an wusste Skye, sie würde alles tun, um niemals in dieser Quarantäne zu landen.

Im französischen Block schliefen sie zu dritt auf einer Matratze, aber damit kamen sie gut zurecht, weil es bedeutete, dass sie einander nachts Trost spenden konnten. In der ersten Nacht erinnerte sich Skye an das Versprechen, das sie und Nicholas einander gemacht hatten. *Du hast versprochen, nicht zu sterben,* dachte sie. *Also bleib bitte am Leben. Und ich werde es auch.*

Skye brauchte mehrere Wochen, um zu erfassen, was genau Ravensbrück bedeutete. Irgendwann im Oktober merkte sie, dass sie nicht einmal mehr zusammenzuckte, wenn jemand einen Klacks verschütteten Brei vom Boden aufleckte. Sie stöhnte nicht mehr, wenn um vier Uhr morgens die Sirenen heulten und das alltägliche Drängeln um das begann, was als Kaffee bezeichnet wurde. Mit all ihrer verbliebenen Kraft stießen hungernde Frauen andere hungernde Frauen beiseite, weil nur noch das Überleben zählte. Skye verspürte kein Entsetzen mehr, wenn sie mitansehen musste, wie eine Frau von einem der Hunde totgebissen wurde, und tat es ebenso wenig, als einer der Wächter auf dem Appellplatz eine Frau mit der Spitzhacke erschlug, weil sie beim Aufrufen ihres Namens nicht sofort geantwortet hatte. Sie reagierte nicht, als die Wachen eine der Frauen einen Tunnel in den Sand graben ließen, bis er über ihr einstürzte und sie bei lebendigem Leib begrub. Sie nahm den Geruch der im Krematorium verbrannten Leichen nicht mehr wahr, der im Lager bis in die hinterste Ecke drang.

Erst als sie eine kleine Babyleiche sah, erfasste Skye ein furchtbares Zucken und Zittern. Aber wie viel schlimmer war es, nicht zu reagieren, wie viel schlimmer, dass unvorstellbare Gräuel Alltag geworden waren. Um sie herum waren Frauen mit abgestorbenen Seelen, deren Körper grausamerweise weiterlebten. Sie berührte den Finger, der einst Nicholas' Ring aus Seegras getragen hatte. Sie durfte nicht zulassen, dass auch ihre Seele starb.

»Wir müssen alles Erdenkliche tun, um am Leben zu bleiben«, sagte sie, als Caro sich weigerte, eine Schüssel Flüssigkeit zu trinken, die nicht als Suppe bezeichnet werden konnte. Skye nahm die Schüssel und deutete auf einen kleinen Klumpen, der darin schwamm. Es war der erste Hinweis darauf, dass das, was sie zu essen bekamen, tatsächlich Nahrungsmittel enthielt.

»Sieh mal, da ist ein Stückchen Rübe. Es ist nicht bloß Wasser. Wir müssen jeden Tag nur eine Sache finden, die die Wärter übersehen haben, damit es den Tag besser macht als den vorherigen.«

Margaux nickte entschieden. Es war nichts Glamouröses mehr an ihr, an keiner von ihnen. Aber in diesem Nicken erkannte Skye die Margaux, bei deren Auftritt früher alle die Köpfe gedreht hatten, die immer Eleganz und Würde ausgestrahlt hatte. Auch Caro hob den Kopf, und trotz ihres kahlen Schädels wirkte sie wie die resolute Frau, die Skye an ihrem ersten Tag in Paris kennengelernt hatte, eine Frau, deren Augen noch immer leuchten konnten. Vor lauter Erleichterung war Skye nach Weinen zumute. Sie wusste, ohne Caro und Margaux würde sie nicht überleben. Aber nun wusste sie auch, dass sie alle jeden Tag einen Grund für ihr Überleben finden mussten.

Einmal war es eine Handvoll Kräuter, die Caro pflücken und in ihre Tasche schieben konnte, bevor es jemand merkte. Sie waren in Fünferreihen durch den Kiefernwald gelaufen, mit Schaufeln über den Schultern, um ihre zwölf Stunden Arbeit zu absolvieren.

»Die Kräuter haben Vitamine«, flüsterte Caro. »Vitamine halten uns am Leben.«

Ein anderes Mal entdeckte Margaux, dass Geneviève de Gaulle, Charles de Gaulles Nichte, ebenfalls in Ravensbrück war. »Die Alliierten werden nach ihr suchen«, sagte Margaux voller Überzeugung. »Und dann werden sie auch uns finden.«

Einen Monat lang trugen sie die Tatsache, dass der Widerstand in ihnen noch nicht vollständig gebrochen war, wie einen Talisman mit sich. Dann wurden Skye, Caro und Margaux mit weiteren Französinnen zu einer Außenstelle des Lagers nach Torgau verbracht. Die drei Frauen drängten sich dicht aneinander, als sie dort eintrafen, gepeinigt von der Furcht, dass der ihnen bekannte Horror von Ravensbrück durch neue, unbekannte Schrecken ersetzt oder gar übertroffen werden würde.

Wie sich herausstellte, sollten sie in einer Fabrik Munition herstellen: Gewehrkugeln für die Deutschen, um auf die Alliierten zu schießen.

Skye hätte sich am liebsten geweigert, denn was wäre, wenn eine dieser Kugeln Nicholas oder Liberty tötete?

Eine andere Gefangene, Jeannie Rousseau, sprach aus, was sie alle dachten. »Ich stelle für euch keine Munition her«, sagte sie zu einem deutschen Offizier. »Ich kann nicht. Das von uns zu verlangen, verstößt gegen die Genfer Konvention.«

Caro, Skye und Margaux stellten sich hinter Jeannie, und ihnen folgten etliche andere. Sie standen in ihren vom Regen durchnässten Lumpen da, zitternd vor Kälte, unterernährt, blau oder sogar blutig geschlagen und misshandelt, aber sie weigerten sich dennoch rundheraus, Munition herzustellen, die ihre Familien und Freunde und Geliebten töten würde.

Sie hatten Glück. Der Offizier war von ihrer unerwarteten Weigerung so irritiert, dass er ihnen Arbeit in der Küche gab, wo sie Essen für die Frauen zubereiteten, die nicht zu protestieren gewagt hatten und die Gewehrkugeln anfertigten.

In der Küche, wo die Öfen wohlige Wärme ausstrahlten und hin und wieder etwas abfiel, das man einstecken konnte, war die Arbeit sehr viel angenehmer, als draußen in der Kälte zwölf Stunden lang Sand von rechts nach links zu schaufeln, was einzig und allein dem Zweck dienen sollte, dass sie vor Erschöpfung irgendwann tot umfielen.

Doch natürlich konnte dieser Zustand nicht andauern. Die Frauen, die sich der Munitionsherstellung verweigert hatten, wurden nach Ravensbrück zurückgeschickt.

»Ich weiß nicht, ob ich da wieder hineingehen kann«, sagte Margaux, als die Tore vor ihnen auftauchten.

Es war das erste Mal, dass Skye ihre Freundin resigniert erlebte, und es machte ihr mehr Angst, als erneut durch das Tor der Hölle zu treten.

»Du kannst es«, sagte sie. »Ich brauche dich.« Sie legte Margaux' Hand auf ihren Bauch, und Margaux nickte.

Am nächsten Tag waren Skye und Caro bemüht, Margaux aufzumuntern – sie mussten etwas finden, das diesen Tag besser machte als den vorigen. Heimlich sammelten sie die Dinge, die sie dafür brauchten. Am Abend war es genug.

Brotkrumen – geradezu akribisch hatten sie danach gesucht. Brotkrumen, aus denen sie ein Geburtstagstörtchen für Margaux kneteten. Sie hatten längst aufgehört, sich um genaue Daten zu scheren, und feierten Geburtstage, wenn jemand es besonders nötig hatte. Auf ihrem Weg durch den verschneiten Wald hob Skye sechsundzwanzig Zweiglein auf, die als Kerzen dienten. Caro fand sogar eine Christrose, die sie obenauf legen konnten.

Margaux brach in Tränen aus, als sie ihr das Geschenk präsentierten. Sie umarmten einander und weinten alle gemeinsam. Skye versuchte, »Somewhere Over the Rainbow« zu singen, aber die Bluebirds aus dem Lied wollten nicht fliegen. Sie blieben ihr im Hals stecken und schlugen nur hilflos mit ihren eingeklemmten Flügelchen.

Das Beste war, als Margaux eines Tages in die Effektenkammer versetzt wurde, in der die Habseligkeiten der Gefangenen gelagert wurden. Sie konnte dort ein Stück Pappe entwenden, das sie später zu kleinen Spielkarten zerschnitten. Sie verbrachten viele wunderbare Stunden mit Bridge oder Rommé, wobei die Zeit tatsächlich einmal verging, statt sich ewig in die Länge zu ziehen.

Wenn sie einmal doch nichts fanden, das ihnen Mut gab – was vor allem an jenen bitteren Novembertagen der Fall war, an denen sie draußen in der bitteren Kälte zermürbende und stumpfsinnige Arbeit verrichten mussten, wobei der Frost ihnen trotz der mit Stroh ausgestopften Kleidung bis in die Knochen drang –, erzählten sie einander Geschichten aus der Vergangenheit, aus ihrer Kindheit. Skye und Margaux wussten bald alles über Caros Bruder Christian und die Familienvilla Les Rhumbs in Granville am Meer.

»Christian und ich lieben dieses Haus, nur im Esszimmer hat er sich nie wohlgefühlt«, erzählte Caro mit einem kleinen Lächeln. »Auf dem Büfett stehen Löwen- und Chimärenfiguren, die ihm Angst gemacht haben, als er jünger war. Ich habe ihn dann immer mit in den Garten genommen und ihm gesagt, dass es an einem Ort voller Blumen ganz bestimmt keine Drachen gibt.«

Skye stellte sich eine kleine, ernste Catherine vor, die ihrem Bruder einen Strauß Blumen überreicht, so wie sie einst auch Margaux und ihr die Jasminblüten gegeben hatte.

Dann erzählte Margaux von ihrer Kindheit in Lyon, ihren Jahren in Paris und der Schule in England. Skye beschrieb ihre magischen Sommer in Cornwall und wie sie fliegen gelernt hatte – und natürlich sprach sie über Nicholas. Immer wieder Nicholas: Sie erzählte von dem Tag, als sie ihn auf dem Flugfeld in England wiederentdeckt hatte, von dem Augenblick, in dem sie ihre Liebe zu ihm erkannte, was sie einander gesagt hatten, als er ihr den Ring aus Seegras an den Finger gesteckt hatte.

Ihre Träume teilten sie nie miteinander, sondern sprachen ausschließlich von der Vergangenheit – einer Zeit, die real und schön war und die ihnen im Gegensatz zu einer hypothetischen Zukunft und der alptraumhaften Gegenwart niemand mehr nehmen konnte. Hin und wieder, wenn sie der Mut verließ, fragte sich Skye jedoch, ob es bedeutete, dass keine von ihnen mehr Träume übrighatte.

Ihr, die ihr hier eintretet, lasst alle Hoffnung fahren, hatte Dante geschrieben. Worte, die auf Ravensbrück zutrafen, obwohl sie Jahrhunderte früher verfasst worden waren. Doch dann teilte Margaux die Spielkarten aus, oder Caro beschrieb die rosa Blüten in Les Rhumbs, oder Skye erzählte, wie Nicholas ihr das Glas mit Kaurimuscheln geschenkt hatte, und alle konzentrierten sich auf diesen einen Moment. Und deshalb wurden Skye Penrose, Margaux Jourdan und Catherine Dior mehr als nur Freundinnen. Sie wurden einander wie die Luft zum Atmen und hielten sich gegenseitig am Leben.

—

Im frostigen Dezember begann der Appell um halb drei am Morgen, und nicht wenige Frauen erfroren, während sie darauf warteten, dass ihre Namen aufgerufen wurden. Die wichtigste Aufgabe für Skye, Caro und Margaux bestand nun darin, mehr über das »Kinderzimmer« in Block 2 zu erfahren. Denn sie würden sich bald um ein Baby kümmern müssen: Skyes und Nicholas' Kind.

Bevor die drei Frauen ins Lager gekommen waren, hatte man jede Schwangere aussortiert und ihr Baby getötet. Aber mit dem Eintreffen der vielen Gefangenen im August und September hatte man die Regeln geändert: Nun war es erlaubt, Kinder zur Welt zu bringen. Skye war jedoch bewusst, dass es zwar erlaubt, aber keinesfalls erwünscht war.

Margaux, die es geschafft hatte, von der Effektenkammer in den Verwaltungsblock versetzt zu werden, wo sie hilfreiche Informationen sammeln konnte, teilte ihren Freundinnen die Neuigkeiten mit.

»Seit Oktober sind sechshundert Kinder zur Welt gekommen. Etwa vierzig von ihnen sind noch am Leben.«

Skye sank zu Boden. Es war schlimmer, als sie befürchtet hatte.

»Fünf Kinder liegen nebeneinander auf der einen Seite einer Matratze und fünf auf der anderen«, fuhr Margaux fort. »Wenn die Frauen zum Stillen eingelassen werden, können sie ihr eigenes Kind nicht unbedingt erkennen. Jedes Baby bekommt ein Stück Stoff, das sowohl als Windel wie auch als Zudecke dient. Über Nacht werden die Babys eingeschlossen, und immer steht ein Fenster zum Lüften offen, auch im Dezember. Und es gibt viele Ratten in Block 2«, fügte sie noch hinzu.

»Skyes Baby darf dort nicht hin«, sagte Caro entschlossen.

»Nein«, bestätigt Margaux. »Niemand weiß von deiner Schwangerschaft, Skye. Unter dem Kittel ist das unmöglich auszumachen. Wir halten es weiterhin geheim und verstecken das Kind dann bei uns. Ich kann mir vorstellen, dass das jetzt funktionieren wird.«

Im eisigen Winter 1944/ 1945 war bereits allgemein bekannt, dass die Alliierten in Europa vorrückten – auch wenn es den Frauen im Lager so vorkam, als müssten die Soldaten auf allen vieren kriechen, wenn sie Deutschland immer noch nicht erreicht hatten. Vielen der Wachleute war es mittlerweile egal, was die Gefangenen taten, und manchmal wurden sie nicht einmal mehr zur Arbeit eingeteilt. Sie saßen nur ihre Zeit ab, bis das Unvermeidliche geschehen würde. Unter diesen Bedingungen könnte ein Baby tatsächlich übersehen werden.

Doch dann brachte Margaux eine neue Warnung aus der Verwaltung mit. »Lagerkommandant Suhren hat den Befehl erhalten, mit dem ›Dreck‹ hier aufzuräumen. Er muss sicherstellen, dass jeden Monat zweitausend Frauen sterben. Und zwar rückwirkend, so dass er die Quote auch noch aufholen muss. Ich habe gehört, dass sie eine Gaskammer bauen und zuerst die Schwachen und Kranken nehmen. Ihr dürft nie ins Revier gehen. Außerdem hat der Arzt mir gesagt, dass sie Frauen mit Typhus im selben Bett schlafen lassen wie Frauen mit entzündeten Füßen, in der Hoffnung, dass die andere auch Typhus bekommt und dann beide sterben.«

Skye legte eine Hand auf ihren Bauch. Niemals sollte sie ins Revier, wie die Krankenstation des Lagers genannt wurde. Das bedeutete, dass sie das Kind ohne jede medizinische Hilfe zur Welt bringen musste. Zum ersten Mal spürte sie auch den letzten Funken Hoffnung schwinden.

»Es wird nicht überleben, oder?«, krächzte sie.

Es war inzwischen Ende Dezember, und niemand im Lager konnte sich vorstellen, dass es so etwas wie Weihnachten überhaupt gab. Sie wünschten sich nur noch das Ende des Winters herbei und nicht mehr etwas so Ungewisses und Unwahrscheinliches wie das Ende des Krieges.

Skye begann zu husten, und der Krampf dauerte so lange, dass sie sich mit den Händen im Dreck festkrallte – sich gleichsam ans Leben krallte. Sie vermutete, dass sie eine Lungenentzündung hatte, und Margaux hatte die Ruhr und Caro wahrscheinlich beides.

Doch Margaux ignorierte die schrecklichen Bauchschmerzen, die mit ihrer Ruhr einhergingen. Sie richtete sich auf, stand fest auf ihren dürren Beinen und deutete auf den Lastwagen, der vor das Revier gefahren war. Von der Ladefläche wurde ein Berg neuer Körper gekippt, die in drei Gruppen eingeteilt wurden: diejenigen, die – dankenswerterweise – schon tot waren, solche, die zu ihrem Unglück noch am Leben waren und zuletzt die, die den Verstand verloren hatten. Dann zeigte Margaux auf die Knochen, die an der Mauer des Waschraums lehnten, und auf die Asche des Krematoriums, die sich zu ihren Füßen grau auf den Schnee gelegt hatte. »Wenn euch jemand vor einem Jahr von alldem erzählt hätte, hättet ihr dann gedacht, dass wir hier so lange überleben würden, wie wir es getan haben?«

»Das wird uns niemals jemand glauben, oder?«, sagte Caro und starrte auf den Lastwagen.

Skye schüttelte den Kopf. Sie konnte es selbst nicht glauben, obwohl sie es mit eigenen Augen sah.

»Und unter diesen Bedingungen trägst du ein Kind unter dem Herzen – ein Kind, dass du bisher nicht verloren hast«, sagte Margaux und stellte sich so vor Caro und Skye, dass sie die Sicht auf den Laster versperrte. »Es ist ein Wunder, Skye.«

Nun sah Skye nichts außer Margaux, die unbeirrbar daran zu glauben schien, dass immer noch Wunder geschehen konnten. Skye konnte nicht glauben, dass sie diese Frau einmal zu hassen versucht hatte. Margaux war von ihnen allen die tapferste.

—

Als der Tag der Geburt kam, versuchte Skye zunächst, die Schmerzen zu ignorieren. Schmerz war etwas Alltägliches geworden und seine Abwesenheit so verstörend, dass Frauen ihre Wunden wieder aufkratzten, um seine vertraute und seltsam beruhigende Anwesenheit erneut zu spüren. Tatsächlich brannten ihre Lungen mittlerweile unablässig von der Entzündung, und sie nahm es kaum wahr. Doch die gespannte Haut über ihrem Bauch und ein Krampfen im Inneren waren neu. Mit ihr geschah etwas Heiliges an diesem unheiligsten aller Orte.

Caro und Margaux wussten sofort Bescheid, als sie ihr in die Augen sahen. Die drei waren sich mittlerweile näher als Schwestern – sie waren beinahe ein und dieselbe Person. Wenn eine von den Wächtern getreten wurde, zuckten auch die anderen zusammen. Wenn eine einen Alptraum hatte, wachten die anderen auf und nahmen die Träumende tröstend in den Arm.

»Los, rein«, zischte Caro, nahm Skye an der Hand und zog sie in ihren Block.

»Ich halte die Wachen fern«, sagte Margaux und überließ es Caro, bei Skye am Bett zu bleiben, während sie zwischen den Kojen und dem Eingang hin- und herlief und Ausschau hielt.

Anstelle von Medikamenten setzte Caro Geschichten über Les Rhumbs ein, um Skye zu beruhigen. »Rosa Rosen«, sagte sie und schnupperte in der Luft, als könnte sie die Blumen riechen. »Und überall im Garten Pfingstrosen. Jasmin so üppig, dass dir schwindelig wird, wenn du aus dem Haus trittst. Ich habe immer einen Eimer genommen, um all die Blütenblätter und Knospen aufzusammeln, die von den Büschen fielen, und dann habe ich mich hingelegt und alles über mir ausgeschüttet. Hast du jemals so einen Blumenregen gesehen? Dein Kind würde das bestimmt genießen.«

Also stellte sich Skye ihr Baby vor, wie es auf einer grünen Wiese am Meer lag und von einem Schauer aus rosa Rosen und weißen Jasminblüten berieselt wurde.

So gut sie konnte, hielt Skye zwischen Hustenanfällen und Wehen an diesem Bild fest. Sie wünschte, sie könnte die Blumen und die salzige Meeresluft riechen, aber sie hatte nicht die Kraft, einen so überwältigen Gestank wie den von Ravensbrück auszublenden.

Zum Glück für sie alle dauerte die Geburt nur wenige Stunden – ein Kind, das nur von Luft und Liebe genährt wird, entwickelt sich nicht wie ein normales Kind. Am Ende rutschte aus Skyes Schoß ein kleines blaues Ding, das Caro mit aller Kraft abrubbelte, während Margaux ihrer Freundin die Hand hielt. Als die Nachgeburt kam, sagte sie, sie müssten sie aufessen, denn solch ein Geschenk dürfe man nicht ausschlagen.

Skye hielt ihr Mädchen im Arm, Nicholas' Kind, die erste einer Schar furchtloser Töchter, die er ihr versprochen hatte. Sie weinte. Nicholas hatte keine Ahnung, dass er Vater war. Er hatte keine Ahnung, wo Skye war. Sie hatte keine Ahnung, wo er war oder wie sie ihm von diesem Wunder erzählen konnte. Und sie hatte keine

Ahnung gehabt, wie mächtig Mutterliebe sein konnte, bevor sie die Wange ihrer Tochter berührte und sah, wie der kleine Mund sich öffnete. Eine kleine Faust schlug ungelenk gegen ihre Brust. In diesem Moment wurde ihr klar, sie würde jeden töten, der zwischen sie und ihr Kind kam, und sie würde alles geben, was sie noch besaß, um dieses Baby zu beschützen.

Sie hatte aber auch nicht gewusst, wie niederschmetternd Liebe sein konnte, ehe sie versuchte, ihre Tochter zu stillen. Das Kind drängte frustriert mit dem Kopf gegen ihre Brust und stieß ein herzzerreißendes Quäken aus, als nicht mehr als ein, zwei Tropfen Milch herauskamen.

»Es tut mir leid, *chérie*«, flüsterte Skye verzweifelt, als sie die schreckliche Wahrheit einsehen musste: Ihr Körper war dermaßen ausgelaugt, dass ihre Milch bei Weitem nicht ausreichen würde, um ihre Tochter zu sättigen. Skyes Weinen schwoll zu einem krampfartigen Schluchzen an, das erneute Hustenanfälle auslöste, vor denen das Baby sich erschrak und zu schreien begann.

Skye sah zu ihren Freundinnen, deren Wangen ebenfalls nass waren. Skye hatte versucht, die Hoffnung nicht aufzugeben, aber nun war sie vollkommen ratlos.

Margaux wischte mit dem Handrücken über ihr Gesicht. Sie versuchte, sich aufzurichten, aber die Ruhr hatte sie den letzten Monat über innerlich ausgehöhlt. Trotzdem sprach sie mit fester Stimme. »Ich habe gesehen, wie Frauen aus den OP-Handschuhen im Revier Nuckel gemacht haben«, sagte sie. »Ich werde ein paar Handschuhe stehlen, dann können wir ihr wenigstens ein bisschen Wasser geben.«

»Und ich zweige etwas Milchpulver aus der Küche ab«, ergänzte Caro mit leiserer, aber nicht minder entschlossener Stimme.

Skye wollte den Kopf schütteln und sagen: *Nein, ihr dürft euch diesem Risiko nicht aussetzen.* Aber sie wusste, es wäre sinnlos. Sie würde für die beiden exakt dasselbe tun.

Nachts, als sie das zarte Baby zwischen sich geklemmt hatten – es hatte nicht wieder geschrien, dazu fehlte ihm die Kraft –, fiel Skye im Schlaf in die Vergangenheit zurück.

Nicholas war da. *Meine Uhr*, sagte er, so wie er es an seinem letzten Morgen in Cornwall getan hatte, *sie ist nicht da. Ich muss sie irgendwo im Pavillon verloren haben. Aber gib mir einfach noch einen Kuss, dann werde ich keinen anderen Glücksbringer brauchen.*

Sie küsste ihn, lächelte und sagte: *Vielleicht hat Liberty sie ja gefunden und mitgenommen.*

Doch das konnte nicht sein, denn auch Liberty hatte kein Glück gehabt und war in Frankreich verschollen. Der Traum kippte, Skye begann zu schreien und irgendjemand weinte.

Sie erwachte mit Margaux' Hand auf dem Mund. Caro wiegte ein Bündel im Arm, und Skye wusste wieder, dass es ihr Baby war. Sie versuchte, die Arme zu heben, um ihre Tochter entgegenzunehmen und an ihr Herz zu drücken, wollte ihr zeigen, dass Skye sie liebte, auch wenn ihr nutzloser Körper sie im Stich ließ. Doch ihre Gliedmaßen gehorchten ihr nicht. Die Laken waren durchnässt. Überall war Blut – zu viel Blut.

Dann wurde um Skye herum alles schwarz. In ihrem Traum lächelte Nicholas sie traurig an, kehrte ihr den Rücken und ging davon.

Kapitel 34

Der nächste Monat war wie eine einzige lange und schreckliche Halluzination. Skye konnte nicht unterscheiden, was Wirklichkeit war und was nicht, wusste nur, dass sie jeden Morgen im Dunkeln zum Morgenappell geschleift wurde und dort gegen Margaux und Caro lehnte, während ihr das Blut die Beine hinunterlief. Die Wächter kümmerte es nicht weiter. Blut an den Beinen der Gefangenen war nichts Bemerkenswertes – die wenigen Frauen, die trotz der Unterernährung noch ihre Regelblutung bekamen, besaßen nicht einmal Lumpen, um es abzuwischen.

Caro hüllte Skye in ihren Umhang, obwohl sie selbst zitterte, und Margaux, gleichermaßen bibbernd vor Kälte, gab Skye ihre Decke, um das Bündel zu verhüllen, das sie sich vor die Brust gebunden hatte. Das Bündel, das kaum gewachsen war, das Bündel, das noch vor ihr sterben würde, da war Skye sicher.

Die Wachen zwangen sie nicht mehr, zu arbeiten, benutzten beim Appell jedoch nach Lust und Laune ihre Stöcke. Caro und Margaux stellten sich dann vor Skye und steckten die Schläge ein, die für sie gedacht waren, um das Baby zu schützen. Skye spürte dennoch jeden Stockschlag, als würde sie ihn selbst abbekommen, aber es war zu kalt zum Weinen – die Tränen gefroren ihr auf den Wangen und brannten auf der Haut.

»Wenn die Wachleute so aggressiv sind, müssen die Alliierten schon sehr nahe sein«, flüsterte Caro nach einem besonders harten Schlag auf die Schulter und hustete Blut. Sie suchte noch immer nach jedem noch so kleinen Sonnenstrahl, um den bitteren Winter zu wärmen.

Es wurde immer wichtiger, sich zu verstecken, weil es nun häufiger Appelle und Kontrollen gab, und bald mussten die Frauen nackt an den Wächtern vorbeidefilieren. Diejenigen mit verletzten oder völlig kraftlosen Beinen wurden an die Seite getrieben und zu den Todesbussen gebracht, die vor den Lagertoren im Wald standen – Busse, über die man munkelte, dass sie voller Gas waren. Busse, aus denen niemand zurückkehrte.

Skye konnte nicht nackt an den Wärtern vorbeilaufen, denn dann hätten sie ihr Baby gesehen und außerdem erkannt, dass sie zu schwach war, um allein zu stehen. Während der Aussortierung brachten Margaux und Caro sie also zur französischen Ärztin Loulou Le Porz, die sie in Block 10 versteckte – dem Block mit den ansteckenden Krankheiten –, denn den betraten die Wärter niemals. Die Gefahr war hoch, dass das Kind sich irgendwo anstecken und sterben könnte –andererseits würde Skye mit Sicherheit sterben, wenn die Wärter ihre Schwäche sahen, also war es ein Risiko, das sie eingehen musste.

In solchen Momenten tat es weh, zu hoffen.

Skye saß im Todesblock mit ihrem Baby auf dem Boden und wartete darauf, dass der Appell vorbei war. Sie schob einen Finger in die winzige Faust ihrer Tochter und erzählte ihr flüsternd wieder und wieder von Häusern am Meer, von Blütenregen und einem dunkelhaarigen Mann, den sie eines Tages Daddy nennen würde.

Dann kam die größte Halluzination: Liberty. Eines Tages erschien sie auf der Lagerstraße und lächelte hinterhältig.

Margaux stellte sich vor Skye. »Wie lange bist du schon hier?«, fragte sie.

»Ich bin seit Juni in Quarantäne«, antwortete Liberty.

Quarantäne. Einer der dunkelsten Orte des Lagers. Skye erschauerte.

»Wieso haben sie dich rausgelassen?«

Selbst in ihrem desolaten Zustand konnte Skye das Misstrauen in Margaux' Stimme hören. Sie versuchte zu sprechen, um Margaux zu bitten, hinter Libertys Fassade zu schauen und zu verstehen, was Liberty tatsächlich sagen wollte. Doch die Anstrengung brachte sie zum Husten – ein Geräusch, das dem Baby mittlerweile so vertraut war, dass es nicht einmal mehr zuckte.

Das Geräusch erregte Libertys Aufmerksamkeit, und als sie ihre Schwester ansah, schwand ihr Lächeln. Sie stürzte auf Skye zu und schloss sie so fest in die Arme, wie sie es nie zuvor getan hatte. Dabei drückte sie auf das Baby, das kurz Laut gab. Fassungslos riss Liberty die Augen auf.

Wo ist dein Kind?, versuchte Skye zu fragen, aber es war schon schwer genug, nur zu atmen.

Danach bekamen sie Liberty immer mal wieder zu Gesicht. Skye hörte Fetzen beunruhigender Gespräche: Margaux erzählte Caro, sie habe im Verwaltungsblock herausgefunden, dass Liberty tatsächlich in Quarantäne gewesen war, weil die Deutschen sie als Engländerin erkannt hatten; dass sie hinausgelassen worden war, weil sie den Wärtern verraten hatte, welche Frauen bei der Résistance Schlüsselpositionen innegehabt hatten und welche ihre wahre Identität geheim hielten.

Sie ist eine Spionin, wollte Skye sagen. *Sie tut nur so.*

Doch als Margaux Liberty mit ihrem Verrat konfrontierte, gab diese zu, den Wärtern tatsächlich zwei Namen genannt zu haben.

»Sie waren so krank und schwach, dass sie ohnehin bald gestorben wären«, erklärte Liberty kühl. »Außerdem haben sie die Wärter ihrerseits mit Informationen versorgt. Ihr solltet froh sein, dass ich sie verraten habe, bevor sie Gelegenheit hatten, euch zu verraten.« Sie deutete auf Skye und Margaux.

Skye drückte Caro ihr Kind in den Arm, bevor sie Galle erbrach. Wie viel länger konnte das noch so weitergehen? Das Blut, der Husten, das Fieber … und jetzt Liberty!

Damit begann die schlimmste Zeit: Stunden im Delirium, in denen Skye vage mitbekam, dass Margaux und Caro ihr ihre eigene Geschichte erzählten: von Skye und Nicholas an einem Strand in Cornwall, mit Kaurimuscheln unter den Füßen. Manchmal war auch Liberty dabei, lächelte den Wärtern übertrieben freundlich zu und versuchte, Skye die glühend heiße Stirn zu befühlen. Doch Skye drehte den Kopf weg.

Während ihrer Tage im Delirium sah sie Nicholas kein einziges Mal.

—

Dann kam Karfreitag, und die Schlagstöcke der Wärter kündigten noch mehr Tod an. Es ging das Gerücht um, dass mehr Lastwagen als sonst im Wald standen. Das Aussortieren begann – zunächst nur für die Französinnen.

»Versteck dich«, sagte Margaux zu Skye und damit auch zu Caro, denn ohne Hilfe konnte Skye sich nicht mehr bewegen.

Auf einmal stand Liberty vor ihnen, deutete auf Skye und sagte zu den Wärtern: »Sie muss ins Revier. Sie ist krank. Fühlen Sie ihre Stirn. Sehen Sie das Blut nicht? Sie hat ein Baby bekommen, und Sie haben es nicht bemerkt.«

Das Revier. Ein Ort, an dem die Menschen starben.

Zum ersten Mal seit vielen Tagen gab Skye einen Laut von sich. Es hatte ein Schrei werden sollen und wurde doch nur ein klagendes Stöhnen. Wut, wilde, heiße Wut kochte in ihr hoch. Liberty tat nicht nur so. Sie war eine gemeine Verräterin, genau, wie Margaux befürchtet hatte.

Skye erinnerte sich, dass sie seit Libertys erstem Besuch in Hamble darauf gewartet hatte, dass sie zuschlug. Und nun hatte sie es endlich getan.

Als Skye ihrer Schwester in die Augen sah, meinte sie zu erkennen, wie Liberty kurz zusammenzuckte. Nie im Leben würde sie Liberty vergeben, wenn man sie und ihr Baby nun in die Krankenstation brächte, wo das Kind mit Sicherheit sterben würde.

»Ich bleibe bei Caro und Margaux«, flüsterte sie und griff nach den Händen ihrer wahren Schwestern.

Die beiden hielten sie fest, und Skye wusste, dass sie sich gegen Liberty wehren würden. Und die Wärter, die selbst schwach vor Hunger und Apathie und Angst waren, würden sich kaum mit Frauen anlegen, die noch kämpfen konnten, wenn es so viele gab, die es nicht mehr fertigbrachten. Liberty würde sich eine andere suchen müssen, die sie ins Revier schicken konnte.

In Libertys Gesicht erschien ein Ausdruck, der Skye fremd war und der sie dazu brachte, die Augen zuzukneifen, um ihn nicht mehr sehen zu müssen.

Sie hörte Liberty zischen: »Nicholas hat eine Französin geheiratet. Er hat ein Kind mit ihr. Selbst wenn du und dein Bankert lebend hier herauskommen, wirst du ihn nicht haben können. Er liebt jetzt eine andere.«

Du Liebesdiebin! Was? Du kamst bei Nacht, / Stahlst meines Liebsten Herz? Die Zeilen, die Skye einst auf einer Mauer deklamiert hatte, prallten auf ihr Herz wie die Stöcke der Wärter.

Die Alpträume, die Halluzinationen, oder was auch immer es war, das sie jeden wachen und schlafenden Moment quälte, lösten sich auf. Unendliche Schwärze umfing sie. Skye spürte, wie ihr Körper hochgehoben und weggetragen wurde, und sie wusste, sie wurde ins Revier gebracht. Ihr war alles gleichgültig.

Da hörte sie einen Schrei. Einen Schuss.

War das Baby noch bei ihr? Erschrocken tastete sie nach ihrer Tochter, doch mit Gewissheit wusste sie nur eines: dass ihre Schwester hinter ihr noch immer ihr schauriges Lächeln zur Schau trug.

Teil 13
NICHOLAS

Ich fand den Vermerk »vermisst – vermutlich tot« schon immer ganz entsetzlich.

– Vera Atkins

Kapitel 35

FRANKREICH, MAI 1944 | In einer Mainacht, kurz nachdem er Skye mit O'Farrell hatte fortfliegen sehen, brachte Nicholas Liberty nach Frankreich.

Sobald sie gelandet waren, machte Liberty sich los und kletterte die Leiter hinunter. Nicholas hatte noch nicht einmal Blickkontakt mit den Männern ihres Empfangskomitees aufnehmen können.

»Warte«, rief er ihr nach.

Aber wie Liberty nun einmal war, hörte sie nicht.

Schon den ganzen Flug über war sie übermäßig nervös gewesen. Nicholas hatte versucht, sie zum Reden zu bringen, weil er die Anzeichen kannte, wenn ein Agent sich überfordert fühlte. Fast wäre er umgekehrt und nach England zurückgeflogen, aber abgesehen von seiner Ahnung gab es dafür keinen Anlass, und seine Vorgesetzten hätten ihn ausgelacht.

Im Licht der Fackeln, mit denen die Landebahn markiert war, wurde das Gesicht eines der Männer der Bodenmannschaft sichtbar, und Nicholas' Magen zog sich zusammen. Er kannte diesen Mann nicht.

Die Deutschen mussten entdeckt haben, auf welchem Feld und mit welchem Morsecode sie landen würden, um sie dort in Empfang zu nehmen. Schon seit Wochen hatte man in der *SOE* den

Verdacht, dass es einen Maulwurf gab, möglicherweise unter den Außendienst-Agenten.

»Liberty!«, rief er und brach damit die Regeln, weil er sie bei ihrem richtigen Namen nannte. Aber sie sollte wissen, dass ihnen Gefahr drohte.

Himmel, den Vorschriften zufolge sollte er sofort losfliegen und sie zurücklassen. Aber wie konnte er Skyes Schwester den Deutschen überlassen?

Er nahm seine Pistole und kletterte ebenfalls aus dem Flugzeug.

Sie hatten Glück, denn ihre Widerstandgruppe hatte sich nicht weit entfernt in den Bäumen versteckt. Von dort schossen sie nun auf die Deutschen – und trafen.

Schon bald konnten er und Liberty in ein sicheres Versteck gebracht werden.

»Es ist nicht unbedingt der beste Ort, um dort die Nacht zu verbringen«, warnte einer der Männer. »Die Mutter ist sehr nervös und würde einknicken, wenn die Deutschen sie in die Mangel nähmen. Aber die Tochter ist ganz pfiffig. Und es ist der Ort, der am nächsten liegt.«

Nicholas machte sich keine Sorgen. »Morgen Abend ist nicht weit von hier ein Abholmanöver geplant. Länger brauchen wir nicht hierzubleiben. Wenn ihr ein Auto organisieren könntet, mit dem ihr uns morgen Abend zu dem Feld in der Nähe von Orléans fahrt, seid ihr uns binnen vierundzwanzig Stunden wieder los.«

Doch es kam anders. Ein Auto traf nie ein. Nach den gestrigen Ereignissen ging Nicholas davon aus, dass die Widerstandsgruppe zerschlagen und ihre Mitglieder gefangen genommen worden waren.

Daraufhin versuchte er, mit ihren Gastgeberinnen, Madame Beaufort und ihrer Tochter Adèle, eine andere Lösung zu finden, aber sie besaßen keinen Wagen. Und da ihre Kontaktgruppe nicht mehr existierte, konnten sie niemanden bitten, der *SOE* die Nachricht zu funken, dass er und Liberty noch lebten und eine Lysander brauchten, die sie abholte.

Madame Beaufort hatte panische Angst, weil Nicholas und Liberty länger als erwartet in ihrem Keller bleiben würden, und sprach kaum mit ihnen. Adèle war es, die ihnen das Essen brachte. Sie sagte, sie wolle versuchen, eine andere Widerstandsgruppe zu finden, um sie in Sicherheit bringen zu lassen. Nicholas habe richtig vermutet, erzählte sie: Die einzige Gruppe in dieser Gegend sei zerschlagen worden. Sie könne sich nur heimlich bei Leuten erkundigen, die ihr vertrauenswürdig erschienen – aber bislang sei noch nichts dabei herausgekommen.

Drei Wochen vergingen unter höchster Anspannung. Weder er noch Liberty konnten den Keller verlassen. Es war eng, und sie wechselten kaum ein freundliches Wort. Er versuchte, nachsichtig zu sein, sich Kommentare zu verkneifen, sich zu sagen, dass Liberty wahrscheinlich ebenso viel Angst hatte wie er.

Hin und wieder kam Adèle zu ihnen in den Keller, und Nicholas erzählte ihr von Skye. Dann war sogar Liberty so ruhig und friedlich wie früher als Kind, wenn sie die steinerne Frau in dem geheimnisvollen Garten angestarrt hatte.

Ende Juni wurde es ihm schier unerträglich, so lange von Skye getrennt zu sein, und das scheinbar endlose Warten auf Hilfe war ebenfalls kaum noch auszuhalten. Nicholas und Liberty waren sich in einer Sache einig: Sie mussten ihr Glück versuchen und sich allein und im Schutz der Dunkelheit auf den Weg machen.

Vor ihrem Abflug aus England war beiden klar gewesen, dass die Invasion der Alliierten in Frankreich unmittelbar bevorstand. Vielleicht könnten sie eine neue Widerstandsgruppe finden oder sich direkt irgendwo bei den Alliierten melden.

Als Adèle ihnen mittags das Essen brachte, weihten sie sie in ihren Plan ein. Sie nickte und sagte, sie werde ihnen Proviant beschaffen.

Zehn Minuten später kam Adèle mit ihrer Mutter zu ihnen.

»Wir haben Sie beide für lange Zeit hier versteckt«, sagte Madame Beaufort sichtlich angespannt und mit krampfhaft verschränkten Händen. »Ihre Anwesenheit hat uns …« Nun ergriff sie die Hand ihrer Tochter. »Wir haben uns wegen Ihnen großer Gefahr ausgesetzt.«

Nicholas stellte den Teller mit Essen neben sich auf den Boden und stand auf. Bei dem, was Madame Beaufort und Adèle für ihn getan hatten, fühlte er sich klein und demütig. Eine Gefangennahme oder sogar den Tod in Kauf zu nehmen, um zwei Fremde zu verstecken, erforderte unsäglich viel Mut. Noch mehr sogar, wenn man so ängstlich war wie Madame Beaufort. Und doch hatte sie es durchgehalten.

»Ich danke Ihnen vielmals«, sagte er. »Ich weiß, Sie hätten uns verraten können. Unser Leben lag in Ihrer Hand. Wenn ich etwas für Sie tun kann, was auch immer es ist, dann werde ich es tun.«

»Da wäre tatsächlich etwas«, sagte Madame Beaufort mit Tränen in den Augen, und auch Adèle weinte jetzt.

Stockend erzählte Madame Beaufort Nicholas, dass Adèle von einem Nazi geschwängert worden war. Dass sie hoffe, Nicholas werde sie heiraten, um dem Kind einen Namen zu geben, damit niemals jemand denken würde, ihre Tochter habe sich aus freien Stücken mit einem deutschen Soldaten eingelassen. Der zeitliche Rahmen sei in etwa passend, denn Adèle habe erst am Tag vor Nicholas' und Libertys Ankunft von ihrer Schwangerschaft erfahren. Die Dorfbewohner wüssten, dass Madame Beaufort einen amerikanischen Piloten in ihrem Keller versteckt hielte, so dass es glaubwürdig sei, wenn dieser Pilot und ihre Tochter sich verliebt hätten und nun heirateten. Dann seien Adèle und ihr Kind sicher.

»Ich habe einen Priester mitgebracht«, sagte Madame Beaufort und deutete auf einen Mann, der jetzt die Treppe herunterkam.

Es wäre tatsächlich eine glaubwürdige Geschichte. Nicholas hatte von mehr als einem Piloten der Alliierten gehört, der die Französin, die ihm Unterschlupf bot, geheiratet hatte. Er fragte sich, ob Adèle vergewaltigt worden war oder sich in einen der im Ort stationierten Deutschen verliebt hatte. Beide Szenarien waren denkbar, und er konnte sich gut vorstellen, wie es in kleinen Dorfgemeinschaften zuging. Allein die Möglichkeit, dass Adèles Kind deutsches Blut in sich trug, würde bedeuten, dass man sie und ihre Mutter ächtete oder gar verstieß. Er schloss die Augen und versuchte die Vorstellung zu vertreiben, dass Adèle aus ihrem Dorf gejagt werden würde, allein und schutzlos mit einem Kind, das sie versorgen musste.

Liberty stand nun auch auf. »Nicholas wird nichts dergleichen tun«, rief sie aufgebracht. »Sie können ihn nicht derart unter Druck setzen und ihm ein schlechtes Gewissen machen.«

Nicholas spürte keine Wut, nur tiefe und verzweifelte Traurigkeit. Wie konnte er Madame Beaufort böse sein, wenn sie nur ihre Tochter beschützen wollte? »Sagen Sie allen, es sei mein Kind«, erwiderte er. »Das macht mir nichts aus. Aber heiraten kann ich Ihre Tochter nicht. Es tut mir leid.«

»Ohne den Beweis wird uns niemand glauben«, sagte Madame Beaufort verzweifelt. »Es funktioniert nur mit einer eingetragenen Heirat.«

»Ich bin aber schon verheiratet«, sagte Nicholas.

Liberty starrte ihn an.

»Ich habe Skye mein heiliges Versprechen gegeben und sie mir ihres. Wir haben keine Urkunde, aber ich gehöre mit Körper und Seele ganz und gar ihr.«

Der Priester besprach sich mit Madame Beaufort. Adèle stand leise weinend daneben.

»Der Vater des Kindes …«, wandte Nicholas sich behutsam an Adèle, »hat er …«

»Wenn man am Verhungern ist und die eigene Mutter ist es auch, dann tut man Dinge, die man sonst nie für möglich gehalten hätte«, sagte Adèle schlicht.

Nicholas presste die Kiefer zusammen. Adèle hatte mit einem Nazi geschlafen, um ihrer Mutter Nahrung zu beschaffen. Damit war es eine Form von sexueller Gewalt, genau wie bei Margaux, die sich einem deutschen Offizier hingab, um an Informationen zu gelangen. In diesem Moment hasste er die Welt, in der er lebte, aus vollem Herzen: eine Welt, in der Männer die Verletzlichkeit von Frauen so schamlos und schändlich ausnutzten. Er dachte an Skye, die irgendwo in Frankreich ebenso verletzlich herumlief, und musste sich an der Wand abstützen, während er mit der aufsteigenden Übelkeit rang.

Madame Beaufort meldete sich wieder zu Wort. »Wir lassen Sie in Ruhe darüber nachdenken. Der Priester wird am Nachmittag wiederkommen.« Sie hakte sich bei ihrer Tochter unter. Bevor sie ging, fügte sie noch hinzu: »Sie haben gesagt, Sie würden alles tun, was auch immer es ist.«

Nicholas lehnte den Rücken gegen die Wand, ließ sich langsam zu Boden rutschen und schlug die Hände vors Gesicht.

Nach einer Weile spürte er, wie Liberty sich neben ihn setzte. »Heißt das, du bist jetzt mein Schwager?«

Er sah sie an, und sie lächelte, ja, strahlte geradezu. Da nickte er und brachte ebenfalls ein Lächeln zustande.

»Gott sei Dank«, sagte sie. »Es fehlte nur noch, dass ich dich und Skye irgendwo zusammen einschließe, ansonsten habe ich ja nun wirklich alles Erdenkliche getan, damit ihr zwei zusammenkommt.«

»Wie meinst du das? Willst du damit sagen, dass du und O'Farrell …«

Sie grinste. »Anfangs habe ich mich auf O'Farrell eingelassen, damit Skye nicht auf die Idee kommt, sich mit ihm zu trösten, weil sie dich nicht haben kann. Aber jetzt …« Sie legte eine Hand auf ihren Bauch. »Jetzt ist es viel mehr als das. Wir werden im Januar ein Kind bekommen. Sobald ich wieder in England bin, werden wir heiraten.«

Nicholas starrte sie an. Liberty verheiratet und mit einem Kind? Liberty vielleicht sogar verliebt?

»Du guckst so entsetzt, als hätte ich dir gesagt, ich wollte einen Elefanten heiraten.«

Er lachte. »Entschuldige bitte, ich bin nur erstaunt. Ich freue mich riesig für euch.« Er nahm sie in die Arme.

»Vielleicht können wir zusammen heiraten«, sagte Liberty. »In Cornwall. Du und Skye. Ich und O'Farrell.«

»Das würde Skye bestimmt gefallen.« Nicholas wagte kaum, es sich vorzustellen. Skye im Hochzeitskleid … Skye als seine Frau … Das Für-immer, das ihnen seit je vorherbestimmt war, könnten sie endlich einlösen, sobald er wieder in England und der Krieg beendet wäre.

»Wir müssen nur hier rauskommen und uns vergewissern, dass weder Skye noch O'Farrell etwas zugestoßen ist. Er wird doch noch am Le…«

Sie brach ab, und es war das erste Mal, dass Nicholas ihre Augen feucht werden sah.

»Wenn meine Mutter die Zukunft vorhersehen konnte, müsste ich dann nicht auch etwas von dieser Gabe haben?« Schnell wischte Liberty sich über die Lider. »Ich spüre nichts, das mir sagt, dass er tot ist. Das kann doch nur bedeuten, dass es ihm gut geht, oder? Ich glaube, ich könnte es nicht ertragen, wenn er mich jetzt schon …« Ihre Stimme brach.

Nicholas nahm ihre Hand. »O'Farrell lebt.«

Er musste diese Worte glauben, weil auch er jede Nacht versuchte, Skye in irgendeiner Weise zu spüren. Alles, was er dann empfand, war der dringende Wunsch, nach Hause zurückzukehren und sie zu sehen, und nie hatte er das Gefühl, die Liebe seines Lebens könne tot sein.

»Wir werden heute Nacht aufbrechen«, sagte Liberty entschieden.

Müde rieb er sich die Stirn und nickte. »Ich wünschte nur, ich könnte etwas für Adèle tun. Immerhin hat sie für uns ihr Leben aufs Spiel gesetzt.«

Liberty hob die Schultern. »Manche Dinge lassen sich nicht in Ordnung bringen. So geht es nun mal zu auf der Welt.«

Er dachte an Luc, der sein Leben auf einem einsamen Feld in Frankreich geopfert hatte. Für die Freiheit. Und Margaux, die mit einem Nazi geschlafen hatte – auch das für die Freiheit. »Ich hatte aber wirklich gesagt, ich würde alles für sie tun«, erklärte er bitter.

Mit harter, kühler Stimme wiederholte Liberty ihre letzten Worte. »So geht es nun mal zu auf der Welt. Du kannst nicht immer das Richtige tun, Nicholas.«

—

Am Nachmittag kamen Madame Beaufort, Adèle und der Priester zurück.

»Es tut mir wirklich leid«, sagte Nicholas zu Adèle. »Aber wie ich schon sagte, Sie können gern meinen Namen annehmen und allen sagen, wir seien verheiratet.«

Liberty runzelte die Stirn. Ihr Anflug von Mitgefühl war offenbar vorüber, aber Nicholas würde doch verdammt nochmal wenigstens sein Bedauern ausdrücken dürfen, wenn er Adèle schon nicht geben konnte, was sie wollte.

Madame Beaufort sagte zu Liberty, dass oben alle Vorhänge geschlossen seien und sie ein Bad nehmen könne. Vielleicht hielt sie es für besser, wenn Nicholas eine Weile mit dem Priester allein wäre, ohne Libertys Einfluss.

Nicholas war das egal. Mit oder ohne Liberty, er würde die Bitte ablehnen müssen.

Nachdem Liberty gegangen war, redete der Priester lange über Gnade, Güte und Nächstenliebe. Nicholas antwortete höflich, aber bestimmt. Liberty schien eine Ewigkeit im Bad zu sein.

Kurz nach Einbruch der Dämmerung kamen Madame Beaufort und Adèle wieder, beide mit großen, furchtsamen Augen.

»Sie ist fort«, sagte Adèle mit zitternder Stimme.

»Was?«, rief Nicholas entsetzt.

Madame Beaufort erzählte, Liberty sei aus dem Badezimmer geklettert, während sie und Adèle in der Küche waren. Sie habe ein paar von Adèles Kleidern mitgenommen und sich offensichtlich allein auf den Weg gemacht.

Verdammt! Warum zum Teufel hatte sie das getan?

Aber noch während er sich diese Frage stellte, wusste er schon die Antwort.

Lasst mich nicht allein. Das war der Refrain ihrer Kindheit gewesen, und er war es anscheinend auch jetzt im Erwachsenenalter noch – vielleicht sogar noch mehr, nachdem sie sich zuerst von ihrer Mutter und dann von ihrer Schwester im Stich gelassen gefühlt hatte.

Du kannst nicht immer das Richtige tun, hatte Liberty gesagt, als wäre es seine spezielle Charakterschwäche. Während sie dann im Bad war, hatte sie sicher gedacht, der Priester würde Nicholas überreden, das Richtige zu tun und Adèle zu heiraten. Damit hätte dann auch Nicholas sie im Stich gelassen. Also war sie als Erste gegangen.

Er hätte nie laut aussprechen sollen, dass er wünschte, Adèle helfen zu können. Da hatte Liberty ihn völlig falsch verstanden. Und er hatte ihr schon beim Hinflug angemerkt, dass sie unter Druck stand. In einen engen Keller gepfercht zu sein und zu viel Zeit zum Nachdenken zu haben, war das Letzte, was sie hatte gebrauchen können, und nun hatte sie die schlechteste Entscheidung aller Zeiten getroffen.

Nicholas schlug mit der flache Hand gegen die Wand, aber die Geste brachte ihm keine Erleichterung.

»Ich muss ihr nach«, sagte er. »Sofort.«

»Warten Sie.« Adèle sah ihn flehend an. »Ich weiß, Sie wollen mich nicht heiraten. Aber Sie können nach dem Krieg wieder herkommen und mein Kind mit nach England nehmen. Nicht mich. Nur das Kind.«

»Das geht doch nicht«, widersprach er entgeistert.

»Ich kann meinem Kind hier nichts bieten. Ich möchte, dass es in England aufwächst, wo der Krieg nicht alles zerstört hat.« Sie klang völlig verzweifelt.

Was tat der Krieg den Menschen nur an, dachte Nicholas, und schüttelte den Kopf. »Wenn das Kind erst da ist, werden Sie sicher anders denken«, sagte er mitfühlend.

»Wenn Sie das Kind nicht nehmen, verwehren Sie ihm die Chance auf ein besseres Leben. Es wird Jahre dauern, bis hier wieder ein halbwegs gutes Leben möglich ist. Die Felder sind abgeerntet oder zerstört, es gibt keine Nahrung, Tausende von Menschen haben kein Zuhause!«

Der Priester nickte zustimmend.

Nicholas begriff, dass Adèle, die jahrelang mit der Unterdrückung der Deutschen gelebt hatte, eine Überlebensstrategie für sich und nun auch für ihr Kind entwickeln musste. Wäre er an ihrer Stelle – wer konnte sagen, ob er dann nicht genauso dächte?

»Also gut«, sagte er. »Ich komme zurück. Ich verspreche es.«

Im Stillen war er überzeugt, dieses Versprechen nie einlösen zu müssen, weil Adèle ihr Kind lieben und nicht wieder hergeben würde, sobald es auf der Welt war.

Dann sagte sie: »Die Engländer und auch die Amerikaner sind

jetzt in Frankreich, ich glaube, sogar schon seit ein paar Tagen. Gehen Sie nach Norden und dann Richtung Westen. Da sollten Sie jemanden finden, der Ihnen helfen kann.«

Vor lauter Erleichterung hätte Nicholas fast geweint. Die Invasion hatte endlich stattgefunden.

»Danke«, sagte er und küsste sie auf beide Wangen.

Er würde Liberty finden und mit ihr nach England zurückkehren. Bestimmt war der Krieg in ein paar Wochen vorbei. Lange konnten die Deutschen doch jetzt nicht mehr durchhalten.

Aber dann sagte Adèle: »Meine Mutter und ich haben Ihnen nicht sofort Bescheid gesagt, als wir merkten, dass Ihre Freundin weggelaufen ist. Wir dachten …« Sie presste die Lippen aufeinander und wich ein Stück zurück. »Wir dachten, Sie würden dann wütend werden …«

Ihm wurde klar, dass Adèle mittlerweile alle Männer, selbst ihn, für aggressiv und gewalttätig hielt. Frustriert schüttelte er den Kopf.

Ihre Stimme war nur noch ein Flüstern. »Aber ich glaube, sie haben sie erwischt. Jemand aus dem Dorf sagte, eine Frau sei im Wald von den Deutschen aufgegriffen und weggeschafft worden.«

Nun hätte Nicholas beinahe doch vor Wut geschrien. Warum hatte Adèle ihm das nicht früher gesagt? Weil sie ihr eigenes Ziel verfolgt hatte – so lief das nun einmal im Krieg. *Zur Hölle mit der ganzen verdammten Welt!*

Er spürte, wie das Adrenalin durch seinen Körper rauschte. »Ich muss los«, sagte er und ließ sich vom Priester dessen Kleidung geben.

Langsam und mit größtmöglicher Vorsicht schaffte er es in der Nacht, den Wald zu durchqueren. Als er im Morgengrauen den nächsten Ort erreichte, entdeckte er ein Plakat mit Libertys Gesicht. Darunter stand, diese Frau sei als Spionin verhaftet worden – der Beweis, dass jeglicher Widerstand zwecklos sei.

—

Es dauerte nicht lang, bis Nicholas von jemandem aus der Résistance mitgenommen wurde. Er verfluchte sich selbst, dass er so lange mit Liberty bei Madame Beaufort ausgeharrt hatte, aber er hatte ja nicht wissen können, dass die Alliierten schon in Frankreich waren. Während sie sich im Keller versteckt hatten, war einiges geschehen. Nun waren alle mehr als bereit, jemandem zu helfen, der in ihren Augen auf der Siegerseite stand.

Der Weg zur Front der Alliierten war aber immer noch gefährlich, denn noch hielten die Deutschen den Großteil des Landes besetzt. Allen Widrigkeiten zum Trotz schaffte Nicholas es in die Normandie und dann zurück nach England.

Sobald er gelandet war, gab er die Informationen über Liberty weiter: dass sie gefasst worden sei, dass man sie suchen und befreien müsse.

Man teilte ihm mit, Skye und Margaux seien ebenfalls als vermisst gemeldet – und dass O'Farrell tot sei. Dass er als Einziger zurückgekommen sei.

Nach dieser Nachricht wusste er nicht, wie ihm geschah. Er saß, ohne sich erinnern zu können, dass er sich hingesetzt hatte. Er rang nach Luft, weil er nicht mehr wusste, wie man atmet. Er sah nichts mehr, weil ihm die Tränen nur so aus den Augen strömten. Seine Ängste wegen Skyes Verletzlichkeit kamen ihm wieder in den Sinn, und es brach ihm das Herz.

Vera Atkins, die für die weiblichen Agentinnen der *SOE* zuständig war, und Air Marshall Wylde blieben an seiner Seite, und alles, was er immer wieder stammeln konnte, war: »Weiß denn wirklich niemand, wo Skye ist?«

Vera und Wylde schüttelten nur die Köpfe.

In den ersten Stunden nach dieser Hiobsbotschaft wollte er nur sterben. Aber dann, mehr als alles andere, wollte er leben. Den Krieg beenden. Sie finden.

»Nehmen Sie sich Urlaub«, sagte Wylde.

»Nein, verdammt! Ich will zurück nach Frankreich. Sofort!«

Wylde nickte. »Finden Sie sie«, sagte er eindringlich.

Als Anführer eines Kampfgeschwaders wurde Nicholas wieder nach Frankreich geschickt. Jeden Tag schoss er deutsche Flugzeuge vom Himmel. Und in jeder Minute, die er nicht flog, sprach er mit Mitgliedern der Résistance, die er seit seinem Beitritt zur 161er Staffel kennengelernt hatte, um herauszufinden, was mit der Frau geschehen war, die er liebte. Und mit Margaux. Und mit Liberty.

Manche erzählten von Viehwaggons voller Menschen, die man nach Deutschland gebracht hatte. Danach tat er die ganze Nacht kein Auge zu.

Mit jedem weiteren Tag verzweifelte er mehr. Irgendwann konnte er sich nicht mehr erinnern, wann er zuletzt geschlafen hatte. Er folgte Hinweisen und Gerüchten und fragte jede Woche bei Vera und Wylde nach neuen Informationen. Doch es gab nichts Neues. Nur Erschöpfung und ungläubiges Entsetzen darüber, dass so etwas hatte passieren können. Aber Skye war am Leben. Wäre es nicht so, würde er es spüren, davon war er überzeugt.

Dann endlich, fast ein Jahr später, war der Krieg vorbei. Allerdings waren die Vermissten damit noch lange nicht gefunden.

Nicholas wollte nach London zurückkehren, um bei Vera noch einmal alle Informationen durchzugehen. Irgendjemand musste doch etwas wissen.

Vorher jedoch suchte er Adèle auf. Sie hatte ihre Meinung nicht geändert, und ihm war inzwischen klar, dass sie recht hatte. Frankreich war zerstört – kein Ort, an dem ihre Tochter glücklich aufwachsen könnte. Also nahm er sie mit sich. Ihr Name war Aimée.

Den ganzen Flug über hielt sie seinen Finger umklammert, als müsste sie sich vergewissern, dass er noch da war, dass sie sicher war. Beruhigend streichelte er ihr über die Wange.

In London erzählte Vera, sie habe Gerüchte über ein Lager nur für Frauen gehört. Kurz darauf trafen die ersten Freigelassenen aus Ravensbrück in Paris ein. Nicholas flog hin, weil er hoffte, mit ihnen sprechen und sich nach Skye erkundigen zu können. Als er die Frauen sah, wurde ihm speiübel. Die Vorstellung, Skye könnte ebenso missbraucht und bis zur Unmenschlichkeit entstellt sein, war ihm unerträglich. Doch mit dem Namen Skye Penrose konnte niemand etwas anfangen. Und es wollte ohnehin keine viel mit ihm sprechen. Dazu waren diese Frauen kaum mehr in der Lage.

Schließlich reiste Vera kreuz und quer durch Europa, um ihre vermissten Agentinnen zu finden. Dreizehn der neununddreißig Frauen, die die *SOE* nach Frankreich geschickt hatte, waren nachweislich tot. Fast die Hälfte. Skye, Liberty und Margaux waren verschollen und galten offiziell als »vermisst – vermutlich tot«.

Nicholas kehrte nicht nach New York zurück, denn dort würde Skye ihn niemals finden. Er blieb in London, um auf sie zu warten.

Nach einem weiteren Jahr sagte Wylde, er wolle einen Gedenkgottesdienst für Skye und Liberty abhalten lassen, aber Nicholas verweigerte die Teilnahme.

Er brauchte keine Gedenkfeier; es war ihm unmöglich, etwas anderes zu tun, als an Skye zu denken. Sie war das Meer und der Himmel und das ganze Universum.

Teil 14

KAT

Kapitel 36

CORNWALL, 2012 | Es war vier Uhr morgens, als Kat die Lektüre beendete. Mit tränennassen Wangen legte sie das Buch beiseite. Fast die ganze Zeit hatte sie weinen müssen über das schreckliche Leid all dieser Menschen – und weil ihre Großmutter möglicherweise einer davon war.

Sie dachte daran, wie Elliott gesagt hatte, Nicholas sei nicht sein richtiger Großvater. Nun kannte sie die ganze Geschichte. Elliott war der Enkel der Französin Adèle und eines namenlosen Deutschen. Und Elliotts Mutter war die kleine Aimée, die Nicholas nach England mitgenommen hatte.

Kat machte sich Kaffee und starrte aus dem Fenster, während über London die Sonne aufging. Nachdem sie nun alles gelesen hatte, begriff sie, warum Elliott so sehr auf ein Wiedersehen zwischen Skye und Nicholas drängte. So eine Liebe wie die ihre war genau das, was alle Menschen sich sehnlichst wünschten. Eine Liebe, die zu gut war für die schreckliche Welt, die sie hervorgebracht hatte.

Als ihr Handy vibrierte, zuckte sie zusammen. Sie hatte eine Nachricht von ihrer Assistentin Annabel.

Wir haben die Schrift auf dem Etikett unter dem Spektroskop untersucht. Die Tinte passt zu Catherines Füllfederhalter. Sie muss es also beschriftet haben. Und du dachtest zwar, die Buchstaben darauf wären »g« und »a«. Ich bin mir aber ziemlich sicher, es sind »y« und »e«.

Kat brauchte einen Moment, bis sie begriff, was Annabel meinte. Das blaue Kleid. Catherine Dior hatte etwas auf das Etikett geschrieben. Ein Wort mit »y« und »e«. Kat begann zu zittern.

Der erste Anruf, den sie daraufhin tätigte, war der einfachere. Ihre Töchter zogen vor der FaceTime-Kamera Grimassen; die eigenen Gesichter faszinierten sie offenbar mehr als das ihrer Mutter. Bis sie ihnen sagte: »Ich möchte, dass wir in den Urlaub fahren, nach Cornwall in England. Wir drei zusammen.«

»England!«, rief Lisbet begeistert, und Daisy, die es noch nicht recht verstand, wiederholte das Wort einfach.

»Können wir da Big Ben sehen?«, wollte Lisbet wissen.

Kat lachte. »Auf jeden Fall.«

Nun erschien Pauls Gesicht auf dem Bildschirm. Normalerweise wäre sie in diesem Moment zusammengezuckt, hätte sich schuldig gefühlt und mit Vorwürfen gerechnet. Diesmal bat sie nicht um Erlaubnis oder um Verzeihung. Sie hatte eigene Ziele und Pläne und einen Beruf, den sie liebte, und sie würde sich nicht länger dafür entschuldigen.

Kat sagte: »Ich bin gebeten worden, sechs Monate in Paris zu arbeiten. Ich glaube, für die Mädchen wäre das toll. Und für mich natürlich auch.«

Er sah sie einen Moment lang nur an, und vielleicht merkte er, dass sich etwas geändert hatte. Dass sie sich geändert hatte. Sein Gesichtsausdruck war schwer zu lesen, und zum ersten Mal seit ihrer erbitterten Trennung tat er ihr leid. Ein viel beschäftigter

Notarzt, in zweiter Ehe mit einer bestimmt gleichermaßen viel beschäftigten Ärztin, die nach zu kurzen Flitterwochen bereits schwanger geworden war.

»Ich finde, das ist eine großartige Idee«, sagte er schließlich.

»Danke.« Sie war gefühlsmäßig immer noch so aufgewühlt, dass ihr Tränen in die Augen traten. Und auch er schien irgendwie gerührt.

Als Nächstes rief sie ihre Großmutter an. »*Bonjour*«, grüßte sie, so munter sie konnte, und erzählte dann eine Art Halbwahrheit: dass ein Kleid, haargenau wie eines aus dem Cottage in Cornwall, dem Museum gestiftet worden sei; dass sie sich frage, ob ihre Großmutter, die ja so viele Kleider aus jener Ära ge- und verkauft habe, irgendetwas über die australische Version wisse. Kat bat sie, sich das Foto anzusehen, das sie ihr gerade aufs Handy geschickt habe.

Ihre Großmutter ließ sich mit der Antwort Zeit.

»Ich kenne dieses Kleid«, begann sie schließlich vorsichtig. »Das in Cornwall hat Catherine Dior mir hinterlassen. Und das andere … war mein eigenes. Nach dem Tod deiner Mutter – als ich wusste, dass nun *ich* für dich sorgen würde – habe ich es verkauft. Es war meine Rücklage: Geld für Schulgebühren oder für den Fall, dass mir etwas zustößt und ich mich nicht länger um dich kümmern kann.«

»Es muss schwer gewesen sein, ein so schönes Kleid zu verkaufen«, flüsterte Kat.

»Das war es in der Tat«, sagte ihre Großmutter mit bebender Stimme.

»Ich hab dich lieb«, sagte Kat.

»Du bist mein Ein und Alles«, erwiderte ihre Großmutter.

Da wusste Kat, was sie tun würde.

Sie mietete ein Auto und fuhr Richtung Süden. Sie musste unbedingt noch einmal mit der Frau in Cornwall sprechen.

—

Als Kat vorfuhr, schien Margaux schon auf sie gewartet zu haben. Sie lehnte an einem der Verandapfosten, eine brennende Zigarette in der linken Hand.

Kat stieg aus dem Wagen. Ihrer Großmutter zu Ehren trug sie wieder eines der Dior-Kleider: trägerlos, knielang, mit einem Muster aus königsblauen Rosen auf saphirblauer Seide. Die Farbe der Rosen bezeichnete man im Englischen als »Liberty Blue«, was Kat unter den gegebenen Umständen sehr passend fand.

»Sie sind zurück«, bemerkte Margaux kühl. »Ich hätte wissen müssen, dass Sie ein Sturkopf sind.«

»Warum hätten Sie das wissen müssen?«, fragte Kat.

»Gehen wir spazieren.« Margaux marschierte augenblicklich los, ohne abzuwarten, ob Kat ihr folgte.

Sie gingen zum See, über den eine Seilbrücke gespannt war.

»Ich habe Nicholas Crawford gesehen«, sagte Kat, während sie aufs Wasser starrten.

Sie hatte erwartet, dass die Frau neben ihr zusammenzuckte, doch weder ihr Körper noch ihr Gesicht zeigten irgendeine Regung.

»Ich habe sein Tagebuch über den Krieg gelesen«, fuhr Kat fort. »Es war herzzerreißend. Seine große Liebe war eine Frau namens Skye Penrose. Ich bin fast neidisch auf sie, weil ich nicht glaube, dass ich …«

Kat hielt inne, weil der Anblick des Sees ein Bild in ihr hervorrief: ein Junge im Wasser, der sich an einem Seil festklammerte, und ein Mädchen neben ihm, das ihm Mut zusprach. »Nein«, korrigierte sie sich. »Ich bin mir *sicher*, dass ich bis heute niemanden so geliebt habe, wie Nicholas seine Skye liebte. So sehr, dass er sich ein Leben ohne sie nicht vorstellen konnte. Am Ende aber musste er ohne sie leben. Aber … tat sie das auch? Hat sie ohne ihn weitergelebt?«

Kat sah Margaux an. Die setzte sich wieder in Bewegung, so hastig, dass Kat fürchtete, sie könnte auf dem unebenen Grund stürzen.

»Sind Sie Skye Penrose?«, fragte sie geradeheraus. »Und wenn ja, ist meine Großmutter dann Ihre Schwester? Oder ist es umgekehrt?«

Nach ein paar Schritten blieb Margaux stehen. Langsam drehte sie sich zu Kat um. »Bring deine Großmutter her. Dann sage ich dir, wer ich bin. Und sie kann ihren Teil erzählen.«

—

Als sie wieder am Haus ankamen, fuhr gerade ein Auto vor.

Elliott stieg aus. »Ich hatte so ein Gefühl, dass du hier sein würdest.«

Kat war nicht überrascht, denn er kannte sie mittlerweile ziemlich gut und wusste, was ihr wichtig war.

Er nahm die Sonnenbrille ab. Er sah aus, als hätte er kaum geschlafen, als würde ihm der Bruch zwischen ihnen ebenso nahe gehen wie ihr.

»Ich wünschte, ich hätte dich nicht angelogen«, sagte er ernst und sah ihr fest in die Augen. »Als ich dich damals im Savoy traf, hätte ich mir nie träumen lassen, was zwischen uns passieren würde. Dass du die Frau sein würdest, neben der ich die ganze Nacht wach liege, weil du im Schlaf so entzückend aussiehst, dass ich keinen Moment davon verpassen will. Würdest du mir nicht so viel bedeuten, wie du es tust, Kat, hätte ich dir meine Lüge nicht gestanden. Ich hätte alles auf sich beruhen lassen, weil das einfacher gewesen wäre.«

Kat dachte an ihren gemeinsamen Morgen zurück. Sie hatte eine Glücksseligkeit empfunden, wie sie es noch nie erlebt hatte, und war sich sicher gewesen, dass es Elliott ebenso erging. Ja, er hätte die Lüge stehen lassen können. Es wäre in der Tat einfacher gewesen. Vielleicht hätte sie bis zu ihrer Rückreise nach Australien weiter mit ihm geschlafen und die Beziehung dann als eine kurze Affäre abgetan. Etwas, das sie neu belebt und ihr wieder Selbstbewusstsein gegeben hatte, das aber nicht für das wahre Leben bestimmt war.

Paul hatte ihr nicht von sich aus erzählt, was er gefühlt und getan hatte, sondern erst, nachdem sie bemerkt hatte, dass etwas nicht stimmte. Elliott hingegen hatte seine Lüge gestanden, und das in vollem Bewusstsein der möglichen Konsequenzen. Und gerade hatte er ihr gesagt, wie entzückend er sie fand.

Das wahre Leben war nicht perfekt und dennoch wunderbar. Und Elliott war genauso – ein Mensch mit Fehlern, aber dadurch nicht weniger großartig.

Sie ging zu ihm, legte die Hände an seine unrasierten Wangen und küsste ihn.

Teil 15

MARGAUX

Kapitel 37

GRANVILLE, 1946 | Es dauert seine Zeit, bis Margaux' Körper lernt, Nahrung aufzunehmen, ohne sie gleich wieder abzugeben, Zeit, bis ihr Kopf wieder von Haaren bedeckt ist, Zeit, bis ihre Regelblutung wieder einsetzt. Als es zum ersten Mal passiert, starrt sie entsetzt auf das Blut und fragt sich, was jetzt schon wieder mit ihr los ist. Dann fällt ihr ein, dass dieses Blut normal ist.

Einmal kommt Vera Atkins von der *SOE*, um offiziell zu bestätigen, dass Margaux am Leben ist, und um sie zu fragen, ob sie gegen die Nazis aussagen will. Margaux verneint und bittet sie, niemandem von ihr zu erzählen – sie erträgt die Vorstellung nicht, dass Menschen, die sie einst kannte, sich schaudernd von ihr abwenden. Selbst Vera konnte ihren Schock nicht verbergen.

Eines Tages jedoch, im Jahr 1946, als ihr Haar auf Schulterlänge gewachsen, die blauen und roten Flecken verblasst und die verschorften Wunden verheilt sind, kommt Caros Bruder Christian zu ihr in den Garten und sagt: »Sieh mal her.«

Er reicht ihr eine Skizze: eine Frau in einem überknielangen Rock, dessen Plissee an eine Muschel erinnert, und dazu eine kurze Jacke, die unterhalb der extrem schmalen Taillenlinie weit ausgestellt ist. Die Frau hat kein Gesicht, aber sie braucht auch keines, um Beachtung zu finden. Dafür sorgt das Kostüm.

Christian nimmt seinen Bleistift, beugt sich erneut über die Skizze und zeichnet einen Hut mit so weiter Krempe, dass er das Gesicht der Frau verdeckt. Dann schraffiert er den Rockteil. »Schwarz kann sowohl brutal als auch elegant wirken – mehr als jede andere Farbe.«

Unterhalb des Hauses wird das dunkle Saphirblau des Chausey-Archipels zu Mitternachtsblau und überspringt dabei alle Grauphasen.

»Willst du für mich Modell laufen?«, fragt Christian. »Ich glaube, inzwischen bist du ein wenig geheilt. Und ich will, dass du glücklich bist. So, wie du Catherine in Ravensbrück … nun, vielleicht nicht glücklich, aber widerstandsfähig gemacht hast.«

Margaux schüttelt den Kopf. Sie fühlt sich immer noch wie die Kreatur, die im Juli 1945 am Gare de l'Est aus dem Zug stieg; eine Kreatur, von der sich Kinder und auch Erwachsene mit Grausen abwandten.

Christian bringt ihr einen Spiegel. »Schau hin«, sagt er.

Zum ersten Mal seit Monaten blickt Margaux auf ihr Spiegelbild. Im Hintergrund sieht sie das hübsche Haus, das wie ein rosa Fruchtbonbon glänzt. Blumen, die ihren betörenden Duft verströmen. Ihr Gesicht, schmaler als früher. Ihre Augen, größer als früher. Und zum ersten Mal sieht Margaux, dass sie nicht mehr das Monster ist, als das sie sich wähnt. Die Spuren der Brutalität sind verschwunden. Was bleibt? Doch sicher keine Eleganz?

Margaux stellt sich vor, das Kostüm zu tragen, das Christian entworfen hat. Der weite Rock würde die Narben an ihren Beinen verbergen und damit alle Imperfektion auslöschen.

Ein kleines Mädchen stapft auf wackligen Beinen über den Rasen. Es geht an der Hand des Kindermädchens, das Christian engagiert hat. Das Mädchen läuft nicht so gut, wie es das in seinem Alter sollte – noch nicht. Aber es ist ein Wunder, dass ein Kind mit dem denkbar schlechtesten Start ins Leben überhaupt laufen kann. Margaux wird bewusst, dass sie kein unbeholfenes Wanken sieht, so wie andere vielleicht. Sie erkennt im Gang ihrer Tochter eine gewisse Anmut und Schönheit.

Weder sie noch ihr Kind sind perfekt. Aber sie sind noch am Leben – ein Geschenk, das sie sich mehr gewünscht hat als alles andere. Warum weigert sie sich also immer noch, es auszupacken? Warum streckt sie nicht die Hand aus und berührt dieses Leben, das sie – trotz allem – leben darf?

Ihre Tochter Nicolette sieht sie an und lächelt. Wie jedes Mal erwidert Margaux das Lächeln, auch wenn ihr dabei die Tränen kommen. Sie klopft auf den Rasen neben sich, und Nicolette setzt sich hin, dann legt sie sich auf den Rücken und schließt die Augen.

Caro kommt und lässt eine Handvoll Rosenblätter und Jasminblüten auf das kleine Mädchen regnen, und Nicolettes Lachen ist der wunderbarste Klang überhaupt. Als ihre Tochter ihr eine Handvoll Jasmin entgegenstreckt, schließt Margaux ihre eigenen Hände fest um die des Mädchens – eine Handvoll Hoffnung.

Margaux' und Caros Blicke treffen sich.

Dann sieht Margaux zu Christian und nickt. »Ich werde es versuchen.«

Einige Wochen später steht Margaux reglos in Christians Pariser Modehaus und lässt sich mit Stoff umwickeln. Christian entscheidet, für die Jacke cremefarbene Tussahseide zu verwenden und schwarzen Wollstoff für den Rock. Das Bar Suit wird an Margaux' Körper modelliert, speziell nach ihren Maßen. Dass es diesen besonderen Zusammenhang zwischen Kleidung und Modell gibt, hätte Margaux sich nie träumen lassen, hätte nie gedacht, dass Christians Ideen nicht nur auf Stift und Papier sowie Nadel und Faden beruhen, sondern auch auf einer Figur, die dazu inspiriert.

Christian beobachtet, wie sein Kostüm zum Leben erwacht. Er ändert die Kragenbreite und ist auch unzufrieden mit dem ausgestellten Jackenschößchen über Margaux' Hüften, bis Pierre Cardin, der junge Schneider, der für das Ensemble verantwortlich ist, auf die Idee kommt, zum Auspolstern speziell gefaltete Wundwatte zu nehmen, um die gewünschte Fülle und Form zu erhalten.

Irgendwann sind sie fertig, und Margaux erkennt die Eloquenz des Ensembles. Die Farben: brutales Schwarz und unschuldiges Weiß. Die breite, abwärts gebogene Hutkrempe, die ihr Gesicht beschattet. Die flügelähnlichen Jackenschößchen. Die Taille, so fest eingeschnürt, dass sie kaum sprechen kann.

Christian hat in sie hineingesehen.

Seine Modenschau wird ein großer Erfolg. Als er Margaux mitteilt, dass einige seiner Kleider in Australien gezeigt werden, bittet sie ihn, als Mannequin mitfahren zu dürfen. Sie weiß nicht genau, warum sie fragt; vielleicht denkt sie, dass sie in einem fernen Land einige ihrer schlechten neuen Angewohnheiten ablegen kann, dass sie dort weniger Champagner trinkt, weniger Männern erlaubt, sie zu verführen, und am Morgen keine Kopfschmerzen hat.

Bis nach Australien dauert es mit einem Privatflugzeug vier Tage. Vier Tage! Es ist absolut unglaublich. Bevor sie Sydney erreichen, machen sie halt in Tripolis, Kairo, Karatschi, Kalkutta, Singapur und Darwin – an so vielen fremden und aufregenden Orten.

Sobald sie in Sydney aus dem Flugzeug steigt, weiß Margaux, sie hat das Richtige getan. Das Licht in Australien ist reinigend, als würde es alles wegwaschen. Das Meer rundherum ist wild und kann alles Böse abwehren. Die Menschen sind fröhlich, und von Ravensbrück haben sie noch nie etwas gehört.

Als die Warenhauskette *David Jones* eine ganze Modenschau mit Dior-Designs zeigen will, fliegt Margaux wieder nach Australien. In der Presse wird sie gefeiert. Als sie die Fotos sieht, erkennt sie die Frau darauf nicht wieder. Sie ist wahrhaftig eine andere geworden – und genau das war ihr Ziel, seit sie Ravensbrück verlassen hat.

Sie beschließt also, in Australien zu bleiben, und kehrt nur noch ein einziges Mal nach Frankreich zurück, um ihre Sachen zusammenzupacken. Dort sagt Caro: »Christian hat veranlasst, dass du jedes Jahr eines seiner Kleider bekommst, und zwar immer das, das am besten zu dir passt.«

Sie sind in Margaux' Zimmer in Christians Pariser Wohnung. Die goldene Tapete und die Kentia-Palmen bilden einen eleganten Hintergrund zu dem Durcheinander, das beim Packen für solch eine lange Reise zwangsläufig entsteht.

»Und das Haus Dior wird dieses Arrangement beibehalten, auch wenn Christian irgendwann einmal nicht mehr da ist«, fährt Caro fort. »Es wurde schriftlich festgehalten. Ich hoffe, du vergisst uns da drüben nicht.«

»Du weißt, dass ich das niemals könnte«, sagt Margaux, legt die Puppe ihrer Tochter in einen Koffer und sieht die Freundin lange an. »Glaubst du, dass es jemals möglich sein wird, vor etwas wie …«, sie bringt das Wort »Ravensbrück« nicht über die Lippen, »nicht mehr davonzulaufen?«, beendet sie leise den Satz.

»Ich bin jetzt Miss Dior«, sagt Caro und meint damit das Parfüm, das Christian nach ihr benannt hat – ein Parfüm, dessen Duft durch die gesamte Wohnung zieht, der die anderen Gerüche aber dennoch nicht vollständig ausblenden kann, die Margaux noch immer verfolgen.

»Und ich bin ein Dior-Modell«, sagt Margaux.

Die zwei Frauen fassen sich an den Händen, und zwischen ihnen hallen unausgesprochen die Worte: *Aber sind das wirklich wir?*

»Ich habe etwas für dich«, bricht Caro das Schweigen. Sie deutet auf den Koffer, den sie mitgebracht hat.

Er liegt ganz harmlos auf dem Bett, und doch kann Margaux spüren, das etwas darin ist, das befreit werden will. Langsam geht sie hin und öffnet den Deckel.

Der Inhalt ist so berauschend brillant, dass sie jäh einen Schritt zurücktritt und ihr ein überraschtes »Oh« entfährt. Denn in diesem Koffer liegt der Himmel, ein Himmel wie über Cornwall, unter dem Skye Penrose aufgewachsen ist, der über ihr und Nicholas Crawford geleuchtet hat, als sie Freunde wurden und später Liebende. Ein Himmel, bei dessen Anblick sie auseinanderbricht, auf eine Art, wie sie es nicht mehr für möglich gehalten hatte.

»Für mich hat Christian auch eines nähen lassen«, sagt Caro.

Margaux gleitet zu Boden, einen Arm um sich selbst geschlungen, eine Hand auf den Mund gepresst, während sie zu schluchzen beginnt.

Caro setzt sich neben sie, hält sie fest und weint mit ihr. Es dauert eine ganze Weile, bevor die Frauen wieder sprechen können.

»Ziehst du es mal an?«, flüstert Caro, und Margaux nickt.

Sie schiebt den Rock des Bar Suit hinunter und knöpft die Jacke auf. Caro hält ihr das Kleid hin, und Margaux steigt hinein, ohne in den Spiegel zu sehen, bis Caro die vielen Verschlüsse zugemacht hat und sich Seide und Tüll wie eine zweite Haut um ihren Körper schmiegen.

Das Kleid verhüllt nicht, es offenbart. Es ruft Erinnerungen wach, die sie nun heftig schütteln. Sie sieht ihre Hände zittern, während sie mit sich selbst konfrontiert wird. Sie ist nicht mehr Margaux Jourdan. Sie ist die andere Frau, die immer noch in ihrer Seele gefangen ist.

»Vergiss sie nicht«, flüstert Caro, löst den obersten Verschluss und deutet auf das Etikett mit dem Namen dieser Frau. »Hol das Kleid immer mal wieder hervor, so wie ich es auch tun werde, und denk an sie: Denk an alles Gute, das sie getan hat, und an all die Liebe, die sie in sich trug. Nichts davon war bedeutungslos.«

Hörst du, Nicholas? Nichts davon war bedeutungslos, denkt die Frau, die nun den Namen Margaux Jourdan trägt. Wie hatte er es also einfach so hinter sich lassen können?

Teil 16

KAT

Kapitel 38

CORNWALL, 2012 | Es dauerte einen Monat, bis Kat ihre Großmutter dazu bekam, in ein Flugzeug zu steigen. Margaux hatte keinen Reisepass und wollte Australien nicht verlassen, und am Ende musste Kat sich mit Lügen und Erpressung behelfen. Sie behauptete, das Dior-Archiv bestehe darauf, sich mit Margaux als momentaner Besitzerin des blauen Kleides zu treffen, bevor Kats Forschungszeit beginnen könne. Sie sorgte dafür, dass Lisbet und Daisy zu Besuchen bei ihrer Urgroßmutter immer wieder nachfragten, warum sie nun doch nicht nach Frankreich gehen könnten, bis Margaux entnervt einwilligte.

Kat rechnete damit, dass sie den ganzen Flug über jammern würde. Aber Margaux starrte die meiste Zeit nur aus dem Fenster, als würde sie alles da draußen unendlich faszinieren: das Sonnenlicht, die Wolken, das unnachgiebige Blau am Tag und auch das tiefe Schwarz der Nacht.

Nach der Landung checkten sie in ein Flughafenhotel ein und fuhren am nächsten Tag mit einem Leihwagen nach Cornwall.

Je näher sie Porthleven kamen, desto unruhiger wurde Margaux. »Dem alten Haus ist es bestimmt nicht wichtig, dass ich persönlich einen Fuß hineinsetze«, sagte sie.

»Ich werde meinen Plan nicht ändern«, erwiderte Kat nur.

Ganz unerwartet begann ihre Großmutter zu lächeln. Ein jugendliches Lächeln, das Kat überraschte und gleichzeitig traurig machte – denn wie lange würde Margaux noch auf diese Weise lächeln?

»Vielleicht ist es wirklich an der Zeit«, sagte ihre Großmutter. »Vielleicht ist das die Zukunft, die sie nie erzählt hat.«

»Du sprichst in Rätseln.« Kat sah sie fragend an.

Margaux lächelte immer noch und sah wunderschön dabei aus – wie ein altes Gewand noch immer die Form seines Trägers abbildete, so zeigten sich auf ihrem Gesicht die Spuren ihres langen Lebens.

Sie bogen von der Hauptstraße ab, und Kat fuhr vor die Verlorenen Gärten von Lysander.

Margaux runzelte die Stirn. »Das hier kenne ich nicht.«

»Vielleicht sieht es anders aus als früher.«

Auf der Veranda saß Elliott, gut aussehend wie immer in dunkelblauen Shorts und einem T-Shirt so schwarz wie sein Haar. Kat lächelte ihm zu und widerstand dem starken Drang, hinzulaufen und seine Umarmung zu spüren. Dafür wäre später noch Zeit. Dieser Moment gehörte ihrer Großmutter und der anderen Margaux.

Ihre Großmutter stieg aus dem Wagen, den Blick fest auf die kleine Gestalt neben Elliott gerichtet: die andere Margaux Jourdan, die – wie sollte es anders sein? – eine Gitane rauchte.

Offenkundig weder schockiert noch überrascht, sagte Kats Großmutter zu der Frau: »Du willst meine Vergebung. Du willst endlich ohne Alpträume schlafen können. Aber ich kann das auch nicht – warum also solltest du?«

Schweigen. Die zwei Frauen starrten einander an, bereit für einen Schlagabtausch. Bereit, einen Schlag auszuteilen oder vielleicht einen abzuwehren.

Kat kniff die Augen zusammen. Sie wusste nicht, was sie erwartet hatte, aber das hier sicher nicht.

Auf einmal lächelte die Frau auf der Veranda und erinnerte Kat dabei so sehr an das Lächeln ihrer Großmutter gerade eben im Wagen, dass sie erstarrte.

»Deiner Vergebung war ich mir immer gewiss, Skye«, sagt die Frau. »Du vergibst alles. Dein Verständnis allerdings ist etwas ganz anderes.«

Skye. Die Frau auf der Veranda hatte Kats Großmutter gerade Skye genannt.

Kat sah zu Elliott und erkannte an seinem Gesichtsausdruck, dass er es auch gehört hatte. Ihre Großmutter war das Rad schlagende Mädchen, das das Leben von Elliotts Großvater komplett auf den Kopf gestellt hatte. Was bedeutete, dass die Frau auf der Veranda …

»Das ist meine Schwester Liberty«, sagte Kats Großmutter in diesem Moment. »Margaux Jourdan …« Ihre Stimme erstarb, und Kat konnte die letzten Worte kaum verstehen. »… ist tot.«

Es traf Kat wie ein Messerstich ins Herz. Skye und Liberty Penrose. Schwestern. Und Margaux Jourdan … ein viel zu früh beendetes Leben.

»Ich wusste, dass das Rote Kreuz kommen würde«, sagte Liberty.

Kat schüttelte den Kopf – sie kam nicht mehr mit. »Können wir ins Haus gehen?«, fragte sie. Die Spannung zwischen den zwei Frauen war kaum auszuhalten.

Während Liberty vorausging, fiel der Blick von Kats Großmutter auf Elliott.

»Wer ist das?«, wollte sie wissen.

»Elliott Beaufort«, sagte Kat. »Nicholas Crawfords Enkel. Nun ja, in gewisser Weise.«

»Nicholas Crawfords Enkel«, wiederholte Skye langsam. »Tja, der heutige Tag steckt voller Überraschungen, nicht wahr?«

Im Wohnzimmer ging Kats Großmutter zunächst zum Kamin, auf dem die goldene Taschenuhr lag. Sie strich über das Gehäuse, dann nahm sie die Uhr in die Hand und schloss die Augen. »Du hast sie im Pavillon an dich genommen«, sagte sie zu ihrer Schwester.

Dann öffnete sie wieder die Augen und ließ sich in den nächsten Sessel fallen. »Du willst mein Verständnis«, sagte sie zu Liberty. »Aber spielt das nach all der Zeit noch eine Rolle?«

»Du hast von Alpträumen gesprochen«, sagte Liberty. »Was bedeutet, dass du die Vergangenheit nicht hinter dir gelassen hast. Bevor du die Geister nicht freisetzt, werden sie dich weiter verfolgen.«

»Du klingst wie unsere Mutter.«

Liberty lachte. »Ja, vielleicht habe ich letztlich doch etwas Gutes von ihr geerbt.«

»Nicht!«, sagte Skye. »Lass uns nicht so weit zurückgehen, zu … allem anderen. Sag einfach, was du sagen musst, und dann lassen Kat und ich dich …«

In Ruhe. In Frieden. Allein. Kat fragte sich, welche Endung ihre Großmutter – Skye – wählen würde, aber es kam nichts. Kat nahm auf einem anderen Sessel Platz, und Elliott schob sich auf die Armlehne. Sie hielten sich an den Händen.

Liberty begann zu erzählen. »Diese Wärterinnen, von denen ihr alle meintet, ich sei ihnen gegenüber zu freundlich … Eine von ihnen erzählte mir etwas über das Rote Kreuz. Sie hatten die Erlaubnis erhalten, zum Lager zu kommen und ein paar der Französinnen mitzunehmen – in Bussen, die über die Schweiz nach Frankeich fahren sollten. Catherine wäre eine von ihnen gewesen, aber nicht du oder Margaux, weil Kommandant Suhren bei euch Zweifel hatte. Du warst zu krank, um es zu begreifen, und ich wusste, wenn ich es Margaux oder Catherine erzähle, würden sie mir nicht glauben. Uns allen war klar, wofür die Busse im Wald bis dahin benutzt worden waren. Aber ich habe dieser einen Wärterin geglaubt, dass dies andere Busse waren, keine Todeslaster. Sie hat es mir im Austausch gegen … Nun ja, das ist nicht so wichtig.«

Liberty hielt inne, und Kat sah, dass ihrer Großmutter Tränen in die Augen stiegen – als wüsste Skye genau, was Liberty im Tausch gegen diese Information getan hatte und wie schrecklich es gewesen war.

»Außerdem sagte sie, das Rote Kreuz werde auch Frauen aus dem Revier mitnehmen.« Liberty starrte aus dem Fenster wie durch ein Tor in die Vergangenheit, in eine Zeit vor siebenundsechzig Jahren, als diese Frauen furchtbare Schmach und Brutalität erlebt hatten. »Du wärst niemals ins Revier gegangen, aber ich wusste, es war die einzige Möglichkeit, um dich und das Baby – dieses winzige, unschuldige Geschöpf – aus dem Lager zu kriegen. Also sagte ich …« Liberty schluckte, als fielen ihr die nächsten Worte besonders schwer. »Ich behauptete, Nicholas habe geheiratet. Dass er ein Kind mit einer anderen habe. Es war die einzige Möglichkeit, dich dazu zu bringen, ins Revier zu gehen. Aber es war nur die halbe Wahrheit.«

Skye schüttelte den Kopf. »Es war die volle Wahrheit. Als ich in Granville war, habe ich in einem dieser als Aufmunterung gedachten Nachkriegs-Nachrichtenblätter des Kriegsministeriums von seinem Kind gelesen. *Hochdekorierter Pilot und Geschwaderführer Captain Nicholas Crawford kehrt mit seinem Kind nach London zurück*«, zitierte sie dumpf. »Ich bin nicht sicher, ob ich noch mehr darüber hören will«, fügte sie leise hinzu.

»Du musst«, sagte Liberty mit Nachdruck. »Die Mutter des Kindes war bereits schwanger, als Nicholas nach Frankreich kam. Das Kind war nicht von ihm. Dass er es nach England mitnahm, war eine dieser absurden Verzweiflungstaten, zu denen Menschen in Kriegszeiten fähig sind, um jemanden zu retten.« Liberty blickte auf ihren Schoß, als wünschte sie, alles rückgängig machen zu können. Gleichzeitig sprach aus ihr die Gewissheit, dass dieser Wunsch unmöglich war.

Skye starrte ihre Schwester an. In ihrem Blick lag ein Ozean aus Tränen. Sie war so blass, dass Kat aufstehen wollte, um diese Flut aus schockierenden Nachrichten und Geständnissen zu stoppen. Doch da sprach Liberty schon weiter.

»Nach dem Krieg war es einfach, Margaux zu werden. Wie du weißt, hatte keine von uns aus dem Lager irgendwelche Papiere. Unter Margaux' Namen und Geburtsdatum hatte sich hier in England – natürlich – niemand gemeldet. Ich nehme an, du hast deine Papiere in Frankreich bekommen?«

Skye nickte. »Hat Vera dich nicht aufgesucht? Zu mir ist sie gekommen.«

»Wann war das?«

»Juli '45.«

»Ich habe für meine Rückkehr ein wenig länger gebraucht. Wahrscheinlich hat sie es dann einfach für ein Versehen gehalten, als sie den Namen noch einmal las, eine unbeabsichtigte Doppelung.«

Skye nickte schweigend.

Beide sagten lange Zeit nichts mehr.

Liberty zündete sich eine Zigarette an, aber Kat konnte spüren – und die anderen sicher auch –, dass sich noch mehr Worte in Liberty angestaut hatten, die jetzt herauswollten.

Nach und nach brachen sie aus ihr hervor. »Ich war … zuerst hatte ich … zu viel Angst, dich zu suchen. Ich wollte nicht hören, dass du gestorben bist … voller Hass auf mich … oder dass du dein Kind verloren hast. Irgendwann erkundigte ich mich dann doch und erfuhr, dass Skye Penrose zu den Frauen gehörte, die nicht zurückgekommen waren.«

Skye erhob sich langsam, ging zu ihrer Schwester und baute sich vor ihr auf. Kat konnte die beiden als Kinder vor sich sehen, achtzig Jahre früher, in genau dieser Pose.

»Ich habe dir gegenüber viel empfunden«, sagte Skye. »Frustration, Unverständnis und natürlich Liebe – aber niemals Hass. Meine Frage, ob du lebst, hat Vera Atkins verneint – zumindest, soweit sie es in Erfahrung habe bringen können.« Ihre Stimme brach. Sie atmete tief durch und schüttelte sich kurz. »Ich verstehe jetzt, warum du diese Dinge in Ravensbrück gesagt hast. Sie haben mich dazu gebracht, ins Revier zu gehen. Aber jetzt«, ihr Tonfall verriet, dass der kurze Ausflug ins Lager hiermit beendet war, »erzähl mir von den Gitanes. Sag nicht, dass du sie am Ende sogar gern rauchst?«

»Sie erinnern mich an dich«, sagte Liberty schroff.

»Ah. Aus diesem Grund trinke ich Negronis. Aber du hast vergessen, Rechtshänderin zu werden wie Margaux.«

Liberty lächelte schief. »Mit rechts hätte ich nicht so viel rauchen können.«

Nun lächelte auch Skye. »Mir ist mit rechts vor allem das Essen schwergefallen. Alles andere bekomme ich einigermaßen gut hin.« Sie legte ihrer Schwester eine Hand auf die Schulter. »Und dein Baby?«

»Ein deutscher Fußtritt in den Bauch hat das erledigt.«

Libertys Stimme war völlig emotionslos, und Kat begriff, dass sie ihr Leben seit Ravensbrück auf diese Weise gelebt hatte: allein und abgeschieden von der Welt, einem Garten verschrieben, der ihr keinen Schmerz zufügen konnte.

Dass sie dieses Leben gewählt hatte, wurde nach den nächsten Worten noch verständlicher.

»Warst du bis zum Ende in …?« *Ravensbrück* – sie alle hörten das Wort, das Skye nicht aussprechen konnte. »Als die Russen kamen?«

Kat fiel ein, was Elliott ihr erzählt hatte: dass die russischen Sieger die Frauen im Lager vergewaltigt hatten, immer wieder und ungeachtet dessen, dass sie kaum mehr waren als Skelette.

Liberty nickte schweigend.

»Dann warst du von uns allen die Tapferste«, sagte Skye schlicht.

Schluchzend brach Liberty zusammen.

Skye nahm sie in die Arme, und sie weinten gemeinsam – wahre Schwestern, vielleicht zum ersten Mal in ihrem Leben. Schwestern, die weder Krieg noch Leid noch Lügen oder Missverständnisse für immer hatten auseinanderreißen können.

Kapitel 39

Nachdem irgendwann alle Tränen getrocknet waren, erzählte Skye ihrer Schwester, was sie in den vielen Jahren seit ihrer letzten Begegnung erlebt hatte. Sie erzählte vom Modeln und Kleiderverkaufen, vom Großziehen einer Tochter und dann einer Enkeltochter.

Und Liberty erzählte Skye, dass sie in der Nähe des Hauses ihrer Kindheit habe sein wollen, jedoch nicht den Mut aufgebracht habe, hineinzugehen. Stattdessen hatte sie das Nachbargrundstück gekauft, die verlorenen Gärten wiederbelebt und sie nach Lysander benannt, der Figur aus Shakespeares Sommernachtstraum, von der sie in der Schule gelernt hatten und nach der eine Flugzeugreihe benannt worden war.

Erst viele Stunden später verabschiedeten sie sich voneinander. Skye erklärte, sie habe ihr altes Haus noch nicht betreten, werde sich aber sehr freuen, wenn sie Liberty morgen darin herumführen könne.

»Wir gehen vorher erst noch in der Bucht spazieren. Ich lasse dich sogar einen Krebs in meinen Pullover stecken, wenn es sein muss«, sagte Skye mit einem Grinsen, und Liberty lachte.

Als sie zu den Autos gingen, raunte Elliott Kat zu: »Ich fahre noch ins Dorf und kaufe ein. Dann haben du und deine Großmutter Zeit zu reden. Ich komme irgendwann dazu und koche uns etwas.« Damit ließ er die beiden Frauen allein.

»Du siehst glücklich aus, wenn du bei ihm bist«, bemerkte Skye im Wagen.

»Das bin ich auch«, sagte Kat. »Glücklicher, als ich es jemals war. Ich bin nicht nur Kat-die-Mutter oder Kat-die-Konservatorin oder Kat-die-Enkelin; ich bin all das zusammen und mehr. Mir ist klar geworden, dass ich die verschiedenen Teile meines Lebens nicht trennen muss – und mich auch nicht zu entschuldigen brauche, wenn sie sich irgendwo überlappen oder verhaken.«

Skye lächelte. »Ich freue mich schon darauf, ihn beim Abendessen genauer unter die Lupe zu nehmen.«

Im Haus führte Kat ihre Großmutter in das obere Schlafzimmer, in dem noch immer einige der Dior-Kleider im Schrank hingen. »Erzählst du mir davon?«, fragte sie.

Skye setzte sich aufs Bett und erzählte, wie sie im Zuge ihrer Arbeit für die *SOE* Catherine – Caro – Dior kennengelernt hatte und wie sie, Caro und Margaux die engsten aller Freundinnen geworden waren. Jedes Mal, wenn sie Margaux' Namen aussprach, zitterte ihre Stimme leicht.

»Ich wusste nicht«, sagte sie dann, »und Margaux auch nicht, dass an dem Tag Busse vom Roten Kreuz im Wald standen statt der üblichen Todesbusse. Wir wussten auch nicht, dass das Rote Kreuz Caro auf jeden Fall mitgenommen hätte. Als sie mich ins Revier trugen, nahm Margaux ein Messer, das sie seit Monaten in ihrem Ärmel versteckt gehalten hatte, und stach es Caro so heftig ins Bein, dass auch sie ins Revier gebracht werden musste – damit ich nicht allein wäre.« Skyes Gesicht fiel in sich zusammen. »Dann haben die Wärter … Margaux erschossen.«

Kat setzte sich neben ihre zierliche Großmutter, eine Frau, deren Körper und Seele so viel ertragen hatten, der die Nazis in Ravensbrück alles genommen hatten, und nahm sie in die Arme. Skye sackte gegen sie wie das abgelegte Kleid eines Mannequins.

»Nur Margaux hätte so etwas tun können«, flüsterte Skye an Kats Schulter. »Sie war die Art von Mensch, der all die tapferen und schrecklichen Dinge tun konnte, die im Krieg getan werden müssen. Ich vermisse sie so sehr.«

Skye begann wieder zu weinen, und Kat weinte mit ihr um eine Frau, die sie nie gekannt, die ihrer Großmutter aber ihren Namen und ihre Identität geschenkt hatte.

»Auch Caro war eine echte Heldin«, fuhr Skye fort, nachdem sie sich die Tränen abgewischt hatte. »Sie war nicht nur Miss Dior – ein Name auf einem Parfümflakon. Schon lange davor war sie etwas ganz Besonderes. Ich habe dich nach ihr benannt. Margaux war meine Stärke, und Caro war meine Hoffnung.«

Kat nahm ihre Hand.

»In diesem Bus auf dem Weg in die Schweiz«, erzählte Skye weiter, offenbar fest entschlossen, jetzt wirklich alles loszuwerden, »wurde ich als Margaux Jourdan erfasst. Ich sagte ständig ihren Namen, weil ich sie vermisste – deshalb dachte das Rote Kreuz, es sei *mein* Name. Als ich in Frankreich dann diese Nachricht über Nicholas' Kind las, hielt ich alles für bestätigt, was Liberty gesagt hatte. Und ich wusste, Skye Penrose könnte ich nie mehr sein. Meine Identität zu ändern, war einfach. Wenn man einen Ort wie Ravensbrück verlässt, sieht man nicht mehr wie …«

Skye presste eine Hand auf den Mund, und Kat wartete schweigend, bis ihre Großmutter sich wieder gefasst hatte. Als sie weitersprach, war ihre Stimme dünn wie Wasser.

»Wir sahen uns selbst nicht mehr ähnlich. Als die Schweizer Ärzte in den Bus kamen, um zu entscheiden, wer nach Frankreich weiterreisen konnte und wer zuerst ins Krankenhaus musste – was bei mir der Fall war –, brachen sie bei unserem Anblick in Tränen aus. Und als Vera Atkins von der *SOE* zu mir kam, glaubte sie mir sofort, dass ich Margaux sei. Ich war nicht wiederzuerkennen.«

Skye ging zum Fenster und blickte aufs Meer hinaus. »Ich habe nie nach Nicholas gesucht. Ich dachte tatsächlich, er sei verheiratet und habe mit seiner Frau ein Kind. So, wie ich aussah, konnte ich ohnehin nicht zu ihm gehen und mich zeigen. Niemals hätte ich ihn bitten können, seine Frau und sein Kind für dieses Monster zu verlassen, das aus mir geworden war. Ich konnte mich selbst nicht im Spiegel ansehen, geschweige denn, mich von jemand anderem ansehen lassen. Also bat ich Vera, niemandem zu sagen, dass Margaux zurückgekehrt war.«

Kat erinnerte sich an das Zitat eines amerikanischen Diplomaten, der die Frauen aus Ravensbrück als einen grauenvollen Anblick bezeichnet hatte. Hätte sie selbst mit so einem Aussehen den Mut gehabt, den Mann aufzusuchen, der sie einst geliebt hatte? Sie rieb sich die Arme, aber das Frösteln, das sie überkam, ließ sich nicht wegrubbeln.

»Ich dachte also, es wäre besser, nicht mehr Skye zu sein«, sagte ihre Großmutter leise und blickte auf die Bucht hinunter, in der sie und Nicholas sich kennengelernt hatten. »Einige Zeit später schlug Christian mir vor, ich könne für ihn als Modell arbeiten. Dabei musste ich weder denken noch reden – nur lächeln. Ich willigte ein. Und ich trank – ziemlich viel. Als es eine Modenschau in Australien geben sollte, schickte er mich hin. Ich blieb dort. Und trank noch mehr.«

Skye verstummte. Kat spürte, dass sie noch weitererzählen wollte und nicht nur nach Worten rang, sondern auch um den

Mut, sie auszusprechen. Sie setzte sich neben ihre Großmutter auf den Fenstersitz.

»Du hast meine Mutter nach Nicholas benannt«, sagte sie leise. »Oder?«

Skye atmete tief ein, dann nickte sie. »Das stimmt. Nicolette Jourdan. Es war das Einzige, das ich ihr von ihrem Vater geben konnte. Ich hätte ihr mehr geben sollen. Ich hätte ...«

Kat legte ihr einen Arm um die Schulter.

»Ich habe deiner Mutter nicht mein Bestes gegeben«, brachte Skye schließlich hervor. »Nachdem ich sie allen Widrigkeiten zum Trotz aus Ravensbrück herausgebracht hatte, bekam ich das, was man heute posttraumatische Belastungsstörung nennt. Ich bin sie nie losgeworden. Nachts bekam ich Halluzinationen. Und ich trank. Nur abends und nie vor deiner Mutter, aber trotzdem. Ich habe das Kind angebetet. Aber vielleicht war mein Leid zu groß, als dass ich eine gute Mutter hätte sein können.«

»Sag das nicht!«, rief Kat. »Für mich warst du die beste Mutter, die man sich nur vorstellen kann.«

»Das kam, weil ich an dem Tag, als deine Mutter starb, mit dem Trinken aufhörte. Ich verkaufte das blaue Kleid, das Christian für mich entworfen hatte, und schickte den Rest nach England, um die Vergangenheit ein für alle Mal hinter mir zu lassen. Ich stellte einen Hausverwalter ein, der sie in das Cottage brachte und auch alle weiteren Lieferungen annahm. Als Caro vor vier Jahren starb, vererbte sie mir ihr blaues Kleid und ließ es ebenfalls nach Cornwall schicken. Ich wusste, ich würde dieses Kleid nicht ansehen können, ohne dass es mich an alles erinnert, was ich verloren habe.«

»Hast du dein eigenes blaues Kleid an eine Frau mit Namen

Madeline verkauft?«, erkundigte sich Kat. »Sie ist diejenige, die es dem Museum gestiftet hat.«

»Ja. Ich lernte sie bei meiner ersten Modenschau in Australien kennen. Sie liebte Dior. Sie war es, die mich damals auf die Idee brachte, Kleider zu verkaufen.«

»Es sieht nicht so aus, als hätte sie das Kleid jemals getragen.«

Skye lächelte schwach. »Sie verstand, dass es eine besondere Bedeutung hatte. Wahrscheinlich hat sie es nur gekauft, um darauf aufzupassen. Dafür bin ich ihr unendlich dankbar.«

—

Am nächsten Tag gingen Kat und Skye zur Bucht. Jede trug eines von Christians Kleidern – Kat das *Soirée de Décembre*, lang und schwarz, die Farbe der grausamen Enthüllungen des gestrigen Tages, und Skye das weiße *Venus*-Kleid, dessen Rockteil aussah wie überlappende Muscheln.

Hand in Hand blickten sie aufs Meer hinaus und wünschten Kats Mutter – Skyes und Nicholas' Tochter –, sie möge in Frieden ruhen. Dasselbe wünschten sie Margaux Jourdan. Und Catherine Dior. Und O'Farrell.

Die Wellen rauschten auf sie zu, bauten sich auf, brachen und zogen sich langsam wieder zurück, als verstünden sie, dass die Namen, die sie mit sich trugen, kostbare Schätze waren.

Danach gab es nur noch einen Geist, dem sie Ruhe und Frieden bringen wollten: dem von Nicholas Crawford.

Kapitel 40

Elliott fuhr Kat und Skye zum Seniorenheim. Kat hatte ihrer Großmutter erklärt, wohin es ging und dass Nicholas vielleicht nicht mehr er selbst sein würde. Skye hatte nur die Stirn gerunzelt und geschwiegen. Kat machte sich Sorgen, ihre Großmutter würde die Tragik der Situation nicht ertragen können, gleichzeitig wusste sie, dass dieses Treffen unbedingt stattfinden musste. Siebzig Jahre lang hatten Skye und Nicholas aneinander festgehalten, und es wurde Zeit, dass auch sie ihren Frieden fanden.

Elliott führte sie zu Nicholas' Zimmer. »Hallo, Grandpa«, sagte er munter, aber Kat konnte hören, dass er angespannt war und sich genau wie sie Sorgen darüber machte, was geschehen würde.

»Ich brauche meine Tabletten«, sagte Nicholas, als wäre Elliott sein Arzt. An Kat gewandt, fügte er »Ich habe Schmerzen« hinzu, als hielte er sie für jemanden vom Pflegepersonal.

Als er Skye sah, nickte er nur. Aber Skye ging lächelnd auf ihn zu. Kat hatte fast nicht den Mut mitanzusehen, was als Nächstes passieren würde. Sie spürte, wie Elliott neben sie trat.

Skye nahm Nicholas' Hand. »Erinnerst du dich an ein Mädchen namens Skye?«

Nicholas starrte sie an. Sein Blick war getrübt, ohne ein Licht der Erkenntnis, das den Nebel lichten könnte. Kat wartete mit angehaltenem Atem.

»Sie ist gern geschwommen«, fuhr Skye fort, ohne Nicholas' Hand loszulassen, ohne den Blick von ihm zu wenden, auch wenn es schmerzhaft sein musste, in das leere Gesicht eines Mannes zu blicken, den sie über alle Maßen geliebt hatte, eines Mannes, dessen Augen früher bestimmt aufgeleuchtet hatten, wann immer er sie erblickte.

Im Raum herrschte vollkommene Stille.

Dann: »Radschlagen.« Ein einziges Wort von Nicholas.

Ein kleines Wort, das keinem anderen etwas bedeuten würde, aber Kat wusste, ihrer Großmutter bedeutete es die Welt.

»Ja, sie hat gern Rad geschlagen.« Skyes Stimme klang fest und gab nichts von den Gefühlen preis, die sie mit Sicherheit empfand.

Nicholas lächelte. »Unterwäsche.«

Es folgte eine lange Pause. Skye schwieg. Verharrte reglos. Saß einfach auf dem Bett und hielt die Hand des Mannes, den sie liebte. Vielleicht zog vor ihrem inneren Auge all das vorüber, was sie gemeinsam in der Bucht in Cornwall erlebt hatten.

»Ja«, brachte Skye schließlich hervor. »Sie hat deine Hose heruntergezogen, damit sie auch deine Unterhose sieht, und dann hat sie gelacht.«

Kat konnte nicht mehr mit ansehen, wie Skye und Nicholas sich an ihre gemeinsamen Erlebnisse herantasteten. Sie wollte nicht Zeugin des Augenblicks werden, in dem Nicholas' Erinnerungen verschwanden und er wieder ein Mann ohne Vergangenheit wurde.

Sie wandte sich ab, vergrub den Kopf an Elliotts Schulter und schluchzte auf.

Es dauerte lange, bis sie ihr Gesicht abwischen und wieder ruhig atmen konnte.

Elliott strich ihr übers Haar. »Ich kann es kaum ertragen, dich so weinen zu sehen«, flüsterte er. »Noch nie hat mir etwas so wehgetan.«

Woraufhin Kat sofort wieder weinen musste.

Als ihre Tränen irgendwann nachließen, hörten sie Nicholas sagen: »Wer bist du?«

Kat merkte auf und drehte sich langsam zum Bett um.

»Skye«, hörte sie ihre Großmutter sagen.

»Da draußen«, sagte Nicholas und deutete zum Himmel hinter dem Fenster.

»Ja.«

»Ein schöner Name.«

Ein schöner Name. Als hätte er Skye nie gekannt. Kat sah den tiefen Schmerz in den Augen ihrer Großmutter.

»Ich will nicht, dass es so endet«, sagte Kat zu Elliott. »Kannst du das nicht … ich weiß nicht … umschreiben oder so?«

Sie wünschte, es wäre wirklich so einfach: dass ein Leben genauso geändert werden konnte, wie die Worte in einem Buch eine neue, schönere Version der Realität erschaffen konnten. Ein Glücklich-bis-an-ihr-Lebensende.

»Sieh dir deine Großmutter an«, sagte Elliott leise. »Meinst du nicht, sie weiß das hier zu schätzen? Auch wenn es alles ist, was sie noch haben kann?«

Kat sah, dass ihre Großmutter noch immer Nicholas' Hand hielt. Ihn unverwandt ansah. Mit sanfter, leiser Stimme, wie Kat sie bisher nur gehört hatte, wenn sie bei einem Furcht einflößenden nächtlichen Gewitter ihre Urenkelinnen beruhigte, erzählte sie ihm von Australien.

Nun schaffte Kat es doch, zu lächeln. Sie sah zu Elliott auf, dem Mann, den sie auf dieselbe Weise liebte, wie Skye Nicholas liebte.

»Willst du mich heiraten?«, fragte sie. Bevor er etwas sagen konnte, fuhr sie fort. »Ich weiß noch nicht, wie genau das funktionieren soll, aber immerhin bin ich in den nächsten sechs Monaten schon mal einigermaßen in deiner Nähe. Aber all die praktischen Erwägungen sind mir gerade herzlich egal. Ich will, dass jede deiner Erinnerungen von jetzt bis in alle Ewigkeit auch meine sein wird.«

Er antwortete nicht. Stattdessen küsste er sie voller Inbrunst und Leidenschaft und ohne Rücksicht darauf, dass ihre Großeltern im Zimmer waren.

Kat musste grinsen, die Lippen noch auf seinen. »Darf ich das als Ja verstehen?«

»Wir können in Joshs und D'Arcys Château heiraten«, sagte er lächelnd. Dann nahm er ihre Hand und führte Kat zum Bett. »Grandpa«, sagte er, »ich möchte dir meine Verlobte vorstellen.«

»Verlobte«, sagte Nicholas. »Ich habe immer eine richtige Hochzeit gewollt.« Dann sah er zu Skye.

Ob er sich gerade für eine Millisekunde daran erinnerte, wer Skye war und wie sehr er sie geliebt hatte, wusste Kat nicht. Aber sie entschied, dass es genau so war.

Skye beugte sich vor und gab Nicholas einen Kuss auf den Mund. »Wir waren immer verheiratet, Nicholas«, sagte sie. »Und es war wunderbar. *Wir* waren wunderbar.«

Als Nicholas daraufhin Skyes Hand an seine Wange legte, sah Kat zu, wie die Zeit sich zurückdrehte. Sie sah einen jungen Mann und eine junge Frau am Strand, die sich in eine Decke gehüllt umarmten, und an der linken Hand der Frau steckte ein Ring aus Seegras. Um sie herum tummelten sich die Töchter, die sie zusammen hatten haben wollen, und in der Luft lag ein Schwur, der durch die Zeiten hallte: *Wir sind grenzenlos.*

Ja, dachte Kat und lächelte Elliott an. Das sind wir.

ANMERKUNGEN DER AUTORIN

Die Idee für dieses Buch kam mir, als ich *Les Parisiennes: How the Women of Paris Lived, Loved and Died in the 1940s* von Anne Sebba las. Dort erfuhr ich von Christian Diors Schwester Catherine Dior: von ihrer Arbeit für die Résistance während des Krieges bis zu ihrer Gefangennahme durch die Nazis und dem anschließenden Aufenthalt im Konzentrationslager Ravensbrück. Wie kann es sein, fragte ich mich, dass ich von dieser Frau bislang nur als Namensgeberin des berühmten Parfüms ihres Bruders – Miss Dior – gehört habe?

Ich beschloss, mehr über sie herauszufinden, und war schockiert, dass es nur wenige Informationen zu dieser Frau gab, die anscheinend auch kaum über ihre Erlebnisse und Erfahrungen im Krieg gesprochen hatte. Einige wenige Details erfuhr ich in der Villa Les Rhumbs, dem ehemaligen Familiensitz der Familie Dior in Granville, der heute ein Museum ist, und aus Christian Diors Autobiographie. Mit ihrer Arbeit für die F2, eine von Großbritannien unterstützte Widerstandsgruppe, die vor allem vom Südfrankeich aus operierte, riskierte Catherine Tag für Tag ihr Leben. Zusammen mit ihrem Partner Hervé Papillault führte sie jedoch auch Widerstandsaktionen in Paris durch und benutzte dabei die Wohnung ihres Bruders als Treffpunkt für ihr Netzwerk. Für ihre Leistungen wurde Catherine von der französischen Regierung mit dem *Croix de guerre* (Verdienstkreuz) und dem *Légion d'honneur* (Verdienstorden) ausgezeichnet und von der britischen Königin mit der *King's Medal for Courage in the Cause of Freedom* (Tapferkeitsorden für Nicht-Briten).

Wie in meinem Buch beschrieben, wurde Catherine am 6. Juli 1944 in Paris verhaftet und mit dem letzten Zug nach Ravensbrück verbracht. Sie musste in einigen der Außenstellen von Ravensbrück – Torgau, Abteroda und Markkleeberg – Zwangsarbeit verrichten. In meinem Roman erwähne ich nur Torgau, um den Leserinnen das Springen zwischen zu vielen verschiedenen Orten zu ersparen.

Bis etwa Mitte 2019 konnte ich keine Erklärung dafür finden, wie Catherine 1945 aus Ravensbrück herausgekommen war. In den meisten Quellen steht, sie sei in der Nähe von Dresden »befreit« oder »freigelassen« worden. Anne Sebba schreibt beispielsweise nur, man habe Catherine im April 1945 »freigesetzt«. Da anscheinend also nichts belegt war, entschied ich mich, sie in einen der Konvoys des Roten Kreuzes zu setzen, mit denen im April 1945 die französischen Gefangenen aus Ravensbrück abgeholt wurden. Dann entdeckte ich einen überaus hilfreichen Artikel in *Harper's Bazaar* von Justine Picardie, die mit Unterstützung des Hauses Dior eine Biographie über Catherine Dior schreibt. Sie erklärt darin, Catherine habe von einem der Todesmärsche aus der Außenstelle Markkleeberg entkommen können. Dieser Artikel erschien im März 2019, aber ich stieß erst im Mai 2019 auf dieses Detail, als mein Buch so gut wie fertig war, weshalb Sie sich nun mit meiner ausgedachten Roten-Kreuz-Variante begnügen müssen. Ich freue mich jetzt schon darauf, Justines Buch zu lesen und mehr über Catherine zu erfahren.

Üblicherweise entstehen meine Geschichten aus zwei oder drei voneinander unabhängigen Ideen, die ich dann ineinander verflechte, was bei *Das Geheimnis der Dior-Kleider* definitiv der Fall war. Während ich für mein Buch *Die Bilder der Frauen* recherchierte, erfuhr ich von der zivilen Lufttransportunterstützung *ATA* (Air Transport Auxiliary) und welch wichtige Rolle Frauen trotz der anfänglichen Vorbehalte und Schwierigkeiten dort spielten. Des Weiteren las ich etwas über die 161er Staffel, die in Vollmondnächten nach Frankreich flog, um dort Agenten der Sondereinsatztruppe *SOE* (Special Operations Executive) für Sabotage- und Spionageakte gegen die Deutschen abzusetzen. Da wusste ich, dass ich etwas über diese zwei Gruppen von Piloten bzw. Pilotinnen schreiben wollte.

Ein weiteres Themenfeld fand ich, als ich 2017 in der *National Gallery of Victoria* in Melbourne die Dior-Ausstellung besuchte. Ich erfuhr, dass Australien das erste Land außerhalb Frankreichs war, in dem Kleider von Dior gezeigt wurden und dass die Kaufhauskette *David Jones* 1948 eine spezielle Modenschau für Dior-Kleider organisierte. Somit war über Dior eine Verbindung zwischen England, Frankreich und Australien gegeben.

Viele Figuren in diesem Buch basieren auf realen Personen der Geschichte: Pauline Gower, Rosemary Rees, Joan Hughes, Vera Atkins, Amy Johnson sowie Catherine und Christian Dior sind dabei die wichtigsten. Die Pilotinnen der *ATA* in meiner Geschichte tragen allesamt Namen damaliger Pilotinnen. Hinsichtlich Pauline Gower musste ich die historischen Fakten allerdings leicht abändern: Sie war zwar für die Frauenabteilung der *ATA* verantwortlich, aber die befehlshabende Kommandantin in Hamble war Margot Gore und nicht Pauline. Ich hielt es jedoch für unnötig, eine weitere Figur einzuführen, außerdem gab es bei mir schon eine Margaux, da wäre eine weitere nur verwirrend gewesen.

Viele Ereignisse, die ich im Zusammenhang mit der *ATA* beschreibe, beruhen auf Fakten. Alle furchtbaren Zitate über weibliche Pilotinnen sind tatsächlich so in Zeitschriften und Zeitungen veröffentlich worden. Auch der erste Pressetermin fand in ähnlicher Weise statt wie im Buch, und dass die Frauen in jenem bitterkalten Winter in offenen Cockpits fliegen mussten, entspricht ebenfalls der Wahrheit. Das Foto der *ATA*-Pilotin Maureen Dunlop aus der Zeitschrift *Picture Post*, auf dem sie mit einer Hand im Haar aus ihrem Flugzeug steigt, habe ich mir für Skye geborgt. Allerdings wurde Maureens Foto zu einem späteren Zeitpunkt aufgenommen, als in meiner Geschichte beschrieben.

In vielen Büchern, die ich über die *ATA* gelesen habe, wird die ärztliche Untersuchung geschildert, der sich die Frauen für eine Zulassung als Pilotinnen der *ATA* unterziehen mussten – und auch hier habe ich in meinem Roman den zeitlichen Ablauf leicht geändert. Tatsächlich waren es wohl die irgendwann dazukommenden amerikanischen Pilotinnen, die sich weigerten, eine solche Untersuchung über sich ergehen zu lassen, aber ich möchte mir gern vorstellen, dass Skye – hätte es sie tatsächlich gegeben – sich ebenfalls geweigert hätte.

Dass die Frauen nach und nach nicht nur Schulungs- und Transportflugzeuge, sondern auch Kampfflugzeuge und große Bomber fliegen durften, wird in vielen Büchern erwähnt, ebenso der allgemeine Widerstand und Protest dagegen. Margot Gore, die Kommandantin in Hamble, ließ tatsächlich zwei ihrer Pilotinnen zu einer Flugbasis der *RAF* fliegen, um die Piloten einer Staffel, die erhebliche Verluste erlitten hatte, aufzumuntern. Der Satz »Macht euch unvergesslich hübsch«, den ich Pauline in den Mund gelegt habe, ist so in dem Buch *Sisters in Arms: British and American Women Pilots During World War II* von Helena Page Schrader belegt. Dort findet sich auch die Geschichte einer *ATA*-Pilotin, die einen Beaufighter zu einer *RAF*-Basis überführen sollte, um den unwilligen Männern dort zu demonstrieren, dass selbst eine Frau dieses Flugzeug fliegen kann.

Skyes Flugtraining in Leavesden und die überaus kritische Haltung der *RAF* gegenüber Frauen, die große Flugzeuge fliegen wollten, einschließlich der Bedingung, dass sie mehr Übungsflüge absolvieren mussten als die Männer, basiert auf den Erfahrungen der Pilotin Lettice Curtis, die MJ Foreman in ihrem Buch *Bomber Girls* festhält. Das Flugverbot für alle Pilotinnen und die Überprüfung ihrer körperlichen und geistigen Fähigkeiten, nachdem Mona Friedlander bei einer Landung ein Reifen geplatzt war, beschreibt Giles Whittell in seinem Buch *Spitfire Women of World War II*.

Das Mittagessen, bei dem Skye dafür plädiert, den Pilotinnen das Fliegen weiterer Flugzeugtypen zu erlauben, um dem Mangel an Kampfpiloten entgegenzuwirken, beruht auf ähnlichen Veranstaltungen, bei denen Pauline Gower zu diesem Thema sprach. Den Film *They Flew Alone* über die Pilotin Amy Johnson, den Skye in London sieht, gibt es tatsächlich (Alternativtitel: *The Wings of a Woman*), allerdings nur auf Englisch.

Sämtliche Informationen über die herausfordernden Flugbedingungen für die *ATA*-Pilotinnen basieren auf Fakten: Sie flogen ohne Instrumente und Radar, mussten auf Landmarken und Koppelnavigation vertrauen und Wolken unbedingt meiden. Zudem waren sie unbewaffnet. Viele Pilotinnen starben bei ihrer Arbeit, und es fanden tatsächlich auch Angriffe durch deutsche Flieger statt.

Meine weiteren Informationsquellen über die *ATA* waren Diana Barnato Walkers Lebenserinnerungen *Spreading My Wings* sowie die Erinnerungen von Rosemary du Cros (geborene Rees): *ATA Girl*. Außerdem *Brief Glory – The Story of ATA* von EC Chaseman, die *Ferry Pilot Notes* der *Air Transport Auxiliary* und eine Sammlung von Unterlagen der *Air Transport Auxiliary* im Nationalarchiv in Kew. Im *Imperial War Museum* in Duxford konnte ich viele der Flugzeugtypen besichtigen, mit denen Skye geflogen wäre, und ich ließ mir dort auch alles über die Flugmechanik erklären.

Der Familiensitz Villa Les Rhumbs der Dior-Familie ist ein wunderschönes Gebäude in Granville mit herrlicher Aussicht auf den Ärmelkanal und die Chausey-Inseln. Das Haus mit seinem Dior-Museum und den Gärten besuchte ich im Oktober 2017 und wusste sofort, dass ich es im Buch verwenden würde. Das einzige Problem bestand darin, dass die Diors die Villa 1905 gekauft hatten, sie aber aufgrund finanzieller Probleme 1932 wieder verkaufen mussten, so dass sie in den Besitz der Stadt Granville überging. Das bedeutet, dass die Diors in der Zeit, in der meine Geschichte spielt, dort nicht mehr wohnten. Ich hoffe, Sie verzeihen mir meine dichterische Freiheit, denn ich konnte mir diesen Teil meiner Geschichte an keinem anderen Ort vorstellen.

Alle Kleider, die Kat in dem Haus in Cornwall findet, sind in der Tat echte Dior-Kleider. Die vier Stücke, die ihrem Museum in Sydney geschenkt werden, sind die vier Dior-Designs, die 1947 auf der Modenschau *Paris Fashions For All* bei *David Jones* gezeigt wurden. Das mysteriöse blaue Kleid entspringt allerdings meiner Phantasie.

Meine Informationen über Christian Dior stammen aus dem Buch *Christian Dior: Designer of Dreams*, herausgegeben von Thames & Hudson, aus *Dior und ich: Die Autobiographie* sowie aus *The House of Dior: Seventy Years of Haute Couture*, herausgegeben von der *National Gallery of Victoria*. In diesem Museum besuchte ich 2017 eine Dior-Ausstellung, ebenso wie im selben Jahr die Dior-Ausstellung im Pariser *Musée des Arts Decoratifs*. Zudem las ich viele der noch archivierten Artikel australischer Zeitungen über die Modenschauen 1947 und 1948 sowie Kopien der Informationsbroschüren von *David Jones* aus dieser Zeit.

Die 161er Staffel flog tatsächlich jeden Monat um Vollmond herum nach Frankreich, um Geheimagenten und Material für die Résistance zu überführen. Sie operierte von der geheimen *RAF*-Basis Tempsford aus und startete zumeist in Tangmere. Für diesen Part meines Romans bezog ich mich auf folgende Bücher: *Lysander Pilot: Secret Operations with 161 Squadron*, geschrieben vom ehemaligen Piloten James Atterby McCairn; *We Landed by Moonlight*, geschrieben vom ehemaligen Piloten Hugh Verity; *RAF Tempsford: Churchill's Most Secret Airfield* von Bernard O'Connor; *Runways to Freedom: The Special Duties Squadrons of RAF Tempsford* von Robert Body; die gesammelten Aufzeichnungen über die 161er Staffel im Nationalarchiv in Kew sowie die Ausstellung im *RAF Tangmere Museum*, das ich im Oktober 2017 besuchte. Die Lebenserinnerungen der ehemaligen *WAAF*-Mitarbeiterin Doreen Galvin in ihrem Buch *Arts to Intelligence* halfen mir außerdem, die Rollen der Frauen der *WAAF* auf der *RAF*-Basis Tangmere besser zu verstehen.

Ein weiterer Teil der Geschichte, den ich etwas manipulieren musste, ist Margaux' und Nicholas' Tarnung als Verlobte. Sobald

Frauen anfingen, für die *SOE* zu arbeiten, lautete ihre Tarnung, sie seien einer dienstübergreifenden Nachforschungsabteilung zugeordnet, die es allerdings nicht gab. Weibliche Agenten wurden aus der *WAAF* rekrutiert, und manche von ihnen erhielten dann Posten als Nachwuchsoffiziere, so wie Margaux. Für meine Zwecke war Margaux eine der ersten Frauen, die für die *SOE* arbeiteten, bevor das Protokoll genau geklärt war, so dass ich mir diese Verlobungsgeschichte ausdenken konnte. Es ist aber nicht ganz unmöglich: Da die *SOE* eine Geheimorganisation war, ist völlig unklar, wie sie operierte. So schreibt der *SOE*-Experte MRD Foot in seinem Buch *SOE 1940–1946*: »die genaue Größe der *SOE* ist nie kommuniziert worden … wer genau zur *SOE* gehörte und wer nicht, ist eine schwierige und komplizierte Fragestellung …« Ich arbeitete also im Rahmen des Möglichen.

Viele der Informationen über die *SOE*, die Elliott Kat mitteilt, beruhen auf Fakten, so auch der durchaus problematische Umgang mit der Suche nach verschollenen Agenten – und vor allem Agentinnen – bei Kriegsende. Vieles davon entnahm ich dem exzellenten Buch *A Life in Secrets: The Story of Vera Atkins and the Lost Agents of SOE* von Sarah Helm. Dort entdeckte ich auch die Geschichte der falsch identifizierten Agentinnen Sonia Olschanezky und Nora (oder Noor) Inayat Khan.

Meine Recherche über die *SOE* führte mich nicht nur zu den bereits angegebenen Büchern, sondern auch in das *Imperial War Museum* in London mit seiner aufschlussreichen Dauerausstellung *Secret War*. Im Nationalarchiv in Kew arbeitete ich mich durch deren Dokumente über die *SOE*, und meine weiteren Quellen waren die Bücher *The Women Who Spied for Britain: Female Secret Agents of the Second World War* von Robyn Walker und *The*

Heroines of SOE: F Section, Britain's Secret Women in France von Beryl E. Escott.

Manche Historiker hadern mit dem Begriff »Spionin« für *SOE*-Agentinnen und bezeichnen sie lieber als Geheimagentinnen. Laut Sarah Helms Buch sprechen aber folgende Fakten für diesen Begriff: Die Frauen arbeiteten für einen Geheimdienst; sie trugen keine Militäruniform und liefen daher Gefahr, als Spione hingerichtet zu werden; es bestand für sie kein gesetzlicher Schutz, da man im Zuge der Haager Konvention nie davon ausging, dass Frauen als aktive Frontkämpferinnen eingesetzt würden; sie führten auf Feindesland geheime Aktionen durch. Wenn das alles sie nicht zu Spioninnen macht, dann weiß ich auch nicht.

Der schwierigste Teil meiner Arbeit bestand darin, über das Konzentrationslager Ravensbrück zu schreiben. Geneviève de Gaulles Memoiren *The Dawn of Hope: A Memoir of Ravensbrück* zu lesen, zerreißt einem das Herz. Aus diesem Buch borgte ich mir die Geschichte über das Geburtstagstörtchen aus Brotkrumen mit Kerzen aus Zweigen. Sarah Helms Buch *Ravensbrück: Life and Death in Hitler's Concentration Camp For Women* ist ausführlich, wichtig und schockierend, und ich entnahm ihm viele Details, die sie aus den Berichten ehemalige Gefangener zusammengetragen hatte, insbesondere die zum Kinderzimmer, den Todesbussen im Wald, dem Abladen von Körpern und Leichen vor dem Revier, um sie zu sortieren, dem rückwirkenden Befehl an Lagerkommandant Suhren, jeden Monat zweitausend Gefangene zu töten, den Karfreitags-Appell und Jeannie Rousseaus Heldentaten in Torgau.

Ich danke Suzanne Chee, Modekonservatorin im *Powerhouse Museum* in Sydney, die mich einlud, sie einen vollen Arbeitstag lang zu begleiten, um zu verstehen, was genau ihr Beruf beinhaltet, und die mich (mit Handschuhen!) einige der Dior-Kleider des Museums aus den späten vierziger Jahren berühren ließ. Außerdem schenkte sie mir eine Kopie von Marika Gentrys Vortrag zur Dior-Ausstellung, was sehr hilfreich war. Auch Elizabeth Carter, Leiterin der Vibrationsspektroskopie-Abteilung an der Universität von Sydney, schulde ich großen Dank dafür, dass sie mir erklärte, wie man Stoffe und Tinten mithilfe eines Spektroskops analysiert.

Der verlorene Garten, den Skye und Nicholas finden und den Liberty zu neuem Leben erweckt, beruht auf den *Lost Gardens of Heligan* in St Austell in Cornwall. Zu guter Letzt möchte ich die Person oder Personen, die in dem Haus oben auf dem Kliff bei Porthleven wohnen, um Entschuldigung bitten, dass ich dort eine ganze Weile herummarschierte, um Fotos zu machen. Die herrliche Lage Ihres Hauses hat mich zu dem Cottage der Penroses in Cornwall inspiriert.

DANKSAGUNG

Rebecca Saunders ist diejenige, bei der ich mich immer als Erstes bedanke, was daher rührt, dass sie an jedem meiner Bücher in so hohem Maße beteiligt ist. Als ich ihr sagte, ich wolle ein Buch über eine Sammlung Dior-Kleider, Catherine Dior, Pilotinnen und eine geheime Flugstaffel schreiben, war sie begeistert und forderte mich auf, sofort loszulegen. Rebeccas unerschöpflicher Enthusiasmus und ihre uneingeschränkte Unterstützung sind die Dinge, die jede Autorin braucht, und ich weiß das große Glück zu schätzen, dass sie meine Verlegerin ist.

Mein Dank gilt auch Alex Craig, der während Rebeccas Elternzeit bei *Hachette Australia* für sie einsprang, und alle meine Nervenzusammenbrüche ertragen musste, wenn ich dachte, das Buch sei zu dick, zu umfangreich, zu kompliziert und jenseits meiner Fähigkeiten. Ich danke dir, Alex, für dein offenes Ohr, deine weisen Ratschläge und dein scharfes lektorierendes Auge.

Allen anderen bei *Hachette Australia*, die an diesem Buch beteiligt waren, möchte ich ebenfalls danken, insbesondere Sophie Mayfield für ihre herausragende redaktionelle Arbeit – sie genießt mein volles Vertrauen und hilft mir zuverlässig bei all den komplexen Problemen, die ein Roman dieser Art mit sich bringt. Ich danke Dan Pilkington, der sich uneingeschränkt für jedes meiner Bücher einsetzt, sowie dem phantastischen Verkaufsteam. Dank an Fiona Hazard und Louise Sherwin-Stark, dass sie immer erreichbar waren und mich unterstützt haben.

Durch Nicola O'Sheas versiertes Korrektorat ist das Buch auf jeden Fall noch besser geworden, und ich danke ihr für all ihre Unterstützung.

Mein US-Verlagsteam bei *Grand Central* ist das beste, das man sich als Autorin wünschen kann, und mein Dank gilt vor allem Leah Hultenschmidt und Jodi Rosoff.

Ich danke meiner Familie – Russell, Ruby, Audrey und Darcy: dafür, dass ihr immer stolz auf alles seid, was ich mache, dass ihr mich auf kuriose und wunderbare Rechercherreisen begleitet und für alle Umarmungen und Küsse. Ich liebe euch.

Die Erste, die meine Texte liest, ist Sara Foster, und sie besitzt die besondere Gabe, immer genau das Richtige im genau richtigen Moment zu sagen. Danke, dass du eine so tolle Schreibpartnerin bist. Und dir, Louise Allan, danke ich für unsere halbmonatlichen Schreibtreffen, bei denen wir ein bisschen schreiben und jede Menge reden.

Meine Leser*innen sind die liebsten Menschen der Welt, und ich wünschte, ich könnte mich bei allen einzeln bedanken. Danke, dass Sie zu meinen Lesungen kommen, dass Sie mir wunderbare Nachrichten schreiben, dass Sie mir mit Enthusiasmus und Freude begegnen und dass Sie meine Charaktere ebenso lieben wie ich.

Ohne den Buchhandel hätten wir keine Bücher, also gilt mein letzter Dank all jenen, die meine Bücher vertreiben, verkaufen, empfehlen, ins Schaufenster oder Regal stellen oder sonst wie bewerben und unterstützen. Vielen, vielen Dank!

ANMERKUNGEN DER ÜBERSETZERIN

Das Zitat von Madeline Miller auf S. 11 ist folgender Ausgabe entnommen:
Madeline Miller, Ich bin Circe, dt. von Frauke Brodd, Julia Eisele Verlags GmbH, München, 2020.

Die Zitate von William Shakespeare auf S. 31 und S. 498 sind folgender Ausgabe entnommen:
William Shakespeare, Sämtliche Werke in vier Bänden, Band 1, dt. von August Wilhelm Schlegel, Aufbau, Berlin, 1975.

Folgende Zitate wurden von der Übersetzerin selbst übertragen:
S. 59: »Wenn sie darüber nachdachten, … gewesen wäre.«
Giles Whittell, Spitfire Women of WWII, HarperCollins, London, 2007.
S. 173: »Die Royal Air Force … sie kontaminieren …«
Rosemary du Cros (née Rees), ATA-Girl: Memoirs of a Wartime Ferry Pilot, Frederick Muller Ltd., London, 1983.
S. 403: »Werden sie je wissen, … die Nacht entschwanden.«
Geneviève de Gaulle Anthonioz, The Dawn of Hope: A Memoir of Ravensbrück, engl. von Richard Seaver, Arcade Publishing, New York, 1999.
S. 411: »Eine Handvoll Herzschläge … ein letzter.«
Kate Atkinson, A God in Ruins, Little, Brown and Company, Boston, 2015.
S. 499: »Ich fand den Vermerk, … ganz entsetzlich.«
Sarah Helm, Life in Secrets: The Story of Vera Atkins and the Lost Agents of SOE, Abacus, London, 2006.

LESEPROBE

Teil 1

PARIS, 1939–1941

Kapitel 1

»Ich komme zu spät.«

Éliane sah Yolande beschwörend an, doch die Fünfjährige interessierte sich keine Spur für die Verpflichtungen ihrer großen Schwester. Stattdessen verrieten ihre geballten Fäuste, dass sie kurz vor einem Tobsuchtsanfall stand. Die Kleine hatte Hunger, und zum Frühstück gab es nur einen trockenen Kanten Brot. Jeden Moment könnte Yolande ihrer Wut freien Lauf lassen, und Éliane würde eine Vorlesung an der Kunsthochschule verpassen.

»Wir sind alle hungrig«, fuhr Angélique Yolande an. Nach Éliane war sie die zweitälteste der Schwestern.

Éliane betrachtete die finsteren Mienen der beiden, dann wanderte ihr Blick zu der zwölfjährigen Jacqueline, die sie stumm anzuflehen schien, etwas gegen Yolandes Theater und Angéliques Zorn zu unternehmen. Die achtjährige Ginette musste gähnen; die lauten Stimmen ihrer Schwestern hatten sie soeben geweckt.

Sie würde definitiv zu spät kommen. Doch es war nicht die Schuld ihrer Schwestern, dass ihre Eltern jeden Franc in ihre dem Untergang geweihte Brasserie steckten und es für die Familie nicht genug zu essen gab.

Éliane sammelte ihre Pinsel zusammen und verstaute sie in ihrer Tasche. Der Gedanke, dass sie sie würde verkaufen müssen, bereitete ihr beinahe körperliche Schmerzen.

Sie wandte sich erneut an Yolande. Liebevoll und entschieden zugleich sagte sie: »Morgen gibt es ein Croissant zum Frühstück, das verspreche ich dir. Aber nur, wenn du dich jetzt für die Schule anziehst und es zulässt, dass Angélique dich kämmt.«

Die Tränen der Wut versiegten. Strahlend und mit wehendem Haar stürzte Yolande zu Éliane, flüsterte *»Merci«* und vergrub ihr Gesicht im Rock der großen Schwester.

Éliane strich ihr über das Haar. »Ich hab dich lieb.« Und da Angélique noch damit beschäftigt war, Ginettes Schuhe zu suchen, beugte sie sich zu Yolandes Ohr hinab und flüsterte: »Angélique hat Angst. Sie kümmert sich erst seit kurzer Zeit allein um euch. Hilf ihr. Dann sieht sie, dass sie sich um dich nicht so viele Sorgen machen muss.«

Als sie sich von Angélique verabschiedete, sagte Éliane: »Yolande braucht vor allem Zuneigung. Nimm sie oft in den Arm, dann benimmt sie sich auch.«

Angélique war vor einem halben Jahr fünfzehn geworden. Ihr Geburtstagsgeschenk hatte darin bestanden, das »Privileg« ihrer Schwester Éliane zu übernehmen, die kleineren Geschwister morgens für die Schule fertigmachen zu müssen, sie nach der Schule abzuholen, mit Resten aus der Brasserie Abendbrot für sie zuzubereiten und sie zu Bett zu bringen. Éliane fehlte dazu die Zeit. Nach den Vorlesungen am Morgen musste sie mittags zur Arbeit, ein Umstand, an den Angélique und Yolande sich noch immer nicht gewöhnt hatten.

Im Gegensatz dazu brauchten Ginette und Jacqueline morgens jeweils nur eine Umarmung und einen Kuss, bevor Éliane aufbrechen konnte. Nachdem das erledigt war, lief sie die Wendeltreppe von ihrer Wohnung im dritten Stock hinunter zur Galerie

Véro-Dodat, einer *passage couvert*, die früher, zu Zeiten der Belle Époque, einmal prachtvoll gewesen war. Nun waren die Schaufenster der kleinen Geschäfte überwiegend leer. Viele waren mit Mahagoni eingefasst, einige wurden durch schlanke Marmorpfeiler voneinander getrennt. Hier und da sah man oben an den Pfeilern fröhlich wirkende Putten, auch wenn den meisten ein paar Zehen fehlten, wenn nicht gleich ein ganzes Bein.

Aus der Brasserie von Élianes Eltern drang der säuerlich-bittere Geruch abgestandenen Kaffees. Er waberte um die alten Gaslaternen der Passage und schlug die Menschen, die so unklug gewesen waren, hierherzukommen, in die Flucht.

Éliane durchquerte die Passage zur Straße und lief weiter zum Louvre, wo sie studierte, arbeitete und eine Zeit lang von der Verantwortung für ihre Schwestern befreit war. Diese Befreiung empfand sie auf ihrem Weg ganz deutlich, doch gleichzeitig spürte sie den Verlust der Umarmungen und Küsse und anderer winziger Liebesbekundungen, die nun Angélique zuteilwurden. Sie hoffte, dass ihre Schwester sie zu schätzen wusste.

An der Aile de Flore angekommen – dem Flügel des Louvre, der sich entlang der Seine erstreckte –, rannte Éliane die Treppen zur École du Louvre hinauf. Sie schlüpfte in den Hörsaal, setzte sich auf einen freien Platz und ließ ihren Blick suchend über die Reihen der Studierenden gleiten. Luc war nicht da. Die Seele ihres Bruders war zwar der Kunst zugetan, doch sein Körper liebte die Bars und Cafés in Montparnasse.

An diesem Tag ging es in der Vorlesung um die Maler der italienischen Renaissance. Éliane konzentrierte sich auf Gemälde üppiger Frauen mit langem wallendem Haar, auf Putten, die noch sämtliche Körperteile besaßen, und auf die Helldunkel-Malerei, auch Chiaroscuro genannt, mit ihren Szenen biblischer Strafgerichte.

Gegen Mittag verließ sie die École. Spätere Lehrveranstaltungen konnte sie nicht mehr besuchen, ihre Familie war auf das Geld angewiesen, das sie am Nachmittag verdiente.

Bevor sie im Museum des Louvre ihren Platz am Empfang einnahm, um Besuchern den Weg zur *Venus von Milo* oder der *Mona Lisa* zu erklären, suchte sie Monsieur Jaujard auf, den Direktor der Nationalmuseen. Er war derjenige, der ihr erlaubt hatte, an der École zu bleiben, obwohl sie nicht mehr ganztags am Unterricht teilnehmen konnte. Auch die Studiengebühren hatte er ihr erlassen.

»Monsieur«, begann Éliane scheu, »wissen Sie vielleicht, wo ich meine Pinsel verkaufen kann?« Sie holte sie aus der Tasche, ohne sie anzusehen. Es waren die letzten Überbleibsel ihres kindischen Traums, Malerin zu werden. »Sie sind von guter Qualität, aus Zobel. Vielleicht kommen sie für neue Studierende infrage.«

Jaujard begutachtete Élianes Schätze. Gütigerweise mied er dabei den Blick in Élianes hochrotes Gesicht. Sie schämte sich, weil sie ihn erneut um einen Gefallen bitten musste, außerdem bedauerte sie den Verlust zutiefst.

»Lassen Sie die Pinsel hier. Ich kenne einen jungen Mann, der an ihnen interessiert sein könnte.«

»Danke«, sagte Éliane leise und zwang sich, Jaujard die Pinsel zu überreichen. Zum Trost stellte sie sich Yolandes Gesicht am nächsten Morgen vor, wenn sie zum Frühstück ein Croissant statt altbackenes Brot zu essen bekam.